# Le Doct

Quand Thomas Mann entreprend d'écrire *Le Docteur Faustus* en 1943, il a soixante-huit ans et il vit aux Etats-Unis. En Allemagne, il a déjà publié la plupart de ses grands livres : *Les Buddenbrooks* en 1901, *Tonio Kröger* en 1903, *La Mort à Venise* en 1912. Avec *La Montagne magique,* en 1924, il atteint une notoriété internationale et reçoit en 1929 le prix Nobel de littérature. Refusant le national-socialisme, il quitte Munich en 1933. Le combat politique, il le mènera à distance à travers ses écrits, ses interventions et ses discours. Va-t-on lui reprocher son exil comme à certains Allemands, ou bien, avec André Gide, témoigner qu'il est « un des rares aujourd'hui que nous pouvons admirer sans réticences », le même Gide qui ajoutait : « Il n'y a pas de défaillance dans son œuvre, il n'y en a pas dans sa vie » ? Thomas Mann a traversé « le tunnel hitlérien », disait François Mauriac, « en maintenant intacte la gloire du génie allemand ». Et cette crise du monde moderne, le grand désarroi de la guerre et de l'après-guerre, surgissent du *Docteur Faustus,* ce roman génial, le plus énigmatique, le plus significatif de son auteur.

*Le Docteur Faustus* a été composé en trois ans et huit mois, exactement du 23 mai 1943 au 29 janvier 1947. C'est l'histoire d'Adrian Leverkühn, compositeur dodécaphoniste, racontée par un ami. Si Thomas Mann préfère le truchement d'un « ami » c'est pour mieux « laisser filtrer le démoniaque à travers un médiateur exemplairement non-démoniaque, » comme il l'écrit lui-même dans *Le Journal du Docteur Faustus,* publié en 1949. Ainsi le livre prend-il l'allure d'une biographie. *Le Docteur Faustus* se déroule sur deux plans chronologiques : la vie du narrateur, Sérénus Zeitblom, agité par des événements qui le bouleversent et celle du musicien qu'il relate. En arrière-plan de ces deux figures principales, la vie quotidienne à Munich, l'effondrement de l'Allemagne et son châtiment.

Mais qui est Adrian Leverkühn ? On sait par les affirmations de Thomas Mann que ce personnage s'inspire entre autres de Nietzsche. On y retrouve en particulier l'expérience que celui-ci vécut dans une maison close de Cologne, les symptômes de la même maladie, « douloureuse histoire d'amour avec le papillon

(Suite au verso.)

venimeux ». Il s'inspire aussi de Schönberg à qui il emprunte la conception de la musique sérielle. Mais avant tout Adrian Leverkühn est « une figure idéale, un héros de notre temps, un homme qui porte la souffrance de l'époque ». Jamais, reconnaît Thomas Mann, il n'a aimé autant un personnage imaginaire. Il s'est épris de lui, de sa froideur, de son détachement, « de ce cœur désespéré, de sa conviction d'être damné ». Voilà bien l'idée du châtiment qui réapparaît. Adrian Leverkühn c'est aussi une certaine idée de l'Allemagne.

*Le Docteur Faustus* est à la fois religieux et démoniaque, comme le rire d'Adrian. Déjà dans ce rire le démon est présent. Héros occulte du livre, le diable c'est le Mal reconnu par le musicien comme indispensable à son génie. Ironie, décadence et mensonge plus rien ne se crée sans la complicité de l'enfer !

On en revient encore à l'Allemagne nazie, et quand Thomas Mann rédige le chapitre du démon et les dialogues avec le visiteur si longtemps attendu, c'est avec, dit-il, l'écho dans l'oreille des « déclarations hystériques des speakers allemands sur la lutte sacrée de la liberté contre les masses privées d'âme ». Cinquante-deux feuillets manuscrits, ces pages sur l'enfer composent le chapitre le plus impressionnant du livre et restituent bien l'état final d'une société qui s'achève dans l'apocalypse.

Leverkühn est un personnage inventé et mythique, comme l'est également ce Joseph dont il vient d'écrire l'histoire. La genèse de *Joseph et ses frères* s'étendra de 1933 à 1943. Viendront ensuite quelques essais, des conférences, des récits comme *L'Élu* et *Le Mirage.* Quant à son dernier roman, *Les Confessions du chevalier d'industrie Félix Krull,* commencé en 1910, il resta inachevé (c'était une nouvelle en 1910).

Thomas Mann mourut le 12 août 1955 à Zurich, où il s'était retiré depuis quelques années. L'écrivain refusera en effet de vivre en Allemagne. Lorsque, après la guerre, son pays sollicitera officiellement son retour, il déclinera l'invitation.

Nicole Chardaire.

# THOMAS MANN

# Le Docteur Faustus

*La vie du compositeur allemand*
*ADRIAN LEVERKÜHN*
*racontée par un ami*

TRADUIT DE L'ALLEMAND
PAR LOUISE SERVICEN

PRÉFACE DE MICHEL TOURNIER
DE L'ACADÉMIE GONCOURT

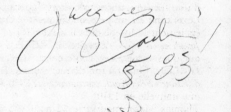

**ALBIN MICHEL**

# ŒUVRES DE THOMAS MANN

*Dans Le Livre de Poche :*

LA MONTAGNE MAGIQUE (2 tomes).
LA MORT À VENISE *suivi de* TRISTAN.
TONIO KRÖGER.

# *Thomas Mann et* Le Docteur Faustus

Publié en 1949 *Le Docteur Faustus* est le dernier roman majeur de Thomas Mann et comme le couronnement de son œuvre immense. Avant sa mort, survenue le 12 août 1955, il ne devait écrire encore que deux romans de moindre importance, *L'Élu,* un conte baroque d'esprit néo-gothique, et *Les Confessions du chevalier d'industrie Félix Krull,* roman picaresque qui reprend et développe une nouvelle datant de 1922.

Cette année 1949 marque un tournant dans la vie de l'auteur. Il revient en Allemagne pour la première fois après un exil de seize ans qui l'aura mené de France en Suisse, puis aux Etats-Unis. Retrouvailles sans joie, assombries encore par le suicide de son fils aîné Klaus. « J'éprouve comme une horreur irrationnelle, écrit-il, à l'idée de reposer un jour dans cette terre allemande qui ne m'a rien donné et rien demandé. L'Allemagne m'est devenue totalement étrangère. » Ces lignes amères n'étonneraient pas sous la plume par exemple d'Henri Heine, juif d'humeur cosmopolite, orienté vers la France par sa culture, ses idées politiques et ses amours. Mais Thomas Mann, rejeton d'une ancienne lignée de grands bourgeois de Lübeck, nationaliste passionné pendant la guerre de 14-18, auteur d'une œuvre qui par sa « germanicité » souffre hélas d'être traduite en quelque langue étrangère que ce soit, par quelle suite de vicissitudes a-t-il pu se retrouver ainsi au ban de sa propre nation ? La réponse est facile, immédiate, trop peut-être : le nazisme. Et certes l'incompatibilité absolue d'un écrivain de grande classe avec l'idéologie nationale-socialiste, comme avec les contraintes de tout régime totalitaire, est dans la nature des choses, et en tout état de cause, Thomas Mann n'aurait pu se plier à la tyrannie nazie. Mais rappelons que son exil — dont il avait pris le parti dès la nomination d'Hitler le 30 janvier 1933 au poste suprême de Chancelier du Reich — fut rendu plus amer encore par ce qu'on appelait l'« affaire Wagner ».

En février, Thomas Mann avait fait une tournée de conférences notamment à Munich, Amsterdam et Bruxelles sur Wagner à l'occasion du 50e anniversaire de sa mort. La presse nazie leur avait fait un écho particulièrement menaçant. Parce qu'il ne sacrifiait pas au rite d'une hagiographie sans nuance, on l'accusait de diminuer l'une des plus pures gloires de l'Allemagne éternelle. Mais ce n'était rien encore, rien d'imprévu ni de profondément blessant en tout cas. Avec une habileté diabolique les nazis devaient parvenir à envenimer la douleur de l'exilé grâce à une pétition revêtue de quarante-cinq signatures émanant du monde des lettres et des arts, parmi lesquelles celles du chef d'orchestre Knappertbusch et du compositeur Richard Strauss. Ce texte devait donner le signal d'une campagne de presse d'une extrême violence contre lui. Pourtant la question mérite d'être posée : le nazisme n'a-t-il pas seulement porté à son comble une incompatibilité profonde entre l'Allemagne et lui ? Déjà la parution en 1901 de son premier grand roman, *Les Buddenbrook,* avait provoqué un scandale. Lübeck, sa ville natale où se situe l'action, s'était crue outragée et on avait rappelé le dicton paysan selon lequel un oiseau ne souille jamais son nid. En vérité l'Allemand Thomas Mann n'a jamais cessé selon son expression, « d'avoir mal à l'Allemagne ». De cette douleur, son exil de 1933 fut l'expression historique, son grand roman *Le Docteur Faustus* l'expression littéraire et une tentative de guérison par l'écriture.

Le 23 mai 1943 Thomas Mann, alors en exil près de Los Angeles, commence la rédaction du chef-d'œuvre de ses dernières années. Le même jour à Freising-sur-Isar, Serenus Zeitblom commence le récit de la vie de son ami, le compositeur allemand Adrien Leverkühn mort deux ans auparavant. Que l'imaginaire Zeitblom et le très réel Thomas Mann ne fassent qu'un, c'est partiellement vrai, comme pour toute identification romanesque. En revanche le parallélisme temporel — Zeitblom enregistrant au cours de sa rédaction les événements qui jalonnent le déclin et l'effondrement du IIIᵉ Reich — est maintenu scrupuleusement jusqu'à la date du 29 janvier 1947 où Serenus Mann et Thomas Zeitblom posent en même temps leur plume après avoir écrit le mot FIN au bas du même récit. Ce récit est affecté en outre d'un décalage décroissant dans le temps puisque son héros Leverkühn, né en 1885, est mort le 25 août 1940 alors que « l'Allemagne, les joues en feu, titubait au sommet de triomphes sauvages et s'apprêtait à conquérir le reste du monde en vertu d'un pacte qu'elle avait signé avec son sang ». Or c'est précisément l'histoire d'un pacte avec le Diable qui est au centre du roman.

Comme tous les êtres élus et maudits, Adrien Leverkühn se signale dès ses plus jeunes années par son intelligence brillante, sa froideur et son humour. Au collège, c'était un très mauvais élève, à cela près qu'il était premier partout. Il commence des études de musique, les abandonne pour se consacrer à la théologie — c'est alors qu'il fait connaissance *in abstracto* avec le Diable — revient enfin à la musique où se manifeste son génie créateur. Ses œuvres relèvent de l'école dodécaphonique.

\*
\* \*

Thomas Mann avait en Californie comme compagnon d'exil le théoricien et musicologue Theodor Adorno. C'est à lui qu'il dut une connaissance approfondie et sans défaillance de la musique dite atonale, sérielle ou dodécaphonique. Le roman profite-t-il de cette érudition ou en est-il alourdi ? Les relations entre érudition et roman — ou même poésie

— sont très anciennes, parfois idylliques, parfois orageuses. Un certain romantisme — à la Byron, à la Musset — se définit contre le positivisme des *Lumières* et des encyclopédistes par un rejet en bloc des sciences et des techniques au profit d'un certain obscurantisme simili-médiéval. Il n'en allait pas de même des romantiques de la première génération. Novalis — pour ne citer que lui — entendait bien englober dans ses aspirations à l'Absolu, à l'Infini ses connaissances cristallographiques et son métier d'ingénieur des mines. Novalis, c'était un peu Diderot et d'Alembert réécrits avec la plume de Swedenborg. Thomas Mann se rattache certainement à cette aspiration totalisante qui ne veut rien laisser échapper des richesses du savoir humain. Tel de ses romans côtoyant une discipline scientifique quelconque, il n'esquive pas le massif, il s'y plonge au contraire et n'a de cesse qu'il ne l'ait épuisé — au risque d'épuiser du même coup certains de ses lecteurs. La médecine pulmonaire dans *La Montagne magique,* la théologie et l'archéologie biblique dans *Joseph et ses frères,* la musique dodécaphonique dans *Le Docteur Faustus* sont inventoriées de fond en comble, et si consciencieusement que le spécialiste le plus pointilleux n'y trouve rien à redire. Il n'en va pas de même de certains critiques. André Gide écrit à propos de *Joseph* (mais la même réflexion aurait pu lui être inspirée par *Le Docteur Faustus*) : « Enfin achevé le fastidieux roman de Thomas Mann. Fort remarquable assurément, mais ressortissant à une esthétique wagnérienne qui me paraît aux antipodes de l'art... Son orchestration est savante, il fait appel à tous les instruments et développe patiemment, inlassablement chaque thème... Le résultat est d'une pesanteur que l'on est en droit de trouver admirable, mais combien me paraît beau au regard de cette indigestion germanique tout le latent des vers de Racine » *(Carnets d'Égypte).* On ne peut laisser passer sans le dénoncer le lieu commun qui prétend opposer la « grâce racinienne » (française) à la « lourdeur wagnérienne » (allemande). Car si le roman massif et inépuisable du type encyclopédique est de tradition séculaire, c'est bien dans la littérature française où l'illustrèrent entre autres Rabelais, Cyrano de Bergerac, Balzac, Flaubert, Zola, etc. En vérité les familles d'esprits se moquent des frontières nationales. Hölderlin se rattache par son vocabulaire exsangue à la tradition racinienne, et Thomas Mann n'a jamais fait mystère de ce que ses *Joseph* devaient à la Salammbô de Flaubert. Tout est une question d'estomac et singulièrement de suc digestif propre à décomposer, assimiler, détruire la charge encyclopédique afin qu'elle ne flotte pas sur les eaux du roman comme un iceberg indigeste. Or pour réduire le savoir à ses fins romanesques Thomas Mann disposait d'un agent dissolvant auquel il est surprenant que Gide n'ait pas été plus sensible : l'humour. Les fous rires diaboliques du jeune Adrien Leverkühn lors des leçons de physique de son père répondent aux trouvailles macabres qui émaillent *La Montagne magique* — les cadavres des malades décédés évacués par la piste du bobsleigh, les sifflements facétieux que telle malade tire de son pneumo-thorax, Hans Castorp couvrant de baisers la « photographie intérieure » de la femme qu'il aime, à savoir la radiographie de ses poumons tuberculeux, etc. Au demeurant le rire est partout mais inégalement réparti dans cette œuvre, et c'est paradoxalement dans les romans les plus légers, les moins dramatiques qu'il retentit le plus rarement : *Altesse Royale, L'Élu, Félix Krull*. Ici le sourire suffit, et cela suffit à nous alerter sur le sens profondément destructeur du rire mannien. « Plus je ris, moins je plaisante », pourrait dire l'auteur du *Docteur Faustus*.

La présence de la musique dodécaphonique au centre du roman donna lieu d'ailleurs à un épilogue comique, mais involontaire cette fois. Pendant les années de guerre Arnold Schönberg partageait l'exil de Thomas Mann et de Theodor Adorno en Californie. Stupeur et indignation quand il lit *Le Docteur Faustus* : non seulement l'invention de la musique sérielle ne lui est pas reconnue, mais elle est plus ou moins subordonnée à une affection syphilitique ! Thomas Mann croit l'apaiser en ajoutant à la dernière page de son roman une note rappelant que la musique dite sérielle ou dodécaphonique est « l'invention du compositeur et théoricien contemporain Arnold Schönberg ». Nouvelle explosion de Schönberg : « Contemporain ? écrit-il. L'avenir dira lequel des deux était le contemporain de l'autre ! »

Qui est Adrien Leverkühn ? C'est un peu Schönberg évidemment. C'est aussi Nietzsche — dont le nom n'est pas mentionné une seule fois dans tout le livre, mais à la vie duquel sont empruntés les épisodes de la maison close, de la prostituée et de la maladie vénérienne. C'est également Hugo Wolf, compositeur autrichien, mort fou après avoir composé notamment d'admirables lieder. Mais c'est bien entendu l'Allemagne, folle et géniale, capable du meilleur et du pire. Son pacte avec le Diable, Adrien Leverkühn l'a signé dans une maison close en contractant volontairement la syphilis avec une prostituée, Esmeralda. En vérité cette fille-maladie, le Diable l'a envoyée à Leverkühn pour lui apporter l'illumination, l'aphrodisiaque du cerveau, l'étincelle créatrice. Au demeurant l'une de ses compositions majeures aura pour thème h e æ es (hetaera esmeralda).

Rien de plus constant dans toute l'œuvre de Thomas Mann que ce thème de l'initiation par la maladie ; il la parcourt comme un fil rouge tantôt à peine visible, tantôt éclatant. Mais il s'en faut que l'initiation morbide ait abouti d'emblée dans l'univers mannien à une création géniale et universelle. Bien au contraire, c'est sur l'échec, la dérision et l'horreur que la maladie débouche dans nombre d'œuvres antérieures au chef-d'œuvre des dernières années. Dans *La Mort à Venise,* par exemple, l'écrivain Aschenbach succombe à l'atmosphère pestilentielle de la Lagune pour avoir contemplé face à face la Beauté dans la personne du petit Tadziu. A l'origine, *La Montagne magique* ne devait être qu'une autre nouvelle apportant à *La Mort à Venise* une sorte de pendant comique. L'œuvre elle-même en a décidé autrement. *La Montagne magique* est un grand roman qui marque un progrès décisif du thème initiatique. Certes la société cossue et cosmopolite est la même à Venise et à Davos, et la mort a rendez-vous avec Castorp comme avec Aschenbach. Mais est-ce l'influence des sommets alpins dont l'atmosphère pure et légère est l'exacte antithèse des miasmes de la Lagune ? Castorp trouve au terme de ses épreuves une sorte de santé supérieure, un enseignement humain et surhumain qui l'a fait comparer à Lancelot chevauchant à la conquête du Saint-Graal. « Ce qu'il a appris, dira Thomas Mann dans la célèbre conférence qu'il prononça à Princeton en 1939, c'est que pour accéder à une santé supérieure, il faut avoir traversé l'expérience profonde de la maladie et de la mort, tout de même que la condition première de la rédemption est la connaissance du péché. » Et il fait dire à Castorp : « Deux voies mènent à la vie. La première est la voie directe, habituelle et honnête. L'autre est une voie mauvaise qui traverse la mort : c'est la voie du génie. »

Cette voie mauvaise mais géniale, le gentil Castorp l'a ouverte, mais rappelé brutalement dans la plaine par la mobilisation de 1914, il n'a pas pu en tirer les fruits. Vingt-trois ans plus tard, Thomas Mann portera à son achèvement le thème de l'initiation morbide en écrivant la vie d'un compositeur de génie.

« Je n'ai aimé aucun de mes personnages autant que celui-là », a écrit Thomas Mann dans son journal. Surprenante confidence si l'on considère la personnalité distante et ironique de Leverkühn. Mais peut-être y a-t-il un mouvement de pitié dans cette tendresse, un mélange de pitié et d'admiration ? Lorsqu'on parle des grandes passions humaines, on oublie trop souvent l'admiration, un sentiment fort, qui peut même devenir impérieux et réduire celui qui en est possédé à une sorte d'esclavage pour le pire ou au contraire l'élever à l'abnégation la plus haute pour le meilleur. Le contrat qu'Adrien Leverkühn a signé avec le Diable s'il lui apporte le génie a pour contrepartie une irrémédiable solitude. Quand Leverkühn cherche à se faire soigner successivement par deux médecins, l'un meurt subitement, l'autre est jeté en prison. Quant au seul être qu'il ait passionnément aimé, son neveu Nepomuk, il est foudroyé par une méningite — et on peut voir dans cet épisode l'image inversée de *La Mort à Venise* : ici, c'est le jeune garçon qui meurt, laissant le créateur à sa féconde mais désespérante solitude.

L'artiste est le frère du fou et du criminel. Cette idée redoutable inscrite dans les premiers écrits de Thomas Mann *(Tonio Kröger)* est formulée dans toute sa brutalité par le Diable en personne à la fin du *Docteur Faustus.* Si le mot frère avait le sens d'une pure et simple identification, l'asile et la prison réservés aux écrivains dans les régimes totalitaires seraient entièrement justifiés. Pourtant il existe une différence entre l'artiste et le fou ou le criminel : sa création. S'il n'était pas vain de vouloir ramener à une formule l'œuvre immense de Thomas Mann, on pourrait dire qu'elle consiste en un effort de réflexion sur cette différence, c'est-à-dire sur elle-même.

Reste la solitude. Pour chaque homme la solitude porte un nom différent. Celle de Thomas Mann s'est appelée l'exil, un exil qui fut intérieur avant de devenir effectif. Il n'avait jamais guéri de son enfance à Lübeck dans l'une des familles les plus honorables de la ville. Il se souvenait d'avoir salué en 1885 dans son uniforme d'écolier le vieil empereur Guillaume I<sup>er</sup> de passage à la gare dans son train spécial. « En tant que fils de commerçant, j'ai le sens de la qualité », laissera-t-il échapper un jour. Et lorsque les nazis le dépossèdent de tous ses biens, il remarque qu'il a l'âge de son père lorsqu'il fit faillite. Nul doute qu'il n'y ait eu dans ce mari modèle, bon père de six enfants, l'âme d'un patricien conservateur. Aussi le scandale soulevé à Lübeck par la parution des *Buddenbrook* marque-t-il dans sa vie une douloureuse rupture que l'exil de 1933 ne fera que consommer.

Après la guerre il se rend plusieurs fois en Allemagne, submergé partout où il va d'honneurs et d'injures. Il renonce finalement à s'y fixer et choisit Zurich, grande ville germanophone qui est allemande sans être allemande et d'où partirent le mouvement dadaïste et, en 1917, les hommes de la révolution bolchevique. Sa dernière visite à Lübeck au début de 1955, quelques mois avant sa mort, a quelque chose de ridicule et de déchirant. Lui qui est né dans cette ville, qui y a grandi, qui l'a rendue célèbre dans le monde entier, voilà qu'à l'occasion de son quatre-vingtième anniversaire on se met en devoir de lui en conférer la citoyenneté d'honneur ! Il accepte avec émotion, avec gratitude, se prête à toutes les cérémonies, et finalement il se fait photographier avec Katia devant sa maison natale dont la façade aux fenêtres murées ne dissimule que le vide et les ruines.

Aucune image ne symbolise mieux le destin de ce grand bourgeois qui, en vertu d'on ne sait quel pacte avec le

Diable, fut aussi l'un des plus grands écrivains de son temps, c'est-à-dire, selon son propre aveu, le frère du fou et du criminel.

Michel TOURNIER
*de l'Académie Goncourt.*

*Lo giorno se n'andava e l'aere bruno*
*toglieva gli animai che sono in terra*
*dalle fatiche loro, ed io sol uno*
*m'apparecchiava a sostener la guerra*
*sì del commino e sì della pietate,*
*che ritrarrà la mente que non erra.*
*O Muse, o alto ingegno, or m'aiutate,*
*o mente che scrivesti cio ch'io vidi,*
*qui si parrà la tua nobilitate.*


DANTE (*Inferno*, Chant II).

# I

Je tiens à l'affirmer nettement, ce n'est pas le désir de me mettre en avant qui m'incite à faire précéder de quelques mots relatifs à ma personne et mes entours ces confidences sur la vie de feu Adrian Leverkühn, cette première biographie, sans doute provisoire, de l'homme aimé, du génial musicien si effroyablement éprouvé, exalté et foudroyé par le destin. Seule me décide la pensée du lecteur - ou mieux, du futur lecteur ; car pour l'instant mon écrit n'a aucune chance de voir le jour de la publicité (à moins que par miracle il puisse quitter l'Europe, forteresse investie, et porter à ceux du dehors un souffle des secrets de notre isolement...) mais je demande à reprendre ma phrase du début : c'est donc seulement parce qu'on voudra, saus doute, être incidemment renseigné sur l'identité et le propos du narrateur que je consigne ici quelques notes personnelles avant d'entrer dans le vif de mon sujet. Au surplus, je le devine, ce faisant je risque d'inquiéter le lecteur qui se demandera s'il est en bonnes mains, je veux dire : si ma carrière me désignait pour une tâche à laquelle me pousse peut-être une impulsion du cœur plus que toute autre affinité justifiée.

En relisant ces lignes, je ne puis me défendre d'y déceler un certain malaise, comme une gêne de la respiration ; il ne caractérise que trop l'état d'âme où je me trouve aujourd'hui, ce 27 mai 1943, deux ans après la mort de Leverkühn, - deux ans après que d'une nuit profonde il est entré dans la nuit totale - aujourd'hui où assis dans mon petit cabinet de travail familier, à Freising-sur-l'Isar, j'entreprends la biographie de mon déplorable ami qui repose en Dieu - ô, ainsi soit-il ! - en Dieu. Émotion caractéristique, dis-je, d'un état d'âme où se mêlent de façon oppressante un désir de confidence qui fait battre mon cœur et une parfaite humilité devant une besogne qui ne me sied point. D'une nature modérée à l'extrême, et j'ose dire, saine, tempérée d'humanité, tournée vers l'harmonieux et le rationnel, je suis un savant et *conjuratus* de la « légion latine », non sans commerce avec les beaux-arts (je joue de la viole d'amour) mais un fils des Muses au sens académique du mot. Je me considère volontiers comme un successeur des humanistes allemands du temps des « Lettres d'Hommes Obscurs » — un Reuchlin, un Crotus von Dordheim, un Mutianus, un Eoban Hesse. Le démoniaque, encore que je me garde de nier son influence sur notre vie, m'a toujours semblé étranger par essence, je l'ai d'instinct exclu de ma conception du monde, sans jamais éprouver le moindre désir de nouer des rapports téméraires avec les puissances d'en bas ni jamais les défier présomptueusement de monter jusqu'à moi, ou, quand de leur propre initiative elles s'avançaient pour me tenter, leur tendre même le petit doigt.

A cette disposition j'ai fait des sacrifices d'ordre idéal et matériel aussi en résignant prématurément et sans hésiter la carrière de l'enseignement qui m'est chère, dès l'instant où elle se révéla incompatible avec l'esprit et les exigences de notre évolution historique. Sous ce rapport, je suis content de moi. Mais cette décision, ou si l'on préfère, cette limitation de ma personne morale ne peut que fortifier mon doute : suis-je qualifié pour la mission que je m'assigne ?

A peine avais-je pris la plume, un mot m'a échappé qui déjà me cause un certain embarras, le mot « génial ». Je faisais allusion au génie musical de mon défunt ami. Or, le vocable de génie, encore que démesuré, a un caractère et rend un son noble, harmonieux, d'une saine humanité ; et mes pareils, malgré leur peu de titres pour accéder à cette haute sphère et recevoir la grâce du *divinis influxibus ex alto,* ne devraient avoir nul motif valable de reculer devant lui, de le passer sous silence et de ne le point manier avec un regard joyeux et une familiarité respectueuse. Voilà ce qu'il semble. Pourtant, on ne saurait le contester, nul n'a jamais mis en doute que dans cette sphère radieuse, l'élément démoniaque et irrationnel a toujours tenu un rôle inquiétant. Entre elle et le royaume inférieur, un lien existe, propre à susciter un léger effroi ; et voilà pourquoi les épithètes rassurantes que j'ai cherché à lui accoler, « noble, humain et sain, harmonieux », ne lui sont pas très adéquates, même pas - j'indique cette nuance avec une sorte de résolution douloureuse - lorsqu'il s'agit d'un génie pur et authentique à la fois béni et infligé par Dieu, et non d'un génie acquis et funeste, corruption coupable et morbide de dons naturels, résultat d'un effroyable pacte...

Ici je m'interromps avec le sentiment mortifiant d'avoir commis une bévue artistique, une maladresse. Adrian, lui, n'aurait pas, dans une symphonie, introduit si prématurément un thème pareil. Tout au plus l'eût-il laissé pressentir de façon finement voilée, à peine perceptible. D'ailleurs, ce qui vient de m'échapper fera - que sais-je ? - au lecteur aussi l'effet d'une allusion obscure, douteuse, et paraît peut-être à mes yeux seuls une indiscrétion et une manière balourde d'enfoncer la porte. Pour un homme comme moi, il est très difficile, il semble presque frivole d'assumer à l'égard d'un sujet qui lui est cher comme la vie et le brûle jusqu'aux moelles, le point de vue de l'artiste, du créateur, et de le traiter comme il l'eût fait, avec une compétence désinvolte. De là ma digression intempestive sur la différence entre le génie pur et l'impur, distinction que je reconnais tout en me demandant si elle est fondée. En fait, l'événement m'a forcé à méditer ce problème avec tant d'application et d'intensité que parfois j'eus le sentiment effroyable d'être ravi hors du plan spirituel qui m'est dévolu et approprié, et d'éprouver moi-même une exaltation « impure » de mes facultés naturelles.

Je m'interromps de nouveau en me rappelant que si j'en suis venu à parler du génie et de son essence, *dans tous les cas* influencée par le démoniaque, c'était afin d'exprimer un doute : ai-je les affinités requises pour mener à bien mon entreprise ? Puissé-je faire valoir, pour refouler ce scrupule, les arguments bons ou mauvais susceptibles de me justifier. Il m'a été donné de passer plusieurs années de ma vie dans l'intimité d'un homme de génie, le héros de ces pages. Je l'ai connu depuis l'enfance, j'ai été le témoin de son développement, de sa destinée, et j'eus l'heur d'apporter à son œuvre créatrice mon modeste concours. Je suis l'auteur du livret tiré de la comédie de Shakespeare : *Peines d'Amour perdues,* cette exubérante œuvre de jeunesse de Leverkühn, et en outre il m'a été permis de collaborer aux textes d'une suite de scènes lyriques grotesques : *Gesta Romanorum,* et de l'oratorio : *L'Apocalypse.* Voilà déjà un argument, ou même plusieurs. En outre, je détiens des papiers, d'inestimables notes, que le disparu m'a légués, à moi et à nul autre, aux jours où il était sain de corps et d'esprit ou plutôt, s'il ne m'est pas loisible d'employer cette expression au sens absolu, à l'époque où il l'était relativement et aux yeux de la loi. Pour ma relation, je m'étayerai donc sur ces documents et je compte d'ailleurs, après un choix obligé, y intercaler directement quelques-uns d'entre eux. Enfin, en dernier ressort ou plutôt en premier - et cette justification a toujours été la plus valable, sinon devant les hommes du moins au regard de Dieu, je l'ai aimé — avec épouvante et tendresse, avec une piété et une admiration dévouées, sans trop m'interroger quant à la réciprocité de mon sentiment.

Réciproque, il ne le fut pas - oh non ! Le don posthume des ébauches de composition et des pages de journal témoigne d'une confiance amicalement objective, presque condescendante, assurément très flatteuse en ma scrupulo-sité, ma piété et ma loyauté. Mais aimer ? Qui cet homme aurait-il aimé ? Jadis une femme - peut-être. Un enfant à la fin, - c'est possible. Un jeune homme frivole et pourtant charmeur, un papillon qu'il éloigna ensuite sans doute à cause même de son inclination, d'ailleurs pour le précipiter aux bras de la mort. A qui eût-il ouvert son cœur, à qui eût-il jamais ouvert sa vie ? Pour Adrian, rien de tout cela n'existait. Il acceptait les dévouements, souvent, j'en jurerais, sans même s'en apercevoir. Si grande était son indifférence qu'il remarquait à peine les contingences extérieures, ni dans quelle société il se trouvait ; et s'il interpellait très rarement par son nom l'interlocuteur occasionnel, j'en induis que le plus souvent il ignorait ce nom, quand l'autre se croyait fondé à croire le contraire. Je comparerai son isolement à un abîme où tous les sentiments qu'on lui offrait sombraient silencieusement sans laisser de traces. Un halo de *froideur* l'environnait - et quelle n'est mon émotion en employant ce mot que lui aussi traça jadis, dans un contexte effroyable, extra-naturel ! La vie et l'expérience peuvent donner à des vocables isolés un accent qui les dépouille complètement de leur signification usuelle et les nimbe d'un effroi incompréhensible à qui n'a pas appris à les connaître dans leur plus terrible acception.

## II

Je me nomme Sérénus Zeitblom, docteur en philosophie. Je m'accuse de mon étrange retard à décliner mon identité, mais le cours littéraire de mes confidences ne me l'avait pas encore permis jusqu'à cet instant. J'ai soixante ans, étant né en l'an de grâce 1883, l'aîné de quatre enfants, à Kaisersaschern, sur la Saale, dans le district de Merseburg, la ville où Leverkühn aussi passa ses années d'écolier. J'en différerai la description plus détaillée jusqu'au moment où j'aborderai le récit de ces années. Au surplus ma vie s'étant fréquemment enchevêtrée à celle du Maître, il sera bon de relater les deux dans leurs rapports respectifs pour ne point pécher par anticipation, — à quoi l'on a toujours tendance lorsque le cœur est plein.

Disons simplement que j'ai vu le jour sur le coteau modéré d'une bourgeoisie à moitié savante. Mon père, Wolgemut Zeitblom, était apothicaire, — le plus important de la localité. Il y avait bien à Kaisersaschern une autre entreprise commerciale de ce genre, mais le public ne lui accorda jamais la même faveur qu'à la pharmacie « Aux Messagers Célestes » et elle dut toujours s'employer à fond pour se maintenir. Notre famille comptait parmi les membres de la petite communauté catholique d'une ville où la plupart des gens étaient naturellement de confession luthérienne. Ma mère en particulier, fidèle fille de l'Église, accomplissait consciencieusement ses devoirs religieux. Mon père, sans doute faute de temps, s'y montrait moins assidu, sans cependant se dissocier de ses coreligionnaires dont la solidarité collective avait aussi une portée politique. Fait digne de remarque, à côté de notre curé, le conseiller ecclésiastique Zwilling, le Dr Carlebach, rabbin de l'endroit, fréquentait également notre salon situé au-dessus du laboratoire et de la pharmacie, ce qui n'eût guère été possible dans les milieux protestants. Des deux, le représentant de l'Eglise romaine avait meilleure apparence, mais, à mon sentiment, sans doute fondé sur des remarques de mon père, le petit talmudiste à longue barbe et coiffé d'une calotte surpassait de beaucoup, en savoir et en érudition, son collègue de l'autre culte.

Peut-être dois-je à cette expérience de jeunesse, peut-être aussi à la compréhension avertie que les cercles israélites témoignèrent à l'œuvre créatrice de Leverkühn, de n'avoir jamais pu approuver entièrement notre Führer et ses paladins dans la question juive et son traitement, inadhésion qui ne fut point étrangère à ma démission de la carrière enseignante. Au vrai, d'autres exemplaires de cette race se sont trouvés sur mon chemin — il me suffit de penser au savant en chambre, Breisacher de Munich — sur le caractère antipathique et troublant desquels je jetterai quelque lumière, le moment venu.

Mon origine catholique a naturellement modelé et influencé mon être intime, sans toutefois que cette nuance religieuse se soit jamais opposée à ma conception humaniste de l'univers, à mon amour des belles-lettres et des sciences, comme on disait jadis. Entre ces deux éléments de ma personnalité régna toujours un parfait accord, sans doute assez naturel quand on a grandi, comme moi, dans une ville ancienne où les souvenirs et les monuments vous reportent à une époque bien antérieure au schisme, l'époque de l'unité chrétienne.

Sur la carte, Kaisersaschern figure au centre même de la Réforme, au cœur du pays de Luther, cerné par les noms d'Eisleben, Wittenberg, Quedlinburg et aussi Grimma, Wolfenbuttel et Eisenach ; cette position peut éclairer la vie intérieure de Leverkühn, luthérien, et son orientation première vers les études théologiques. Je comparerais volontiers la Réforme à un pont allant non seulement des époques scolastiques jusqu'à notre monde de libre pensée, mais aussi retournant au Moyen Age ; et peut-être plus haut encore que la tradition catholique, préservée, elle, du schisme et imbue d'un serein amour de la culture. Quant à moi, je me sens très à l'aise dans la sphère dorée où la Sainte Vierge était appelée *Jovis alma parens.*

Pour ajouter quelques touches essentielles au tableau de ma *vita,* je dirai que mes parents m'accordèrent de suivre les cours de notre gymnase, celui-là même où, deux classes au-dessous de moi, Adrian commença ses études. Fondée en la seconde moitié du XVe siècle, l'institution portait tout récemment encore le nom d'École des Frères de la Vie Commune. Elle y avait renoncé à cause d'une certaine gêne devant sa résonance assez comique pour une oreille des temps nouveaux, et, empruntant son vocable à l'église voisine, s'était intitulée le Gymnase Bonifatius. Lorsque je la quittai au début du siècle, je me consacrai résolument à l'étude des langues classiques qui m'avaient déjà valu quelques succès scolaires. Je fréquentai donc les universités de Giessen, Iéna, Leipzig et, entre 1904 et 1906, de Halle, environ l'époque (et point par une coïncidence fortuite) où Leverkühn s'y initiait à la théologie.

Ici, je ne puis m'empêcher, à mon habitude, d'admirer en passant le rapport intime et presque mystérieux entre notre intérêt pour la philologie ancienne et notre sentiment vivace et tendre de la beauté et de la raison humaine. Ce rapport se manifeste déjà par le fait qu'on appelle « humanités » l'étude des langues anciennes. Dans tout esprit, la juxtaposition de la passion de la sémantique et des humanités a pour couronnement le concept éducatif ; et la carrière de savant philologue conduit presque infailliblement à celle de modeleur de la jeunesse. L'homme formé à la connaissance des sciences naturelles peut être un professeur, il ne sera jamais un éducateur au sens et au degré où l'est le disciple des *bonœ litarœ*. De même en va-t-il de cet autre langage peut-être plus intense mais merveilleusement inarticulé, celui des sons, pour autant qu'on peut désigner ainsi la musique. Elle ne me semble pas incluse dans la sphère de la pédagogie humaniste, encore qu'elle ait rendu des services dans l'éducation hellénique et, en particulier, la vie publique de la *polis*. En dépit de toute la rigueur logique et morale qu'elle affecte parfois, elle me semble bien plus ressortir à un monde spirituel dont je ne garantirai pas l'irréprochabilité, considéré sous l'angle de la raison et de la dignité humaine. Je lui suis néanmoins attaché de cœur et c'est là, qu'on le déplore ou qu'on s'en réjouisse, une des contradictions inhérentes à la nature humaine.

Ceci est une digression. Et pourtant non, car un problème entre dans mon sujet, et même n'y entre que trop : entre le noble et pédagogique univers de l'esprit et cet autre monde spirituel dont on n'approche pas sans risque, y a-t-il une frontière nette et définie ? Quel domaine humain, fût-ce le plus pur, le plus digne et le mieux intentionné, échappe tout à fait à l'influence des puissances d'en bas, ou, doit-on ajouter, peut absolument faire fi de leur contact fécondant ? Cette pensée n'est pas déplacée même de la part d'un être par essence étranger au démoniaque. Elle me hante depuis certaines heures de mon voyage en Italie et en Grèce, voyage d'études d'environ un an et demi, que mes bons parents m'offrirent après mon obtention du diplôme d'État. Elle me hante depuis que de l'Acropole j'ai contemplé la Voie Sacrée où passèrent les célébrants des mystères, le front ceint du bandeau safran, le nom de Iacchos aux lèvres ; plus tard encore, aux lieux de l'initiation, au pays d'Eubule, au bord de la faille plutonienne que surplombe le roc, je ressentis la plénitude du sentiment vital qui s'exprime dans la ferveur de l'hellénisme olympique devant les divinités de l'abîme. Et souvent par la suite, j'ai expliqué à mes élèves de première, du haut de la chaire, que la culture est à proprement parler l'intégration pieuse et régulatrice, je dirais améliorante, de l'élément anormal et nocturne dans le culte des dieux.

Rentré de voyage, le jeune homme de vingt-cinq ans que j'étais trouva un poste au gymnase de sa ville natale, celui-là même où j'avais acquis mon bagage scientifique. Pendant quelques années j'y fis, par modestes paliers, le cours de latin, de grec et aussi d'histoire, avant mon entrée, en la douzième année de ce siècle, dans le corps enseignant bavarois. A dater de ce jour, j'ai rempli à Freising, où je réside depuis lors, les fonctions de professeur au gymnase, conjointement avec celles de *Dozent* à l'École supérieure de théologie, et pendant plus de deux décennies, j'y exerçai une satisfaisante activité.

De bonne heure, peu après ma nomination à Kaisersaschern, je me suis marié. Le besoin d'ordre et le souhait de me plier à la norme humaine déterminèrent ma décision. Hélène, née Oelhafen, mon excellente épouse, qui aujourd'hui encore veille sur mes forces déclinantes, était la fille d'un mien collègue plus âgé de la Faculté de Zwickau, au royaume de Saxe. Au risque de faire sourire le lecteur, j'avouerai que le prénom de la fraîche enfant, Hélène, ces chères syllabes harmonieuses, ne fut pas sans influencer mon choix. Un tel nom équivaut à une consécration. L'on ne saurait se défendre contre sa pure magie, dût l'apparence de celle qui le porte répondre à ses hautes exigences dans une mesure modeste et bourgeoise, du reste éphémère, n'étant due qu'à des charmes juvéniles vite envolés. Nous avons également donné ce nom à notre fille depuis longtemps mariée à un brave homme, fondé de pouvoir à la filiale de la Banque d'Effets Publics bavaroise de Ratisbonne. Outre cette fille, ma chère femme m'a gratifié de deux fils et j'ai ainsi connu les joies et les soucis de la paternité selon la loi naturelle des hommes, encore que dans des limites médiocres. Aucun de mes enfants, je le concède, n'a jamais manifesté de dons surprenants. Dans leur jeune âge, ils n'auraient pu rivaliser en beauté avec le petit Nepomuk Schneidewein, — le neveu d'Adrian, plus tard la prunelle de ses yeux, — je serais le dernier à le contester. Mes deux fils servent aujourd'hui leur Führer, l'un dans un poste civil, l'autre dans les forces armées, et comme ma prise de position à l'égard des autorités dirigeantes nationales a créé un certain vide autour de moi, le lien rattachant ces jeunes gens au paisible foyer de leurs parents s'est également relâché.

# III

Les Leverkühn étaient une lignée d'artisans et de cultivateurs d'un niveau relevé qui prospéra en partie dans la
région de Schmalkalden, en partie dans la province de Saxe,
le long de la Saale. La famille immédiate d'Adrian occupait
depuis plusieurs générations la ferme de Buchel dépendant
de la commune d'Oberweiler, près de Weissenfels, à trois
quarts d'heure de Kaisersaschern en chemin de fer. De cette
station, le voyageur ne pouvait d'ailleurs gagner Buchel que
si un véhicule avait été envoyé à sa rencontre. Buchel était
un de ces domaines considérables qui donnent droit à une
voiture et au rang de gros propriétaire avec bel et bien
cinquante arpents de champs et prairies, une futaie d'es-
sences variées exploitée communalement, une confortable
maison d'habitation tout en bois et cloisonnages, mais à
fondements de pierre. Granges et étables comprises, elle
formait un quadrangle ouvert. Jamais je n'oublierai le vieux
tilleul majestueux qui s'élevait en son milieu, entouré d'un

banc de verdure et que juin habillait de fleurs délicieusement odorantes. Peut-être gênait-il un peu la circulation des charrettes dans la cour et j'ai ouï dire que toujours le fils, l'hoir, en son jeune temps, bataillait contre son père afin d'obtenir la suppression du bel arbre pour des raisons d'ordre pratique, jusqu'au jour où, passé maître à son tour, il le défendait contre son propre fils.

Que de fois le tilleul a dû ombrager la sieste et les jeux du petit Adrian, cadet du couple Jonathan et Elsbeth Leverkühn ! Il était né en 1885, à la saison des fleurs, au premier étage de la maison de Buchel. Son frère Georg, qui à présent sans doute commande là-bas, le précédait de cinq ans. Une sœur, Ursula, le suivit à un même intervalle. Mes parents faisaient partie du cercle d'amis et connaissances des Leverkühn à Kaisersaschern. Des relations cordiales unissaient depuis très longtemps nos deux familles. Souvent, le dimanche, les citadins que nous étions dégustaient avec gratitude les aimables produits de la campagne dont nous régalait Mme Leverkühn : pain bis grenu, beurre, rayons de miel doré, savoureuses fraises à la crème, lait caillé dans des jattes bleues, parsemé de morceaux de pain de seigle et de sucre. Dans la petite enfance d'Adrian, ou Adri comme on l'appelait, ses grands-parents occupaient encore l'aile des vieux, mais la gestion du domaine était entièrement aux mains de la jeune génération et l'aïeul, d'ailleurs respectueusement écouté, ne se mêlait plus qu'aux conversations du dîner, dispensant d'une bouche édentée sa sagesse raisonneuse.

Je n'ai guère conservé l'image de ces ancêtres disparus presque simultanément. Celle de leurs enfants, Jonathan et Elsbeth, n'en est que plus présente à mes yeux, image changeante qui au cours de mes années d'enfant, d'écolier, puis d'étudiant, a glissé avec l'imperceptibilité propre au temps, de la jeunesse aux phases de la flétrissure.

Jonathan Leverkühn était un homme de la meilleure trempe germanique, un type comme on n'en rencontre plus guère dans nos villes et certainement point parmi ceux qui représentent aujourd'hui pour le monde, souvent avec une turbulence assez navrante, notre groupement humain spécifique. Une physionomie frappée à l'empreinte du passé, comme qui dirait conservée à la campagne et retransmise depuis l'époque allemande antérieure à la Guerre de Trente Ans ; telle fut ma pensée quand en grandissant je le considérai d'un œil déjà un peu exercé à voir. Sur un front bombé, formant deux moitiés accusées, aux veines temporales saillantes, retombaient des cheveux en désordre, d'un blond cendré. Longs et fournis par derrière, ils pendaient sur la nuque selon une coupe démodée. Ils couvraient les petites oreilles bien modelées et se confondaient avec la barbe blonde et frisée qui envahissait les joues, le menton et la dépression sous la lèvre inférieure renflée et surmontée d'une courte moustache tombante. Le sourire singulièrement captivant s'accordait au regard un peu usé, lui aussi à demi rieur, auquel une légère timidité conférait de la profondeur. La mince arête du nez s'arquait finement, une ombre se creusait sous les pommettes un peu décharnées. Jonathan découvrait d'habitude son cou nerveux et répugnait aux vêtements de ville en usage, point en harmonie avec sa personne, surtout avec sa main, petite, forte, sèche et hâlée, légèrement tavelée de taches de rousseur, qui se crispait sur la béquille de sa canne lorsqu'il se rendait à l'assemblée communale du village.

Peut-être un médecin eût-il décelé dans certaine fatigue voilée du regard, dans certaine sensibilité des tempes, une tendance à la migraine. Jonathan était en effet sujet à ce mal, mais modérément, en général pas plus d'une fois par mois et presque sans interruption de son activité professionnelle. Il aimait à fumer la pipe, une pipe de porcelaine milongue, à couvercle. Le parfum de son tabac, bien plus agréable que l'odeur des cigares et cigarettes flottant dans l'air, imprégnait l'atmosphère des pièces d'en bas. Avant de s'endormir, il absorbait volontiers un bon bock de bière de Merseburg. Les soirs d'hiver, quand au-dehors son bien, son patrimoine, reposait sous la neige, on le voyait lire, de préférence, une volumineuse Bible héréditaire reliée en peau de porc, estampée et munie de lanières de cuir pour la fermeture. Imprimée vers 1700 par privilège ducal, à Brunswick, cette Bible contenait, outre les avant-propos « spirituels » et les gloses marginales du Dr Martin Luther, toutes sortes de résumés, *locos parallelos,* et des vers historiques et moraux d'un sieur David von Schweinitz commentant chaque chapitre. Selon une légende ou plutôt une tradition péremptoire, ce livre avait appartenu à la princesse de Brunswick-Wolfenbuttel, qui épousa le fils de Pierre le Grand. Par la suite, la princesse avait simulé la mort et ses obsèques furent célébrées pendant qu'elle s'enfuyait à la Martinique, où elle contracta mariage avec un Français. Combien de fois, plus tard encore, Adrian, qui avait le sens aigu du comique, s'égaya avec moi de cette histoire que son père, levant la tête, racontait avec un regard doux et profond ; après quoi, apparemment indifférent à la provenance un peu scabreuse du texte sacré, il se plongeait dans les commentaires versifiés du sieur von Schweinitz ou dans le Discours de la Sapience de Salomon aux Tyrans...

En dehors de son goût pour les lectures religieuses, il en avait un qu'en d'autres temps on eût appelé le « goût de la spéculatoire ». C'est-à-dire, il s'adonnait, sur une échelle et avec des moyens réduits, à l'étude des sciences naturelles, biologiques, voire chimiques et physiques, à quoi mon père l'aidait parfois en lui fournissant des substances prises à son laboratoire. J'ai choisi cette expression désuète et point à l'abri de toute critique : « faire de la spéculatoire », pour caractériser ses efforts, parce qu'un certain élément mystique s'y manifestait qui jadis eût facilement paru suspect, comme un penchant à la sorcellerie. Au surplus, j'ajoute que j'ai toujours parfaitement compris cette méfiance d'une époque religieuse et spiritualiste à l'égard de la nouvelle passion de violer les secrets de la nature. Les timorés devaient y subodorer un commerce libertin avec le défendu, sans tenir compte qu'il y a une contradiction à considérer ces créations de Dieu, la nature et la vie, comme un domaine mal famé. La nature est trop pleine de mystifications frôlant la magie, de caprices ambigus, d'allusions à moitié voilées aboutissant à d'étranges équivoques, pour qu'une piété disciplinée n'ait pas vu dans son étude une transgression téméraire.

Le soir, quand le père d'Adrian ouvrait ses livres illustrés en couleurs sur les lépidoptères exotiques et la faune des mers, nous y jetions parfois un coup d'œil, ses fils, moi, et même Mme Leverkühn, par-dessus le dossier de cuir de son siège à oreilles. De l'index, il nous montrait les splendeurs et les bizarreries qui s'y trouvaient reproduites : papillons et morphos des Tropiques, diaprés de toutes les nuances de la palette, nocturnes iridescents se balançant dans les airs, façonnés et formés selon un goût et une technique infaillibles. Ces insectes d'une beauté fantastique, exagérée, ont une vie éphémère et quelques-uns passent aux yeux des indigènes pour de mauvais esprits porteurs de malaria. Leur plus merveilleuse teinte, un admirable azur de rêve, est, disait Jonathan, non point réelle, mais produite par les fines nervures et autres particularités superficielles des écailles de leurs ailes. Une structure minuscule réfracte avec art les rayons lumineux et en rejette la majeure partie, si bien que seul le bleu le plus pur parvient jusqu'à notre rétine.

J'entends encore Mme Leverkühn s'exclamer :

— Tiens, tiens ! C'est donc une supercherie ?

— Appelles-tu le bleu du ciel une supercherie ? ripostait son mari en se retournant pour la regarder. Tu ne peux pas davantage définir la matière colorante dont il se compose.

En écrivant, je me revois encore, debout derrière la chaise du père avec Mme Elsbeth, Georg, Adrian, et suivant son doigt à travers ces images. Il y avait là des sphinx aux ailes dépourvues de toute écaille, qui semblent d'un verre délicat traversé d'un réseau de minces veinules. Un de ces papillons, à la nudité diaphane, ami de la pénombre crépusculaire des ramures, s'appelle *hetœra esmeralda*. Une tache sombre, violette ou rose, ponctue ses ailes, et seule visible en plein vol, lui donne l'aspect d'un pétale au vent. Il y avait aussi le papillon foliacé. Le dessus de ses ailes éblouit par l'accord parfait des couleurs. L'envers imite avec une exacte précision la feuille, et non seulement sa forme et son système veineux, mais encore les petites imperfections, gouttes d'eau, champignons et autres détails analogues, minutieusement reproduits. Cet insecte rusé, quand il se pose sur le feuillage, se confond si complètement avec lui que le plus avide ennemi ne saurait l'y déceler.

Non sans succès, Jonathan essayait de nous communiquer son émotion devant ce mimétisme protecteur et raffiné qui s'assimilait jusqu'aux défauts isolés.

- Comment l'insecte s'y est-il pris ? demandait-il volontiers. Comment s'y prend la nature à travers la bête ? Car on ne saurait attribuer cette rouerie au résultat d'une observation et à un calcul de sa part. Oui, oui, la nature connaît bien la feuille, dans sa perfection et aussi dans ses petits défauts quotidiens et ses déformations ; par bienveillance malicieuse, elle en restitue l'apparence dans un autre domaine, à l'envers des ailes d'une de ses créatures, pour en égarer d'autres. Mais pourquoi celle-ci, justement, bénéficie-t-elle d'un ingénieux artifice ? Et s'il est assurément utile pour le papillon de ressembler trait pour trait à une feuille lorsqu'il s'y pose, quel est l'avantage, du point de vue de ses chasseurs affamés, lézards, oiseaux et araignées, auxquels il est destiné à servir de pâture et qui pourtant, quand il lui plaît, ne peuvent le découvrir, malgré leur acuité visuelle ? Je vous le demande, pour que vous ne me le demandiez pas.

Ce lépidoptère savait donc se rendre invisible pour se protéger, mais tournait-on les pages, on faisait la connaissance d'autres de ses congénères, qui, eux, atteignaient à un résultat identique au moyen d'une visibilité frappante, voire insistante. De taille particulièrement développée, agencés et teintés avec un faste extraordinaire, ils paradent, disait le père Leverkühn, dans leur habit provocant, avec une aisance ostentatoire que pourtant on ne peut trouver insolente, car elle a plutôt quelque chose de mélancolique. Ils passent leur chemin sans jamais se cacher et aucune bête, singe, oiseau ou lézard, ne les suit du regard. Pourquoi ? Parce qu'ils sont répugnants. Leur saisissante beauté et aussi la lenteur de leur vol le laissent entendre. Leurs sucs dégagent une odeur et un goût tellement fétides qu'en cas de méprise celui qui espérait se régaler de l'un d'eux rejette aussitôt le morceau en donnant tous les signes de la nausée. Leur caractère incomestible est connu dans toute la nature et ils se savent préservés, — tristement préservés. Nous du moins, derrière le siège de Jonathan, nous nous demandions si leur sécurité se pouvait qualifier d'heureuse, et n'équivalait pas plutôt à une sorte de déshonorante infériorité. Et le résultat ? C'est que d'autres variétés de papillons revêtent par calcul la même livrée éclatante et avertisseuse et passent, eux aussi intangibles, d'un vol lent, mélancolique et assuré, encore qu'ils soient parfaitement propres à la consommation.

Gagné par l'hilarité qui secouait Adrian et lui arrachait des larmes, je riais de bon cœur. Le père Leverkühn nous rembarrait d'un : « Chut ! ». Il voulait que l'on contemplât ces choses avec une timide ferveur, cette ferveur mystérieuse avec laquelle il considérait l'écriture indéchiffrable sur les coquilles de certains mollusques, à l'aide de sa grande loupe carrée, mise également à notre disposition. Certes, la vue de ces créatures aussi, limaces et coquillages marins, était significative, du moins lorsqu'on les étudiait sous la direction de Jonathan. On s'ébahissait à la pensée que toutes les circonvolutions ciselées avec une prestigieuse sûreté et un goût de la forme aussi hardi que délicat, ces conques avec leurs orifices rosés et la splendeur irisée, faïencée, de leurs cloisons, étaient l'œuvre de leurs gélatineux habitants - du moins si l'on estimait que la nature se fait elle-même sans l'intervention d'un créateur que pourtant il eût été curieux de se représenter en ouvrier d'art plein de fantaisie, en ambitieux céramiste. Aussi est-on tenté dans ce domaine plus que dans aucun autre d'introduire un demidieu, maître artisan, un démiurge... Je le répète, par-dessus tout vous stupéfiait la pensée que ces précieux habitacles étaient l'œuvre des êtres mous qu'ils protégeaient.

— Ainsi qu'il est facile de vous en assurer quand vous tâtez vos coudes, vos côtes, nous disait Jonathan, vous avez en grandissant développé à l'intérieur de votre corps une charpente solide, un squelette. Il soutient votre chair, vos muscles et vous le portez avec vous ou plutôt il vous porte. Ici, c'est le contraire. Ces créatures-ci ont placé leur solidité à l'extérieur, non comme une armature, mais comme un habitat, et sans doute faut-il attribuer leur beauté au fait qu'elle est externe et non intérieure.

Nous, les garçons, Adrian et moi, nous nous regardions avec un demi-sourire ahuri en entendant des remarques du père comme celle-ci, sur la vanité du visible.

Parfois, cette esthétique de façade se révélait perfide. Certains escargots d'une ravissante asymétrie, trempés dans un rose pâle veiné ou dans un miel brun pointillé de blanc, étaient suspects à cause de leur morsure venimeuse. D'ailleurs, à entendre le maître de Buchel, on ne pouvait contester à cette très étrange catégorie animale un caractère douteux, équivoque. Une singulière ambivalence de point de vue s'était toujours manifestée dans l'usage très divers que l'on a fait de ces spécimens de luxe. Au Moyen Age, ils figuraient obligatoirement dans l'inventaire des cuisines de sorcière et des caves d'alchimiste et servaient de réceptacles appropriés pour les poisons et les philtres d'amour ; et en même temps, ils trouvaient leur emploi dans le culte divin, en guise d'ostensoirs et de reliquaires. Que d'éléments se rejoignent ici — poison et beauté, poison et magie, mais aussi magie et liturgie ! Si nous ne formulions pas ces pensées, du moins les commentaires de Jonathan Leverkühn nous les suggéraient-elles confusément.

Quant à ces signes scripturaires qui ne lui laissèrent jamais de repos, on les voyait sur la coquille d'un mollusque de la Nouvelle-Calédonie. De taille moyenne et teintés d'un rouge-brun pâle, ils se détachaient sur un fond blanchâtre. Les caractères comme tracés au pinceau couraient vers la bordure selon une pure ornementation linéaire et sur la plus grande partie de la surface bombée leur minutieuse complication leur donnait très nettement l'apparence de symboles intelligibles. Autant qu'il m'en souvienne, ils présentaient une grande analogie avec des écritures orientales primitives, peut-être le vieil araméen. Effectivement, de la bibliothèque municipale de Kaisersaschern, assez bien montée, mon père apportait à son ami des ouvrages archéologiques qui offraient la possibilité de recherches, de comparaisons. Bien entendu, ces études n'aboutissaient à aucun résultat ou, du moins, le résultat était-il si trouble et insensé qu'il ne menait à rien. Non sans mélancolie, Jonathan en convenait lorsqu'il nous montrait ces signes énigmatiques.

- Impossible, nous disait-il, de déceler leur sens. Hélas ! mes amis, il en est ainsi. Ils se dérobent à notre compréhension et par malheur il en sera sans doute toujours de même. Mais quand je dis : « ils se dérobent », c'est simplement le contraire de : « ils se révèlent » et personne ne me fera jamais croire que la nature a inscrit ces chiffres dont nous manque la clef sur la coquille d'une de ses créatures à seule fin de l'orner. Ornementation et signification ont toujours été de pair, les écritures anciennes servaient à la fois d'ornement et de moyen d'expression. Si l'expression demeure pour nous lettre morte, cette contradiction n'en comporte pas moins une jouissance.

Songeait-il que s'il s'était agi d'un vrai cryptogramme, la nature aurait donc disposé d'une langue propre, organisée ? Car laquelle d'entre celles qu'ont inventées les hommes aurait-elle dû choisir pour s'exprimer ? Déjà alors, enfant, je comprenais très clairement que la nature extrahumaine est illettrée par essence, ce qui à mes yeux lui confère précisément son caractère inquiétant.

Oui, le père Leverkühn était un spéculateur et un penseur. Je l'ai déjà dit, son penchant à l'investigation (pour autant qu'on peut parler d'investigation à propos de simples rêveries contemplatives) s'orientait toujours dans une direction définie, mystique ou intuitivement semi-mystique, vers laquelle, semble-t-il, la pensée humaine à la poursuite des mystères naturels se trouve entraînée presque fatalement.

Que l'entreprise audacieuse d'éprouver la nature, de l'inciter à des phénomènes, de la « tenter » en mettant à nu ses procédés au moyen d'expériences, que tout cela côtoie de près la sorcellerie, entre déjà dans son royaume et constitue en soi une œuvre du « Tentateur », telle fut la conviction des époques disparues ; conviction respectable à mon avis. Je voudrais savoir de quel œil on aurait, en ces temps, regardé l'homme de Wittenberg qui, Jonathan nous l'apprit, avait fait cent et quelques années auparavant, l'expérience de la musique visuelle. A des essais de ce genre nous avions parfois le privilège d'assister. Parmi les rares instruments de physique dont disposait le père d'Adrian, figurait une plaque de verre ronde fixée en son milieu à un pivot, sur laquelle se déroulait le prodige. La plaque était semée de sable fin. Avec un vieil archet de violoncelle, le père Leverkühn caressait sa bordure de haut en bas. Selon les oscillations qu'il lui imprimait, le sable agité glissait et s'ordonnait en figures et arabesques singulièrement précises et diverses. Cette acoustique visuelle, où la clarté et le mystère, le régulier et le miraculeux se rejoignaient d'une façon attrayante, nous plaisait infiniment, à nous autres

36

enfants, et tout autant pour être agréables à l'expérimentateur, nous le priions souvent de nous en donner le spectacle.

Il prenait un égal plaisir aux fleurs de glace. Les jours d'hiver, quand les stalactites de cristal recouvraient les petites fenêtres paysannes de Buchel, il pouvait rester des heures entières à contempler leur structure, tantôt à l'œil nu et tantôt à la loupe. Je serais tenté de dire que tout aurait été parfait et l'on aurait pu passer à l'ordre du jour si les résultats s'étaient toujours cantonnés dans la rigueur symétrique et strictement mathématique des figures. Mais ces stalactites reproduisaient la flore avec une certaine impertinence illusionniste : elles simulaient à merveille, de façon charmante, des éventails de fougères, des herbes, les calices et les étoiles des corolles, elles se livraient par leur moyens propres, glacials, à une sorte de dilettantisme organique. Jonathan n'en prenait pas son parti et son hochement de tête un peu méfiant, mais admiratif, ne cessait pas. Ces fantasmagories, se demandait-il, présentent-elles les formes des végétaux par un phénomène de préfiguration ou d'imitation ? Aucun des deux, se répondait-il sans doute. C'étaient des formations parallèles. La nature rêveuse et créatrice faisait le même songe, ici et là, et si l'on pouvait parler d'imitation, ce ne pouvait être assurément que d'une imitation réciproque. Fallait-il voir les prototypes dans les authentiques enfants des prés, sous prétexte qu'ils possédaient une réalité organique, et les fleurs de glace n'étaient-elles que de simples apparences ? Celles-ci pourtant ne découlaient pas d'une moindre complication de coïncidences matérielles que chez les plantes.

Si je comprenais bien notre hôte, le problème qui l'occupait était l'unicité de la vie animée et de la vie dite inanimée, la pensée que nous péchons contre celle-ci lorsque nous tirons une ligne de démarcation trop nette entre les deux ; en réalité, cette ligne est franchissable et il n'existe en somme aucune possibilité élémentaire absolument réservée aux êtres animés et que le biologiste ne puisse étudier également sur le modèle inanimé.

De quelle manière troublante les frontières se chevauchent en effet, la « goutte dévoratrice » nous l'enseigna, à qui maintes fois le père Leverkühn procura sous nos yeux la pâture. Une goutte de ce que l'on voudra, paraffine, huile d'éther, je ne me rappelle plus très bien sa composition, du chloroforme, je crois ? une goutte, dis-je, n'est pas un animal, pas même au stade primitif, pas même une amibe. On n'admet pas qu'elle convoite la nourriture, qu'elle conserve ce qui lui agrée et refuse ce qui ne lui convient pas. C'était pourtant précisément le cas de la nôtre. Elle était suspendue, isolée dans un verre d'eau où Jonathan l'avait placée, sans doute au moyen d'une fine pointe. Il prenait ensuite avec des pincettes un minuscule tube de verre, à proprement parler un fil de verre, enduit au préalable de gomme et l'approchait de la goutte. A cela se bornait son intervention. La goutte faisait le reste. Elle projetait à sa surface une petite éminence, quelque chose comme une colline d'atterrissage, à travers quoi elle accueillait en elle le bâtonnet, dans le sens de la longueur. Elle-même s'allongeait verticalement, prenait la forme d'une poire pour contenir entièrement sa proie et que celle-ci ne la dépassât point par les extrémités ; puis, j'en donne ma parole, tout en s'arrondissant de nouveau en œuf, elle commençait à dévorer l'enduit de gomme du tube de verre et à se l'incorporer. Enfin redevenue sphérique, elle expulsait vers sa périphérie le corps étranger, léché et nettoyé, et le rejetait à l'eau environnante.

Je ne saurais affirmer que je prenais plaisir à ce spectacle mais j'avoue qu'il me fascinait et sans doute Adrian aussi, bien qu'il fût très tenté de rire devant des exhibitions de ce genre et se contînt uniquement par égard pour la gravité paternelle. A la rigueur, on pouvait trouver comique la goutte dévoratrice ; mais j'éprouvais un sentiment tout autre devant certains invraisemblables et hallucinants produits naturels que le père avait réussi à élever après une culture fort singulière et qu'il nous permettait également de contempler. Jamais je ne les oublierai. Le vaisseau de cristal qui les contenait était aux trois quarts rempli d'un liquide légèrement vaseux du silicate de potasse allongé d'eau, et sur le fond sablonneux s'agitait un grotesque petit paysage d'herbes diversement colorées, une confuse végétation de pousses bleues, vertes et brunes, rappelant les algues, les champignons, les polypes, la mousse, puis des coquillages, des épis, des branchettes d'arbrisseaux et jusqu'à des membres humains - le spectacle le plus remarquable que j'aie jamais eu sous les yeux. Remarquable, non point tant à cause de son aspect assurément très singulier et troublant, qu'en raison de sa nature profondément mélancolique. En effet, le père Leverkühn nous ayant demandé ce que nous en pensions, nous répondîmes timidement que ce pouvaient être des plantes, sur quoi il déclara : « Non, il n'en est rien, elles font seulement semblant ; mais leur mérite n'en est pas moindre. Précisément, le fait qu'elles le simulent et s'y efforcent de leur mieux est digne de toute notre estime. »

Il nous révéla que ces plantes étaient d'origine absolument inorganique, réalisées au moyen de substances provenant de la pharmacie « Aux Messagers Célestes ». Avant d'y verser la solution liquide, Jonathan avait semé sur le sable, au fond du récipient, divers cristaux — du chromate de potasse et du sulfate de cuivre si je ne m'abuse ; et de cette semence avait germé, sous l'action d'un processus physique que l'on appelle la « pression osmotique », une végétation lamentable pour laquelle son éleveur réclamait notre sympathie avec un surcroît d'insistance. Il nous montra que ces tristes imitations de la vie étaient assoiffées de lumière, « héliotropiques » comme disent les sciences naturelles. Il exposait pour nous l'aquarium au soleil, en ayant soin de laisser trois de ses parois dans l'ombre. Alors, ô prodige, au bout d'un bref instant, toute la parentèle équivoque, les champignons, les tiges de polypes phalliques, les algues et arbrisseaux, ainsi que les embryons de membres humains se tournaient du côté d'où pénétrait la lumière ; et dans un élan nostalgique vers la chaleur et la joie ils se cramponnaient à la vitre et s'y collaient.

— Pourtant, ils sont morts, disait Jonathan et les larmes lui montaient aux yeux tandis qu'un rire réprimé secouait Adrian.

Pour ma part, je laisse à d'autres le soin de décider s'il y a là sujet de rire ou de pleurer. Je ne dirai qu'une chose : des fantasmagories comme celle-ci sont exclusivement un jeu de la nature et en particulier de la nature délibérément tentée par l'homme. Au respectable royaume des *humaniora*, on est à l'abri de ces troubles magies.

# IV

Le précédent chapitre étant gonflé outre mesure, je fais
bien d'en entamer un autre pour rendre hommage en
quelques mots à l'hôtesse de Buchel, la chère mère d'Adrian.
Peut-être la reconnaissance que tout un chacun éprouve pour
sa propre jeunesse et aussi les savoureuses collations qu'elle
nous servait, transfigurent-elles cette image. Toujours est-il
que jamais dans la vie femme ne me parut plus attrayante
qu'Elsbeth Leverkühn ; et de sa personne simple, complètement dépourvue de prétentions à l'intellectualité, je parle
avec un respect né de la conviction que le génie du fils devait
beaucoup à l'heureuse eurythmie vitale de la mère.

Si j'avais plaisir à contempler la belle tête vieil-allemande
de son époux, mes yeux ne s'arrêtaient pas moins volontiers sur Elsbeth, d'apparence si parfaitement agréable, originale et de proportions harmonieuses. Native de la région
d'Apolda, elle avait un de ces types bruns comme on en
rencontre parfois en pays germanique sans pourtant que leur

généalogie, si loin puisse-t-on remonter, décèle un apport de sang latin. Au bistre de son teint, au noir de sa chevelure et à son regard calme et amical, on aurait pu la prendre pour une Italienne, si une certaine rudesse teutonne dans le dessin du visage n'eût démenti cette supposition. Il formait, ce visage, un ovale assez bref, le menton un peu effilé, le nez point régulier, légèrement épaté, retroussé du bout, et la bouche sereine, ni sensuelle ni sévère. Sa chevelure dont je viens de parler voilait à demi ses oreilles et s'argenta lentement à mesure que je grandissais. Tirée très serré, elle miroitait et la raie sur le front mettait à nu la peau blanche de la tête. Pourtant, pas toujours et donc involontairement, quelques mèches folles pendaient avec beaucoup de grâce sur les oreilles. La natte, encore volumineuse dans notre enfance, formait par derrière une torsade à la mode paysanne, et les jours de fête s'avivait d'un ruban brodé de couleur.

Les vêtements de ville n'étaient pas plus faits pour elle que pour son mari. Les atours de dame ne lui allaient pas. En revanche, elle portait admirablement la tenue campagnarde — un peu un costume régional — dans laquelle nous l'avons connue ; la jupe raide (nous disions « façon maison ») avec une sorte de corselet bordé dont l'échancrure carrée laissait libres le cou un peu trapu et le haut de la gorge quelquefois paré d'un simple et léger bijou d'or. Les mains brunâtres, habituées à l'activité, ni grossières ni trop soignées, avec l'alliance à l'annulaire droit, avaient quelque chose de si humainement juste et loyal qu'on les considérait avec plaisir ; de même les pieds, à la démarche décidée, bien faits, ni grands ni exagérément petits, dans des souliers commodes à talons plats et des bas de laine verte ou grise tendus sur les chevilles bien formées. Tout ceci était agréable, mais son plus grand charme consistait dans sa voix de mezzo-soprano au timbre chaud, extraordinairement plaisant, lorsqu'elle parlait en donnant aux syllabes une intonation vaguement thuringeoise. Je dis « plaisant » et non « séduisant », épithète qui impliquerait un peu de préméditation et de conscience de soi. Ce charme vocal provenait d'une musicalité intérieure qui d'ailleurs resta toujours latente, car Elsbeth ne s'occupait guère de musique, lui demeurait en quelque sorte étrangère. Il arrivait qu'en passant elle pinçât des accords sur la vieille guitare accrochée en guise d'ornement au mur de la salle d'habitation ; ou encore, elle fredonnait quelque couplet d'un lied ; mais elle ne cultiva jamais le chant à proprement parler ; et pourtant, j'en mettrais ma main au feu, il y avait en elle les plus excellentes dispositions.

En tout cas je n'ai jamais entendu parler de façon plus charmante bien qu'elle tînt des propos fort simples et terre à terre. A mon avis, ce n'est pas en vain que ces accents maternels d'une harmonie naturelle, déterminée par un goût instinctif inné, caressèrent dès la première heure l'oreille d'Adrian. J'y vois l'explication de l'incroyable sentiment du son, manifeste dans son œuvre ; à quoi l'on pourrait d'ailleurs objecter que Georg, le frère aîné, jouit du même privilège sans que la courbe de sa vie en ait été influencée. Au surplus, il ressemblait davantage au père, alors que physiquement Adrian tenait de sa mère — et néanmoins là aussi il y a contradiction ; en effet, c'était Adrian, non Georg, qui avait hérité la tendance du père à la migraine. Mais l'ensemble de la personne du cher disparu et divers détails : le teint bistré, la coupe des yeux, le modelé de la bouche et du menton lui venaient du côté maternel ; on le remarquait surtout à l'époque où il était rasé, car par la suite — longtemps après — il laissa pousser une barbiche qui modifia beaucoup sa physionomie. Le noir de poix de l'iris maternel et l'azur de l'iris paternel se confondaient dans ses yeux en un bleu-gris-vert ombré, pailleté d'un reflet métallique avec un cerne couleur de rouille autour de la pupille. J'eus toujours en mon âme la certitude que l'opposition entre les prunelles des parents et le mélange de leurs nuances dans ses propres yeux déterminaient le flottement du jugement d'Adrian sous ce rapport ; toute sa vie il ne put décider à quels yeux — noirs ? bleus ? — il donnait la préférence chez autrui, mais toujours le séduisaient les extrêmes, l'éclat de goudron entre les cils ou le bleu lumineux.

Mme Elsbeth exerçait la meilleure influence sur le personnel de la ferme. Assez peu nombreux aux périodes creuses de l'année, à l'époque de la moisson il s'augmentait

42

de nouvelles recrues parmi la population rurale des environs. Son autorité sur ces gens dépassait même celle de son mari. Le visage de certains d'entre eux me hante encore, par exemple celui du palefrenier Thomas. Il venait nous chercher habituellement à la gare de Weissenfels et nous y ramenait. Borgne, singulièrement osseux et long, il était affligé, tout en haut des épaules, d'une bosse sur laquelle il juchait souvent le petit Adrian pour le promener. Siège très pratique et très commode, m'a plus tard affirmé le Maître. Je me rappelle en outre une servante d'étable, nommée Hanne, une fille aux seins flasques et aux pieds nus toujours encrassés de fumier. L'enfant Adrian se lia avec elle d'une amitié plus étroite pour des motifs qui seront approfondis plus loin. Il y avait aussi la gérante de la laiterie, Mme Luder, une veuve à bonnet, dont l'air d'extrême dignité formait une protestation contre son nom[1] et d'autre part se pouvait attribuer au fait qu'elle fabriquait un fromage au cumin remarquable. En l'absence de la maîtresse de maison, elle nous servait à goûter dans la vacherie, lieu accueillant où la servante accroupie sur un escabeau trayait dans nos verres le lait tiède et mousseux fleurant l'odeur de la bonne bête.

Je ne me perdrais assurément pas en souvenirs isolés de cet univers enfantin et rustique dans son paisible assemblage de prés, de bois, d'étangs et de collines, s'il n'avait été précisément l'ambiance première d'Adrian jusqu'à sa dixième année, la maison de ses parents, son paysage d'origine, qui si souvent me vit à ses côtés. Notre tutoiement prit racine en ce temps où sans doute lui aussi a dû m'appeler par mon prénom — je ne l'entends plus mais il est invraisemblable que l'enfant de six ou huit ans ne m'ait pas dit « Serenus » ou simplement « Seren » tout comme je lui disais « Adri ». Je ne saurais préciser l'époque — probablement au début de nos années scolaires — où il cessa de m'octroyer certe faveur et, pour autant qu'il m'interpellait, ne me désigna plus que par mon patronyme alors qu'il m'eût été bien dur, impossible, de lui rendre la pareille. Il en fut ainsi... et il ne

1. Luder : *carogne*.

manquerait plus que j'aie l'air de m'en plaindre ! Simplement il m'a paru intéressant de signaler que je l'appelais Adrian et qu'en revanche, lorsqu'il ne pouvait éviter toute appellation, il me nommait Zeitblom. Négligeons cette singularité dont j'ai pris mon parti et revenons à Buchel.

Nous avions un ami commun, le chien, qui portait le nom insolite de Suso, un braque assez minable ; lorsqu'on lui apportait sa pâtée, un large rire fendait sa face mais il ne laissait pas d'être dangereux pour les étrangers. Il menait la vie bizarre du chien enchaîné de jour devant son écuelle et lâché en liberté durant le calme des nuits. Adrian et moi nous nous arrêtions devant la bousculade malpropre de la porcherie ; nous nous remémorions les contes de bonne femme où ces pensionnaires sales, aux étroits yeux bleus rusés, frangés de cils blonds et au corps alourdi de lard, d'une pâleur humaine, dévoraient les petits enfants ; et nous contraignions nos gosiers à imiter leur grognement caverneux. Puis nous retenait le grouillement rose des gorets suspendus aux mamelles de la mère truie. Ensemble nous nous amusions de la vie guindée du peuple de la basse-cour derrière son treillis de fer, scandée de gloussements dignes, modérés, et de rares éclats hystériques. Avec précaution nous visitions les ruchers derrière la maison, car nous connaissions la douleur vive sinon insupportable qu'on éprouvait lorsqu'une butineuse égarée sur votre nez se croyait obligée de vous piquer.

Je me rappelle les tiges des groseilles du verger que nous humions ; nous goûtions à l'oseille des prés ; au goulot de certaines fleurs, nous sucions des traces de nectar. Je me rappelle les glands que nous mâchonnions dans la forêt, couchés sur le dos et les mûres sauvages empourprées, chaudes de soleil, cueillies au passage sur les buissons et dont le suc âpre apaisait notre soif d'enfants. Nous étions des enfants — ce regard en arrière, je ne le jette pas par complaisance personnelle mais par rapport à lui, en songeant à son destin, à son ascension prédestinée hors de la vallée de l'innocence, jusqu'à des hauteurs farouches, voire effroyables. Ce fut une vie d'artiste. Et parce qu'il me fut donné, à moi homme simple, de la côtoyer, toute la sensibilité dont mon âme est capable à l'égard de la vie et du sort humains s'est concentrée sur ce spécimen particulier d'humanité. Par la vertu de mon amitié pour Adrian, cette vie m'apparaît comme le paradigme de tout destin, comme le prétexte typique à l'émotion devant ce que nous nommons le devenir, le développement, la vocation. Peut-être l'est-elle en réalité ; car l'artiste, il est vrai, demeure toujours plus près de son enfance, ou peut-être plus fidèle à son enfance que l'homme cantonné dans la réalité pratique ; et l'on peut dire que différent de celui-ci, il s'attarde éternellement dans l'état rêveur d'une humanité pure et les jeux de l'enfant. Pourtant, depuis ses commencements inviolés jusqu'aux stades tardifs, insoupçonnés, de son devenir, il suit une voie infiniment plus longue, plus aventureuse, plus émouvante pour l'observateur que celle du bourgeois, et la pensée que ce dernier fut également jadis un enfant n'incite pas moitié autant aux larmes.

Veuille le lecteur mettre les sentiments que je viens d'exprimer au compte du narrateur et ne point croire que j'ai parlé selon l'esprit de Leverkühn. Je suis un homme à la vieille mode, attaché à certains points de vue romantiques qui lui sont chers ; parmi eux figure l'antinomie pathétique de l'artiste et du bourgeois. Adrian eût froidement contredit une réflexion comme la précédente, si tant est qu'il eût pris la peine de la réfuter. Sur l'art et l'état de l'artiste, il émettait des opinions rassises à l'extrême, tranchantes par réaction, et il répugnait au « verbiage romantique » dont le monde les avait naguère entourés. Les mots « art » et « artiste » sonnaient désagréablement à son oreille ainsi que le trahissait sa mine lorsqu'on les prononçait devant lui. De même le mot haïssable d' « inspiration » qu'il fallait éviter en sa présence et remplacer à la rigueur par « idée subite ». Il exécrait ce vocable et le criblait de sarcasmes. Je ne puis me défendre de lever la main du buvard étalé devant mon manuscrit et d'en couvrir mes yeux en songeant à cette haine et à cette ironie. Ah ! elles avaient un accent trop tourmenté pour n'être que le résultat objectif des changements intellectuels propres à son temps. Certes, l'époque aussi y était pour beaucoup et je me rappelle qu'encore étudiant il me dit un jour : le XIXᵉ siècle doit avoir été une période extraordinairement agréable car jamais aucune génération n'eut plus de peine que l'actuelle à rejeter les opinions et les habitudes de l'époque antérieure.

J'ai déjà évoqué fugitivement l'étang cerné de saules, à dix minutes de la maison de Buchel. Il s'appelait la Kuhmulde[1], sans doute à cause de sa forme oblongue et parce que les vaches s'y abreuvaient volontiers : son eau était, je ne sais pourquoi, d'un froid saisissant et nous n'avions la permission de nous y baigner qu'aux heures postméridiennes, lorsque le soleil l'avait déjà longuement échauffée. Quant à la colline, il fallait faire, pour y parvenir, une promenade d'une demi-heure, toujours entreprise avec plaisir. L'éminence portait, depuis des jours très anciens sans doute, le nom fort insolite de Zionsberg[2]. A la saison d'hiver, qui d'ailleurs m'y voyait rarement c'était un bon terrain de luge. L'été, avec sa « cime » couronnée d'érables ombreux et le banc de repos installé aux frais de la commune, elle offrait une halte aérée, un vaste point de vue et j'en jouissais souvent, les après-midi dominicales, avant le dîner, en compagnie de la famille Leverkühn.

Me voici obligé de noter ce qui suit : le cadre familial et rustique où plus tard Adrian, homme mûr, établit sa vie, lorsqu'il prit définitivement ses quartiers à Pfeiffering, près de Waldshut en Haute-Bavière, chez les Schweigestill, présentait avec celui de son enfance la plus étrange analogie et formait comme sa réplique. Autrement dit, la scène où se déroulèrent ses jours tardifs reproduisit curieusement l'ancien décor. Là aussi, à Pfeiffering (ou Pfeffering, l'orthographe n'était pas très fixée), une colline s'élevait, ornée d'un banc public, encore qu'elle ne s'appelât point le Zionsberg mais le Rohmbuhel. Là aussi, et à peu près à la même distance de la ferme que la Kuhmulde, se trouvait un étang nommé le Klammerweiher, à l'eau également glacée ; en outre, la maison, la ferme et la situation de la famille correspondaient de façon frappante à celles de Buchel. Dans la cour un arbre poussait, un peu gênant et

1. *L'auge aux vaches.*
2. *La colline de Sion.*

lui aussi épargné pour des raisons sentimentales — non plus un tilleul, mais un orme. Concédons les différences de style caractéristiques entre la demeure paternelle d'Adrian et la maison Schweigestill, ancien cloître aux murs épais, aux fenêtres à niches profondes, en arc, et aux corridors exhalant un vague remugle ; néanmoins, là comme ici, l'odeur de la pipe de l'hôte saturait l'atmosphère des pièces d'en bas, et cet hôte et son épouse, Mme Schweigestill, étaient des « parents » ; un cultivateur au long visage, plutôt laconique, réfléchi et calme, et une femme déjà mûre, elle aussi, un peu trop grasse mais proportionnée, éveillée, énergique et active, les cheveux tirés raides et les extrémités bien formées. Ils avaient un grand fils, l'héritier, Géréon de son nom (pas Georg) un jeune homme très épris de progrès agricole, tout occupé de machines nouvelles, et une fille puînée, Clémentine. Le chien de la ferme de Pfeiffering savait rire, lui aussi, encore qu'il ne s'appelât pas Suso mais Kahsperl, du moins à l'origine. Au sujet de cette « origine », le locataire avait en effet son idée car, j'en fus témoin, sous son influence le nom de Kahsperl devint peu à peu un simple souvenir et le chien lui-même préféra répondre à « Suso ». De second fils, il n'y avait point ; mais ce fait soulignait la répétition plutôt qu'il ne l'atténuait ; car qui ce second fils aurait-il pu être ?

Je n'ai jamais parlé avec Adrian de ce parallélisme saisissant. M'en étant abstenu au début, je ne voulus pas le faire par la suite ; pourtant jamais ce phénomène ne me plut. Le choix d'une demeure restituant à ce point le passé, cette manière de s'abriter dans les plus anciens souvenirs, dans l'enfance, ou du moins dans son décor extérieur, décèle peut-être de l'attachement mais ouvre une perspective inquiétante sur l'état d'une âme. Dans le cas de Leverkühn, c'était d'autant plus déconcertant que ses rapports avec son foyer familial n'ont jamais, à ma connaissance, été particulièrement tendres ou empreints de sensibilité et il s'en détacha de bonne heure, sans chagrin apparent. Ce « retour » artificiel constituait-il un simple jeu ? Je ne puis le croire. Adrian me rappelle plutôt un homme de mes relations, barbu et d'apparence robuste, mais de complexion nerveuse très délicate : tombait-il malade — et il était maladif — il s'adressait à un spécialiste pour enfants. Ce praticien, ajoutons-le, était de si petite taille qu'il n'aurait pas été à la hauteur — au sens littéral — d'une clientèle d'adultes et avait dû se limiter à la pathologie puérile.

Je crois opportun de signaler moi-même que cette anecdote de l'homme et du pédiatre constitue une digression, car ni l'un ni l'autre ne figurera plus dans ces notes. Si c'est là une faute (et c'en fut une assurément d'anticiper comme j'y ai tendance, et de mentionner d'ores et déjà Pfeiffering et les Schweigestill) je prie le lecteur de mettre ces irrégularités au compte de l'émotion ; elle me domine depuis le début de mon entreprise de biographe, et pas uniquement aux heures où j'écris. Voilà plusieurs jours que je travaille à ces feuilles mais le fait que j'essaie d'équilibrer mes phrases et de trouver une expression appropriée à ma pensée, ne doit pas tromper le lecteur sur mon état d'agitation permanente qui se traduit même par le tremblement de mon écriture ordinairement encore très ferme. Au surplus, j'en suis persuadé, ceux qui me liront comprendront avec le temps ce bouleversement de mon âme et peut-être à la longue ne leur demeurera-t-il pas étranger.

J'oubliais de dire qu'à la ferme des Schweigestill où Adrian s'installa plus tard, se trouvait également (personne ne s'en étonnera) une fille d'étable aux seins tremblotants et aux jambes nues toujours souillées de fumier ; elle ressemblait à la Hanne de Buchel autant qu'une servante d'étable ressemble à une autre et cette fois, s'appelait Waltpurgis. Je ne parlerai pas ici d'elle mais de son prototype Hanne, avec qui le petit Adrian était sur un pied d'amitié parce qu'elle aimait à chanter et nous soumettait à de petits exercices vocaux. Phénomène assez singulier, ce qu'Elsbeth Leverkühn, pourtant douée d'un bel organe, s'interdisait par une sorte de retenue, cette créature à l'odeur bestiale s'y adonnait librement et le soir, sur le banc au pied du tilleul, elle nous chantait, d'une voix au vrai stridente mais juste, toutes sortes d'airs populaires, chants de soldats ou même des rues, pour la plupart ruisselants de sentimentalité ou d'un caractère effroyable dont nous apprenions bientôt les paroles et la mélodie. Les répétions-nous en chœur, elle prenait alors la tierce, d'où elle passait à la quinte ou la sixte inférieure en nous abandonnant la partie supérieure et en faisant ressortir la seconde de façon très ostentatoire et claironnante. A ces moments, sans doute pour nous inviter à la digne appréciation des joies de l'harmonie, un large rire étirait son visage en largeur, comme Suso lorsqu'on lui apportait sa pâtée.

Par « nous », j'entends Adrian, moi et Georg déjà âgé de treize ans quand son frère et moi en comptions respectivement huit et dix. Ursula, la petite sœur, était trop jeune pour prendre part à ces exercices. Du reste, l'un de nous quatre était en surnombre, vu le genre de musique auquel la Hanne de l'étable savait hausser notre déchaînement vocal. Elle nous enseignait en effet des canons — les plus enfantins, naturellement, *O wie wohl ist mir am Abend* [1], *Es tönen die Lieder* [2], et celui du coucou et de l'âne. Les heures crépusculaires où nous nous divertissions ainsi marquent dans ma mémoire, ou plutôt leur souvenir a pris une importance accrue, parce qu'elles ont, pour autant que j'en peux témoigner, mis pour la première fois mon ami en contact avec une « musique » à l'agencement et au mouvement plus artistiques que le simple chant à l'unisson. Il y avait là une présence et une interversion des composantes mélodiques qui, d'ailleurs, ne provoquaient aucune cacophonie mais où la répétition de la première phrase par un second chanteur constituait très agréablement et point par point la suite de celle chantée par le premier.

Mais lorsque cette phrase liminaire — supposé qu'il s'agît du morceau *O wie wohl ist mir am Abend* — était arrivée à la répétition du *Glocken läuten* [3], et que l'on entonnait le ding dang dong qui l'illustrait, ce ding dang dong formait non seulement l'acccompagnement de basse de *Wenn zur Ruh* [4], où le second chanteur se trouvait en ce moment, mais aussi celui de l'*O wie wohl...* du début que le troisième

1. *O que je suis heureux le soir.*
2. *Les chansons s'égrènent !*
3. *Sonnent les cloches !*
4. *Quant au repos... airs aussi répandus en Allemagne que notre « Frère Jacques » en France. (N. d. l. T.)*

chanteur venait d'entonner sur une nouvelle bourrade de Hanne ; il était, ce troisième choriste, entré dans le temps musical pour être, quand la mélodie aurait atteint son deuxième stade, relayé par le premier chanteur qui la reprenait à nouveau après avoir abandonné l'imitatif ding dang dong fondamental au second, et ainsi de suite. La partie du quatrième d'entre nous doublait nécessairement celle du premier, mais il essayait d'égayer ce redoublement en grognant à l'octave ; ou encore, il commençait avant le premier chanteur, et en quelque sorte prématurément, à émettre le carillon initial et le prolongeait (par exemple le la-la-la qui accompagnait en trille les précédents stades de la mélodie), pendant toute la durée du chant.

Ainsi, nous étions toujours séparés dans le temps, cependant que la présence mélodique de chacun s'exerçait agréablement sur celle de l'autre, et ce que nous exécutions formait un séduisant tissu, un corps sonore, différent en cela du chant à l'unisson, un agencement dont nous goûtions l'harmonie sans nous interroger sur son origine et sa nature. Même Adrian, alors âgé de huit ou neuf ans, ne s'en préoccupait guère. Ou peut-être son rire, plus ironique que surpris, lorsque le dernier ding dang dong s'éteignait à la brise du soir (et que plus tard je connaissais si bien chez lui) insinuait-il qu'il perçait à jour le mécanisme de la chanson, d'ailleurs très simple, puisque le début de la mélodie forme la deuxième voix de la suite et que la troisième partie peut servir de base à toutes deux ? Aucun de nous ne se rendait compte que sous la direction d'une fille d'étable, nous nous mouvions sur un palier de culture musicale relativement très élevé, dans un domaine de la polyphonie imitative que le XVe siècle avait découvert pour notre plus grand plaisir. Mais en repensant à ce rire d'Adrian, je trouve rétrospectivement qu'il décelait une certaine connaissance, une railleuse initiation. Ce rire lui est resté. Plus tard, à ses côtés dans une salle de concert ou de théâtre, je le lui ai souvent entendu quand le frappait un truc artistique, ingénieux, un processus échappant à la foule, au cœur de la structure musicale, une fine allusion psychique dans le dialogue du drame. A l'époque dont je parle, ce rire n'était pas de son âge et résonnait déjà comme celui de l'adulte. C'était une légère exhalaison d'air par la bouche et le nez avec un renversement de la tête court, froid, voire méprisant, comme s'il voulait dire : « Bien, cela ! Drôle, curieux, amusant. » Mais, en même temps, ses yeux prenaient une expression singulièrement attentive, cherchaient au loin, et leur crépuscule pailleté de métal s'obscurcissait plus profondément.

V

Le chapitre qui vient de se clore est, lui aussi, beaucoup trop gonflé à mon goût et il me semble opportun de m'interroger sur les capacités de patience et d'endurance du lecteur. Pour moi, chaque mot que j'écris ici est d'un intérêt brûlant, mais je dois me défendre d'en prendre prétexte pour présupposer la sympathie des indifférents ! Certes, il ne me faut pas non plus l'oublier, je n'écris pas pour l'actualité ni pour ceux qui, ne sachant encore rien de Leverkühn, ne peuvent aspirer à être mieux renseignés sur lui ; je prépare ces révélations en vue du moment où les conditions requises pour obtenir l'audience publique seront tout à fait différentes, — disons avec certitude : plus favorables, et où les incidents de cette vie bouleversante, si habilement ou malhabilement soient-ils présentés, feront l'objet de recherches insistantes, sans discrimination.

Ce moment viendra quand notre prison, vaste il est vrai, et pourtant étroite, saturée d'un air suffocant, vicié, s'ouvrira ; quand la guerre qui fait rage actuellement aura trouvé son dénouement d'une façon ou d'une autre. Combien je m'épouvante de ce « d'une façon ou d'une autre », devant moi-même et devant l'effroyable situation que le destin impose à la sensibilité allemande ! Car je n'envisage que l'une de ces éventualités. Je ne table que sur elle, j'y compte, contrairement à ma conscience civique. La leçon d'une expérience publique ininterrompue nous a déjà tous convaincus profondément des atroces conséquences d'une défaite allemande, conséquences crucifiantes et définitives dans leur épouvante : nous ne pouvons nous empêcher de les redouter plus que tout au monde. Mais il est une chose que certains d'entre nous appréhendent, des instants qui leur paraissent à eux-mêmes criminels, que d'autres craignent carrément et franchement — plus redoutable que la défaite allemande, serait la victoire allemande. J'ose à peine me demander à laquelle de ces deux catégories j'appartiens. Peut-être à une troisième, où l'on désire la défaite constamment et en pleine lucidité, mais aussi avec un perpétuel bourrèlement de conscience. Mon souhait, mon espoir, sont forcés de se cabrer contre la victoire des armes allemandes parce qu'avec elle, l'œuvre de mon ami serait ensevelie, mise au ban ; l'interdiction et l'oubli la recouvriraient peut-être pendant un siècle, il manquerait sa propre époque et ne recevrait que les honneurs historiques d'une époque plus tardive. Voilà le motif particulier de mon crime. Il m'est commun avec une minorité dispersée d'hommes qu'on pourrait facilement dénombrer sur les doigts des deux mains. Mais mon état d'âme n'est qu'une déviation spéciale de celui qui — mis à part les cas d'extraordinaire stupidité et de vulgaire intérêt — est devenu le lot de notre peuple entier. Je ne suis pas loin d'attribuer à ce destin un caractère tragique particulier, inouï, tout en sachant que d'autres nations ont déjà connu l'horreur de souhaiter, au nom de leur propre avenir et de l'avenir général, la défaite de leur Etat ; mais, étant donnés la probité, la crédulité, le besoin de fidélité et de soumission inhérents à la nature allemande, je crois que dans notre cas le dilemme revêt une acuité unique et je ne puis me défendre d'une amertume profonde contre ceux qui ont placé un si brave peuple dans une situation psychologique dont il souffre, j'en suis convaincu, plus qu'un autre, et qui le rend désespérément étranger à lui-même. Il me suffit d'imaginer que si mes fils, par un hasard malencontreux, apprenaient l'existence de ces notes, ils se croiraient tenus, avec une inflexibilité spartiate, et dédaigneux de tout mol attendrissement, de me dénoncer à la police secrète. Je mesure alors, avec une sorte de fierté patriotique, la profondeur abyssale du conflit où nous nous débattons.

Ce nouveau chapitre, je l'eusse voulu plus bref et voilà qu'il se trouve allongé. Je ne me cache pas que j'encours le soupçon de chercher des faux-fuyants, ou du moins d'en saisir l'occasion avec un obscur empressement, par *crainte* de ce qui va venir. Je fournis au lecteur une preuve de ma bonne foi en lui donnant lieu de supposer que je tergiverse parce qu'en mon for intérieur je recule devant une tâche que m'imposent le devoir et la tendresse ; mais rien, pas même ma propre faiblesse, ne m'empêchera d'aller jusqu'au bout ; et j'enchaîne en rappelant que ce fut notre chant en canon avec Hanne, la fille d'étable qui, à ma connaissance, mit tout d'abord Adrian en contact avec la sphère de la musique. Certes, en grandissant, il suivait, le dimanche, aux côtés de ses parents, le service divin dans l'église du village d'Oberweiler, où un jeune étudiant en musique de Weissenfels venait fréquemment préluder sur le petit orgue, accompagnait le chœur et en outre agrémentait la sortie des fidèles par de timides improvisations. J'y ai très rarement assisté car nous arrivions généralement à Buchel après l'office. Je puis seulement dire que jamais je n'ai entendu Adrian prononcer un mot de nature à me faire supposer que les régals artistiques de cet adepte des Muses avaient produit sur lui la moindre impression ni même, — si cela était exclu — que le phénomène de la musique en soi l'eût frappé. Selon moi, il lui refusait encore, à cette époque toute attention et persévéra pendant des années. Il se dissimulait qu'il eût rien de commun avec le monde des sons. Je vois là un refoulement d'ordre physiologique ; en fait ce fut vers sa quatorzième année, aux approches de la puberté, et au sortir du stade de l'innocence enfantine, que dans la maison de son oncle, à Kaisersaschern, il commença tout seul ses expériences pianistiques. Du reste, ce fut à la même époque qu'il ressentit les premières atteintes de la migraine héréditaire.

La situation d'héritier de la ferme conditionnait nettement l'avenir de son frère Georg et dès le début celui-ci s'accommoda à merveille de sa future carrière. Quant au cadet, le problème demeurait en suspens, la décision des parents étant subordonnée aux dons et aux aptitudes qu'il révélerait. Notons pourtant que de bonne heure, dans l'esprit des siens comme dans le nôtre, la conviction s'ancra qu'Adrian serait un savant. Quel genre de savant, il s'en fallait de beaucoup qu'il le sût, mais l'habitus moral de l'adolescent, par exemple sa manière de s'exprimer, son assurance formelle, jusqu'à son regard, sa mine, ne laissèrent jamais douter personne, pas même mon père, que ce surgeon de la souche des Leverkühn était destiné à « plus haut » et serait le premier lettré de sa lignée.

Cette idée était née et s'était fortifiée grâce à la facilité presque « supérieure » dirait-on, avec laquelle Adrian s'assimilait l'enseignement élémentaire qu'il recevait chez ses parents. Jonathan Leverkühn n'envoyait pas ses enfants à l'école communale du village, moins, je crois, par conscience de son rang social que par désir profond de leur donner une éducation plus soignée que s'ils avaient été les condisciples des petits habitants des chaumines d'Oberweiler. L'instituteur, un homme encore très jeune, assez frêle (il ne surmonta jamais sa terreur du chien Suso), venait, l'après-midi, à Buchel, après s'être acquitté des devoirs de son emploi. L'hiver, Thomas allait le chercher en traîneau. Il avait déjà enseigné à Georg, qui comptait treize ans, la plupart des connaissances nécessaires pour parfaire son instruction lorsqu'il prit en main celle d'Adrian, alors dans sa huitième année. L'instituteur Michelson fut d'ailleurs le premier à déclarer, très haut, et avec une certaine agitation, que le gamin devait, « au nom du ciel », être envoyé au gymnase et à l'université, car jamais lui, Michelson, n'avait rencontré cerveau si studieux et si prompt, et il serait honteux de ne point mettre tout en œuvre pour frayer à un tel élève la voie jusqu'aux sommets du savoir. Ainsi s'exprima-t-il, ou du moins en termes analogues, un peu en langage de *seminarist* ; il parla même d'« ingenium », en partie sans doute pour faire étalage du mot qui rendait un son assez drôle appliqué aux réussites enfantines d'un commençant, mais de toute évidence, la remarque partait d'un cœur émerveillé.

Je n'ai d'ailleurs jamais assisté non plus à ces leçons et n'en parle que par ouï-dire. Toutefois, j'imagine facilement le comportement de mon Adrian ; pour un très jeune maître habitué à inculquer sa matière éducative à des cerveaux gourds et récalcitrants, à coup de louanges stimulantes et de blâmes désespérés, cette attitude devait être parfois un peu froissante. Je l'entends encore jeter : « Si tu sais déjà tout, je n'ai plus qu'à m'en aller. » Non que l'élève sût déjà « tout », mais il s'en donnait un peu l'air, simplement parce qu'on était en présence d'un de ces cas où une souveraine réceptivité intellectuelle interdit bientôt tout éloge au professeur car il sent qu'une tête pareille met en péril la modestie et incite à l'orgueil. De l'alphabet jusqu'à la syntaxe et à la grammaire, de l'alignement des chiffres et des quatre règles jusqu'à la règle de trois et au simple calcul proportionnel, des petits poèmes appris par cœur (il n'était d'ailleurs pas question de les apprendre, les vers étaient immédiatement saisis et retenus avec une grande précision) jusqu'à la rédaction de pensées personnelles sur des thèmes empruntés à la description géologique et géographique du pays, c'était toujours pareil ; Adrian écoutait d'une oreille, se détournait en faisant mine de dire : « Bon. C'est clair, en voilà assez, et maintenant passons à la suite. » Pour l'esprit d'un pédagogue, il y avait là quelque chose de révoltant. Certes, le jeune instituteur devait être tenté de s'écrier : « Qu'est-ce qui te prend, donne-toi donc un peu de peine ! » Mais comment se donner de la peine quand manifestement le besoin ne s'en fait pas sentir ?

Je le répète, je n'ai jamais assisté à ces leçons ; mais j'imagine que mon ami emmagasinait les données scientifiques de M. Michelson du même air — inutile de le décrire une seconde fois — dont il avait, sous le tilleul, accueilli l'expérience démontrant que neuf mesures de mélodie horizontale, lorsqu'on les superpose par trois en une ligne verticale, peuvent former un corps d'une exacte harmonie. Son maître avait quelques rudiments de latin, il les lui enseigna et expliqua ensuite que le gamin — dix ans — était mûr, sinon pour la quatième, du moins, pour la cinquième. Son rôle à lui, ajouta-t-il, était terminé.

En 1895, à Pâques, Adrian quitta donc ses parents et vint à la ville pour fréquenter notre gymnase Bonifatius (au vrai, l'École des Frères de la Vie Commune). Son oncle, le frère de son père, Nikolaus Leverkühn, respectable citoyen de Kaisersaschern, se déclara prêt à le recevoir sous son toit.

# VI

Pour ma ville natale sur la Saale, l'étranger apprendra qu'elle est située un peu au sud de Halle du côté de la Thuringe. J'ai failli dire qu'elle y *était* car mon long éloignement l'a reculée pour moi dans le passé ; mais ses tours continuent de se dresser au même endroit et je ne sache pas que sa figure architectonique ait subi du fait de la guerre aérienne des dommages qui eussent été fort regrettables, étant donné son charme historique. J'ajoute ceci avec un certain détachement car je partage avec une fraction notable de notre population, même la plus sévèrement éprouvée et privée de ses foyers, le sentiment qu'il s'agit d'un prêté pour un rendu ; et dût notre expiation dépasser en horreur notre faute, nous méritons le reproche d'avoir semé le vent pour récolter la tempête.

Ni Halle, la ville de Haendel, ni Leipzig, la ville du *cantor* de Saint-Thomas, ni Weimar ou même Dessau et Magdebourg, ne sont éloignés ; mais Kaisersaschern, nœud ferroviaire, se suffit avec ses vingt-sept mille habitants, et se sent, comme toute ville allemande, un centre de culture d'une valeur historique autonome. Il tire sa subsistance de diverses industries, machines, cuirs, filatures, fabriques d'armes, produits chimiques et moulins ; son musée d'histoire contient, outre une chambre d'atroces instruments de torture, une bibliothèque très précieuse de vingt-cinq mille volumes et cinq mille manuscrits, parmi lesquels deux incantations en vers allitérés, plus anciennes, au dire de certains savants que celles de Mersebourg, d'ailleurs très insignifiantes quant à leur sens — guère plus qu'un peu de sorcellerie destinée à conjurer la pluie, dans le dialecte de Fulda.

Évêché au X$^e$ siècle, la ville le redevint au début du XII$^e$ jusqu'au XIV$^e$. Elle a un château et une cathédrale où se trouve le tombeau de l'empereur Othon III, fils d'Adélaïde et époux de Théophano, qui s'intitula Imperator Romanorum et Saxonicus, non qu'il se voulût Saxon, mais dans l'acception où Scipion portait le surnom d'Africain, c'est-à-dire parce qu'il avait vaincu les Saxons. Quand, chassé de sa chère Rome, il mourut de chagrin en 1002, ses restes furent transférés en Allemagne et inhumés dans le Dôme de Kaisersaschern, bien à l'encontre de ses goûts, car il offrait l'exemple typique de l'Allemand qui se déteste, et toute sa vie il avait eu honte de sa germanité.

De cette ville dont je préfère parler au passé, puisque au surplus il s'agit du Kaisersaschern de notre jeunesse, on peut dire que par son atmosphère comme par son aspect elle conserve un caractère fortement médiéval. Les vieilles églises, les maisons bourgeoises et les greniers à blé fidèlement conservés, les bâtisses aux solives apparentes et aux étages à encorbellements, les tours rondes aux pignons aigus encastrés dans un mur, les places entourées d'arbres, pavées de têtes de chat, l'hôtel de ville dont le style hésite entre le gothique et le Renaissance, avec un clocher sur son haut toit surplombant des loggias, puis encore deux tours pointues en saillie qui prolongent le fronton jusqu'au rez-de-chaussée, forment un lien ininterrompu avec le passé ; ou mieux, tout semble marqué de la célèbre formule de l'atemporalité, le scolastique *Nunc stans*. L'identité du lieu, invariable depuis trois siècles, depuis neuf siècles, s'affirme malgré le flux du temps qui glisse sur lui et ne cesse de modifier maintes choses alors que d'autres, très représentatives et pleines de cachet, demeurent intactes par piété, c'est-à-dire par pieux défi aux années, fierté de ces années, hommage au souvenir et à la dignité.

Voilà pour l'extérieur. Mais dans l'air planait encore un peu de l'âme du XVe siècle en ses dernières décennies, l'hystérie du Moyen Age à son déclin, un peu d'une latente épidémie métaphysique. Étrange constatation à propos d'une cité moderne, raisonnable et prosaïque (du reste, moderne, elle ne l'était point, mais vieille, et l'âge est le passé devenu présent, un passé simplement recouvert d'un placage de présent). On imaginait très bien là le subit déclenchement d'une croisade d'enfants, une danse de Saint-Guy, les prédications visionnaires et communistes d'un « Hänselein »[1] avec bûcher pour réduire en cendres la frivolité du siècle, des apparitions miraculeuses, de mystiques mouvements de foules. Naturellement, rien de tel ne s'y passait, — comment cela eût-il été possible ? La police ne l'aurait pas toléré, d'accord avec l'époque et sa norme. Et pourtant ! Que n'a pas toléré en silence la police de nos jours, toujours en accord avec l'époque qui supporte très bien à nouveau ces spectacles ? Notre temps incline en secret, ou plutôt rien moins qu'en secret mais consciemment, avec une étrange complaisance qui fait douter de l'authenticité et de l'ingé-nuité de la vie, et peut-être produit une historicité très fausse, fatale ; notre temps, dis-je, incline à rejoindre ces époques lointaines et renouvelle avec enthousiasme des actes symboliques, sinistres et offensants pour l'esprit moderne, tels les autodafés et autres manifestations que je préfère passer sous silence.

Ces courants sous-jacents de névrose et ces dispositions secrètes d'une ville s'expriment par les nombreux originaux, les inoffensifs demi-fous qui vivent dans ses murs. Comme

1. *Surnom populaire donné à un prédicateur ambulant, Hans Boe-heim, qui en Allemagne, vers la fin du* XVe *siècle, passait pour un « jeune homme sacré ». (N. d. l. T.)*

les vieux monuments, ils font partie de la physionomie de l'endroit. Ils trouvent leur contrepartie dans les enfants, « les gamins » qui les poursuivent, les raillent ou se sauvent devant eux, pris d'une panique superstitieuse. A diverses époques, un certain type de vieille femme a toujours encouru le soupçon de sorcellerie, dû peut-être à un aspect méchant et pittoresque dont les traits se sont accusés et développés à cause de cette conjoncture, et parachevés pour se conformer à l'imagination populaire : une petite vieille courbée, l'air chafouin, les yeux chassieux, le nez en bec d'aigle, les lèvres minces, un bâton à béquille brandi dans un geste menaçant. Elle possède probablement des chats, une chouette, un oiseau qui parle. Il y a toujours eu à Kaisersaschern plusieurs spécimens de ce genre. Le plus populaire, le plus craint et bafoué était la « Lise de la Cave », affublée de ce sobriquet parce qu'au fond de l'Allée du Petit Fondeur, elle logeait dans une cave. Son physique s'était tellement adapté au préjugé public, qu'un passant non prévenu qui l'eût rencontrée, surtout lorsque les polissons étaient à ses trousses, et qu'elle les chassait en crachant des malédictions, eût éprouvé une terreur archaïque, encore que la femme n'eût assurément aucune perversité.

Ici s'impose une réflexion hardie qui s'inspire des expériences de notre temps. Pour l'homme épris de lumières, le vocable et le concept de « peuple » conservent toujours un peu d'un anachronisme redoutable. Il sait que lorsqu'on veut entraîner les foules à un acte réactionnaire et nuisible, il suffit de les apostropher en les appelant « peuple » Que n'avons-nous vu se dérouler sous nos yeux — ou parfois pas exactement sous nos yeux — au nom du « peuple », qui n'aurait pu s'accomplir au nom de Dieu, de l'humanité ou du droit ? De fait, le peuple reste toujours le peuple, du moins dans une strate déterminée de son essence, précisément la strate archaïque. Les gens et les voisins de l'Allée du Petit Fondeur qui, le jour des élections, déposaient dans l'urne un bulletin social-démocrate, n'hésitaient pourtant pas à voir quelque chose de diabolique dans l'indigence d'une petite vieille trop misérable pour s'offrir un gîte autre que souterrain, et à son approche, ils serraient contre eux leurs enfants pour les préserver du mauvais œil de la sorcière. Si une femme de ce genre était de nouveau brûlée vive (supposition point impensable de nos jours, il suffirait de modifier un peu le motif de la condamnation), les badauds resteraient derrière les barrières dressées par le juge, bouche bée, mais probablement sans protester. Je parle du peuple, toutefois la couche antique et populaire existe en chacun de nous et je l'avoue en toute franchise, je ne tiens pas la religion pour le moyen le plus propre à la maintenir sous un solide verrou. Seuls, à mon sens, y peuvent concourir la littérature, la science de l'humanisme, l'idéal de l'homme libre et beau.

Pour en revenir à ces originaux de Kaisersaschern, on voyait aussi un homme d'âge incertain qui, lorsqu'il entendait un appel soudain, se livrait involontairement à une sorte de danse convulsive, la jambe haut lancée. Avec une crispation triste et laide de tous ses traits, comme s'il s'excusait, il souriait aux gamins qui le pourchassaient en le huant. Il y avait encore une Mathilde Spiegel, aux atours désuets, jupe traînante ornée de ruchés et « fladus » — un mot ridicule, corruption de la « flûte douce » française ; au vrai, il signifie « engageante », et en l'occurrence désignait une bizarre coiffure en boucles, un ornement capillaire. Cette femme fardée, mais point dévergondée, et d'ailleurs trop sotte pour l'être, d'une insolence altière et démente, se montrait toujours escortée de carlins caparaçonnés de satin. Enfin, un petit rentier au nez rubicond mamelonné de verrues, et à l'index cerclé d'une grosse bague à cachet. Il s'appelait Schnalle, mais les enfants l'avaient surnommé « tudelut », parce qu'il avait la manie de fredonner ces syllabes insanes à la suite de tout ce qu'il disait. Il allait volontiers à la gare, et lorsqu'un train de marchandises s'ébranlait, il recommandait à l'homme juché sur le toit du dernier wagon, en levant son doigt bagué : « Ne tombez pas, ne tombez pas, tudelut ! »

J'éprouve quelque gêne à insérer ici ces souvenirs grotesques mais les silhouettes que j'évoque, comme qui dirait des institutions publiques, caractérisaient l'étrange physionomie de notre ville. Dans ce cadre, la vie d'Adrian s'est déroulée jusqu'à son départ pour l'Université, neuf années de jeunesse qui furent aussi les miennes. Je les passai à ses côtés. Plus âgé, j'étais de deux classes au-dessus de lui mais nous nous retrouvions aux récréations dans le préau ou, l'après-midi, dans notre chambrette d'écolier, soit à la pharmacie des « Messagers Célestes », soit dans la maison de son oncle, 15, Parocchialstrasse, où le célèbre dépôt d'instruments de musique Leverkühn occupait l'entresol.

# VII

C'était un coin paisible, éloigné du centre commercial de Kaisersaschern, de la rue du Marché, de la rue des Épiciers, une ruelle tortueuse sans trottoirs, proche de la cathédrale, et où la maison de Nikolaus Leverkühn faisait figure imposante. Cette demeure bourgeoise du XVIᵉ siècle, à trois étages, sans compter les mansardes du toit à pignon, avait déjà appartenu à l'aïeul de l'actuel propriétaire. Il y avait cinq fenêtres de façade au premier, au-dessus de la porte d'entrée, et quatre, pourvues de volets, au second où se trouvaient les pièces d'habitation ; à l'extérieur, à partir du soubassement sans ornement, ni badigeon, commençait une décoration de boiseries. Comme l'escalier ne s'élargissait qu'après le palier du demi-étage situé assez haut au-dessus du vestibule de pierre, visiteurs et clients (et il en venait beaucoup de Halle, même de Leipzig), n'accédaient pas aisément au magasin d'instruments qui, je m'empresse de l'ajouter, dédommageait des difficultés de l'ascension.

La femme de Nikolaus était morte jeune. Resté veuf, il avait jusqu'à l'arrivée d'Adrian, occupé la maison seul, avec une gouvernante depuis longtemps installée chez lui, Mme Butze, plus une servante et Luca Cimabue, un jeune Italien de Brescia (réellement affublé du même patronyme que le peintre des madones du Trecento). Cimabue cumulait les emplois de commis et d'apprenti dans la fabrication des violons ; car l'oncle Leverkühn était également luthier. Il avait les cheveux cendrés, pendant en désordre, le visage glabre, sympathiquement raviné, les pommettes très saillantes, le nez busqué un peu long, la bouche grande et expressive, les yeux bruns. Son regard fatigué décelait la bonté et l'intelligence. Chez lui on le voyait toujours vêtu d'une blouse d'artisan en futaine, boutonnée très haut et plissée. Je crois que n'ayant pas d'enfants, il avait été heureux d'accueillir dans sa maison beaucoup trop spacieuse un garçon de son sang. J'ai également ouï dire que s'il laissa son frère de Buchel assumer les frais scolaires, il n'accepta aucune indemnité de logement et d'entretien. Il considérait Adrian comme son propre fils, le surveillait d'un œil chargé d'une vague attente et prenait grand plaisir à le voir compléter le cercle familial de ses commensaux si longtemps réduit à la seule Mme Butze déjà citée et, patriarcalement, à son commis Luca.

Cet aimable jeune étranger au plaisant baragouin, aurait eu chez lui d'excellentes occasions de se perfectionner dans son métier et l'on pouvait s'étonner qu'il eût pris le chemin de Kaisersaschern ; mais le fait attestait les relations étendues de Nikolaus Leverkühn avec les centres allemands de fabrication d'instruments de musique, tels Mayence, Brunswick, Leipzig, Barmen, comme avec des firmes étrangères de Londres, Lyon, Bologne, voire New York. Il faisait venir de partout sa marchandise symphonique. Il passait pour posséder un répertoire de première classe quant à la qualité, et en outre fort complet, où figuraient jusqu'à des instruments d'un usage peu répandu. Organisait-on quelque part dans le Reich un festival Bach dont l'exécution stylistique requérait un hautbois d'amour, ce hautbois plus grave, depuis longtemps disparu de l'orchestre, aussitôt la vieille maison de la Parocchialstrasse recevait la visite d'un musicien au débotté, désireux de ne s'engager qu'à bon escient et qui pouvait essayer sur-le-champ l'instrument élégiaque.

Le magasin du demi-étage d'où parvenaient souvent les échos d'auditions de ce genre, d'essais courant à travers les octaves et dans les tonalités les plus diverses, offrait un aspect magnifique, séduisant, je dirais captivant du point de vue culturel. Il excitait la fantaisie auditive jusqu'à une certaine effervescence intérieure. A l'exception du piano que le père adoptif d'Adrian abandonnait à l'industrie spécialisée, s'étalait là tout ce qui sonne et chante, nasille, vibre, grogne, tinte et gronde. Au surplus, l'instrument à clavier aussi y était représenté sous la forme du charmant piano à timbres, le celesta. Accrochés sous verre, ou étendus dans des étuis adaptés comme des cercueils de momie à la forme de leur occupant, reposaient les ravissants violons laqués tantôt de jaune, tantôt de sangdragon ; les archets élancés, au talon monté sur argent, maintenus par les crochets des couvercles, violons italiens dont le pur contour trahissait au connaisseur leur origine crémonaise, violons tyroliens, hollandais, saxons, de Mittenwald, d'autres encore de la fabrication de Leverkühn. Les mélodieux violoncelles, qui doivent la perfection de leur ligne à Antonio Stradivarius, étaient là par rangées, et aussi la viole de gambe à six cordes qui les avait précédés, et dans les œuvres anciennes, est à l'honneur comme eux ; on voyait également l'alto et d'autres sœurs du violon, la *viola alta* demeurée d'usage courant tout comme ma propre viole d'amour sur les sept cordes de laquelle je me suis épanché ma vie durant. Cadeau de mes parents pour ma confirmation, elle aussi m'est venue de la Parocchialstrasse.

Contre les parois s'appuyait, en plusieurs exemplaires, le violone, ce géant, la contrebasse d'un maniement difficile, capable de majestueux récitatifs et dont le pizzicato a plus de résonance que le coup des timbales accordées ; et l'on s'étonne de devoir lui attribuer la magie voilée de ses sons harmoniques. Il y avait également diverses reproductions de sa contrepartie parmi les instruments à vent en bois, le contrebasson, à seize pieds lui aussi, c'est-à-dire de huit tons plus bas que ne l'indiquent ses notes, et qui renforce puissamment la basse : ses dimensions sont le double de celles de son petit frère le basson scherzoso — je le nomme ainsi parce que c'est un instrument de basse moins la puissance réelle de la basse, singulièrement faible de son, bêlant, caricatural. Pourtant, qu'il était joli avec son embouchure sinueuse, étincelant dans la parure de ses clefs et leviers mécaniques ! Quel charmant coup d'œil, en général, cette armée de chalumeaux parvenus au maximum de leur développement technique, avec chacune de leurs formes provoquant l'élan du virtuose : hautbois bucolique, cor anglais accordé à la mélancolie des mélopées, clarinette riche en clefs qui dans le registre profond des chalumeaux rend un son sinistre et hallucinant, mais dont le registre élevé rayonne de l'éclat argenté de notes mélodieuses et épanouies, cor de basset et clarinette-basse.

Tous couchés sur du velours, ils s'offraient à l'acheteur dans le stock de l'oncle Leverkühn ; et aussi la flûte traversière avec ses systèmes divers et sa fabrication variée en buis, en bois de grenadier ou d'ébène, aux embouchures d'ivoire ou tout en argent ; et avec ses parents à la voix aiguë, la petite flûte qui dans le *tutti* de l'orchestre se maintient avec insistance sur les notes hautes, parmi la ronde des feux follets et danse dans l'enchantement de la flamme. Enfin le chœur chatoyant des cuivres, depuis la gaillarde trompette qu'il suffit de voir pour évoquer le clair signal, la chanson hardie, la langoureuse cantilène, jusqu'au cor en spirale cher à l'époque romantique, le mince et puissant trombone, le cornet à pistons et la gravité fondamentale du grand tuba. Même des raretés de musée se pouvaient découvrir dans le magasin de Leverkühn, par exemple une paire de serpents en bronze joliment incurvés à droite et à gauche comme les cornes d'un taureau. Mais à mes yeux d'enfant, tel que je le revois aujourd'hui à travers le souvenir, le plus amusant, le plus splendide était l'étalage des instruments de percussion — précisément parce que des choses qu'on avait connues de bonne heure, ces jouets au pied de l'arbre de Noël, ces fragiles richesses des rêves puérils se présentaient ici sous une forme digne et parfaite, à l'usage des grandes personnes. Le tambour roulant — combien en ces lieux il différait de l'objet vite usé, en bois multicolore, en parchemin muni de ficelles, que nous battions à six ans ! Point destiné à être suspendu au cou, avec sa peau inférieure tendue de cordes en boyaux, il était fixé sur un trépied métallique dans une position oblique, afin d'être d'un maniement plus facile pour l'orchestre. Ses baguettes de bois, elles aussi plus belles que jadis les nôtres, émergeaient, engageantes, d'anneaux latéraux. Il y avait un jeu de timbres et sur son modèle enfantin nous nous étions sans doute exercés à tapoter un air connu. Ici s'alignaient, dans d'élégantes caisses protectrices, en doubles rangées et fixées à des tringles pour s'y balancer librement, les plaques de métal soigneusement accordées, ainsi que de mignons petits marteaux d'acier à l'abri de leur couvercle capitonné et destinés à la frappe mélodique. Le xylophone qui semble fait pour évoquer la danse macabre des ossements dans un cimetière, à minuit, était là avec ses multiples lames chromatiques. Le cylindre géant, martelé, de la grosse caisse, y figurait également, avec sa mailloche de feutre qui fait vibrer la peau et sa grande timbale de cuivre. Berlioz en employa jusqu'à seize pour son orchestre. Il ne l'a pas connue telle que la présentait Nikolaus Leverkühn, sous la forme de la timbale mécanique dont l'exécutant peut facilement, d'un mouvement de la main, changer l'accord. Je me rappelle encore le bel esclandre de notre enfance, un jour où Adrian et moi — non, sans doute étais-je seul — fîmes rouler les baguettes sur la peau cependant que le bon Luca tendait ou détendait la membrane, si bien qu'il en résulta le plus extraordinaire *glissando,* un *glissando* de tonnerre. Ajoutons encore les singulières cymbales que seuls les Chinois et les Turcs savent fabriquer car ils gardent le secret du martèlement du bronze incandescent ; après le coup, le musicien qui les manie tourne leur surface intérieure levée dans un geste de triomphe, vers l'auditeur. Et le grondant tam-tam, le tambourin gitan, le triangle avec son coin ouvert ; les cymbales d'aujourd'hui, les castagnettes évidées claquant sous les doigts. Que l'on imagine tous ces graves jouets, surmontés de l'architecture fastueuse, dorée, de la harpe à pédale d'Erard et l'on comprendra l'attraction magique qu'exerçait sur nos esprits d'enfants le magasin de l'oncle, ce paradis de sons suaves, silencieux, que nous promettaient des centaines de formes.

Nos esprits ? Non, je ferais mieux de ne parler que du mien, de mon ravissement, ma jouissance — j'ose à peine associer mon ami à des impressions semblables. Soit qu'il jouât au fils de la maison pour qui tout cela était la banalité quotidienne, soit à cause de la froideur de son caractère, il ne se départait pas d'une indifférence presque dédaigneuse devant ces splendeurs et répondait à mes exclamations admiratives par un rire bref et un : « Pas mal » ou : « Amusant » ou : « Tout ce qu'on peut inventer !.. » ou : « Plus gentil que de vendre des pains de sucre. » Parfois, de sa mansarde ouverte sur la perspective séduisante des toits agglomérés, l'étang du château, la vieille tour hydraulique, nous descendions à ma demande — je souligne : toujours à la mienne — faire une incursion, pas précisément défendue, au magasin. Le jeune Cimabue se joignait à nous, en partie, je suppose, pour nous surveiller, en partie pour servir d'agréable cicerone. De lui nous apprîmes l'histoire de la trompette ; comment jadis elle était un assemblage de plusieurs tuyaux métalliques reliés par des boules, avant qu'on eût découvert l'art de ployer les tuyaux de cuivre jaune sans les rompre, en les arrosant de poix et de colophane et plus tard de plomb que l'on élimine ensuite au contact du feu. Il discutait aussi certains avis autorisés selon lesquels la matière d'un instrument — métal ou bois — importait peu. Le son, affirmaient ces augures, dépendait de la forme et des mensurations ; mais qu'une flûte fût de bois ou d'ivoire, une trompette de cuivre ou d'argent, cela n'y changeait rien. Or, son maître, disait Luca, le *zio* d'Adrian, qui en sa qualité de luthier savait l'importance de la matière, de l'essence, de la laque, contestait ce point et se flattait de reconnaître très bien, au son d'une flûte, de quoi elle était faite. Au reste, lui Luca se déclarait également compétent. Ensuite, de ses petites mains bien formées d'Italien, il nous montrait le mécanisme de la flûte qui, au cours de ces derniers cent cinquante ans, depuis le célèbre virtuose Quantz, s'est tellement modifié et perfectionné ; et aussi l'agencement de la flûte cylindrique de Böhm, plus puissante et moins suave que l'ancienne flûte conique. Il nous montrait également le doigté de la clarinette, du basson à sept trous avec ses douze clefs fermées et ses quatre ouvertes, dont le son se confond si facilement à celui des cors ; il nous apprenait l'étendue des instruments, leur maniement et autres choses analogues.

Rétrospectivement, aucun doute ne saurait subsister ; conscient ou pas, Adrian suivait en ce temps-là les démonstrations avec au moins autant d'attention que moi et plus de profit qu'il ne me fût jamais donné d'en retirer. Cependant il n'en laissait rien paraître. Aucun indice ne révélait qu'il eût le sentiment que tout cela le concernait le moins du monde ou pourrait le concerner jamais. Il s'en remettait à moi du soin de questionner Luca, parfois même il s'écartait, allait voir quelque objet autre que celui dont nous parlions et me laissait seul avec le commis. Je n'insinue pas qu'il jouait la comédie et n'oublie pas que la musique n'avait guère pour nous d'autre réalité que celle, strictement matérielle, des resserres de Nikolaus Leverkühn. A la vérité, nous étions déjà entrés fugitivement en rapport avec la musique de chambre. Tous les huit ou quinze jours, on s'y adonnait chez l'oncle d'Adrian, mais rarement en ma présence et point toujours en celle de mon ami. A ces séances se retrouvaient l'organiste de la cathédrale, M. Wendell Kretzchmar, un bègue appelé à devenir un peu plus tard le professeur d'Adrian, puis le professeur de chant du gymnase Bonifatius ; avec eux, l'oncle exécutait des quatuors choisis de Haydn et de Mozart. Il tenait le premier violon, Luca Cimabue le second, M. Kretzschmar le violoncelle et le professeur de chant l'alto. Divertissements entre hommes. On posait sa chope de bière à côté de soi, par terre, on gardait son cigare aux lèvres, on s'interrompait par des bouts de phrases incidentes qui, incorporées au langage des sons, produisaient un effet sec et déconcertant ; des coups d'archet sur le pupitre et des récapitulations des mesures jouées à contre-temps, presque toujours par la faute du professeur de chant. Nous n'avions jamais entendu un vrai concert, un orchestre symphonique, et peut-être y a-t-il là un motif suffisant à expliquer l'indifférence marquée d'Adrian à l'égard du monde instrumental. En tout cas, il jugeait le motif valable aux yeux d'autrui et sans doute aux siens. Je veux dire qu'il se dérobait derrière ce prétexte, se dérobait devant la musique. Longtemps, avec une obstination lourde de prescience, cet homme s'est dérobé devant son destin.

Au demeurant, pendant bien des semaines, nul ne songea à établir une relation quelconque entre le jeune Adrian et la musique. La certitude qu'il était appelé à devenir un savant était enracinée dans tous les esprits ; ses brillants succès au gymnase la confirmaient. Toujours en tête de sa classe, il ne connut de légères défaillances que vers la fin de ses années scolaires, environ à partir de la seconde supérieure, à quinze ans, en raison de la migraine qui commençait à se développer et l'empêchait de se livrer au minimum de préparation requis. Néanmoins, il venait à bout des difficultés en se jouant. « Venir à bout » n'est d'ailleurs pas l'expression juste. Il ne lui en coûtait rien de satisfaire aux exigences de ses maîtres. D'ailleurs, sa précellence d'élève ne lui valait pas leurs bonnes grâces. Je l'ai souvent remarqué, on constatait plutôt chez eux un certain agacement, le désir de lui tendre des embûches. Cela ne tenait point tant à ce qu'on le croyait vaniteux — ou peut-être si, on le croyait tel, quoiqu'on n'eût pas l'impression qu'il s'en fît trop accroire — bien au contraire, il ne s'en faisait pas assez accroire et précisément par là affirmait un orgueil dressé contre ce qu'il assimilait avec tant de facilité, et donc contre les matières enseignées, la compétence professionnelle spéciale dont la transmission assurait la dignité et l'entretien de ces messieurs de l'enseignement ; et on le conçoit, ils ne désiraient pas la voir dédaignée avec une désinvolture découlant d'un excès de dons.

Pour ma part, j'étais avec eux en termes beaucoup plus cordiaux. Rien d'étonnant à cela puisque je devais bientôt faire partie de leur confrérie et que j'avais déjà marqué sérieusement cette intention. Moi aussi j'étais fondé à revendiquer la qualité de bon élève mais je ne l'étais et ne pouvais l'être que parce qu'un amour respectueux de la chose enseignée, en particulier des langues anciennes, leurs poètes et écrivains classiques, stimulait et tendait mes facultés. Adrian, lui, montrait, en toute occasion (je veux dire : il ne m'en faisait pas mystère et je craignais à bon droit qu'il ne le celât pas non plus à ses maîtres) combien l'ensemble de la substance scolaire lui paraissait indifférent et en quelque sorte secondaire. Je m'en inquiétais souvent, non à cause de sa carrière, qui grâce à sa facilité n'en souffrirait pas, mais parce que je me demandais ce qui pouvait bien ne pas lui être indifférent et ne pas lui sembler accessoire. Je ne voyais pas l'« essentiel » et en vérité il était indiscernable. En ces années, la vie scolaire est la vie même ; elle en tient lieu. Ses intérêts bornent l'horizon dont toute vie a besoin pour le développement des valeurs grâce auxquelles, si relatives soient-elles, le caractère et les capacités s'affirment. Mais selon la norme humaine, ces valeurs ne peuvent s'affirmer que si leur relativité demeure indiscutée. La foi en leur vertu absolue, si illusoire soit-elle, me semble une condition vitale. Or, les dons de mon ami se mesuraient avec des valeurs dont la relativité semblait lui être évidente, sans pourtant que l'on discernât une possibilité de rapports supérieurs susceptibles de les diminuer par comparaison. Il y a assez de mauvais élèves. Adrian présentait le phénomène singulier du mauvais élève incarné dans le *premier de sa classe*. Je le répète, je m'en inquiétais. Pourtant, combien cela m'en imposait, m'attirait et fortifiait mon dévouement à sa personne où entrait aussi — comprenne qui pourra — quelque chose de douloureux, comme du désespoir.

Je reconnais toutefois une exception à la règle de mépris ironique qu'il témoignait aux apports et aux exigences de l'école. C'était son visible intérêt pour une discipline, une branche où je ne me distinguais guère, les mathématiques. Ma faiblesse sur ce terrain, compensée par mes joyeuses aptitudes à la philologie, me permettait de comprendre que la réussite dans un domaine est conditionnée par la sympathie pour l'objet. Voilà pourquoi ce me fut un vrai soulagement de voir au moins ici mon ami répondre à ces conditions. La science mathématique en tant que logique appliquée, qui pourtant se meut dans les sphères de la pure et haute abstraction, tient une singulière place, intermédiaire entre les sciences humaines et réalistes. Des explications que pendant nos entretiens Adrian me donnait sur les plaisirs qu'elle lui offrait, il ressortait qu'il considérait cette place intermédiaire à la fois comme éminente, dominante, universelle, ou, selon son expression, comme le « vrai ». Ce me fut une joie de lui entendre désigner quelque chose comme étant le vrai, c'était une ancre, un appui. Il n'était plus tout à fait vain de se demander ce qui constituait pour lui l' « essentiel ». « Tu es un fainéant, me disait-il, de ne pas aimer cela. Contempler une ordonnance des rapports est en définitive ce qu'il y a de mieux. L'ordre est tout. Romains, treize : L'ordre établi par Dieu. » Il rougit et je le regardai en écarquillant les yeux. Il se découvrit qu'Adrian était religieux.

En lui, tout restait « à découvrir », il fallait toujours l'atteindre, le surprendre, le saisir, le débusquer — sur quoi il rougissait, alors qu'on aurait voulu se battre de ne l'avoir pas depuis longtemps deviné. Le fait qu'il se complaisait à l'algèbre en dehors du programme, jonglait pour le plaisir avec la table des logarithmes, se plongeait dans des équations du second degré avant même qu'on lui eût demandé d'identifier des inconnues élevées à une puissance, je l'appris aussi par hasard. Au début, il affecta d'en parler avec mépris avant de consentir à me donner les explications précitées. Une autre découverte, pour ne pas dire une levée de masque, avait précédé celle-là ; j'en ai déjà parlé en anticipant. Je fais allusion à sa familiarisation autodidacte et secrète avec le clavier, la science des accords, le cadran des tonalités, le cycle des quintes et aussi le prodige que sans connaissance des notes, sans doigté, il utilisât ces trouvailles harmoniques pour toutes sortes d'exercices de modulation et pour la construction de figures mélodiques d'un rythme très imprécis. Lorsque je m'en avisai, il était dans sa quinzième année. Un après-midi, l'ayant cherché en vain dans sa chambre, je le trouvai devant un petit harmonium relégué au fond d'un couloir de l'étage habité. Je l'écoutai peut-être une minute derrière la porte puis, gêné de mon attitude, j'entrai en lui demandant ce qu'il faisait là. Il lâcha les soufflets, leva les mains de dessus les touches et rougit en riant.

— L'oisiveté, dit-il, est la mère des vices. Je m'ennuyais. Quand je m'ennuie, je muse et je m'amuse un peu par ici. Cette vieille caisse à soufflets abandonnée contient en elle, malgré son humilité, tous les éléments. Regarde, c'est curieux — oh, naturellement, il n'y a là rien de curieux mais lorsqu'on s'y met la première fois, il est curieux de voir comme tout s'enchaîne et aboutit à un cercle.

Et il plaqua un accord sur les seules touches noires, fa dièse, la dièse, do dièse, ajouta un mi et découvrit ainsi l'accord, qui avait semblé être en fa dièse majeur, comme appartenant en réalité au ton de si majeur, autrement dit comme son cinquième degré ou sa dominante. — Un accord en soi, déclara-t-il, n'a pas de totalité propre. Tout est une question de rapports, et le rapport forme l'enchaînement. Le la, en exigeant une résolution en sol dièse, conduit de si en mi majeur.

Et ainsi Adrian, en passant par la, ré et sol après do majeur, arrivait aux tonalités pourvues de bémols tout en me démontrant qu'on pouvait sur chacun des douze tons de la gamme chromatique, construire une gamme particulière, majeure ou mineure.

— Du reste, ce sont là de vieilles rengaines, dit-il. Il y a beau temps que je m'en suis aperçu. Attention, regarde comment on peut faire mieux. Et il commença à me montrer des modulations entre des tonalités encore plus éloignées, en utilisant la parenté de tierce, la sixte napolitaine.

Non qu'il s'entendît à nommer ces choses ; mais il répéta :

— Le rapport est tout. Et si tu veux lui donner un nom plus précis, ce nom sera « ambiguïté ».

Pour illustrer sa pensée, il me fit entendre des suites d'accords d'une tonalité imprécise, me démontra comment une suite de ce genre flottait totalement entre do et sol majeurs lorsqu'on en retranchait le fa, qui en sol majeur serait un fa dièse ; comment elle laissait l'oreille en suspens, dans l'incertitude de savoir s'il fallait la comprendre comme do ou fa majeur en évitant le si qui en fa majeur se bémoliserait.

— Sais-tu ce que je trouve ? demanda-t-il. La musique est l'ambiguïté érigée en système. Prends telle ou telle note. Tu peux la comprendre d'une façon ou d'une autre, selon ses rapports, la considérer comme haussée d'en bas ou diminuée d'en haut et tu peux, si tu es malin, user à ton gré de ce double sens.

Bref, en principe Adrian se montrait instruit de l'équivoque enharmonique et point ignorant de certains trucs pouvant servir à la modulation.

Pourquoi étais-je plus que surpris, je dirais ému et aussi un peu effrayé ? Il avait les joues en feu comme jamais quand il faisait ses devoirs de classe, pas même d'algèbre.

Je le priai néanmoins d'improviser encore un peu pour moi et j'éprouvai quelque chose comme un soulagement lorsqu'il s'y refusa en grommelant : « Absurde, absurde ! » Quelle était la nature de ce soulagement ? Il aurait dû m'apprendre combien j'avais été fier de son indifférence à l'égard de tout et combien nettement je sentais que dans son exclamation : « C'est curieux ! » cette indifférence n'était plus qu'un masque. Je flairai une passion en germe — une passion, chez Adrian ! Avais-je lieu de m'en réjouir ? Au contraire, elle me semblait, dans un certain sens, humiliante et inquiétante.

Qu'il s'occupait de musique lorsqu'il se croyait sans témoin, je le savais à présent. Étant donné l'endroit en vue où se trouvait l'instrument, le secret ne pouvait être gardé longtemps. Un soir, donc, son père adoptif lui dit :

— Eh bien, mon neveu, ce que tu as joué aujourd'hui, tu ne t'y exerçais pas pour la première fois ?

— Que veux-tu dire, oncle Niko ?

— Ne prends pas l'air innocent. Tu fais de la musique.

— En voilà une expression !

— Elle a déjà servi pour des exemples plus bêtes. Ta façon de moduler de fa en la majeur était tout à fait calée. Cela t'amuse ?

— Oh, mon oncle !

— Oui, évidemment. Je vais te dire une chose. Nous ferons placer la vieille casserole que personne d'ailleurs ne regarde plus, là-haut, dans ta chambre. Tu l'auras sous la main quand le cœur t'en dira.

— Tu es tout à fait aimable, oncle, mais cela n'en vaut certainement pas la peine.

— La peine est si minime que le plaisir sera peut-être quand même plus grand. Autre chose, encore, mon neveu. Tu devrais prendre des leçons de piano.

— Crois-tu, oncle Niko ? Des leçons de piano ? Cela vous a un air de pensionnat supérieur pour demoiselles.

— Supérieur, c'est possible, mais pas précisément « pour

demoiselles ». Quand tu iras chez Kretzschmar, tu le verras bien. Par vieille amitié il ne nous écorchera pas, et toi tu auras une base pour tes châteaux en Espagne. Je lui en parlerai.

Adrian me répéta cet entretien mot pour mot dans la cour de l'école. A partir de ce jour, deux fois par semaine, il prit des leçons avec Wendell Kretzschmar.

# VIII

Kretzschmar était jeune à l'époque, à peine âgé de vingt-cinq à trente ans. Né de parents germano-américains, dans l'État de Pennsylvanie, il avait reçu son instruction musicale dans son pays d'origine, mais de bonne heure il avait pris le chemin du vieux monde d'où ses parents avaient jadis émigré et où plongeaient, outre ses racines familiales, les racines de son art. Au hasard d'une vie errante, dont les étapes excédaient rarement un ou deux ans, il était venu chez nous à Kaisersaschern comme organiste. Simple épisode parmi d'autres qui l'avaient précédé (il avait auparavant rempli les fonctions de chef d'orchestre dans de petits théâtres du Reich et aussi en Suisse) et que d'autres encore devaient suivre. Il avait également à son actif des morceaux pour orchestre et écrivit un opéra : La *Statue de Marbre,* qui fut représenté sur plusieurs scènes et favorablement accueilli.

D'apparence insignifiante, de taille au-dessous de la moyenne, le crâne rond, il avait une petite moustache en brosse, des yeux bruns, volontiers rieurs, au regard tantôt réfléchi, tantôt pétillant. Sa présence constituait pour la vie spitituelle et culturelle de Kaisersaschern un précieux apport, si tant est qu'une pareille vie y eût jamais fleuri. Pour savant et admirable que fût son jeu à l'orgue, on pouvait compter sur les doigts de la main les membres de la communauté capables de l'apprécier. Néanmoins, les concerts gratuits des après-midi dominicaux attiraient à l'église une foule assez dense. Il y faisait entendre la musique pour orgue de Michael Prætorius, de Froberger, Buxtehude et naturellement Sébastien Bach, outre diverses curieuses compositions de genre, de l'époque intermédiaire entre l'épanouissement de Haendel et celui de Haydn. Adrian et moi nous suivions régulièrement ces cours. En revanche, les conférences qu'il organisa dans la salle de la Société d'Activité d'Intérêt public, furent un échec complet, du moins à en juger de l'extérieur. Sans se démonter, il les continua toute une saison en les entremêlant d'explications au piano et de démonstrations au tableau noir. Ce fut un insuccès, d'abord parce que nos concitoyens n'avaient pas en principe de temps de reste pour ces conférences, ensuite les thèmes étaient peu répandus et s'inspiraient d'un goût plutôt arbitraire et insolite ; enfin, son bégaiement faisait de la séance un voyage sur l'eau, émouvant et semé d'écueils. Tout à la fois, il inquiétait et incitait au rire, détournait l'attention de la pâture spirituelle offerte et la transformait en une tension anxieuse, l'attente du prochain arrêt spasmodique.

Kretzschmar souffrait d'un bégaiement singulièrement grave, le bégaiement type — tragique en ce que cet homme d'une grande et bouillonnante richesse de pensée était passionnément porté à l'éloquence communicative. Par moments, le petit esquif glissait, rapide et dansant, avec la légèreté anormale qui voudrait nier le mal et le faire oublier ; mais immanquablement, à intervalles rapprochés — et nous étions toujours sur le qui-vive — le désastre se produisait. L'orateur restait en panne, cramoisi, attaché au chevalet, tout gêné par une consonne chuintante qu'il retenait, la bouche crispée en largeur, avec un bruit de locomotive lâchant la vapeur ; ou aux prises avec un son labial, ses joues se gonflaient, ses lèvres émettaient un feu rapide et crépitant de brèves explosions silencieuses ; enfin, son souffle se déréglait désespérément et Kretzschmar, la bouche ouverte en entonnoir, aspirait l'air comme un poisson échoué sur la grève, avec un regard rieur et humide, en semblant prendre la chose à la plaisanterie. Mais ce n'était pas là une consolation pour tout le monde et au fond on ne pouvait en vouloir au public de fuir ses leçons. Il y avait une sorte d'unanimité dans l'abstention car souvent seule une demi-douzaine d'auditeurs animait le parterre, c'est-à-dire, mis à part mes parents, l'oncle d'Adrian, le jeune Cimabue, et nous deux, quelques élèves de l'école supérieure de jeunes filles qui ne manquaient pas de pouffer pendant les pauses forcées du conférencier.

Il eût volontiers payé de sa poche les frais de salle et d'éclairage que les recettes ne couvraient pas mais mon père et Nikolaus Leverkühn avaient obtenu du comité directeur que la Société comblât le déficit ou plutôt renonçât à percevoir un loyer en arguant que ces cours étaient instructifs et d'intérêt public. Faveur due à l'amitié.

En effet, on pouvait contester que l'intérêt de la communauté fût en jeu puisque celle-ci s'abstenait de paraître ; néanmoins, je le répète, les défections se pouvaient attribuer au caractère trop spécial du sujet étudié. Wendell Kretzschmar professait un principe que nous entendîmes souvent dans sa bouche formée tout d'abord à la langue anglaise. Il s'agissait d'exciter, non point l'intérêt du prochain mais le sien propre et l'on n'y réussissait à coup sûr qu'en se passionnant soi-même car alors on communiquait infailliblement sa passion à d'autres, on les contaminait, et l'on créait ainsi un intérêt insoupçonné. Cela valait beaucoup mieux que de chercher à flatter un sentiment déjà préexistant.

Par malheur, notre public ne lui donnait presque aucune occasion d'expérimenter sa théorie. Elle se révélait exacte pour la poignée d'auditeurs que nous formions, assis à ses pieds dans le vide béant de la vieille salle aux chaises numérotées. Il nous captivait en nous entretenant de choses que nous n'aurions jamais cru susceptibles de retenir notre attention et même son effroyable bégaiement finissait par être simplement à nos yeux l'expression émouvante et fascinante de son ardeur. Souvent, quand la catastrophe se produisait, nous lui adressions, tous ensemble, un signe d'encouragement et l'un de ces messieurs murmurait un « oui, oui », « ça va » ou « peu importe » réconfortant. Alors, le spasme se dénouait avec un sourire d'excuse enjoué et la conférence reprenait un moment son flux à une cadence rapide, d'ailleurs inquiétante.

De quoi parlait-il ? Eh bien, cet homme était capable de consacrer toute une heure au problème de savoir « pourquoi Beethoven n'a pas ajouté un troisième mouvement à sa sonate pour piano, opus III". Sujet assurément digne de gloses, mais imaginez l'affiche placardée sur la Maison de l'Activité d'Utilité publique, ou insérée dans la *Gazette du Chemin de Fer de Kaisersaschern,* et demandez-vous jusqu'à quel point elle pouvait susciter la curiosité générale ? Pourquoi l'opus III ne se composait que de deux mouvements, les gens n'en avaient cure. Nous qui assistions à l'explication, nous bénéficiions, il est vrai, d'une soirée singulièrement enrichissante bien que la sonate en question nous fût totalement inconnue jusqu'à ce jour. Toutefois, cette séance nous apprit à la connaître en ses moindres détails car Kretzschmar l'exécuta à merveille, encore qu'avec une sonorité retentissante, sur le pianino de modèle très réduit mis à sa disposition, un piano à queue lui ayant été refusé. Tout en jouant, il analysa avec une grande pénétration la substance psychique de l'œuvre, décrivit les circonstances de sa genèse, celle de deux autres de ses sœurs, et s'égaya avec causticité de l'explication donnée par le maître lui-même, quand on lui avait demandé pourquoi il avait renoncé à un troisième mouvement correspondant au premier. A cette question de son famulus, il avait répondu qu'il *n'avait pas eu le temps* et que pour ce motif il avait préféré allonger un peu le second mouvement. Pas le temps. Et encore, il l'avait déclaré « avec détachement » ! De toute évidence, le mépris du questionneur inclus dans une telle réponse avait passé inaperçu mais l'interrogation le justifiait.

Le conférencier dépeignit l'état d'âme de Beethoven vers 1820 alors que, l'oreille irrémédiablement atteinte d'une consomption qui traçait autour de lui un cercle d'isolement progressif, il se révélait incapable de diriger ses œuvres. Kretzschmar nous raconta comment la rumeur alla grandissant que le célèbre compositeur était complètement vidé, ses sources de production taries, et qu'impuissant désormais à accomplir de grands travaux, il s'occupait uniquement à la transcription de ballades écossaises, comme le vieux Haydn. Ce bruit avait pris consistance du fait que depuis quelques années aucune œuvre importante signée de son nom n'avait paru sur le marché musical.

Or, à la fin de l'automne, rentré à Vienne, de Mödling où il avait passé l'été, le maître écrivait d'un trait ces trois compositions pour piano-forte, sans lever en quelque sorte les yeux du papier et en informait son protecteur, le comte Brunswick, pour le rassurer sur ses facultés cérébrales. Ensuite Kretzschmar parla de la sonate en ut mineur. Il fallait la considérer comme une œuvre formant un cycle achevé en soi et soumise à une ordonnance spirituelle. Œuvre point facile assurément, elle avait donné à la critique contemporaine comme aux amis beaucoup de fil esthétique à retordre ; ces amis et admirateurs, continua le conférencier, n'avaient absolument pas été capables de suivre l'artiste vénéré au-delà du sommet où au temps de sa maturité il avait conduit la symphonie, la sonate pour piano, le quatuor à cordes classiques. Les œuvres de la dernière période les avaient déconcertés. Ils gardaient le cœur lourd devant une tentative de libération, d'éloignement, de plongée dans un gouffre point familier ni conforme à la norme, un *plus ultra* où ils n'arrivaient à voir que la dégénérescence de penchants latents, un excès d'introspection et de spéculation, une outrance dans la minutie et la technique musicales, appliqués parfois à un objet aussi simple que le thème de l'arietta de l'immense mouvement à variations qui constitue la seconde partie de cette sonate. Oui, tout comme le thème de ce mouvement passant à travers cent destins, cent univers de contrastes rythmiques, finit par se dépasser lui-même et se perd à des hauteurs vertigineuses qu'on pourrait appeler celles de l'au-delà ou de l'abstraction, ainsi l'art de Beethoven s'était lui-même dépassé. Des régions habitables de la tradition, il avait, sous le regard effrayé des hommes, accédé aux sphères où ne subsistait plus que son essence personnelle, — un moi douloureusement isolé dans l'absolu et en outre retranché de l'élément charnel par la perte de son ouïe, prince solitaire au royaume de l'esprit, dont n'émanaient plus que des frissons étranges, même pour les contemporains les mieux intentionnés, qui, saisis de stupeur devant ces messages terrifiants, les comprenaient à de rares instants seulement.

Jusqu'ici exact, disait Kretzschmar. Et encore, de manière relative et insuffisante. Car, à l'idée de la personnalité pure, s'alliaient en général celles de la subjectivité sans limites et d'une radicale volonté d'expression harmonique, par contraste avec l'objectivité polyphonique ; il nous priait de vouloir bien nous pénétrer de la distinction : subjectivité harmonique, objectivité polyphonique. Or, cette équation, cette antinomie ne s'appliquaient pas au cas particulier, pas plus d'ailleurs qu'à l'œuvre ultérieure du maître. En fait, vers le milieu de sa période productrice, Beethoven avait été beaucoup plus subjectif, pour ne pas dire « personnel », qu'à la fin ; beaucoup plus soucieux de laisser l'expression personnelle prendre le pas sur la convention, le formalisme, toutes les fioritures dont abonde la musique, et de les fondre au creuset de son dynamisme subjectif. Le rapport avec la convention du Beethoven de la fin, celui des cinq dernières sonates pour piano, par exemple, avait été tout autre, beaucoup plus accommodant et indulgent, malgré l'originalité et même le caractère anormal de l'écriture. Intacte, point modifiée par le subjectif, la convention s'étalait souvent au long de son œuvre tardive, dans une nudité où l'on serait tenté de voir une boursouflure, un abandon du moi, plus effroyables et majestueux encore que toute audace personnelle. Dans ces créations, dit le conférencier, le subjectif et le conventionnel nouaient un nouveau rapport, un rapport déterminé par la mort.

A ce mot, Kretzschmar bégaya violemment. Butées contre la consonne d'appui, ses lèvres exécutèrent une sorte de tir accéléré de mitraillette, mâchoire et menton frémissant à l'envi avant de trouver un repos dans la voyelle qui faisait pressentir le vocable auquel il pensait. Mais le mot une fois deviné, il ne sembla pas pour autant qu'on pût le lui retirer, le lui crier, comme cela nous arrivait parfois dans un élan jovial et secourable. Il lui fallait y parvenir lui-même et il y parvint. Où la grandeur et la mort se conjuguaient, déclara-t-il, naissait une objectivité encline à la convention souveraine ; elle laissait loin derrière elle la plus impérieuse subjectivité, car en elle l'élément uniquement personnel (qui pourtant avait déjà permis de dépasser une tradition à son extrême pointe) se surpassait encore, pour pénétrer, grand et hallucinant, sur le plan mystique et collectif.

Il ne demandait pas si nous le comprenions et nous ne nous le demandions pas davantage. S'il estimait que l'essentiel pour nous était de l'entendre, nous partagions entièrement son avis. A la lueur de ce qui précédait, continua-t-il, il convenait d'examiner l'œuvre dont il parlait dans ce cas particulier, la sonate opus III. Il s'assit alors au piano et nous joua par cœur la composition entière, le premier et l'immense second mouvement. Ses commentaires se mêlaient constamment à son jeu et, pour attirer notre attention particulière sur la facture, par intervalles il chantait avec enthousiasme. Tout cela réuni produisait un spectacle mi-entraînant, mi-comique et déchaînait fréquemment l'hilarité du petit auditoire. Comme il avait le toucher puissant et que dans les *forte* il chargeait avec violence, il était obligé de crier à tue-tête pour rendre ses interventions à peu près compréhensibles et déployait le maximum de voix pour souligner le morceau par ses arabesques vocales. De la bouche, il mimait ce que les doigts jouaient : « Boum boum — Voum voum — Croumcroum ! » faisait-il, dès les farouches accents du début du premier mouvement, et il accompagnait d'une voix aiguë de fausset les passages de charme mélodieux qui parfois éclairent comme de délicates lueurs de jour le ciel d'orage tragique du morceau. Enfin, il posa ses mains sur ses genoux, reprit un instant haleine en disant : « Nous y voilà ! » et commença le mouvement à variation, l'*adagio molto semplice e cantabile*.

Le thème de l'ariette dévolu à des aventures et à des destinées auxquelles son innocence idyllique ne semble nullement le préparer entre immédiatement en scène et s'exprime en seize mesures, réductibles à un motif qui se dégage à la fin de sa première moitié, pareil à un bref appel plein d'âme. Trois notes seulement, une croche, une double croche et une noire pointée, scandées à peu près comme « bleu — de ciel » ou « mal — d'amour » ou « a - dieu cher » ou « temps — jadis » ou « pré — fleuri » - et c'est tout. Par la suite, si l'on considère ce que devient cette douce exhalaison, cette formule mélancolique et paisible, sous le rapport du rythme, de l'harmonie et du contrepoint, tout ce par quoi son maître la bénit et la maudit, vers quelles nuits et quelles clartés surnaturelles il la précipite et l'élève, vers quelles sphères de cristal où la chaleur et le froid, la paix et l'extase se confondent, on peut évidemment qualifier tout cela en gros de merveilleux, étrange et excessivement grandiose, sans pour autant définir ce qui par essence est indéfinissable, et Kretzschmar, de ses mains agiles, nous jouait ces métamorphoses inouïes en chantant à gorge déployée, à l'unisson : « Dim-dada ! » et en criant des commentaires : « Les chaînes de trilles ! Les fioritures et les cadences ! Entendez-vous la convention qui subsiste intacte ? Ici — la langue — n'est plus — épurée, débarrassée — de la formule — au contraire, la formule — débarrassée de l'apparence — de sa soumission — subjective — l'apparence — de l'art - est rejetée — à la fin. — L'art rejette toujours — l'apparence de l'art. Dim dada ! Veuillez écouter comment ici — la mélodie s'efface sous le poids fugué — des accords. Elle devient statique, elle devient monotone — deux fois ré, trois fois ré — à la queue leu leu — c'est grâce aux accords — dim-dada ! Veuillez écouter avec attention ce qui se passe ici... »

On avait une peine extraordinaire à suivre en même temps ses hurlements et la musique très compliquée à laquelle il les mêlait. Nous nous y appliquions, penchés en avant, les mains entre les genoux, les yeux fixés tour à tour sur ses doigts et sur sa bouche. La caractéristique du mouvement consiste dans la grande distance entre la basse et le chant, la main droite et la gauche ; vient un instant, une situation extrême, où le pauvre motif semble planer solitaire et abandonné au-dessus d'un abîme vertigineux et béant, — instant terrifiant et auguste que suit aussitôt son craintif recroquevillement, comme un effarement terrifié que pareil sort lui ait pu échoir. Mais il lui arrive encore beaucoup d'aventures avant de prendre fin. Cependant qu'il s'achève, intervient un événement complètement inattendu et émouvant dans sa douceur et sa bonté, après tant de fureur concentrée, de persistance, d'acharnement et d'égarement sublimes. A l'instant où le motif très éprouvé prend congé et devient un adieu, un cri et un signe d'adieu, avec ce ré-sol, sol, un léger changement se produit, une petite extension mélodique. Après un ut initial, il s'augmente d'un ut dièse devant le ré, en sorte que maintenant il ne se scande plus comme « bleu — de ciel » ou « pré — fleuri », mais comme « ô — doux bleu du ciel » ou « gen — til pré fleuri », « a — dieu pour toujours ». Et cette adjonction de l'ut dièse est la chose la plus touchante, la plus consolante, la plus mélancoliquement apaisante du monde. C'est comme une caresse douloureuse et tendre sur les cheveux, sur la joue, un suprême et profond regard dans les yeux, pour la dernière fois. Il bénit l'objet, la formule effroyablement torturée, en lui conférant une humanité saisissante et l'approche si doucement du cœur de l'auditeur, pour un adieu, un éternel adieu, que les larmes vous montent aux yeux. « Ou — blie ton tourment ! » est-il dit. « Grand — fut Dieu en nous. » « Tout — n'était qu'un songe. » « Res — te-moi fidèle. » Puis une brisure. Des triolets rapides, durs, se hâtent vers un dénouement quelconque qui eût pu tout aussi bien terminer un autre morceau.

Après, Kretzschmar ne quitta plus le pianino pour regagner sa table de conférencier. Il resta en face de nous sur son tabouret tournant, dans la même attitude que nous, les mains entre les genoux, et acheva en quelques mots sa leçon sur le problème de savoir pourquoi Beethoven n'avait pas ajouté de troisième mouvement à l'opus III. Il suffisait, dit-il, d'avoir entendu le morceau pour pouvoir répondre nous-mêmes à la question. Un troisième mouvement ? Un recommencement ? Après un pareil adieu ? Un retour — après cette séparation ? Impossible ! Il était advenu que la sonate, dans ce deuxième mouvement, cet énorme mouvement, s'était achevée à jamais. Et lorsqu'il disait : « la sonate », il n'entendait pas désigner uniquement celle-ci, en ut mineur, mais la sonate en général, en tant que genre, en tant que forme d'art traditionnelle : elle avait été amenée ici à sa fin, à faire une fin, elle avait rempli son destin, atteint son but insurpassable, elle s'abolissait et se dénouait, elle prenait congé — le signe d'adieu du motif « ré-sol sol » adouci mélodiquement par l'ut dièse était un adieu dans ce sens général aussi, un adieu grand comme l'œuvre, l'adieu de la sonate.

Là-dessus, Kretzschmar s'en alla, suivi d'applaudissements peu nourris mais prolongés, et nous partîmes également, assez songeurs, alourdis de pensées neuves. En prenant leur vestiaire, la plupart d'entre nous, selon une habitude courante, fredonnaient le motif qui formait l'impression dominante de la soirée, le thème du second mouvement sous sa forme primitive et sous celle où il faisait ses adieux. Ils le chantaient d'un air pensif tout en marchant et longtemps on entendit retentir, par les rues lointaines où les auditeurs s'étaient dispersés, rues sonores d'une petite ville ouatée de paix nocturne, les « adieu cher », « a — dieu pour toujours », « grand — fut Dieu en nous », renvoyés en écho.

Ce ne fut pas la dernière fois que le bègue nous entretint de Beethoven. Il lui consacra bientôt une nouvelle conférence sous le titre de : « Beethoven et la Fugue ». De ce thème aussi je me souviens nettement. Je le revois encore sur l'affiche. Je me rendais compte qu'il était aussi peu fait que le précédent pour susciter dans la salle d' « Utilité publique » une dangereuse ruée d'auditeurs. Notre petit groupe retira d'ailleurs de cette soirée une jouissance et un profit marqués. En effet, les envieux et les adversaires du maudit novateur avaient, nous fut-il dit, toujours déclaré Beethoven incapable d'écrire une fugue. « Il ne peut pas, et voilà ! » allaient-ils répétant, conscients de la portée d'un pareil reproche. A l'époque, cette respectable forme d'art était encore très cn honneur et nul compositeur n'eût trouvé grâce devant le tribunal musical ni satisfait les potentats dispensateurs de commandes et les grands seigneurs contemporains, s'il n'avait affirmé également ses talents en matière de fugue. Le prince Esterhazy prisait par-dessus tout cet art magistral. Or, dans la Messe en ut que Beethoven écrivit à son intention, le musicien n'avait pu dépasser des ébauches avortées de fugue. Du point de vue mondain, il y avait là une incivilité et, du point de vue artistique, un manque impardonnable. Dans l'oratorio « Le Christ au Mont des Oliviers », tout travail fugué faisait défaut, bien qu'il y eût été fort à sa place. Un essai aussi faible que la fugue du troisième quatuor de l'opus 59 n'infirmait point l'assertion que le grand homme était un mauvais contrapontiste et le monde musical qui donnait le ton avait été fortifié dans cette opinion par les passages fugués de la marche funèbre de l' « Héroïque » ou l'allegretto de la Symphonie en la majeur. Pour comble, le mouvement final de la sonate pour violoncelle en ré, opus 102, dit : « Allegro fugato !... »... » Ç'avait été, raconta Kretzschmar, un *tolle,* une levée de boucliers. L'œuvre entière fut proclamée obscure jusqu'à en être insupportable et l'on se plaignit que durant au moins vingt mesures la confusion fût scandaleuse, principalement à cause des modulations trop colorées. Il n'y avait plus qu'à classer tranquillement le dossier : cet homme était décidément inapte à se plier aux exigences d'un style rigoureux.

Je m'interromps dans la restitution de cette scène pour faire remarquer que le conférencier nous parlait de choses, d'affaires, de rapports artistiques qui n'entraient encore nullement dans notre champ de vision et sa parole toujours difficile les évoquait pour nous comme des ombres en marge de notre horizon. Incapables de contrôler ses dires autrement que par ses exécutions au piano-forte entrecoupées de commentaires, nous écoutions avec l'imagination vaguement émue d'enfants qui entendent des contes de fées pour eux incompréhensibles, alors que pourtant leur esprit fragile se sent enrichi et stimulé d'une façon particulière, rêveusement prémonitoire. « Fugue, contrepoint, Eroïca, confusion à cause de modulations trop colorées, rigueur du style », pour nous c'était là au fond encore un langage de conte, mais nous l'accueillions aussi volontiers et en ouvrant d'aussi grands yeux que les enfants suivent une histoire hermétique pour laquelle ils ne sont nullement mûrs — avec beaucoup plus de plaisir d'ailleurs que les sujets plus proches, plus à leur niveau, à leur mesure. C'est là, le croira-t-on, la manière d'apprendre la plus intense et la plus fière, peut-être la plus féconde — cette initiation anticipée enjambant de larges espaces d'ignorance. Comme pédagogue, je devrais sans doute m'interdire pareil jugement, mais je sais que la jeunesse préfère infiniment ce mode d'enseignement et j'estime qu'avec le temps, l'espace sauté se comble de lui-même.

Donc, Beethoven, nous fut-il dit, passait pour incapable d'écrire une fugue et l'on pouvait se demander jusqu'à quel point les mauvaises langues avaient raison. De toute évidence, il s'efforçait de leur donner un démenti. A maintes reprises, dans sa musique ultérieure pour piano, il a inséré des fugues et même à trois voix, dans la sonate *Hammerklavier* pour piano, comme dans celle qui commence en la bémol majeur. Une fois, il avait ajouté : « Avec quelques libertés », en signe qu'il connaissait fort bien les règles transgressées. Pourquoi les avait-il enfreintes ? Par absolutisme ou parce qu'il n'arrivait pas à s'en tirer ? La question restait en suspens. Avaient suivi, il est vrai, la grande ouverture fuguée opus 124, les majestueuses fugues du Gloria et du Credo de la Messe solennelle, preuve que, dans la lutte avec cet ange aussi, le grand lutteur était resté vainqueur, même s'il était sorti du corps-à-corps avec une boiterie de la hanche.

Kretzschmar nous raconta une sombre histoire. Elle nous laissa une image terrifiante, ineffaçable des affres sacrées de cette lutte et de l'artiste visité par cette épreuve. C'était au cœur de l'été 1819, à l'époque où Beethoven, dans la maison Hafner, à Mödling, travaillait à sa Messe, désespéré que chaque mouvement fût beaucoup plus long qu'il ne l'avait prévu et que l'œuvre ne pût être terminée dans les délais fixés, pour le jour de mars de l'année suivante, où l'archiduc Rodolphe devait être intronisé évêque d'Olmutz. Deux de ses amis et adeptes venus le voir un après-midi apprirent dès leur arrivée une nouvelle effarante : ce même matin, les deux servantes du Maître l'avaient planté là, parce que la nuit précédente, vers une heure, il avait fait un éclat terrible, arrachant au sommeil la maisonnée entière. Jusqu'à une heure très avancée de la nuit, il avait travaillé au Credo, au Credo avec fugue, oublieux du dîner qui brûlait. La nature reprenant ses droits, les servantes, après une vaine attente à côté du fourneau, finirent par s'endormir. Lorsque le Maître réclama à manger, entre minuit et une heure, il trouva ces filles assoupies et le repas carbonisé.

Sur quoi il était entré dans une colère violente, d'autant moins respectueuse du silence nocturne qu'il ne s'entendait pas, à cause de sa surdité. « Vous n'êtes même pas capables de veiller une heure avec moi ? » avait-il fulminé. Au vrai, il s'en était écoulé cinq, voire six, et les servantes ulcérées s'empressèrent de détaler au point du jour, laissant à ce patron irascible le soin de se servir seul. Il n'avait donc pas déjeuné ce jour-là, ni en somme rien pris depuis le déjeuner de la veille. Enfermé dans sa chambre, il travaillait au Credo, au Credo avec fugue — les disciples l'entendaient à travers la porte verrouillée. Le sourd chantait, hurlait et trépignait sur son Credo, c'était si effroyablement bouleversant que le sang des visiteurs aux écoutes derrière le battant se glaça dans leurs veines. Saisis de timidité et de crainte, ils allaient s'éloigner lorsque la porte s'ouvrit brusquement et Beethoven s'encadra sur le seuil. Quel air avait-il ? Le plus terrifiant. Les vêtements en désordre, les traits si ravagés que leur vue frappait d'épouvante, son regard quêteur, absent, hagard, s'était posé fixement sur eux. Il donnait l'impression de sortir d'une lutte à la vie et à la mort avec tous les esprits hostiles du contrepoint. Il balbutia des propos confus, puis se répandit en reproches et en plaintes sur le gâchis de son ménage, sur ce que tout le monde s'était sauvé et le laissait mourir de faim. Ils avaient essayé de le calmer, l'un l'aidant à faire sa toilette, l'autre courant chercher à l'auberge de quoi le restaurer... Trois ans plus tard seulement la Messe fut achevée.

Nous ne la connaissions pas, nous venions d'apprendre son existence. Mais qui niera qu'il peut être utile à la formation d'entendre parler de grandeur, fût-elle inconnue ? A la vérité, tout dépend beaucoup de la façon dont il en est parlé. En rentrant de la conférence de Wendell Kretzschmar, nous avions le sentiment d'avoir entendu la Messe, et l'image du Maître insomnieux et affamé dans l'encadrement de la porte, cette image qu'il avait gravée en nous ne contribuait pas peu à notre illusion.

Voilà pour Kretzschmar et son exposé de « Beethoven et la Fugue ». Sur le chemin du retour, il nous donna matière à de brûlants commentaires, matière aussi à nous taire ensemble et à poursuivre une vague rêverie silencieuse sur tout le nouveau, le lointain, la grandeur qui tantôt en reflets rapides, tantôt en bribes effroyablement difficiles à assimiler, avaient pénétré nos âmes. Je dis nos âmes, mais bien entendu, je ne songe qu'à celle d'Adrian. Ce que j'entendais, ce que j'imaginais n'a pas la moindre importance.

Par-dessus tout, je le constatai en rentrant à la maison, et le lendemain dans le préau de l'école, l'avait impressionné la distinction qu'établissait Kretzschmar entre les époques de culte et de culture ; et la remarque que la sécularisation de l'art, sa séparation d'avec l'office divin, n'avaient qu'un caractère superficiel et épisodique. L'élève de seconde supérieure se montrait ému à la pensée (point émise par le conférencier, mais elle s'était allumée en lui) que l'art, du fait de sa dissociation d'avec l'ensemble liturgique, sa libération et son ascension jusqu'au plan solitaire personnel où la culture est une fin en soi, l'art, dis-je, s'était alourdi d'une solennité sans objet, d'une gravité absolue, d'un pathétique douloureux traduits sous une forme visible dans l'effrayante apparition de Beethoven sur le seuil de sa chambre ; et que cet état ne devait nullement rester son destin permanent, sa disposition d'âme éternelle. Voyez-vous ce gamin ? Encore presque sans expérience pratique sur le terrain de l'art, il divaguait dans le vide avec une maturité précoce sur l'instant probablement imminent où le rôle actuel de l'art serait ramené à une échelle plus modeste, plus heureuse, au service d'une allégeance plus haute qui n'avait pas besoin d'être comme jadis une allégeance à l'Église. Quelle serait-elle ? Adrian n'en savait rien : mais la pensée que l'idée de culture était un phénomène historiquement transitoire, qu'il pourrait de nouveau se perdre dans autre chose, que l'avenir ne lui appartenait pas forcément, cette pensée, il l'avait certainement puisée dans la conférence de Kreztschmar.

— Mais il n'est d'autre alternative à la culture, interrompis-je, que la barbarie.

— Pardon ! fit-il. La barbarie n'est le contraire de la culture que dans le cadre de la hiérarchie de pensée que celle-ci nous propose. En dehors de cet ordre de pensée, le contraire peut être tout différent ou même ne pas être un contraire.

J'imitai la mimique de Luca Cimabue en disant : « Santa Maria » et en me signant. Il eut un rire bref.

Une autre fois, il déclara :

— M'est avis qu'il est un peu trop question de culture à notre époque pour qu'elle soit véritablement une époque de culture, ne crois-tu pas ? Je voudrais savoir si aux périodes de culture authentique on connaissait seulement ce mot, on le prononçait ? La naïveté, l'ingénuité, l'aisance naturelle me semblent être le premier critère de la disposition d'esprit que nous désignons de ce nom. Ce qui nous fait défaut, c'est précisément la naïveté, et ce manque, s'il m'est permis d'en parler, nous frustre d'une barbarie colorée, parfaitement conciliable avec la culture, avec une très haute culture. Je veux dire : notre échelon est celui de la civilisation, état fort louable sans contredit, mais on ne saurait douter qu'il nous faudra devenir beaucoup plus barbares pour être à nouveau capables de culture. Technique et confort. Avec cela, on *parle* de culture, mais on ne l'a point. M'empêcheras-tu de voir dans la constitution homophone mélodique de notre musique un degré de civilisation musicale, par opposition à la vieille culture du contrepoint polyphonique ?

Dans de tels discours qui visaient à me taquiner et à m'irriter, il y avait beaucoup de choses qu'il répétait ; mais sa faculté d'appropriation, de reproduction personnelle de ce qu'il avait capté, ôtait à ses propos calqués sur ceux d'un autre, sinon toute soumission juvénile, du moins tout ridicule. Il commenta également, ou plutôt nous commentâmes en un dialogue agité, une leçon de Kretzschmar : « La Musique et l'Œil » — encore une manifestation qui eût mérité une audience plus vaste. Comme le titre l'indiquait, notre conférencier parla de son art dans la mesure où il s'adresse au sens visuel, ou tout au moins s'adresse *aussi* à lui, du seul fait, ajoutait-il, que la musique s'écrit par la notation, c'est-à-dire : l'écriture musicale. Depuis l'époque des vieux neumes, ces fixations de traits et de points qui indiquaient approximativement le mouvement du son, ont toujours été pratiquées avec un soin croissant. Les exemples que citait Kretzschmar étaient fort divertissants, flatteurs aussi, car il nous introduisait dans une sorte de familiarité d'apprentis et de laveurs de pinceaux avec la musique. Il nous montrait que mainte expression du jargon musical ne procédait pas du tout de l'acoustique mais du visuel, de l'écriture des notes ; ainsi, on parlait d'« occhiali », de basses à lunettes, parce que, graphiquement, ces arpèges tambourinés de la basse, des blanches dont les hampes sont reliées par paires au moyen de barres, font l'effet de lunettes. Ou encore, nous disait-il, certaines marches harmoniques très banales à intervalles réguliers, les rosalies, s'appellent en allemand des « haussepieds ». (Il nous en donna des exemples au tableau.) Il parla de l'aspect visuel de la musique notée, assura qu'il suffisait au connaisseur de jeter un coup d'œil sur la graphie pour se faire une idée décisive de l'esprit et de la valeur de la composition. Ainsi, un collègue venu en visite, avisant sur son pupitre un travail d'amateur qu'on lui avait apporté, s'était écrié, du seuil : « Pour l'amour du Ciel, quelle ordure as-tu là ? » D'autre part, il nous décrivit la jouissance exquise que la figure optique d'une partition de Mozart offrait à l'œil exercé, la clarté de la disposition, la belle répartition des groupes d'instruments, la conduite spirituelle et riche en sinuosités de la ligne mélodique.

— Un sourd, s'écria-t-il, privé de toute expérience du son, pourrait déjà se réjouir devant ces visions suaves.

Il cita un sonnet de Shakespeare : *To hear with eyes, belongs to love's fine wit,* et affirma qu'en tout temps les compositeurs avaient introduit dans leurs écrits maint secret plutôt destiné à l'œil qu'à l'oreille. Si les maîtres néerlandais du style polyphonique, dans les perpétuels artifices de l'entrecroisement des parties, avaient agencé les rapports contrapointiques de façon qu'une partie fût l'équivalente d'une autre lorsqu'on la lisait à rebours, cela n'avait pas grand-chose de commun avec le son audible. Kretzschmar était prêt à parier que cette plaisanterie avait été sensible à peu d'oreilles et visait surtout à frapper l'œil des membres de la corporation. Ainsi, dans les *Noces de Cana,* Orlandus Lassus avait utilisé six voix pour figurer les six jarres d'eau, raffinement plus perceptible à la lecture qu'à l'audition ; et dans la *Passion selon saint Jean,* de Joachim de Burck, l'« *un* des serviteurs » qui donnait à Jésus un soufflet sur la joue n'avait qu'une seule note, alors que deux notes ponctuent la phrase suivante : « et les *deux* autres avec lui ».

Il cita encore des traits pythagoriciens de ce genre auxquels s'était toujours complu la musique et qui s'adressaient plus à l'œil qu'à l'oreille et en quelque sorte en cachette de celle-ci. Bref, il avança qu'en dernier ressort il les atttibuait à une certaine absence de sensualité de l'art des sons, pour ne pas dire une antisensualité, un secret penchant à l'ascèse. C'était en effet de tous les arts le plus spitituel, on s'en apercevait déjà au fait que forme et contenu s'y confondaient comme dans nul autre et en définitive ne faisaient qu'un. On disait bien que la musique « s'adressait à l'ouïe ». Toutefois, c'était conditionnellement, dans la mesure où l'ouïe comme les autres sens est le truchement et l'organe réceptif du spirituel. Peut-être, disait Kretzschmar, le souhait le plus profond de la musique était-il de ne pas être entendue ni même vue ou sentie, mais, si possible, d'être perçue et contemplée dans un au-delà des sens et même du sentiment, à l'état pur spirituel. Toutefois, liée au monde des sens, il lui fallait également s'efforcer à la plus forte, voire la plus affolante action sur eux. C'était une Kundry qui ne voulait pas ce qu'elle faisait, et de ses tendres bras voluptueux enlaçait la nuque du dément. Elle trouvait sa plus puissante réalisation sensuelle dans la musique instrumentale pour orchestre, où elle semblait, à travers l'oreille, exciter tous les sens à la fois et mêlait la jouissance opiacée des sons à celle des couleurs et des parfums. Là, elle était vraiment la pénitente sous le masque de la magicienne. Cependant, il y avait un instrument, c'est-à-dire un moyen de réalisation musicale, par quoi la musique était assurément audible, mais d'une façon à moitié immatérielle, presque abstraite, et pour ce motif singulièrement en accord avec sa nature intellectuelle : le piano. Un instrument qui n'était pas comme les autres, car tout caractère spécifique lui faisait défaut. Il pouvait, il est vrai, comme eux, être joué en solo et servir la virtuosité, mais c'était un cas exceptionnel, et à y regarder de près, un mésusage. Le piano était, tout bien considéré, le représentant direct et souverain de la musique même dans sa spiritualité, voilà pourquoi il fallait s'adonner à son étude. Néanmoins, les leçons de piano ne devaient pas, ou du moins pas essentiellement, pas en premier et en dernier ressort, développer une habileté spécifique, mais être une initiation à la...

— ... Musique ! cria une voix secourable jaillie du public très clairsemé, car le conférencier n'arrivait pas à triompher de ce dernier mot dont il avait pourtant fait un fréquent usage, et en marmonnant il butait contre la syllabe initiale.

— Évidemment ! dit-il, soulagé, puis il avala une gorgée d'eau et s'en alla.

Et maintenant, qu'on me pardonne de le faire entrer en scène une fois encore. Je tiens à signaler une quatrième conférence que Wendell Kretzschmar nous offrit. Au vrai, j'aurais pu passer sous silence l'une des précédentes plutôt que celle-ci, car, pour ne pas parler de moi, aucune n'exerça une impression plus profonde sur Adrian.

Je ne me souviens plus très exactement de son titre. Elle s'intitulait : « L'Élémentaire dans la Musique » ou « la Musique et l'Élémentaire » ou « les Éléments musicaux » ou autrement. En tout cas, l'idée de l'élémentaire, du primitif, du principe primordial y tenait un rôle décisif et aussi la pensée qu'entre tous les arts, la musique, qui précisément au cours des siècles s'était haussée jusqu'à construire un prodigieux édifice fort compliqué, riche et finement développé, avait toujours marqué un pieux penchant à rappeler son origine et à l'évoquer solennellement. Bref, elle avait célébré les éléments dont elle était issue, exaltant ainsi, disait-il, leur symbolisme sur le plan cosmique. En effet, ils étaient en quelque sorte les premiers et les plus simples matériaux de construction du monde : parallélisme qu'un artiste philosophe de naguère (toujours Wagner) avait intelligemment utilisé en assimilant les éléments fondamentaux de l'univers à ceux de la musique, dans son mythe cosmogonique de l'Anneau des Niebelungen. Pour lui, au commencement, tout avait sa musique propre ; la musique du commencement était aussi le commencement de la musique, l'accord parfait en mi bémol majeur des profondeurs du Rhin impétueux, les sept accords primitifs au moyen desquels, comme avec des blocs cyclopéens taillés dans le roc originel, s'édifie le burg des dieux. Avec une ingéniosité de grand style, il avait présenté le mythe de la musique en même temps que celui du monde, la liant aux choses et les laissant s'exprimer musicalement. Ainsi créait-il habilement un appareil de simultanéité — très grandiose et lourd de signification, encore que peut-être un peu trop subtil à la fin, comparé à certaines manifestations de l'élémentaire dans l'art de purs musiciens tels Beethoven et Bach, par exemple le prélude de la suite pour violoncelle de ce dernier, lui aussi en mi bémol majeur et construit sur des accords parfaits primitifs. Et il rappela Anton Bruckner qui aimait se récréer à l'orgue ou au piano.

— Quoi de plus profondément senti, de plus magnifique, s'était-il écrié, qu'une telle suite de simples accords ! N'est-ce pas comme un bain purificateur de l'âme ?

Ces mots aussi, estimait Kretzschmar, étaient une preuve mémorable de la tendance de la musique à se replonger dans l'élémentaire et à s'admirer elle-même en ses principes originels.

— Oui, s'écria le conférencier, cet art étrange a par essence le pouvoir de recommencer à chaque instant du commencement, partir du néant, se dépouiller de toute connaissance amassée au cours du cycle déjà parcouru de son histoire culturelle et rejeter les acquisitions antérieures ; se découvrir et s'engendrer à nouveau Et ainsi, il passe par les mêmes stades qu'à ses débuts historiques et par un raccourci à l'écart du principal massif de son développement, solitaire et à l'abri des regards, il atteint des sommets prodigieux, d'une beauté étrange. Sur quoi il nous fit un récit qui s'insérait de la façon la plus scurrile et la plus suggestive dans le cadre de ses considérations.

Vers le milieu du XVIIIe siècle avait fleuri en sa Pennsylvanie natale, une communauté allemande de pieux zélateurs de la secte anabaptiste. Leurs dirigeants les plus considérés du point de vue spirituel pratiquaient le célibat, aussi les honorait-on du nom de « frères et sœurs solitaires ». La plupart néanmoins avaient su concilier l'état de mariage avec une vie exemplaire, pure et dédiée à Dieu, d'une saine hygiène, laborieuse et sévèrement réglementée, une vie de renoncement et de discipline. Ils avaient deux établissements, l'un, Ephrata, situé dans le comté de Lancastre, l'autre, Snowhill, dans le comté de Franklin et tous les membres se tournaient avec respect vers leur chef, pasteur et père spiriruel, le fondateur de la secte, nommé Beissel. Une fervente soumission au Seigneur s'alliait en lui aux qualités d'un conducteur d'âmes et d'un dominateur d'hommes, une religiosité passionnée à une énergie brutale.

Johann Conrad Beissel était né de parents très pauvres à Eberbach dans le Palatinat. Resté de bonne heure orphelin, il avait appris le métier de boulanger, parcouru en qualité de compagnon diverses régions, et il était entré en rapport avec des piétistes et des adeptes de la secte baptiste. Ils éveillèrent en lui le goût latent d'un culte spécial de la vérité et d'une libre croyance en Dieu. Comme aux yeux de ses compatriotes il côtoyait dangereusement l'hérésie, ce garçon de trente ans s'était décidé à fuir l'intolérance du vieux continent et avait émigré en Amérique où il exerça successivement, en divers endroits, à Germantown et Conestoga, l'état de tisserand. Puis cédant à un nouveau transport religieux, il avait suivi l'appel intérieur pour mener au désert, dans la réclusion, une vie érémitique et frugale, uniquement consacrée au Seigneur. Mais il advient que la fuite loin des hommes rejette parfois précisément le fugitif à l'humain. Bientôt une foule d'admirateurs, disciples ou imitateurs de son cénobitisme, se groupa autour de lui et, au lieu de se débarrasser du monde, il se trouva promu en un tournemain chef d'une communauté. Elle se développa rapidement et forma une confrérie indépendante, les Anabaptistes du Septième Jour. Il exerçait sur elle une autorité d'autant plus absolue qu'il n'avait jamais, croyait-il, aspiré à devenir pasteur spirituel, et y avait été appelé à l'encontre de son désir et de son propos.

Beissel n'avait même pas reçu un semblant d'instruction, mais d'esprit vif, il avait appris tout seul à lire et à écrire ; et comme il bouillonnait de sentiments et d'idées mystiques, il remplit son rôle de guide principalement comme écrivain et poète et fournit une pâture spirituelle aux siens. Un flot de prose didactique et de cantiques jaillissait de sa plume pour l'édification des frères et sœurs aux heures de loisir et pour l'enrichissement de leurs offices. Son style redondant et cryptique, chargé de métaphores, fourmillait d'obscures allusions à des passages de l'Écriture et d'une sorte de symbolisme érotique. Un traité sur le Sabbat, *Mystyrion*

*Anomalias,* et un recueil de quatre-vingt-dix-neuf « Sentences mystiques et très secrètes » en formèrent le début, suivis de près par une série d'hymnes vocales sur des mélodies chorales européennes très répandues. Elles furent imprimées et s'intitulèrent entre autres : *Accents d'amour et louange de Dieu, Le lieu du combat où Jacob fut élu chevalier de Dieu, La Colline de l'Encens Sioniste.* Quelques années plus tard, ces petits recueils, augmentés et améliorés, furent réunis et devinrent le livre officiel des Baptistes du Septième Jour d'Ephrata, sous le titre doux et triste de *Chant de la Tourterelle esseulée et abandonnée, à savoir l'Église chrétienne.* Imprimée et réimprimée, enrichie par les membres isolés ou mariés, des hommes et surtout des femmes qu'avait gagnés cet enthousiasme communicatif, l'œuvre standard troqua une fois de plus son nom contre celui de *Jeu miraculeux du Paradis.* Elle ne comportait pas moins de sept cent soixante-dix hymnes dont certaines comptaient un nombre de stances considérable.

A ces cantiques destinés à être chantés, la notation musicale faisait cependant défaut. C'étaient des textes nouveaux adaptés à des mélodies anciennes et la communauté les utilisa sous cette forme. Puis une nouvelle inspiration, une nouvelle épreuve, s'abattit sur Johann Conrad Beissel. L'Esprit lui signifia qu'outre son rôle de poète et de prophète, il devait s'imposer celui de compositeur.

Depuis peu, un jeune adepte de l'art des sons, M. Ludwig, tenait à Ephrata une école de chant. Beissel aimait à suivre son enseignement musical en qualité d'auditeur. Sans doute découvrit-il que la musique offrait au royaume spirituel des moyens de diffusion et de réalisation insoupçonnés du jeune M. Ludwig. La décision de cet homme singulier fut prompte. Plus très jeune, déjà aux approches de la soixantaine, il s'appliqua à élaborer une théorie personnelle de la musique, utilisable pour ses fins particulières, se posa froidement en maître de chant et prit lui-même la chose en main, avec un succès tel qu'en peu de temps il fit de la musique l'élément essentiel de la vie religieuse de la colonie.

La plupart des mélodies de choral venues d'Europe lui parurent trop apprêtées, compliquées et artificielles pour ses ouailles. Il voulut rénover et améliorer, instituer une musique plus conforme à la simplicité de leurs âmes et que l'exercice leur permît de porter jusqu'à une perfection ingénue et personnelle. Avec une promptitude hardie, il imagina une théorie de la mélodie aussi ingénieuse que pratique. Il décréta que chaque gamme comporterait des « maîtres » et des « serviteurs », résolut de considérer l'accord parfait comme le centre mélodique de toute tonalité donnée, assigna aux notes composant cet accord le rang de maîtres et aux autres notes de l'échelle celui de serviteurs. Les syllabes d'un texte sur lesquelles tombait l'accent devaient être chaque fois figurées par un maître, les syllabes atones par un serviteur.

Pour l'harmonie, il recourut à un procédé sommaire : il établit pour toutes les tonalités possibles des tables d'accord. Grâce à elles, chacun pouvait harmoniser assez aisément des airs à quatre ou cinq parties et ainsi une véritable fureur de composition sévit dans la communauté. Bientôt il n'y eut plus un Baptiste du Septième Jour, du sexe masculin ou féminin, qui, grâce à cette facilité, n'imitât le Maître et ne jonglât avec les sons.

Au vaillant novateur il restait encore à réformer une partie de la théorie : le rythme. Il s'acquitta de ce soin avec un succès marqué. Ses compositions épousèrent soigneusement la cadence des mots, pourvoyant de notes plus longues les syllabes toniques et de notes plus brèves les syllabes sans accent. Comme il n'imaginait pas un rapport fixe entre les valeurs des notes, son mètre garde une appréciable souplesse. Que la musique de son époque s'inscrivait dans des espaces de temps régulièrement répétés, autrement dit dans des mesures, il ne le savait pas ou n'en avait point souci. Cette ignorance ou cette indifférence le servit. Le rythme ondoyant donna à certaines de ses compositions, singulièrement celles en prose, un caractère extraordinairement impressionnant.

Il cultiva la sphère musicale dès l'instant qu'il y était entré, avec la même obstination qu'il apportait à la poursuite de tous ses buts. Il fit un recueil de ses pensées sur la théorie et en guise d'avant-propos l'inséra dans le *Livre de la Tourterelle*. Au prix d'un labeur ininterrompu, il mit en musique diverses poésies de la *Colline d'Encens* — quelques-unes en deux ou trois versions sonores, — composa des airs pour les hymnes dont il était l'auteur, et aussi pour une quantité d'élucubrations de ses élèves. En outre, il écrivit une série de chœurs plus importants sur des textes directement empruntés à la Bible. Il semblait sur le point de doubler de sons l'Écriture entière selon des recettes personnelles. En vérité, il était homme à concevoir une pensée pareille. Il n'y parvint pas, parce qu'il lui fallut consacrer une grande partie de son temps à l'exécution de ses œuvres, à la formation vocale de ses élèves — et dans ce domaine précisément, il atteignit l'extraordinaire.

La musique d'Ephrata, nous dit Kretzschmar, était trop insolite, trop bizarre et arbitraire pour se pouvoir transmettre au monde extérieur ; elle tomba donc pratiquement dans l'oubli quand s'éteignit la secte des Baptistes allemands du Septième Jour. Toutefois leur souvenir un peu vague et légendaire s'était conservé à travers les décennies et l'on pouvait déterminer à peu près son caractère émouvant et étrange. Les sons exhalés par le chœur ressemblaient à une délicate musique instrumentale et suscitaient une impression de suavité et de frayeur célestes, le tout chanté en fausset. Les choristes ouvraient à peine la bouche et ne desserraient presque pas les lèvres, obtenant ainsi un prodigieux effet acoustique, car le son se trouvait projeté jusqu'au plafond surélevé de la salle de prière. Différent de tout ce dont on avait l'habitude, tout au moins du chant liturgique connu, il semblait tomber d'en haut et planer angéliquement au-dessus de l'assistance.

Kretzschmar raconta que son père, lorsqu'il était jeune, avait eu l'occasion d'entendre souvent ces accents et jusque dans son âge avancé il en parlait les yeux humides. En ce temps-là, il avait passé un été près de Snowhill et certain vendredi soir, au début du Sabbat, il y était allé à cheval, pour resquiller une audition devant le temple de ces pieuses gens. Il était revenu tous les vendredis à l'heure où le soleil déclinait. Poussé par une nostalgie irrésistible, il sellait son cheval et parcourait trois milles pour entendre cette musique inouïe, incomparable. Le vieux Kretzschmar avait autrefois assisté à des représentations d'opéra en Angleterre, en

France, en Italie, mais c'était de la musique pour l'oreille ; celle de Beissel, disait-il, avait une résonance qui pénétrait profondément l'âme ; ni plus ni moins qu'un avant-goût du ciel.

— C'est un grand art, conclut le conférencier, celui qui, en quelque sorte, en marge du temps et de sa propre grande évolution à l'intérieur de ce temps, parvient à développer une histoire mineure comme celle-ci et par un chemin latéral perdu, conduit à des extases si singulières.

Je me souviens comme si c'était hier, de notre retour, à Adrian et moi, après cette conférence. Nous ne parlions guère mais nous ne parvenions pas à nous séparer et une fois arrivés au logis de son oncle où je l'avais accompagné, il me reconduisit jusqu'à la pharmacie après quoi je revins avec lui à la Parocchialstrasse. Nous avions d'ailleurs l'habitude de souvent faire ainsi. Tous deux nous nous égayions à propos du nommé Beissel, ce dictateur d'un coin ignoré, et de sa divertissante activité ; nous nous accordions à reconnaître que sa réforme musicale rappelait beaucoup le passage de Térence où il est dit : « agir avec une absurdité raisonnable ». Mais l'attitude d'Adrian devant ce curieux phénomène s'opposait à la mienne de façon caractéristique et m'occupa bientôt plus que le sujet lui-même. En effet, différent en cela de moi, il tenait à conserver dans la raillerie la liberté d'admirer, le droit, pour ne pas dire le *privilège* d'établir une distance qui inclût la possibilité d'une tolérance indulgente, d'une adhésion sous réserve, d'une demi-approbation jointes au sarcasme et au rire. En général, cette prétention à un recul ironique, à une objectivité assurément moins soucieuse d'honorer la cause que d'affirmer les droits de la libre personnalité, m'a toujours semblé la marque d'une hauteur peu commune. Chez un être aussi jeune que l'était Adrian à cette époque, on m'accordera qu'une telle attitude a quelque chose d'inquiétant, de présomptueux, propre à inspirer du souci quant au salut de son âme. Elle est, il est vrai, en revanche, très impressionnante pour un camarade de mentalité moins complexe et comme je l'aimais, j'aimais du même coup sa hauteur — et peut-être aimais-je mon ami à cause d'elle. Oui, cette arrogance fut peut-être le principal motif de la tendresse craintive que toute ma vie je nourris pour lui en mon cœur.

— Laisse, disait-il tandis que les mains enfouies aux poches de nos manteaux, nous faisions la navette entre nos logis, dans le brouillard d'hiver tissé autour des réverbères, laisse tranquille mon type, j'ai un faible pour lui. Au moins, il avait le sens de l'ordre et un ordre même absurde vaut mieux que le désordre.

— Tu ne vas pas sérieusement, répondais-je, prendre la défense d'un ordre arbitraire aussi absurde que l'invention des maîtres et des serviteurs ? Représente-toi ce que devaient être ces hymnes de Beissel où sur chaque syllabe accentuée devait tomber une note de l'accord parfait.

— En tout cas, pas sentimentales, riposta-t-il, mais soumises à une discipline très stricte et voilà ce que je loue. Console-toi en te disant qu'à l'imagination — car tu la places naturellement bien au-dessus de la règle — il restait un vaste champ pour la libre utilisation des « notes de serviteurs ».

Il ne put s'empêcher de s'esclaffer en prononçant le mot, se courba tout en marchant et égrena son rire sur le trottoir humide.

— Drôle, très drôle, reprit-il. Mais tu me concéderas un point : la règle, toute règle, produit un effet réfrigérant et la musique a en elle tant de chaleur propre, de chaleur d'étable, de chaleur de vache dirais-je, qu'elle peut avoir besoin de toutes sortes de règles réfrigérantes et elle-même du reste y a toujours aspiré.

— Il peut y avoir du vrai là-dedans, avouai-je. Mais notre Beissel ne nous en propose pas en définitive un exemple très frappant. Tu oublies que son rythme déréglé et sentimental contrebalançait pour le moins la rigueur de sa mélodie. Et puis, il a inventé un style de chant fusant vers le plafond et planant pour en redescendre dans un fausset séraphique, qui devait être fort captivant et restituait certainement à la musique la « chaleur de vache » qu'il venait de lui enlever précédemment par une réfrigération pédante.

— Kretzschmar dirait ascétique, répliqua-t-il, une réfrigération ascétique. En cela, le père Beissel avait grandement raison. La musique s'impose toujours par avance une pénitence spirituelle pour expier sa sensualité à venir. Les vieux Néerlandais lui avaient imposé, à la gloire de Dieu, les tours de force les plus compliqués, ils la soumettaient à très dure épreuve, dit-on, la dépouillaient de toute sensualité pour ne laisser place qu'à des calculs ingénieux, mais ensuite ils ont voulu qu'on chante ces exercices de pénitence, ils les ont livrés au souffle de la voix humaine, assurément le matériel sonore le plus chargé de chaleur d'étable qu'on puisse rêver...

— Tu crois ?

— Comment ne le croirais-je pas ? Pour la chaleur d'étable, on ne saurait la comparer à aucun son d'instrument inorganique. Elle peut être abstraite, la voix humaine — l'homme abstrait, si tu veux ; mais c'est là une sorte d'abstraction à peu près comme est abstrait le corps dévêtu, presque un *pudendum*.

Je me tus, saisi. Mes pensées me ramenaient très loin en arrière dans notre passé, dans le sien.

— La voilà, me dit-il, ta musique (cette façon de parler m'agaçait, qui semblait m'attribuer la musique comme si elle avait été de mon ressort plutôt que du sien). La voilà tout entière, telle qu'elle a toujours été. Sa rigueur ou ce que tu appelleras le moralisme de sa forme, est destinée à servir d'excuse aux enivrements de sa réalité sonore.

Un instant, je pris conscience que j'étais l'aîné, le plus mûri.

— A un don de la vie, repartis-je, pour ne pas dire à un don de Dieu comme la musique, on ne devrait pas reprocher ironiquement des antinomies qui attestent simplement sa plénitude. Il faut l'aimer.

— Tiens-tu l'amour pour la passion la plus grande ? demanda-t-il.

— En connais-tu une plus forte ?

— Oui, la curiosité de l'esprit.

— Par là, tu entends probablement un amour que l'on a dépouillé de toute chaleur animale ?

— Tombons d'accord sur cette définition. Il se mit à rire. Bonne nuit.

Nous étions devant la maison Leverkühn et il ouvrit la porte pour entrer.

# IX

Je ne regarde pas en arrière et m'interdis de compter le
nombre de feuillets accumulés entre les chiffres romains
précédents et ceux que je viens de tracer. Le mal, un mal
assurément tout à fait imprévu, est fait. Il serait vain de me
répandre en accusations contre moi-même et en excuses.
Aurais-je pu, aurais-je dû l'éviter, en consacrant à chaque
conférence de Kretzschmar un chapitre particulier ? A cette
question de conscience, je répondrai par la négative. Toute
partie distincte de l'unité d'une œuvre requiert un certain
poids, une dimension déterminée, significative pour l'ensemble ; ce poids, cette mesure d'importance, ne sauraient
s'appliquer aux conférences de Kretzschmar que dans leur
totalité (pour autant que j'en aie rendu compte) et non à la
conférence isolée.

Mais pourquoi leur assigné-je une importance si grande ?
Pourquoi me suis-je cru obligé de les reproduire en détail ?
La raison, je ne l'énonce pas pour la première fois. Ce fut

simplement parce qu'Adrian écoutait alors ces choses. Elles excitèrent son intelligence, s'enfoncèrent dans son esprit et offrirent à sa fantaisie une matière qu'on pourrait appeler un aliment ou un stimulant car pour l'imagination, les deux font un. Nécessairement, il me fallait donc prendre le lecteur aussi à témoin. On n'écrit pas une biographie, on ne décrit pas le développement constructif d'une vie spirituelle sans ramener également celui pour qui l'on écrit au stade de l'élève, du débutant dans l'existence et dans l'art, avide d'apprendre, tantôt regardant tout près, tantôt portant au loin un regard divinateur. En ce qui concerne en particulier la musique, je m'efforce de la présenter au lecteur exactement sous le même angle ; de le mettre en contact avec elle comme ce fut le cas pour mon défunt ami. Les propos de son professeur me semblèrent un moyen point négligeable, voire indispensable, d'y parvenir.

Voilà pourquoi j'estime plaisamment qu'à l'égard de ceux qui dans le chapitre monstrueux consacré aux conférences ont coupablement sauté et survolé des passages, il faudrait agir comme Lawrence Sterne avec une auditrice imaginaire, lorsque par une interruption intempestive elle trahit que son attention s'est un instant détournée. L'auteur la renvoie à un chapitre précédent pour combler ses lacunes, et plus tard, mieux informée, la dame reprend sa place dans le cercle des auditeurs où elle est cordialement accueillie.

Ceci me revient à l'esprit parce qu'à l'instigation de Kretzschmar, Adrian, en première, à l'époque où j'étais déjà parti pour l'université de Giessen, étudiait chez lui l'anglais, domaine étranger à l'humaniste ; il prenait grand plaisir à la lecture de Sterne, surtout aux œuvres de Shakespeare dont l'organiste était grand connaisseur et admirateur passionné. Au firmament spirituel de Kretzschmar, Shakespeare et Beethoven formaient à eux deux une étoile double d'un éclat insigne et le maître aimait signaler à son élève de singulières affinités et des concordances dans les principes et les méthodes créatrices de ces deux Titans. A cet exemple, on pourra mesurer combien l'influence éducatrice du bègue sur mon ami dépassa celle d'un simple professeur de piano. Comme tel, il n'avait à lui transmettre que d'enfantines notions initiales et il y avait une étrange antithèse dans le fait que simultanément et en quelque sorte accessoirement, il le mettait pour la première fois en contact avec la grandeur. Il lui ouvrait les royaumes de la littérature universelle, l'attirait par des aperçus stimulants dans les immenses étendues du roman russe, anglais, français, l'incitait à s'occuper du lyrisme, avec Shelley et Keats, Hölderlin et Novalis, lui donnait à lire Manzoni et Goethe, Schopenhauer et Maître Eckardt. Par ses lettres et aussi de vive voix, lorsque je rentrais chez moi aux grandes vacances, Adrian me faisait participer à ses conquêtes et, tout en connaissant sa promptitude d'esprit et sa facilité, j'éprouvais, je l'avoue, quelque souci à la pensée du surmenage que ces explorations, somme toute prématurées, représentaient pour son jeune système nerveux. Sans doute, elles constituaient un inquiétant excédent aux préparatifs des examens de sortie qu'il était à la veille de subir. Il en parlait d'abord avec une désinvolture dédaigneuse. Souvent il était pâle, et pas seulement aux jours où l'accablait la migraine héréditaire. Visiblement, il ne dormait trop peu, passait les heures de la nuit à lire. Je ne manquai pas de confier à Kretzschmar ma préoccupation et lui demandai s'il ne voyait pas comme moi en Adrian une nature qu'il convenait de freiner intellectuellement plutôt que de l'aiguillonner ; mais le musicien, quoique de beaucoup mon aîné, se montra fougueux partisan de la jeunesse impatiente, avide de savoir, peu ménagère de ses forces. Il était d'ailleurs d'une certaine dureté et d'une indifférence idéalistes à l'égard du corps et de sa « santé », valeur de philistin à ses yeux, pour ne pas dire vile.

— Oui, cher ami, dit-il (et je néglige de reproduire les difficultés de débit qui gênèrent sa sortie), si vous êtes pour la santé... évidemment, elle n'a pas grand-chose en commun avec l'esprit et l'art ; même, elle forme un certain contraste avec eux et en tout cas ils ne se sont jamais beaucoup préoccupés l'un de l'autre. Je ne suis pas là pour jouer l'oncle docteur rabat-joie qui met en garde contre les lectures prématurées, simplement parce que pour lui elles seraient prématurées à n'importe quel jour de la vie. En outre, à mon avis, rien n'est plus dépourvu de tact et plus brutal que de perpétuellement clouer un adolescent doué au pilori de son « manque de maturité », en lui répétant à tous les trois mots : « Ce n'est pas encore de ton âge. » Qu'on lui laisse donc le soin d'en décider, de voir comment en général il se débrouillera pour percer. Certes, il lui tarde de s'évader de la coquille de ce bourg vieil-allemand, on le conçoit de reste.

Je recevais mon paquet et Kaisersaschern le sien. Je fus irrité, car je ne faisais certes pas mien le point de vue du docteur rabat-joie. Je voyais, je comprenais très bien que Kretzschmar ne se cantonnait pas dans le rôle d'un professeur de piano instructeur d'une technique spéciale et que la musique en soi, but de cet enseignement, lorsqu'elle était pratiquée avec des œillères et sans rapport avec les autres formes de la pensée et de la culture, lui semblait une spécialisation rabougrissante du point de vue humain.

De fait, à ce que m'apprit Adrian, une bonne moitié des leçons dans la vieille maison à l'ombre de la cathédrale, se passait en entretiens sur la philosophie et la poésie. Néanmoins, aussi longtemps que je fus son condisciple, je pus suivre ses progrès à la lettre, jour par jour. La familiarité qu'il s'était acquise tout seul avec le clavier et les tonalités facilita naturellement ses premiers pas. Il étudiait ses gammes consciencieusement, mais à ma connaissance aucune méthode de piano ne fut utilisée. Kretzschmar lui faisait jouer des chorals simplement harmonisés et, — pour étrange que fût leur effet au piano — des psaumes à quatre voix de Palestrina, composés uniquement d'accords parfaits avec peu de tensions harmoniques et de cadences. Un peu plus tard, il lui donna de petits préludes et des fuguettes de Bach, les Inventions à deux voix du même, la Sonate Facile de Mozart, des sonates à un seul mouvement de Scarlatti. Il ne dédaignait pas d'écrire à son intention de brefs morceaux, marches ou danses, destinés à être exécutés soit en solo, soit à quatre mains. Dans ces derniers cas, le poids musical reposait sur la seconde partie, toute difficulté restant exclue de la première, réservée à l'élève. Ainsi, celui-ci avait la satisfaction de tenir le rôle prépondérant dans une production dont l'ensemble se mouvait sur un plan technique supérieur au sien.

Somme toute, c'était là un peu une éducation de prince, et je me rappelle avoir employé cette expression pour taquiner mon ami. Je me rappelle aussi comment, avec le rire bref qui lui était particulier, il détourna la tête, comme s'il ne voulait pas avoir entendu. De toute évidence, il savait gré à son maître d'un enseignement qui tenait compte du niveau général de son développement intellectuel d'élève, sans rapport avec le stade de débutant où il se trouvait encore dans le domaine du piano, tard abordé. Kretzschmar ne voyait pas d'inconvénient et même il encourageait ce jeune garçon vibrant d'intelligence à anticiper en musique également, à s'occuper de choses qu'un mentor pédant aurait proscrites comme passe-temps adventices. A peine Adrian connut-il ses notes que déjà il s'essayait à des expériences d'accords sur le papier. Sa manie, à cette époque, d'imaginer des problèmes musicaux et de les résoudre comme un problème d'échecs, pouvait inspirer de l'inquiétude, car il risquait fort de prendre ces inventions et cette résolution de difficultés techniques pour l'art de la vraie composition. Ainsi, il passait des heures à relier dans un espace aussi réduit que possible des accords qui, réunis, contenaient tous les tons de l'échelle chromatique, et ce, sans qu'il y eût de vrai chromatisme et sans que l'enchaînement produisît des duretés ; ou bien, il se complaisait à construire de très fortes dissonances et à combiner toutes les résolutions imaginables qui, pourtant, précisément parce que l'accord contenait tant de notes contradictoires, n'avaient rien de commun, en sorte que cet acerbe agrégat sonore, comme un sceau magique, établissait des rapports entre les accords et les tonalités les plus éloignés.

Un jour, encore novice en harmonie, il apporta à Kretzschmar, au grand amusement de celui-ci, la découverte du double contrepoint qu'il venait de faire tout seul. Il lui donna à lire deux voix simultanées, dont chacune pouvait être aussi bien la voix de dessus que celle de dessous, par conséquent interchangeables.

— Lorsque tu découvriras le triple contrepoint, dit Kretzschmar, tu pourras le garder pour toi. Je ne veux rien savoir de tes excès de précipitation.

Il gardait beaucoup de choses pour lui et j'étais le seul qu'à la rigueur, aux instants d'abandon, il associât à ses spéculations. Le problème de l'unité, de l'interchangeabilité, de l'identité de l'horizontal et du vertical l'absorbait particulièrement. Bientôt il posséda la capacité, inquiétante à mes yeux, d'inventer des lignes mélodiques dont les notes pouvaient à volonté être superposées, synchronisées, rassemblées en harmonies compliquées — inversement, de créer des accords aux notes multiples, qu'il était possible ensuite de déplier pour en former une ligne horizontale.

Dans le préau de l'école, entre deux leçons de grec et de trigonométrie, appuyé à la saillie du mur de brique émaillée, il me parlait volontiers de ces divertissements magiques pratiqués à ses heures de loisir : la transformation de l'intervalle dans l'accord l'occupait plus que tout, c'est-à-dire comment l'horizontal se meut en vertical, le successif en simultané. La simultanéité, affirmait-il, était en l'occurrence l'élément primaire, car le son en soi, avec ses harmoniques les plus proches et les plus lointaines, constituait un accord et la gamme n'était que sa dissociation dans une série horizontale.

— Mais il en va autrement avec l'accord proprement dit, l'accord composé de plusieurs notes. Un accord demande à être enchaîné, et dès qu'on l'enchaîne on le relie à un autre et chacune de ses composantes devient une partie linéaire. A mon sens, on ne devrait jamais voir dans un enchaînement d'accords que le résultat d'un mouvement de voix et honorer la voix dans les notes qui constituent l'accord, mais n'honorer l'accord sous aucun prétexte, au contraire, le mépriser comme subjectif et arbitraire, aussi longtemps qu'il ne peut se justifier par la marche des voix, c'est-à-dire polyphoniquement. L'accord n'est pas un moyen de jouissance harmonique, il est la polyphonie en soi et les tons dont il se compose sont des voix. Néanmoins, j'affirme ceci : elles le sont d'autant plus et le caractère polyphonique de l'accord est d'autant plus marqué qu'il est plus dissonant. La dissonance est la mesure de sa dignité polyphonique. Plus un accord est dissonant, plus il contient des sons contrastants et diversement agissants, plus il est polyphonique et plus nettement déjà, dans la simultanéité des sons conjugués, chaque note isolée fait figure de voix.

Je le regardai assez longtemps, affectant un air de raillerie fatal et en hochant la tête.

— Tu vas fort, dis-je enfin.

— Moi ? répondit-il en se détournant à son accoutumée. Il s'agit de musique, pas de moi. Il y a là une petite nuance.

Sur cette différence il insistait beaucoup et parlait de la musique comme d'une force étrangère, un phénomène prodigieux qui ne le touchait pas directement, avec un certain recul critique et en quelque sorte de haut — toutefois il en parlait et il y avait d'autant plus sujet qu'en ces années, les dernières que je passai avec lui au lycée, et aussi pendant mes premiers semestres d'étudiant, son expérience, sa connaissance de la littérature musicale universelle s'étendirent rapidement ; ainsi, bientôt, l'écart entre ce qu'il savait et ce qu'il pouvait conféra à cette distinction, qu'il se plaisait à souligner, une sorte d'évidence manifeste. D'une part, au piano, il s'essayait à des œuvrettes, comme les *Scènes d'Enfants* de Schumann et les deux petites sonates de Beethoven, opus 45, ou, en apprenti musicien, il harmonisait gentiment des thèmes de choral, de façon que le thème semblait figurer dans la partie médiane, entre les accords ; d'autre part, il apprenait à connaître avec une grande rapidité, une hâte indigeste, d'un coup d'œil incohérent mais intense, la production préromantique et postromantique moderne, naturellement par Kretzschmar. Le maître était trop épris de tout — mais là, tout ! — ce qui avait été créé au royaume des sons pour ne pas brûler d'introduire un disciple capable d'écouter, tel Adrian, dans ce monde plein de formes, inépuisablement riche en styles, en caractères ethniques, en valeurs traditionnelles, en charmes personnels, en modifications historiques et individuelles de l'idée esthétique.

Ai-je besoin de le dire ? Les occasions d'entendre un concert manquaient beaucoup à Kaisersaschern. En dehors des soirées de musique de chambre chez Nikolaus Leverkühn et des séances d'orgue à la cathédrale, nous n'avions pratiquement aucune chance d'en ouïr, car très rarement un virtuose de passage ou un orchestre étranger se fourvoyait avec son chef dans notre petite ville. Kretzschmar combla efficacement cette lacune : grâce à ses vivants récitals, il assouvit, de façon d'ailleurs provisoire et allusive, la nostalgie de culture à demi inconsciente de mon ami ; même, il le fit si libéralement qu'un flot d'expériences musicales, oserai-je dire, déferla sur sa jeune réceptivité. Plus tard vinrent les années de reniement et de dissimulation où il emmagasina beaucoup moins de musique qu'alors, bien que placé dans des conditions beaucoup plus favorables.

Cela commença tout naturellement : le maître lui démontra le mécanisme de la sonate dans Clementi, Mozart et Haydn. Bientôt il passa à la sonate pour orchestre, la symphonie, et présenta dans l'abstraction du piano, à ce garçon aux aguets, attentif, sourcils froncés et lèvres entrouvertes, les diverses modifications qu'avait subies, sous l'influence du temps et de la personnalité, cette expression la plus riche de l'art des sons, celle qui par les voies les plus diverses s'adresse aux sens et à l'esprit. Il lui joua des œuvres instrumentales de Brahms et de Bruckner, de Schubert, de Robert Schumann, de compositeurs plus récents et ultra-modernes et, dans l'intervalle, de Tchaïkovski, Borodine, Rimski-Korsakov, Anton Dvorak, Berlioz, César Franck et Chabrier. Par des commentaires verbaux, il ne cessait de stimuler son imagination, d'animer de couleurs orchestrales ces ombres pianistiques.

— Cantilène pour violoncelle ! criait-il. Représentez-vous cela en sons filés ! Solo de basson ! Et la flûte l'accompagne de fioritures ! Roulement de timbales ! Voici les trombones ! Ici entrée des violons ! Relisez cela ensuite dans la partition ! Je supprime la petite fanfare de trompettes, je n'ai que deux mains !

Avec ces deux mains il faisait ce qu'il pouvait et souvent y ajoutait son chant glapissant, mais tout à fait supportable et même entraînant à cause de sa musicalité intime et de la justesse enthousiaste de l'accent. A grand renfort de digressions et de synthèses, il mêlait tout, d'abord parce qu'il avait une infinité de choses en tête et qu'à propos de l'une, l'autre lui revenait à l'esprit, ensuite et surtout parce qu'il avait la passion de comparer, de découvrir des rapports, de relever des influences, d'exposer l'interdépendance, l'enchevêtrement de la culture. Il se plaisait — et des heures durant s'attardait — à rendre sensible à son élève comment des Français avaient agi sur des Russes, des Italiens sur des Allemands, des Allemands sur des Français. Il lui apprit ce que Gounod tenait de Schumann, César Franck de Liszt, comment Debussy s'appuyait sur Moussorgsky et où d'Indy et Chabrier wagnérisaient. Il s'appliqua à démontrer comment la simple contemporanéité avait établi des échanges entre des natures aussi diverses que Tchaïkov-ski et Brahms. Il jouait des passages de l'œuvre de l'un qui auraient pu tout aussi bien être de l'autre. Chez Brahms, qu'il plaçait très haut, il signala des rapports avec l'archaïsme, avec d'anciens modes d'Église et comment cet élément ascétique était devenu chez lui un moyen de sombre richesse et de farouche plénitude. Il fit remarquer à son élève que ce genre romantique se réclamait de Bach, opposait sérieusement le principe de la musique polyphonique à celui de la modulation colorée et le repoussait. Toutefois ce n'était plus là, disait-il, la véritable indépendance des voix, l'authentique polyphonie ; on ne la trouvait même plus dans Bach chez qui l'on décelait pourtant les traditions de l'art du contrepoint *a capella,* mais qui, par atavisme, était un harmoniste et rien d'autre — il l'était déjà en tant que l'homme du clavier bien tempéré, cette condition indispensable pour toute modulation harmonique moderne ; et son contrepoint harmonique n'avait au fond pas plus à voir avec l'ancienne polyphonie vocale que l'*al fresco* homophone de Haendel.

A des remarques de ce genre Adrian se montrait particulièrement réceptif. Il en causait volontiers avec moi.

— Le problème de Bach, disait-il, tient dans la phrase : « Comment concevoir une polyphonie dans un style harmonique ? » Pour les modernes, la question se pose un peu autrement. Ce serait plutôt : « Comment concevoir une harmonie qui donne l'impression de la polyphonie ? » C'est bizarre, on dirait l'aveu d'une mauvaise conscience, la mauvaise conscience de la musique homophone devant la polyphonie.

Je n'ai pas besoin de le dire, toutes ces auditions l'incitaient vivement à lire des partitions empruntées soit au fonds privé de son maître, soit à la bibliothèque municipale. Souvent je le surprenais occupé à cette étude ou à des exercices d'instrumentation. Car aux leçons se mêlaient à présent des indications sur le registre des instruments d'orchestre, renseignements dont le fils adoptif du facteur d'instruments n'avait d'ailleurs que faire. Kretzschmar avait commencé à lui confier l'orchestration de courts morceaux classiques, des fragments pianistiques de Schubert et Beethoven et aussi l'instrumentation de l'accompagnement au piano de divers lieder. Il lui montrait ensuite les faiblesses et les erreurs de ses exercices et les corrigeait. A cette époque se place le premier contact d'Adrian avec la glorieuse tradition du lied allemand qui, après des commencements médiocres et secs, s'épanouit merveilleusement en Schubert pour célébrer ensuite, avec Schumann, Robert Franz, Brahms, Hugo Wolf et Mahler, ses incomparables triomphes nationaux. Rencontre exaltante ! J'étais heureux d'y assister, d'y pouvoir prendre part. Une perle et un miracle comme la *Mondnacht*[1] de Schubert, l'exquise sensibilité de son accompagnement en seconde, d'autres compositions du même maître sur des paroles d'Eichendorff, comme cette évocation des périls et des menaces romantiques qui s'achève sur l'inquiétant avertissement moralisateur : *Hüte dich, sei wach und munter*[2] ! Une trouvaille comme le *Auf Flügeln des Gesanges*[3] de Mendelssohn, inspiration d'un musicien qu'Adrian avait coutume de beaucoup prôner en ma présence — quels sujets féconds d'entretien ! Chez Brahms, auteur de lieder, mon ami prisait surtout le style singulièrement sévère et nouveau des quatre Chants graves écrits sur des textes de la Bible, en particulier la religieuse beauté de : *O Tod, wie bitter bist du*[4]. Il recherchait de préférence le génie de Schubert, crépusculaire et frôlé par la mort, là où il confère sa plus haute expression à une fatalité de solitude définie à moitié mais inéluctable, comme dans le grandiose et fantasque *Ich komme vom Gebirge her*[5] du Forgeron de Lubeck, et ce *Was vermeid'ich denn die Wege — die die andern Wandrer gehn*[6] ? de la Winterreise[7] avec cette déchirante apostrophe du début : *Hab ja doch nichts*

1. *Clair de Lune.*
2. *Prends garde. Sois vigilant et joyeux.*
3. *Sur les Ailes du Chant.*
4. *O Mort, que tu es amère !*
5. *Je viens de la montagne.*
6. *Pourquoi évité-je les routes — que suivent les autres passants ?*
7. *Voyage en hiver.*

*begangen — dass ich die Menschen sollte scheu'ns*[1] *?* Ces
mots, ainsi que la fin *Welch ein törichtes Verlangen —
treibt mich in die Wüstereien*[2] *?* je les lui ai entendu
prononcer pour lui seul, en indiquant la diction mélodique
et — émotion dont le souvenir me bouleverse encore — je
vis des larmes lui monter aux yeux.

Naturellement, son écriture instrumentale souffrait d'un
manque d'expérience auditive et Kretzschmar se fit un point
d'honneur de combler cette lacune. Aux vacances de la
Saint-Michel et de Noël, il l'emmena avec l'assentiment de
son oncle à des représentations d'opéra ou à des concerts
dans les villes voisines, Mersebourg, Erfurt, même à
Weimar, pour que lui fût impartie la réalisation sonore de
ce qu'il avait connu sous la simple forme d'extraits ou de
partitions. Ainsi, il put accueillir en son âme l'ésotérisme
puérilement solennel de la *Flûte enchantée,* la grâce menaçante de *Figaro,* le démoniaque des clarinettes graves dans
le glorieux opéra de *Freischütz,* des personnages apparentés
dans leur caractère de hors-la-loi sombres et douloureux
comme Hans Heiling et le héros du *Vaisseau Fantôme ;*
enfin l'humanité, la fraternité sublimes de *Fidelio,* avec la
grande ouverture en ut jouée avant le tableau final. Ce fut,
comme on put s'en apercevoir, la révélation la plus imposante et la plus absorbante parmi tout ce qui avait ému sa
jeune compréhension. A partir de cette soirée, il ne cessa de
porter sur lui la partition de *Léonore* numéro 3 et la lisait
où qu'il fût.

— Cher ami, disait-il, on ne m'a probablement pas
attendu pour le proclamer, mais voilà un morceau parfait.
Du classicisme, oui ; il n'a rien de raffiné ; mais il est grand.
Je ne dis pas : *parce qu'*il est grand, car il existe aussi une
grandeur raffinée, d'ailleurs beaucoup plus familière. Dis,
que te semble de la grandeur ? Je trouve qu'à l'affronter
ainsi, les yeux dans les yeux, on ressent du malaise, c'est
une épreuve de courage — peut-on en somme soutenir son
regard ? On ne le soutient pas, on s'y suspend. Sache-le,

1. *Je n'ai pourtant rien fait — pour devoir fuir les hommes !*
2. *Quelle aspiration insensée — m'aiguillonne vers les déserts ?*

j'incline de plus en plus à trouver quelque chose de singulier à votre musique. Une manifestation de suprême énergie, rien moins qu'abstraite mais sans objet, une énergie dans le pur, dans le clair éther, — où pareille chose se reproduit-elle ailleurs dans l'univers ? Nous, Allemands, avons emprunté à la philosophie l'expression « en soi » et nous l'employons tous les jours sans pour autant beaucoup nous embarrasser de métaphysique ; mais ici, nous y sommes, cette musique est l'énergie en soi, l'énergie même, non abstraite mais à l'état réel. Tu remarqueras que c'est là presque la définition de Dieu. *Imitatio Dei,* je m'étonne que ce ne soit pas interdit. Peut-être l'est-ce ? Tout au moins, il y a de quoi vous faire réfléchir — je veux dire simplement : « Il y a là un sujet digne de réflexion[1]. » Regarde : la plus dramatique, la plus pleine de péripéties, la plus excitante suite d'événements, de mouvements, composée uniquement dans le temps, en divisant le temps, en remplissant le temps, en organisant le temps ; et tout à coup transportée comme qui dirait dans le domaine de l'action concrète, sur le signal répété de trompettes du dehors. Tout cela est très noble et d'un sentiment très élevé, contenu dans des limites spirituelles plutôt sobres, même aux « beaux » passages, ni pétillant ni exagérément pompeux, ni trop excitant sous le rapport de la couleur, simplement magistral à un degré inexprimable. Comment c'est conduit, agencé, comment un thème est amené et un autre abandonné, dénoué ; comment son dénouement prépare du nouveau et la figure totale porte ses fruits, en sorte qu'il n'y a pas une place vide ou faible ; comment le rythme se mue élastiquement, se transforme, se renforce, accueille en lui des affluents de divers côtés, enfle avec emportement, déborde en un triomphe retentissant, le triomphe même, le triomphe « en soi » — je n'ai pas envie de qualifier cela de beau, le mot beauté m'a toujours un peu rebuté, il fait si sotte figure et les gens se sentent émoustillés et langoureux lorsqu'ils le prononcent ; mais c'est bien, tout à fait bien, cela ne pourrait être mieux, et n'en aurait peut-être pas le droit...

---

1. *L'auteur joue sur le mot* bedenklich *qui signifie tout à la fois sinistre, scabreux, et digne de réflexion.* (N. d. l. T.)

Ainsi parla-t-il. Cette façon de s'exprimer, avec sa maîtrise intellectuelle de soi mêlée à une petite fièvre, produisit sur moi une impression indiciblement attendrissante ; attendrissante parce qu'il remarqua sa fébrilité et s'en irrita ; s'aperçut avec mauvaise humeur du trémolo de sa voix encore frêle et puérile et se détourna en rougissant.

Un élan vers l'enrichissement musical, un désir exalté de participer à cet art le soulevait en ce temps-là, pour ensuite, pendant des années, du moins en apparence, aboutir à une stagnation complète.

# X

Au cours de ses dernières années scolaires, en première supérieure, Leverkühn joignit à toutes ses études celle de l'hébreu, pourtant facultative, et que je ne pratiquais pas. Ainsi se révélèrent ses plans d'orientation au sujet de sa future carrière. Il « se découvrit » (je répète à dessein ce terme que j'ai déjà employé en parlant de l'instant où un mot fortuit de lui m'avait laissé entrevoir sa vie intérieure religieuse), il se découvrit donc qu'Adrian voulait étudier la théologie. L'imminence de son examen de sortie réclamait une prompte décision, le choix d'une Faculté, et il me déclara que ce choix était fait : il affirma la même chose à son oncle qui l'interrogeait et qui haussa les sourcils en disant bravo ; il l'annonça spontanément à ses parents de Buchel qui accueillirent la nouvelle avec encore plus de satisfaction. Il m'en avait fait part en premier, me laissant pressentir qu'il voyait dans cette étude, non une préparation à l'exercice du culte et à la cure d'âmes, mais un acheminement vers la carrière académique.

Il y avait là de quoi me rassurer un peu ; et en effet j'éprouvai un certain apaisement, car je répugnais à me le représenter en candidat au poste de prédicateur, pasteur en chef ou même conseiller du consistoire et superintendant général. Si du moins il avait été catholique comme nous ! Son élévation très plausible sur les échelons de la hiérarchie jusqu'au rang de prince de l'Église m'aurait semblé une perspective plus heureuse, plus adéquate à sa personne ; mais sa résolution de choisir la science théologique pour carrière me causa un léger choc et je crois que je changeai de couleur quand il s'en ouvrit à moi. Pourquoi ? Je n'aurais guère su dire quelle autre profession il aurait dû embrasser. En somme, à mes yeux, rien n'était assez beau pour lui ; le côté bourgeois, pratique, de chacune me paraissait indigne de lui et j'en avais cherché vainement une dans l'exercice de laquelle — en tant que métier — je pusse me le figurer. Mon ambition à son égard était absolue et pourtant je frémis en percevant très nettement que l'orgueil seul avait dicté son choix.

Parfois nous étions tombés d'accord, ou plus exactement nous nous étions ralliés à l'opinion courante que la philosophie est la reine des sciences. Parmi les autres, elle occupait, nous l'avions constaté, à peu près la place de l'orgue dans le chœur des instruments. Elle les dominait, les rassemblait spirituellement, les ordonnait et épurait les résultats obtenus dans tous les domaines de l'investigation, pour en faire une image de l'univers, une synthèse supérieure et régulatrice, contenant le sens de la vie et déterminant avec lucidité la position de l'homme dans le cosmos. Mes réflexions quant à l'avenir de mon ami, à une « profession » pour lui, m'avaient toujours amené à des conclusions de ce genre. Sa quête dans des domaines variés, en dépit de l'inquiétude que j'en concevais pour sa santé, sa soif d'expérience jointe à un souci d'analyse critique, justifiaient de tels rêves. Le rôle le plus universel, l'existence d'un polymathe et d'un philosophe souverain, m'avaient précisément semblé faits pour lui et mon imagination ne m'avait pas mené plus loin. A présent, j'apprenais que de son côté il était allé en secret plus outre encore, qu'en sous-main, sans en avoir l'air, — car il exprima sa décision en mots très calmes, neutres, — il avait surpassé mon ambition d'ami et lui avait fait honte.

En effet, il existe, si l'on veut, une discipline où la reine Philosophie devient elle-même servante, science auxiliaire du point de vue académique, « étude subsidiaire », et c'est la théologie. Là où l'amour de la sagesse s'élève jusqu'à la contemplation de l'Essence suprême, de la source originelle des êtres, jusqu'à l'étude de Dieu et des choses divines, là, pourrait-on dire, est le sommet de la dignité scientifique, la plus éminente sphère de la cognition, celle où la pointe de la pensée se trouve atteinte. A l'intellect enivré est proposé son but le plus auguste. Le plus auguste, parce qu'en l'occurrence les sciences profanes, la mienne, par exemple, la philologie, et avec elle l'histoire, d'autres encore, ne sont plus que de simples instruments au service de la connaissance du sacré ; et, par surcroît, c'est aussi un but qu'il convient de poursuivre avec une profonde humilité, parce que, selon le mot de l'Écriture, « il passe toute raison » et que l'esprit humain, contracte une allégeance plus pieuse, plus fervente que ne lui en imposerait tout autre docte compartimentement professionnel.

Ces réflexions me traversèrent l'esprit quand Adrian me communiqua sa décision. S'il l'avait prise par un certain esprit de discipline psychique, par désir d'apaiser dans la religion son intellect froid et ubiquitaire, prompt à tout saisir, gâté par la conscience de sa supériorité, et le forcer à ployer, j'eusse été d'accord. Non seulement mon inquiétude imprécise et toujours secrètement en éveil à son sujet s'en serait trouvée tranquillisée, mais j'aurais éprouvé une émotion intense, car le *sacrificium intellectus* que la contemplation de l'autre monde implique fatalement doit être estimé d'autant plus haut que l'esprit qui le consomme est plus puissant. Mais au fond je ne croyais pas à l'humilité de mon ami. Je croyais à sa fierté, dont je tirais moi-même orgueil, et ne pouvais douter en définitive qu'elle fût à l'origine de sa résolution. De là le mélange de joie et d'angoisse, générateur d'effroi, qui me secoua en apprenant la nouvelle.

Adrian vit mon trouble et fit mine de croire qu'il avait pour objet un tiers, son professeur de musique.

— Tu penses certainement que Kretzschmar sera déçu, dit-il. Je sais, il voudrait que je me voue entièrement à Polymnie. C'est singulier, les gens veulent toujours vous entraîner dans leur propre voie. On ne peut pourtant pas leur donner satisfaction à tous. Mais je lui ferai remarquer que par la liturgie et son histoire, la musique rejoint fortement la théologie, et même de façon plus pratique et avec plus d'art que dans le domaine mathématico-physique, dans l'acoustique.

Sous couleur de tenir ce langage à Kretzschmar, il s'adressait en somme à moi, je m'en apercevais fort bien, et une fois seul, je repassai ses paroles dans ma tête. Certes, par comparaison avec la Science de Dieu et le culte divin, les autres arts aussi, et précisément la musique, prenaient tout comme les sciences profanes un caractère de serviteurs, d'auxiliaires, et cette pensée se rattachait à certaines vieilles discussions sur le sort de l'art, d'une part très fécond, mais d'autre part d'une inquiétante mélancolie, sur son émancipation du culte, sa sécularisation culturelle. Je m'en rendis clairement compte. Il désirait, pour lui comme pour les perspectives qu'ouvrait sa carrière, ramener la musique au rang qu'elle occupait jadis en des temps plus heureux selon lui, à l'époque de son union avec le culte, et ce désir avait influé sur son choix. Tout de même que la discipline des études profanes, il voulait voir la musique subordonnée à la sphère à laquelle il se consacrait ; et involontairement, concrétisant sa pensée, je me représentai une sorte de tableau baroque, un gigantesque retable sur lequel tous les arts et toutes les sciences, dans une attitude d'offrande votive, apportaient leur hommage à la science de Dieu en sa gloire.

Adrian rit très haut de ma vision, lorsque je la lui racontai. Il était de fort belle humeur et très porté à plaisanter, on le conçoit. L'instant de l'envol et de la liberté naissante, quand derrière nous la porte de l'école se referme, quand se brise la coquille, l'habitacle où nous nous sommes développés, et quand le monde s'ouvre librement à nous, cet instant n'est-il pas le plus heureux de notre vie, ou du moins le plus chargé d'une émouvante attente ? Grâce à ses excursions musicales avec Wendell Kretzschmar dans des centres voisins plus importants, Adrian avait eu parfois un avant-goût du monde extérieur. A présent, il allait se libérer pour toujours de Kaisersaschern, la ville des sorcières et des originaux, du magasin d'instruments et du tombeau impérial dans la cathédrale. Il ne parcourrait plus ses rues qu'en visiteur, souriant comme le voyageur qui connaît encore d'autres aspects du monde.

Était-ce le cas ? S'est-il jamais libéré de Kaisersa-schern ? N'a-t-il pas emporté sa ville avec lui partout où il allait, et n'a-t-il pas été conditionné par elle chaque fois qu'il croyait dicter lui-même ses conditions ? Qu'est-ce que la liberté ? Seul est libre ce qui est neutre. Ce qui a du caractère ne l'est jamais, il est marqué, déterminé, lié. N'était-ce pas « Kaisersaschern » qui s'exprimait dans la décision de mon ami au sujet de la théologie ? Adrian Leverkühn et cette ville — de toute évidence les deux, additionnés, devaient donner, au total, la théologie. Rétrospectivement, je me demandai ce que j'avais pu attendre d'autre. Plus tard, il se consacra à la composition. Mais lors même qu'il écrivait une musique très audacieuse, était-ce de la musique « libre », une musique valable pour tout le monde ? Non. C'était la musique d'un esprit qui ne s'est jamais dégagé, c'était jusque dans le tréfonds le plus secret, génial et scurrile de ses replis, dans chacun de ses arcanes et de ses souffles cryptiques, une musique caractéristique — la musique de Kaisersa-schern.

Il était, je l'ai dit, plein d'entrain à cette époque, et comment ne l'eût-il pas été ? Dispensé de l'examen oral en raison de la maturité de son écrit, il avait pris congé de ses maîtres en les remerciant de leurs efforts. Chez eux, le respect de la Faculté qu'il venait de choisir refoulait la secrète mortification que leur avait toujours infligée sa facilité dédaigneuse. Néanmoins, le digne directeur de la docte école des Frères de la Vie Commune, un Poméranien nommé le Dr Stoientin, son ancien professeur de grec, de moyen haut-allemand et d'hébreu ne lui ménagea pas, au cours de l'audience privée qu'il lui accorda au départ, un avertissement.

— *Vale*, avait-il dit, et Dieu soit avec vous, Leverkühn.

Cette bénédiction me part du cœur et que vous soyez de mon avis ou non, je sens que vous pourrez en avoir besoin. Vous êtes richement doué et vous le savez — comment l'ignoreriez-vous ? Vous savez aussi que Celui de qui là-haut tout émane, vous a octroyé ses dons, puisque vous voulez lui en faire l'offrande. Vous avez raison, les mérites naturels sont les mérites de Dieu en nous et non les nôtres propres. C'est l'Adversaire déchu à cause de son orgueil qui tente de nous le faire oublier, l'hôte maléfique, le lion rugissant qui rôde et qui dévore. Vous êtes de ceux qui ont toutes les raisons de se garder de ses embûches. Je vous adresse là un compliment, ou du moins je l'adresse à ce que vous êtes par la grâce de Dieu. Soyez-le en toute humilité, mon ami, non avec défi et vantardise et souvenez-vous que la suffisance est assimilable à la chute et à l'ingratitude envers le dispensateur de toutes grâces.

Ainsi parla l'honnête pédagogue sous qui plus tard j'exerçai l'enseignement au gymnase. Adrian me fit part de son homélie en souriant, au cours d'une de nos nombreuses promenades à travers champs et bois, pendant nos vacances pascales à la ferme de Buchel. Car il y passa, après son examen de sortie, quelques semaines de liberté et ses bons parents m'avaient demandé d'y aller pour lui tenir compagnie. Je me rappelle bien la conversation que nous eûmes, tout en flânant, au sujet de la mise en garde de Stoientin, en particulier de la locution « mérites naturels » dans son discours d'adieu. Adrian me fit remarquer qu'il l'avait empruntée à Goethe, lequel en usait volontiers et parlait souvent de « mérites innés », cherchant par cette association paradoxale à ôter au mot « mérite » son caractère moral et inversement, à conférer au naturel inné un mérite aristocratique en dehors de toute morale. Voilà pourquoi il s'élevait contre l'invite à la modestie que toujours prodiguent ceux qu'a lésés la nature et déclarait : « Seuls les propres-à-rien sont modestes. » Le directeur Stoientin, lui, employait l'expression goethéenne plutôt dans l'esprit de Schiller qui ayant par-dessus tout le souci de la liberté, établissait une distinction morale entre le talent et le mérite personnel. Le mérite et la chance que Goethe voyait indissolublement liés, il les dissociait nettement. Le directeur l'entendait de même lorsqu'il donnait à la nature le nom de Dieu et appelait les talents innés « les mérites du Seigneur en nous » que nous devions porter avec humilité.

— Les Allemands, dit l'étudiant frais émoulu des bancs de l'école, un brin d'herbe aux lèvres, ont un mode de pensée à double voie et fait de combinaisons vraiment interdites : ils veulent toujours l'un et l'autre, ils veulent tout avoir, ils sont capables de produire hardiment des personnalités éminentes incarnant des principes de pensée et de vie antithétiques ; mais ensuite, ils les brassent, ils emploient les formules de l'un dans l'esprit de l'autre, ils mêlent tout et se figurent pouvoir concilier la liberté et l'aristocratie, l'idéalisme et la puérilité naturelle ; mais cela n'est probablement pas possible.

— C'est qu'ils ont en eux les deux à la fois, répondis-je, sinon ils n'auraient pas réussi à produire ces traits dans ces deux-là. Un peuple riche.

— Un peuple trouble, insista-t-il, et troublant pour les autres.

Au demeurant, nous philosophions rarement ainsi pendant ces semaines à la campagne, déchargées de soucis. Dans l'ensemble, il était alors plus enclin au rire et aux extravagances qu'aux entretiens métaphysiques. J'ai signalé plus haut son sens et son goût du comique, son penchant au rire, voire au fou rire, et j'aurais donné de lui une idée fausse si le lecteur ne pouvait concilier cet abandon avec les autres particularités de son caractère. Je ne prononcerai pas le mot humour : il me semble trop modéré et bon enfant pour s'ajuster à lui. Son penchant au rire me paraissait plutôt une sorte d'évasion, un débridement un peu organique de sa vie rigide, que je ne trouvais jamais très agréable ni normal et qui résulte de dons extraordinaires. Un regard rétrospectif sur notre période scolaire, sur des condisciples et des types comiques de professeurs lui permettait de se donner libre cours. Ses souvenirs remontaient jusqu'à de très anciens incidents de sa formation, des soirées d'opéra dans des villes moyennes où n'avaient pas manqué les touches burlesques, sans préjudice pour la solennité sacrée de l'œuvre montée. Ainsi dans *Lohengrin*, il se gaussait d'un roi Henri ventripotent aux jambes en X et s'esclaffait en songeant au trou rond et noir de sa bouche béant dans une barbe genre « chancelière » d'où jaillissait une basse toni-truante. Exemple pris entre mille, peut-être trop concret, des motifs de ses accès d'hilarité. Souvent ils étaient encore plus minces, saugrenus et j'avoue que j'eus toujours quelque difficulté à lui donner la réplique. Je n'aime pas tellement le rire et lorsqu'il s'y abandonnait, je pensais malgré moi à une histoire que je connaissais d'ailleurs par ses propres récits, empruntée au *De Civitate Dei* d'Augustin : Cham, fils de Noé et père de Zoroastre le mage, était le seul homme qui eût ri à sa naissance, prodige qui n'avait pu s'accomplir qu'avec l'aide du diable. Cette réminiscence s'imposait de force à moi chaque fois. Sans doute s'ajoutait-elle simplement à d'autres impressions gênantes. Le regard intérieur que je posais sur lui était peut-être trop grave, point assez affranchi de toute inquiétude pour que je pusse le suivre dans ses déchaînements de gaieté. Au surplus, il se peut qu'une certaine sécheresse et raideur de ma nature m'y rendît inapte.

Par la suite, il trouva dans l'angliciste et littérateur Rüdiger Schildknapp dont il fit la connaissance à Leipzig, un partenaire beaucoup mieux accordé à sa disposition humoristique ; aussi cet homme m'a-t-il toujours inspiré un brin de jalousie.

## XI

A Halle sur la Saale, les traditions théologiques, philosophiques et pédagogiques s'enchevêtrent multiplement, tout d'abord dans la figure historique d'August Hermann Francke, le saint patron de la ville pour ainsi dire, éducateur piétiste qui créa vers la fin du XVIIᵉ siècle, par conséquent peu après la fondation de l'Université, les célèbres « Institutions de Francke », — des écoles et orphelinats. Il conciliait dans sa personne et ses activités l'intérêt pour les choses divines avec celui des humanités et de la linguistique. La fondation biblique Castein, la première autorité pour la revision de l'œuvre linguistique de Luther, ne représente-t-elle pas l'union de la religion et de la critique des textes ? En outre, il y avait alors à Halle un éminent latiniste, Heinrich Osiander, aux pieds duquel je brûlais de m'asseoir et le cours d'histoire de l'Église du professeur D. Hans Kegel comprenait, me dit Adrian, une quantité inusitée de matières profanes historiques où je comptais puiser, car je voyais dans l'histoire mon champ d'études subsidiaires.

J'étais donc intellectuellement justifié quand, après un stage d'environ deux semestres à Iéna et Giessen, je résolus d'entrer dans le giron de l'Alma Mater de Halle. Du reste, elle offre à l'imagination l'avantage de s'identifier avec l'Université de Wittenberg, s'étant agrégée à celle-ci lors de sa réouverture au lendemain des guerres napoléoniennes. Quand j'y vins, Leverkühn y était déjà immatriculé depuis six mois et je ne nierai pas que sa présence fut un facteur important, décisif, de ma résolution. Peu après mon arrivée, il m'avait engagé, manifestement mû par un certain sentiment d'isolement et d'abandon, à venir le retrouver à Halle ; et bien qu'il m'eût fallu attendre quelques mois avant de répondre à son appel, j'y avais été prêt d'emblée, peut-être même n'avais-je pas besoin de son invitation. Mon propre désir d'être près de lui, de voir ce qu'il faisait, quels progrès il réalisait et comment ses dons se développpaient dans une atmosphère de liberté académique, ce désir de vivre en échange quotidien avec lui, de veiller et d'avoir l'œil sur lui, m'aurait sans doute été un motif suffisant. A cela s'ajoutaient, je l'ai dit, des raisons d'ordre pratique en connexion avec mes études.

Des deux années de jeunesse que je passai à Halle avec mon ami, coupées pendant les vacances de séjours à Kaisersaschern et dans sa ferme paternelle, je ne puis donner dans ces pages qu'un reflet ramené à des proportions aussi réduites que pour sa période scolaire. Années heureuses ? Oui, en tant que noyau d'une époque de la vie qui s'efforçait librement, regardait autour d'elle avec des sens neufs et engrangeait — et dans la mesure où je les passai aux côtés d'un camarade d'enfance auquel j'étais attaché. Son être, son avenir, son problème vital m'intéressaient au fond plus que les miens. Pour moi, tout était simple, je n'avais pas lieu de m'en préoccuper beaucoup et me bornai, en mettant du cœur à l'ouvrage, à créer les conditions nécessaires à une solution prévisible. Son problème à lui était plus élevé et jusqu'à un certain point plus énigmatique, et le soin de mes progrès personnels me laissait toujours beaucoup de loisir et de force mentale pour penser à lui. Si j'hésite à qualifier ces années d'heureuses, épithète d'ailleurs toujours un peu risquée, c'est qu'en raison de notre vie commune j'étais beaucoup plus attiré dans sa sphère d'études que lui dans la mienne et parce que le climat théologique ne me convenait pas, n'était pas fait pour mes poumons. Il m'oppressait et me causait une gêne intérieure. A Halle où depuis des siècles l'atmosphère spirituelle était imprégnée de controverses religieuses, c'est-à-dire de ces disputes et débats ecclésiastiques toujours si odieux à la culture humaniste, je me sentais un peu comme l'un de mes ancêtres scientifiques, Crotus Rubianus, canoniste à Halle vers 1530. Luther ne l'appelait jamais que « l'épicurien Crotus » ou encore « le Dr Kröte[1], pique-assiette du cardinal de Mayence ». Il disait d'ailleurs également « la truie du diable, le Pape » et c'était somme toute, un insupportable rustre, encore qu'un grand homme. J'ai toujours compati à l'angoisse que la Réforme devait inspirer à des esprits comme Crotus, qui voyaient en elle l'incursion d'un arbitraire subjectif dans les préceptes et ordonnances objectifs de l'Église. Fin lettré avec cela, épris de paix, volontiers enclin aux concessions raisonnables, point opposé à la restitution de l'hostie — et par là, précisément, plongé dans le plus pénible embarras, à cause de la rigueur cruelle avec laquelle son supérieur, l'archevêque Albert, réprouvait la communion sous les deux espèces, comme elle s'était pratiquée à Halle.

Ainsi en va-t-il de la tolérance, de l'amour de la paix et de la culture, exposés aux feux du fanatisme. Halle eut le premier surintendant luthérien, Justus Jonas. Il y vint en 1541 et fut l'un des transfuges qui, au grand chagrin d'Érasme, passèrent du camp des humanistes à celui de la Réforme, tout de même que Melanchton et Hutten. Pour le sage de Rotterdam, le pire fut la haine que Luther et les siens vouèrent aux études classiques. Luther n'en possédait guère les rudiments et les tenait cependant pour la source de la rébellion spirituelle. Ce qui eut lieu alors au sein de l'Église œcuménique, le sursaut de l'arbitraire subjectif opposé à la prise de position objective, devait se renouveler

---

1. *Crapaud. (N. d. l. T.)*

cent et quelques années plus tard au sein du protestantisme même, cette fois par la rébellion de la piété et de la joie céleste intérieure contre une orthodoxie pétrifiée de laquelle aucun mendiant n'eût consenti à accepter un morceau de pain : ce fut le piétisme. A la fondation de l'Université de Halle, il envahit la Faculté de théologie tout entière. Dans cette cité qui longtemps demeura sa place forte, lui aussi fut, comme jadis le luthéranisme, un renouvellement de l'Église, une résurrection réformatrice de la religion déclinante, tombée dans l'indifférence générale. Et les gens comme moi peuvent se demander si vraiment, du point de vue culturel, il convient de saluer ces sauvetages *in extremis*, toujours renouvelés, d'une moribonde au bord de la tombe, ou si les réformateurs ne doivent pas plutôt être considérés comme des rétrogrades, des messagers de malheur. En effet, nul doute que les torrents de sang et les atroces mutilations de leur chair que s'infligèrent les hommes, leur eussent été épargnés si Martin Luther n'avait pas restauré l'Église.

Je ne voudrais pas qu'après ce que je viens d'avancer, on me crût complètement irréligieux. Je ne le suis point, je partage l'opinion de Schleiermacher, lui aussi théologien de Halle, qui définit la religion comme « le sens et le goût de l'infini » et l'appelle « un état de fait inhérent à l'homme ». Il disait que la science de la religion n'avait rien de commun avec les formules philosophiques mais était liée à une donnée intérieure, un fait psychique. Voilà qui me rappelle la preuve ontologique de l'existence de Dieu que j'ai toujours goûtée entre toutes et qui de l'idée subjective d'un Être suprême, conduit à son existence objective. Cette proposition tient aussi peu que les autres devant la raison, Kant l'a démontré en termes des plus énergiques ; mais la science ne peut se passer de raison, et vouloir faire du goût de l'infini et des problèmes éternels une science, équivaut à rapprocher de force deux sphères radicalement étrangères l'une à l'autre, de façon à mon avis malheureuse et toujours embarrassante. Le sens religieux n'est pas étranger à mon cœur mais il est assurément autre chose que la religion positive liée à l'idée confessionnelle. N'eût-il pas mieux valu réserver cet « état de fait » — le sens humain de l'infini — à la ferveur, aux beaux-arts, à la libre contemplation, voire aux sciences exactes : cosmologie, astronomie, physique théorique, qui peuvent le servir avec une abnégation vraiment religieuse pour approfondir le secret de la création, au lieu d'en faire une science spirituelle à part, et d'échafauder des dogmes dont les adeptes s'entrecoupent la gorge au nom d'une copule ? Le piétisme, en raison de sa nature exaltée, voulut, il est vrai, établir une distinction très nette entre la piété et la science, affirmant qu'aucun mouvement, aucun changement dans le domaine scientifique ne saurait exercer une action sur la foi. Illusion — car toujours la théologie a subi, bon gré, mal gré, l'influence des courants scientifiques de son temps, encore que les temps lui aient rendu la tâche de plus en plus ardue et l'aient reléguée dans le coin des anachronismes.

Est-il une autre discipline dont le nom seul nous rejette à ce point au passé, au seizième, au douzième siècle ? Aucune adaptation, aucune concession à la critique scientifique ne lui sert de rien ; elles n'aboutissent qu'à une moyenne hybride de science et de foi révélée, en passe de se renoncer elle-même. L'orthodoxie a commis la faute d'introduire la raison dans le domaine religieux, en lui demandant d'étayer les articles de foi. Sous la pression du rationalisme, la théologie ne put rien sinon se défendre contre les insupportables contradictions qu'on lui reprochait. Pour y échapper, elle accueillit une si grande part de l'esprit hostile à la révélation, que ses concessions équivalurent à un abandon de la foi. Ce fut l'époque de l'« adoration raisonnée de Dieu », d'une génération de théologiens dont le porte-parole Wolff de Halle, proclamait : « Tout doit être soumis à l'épreuve de la raison comme à une pierre de touche. » Cette génération déclarait périmé tout ce qui dans la Bible ne servait pas au « perfectionnement moral » et elle donnait à entendre qu'elle voyait dans l'histoire de l'Église et son enseignement une simple comédie des erreurs. Comme on passait un peu les bornes, une théologie intermédiaire s'établit. Elle chercha à créer un équilibre plutôt conservateur entre l'orthodoxie et un libéralisme toujours enclin à l'affaiblir sous l'aiguillon de la raison. Néanmoins, depuis lors, les notions de « sauvetage » et de « la part du feu » ont conditionné la vie de la « science religieuse ». Toutes deux sont une manière d'atermoiement au moyen duquel la théologie a prolongé sa vie. Sous sa forme conservatrice, en se cramponnant à la révélation et à l'exégèse traditionnelle, elle a cherché à « sauver » parmi les éléments de la religion selon la Bible ce qui pouvait être sauvé ; et par ailleurs elle a accepté libéralement la méthode historico-critique de la science historique profane, et « abandonné » à l'exégèse scientifique l'essentiel de sa substance, la foi dans les miracles, d'importantes parties de la christologie, la résurrection charnelle de Jésus, que sais-je encore ? Mais quelle science est celle-là, qui entretient avec la raison un rapport si précaire, si plein de contrainte et risque à tout moment de sombrer dans les compromis qu'elle conclut ? A mon sens, la « théologie libérale » est comme un nègre blanc, une *contradictio in adjecto*. Avec son adhésion à la culture et son désir de s'adapter aux concepts de la société bourgeoise, elle ravale le principe religieux à une fonction humaine et affadit l'anagogie et le paradoxe inhérents au génie religieux pour en faire une éthique de progrès. L'élément religieux ne peut s'intégrer en entier dans la simple éthique et ici la pensée scientifique et la pensée théologique proprement dites se scindent à nouveau. La supériorité scientifique de la théologie libérale, dit-on à présent, est assurément indéniable mais sa position théologique est faible car à son moralisme et son humanisme fait défaut la perception du caractère démoniaque de l'existence humaine. Elle est, ajoute-t-on, érudite mais superficielle, et au fond, la tradition conservatrice a davantage préservé la véritable notion de la nature humaine et du tragique de la vie ; ce pourquoi elle entretient avec la culture un rapport plus profond, plus significatif que l'idéologie bourgeoise progressiste.

Ici est nettement visible, dans la pensée théologique, l'infiltration de courants irrationnels de la philosophie où depuis longtemps le non-théorique, le vital, la volonté ou l'instinct, en bref le démoniaque, forme le principal thème de la théorie. On constate en même temps un renouveau de l'étude de la philosophie catholique médiévale, une orientation vers le néo-thomisme et la néo-scolastique. Ainsi la théologie étiolée par le libéralisme peut reprendre des couleurs plus vives, plus ardentes ; elle peut de nouveau faire sa part à l'imagerie esthétique du Moyen Age qu'on lui associe involontairement. Mais l'esprit civilisé de l'homme (qu'on le qualifie de bourgeois ou qu'on se borne à l'appeler civilisé) ne saurait à ce spectacle se défendre d'un malaise. Car la théologie mise en contact avec l'esprit de la philosophie de la vie, l'irrationalisme, court de par sa nature le danger de devenir une démonologie.

Tout ceci je le dis pour expliquer la gêne que je ressentais parfois durant mon séjour à Halle et ma participation aux études d'Adrian, ces cours que je suivis à son côté en qualité d'auditeur bénévole, pour entendre la même chose que lui. Le motif de mon trouble lui échappait. S'il aimait à s'entretenir avec moi des questions théologiques traitées au cours ou au séminaire, en revanche il se dérobait à toute conversation tendant à approfondir le dilemme et la situation équivoque de la théologie parmi les sciences. Il évitait ainsi ce qui à mon sens légèrement angoissé primait le reste. De même en usait-il pour les conférences et dans ses contacts avec ses « condisciples », les membres de l'association d'étudiants chrétiens « Winfried ». Il y avait adhéré pour des raisons extérieures et j'étais parfois leur hôte. J'en reparlerai plus loin. Je me borne à dire que ces jeunes gens — candidats chétifs, robustes paysans ou encore figures distinguées portant l'empreinte de leurs honnêtes milieux universitaires — ces jeunes gens étaient précisément des théologiens et par ce fait se comportaient avec un perpétuel enjouement puisé en Dieu. Mais comment pouvait-on être théologien, comment dans les conditions intellectuelles présentes s'avisait-on de choisir cette carrière à moins qu'elle ne fît partie du mécanisme d'une tradition familiale ? Ils ne s'expliquaient pas là-dessus et de ma part une question eût été sans nul doute un manque de tact. A la rigueur, une mise en demeure aussi brutale eût été possible et efficace avec des esprits diminués par l'alcool, au cours d'une beuverie, mais bien entendu les Frères de l'Association Winfried se flattaient de proscrire les exploits de bretteur aussi bien que la « dive bouteille » et donc restaient toujours sobres, c'est-à-dire inaccessibles aux interrogations critiques fondamentales. Sachant que l'État et l'Église avaient besoin de fonctionnaires spirituels, ils se préparaient à cette carrière.

La théologie était pour eux une donnée héréditaire — et en effet, elle est un peu une donnée héréditaire historique.

Je dus me résigner à voir Adrian, lui aussi, la tenir pour telle. Pourtant, je souffrais de ne pouvoir, en dépit d'une amitié qui plongeait ses racines dans notre enfance, m'enquérir à ce sujet, pas plus auprès de lui qu'auprès de ses camarades de Faculté. A cela on voyait combien il se gardait de toute approche et les barrières infranchissables qu'il dressait pour préserver son intimité ; mais n'ai-je pas dit que j'avais considéré son choix d'une carrière comme important, significatif ? Ne l'ai-je pas expliqué par ma définition de « Kaisersaschern » ? Souvent, j'invoquais ce nom à mon secours, quand le problème des études d'Adrian me tourmentait. Je songeais que tous nous nous étions révélés les authentiques enfants de ce médiéval coin germanique où nous avions grandi, moi m'orientant vers l'humanisme, lui vers la théologie. Lorsque je regardais autour de moi, dans notre nouveau cercle d'existence, je constatais que la scène s'était élargie, il est vrai, mais sans qu'en fussent modifiés les traits essentiels.

# XII

Halle était sinon une grande ville, du moins une ville grande, peuplée de plus de deux cent mille habitants. Malgré l'intensité de son trafic moderne, elle conservait, cependant, au cœur de la cité où nous logions tous deux, le sceau de la dignité que confère un âge avancé. Ma « turne » comme on dit en argot d'étudiant, était dans la Hansastrasse, derrière l'église Saint-Moritz, dans une ruelle qui eût pu tout aussi bien suivre son cours anachronique à Kaisersaschern. Adrian avait trouvé sur la place du Marché, dans une maison bourgeoise à pignon, une chambre avec alcôve qu'il occupa pendant les deux années de son séjour, comme sous-locataire d'une vieille veuve de fonctionnaire. Le regard s'étendait sur la place, l'hôtel de ville moyenâgeux, l'architecture gothique de l'église Sainte-Marie dont une sorte de pont des Soupirs relie les deux tours à coupole ; il embrassait en outre la « Tour Rouge » qui s'érige solitaire, un très remarquable édifice de style également gothique, la statue de Roland et celle de Haendel en bronze. La chambre était convenable sans plus, avec une timide allusion au faste bourgeois sous les espèces d'une couverture de peluche rouge recouvrant la table carrée devant le sofa, où s'étalaient des livres et qui lui servait le matin pour son café au lait. Il avait complété l'installation par un pianino d'emprunt où s'entassaient des cahiers de musique, quelques-uns écrits de sa main. Au-dessus, sur le mur, des punaises fixaient une gravure, un diagramme arithmétique déniché dans un bric-à-brac : un carré magique, comme on disait, tel qu'il figure à côté du sablier, du cercle de la balance et du polyèdre sur l'eau-forte de la *Mélancolie* de Dürer. Ici aussi, la figure se divisait en seize cases numérotées de chiffres arabes, de façon que le I se trouvait dans la case de droite du bas, le 16 dans celle de gauche en haut. Le prodige — ou la curiosité — consistait en ce que ces nombres, de quelque manière qu'on les additionnât, de haut en bas, en travers ou en diagonale, donnaient toujours le total de 34. De quel principe d'ordonnance procédait cette constante magie ? Je n'ai jamais pu m'en rendre compte, mais peut-être à cause de la place en vue, au-dessus de l'instrument, qu'Adrian avait attribuée à cette gravure, elle attirait sans cesse le regard. Je crois qu'à aucune de mes visites je ne manquais de vérifier d'un rapide coup d'œil oblique, de haut en bas ou de bas en haut, la concordance fatidique.

Entre mon quartier et le sien, ce fut un va-et-vient comme naguère entre « les Messagers Célestes » et la maison de son oncle, le soir en rentrant du théâtre, du concert ou de l'Association Winfried ou le matin, quand l'un de nous allait chercher l'autre pour se rendre à l'Université et que nous comparions nos cahiers de cours avant de nous mettre en route. La philosophie formant la matière réglementaire du premier examen théologique, nos deux programmes d'étudiants se rejoignaient sur ce terrain ; et tous deux nous suivions les cours de Kolonat Nonnenmacher, en ce temps une lumière de l'Université de Halle ; il discourait avec beaucoup de fougue et d'esprit sur les présocratiques, les philosophes ironiques de la nature, sur Anaximandre et plus abondamment encore sur Pythagore, avec une grande part d'inspiration aristotélicienne, puisque le Stagirite est seul à nous renseigner sur l'explication pythagoricienne du monde. Tout en prenant des notes et le regard de temps en temps levé vers le visage doucement souriant du professeur à blanche crinière, nous l'écoutions exposer cette conception cosmologique primitive d'un esprit sévère et pieux qui haussa sa passion essentielle, les mathématiques, les proportions abstraites, le nombre, au rang de principe originel de l'existence du monde et qui, savant et initié, dressé devant la nature universelle, l'a apostrophée, le premier, avec un grand geste, du nom de « cosmos », ordre et harmonie, système suprasensoriel des intervalles sonores des sphères. Nombres et rapports des nombres devenaient la somme parfaite de l'Être et de la dignité morale. On était très impressionné de constater comment ici le beau, l'exact, l'éthique, se fondaient solennellement pour aboutir au concept d'autorité qui anime le groupe pythagoricien, l'école ésotérique de renouvellement religieux de la vie, de l'adhésion silencieuse et de la stricte soumission à l'« autos épha ». Je dois m'accuser d'un manque de tact car à ces mots, malgré moi, je jetais un coup d'œil à Adrian pour déchiffrer son visage. Manque de tact, précisément à cause de la gêne que je provoquais en lui quand, rougissant de dépit, il s'en apercevait et se détournait aussitôt. Il n'aimait pas les regards allusifs, se refusait à les accueillir, à y répondre, et il est presque incompréhensible que tout en connaissant cette particularité de son caractère, je n'aie pas toujours su en tenir compte. Je m'aliénais ainsi la possibilité de causer plus tard avec lui d'un ton candidement objectif, de sujets que mon coup d'œil muet avait associés à sa personne.

Heureux encore quand je résistais à la tentation et observais la discrétion qu'il réclamait. Combien agréablement, en rentrant du cours de Nonnenmacher, nous nous entretenions de l'immortel penseur toujours agissant à travers les millénaires, le médiateur historique à qui nous devons de connaître la conception pythagoricienne du cosmos ! La doctrine aristotélicienne de la matière et de la forme nous enchantait : la matière en tant que potentiel, la matière en puissance qui aspire à la forme pour se réaliser ; et la forme en tant que moteur immobile, qui est esprit et âme, l'âme de ce qui est, qui le pousse à se concrétiser, à s'accomplir dans l'apparence ; donc l'entéléchie, morceau d'éternité qui pénètre et anime le corps, se manifeste dans l'organique pour le modeler et dirige son mouvement, connaît son but, veille sur son destin. Nonnenmacher avait développé ces intuitions de façon très belle et expressive et Adrian s'en montra extraordinairement ému.

— Si, dit-il, la théologie explique que l'âme procède de Dieu, cela est juste du point de vue philosophique car, principe déterminant les apparences distinctes, elle fait partie de la pure forme de tout être en général, elle émane de la pensée éternellement occupée à se penser soi-même et que nous nommons Dieu... Je crois comprendre ce qu'Aristote entendait par l'entéléchie. Elle est l'ange de l'individu, le génie de sa vie, et volontiers il se confie à sa sage direction. Ce qu'on nomme prière est en somme l'expression orante ou avertisseuse de cette confiance ; mais elle s'appelle à juste titre la prière, car au fond c'est Dieu que nous invoquons.

Je ne pouvais que penser : « Puisse ton bon ange se montrer sage et fidèle ! »

Combien volontiers j'écoutais ces leçons, aux côtés d'Adrian ! Je suivais les cours de théologie à cause de lui, d'ailleurs irrégulièrement car je n'y prenais qu'un plaisir mitigé et j'y assistais à seule fin de n'être pas retranché de ses occupations. Dans le programme de ces étudiants, le poids lourd repose, les premières années, sur l'exégèse et l'histoire, par conséquent la connaissance de la Bible, l'histoire de l'Église et des dogmes, la symbolique. Les années médianes sont consacrées à la théologie systématique, autrement dit au dogme même, à la morale et à l'apologétique ; à la fin se placent les études pratiques ; la liturgique, la catéchétique, l'enseignement de la prédication, la cure d'âme, la discipline de l'Église ainsi que le droit canon ; mais la liberté académique laisse beaucoup de jeu aux préférences personnelles.

Adrian utilisa la licence qu'il avait de renverser l'ordre des matières, en se jetant dès le début sur la théologie systématique, sans doute mû par une curiosité intellectuelle qui dans ce domaine trouve particulièrement son compte, mais aussi parce que le professeur chargé de ce cours, Ehrenfried Kumpf, l'orateur le plus savoureux de toute l'École Supérieure, groupait autour de lui le plus grand nombre d'étudiants de toutes les années scolaires, même étrangers à la partie. J'ai dit, il est vrai, que nous suivions les leçons de Kegel sur l'histoire de l'Église ; toutefois elles étaient assez arides et le monotone Kegel se montrait incapable de rivaliser avec Kumpf.

Celui-ci était un personnage « truculent » comme disent les étudiants, et je ne pouvais me défendre d'une certaine admiration pour son tempérament, mais je ne l'aimais pas du tout et n'ai jamais pu croire que ses coups de boutoir n'aient souvent fâcheusement impressionné Adrian aussi, encore qu'il ne le raillât guère. « Truculent », Kumpf l'était déjà par son physique : grand, massif, corpulent, les mains capitonnées de graisse, la voix tonnante, avec une lèvre inférieure un peu en saillie à force de parler, et prompte aux postillons. A l'ordinaire il lisait son cours dans un manuel imprimé dont il était d'ailleurs l'auteur. Les « laïus improvisés » comme on les appelait, étaient son triomphe, il les entremêlait à sa lecture, les poings enfoncés perpendiculairement dans les poches de son pantalon, le veston retroussé par derrière, piétinant le sol de sa vaste chaire. En raison de leur spontanéité, de leur rudesse, de leur saine jovialité, à cause aussi du style parlé pittoresque et archaïque, ses sorties faisaient la joie des étudiants. Sa manière consistait, selon ses propres termes, à définir une chose « en mots tudesques », ou encore « en bon vieil parler tudesque, sans ambages ni guirlandes », nettement et carrément, et à employer « une moult belle langue tudesque ». Au lieu de « progressivement », il disait : « pas pour pas, petit et petit » ; au lieu de « j'espère » : « il est espérable ». Il n'appelait pas la Bible autrement que le Livre de Saincte Sapience. Il disait : « Cela sent le philtre de la sorcière », quand il entendait « des choses suspectes ». De quelqu'un qu'il croyait embourbé dans les errements scientifiques, il disait : « Il broute les pâturages de l'erreur » ; d'un homme plein de vices : « Il vit comme vermine sur le vieil empereur » et il prisait fort des dictons comme : « Qui veut jouer aux quilles les doit d'abord aligner » ou : « Ce qui est destiné à devenir ortie brûle toujours assez tôt. » Des exclamations comme « le cor Dieu », « ventre goi » et « sang de les cabres » n'étaient point rares dans sa bouche et cette dernière provoquait régulièrement des trépignements enthousiastes.

Du point de vue théologique, Kumpf était un représentant de ce conservatisme médiateur à tendances critico-libérales que j'ai signalé. Dans sa jeunesse — il nous le raconta au cours de ses improvisations péripatéticiennes — il avait été un étudiant épris de lumière, passionné de poésie et de philosophie classiques et il se piquait d'avoir su par cœur les œuvres « les plus significatives » de Schiller et Goethe. Puis l'avait frappé un coup de foudre qui coïncida avec le mouvement de réveil du milieu du siècle dernier, et le message paulinien du péché et de la justification l'avait détourné de l'humanisme esthétique. Il faut être théologien né pour apprécier à leur valeur semblables destins spirituels et un tel chemin de Damas. Kumpf s'était donc convaincu que notre mode de pensée, lui aussi déficient, requiert une justification. Là-dessus précisément reposait son libéralisme qui l'avait amené à voir dans le dogmatisme la forme intellectuelle de l'esprit pharisien. Il était venu à la critique du dogme par un chemin absolument opposé à celui de Descartes, à qui jadis la certitude de la conscience lucide, du *cogitare,* avait paru plus légitime que toute autorité scolastique. Voilà la différence entre l'affranchissement théologique et la libération philosophique. Kumpf avait accompli le sien dans la joie et dans une saine confiance en Dieu et nous le restituait « avecque des mots tudesques ». Il était non seulement antipharisien, antidogmatique, mais aussi antimétaphysicien, orienté vers l'éthique et la théorie de la connaissance, un héraut de l'idéal de la personnalité fondé sur l'éthique, résolument hostile à la doctrine piétiste qui dissocie le monde et la piété. Sa ferveur englobait l'univers, elle inclinait aux saines jouissances, c'était un tenant de la culture — l'allemande en particulier. A chaque occasion il manifestait un solide nationalisme d'empreinte luthérienne et la pire insulte qu'il pût faire à quelqu'un était le reproche de penser et enseigner à la façon d'un « Wallon venteux », c'est-à-dire d'un étranger. Dans son ire, les joues en feu, il ajoutait parfois : « Le diable chie sur lui, amen ! » De quoi un nouveau trépignement monstre le remerciait.

Son libéralisme, basé non point sur le doute humaniste

du dogme, mais sur le doute religieux en la confiance que mérite la pensée, ne gênait pas sa foi aveugle dans les révélations et ne l'empêchait pas d'être avec le diable sur un pied très familier, encore que naturellement leurs rapports fussent tendus. Jusqu'à quel point croyait-il à l'existence personnelle de l'Adversaire ? Je ne peux ni ne veux l'approfondir, mais je me dis que partout où l'on rencontre la théologie — et singulièrement lorsqu'elle s'allie à une nature aussi riche de sève que l'était Ehrenfried Kumpf, — le diable est inséparable du tableau et affirme sa réalité, complémentaire de celle de Dieu. On a vite fait de déclarer qu'un théologien moderne le considère comme un « symbole ». Selon moi, la théologie ne saurait être moderne, ce qu'on peut qualifier de grand avantage ; et quant au symbolisme, je ne vois pas pourquoi on tiendrait l'enfer plus que le ciel pour un symbole. Le peuple en tout cas n'en a rien cru. La figure brutale, obscène et humoristique du diable lui a toujours été plus proche que la Majesté d'En Haut. Et Kumpf, à sa manière, était du peuple. Lorsqu'il parlait « des enfers et de leurs coupe-gorge » — sous cette forme archaïsante qui rendait un son un peu badin mais beaucoup plus convaincant que s'il avait dit, en allemand moderne : « l'enfer » — on n'avait nullement l'impression qu'il employait un langage symbolique ; tout au contraire, on sentait qu'il l'entendait « au bon vieux sens tudesque, sans ambages ni guirlandes ». Il n'en allait pas autrement de l'Adversaire lui-même. Je le répète, Kumpf était un érudit ; homme de science, il faisait des concessions au rationalisme quant à la croyance en la Bible et, du moins par accès, d'un ton de probité intellectuelle, il « abandonnait » certaines positions. Cependant, au fond, il voyait l'Imposteur, le Malin, tendre ses plus redoutables embûches précisément sous le couvert de la raison et il la laissait rarement placer son mot sans ajouter : *Si Diabolus non esset mendax et homicida*. Il répugnait à appeler le Nuisible par son nom ou le déformait à la manière populaire, disait le Diab' ou le Tiap'. Mais précisément cette sorte de dérobade à moitié railleuse et cet escamotage avaient quelque chose d'une reconnaissance haineuse de la réalité de Satan. En outre, il avait pour le désigner une quantité d'appellations savoureuses et surannées, comme « Saint Valentin », « Maître Claque-Squelette », « Le seigneur Dicis-et-non-facis » et le « noir Kesperlin », qui exprimaient également sous une forme bouffonne son attitude énergique personnelle et atrabilaire à l'égard de l'ennemi de Dieu.

Adrian et moi, nous avions rendu visite à Kumpf, aussi étions-nous parfois invités dans son cercle de famille et dînions-nous avec lui, son épouse et leurs deux filles aux joues vermillon et aux tresses humides, nattées si serré qu'elles s'écartaient obliquement de leur tête. L'une de ces demoiselles disait le bénédicité cependant que nous nous inclinions discrètement sur nos assiettes. Puis l'amphitryon, avec force discours sur Dieu et le monde, l'Église, la politique, l'Université et même l'art et le théâtre, par quoi il imitait de toute évidence les *Propos de Table* de Luther, se mettait vigoureusement à boire et à manger pour donner le bon exemple et en signe qu'il n'élevait aucune objection contre la joie de vivre et les saines jouissances de la culture. Il nous exhortait à lui tenir bravement compagnie et à ne point dédaigner le gigot de mouton, la petite fleur de la Moselle, ces dons de Dieu. Après avoir dévoré l'entremets sucré, il décrochait du mur, à notre grand effroi, une guitare. Un peu en retrait de la table, les jambes croisées, aux accents sonores des cordes, il entonnait d'une voix retentissante des chansons comme *Das Wandern ist des Müllers Lust*[1] ou la *Chasse sauvage et maudite de Lutzow,* la *Lorelei* et *Gaudeamus igitur.* L'air *Wer nicht liebt Wein, Weib und Gesang, der bleibt ein Narr sein Leben lang*[2] ne pouvait manquer — et, en effet, ne manquait pas. Kumpf le clamait tout en prenant par la taille, sous nos yeux, sa replète moitié, puis, pointant son index grassouillet vers un coin obscur de la salle à manger où n'atteignait presque aucun rayon de la suspension au-dessus de la table :

— Voyez ! s'écriait-il. Là, dans le coin, l'oiseau qui crache, le Malivole, l'hôte triste et amer ! Il ne peut souffrir que notre cœur soit joyeux en Dieu, à la table et dans le

1. *Voyager est le plaisir du meunier.*
2. *Qui point n'aime le vin, les femmes et le chant, celui-là reste un sot sa vie durant.*

chant. Mais il ne nous aura pas, le fieffé scélérat, avec ses flèches perfides et enflammées ! *Apage !* tonna-t-il et, saisissant un petit pain, il le lança dans le coin sombre.

Après ce combat singulier, il pinça de nouveau ses cordes et chanta : *Wer recht in Freuden wandern will*[1]...

Tout cela était plutôt fait pour inspirer la terreur et je suis certain qu'Adrian partageait mon sentiment, encore que son orgueil lui interdît de « lâcher » son maître. Quoi qu'il en soit, après cette lutte avec le démon, il fut pris dans la rue d'un accès de fou rire. Il ne se calma que lentement, lorsque je déviai le cours de l'entretien.

---

1. *Qui veut voyager dans la joie...*

# XIII

Il me faut évoquer en quelques mots encore une figure de professeur burinée dans ma mémoire d'un trait plus fort que les autres, en raison de sa curieuse ambiguïté. C'était le *privat-dozent* Eberhardt Schleppfuss. Durant deux semestres, il pratiqua à Halle la *venia legendi* pour disparaître ensuite, je ne sais vers quelle destination. De taille tout juste moyenne, décharné, il s'emmitouflait dans une cape noire qui lui servait de manteau, agrafée au col par une petite chaîne de métal. Son chapeau mou à bords retroussés de côté rappelait un peu le couvre-chef des Jésuites et il le tirait très bas pour répondre au salut des étudiants dans la rue, en ajoutant : « Très humble serviteur. » J'avais l'impression qu'il traînait un peu la jambe, mais ce point était discuté et je ne pouvais vérifier la justesse de mon observation quand je le voyais marcher. Je n'insisterai donc pas là-dessus et y verrai plutôt une suggestion inspirée par son nom[1]. Elle se présentait dans une certaine mesure à l'esprit en raison du caractère de son cours qui durait deux heures. Je ne me rappelle plus très bien sous quel titre ce cours figurait au programme des conférences. Selon son sujet, d'ailleurs resté un peu dans le vague, il eût pu s'intituler « Psychologie de la Religion » et peut-être s'intitulait-il ainsi ? Cantonné dans un domaine très exclusif, sans grande importance pour les examens, son auditoire se composait d'une poignée d'étudiants, des intellectuels à tendance quelque peu révolutionnaire, environ dix ou douze. Au demeurant, je m'étonnais que leur nombre fût si réduit car l'enseignement de Schleppfuss était assez attachant pour mériter une large audience. Seulement il s'avéra à cette occasion que le piquant n'attire pas le public lorsqu'il va de pair avec l'intellectualité.

Je l'ai déjà dit, la théologie incline de par sa nature à la démonologie et dans certaines circonstances données elle y doit aboutir fatalement. Schleppfuss en était un exemple, encore que d'un genre très avancé et cérébral. Sa conception démoniaque du monde et de Dieu s'éclairait d'illuminations psychologiques et par là était accessible, voire savoureuse pour le moderne esprit scientifique. Son élocution aussi y contribuait, faite pour en imposer précisément à des jeunes gens. Il parlait d'abondance, sans difficulté ni interruption, distinctement, en phrases teintées d'une ironie légère et comme prêtes à être imprimées — non point du haut de sa chaire, mais à moitié assis n'importe où, contre une balustrade, les extrémités de ses doigts croisées sur ses genoux, les pouces écartés, tandis que montait et descendait sa barbiche à deux pointes. Entre elle et la petite moustache effilée et retroussée brillaient ses dents pointues et ébréchées. Le rude commerce avec le diable qu'entretenait le professeur Kumpf semblait un jeu d'enfant comparé à la réalité psychologique que Schleppfuss conférait au Destructeur, ce déchet personnifié de Dieu. En effet, grâce à sa dialectique, il haussait, si j'ose m'exprimer ainsi, le scandale du péché jusqu'à la sphère divine, l'enfer jusqu'au plan de l'empyrée, expliquait que le maudit était en corrélation

1. Schleppfuss *signifie traîne-pied, traîne-la-jambe. (N. d. l. T.)*

nécessaire et innée avec le sacré et celui-ci une perpétuelle tentation satanique, une invite presque irrésistible à la pollution.

Il fondait sa thèse sur la vie psychique de l'époque classique où la religion dominait l'existence, le Moyen Age chrétien, particulièrement aux siècles de son déclin, époque où existait un accord absolu entre le juge ecclésiastique et le délinquant, entre l'Inquisiteur et la sorcière, au sujet de l'apostasie, du pacte avec le diable, de l'affreuse complicité avec les démons. L'excitation à la souillure qui émane du sacro-saint était en l'occurrence l'élément principal, essentiel. Il se manifestait, par exemple, dans la désignation que les déchus donnaient à la Vierge : « la grosse mère », ou dans les commentaires extraordinairement grossiers, les épouvantables obscénités que le diable les incitait secrètement à proférer pendant le sacrifice de la messe. Le Dr Schleppfuss nous les répétait mot pour mot, en croisant la pointe de ses doigts. Je me refuse à les reproduire pour des raisons de goût, mais je ne lui tiens pas rigueur de n'avoir pas eu mon scrupule et d'avoir donné le pas à la science. C'était néanmoins un spectacle curieux de voir les étudiants noter consciencieusement ces choses dans leurs cahiers à couverture de toile cirée. Selon lui, tout cela, tout le mal et le Malin étaient l'exutoire nécessaire, la conséquence inévitable de la sainte existence de Dieu. De même, le péché avait une réalité, non en soi, mais dans le plaisir qu'il prenait à salir la vertu, sans laquelle il eût été privé de racine ; autrement dit, il consistait dans la jouissance de la liberté, la possibilité de pécher, inhérente à l'acte de la création lui-même.

Ici se manifestait une certaine imperfection logique de la toute-puissance et de l'absolue bonté de Dieu, qui n'avait pu doter la créature — cette émanation de lui à présent extérieure à lui — de l'incapacité de pécher. Il eût fallu en effet lui refuser le libre arbitre, la faculté de renier le Seigneur, mais c'eût été alors une création inachevée ou même, en définitive, ce n'eût point été une création et une extériorisation de Dieu. Le dilemme logique du Créateur avait consisté en ce qu'il s'était trouvé dans l'impossibilité d'accorder à la créature, à l'homme et aux anges, à la fois l'indépendance du choix — par conséquent le libre arbitre

— et la grâce d'être inaccessible à la faute. La piété et la vertu consistaient donc à faire un bon usage de la liberté que Dieu avait pu donner à la création en tant que telle, ou plutôt à n'en point faire usage du tout. Au vrai, à entendre Schleppfuss, on avait un peu l'impression que cette non-utilisation de la liberté représentait un certain amoindrissement de l'existence, une diminution de l'intensité de vie de la créature extérieure à Dieu.

La liberté. Mot étrange dans la bouche de Schleppfuss. Évidemment, il prenait un accent religieux, le professeur s'exprimait en théologien et n'en parlait nullement avec mépris. Loin de là. Il soulignait la haute importance que Dieu devait attribuer à cette notion, puisque, plutôt que de la refuser aux hommes et aux anges, le Maître Suprême avait préféré les exposer au péché. Soit, la liberté était donc le contraire de l'impeccabilité innée. Être libre signifiait rester de son propre gré fidèle à Dieu ou forniquer avec les démons et avoir licence de dire des choses épouvantables pendant le sacrifice de la messe. Définition suggérée par la psychologie de la religion. Néanmoins, dans la vie des peuples et dans les luttes historiques, la liberté a revêtu une autre acception, peut-être moins spirituelle et pourtant point dépourvue d'enthousiasme. Elle continue de le faire maintenant encore, tandis que je rédige cette biographie, au cours de la guerre qui déferle actuellement ; et je me plais à le croire dans ma réclusion, l'âme et la pensée de notre peuple allemand ne sont pas les dernières à y être sensibles — ce peuple qui, sous la domination la plus audacieusement arbitraire, prend, peut-être pour la première fois de sa vie, une obscure conscience de ce que signifie la liberté. Certes, à l'époque dont je parle, nous n'en étions pas encore là. Le problème de la liberté n'était pas brûlant ou ne paraissait pas l'être à notre monde d'étudiants et le Dr Schleppfuss pouvait donner à ce mot la signification qu'il comportait dans le cadre de son cours, en négligeant ses autres acceptions. Si seulement j'avais eu l'impression qu'il les négligeait réellement et qu'absorbé par sa conception d'une psychologie religieuse à l'état pur, il n'y songeait pas ! Mais il y songeait, je ne pouvais me défendre de le penser, et sa définition théologique de la liberté contenait une pointe apologétique et polémique dirigée contre des définitions « plus modernes », c'est-à-dire des idées plus plates et de simples lieux communs, que ses auditeurs auraient pu vouloir y associer. Voyez-vous, semblait-il dire, nous aussi avons ce mot, nous en disposons, ne vous imaginez pas qu'il ne figure pas dans notre vocabulaire et que vous seuls vous en faites une idée raisonnable. La liberté est une très grande chose, la condition de la création, c'est elle qui a empêché Dieu de nous rendre invulnérables au péché. La liberté, c'est la liberté de pécher et la piété consiste à n'en pas user, par amour pour Dieu qui fut obligé de nous l'octroyer.

Voilà comment se présentait sa théorie, un peu tendancieuse, un peu perverse, si je ne m'abuse. Bref, elle m'irritait. Je n'aime pas qu'un être s'arroge le droit de tout avoir, enlève la parole à l'adversaire et, en la retournant, crée une confusion des notions. C'est ce qui se passe aujourd'hui avec la plus grande audace et il y faut voir le principal motif de ma retraite. Certaines gens ne devraient pas parler de liberté, de raison, d'humanité ; ils devraient s'en abstenir par scrupule de les polluer. Le Dr Schleppfuss nous entretenait d'humanité, naturellement au sens où l'entendaient les siècles classiques de la foi ; sur leur mentalité il étayait ses explications psychologiques. Il avait à cœur d'insinuer que l'humanité n'est pas une invention de l'esprit libre, que celui-ci n'est pas seul fondé à la revendiquer. Selon lui, elle avait toujours existé et, par exemple, l'activité de l'Inquisition s'était inspirée d'une humanité touchante. A cette époque « classique », une femme, racontait-il, avait été mise en prison, jugée et brûlée vive pour avoir durant six ans entretenu un commerce avec un incube, jusqu'aux côtés de son époux endormi, trois fois par semaine, et singulièrement aux dates sacrées. Elle avait fait au diable promesse de lui appartenir corps et âme au bout de sept ans. Cependant, elle était née sous une heureuse étoile car, avant l'expiration du délai, Dieu, dans son amour, lui avait accordé la grâce de tomber aux mains de l'Inquisition. Après avoir subi les premiers degrés de la question, elle fit des aveux complets et émouvants, pleins de contrition, si bien qu'elle avait très probablement obtenu le pardon du Seigneur. Elle marcha allégrement au bûcher et déclara que, même si elle avait pu échapper aux flammes, elle n'aurait pas voulu s'y soustraire, les préférant à la domination du démon, tant sa soumission à l'abject péché lui avait rendu la vie odieuse.

Quelle perfection de culture s'exprimait dans cet accord harmonieux entre le juge et le délinquant et quelle chaude humanité dans la satisfaction d'arracher, au dernier moment, par le feu, cette âme au diable et de lui assurer le pardon divin !

Schleppfuss nous représentait avec force, non seulement ce que l'humanité pouvait être *aussi,* mais ce qu'elle était *essentiellement.* Il eût été vain de hasarder un autre mot emprunté au vocabulaire de l'esprit libre et parler de désespérante superstition. Schleppfuss disposait aussi de ce vocable, au nom des « siècles classiques » à qui il n'avait été rien moins qu'inconnu. La victime d'une superstition absurde, c'était elle, la femme succombant aux embûches de l'incube, et nulle autre. Elle avait renié Dieu, abjuré la foi et en cela consistait la superstition. Être superstitieux ne signifiait pas croire à des démons et des incubes, mais nouer avec eux des rapports pestilentiels et attendre d'eux ce qu'il convient d'attendre de Dieu seul, croire crédulement aux insinuations et aux ruses de l'ennemi du genre humain ; ce vocable s'appliquait donc à toutes les invocations, aux chants, conjurations, transgressions magiques, vices et crimes, le *flagellum hoereticorum fascinariorum,* les *illusiones doemonum.* Ainsi convenait-il de définir le concept de superstition, ainsi avait-il été défini ; et il était intéressant de voir comment l'homme s'entend à utiliser les mots et à les mettre au service de sa pensée.

Naturellement, la relation dialectique du mal avec le bien et le sacré jouait un rôle important dans la théodicée, la justification de Dieu devant l'existence du mal dans le monde. Elle tenait une large place dans le cours de Schleppfuss. Le mal contribuait à la perfection de l'univers qui sans lui n'aurait pas été parfait ; voilà pourquoi Dieu le tolérait, qui étant lui-même la Perfection devait nécessairement vouloir le parfait — pas au sens du bien absolu mais au sens de l'universalité et du renforcement d'intensité de l'existence multiforme. Or le mal était beaucoup plus pernicieux dès l'instant où le bien existait, et le bien était beau en fonction du mal. Peut-être même — la question prêtait à controverse — le mal n'eût-il pas été mauvais en soi sans le bien et celui-ci n'eût pas été le bien sans celui-là. Augustin, du moins, était allé jusqu'à dire que la mission du mal était de servir de repoussoir au bien et que ce dernier plaisait et semblait d'autant plus digne de louange qu'on le comparait au premier. Ici, il est vrai, le thomisme intervenait en avertissant qu'il fallait se garder de croire que Dieu voulait l'accomplissement du mal. Dieu ne le voulait pas plus qu'il ne voulait le contraire, mais sans vouloir et non-vouloir, il *autorisait* le règne du mal qui d'ailleurs concourait à la perfection d'ensemble de l'univers. C'eût été cependant une erreur de se figurer que Dieu tolère le mal à cause du bien. En effet, rien ne devait être considéré comme bien, qui ne correspondît à la notion du « bien » en soi et non par accident. Quoi qu'il en soit, disait Schleppfuss, ici repose le problème du bien et du beau absolus, sans relation avec le mal et la laideur, le problème de la qualité sans comparaison possible. Où la comparaison fait défaut, disait-il, la toise manque également et il ne saurait être question de lourd ni de léger, de grand ni de petit. Dans ces conditions, le bon et le beau seraient dépouillés de leur essence, sans qualité ni défaut, ramenés à un être très semblable au non-être, peut-être point préférable à celui-ci.

Nous consignions ces choses dans nos carnets de toile cirée et les rapportions chez nous, avec plus ou moins de conviction. La véritable justification de Dieu devant le spectacle navrant de la création, ajoutions-nous sous la dictée de Schleppfuss, consistait dans son pouvoir de faire jaillir du mal le bien. Pour la plus grande gloire de Dieu, cette faculté demandait à s'exercer et n'aurait pu se manifester si Dieu n'avait pas livré la créature au péché, car alors l'univers eût été frustré de ce bien que Dieu s'entendait à tirer du mal, du péché, de la souffrance et du vice ; et, par voie de conséquence, les anges auraient eu moins motif à chanter ses louanges. Au vrai, inversement, du bien jaillissait beaucoup de mal, comme l'enseignait perpétuellement l'histoire, en sorte que, pour éviter celui-ci, Dieu aurait dû empêcher aussi celui-là et en somme ne pas susciter le monde ; mais c'eût été en contradiction avec son essence de Créateur, voilà pourquoi il avait dû créer le monde tel quel, traversé d'éléments maléfiques, c'est-à-dire l'abandonner en partie à des influences démoniaques.

Nul n'a jamais su au juste si Schleppfuss nous exposait là des opinions personnelles ou s'il prenait simplement à tâche de nous familiariser avec la psychologie des siècles classiques de la foi. Évidemment, il n'eût pas été théologien s'il n'avait porté à cette psychologie une sympathie confinant à l'adhésion. Cependant, je m'étonnais que son cours n'attirât pas un plus grand nombre de jeunes gens, attendu que chaque fois qu'il était question du pouvoir des démons sur la vie humaine, la sexualité y jouait toujours un rôle important. Comment d'ailleurs eût-il pu en être autrement, le caractère démoniaque de ce domaine ressortissant essentiellement à la « psychologie classique » ? Pour elle, il constituait le champ clos préféré des démons, le point d'attaque de l'adversaire de Dieu, l'Ennemi, le Corrupteur. Car Dieu lui avait accordé sur l'œuvre de chair un pouvoir magique plus grand que sur toute autre action humaine ; non point seulement à cause de l'obscénité extérieure de cette pratique, mais surtout parce que la perversité du premier père s'était transmise au genre humain sous la forme de péché originel. L'acte de la procréation, caractérisé par sa hideur esthétique, était l'expression et le véhicule de ce péché — dès lors, quoi d'étonnant s'il y était laissé au diable une latitude d'intervention singulièrement grande ? L'ange n'avait pas en vain dit à Tobie : « Ceux qui sont soumis à la luxure tombent sous le pouvoir de Satan. » La puissance des démons siégeait en effet dans les reins des hommes et c'est à eux qu'il est fait allusion quand l'Évangéliste dit : « Si un homme fortement armé veille sur son palais, son bien reste en paix. » Il fallait naturellement l'entendre au sens sexuel. Toute parole cryptique comporte toujours une interprétation de cet ordre, et la piété, précisément, les écoute d'une ouïe aiguisée.

On s'étonnait seulement que de tout temps la garde montée par les anges se fût montrée impuissante auprès des saints de Dieu, en ce qui concernait la « paix ». Le Livre des saints Pères abondait en récits selon lesquels, bien qu'ils eussent défié les voluptés charnelles, le désir de la femme ne les en avait pas moins torturés à un point incroyable. « L'aiguillon de la chair m'a été donné, l'ange de Satan me frappe du poing. » Tel était l'aveu fait aux Corinthiens, dût le scripteur de l'épître entendre par là autre chose — peut-être le haut mal ! La piété en tout cas l'interprétait à sa façon et sans doute avec raison, après tout, car son instinct ne se trompait pas en établissant un obscur rapport entre les tentations de l'esprit et le démon du sexe. La tentation à laquelle on résistait n'était d'ailleurs pas un péché, mais une épreuve de la vertu. Et pourtant, quelle difficulté d'établir la frontière entre la tentation et la faute, car celle-là n'était-elle déjà pas le bouillonnement de la faute dans notre sang ? Ici se manifestait de nouveau l'unité dialectique du bien et du mal, la sainteté ne se pouvant concevoir sans la tentation et se mesurant à ce qu'elle offrait d'effroyable, au potentiel de péché d'un homme.

Mais de qui émanait la tentation ? Qui fallait-il maudire en son nom ? Le diable ? Vite dit. Il était la source, mais la malédiction s'adressait à l'objet. L'objet, *l'instrumentum* du Tentateur, c'était la femme. Elle se trouvait ainsi, il est vrai, être l'instrument de la sainteté qui n'eût pu exister sans la turbulente convoitise du péché. Pourtant, on ne lui en savait gré qu'avec amertume. Fait surprenant, bien caractéristique, quoique l'être humain fût sous ses deux formes un être sexué et que la localisation de l'élément démoniaque dans les reins s'appliquât davantage à l'homme qu'à la femme, toute la malédiction de la chair et de l'esclavage sexuel était rejetée sur la femme, et l'on en était venu à pouvoir dire : « Une belle femme est comme un anneau doré au groin d'une truie. » Combien d'autres axiomes analogues, jaillis du fond du cœur, prenaient pour cible la femme depuis la nuit des âges ? Ils visaient d'ailleurs la concupiscence de la chair en général, qui se voit assimilée à la femme, en sorte que la sensualité de l'homme aussi était mise à son compte. De là le mot : « Je trouvai la femme plus amère que la mort et même une femme vertueuse est assujettie à la convoitise charnelle. »

On aurait pu demander : « Et non l'homme vertueux ? Et non le saint, tout spécialement ? » Oui, mais c'était encore là l'œuvre de la femme, image de la sensualité sur terre. Le sexe était son domaine, — et comment elle, la *femina,* vocable dérivé en partie de *fides,* en partie de *minus,* de *moindre foi,* comment aurait-elle pu n'être pas sur un pied de perverse familiarité avec les esprits impurs qui peuplaient ce domaine ? Comment n'eût-elle pas été tout particulièrement soupçonnée d'entretenir avec eux des rapports de sorcellerie ? Exemple, cette épouse qui, en présence de son mari assoupi et confiant, forniquait avec un incube. Il n'y avait d'ailleurs pas que les incubes, mais aussi les succubes. Ainsi un jeune dépravé des époques classiques avait vécu avec une idole et subi les effets de sa jalousie diabolique ; après quelques années, ayant contracté mariage avec une femme honorable, pour des raisons d'intérêt plutôt que par inclination sincère, il n'avait jamais pu la « connaître », l'idole s'étant chaque fois mise en travers. Courroucée à juste titre, l'épouse l'avait abandonné et il s'était vu réduit jusqu'à la fin de ses jours à l'exclusif commerce avec son intolérante concubine.

Selon Schleppfuss, bien plus caractéristique encore était la carence qu'avait subie un autre jouvenceau de la même époque. Elle l'avait frappé sans qu'il y eût de sa faute, à la suite de pratiques de sorcellerie féminine, et il n'avait pu se libérer qu'en recourant à un moyen tragique. En souvenir de nos études communes avec Adrian, j'insérerai ici, brièvement, cette histoire que le *privat-dozent* Schleppfuss développa très ingénieusement.

A Mersebourg, donc, près de Constance, vivait vers la fin du XVe siècle un honnête garçon, Heinz Klöpfgeissel, tonnelier de son état, bien bâti et robuste. Il avait une inclination, d'ailleurs partagée, pour une jeune fille, Bärbel, enfant unique d'un veuf, sonneur de cloches, et voulait l'épouser, mais les jeunes gens se heurtèrent à l'opposition paternelle, car Klöpfgeissel était un pauvre diable et le sonneur refusait de l'accepter pour gendre aussi longtemps que sa situation ne se serait pas améliorée et qu'il ne serait pas passé maître dans sa corporation ; mais le penchant des amoureux l'emportant sur leur patience, le petit couple était devenu prématurément un couple tout court. La nuit, quand le sonneur partait pour sonner ses cloches, Klöpfgeissel s'introduisait chez Bärbel et dans leurs transports chacun d'eux tenait l'autre pour l'être le plus merveilleux du monde.

Les choses en étaient là lorsqu'un jour le tonnelier se rendit avec d'autres joyeux compères à Constance, à une fête patronale. Ils passèrent une bonne journée et le soir, la gaieté les rendant entreprenants, ils résolurent d'aller voir des femmes dans une maison close. L'équipée n'était pas au goût de Klöpfgeissel, et il se rebiffa. Sur quoi ses camarades le raillèrent, le traitèrent de novice et le criblèrent de sarcasmes insultants en lui demandant s'il ne se sentait pas en forme et à la hauteur ? Vexé et d'ailleurs pris de boisson, lui aussi, il se laissa convaincre, dit : « Hoho ! j'en sais plus long là-dessus que vous ! » et suivit la bande au lupanar.

Or, il advint là que le jeune tonnelier subit une grosse humiliation et ne sut plus quelle mine faire. En effet, contre toute attente, une fois près de la souillon, une Hongroise, il s'aperçut qu'il n'était plus du tout en forme ni à la hauteur. Grande fut son irritation et aussi sa terreur ; car non contente de se moquer de lui, la créature secoua la tête d'un air sinistre et insinua qu'il y avait là quelque chose qui sentait le fagot ; un gaillard de sa stature, soudain frappé d'impuissance, était une victime du diable, on lui avait sûrement donné un philtre — et autres propos du même genre. Il la paya grassement pour qu'elle ne soufflât mot de sa déconfiture et rentra chez lui, atterré.

Au plus tôt, encore que non sans inquiétude, il donna un rendez-vous à sa Bärbel et tandis que le sonneur sonnait, ils passèrent ensemble leur plus belle heure. Ainsi son honneur viril se trouva restauré et il aurait eu motif à se réjouir car en dehors de Bärbel, la première et l'unique, il ne se souciait d'aucune autre. Pourquoi eût-il attaché de l'importance à l'acte en soi, sauf auprès d'elle ? Néanmoins un malaise subsistait en son âme depuis son échec et le rongeait, le harcelait pour qu'il fît un nouvel essai et jouât une fois, fût-ce une seule, un petit tour à la bien-aimée. Il guetta donc en secret une occasion de s'éprouver, lui et elle aussi ; car il ne pouvait entretenir de méfiance à son propre endroit sans qu'un léger soupçon, plus tendre il est vrai, mais angoissé, ne rejaillît par un choc en retour sur celle à qui sa vie était suspendue.

Il arriva que le cabaretier, un débile patapouf, le manda pour consolider les douves de deux tonneaux dont les cerceaux s'étaient disjoints ; et l'épouse du cabaretier, une femme encore croustillante, descendit avec lui à la cave et le regarda pendant qu'il travaillait. Elle lui caressa le bras, posa le sien à côté pour les comparer et minauda tant et si bien qu'il aurait eu mauvaise grâce à lui marchander ce à quoi sa chair se refusait en dépit de la bonne volonté de l'esprit. Force lui fut de déclarer que cela ne lui chantait pas, qu'il était pressé et que le mari allait sans doute descendre ; et là-dessus il détala, restant à l'égard de la femme déçue qui le couvrait de brocards, débiteur d'une dette qu'aucun garçon robuste ne manque d'acquitter.

Profondément ulcéré, il douta de lui-même et pas de lui seul. Le soupçon qui à sa première mésaventure s'était insinué en son cœur le possédait à présent tout entier et il n'hésita pas à se croire la victime du diable. Lors, comme le salut d'une pauvre âme et l'honneur de sa chair étaient en jeu, il alla trouver le curé et lui chuchota bouche contre oreille, à travers la grille du confessionnal, qu'il était le jouet d'un mauvais sort, et désormais incapable de mener « ça » à bien sauf avec une seule. Comment était-ce possible, et la religion ne disposait-elle pas maternellement de quelque recours contre une telle infortune ?

Or, en ce temps et en ce pays, le fléau de la sorcellerie était très répandu, joint à plusieurs autres égarements, péchés et vices idoines, à cause des menées de l'ennemi du genre humain désireux d'attenter à la Majesté divine. Une sévère vigilance s'imposait donc aux pasteurs d'âmes. Le curé ne connaissait que trop cette catégorie de maléfices par quoi étaient envoûtés des hommes débordants de sève. Il transmit la confession de Klöpfgeissel en haut lieu, la fille du sonneur fut arrêtée et avoua véridiquement qu'elle avait, tant son cœur tremblait pour la fidélité du jeune homme, et afin d'éviter qu'il contractât une autre attache, accepté d'une vieille gourgandine, baigneuse de son métier, un *specificum,* une pommade, apparemment fabriquée avec la graisse d'un enfant mort sans baptême. Pour plus de précaution, elle avait de ce baume enduit le dos de son Heinz en cachette et selon une figure déterminée. Questionnée à son tour, la baigneuse nia avec obstination. Il fallut la livrer au bras séculier à qui on laissa le soin de moyens d'interrogation malséants pour l'Église. Après une certaine coercition, on découvrit ce à quoi il fallait s'attendre : la gourgandine avait effectivement conclu un accord avec le diable. Il lui était apparu sous la forme d'un moine au pied de bouc, l'avait persuadée de renier la Sainte Trinité et la foi chrétienne en proférant d'effroyables blasphèmes. Non seulement il lui avait donné la recette de cette pommade d'amour, mais aussi diverses panacées scandaleuses, entre autres un onguent dont il suffisait de frotter n'importe quel morceau de bois pour qu'il s'élevât prestement dans les airs, tout de même que l'adepte de cette magie. Par bribes et sous une pression répétée, la vieille révéla les conditions du pacte conclu avec le Malin. Elles étaient de nature à faire dresser les cheveux sur la tête.

Pour la fille qu'avait indirectement égarée le démon, tout dépendait de la mesure où l'acceptation et l'emploi des ingrédients maléfiques avaient compromis son salut. Par malheur, la baigneuse déclara dans sa déposition que le Dragon lui avait enjoint de faire un grand nombre de prosélytes. Pour chaque humain qu'elle lui amenait en l'induisant à user des produits de Satan, celui-ci consentait à la préserver un peu plus du feu éternel, si bien qu'après un travail de racolage zélé, elle se trouverait cuirassée d'asbeste contre les flammes de l'enfer. Cet aveu coûta la vie à Bärbel. La nécessité s'imposait de sauver son âme de la perdition, de l'arracher aux griffes du démon en sacrifiant son corps. De plus, pour empêcher la corruption de se propager, le besoin d'un exemple se faisait amèrement sentir ; deux sorcières, la vieille et la jeune, furent donc brûlées sur des bûchers voisins, en place publique. Heinz Klöpfgeissel, l'envoûté, tête nue et marmonnant des prières, se mêla à la foule des spectateurs. Les cris étouffés par la fumée, rauques et comme étrangers de son aimée, lui parurent la voix même du démon qui sortait d'elle de mauvais gré, grinçant des dents, et la honteuse carence qui avait pesé sur lui se trouva abolie du coup, car à peine son amie réduite en cendres, il recouvra la libre disposition de sa virilité criminellement ravie.

Je n'ai jamais oublié cette révoltante histoire, si caractéristique de l'esprit du cours de Schleppfuss, et jamais je n'ai pu vraiment en prendre mon parti. En ce temps-là, entre Adrian et moi comme aussi dans les discussions du cercle « Winfried », il en fut beaucoup parlé ; mais Adrian, au sujet de ses maîtres et des leçons de ceux-ci, observait toujours la réserve et le mutisme. Pas plus chez lui que chez ses condisciples de la Faculté, je ne parvins à exciter une indignation susceptible de satisfaire l'horreur que m'inspirait cette anecdote et singulièrement le personnage de Klöpfgeissel. Aujourd'hui encore, je l'apostrophe avec colère en pensée et je l'appelle, dans toute l'acception du mot, un âne assassin. Pourquoi fallut-il que le butor s'accuse ? Quel besoin de se livrer à des essais avec d'autres femmes quand il possédait l'Unique et manifestement l'aimait au point de devenir frigide et « impuissant » auprès des autres ? Que signifiait ici l' « impuissance », puisque auprès de l'Unique il pouvait manifester avec efficacité sa puissance amoureuse ? L'amour est sans doute une sorte de sélection raffinée du sexe et s'il est rare que celui-ci se rebiffe quand l'amour est déficient, il n'est rien moins qu'anormal qu'il se rétracte en présence de l'objet aimé. Certes, Bärbel avait fixé et « limité » son Heinz, non au moyen d'arcanes diaboliques mais grâce à ses charmes et à la fascination impérieuse qu'elle exerçait sur lui. Je concède que la pommade magique et la foi de la jeune fille en l'excellence du préservatif renforçaient psychologiquement son pouvoir et son influence sur le tempérament du garçon. Pourtant, il me semble beaucoup plus logique et plus simple de considérer la chose de son point de vue à lui et d'attribuer l'incapacité qui l'offusquait si absurdement à la disposition renchérie propre à l'amour ; mais de ce point de vue aussi, il faut admettre une certaine force miraculeuse et naturellement émanée de l'âme, une faculté d'action sur l'organique et le corporel apte à les conditionner et les modifier — et bien entendu, dans ses commentaires du cas Klöpfgeissel, Schleppfuss soulignait diligemment le côté pour ainsi dire magique de l'affaire.

Il le faisait un peu en humaniste, pour mettre en lumière la haute idée que les siècles dits obscurantistes avaient conçue du corps humain. Ils l'avaient tenu pour plus noble que les autres alliages de substances terrestres, et dans sa faculté de se transformer sous l'influence psychique, ils voyaient l'expression de sa supériorité, son rang élevé dans la hiérarchie de la matière. Il se glaçait ou s'échauffait sous l'empire de la crainte et de la colère, se consumait de chagrin, s'épanouissait dans la joie ; un dégoût imaginaire produisait à l'occasion l'effet physiologique d'un mets avarié, la vue d'une assiette de fraises semait de pustules la peau d'un malade allergique ; même la maladie et la mort pouvaient résulter d'un flux purement psychique. Une fois décelée la faculté qu'avait l'âme de modifier la matière dépendant d'elle, il n'y avait qu'un pas, un pas nécessaire, pour arriver à la conviction, basée sur d'abondantes expériences, qu'une âme étrangère aussi, sciemment et volontairement, donc par magie, était capable d'altérer la substance d'un corps étranger ; en d'autres termes, la réalité de la magie, des influx démoniaques et de l'envoûtement s'en trouvait confirmée et certains phénomènes (tel le mauvais œil, expérience consacrée par la légendaire croyance au regard mortel du basilic) retranchés du domaine de la superstition comme on l'appelait. Il eût été coupable et inhumain de nier qu'une âme impure peut causer par le seul pouvoir du regard, volontairement ou non, des troubles physiques chez autrui, singulièrement les petits enfants dont la fragile substance est plus réceptive au poison d'une pupille de ce genre.

Ainsi parlait Schleppfuss dans son cours exclusif — exclusif par l'esprit et parce qu'il donnait à réfléchir. Donner à réfléchir est une expression excellente, je l'ai toujours beaucoup prisée du point de vue philosophique. Elle invite tout à la fois à approcher un sujet et à l'éviter, en tout cas à une approche très prudente, et se situe sous l'éclairage équivoque de ce qui est digne de réflexion ou scabreux et sinistre dans une chose — et dans un homme.

Quand nous croisions Schleppfuss dans la rue ou les couloirs de l'Université, notre salut traduisait toute la considération que le haut niveau intellectuel de son cours nous inspirait, leçon par leçon ; mais il nous tirait son chapeau, encore plus bas que nous, en disant : « Votre très humble serviteur. »

## XIV

La mystique des nombres n'est pas mon fait et toujours ce penchant m'a inquiété en Adrian chez qui il s'était de tout temps manifesté à l'état latent ; mais malgré moi, j'approuve que le chapitre précédent soit précisément marqué du chiffre 13 qui passe pour maléfique et je suis presque tenté d'y voir plus qu'un hasard. A dire vrai, il s'agit pourtant bien d'une coïncidence fortuite ; au fond, cet ensemble de souvenirs de l'Université de Halle, tout comme les cours de Kretzschmar rapportés plus haut, constitue une unité naturelle et c'est par égard pour le lecteur toujours en quête de haltes, d'hiatus et de recommencements que j'ai réparti sur plusieurs chapitres une matière qui selon ma conscience, à moi narrateur, ne comporte point pareil morcellement. S'il en allait à mon gré, nous nous trouverions encore au chapitre onzième, et seul mon goût des concessions a valu au Dr Schleppfuss le chiffre 13. Je le lui accorde volontiers, même j'aurais voulu placer toute la masse de mes souvenirs d'étudiant à Halle sous le signe du treize, car j'ai dit dès le début que l'atmosphère de cette ville, son climat théologique, ne m'était pas salutaire et ma participation aux études d'Adrian en qualité d'auditeur bénévole fut un sacrifice qu'à contrecœur je fis à notre amitié. Notre ? Je dirais mieux : la mienne. Il n'insistait aucunement pour que je fusse à ses côtés lorsqu'il écoutait Kumpf ou Schleppfuss et qu'il m'arrivait de « sécher » des cours figurant à mon propre programme. Je le faisais spontanément, mû par l'irrésistible souhait d'entendre ce qu'il entendait, de savoir ce qu'emmagasinait son cerveau, bref de *veiller sur lui* — car cela m'a toujours paru extrêmement important, encore que vain. Mélange de sentiments singulièrement douloureux : la conscience de l'inutilité et tout à la fois l'instance de mon propos. J'avais devant moi, je m'en rendais bien compte, une vie que l'on pouvait surveiller mais non modifier, non influencer, et dans mon ardent désir de concentrer sur elle une attention sans défaillance, de ne pas quitter d'une semelle mon mal, entrait pour beaucoup le pressentiment qu'un jour me serait dévolue la tâche d'apporter mon témoignage sur sa jeunesse. De toute évidence, je ne me suis pas lancé dans les développements qui précèdent à seule fin d'expliquer le malaise que je ressentais à Halle.

La même raison m'a poussé à m'appesantir sur les conférences de Kretzschmar à Kaisersaschern. J'ai à cœur de faire assister mon lecteur aux expériences spirituelles d'Adrian et même je le dois. Toujours pour ce motif, je l'inviterai à nous suivre, nous jeunes fils des Muses, pendant nos excursions en commun à la belle saison. Comme concitoyen et intime d'Adrian, et aussi parce que sans me destiner à la carrière théologique, je semblais porter un intérêt marqué à la science de Dieu, j'étais amicalement accueilli au cercle chrétien « Winfried » et maintes fois je fus admis à ces promenades en groupe, consacrées à la jouissance de la verte création du Seigneur.

Elles avaient lieu plus souvent que nous n'y prenions part. Ai-je besoin de le dire, Adrian n'était pas un membre très actif. Il marquait sa qualité d'adhérent plutôt qu'il ne l'exerçait ponctuellement. Par politesse et pour faire acte de bonne volonté et de sociabilité, il avait accepté de s'enrôler dans la « Winfried » mais le plus souvent, sous divers prétextes, généralement en se retranchant derrière sa migraine, il évitait les réunions qui remplaçaient les beuveries à la taverne, et après de longs mois il était si peu compère et compagnon avec les étudiants du club comptant soixante-dix têtes, que le tutoiement fraternel lui paraissait insolite dans ses rapports avec eux et très souvent la langue lui fourchait. Néanmoins il s'était acquis leur estime et le « hello » qui saluait ses apparitions — exceptionnelles j'en conviens — à une séance en cabinet particulier, dans l'auberge de Mutze, n'allait pas sans un peu d'ironie pour son isolement volontaire, mais il exprimait aussi un sincère plaisir. On appréciait ses interventions dans les débats théologiques et philosophiques auxquels, sans les diriger, il donnait souvent une tournure intéressante ; plus encore, on goûtait sa musicalité très utile. Il savait, mieux que quiconque, avec plus d'éclat sonore et de brio, accompagner au piano les chansons, obligatoirement reprises en chœur. A la demande du chef de notre comité, Baworinski, un long garçon brun au regard en général doucement voilé sous les paupières et à la bouche plissée en moue comme pour siffler, il régalait l'assistance d'un solo, d'une toccata de Bach, d'un mouvement de Beethoven ou de Schumann. D'autres fois, sans y être invité, il s'asseyait au piano qui rendait un son sourd et rappelait beaucoup l'instrument lamentable sur lequel Wendell Kretzschmar, dans la salle d' « Intérêt public » nous avait dispensé son enseignement. Il s'abandonnait alors à de libres improvisations, des essais, surtout avant l'ouverture de la séance, quand on attendait encore que les membres fussent au complet. Il avait une façon pour moi inoubliable d'entrer en esquissant un rapide salut, parfois sans même se débarrasser de son pardessus, et la mine pensive et crispée, il fonçait droit sur le piano, comme aimanté par l'instrument. Il attaquait avec fougue, les sourcils remontés haut, soulignant des notes de passage, essayant des enchaînements, des préparations et des résolutions d'accords médités en route. Cette manière de fondre sur les touches semblait aussi traduire un désir d'appui et d'abri, comme si l'effrayaient la salle et les assistants et comme s'il cherchait un refuge, là, en somme auprès de lui-même, pour se soustraire à la troublante ambiance étrangère où il s'était fourvoyé.

Quand il jouait, poursuivant une pensée fixe, la formant et la transformant librement, il arrivait qu'un de ceux qui l'entouraient, le petit Probst, le candidat type, un blond aux cheveux mi-longs et huileux, l'interrogeait :

— Qu'est-ce là ?

— Rien, répondait l'exécutant avec un bref hochement de tête plutôt semblable au mouvement par quoi on écarte une mouche.

— Comment cela peut-il n'être rien, ripostait l'autre, puisque tu le joues ?

— Le délire de l'improvisation, expliqua le long Baworinski d'un air entendu.

— Il délire[1] ? s'écria Probst, sincèrement effaré et ses yeux d'un bleu d'eau louchèrent de biais vers le front d'Adrian comme s'il s'attendait à le voir brûlant de fièvre.

Tout le monde éclata de rire, Adrian en fit autant ; il laissa sur les touches ses mains fermées et courba la tête.

— O Probst, quel imbécile tu fais ! dit Baworinski. Il improvisait, tu ne comprends donc pas ? Il a imaginé cela sur le moment.

— Comment peut-il imaginer simultanément tant de notes à droite et à gauche ? protesta Probst pour se défendre, et comment peut-il dire que ce n'est rien, d'une chose que cependant il joue ? On ne peut pourtant pas jouer ce qui n'existe pas ?

— Oh ! si, répliqua Baworinski avec douceur. On peut jouer aussi ce qui n'existe pas encore.

J'entends un certain Deutschlin, Konrad Deutschlin, un garçon trapu avec des mèches sur le front, ajouter :

— Tout a commencé par ne pas être, mon brave Probst, tout ce qui par la suite a pris corps.

— Je peux vous... je peux t'assurer, dit Adrian, que ce n'était vraiment rien, dans toute l'acception du mot.

---

1. *On a essayé de rendre par un à-peu-près le jeu de mots du texte original sur* phantasieren, *qui signifie à la fois improviser et divaguer.* (N. d. l. T.)

Comme il se redressait et que le rire ne le ployait plus, on vit à son visage qu'il éprouvait du malaise et se sentait mis à nu. Je me souviens néanmoins qu'une discussion assez longue et non dépourvue d'intérêt, principalement menée par Deutschlin, s'ensuivit au sujet de l'élément créateur. On exposa les limitations que ce concept avait subies du fait de beaucoup de facteurs préétablis — culture, tradition, imitation, convention, routine. Finalement l'élément créateur humain fut reconnu, du point de vue théologique, comme un lointain reflet de la puissance divine, un écho de l'irrésistible appel au devenir et l'inspiration productive, comme une incontestable émanation d'en haut.

Soit dit en passant, il m'était agréable de pouvoir à l'occasion, moi l'intrus toléré, venu d'une Faculté profane, contribuer à récréer l'assistance en jouant de la viole d'amour. La musique était très en honneur dans ce cercle, encore que d'une façon spéciale et vague, plutôt par principe. Elle représentait un art divin et l'on se devait d'entretenir un « commerce » avec elle, un commerce romantique et fervent comme avec la nature. Musique, nature et ferveur joyeuse, c'étaient là des idées apparentées et entrant dans le cadre du programme de l'association Winfried ; et quand j'ai parlé de « fils des Muses », le mot qui peut-être semble mal s'adapter à des étudiants en théologie se justifie précisément par cette combinaison de sentiments, l'esprit de pieuse liberté et de contemplation lucide de la beauté qui conditionnait également les excursions en pleine nature sur lesquelles je vais revenir.

Deux ou trois fois au cours de nos quatre semestres à Halle, elles furent entreprises *in corpore*. Baworinski convoquait les soixante-dix membres au complet. Adrian et moi nous ne nous sommes jamais associés à ces expéditions en masse ; mais des groupes plus restreints, noués au gré des affinités, se formaient pour ce genre de promenades et avec quelques camarades de choix, nous y prîmes part à diverses reprises. Ces compagnons étaient le chef du comité des étudiants en personne, puis le trapu Deutschlin, un certain Dungersheim, un nommé Carl von Teutleben et quelques autres, Hubmeyer, Matthaeus Arzt et Schappeler. Je me rappelle ces noms et aussi à peu près les physionomies. Toutefois il me paraît superflu de les décrire.

Négligeons le paysage des environs immédiats de Halle, une plaine sablonneuse sans attrait : mais en quelques heures, le train vous porte, en remontant la Saale, au charmant pays de Thuringe. Là, en général dès Naumburg ou Apolda (région natale de la mère d'Adrian) nous descendions de wagon et continuions à pied le voyage, sac au dos, avec nos capuchons de pluie, marchant à longueur de journée, prenant nos repas dans des auberges de village, souvent par terre, campés à l'orée d'un bois ou passant bien des nuits sur la paille d'une grange. Le lendemain à la pointe de l'aube nous faisions nos ablutions dans l'auge allongée d'une fontaine jaillissante. Cette forme de vie intérimaire, le retour de citadins et de travailleurs intellectuels à la rusticité primitive, à notre mère la Terre, avec la certitude de devoir — ou de pouvoir — bientôt regagner la sphère habituelle et « naturelle » de notre confort bourgeois, cette régression et simplification volontaire prend facilement, presque nécessairement une teinte artificielle de condescendance, de dilettantisme, de comique. Nous étions loin de nous le dissimuler et sans doute suscitait-elle le sourire bienveillant et railleur de maint paysan lorsque nous sollicitions de la paille pour dormir. Toutefois, notre jeunesse conférait à ce sourire son air de bonhomie, voire d'approbation, et l'on peut dire que la jeunesse constitue la seule passerelle légitime entre le bourgeois et le naturel, elle est un état prébourgeois, d'où dérive tout le romantisme des étudiants, l'âge romantique par excellence. Deutschlin, toujours énergique dans le domaine de la pensée, ramenait la situation à cette formule tandis qu'au cours de nos entretiens dans les granges, avant de nous endormir, à la lueur falote d'une lanterne d'écurie brûlant dans un coin de notre quartier de nuit, nous approfondissions le problème de notre vie d'alors. Deutschlin ajoutait d'ailleurs qu'il serait de fort mauvais goût que la jeunesse expliquât la jeunesse. Une forme de vie qui se discute et s'analyse soi-même s'abolit, ce faisant, en tant que forme estimait-il, et la seule existence véritable est celle de ce qui existe directement et inconsciemment.

Des contradictions s'élevaient. Hubmeyer et Schappeler protestaient, Teutleben non plus n'était pas d'accord. Il ferait beau voir, se récriaient-ils, que l'âge eût seul le droit de juger la jeunesse et que celle-ci ne pût être que l'objet d'une appréciation étrangère comme si elle n'avait pas sa part d'esprit objectif ! Tout au contraire, elle l'avait bel et bien et même jusque dans la mesure où il s'agissait de se juger, elle revendiquait le droit de parler de la jeunesse en tant que jeunesse ; car enfin il y avait une chose qui s'appelait le sentiment de la vie et équivalait à la conscience de soi, or à supposer que le seul fait de cette prise de conscience abolît ladite forme de vie, autant dire qu'aucune vie douée d'âme ne serait possible en général ? On ne pouvait pourtant pas se contenter d'exister tout uniment dans la léthargie obtuse et l'inconscience, un état d'ichtyosaure ; de nos jours il fallait tenir sa place en pleine lucidité et affirmer avec une conscience de soi clairement exprimée sa forme de vie spécifique. La jeunesse n'avait que trop attendu avant d'être considérée sous cet angle.

On entendit la voix d'Adrian dire :

— Mais cette reconnaissance est venue plutôt de l'esprit pédagogique, c'est-à-dire des vieux, que de la jeunesse elle-même. Celle-ci s'est trouvée un jour gratifiée du titre de « forme de vie indépendante » par une époque qui s'intitule aussi « le siècle de l'enfant » et qui a inventé l'émancipation de la femme, une époque très conciliante en général, et naturellement elle, la jeunesse, s'est empressée d'approuver.

— Non, Leverkühn, protestèrent Hubmeyer et Schappeler, et leurs camarades les soutinrent. Ils arguèrent qu'il avait tort, du moins en grande partie. La jeunesse s'était imposée au monde grâce à sa prise de conscience, même à supposer que ce monde ne fût pas complètement hostile à cette reconnaissance.

— En aucune façon, riposta Adrian. Pas hostile du tout.

Il avait suffi de dire à cette époque : « j'éprouve le sentiment spécifique de ma vie » pour qu'elle vous tirât aussitôt son chapeau. La jeunesse jouait en quelque sorte sur du velours. Au surplus, si elle et son temps se comprenaient mutuellement, il n'y avait rien à y redire.

— Pourquoi faire le dégoûté, Leverkühn ? Tu ne trouves

pas bon qu'aujourd'hui les droits de la jeunesse soient admis dans la société bourgeoise et qu'on reconnaisse la dignité personnelle de la période de développement qu'elle comporte ?

— Oh ! si, dit Adrian, mais vous partiez, tu partais, nous partions du point de vue que...

Un grand rire l'interrompit parce que la langue lui avait fourché. Ce fut Matthaeus Arzt, je crois, qui dit :

— C'est bien de toi, Leverkühn ! La gradation était bonne. Tu nous dis d'abord vous, puis tu te forces au tutoiement et à la fin vient le « nous » qui te déchire presque la bouche, c'est cela que tu as le plus de mal à prononcer, fieffé individualiste !

Adrian repoussa l'épithète, affirmant que c'était faux, qu'il n'était nullement individualiste et donnait son adhésion à la collectivité.

— En théorie, peut-être, répliqua Arzt, et à l'exclusion d'Adrian Leverkühn qui le prend de haut.

D'ailleurs, il le prenait également de haut en parlant de jeunesse comme s'il n'en faisait point partie et qu'il fût incapable de s'y agréger et de se plier à ses lois, car pour l'humilité, elle n'était évidemment pas son fort.

Adrian répéta qu'il n'était pas question d'humilité mais au contraire d'un sentiment conscient de la vie. Deut-schlin demanda qu'on laissât Leverkühn aller jusqu'au bout de sa pensée.

— Je n'ai pas grand-chose à ajouter, reprit mon ami. On était parti du point de vue que la jeunesse entretient un rapport plus proche avec la nature que le bourgeois mûri, un peu comme la femme que l'on déclare également plus proche de la nature, comparée à l'homme. Pour ma part, je ne trouve pas que la jeunesse soit avec la nature sur un pied d'intimité particulier. Plutôt, elle observe à son égard une réserve farouche, en somme étrangère. L'homme ne s'habitue à son côté naturel qu'avec les années et ne s'y résigne que lentement. La jeunesse, précisément, j'entends l'élite, s'effraie plutôt devant la nature, la dédaigne, se montre hostile. Que signifie le mot nature ? Les forêts et les champs ? Les monts, les arbres et la mer, la beauté des sites ? A mon avis, la jeunesse y est beaucoup moins sensible que l'homme âgé, apaisé. Le jeune n'est nullement disposé à voir la nature et à en jouir. Il est tourné vers le dedans, orienté vers l'intellectualité et, selon moi, il répugne à ce qui est sensuel.

— *Quod demonstramus,* dit quelqu'un, peut-être Dungersheim, nous voyageurs couchés ici sur la paille, en nous préparant à remonter demain la forêt de Thuringe jusqu'à Eisenach et au Wartburg.

— Tu dis toujours « selon moi », jeta un autre. Tu veux dire sans doute : selon mon expérience ?

— Vous me reprochez, riposta Adrian, de le prendre de haut quand je parle de la jeunesse et de ne pas m'y incorporer ? Et voilà que tout à coup je suis censé m'y substituer ?

— Leverkühn, dit Deutschlin, a sur la jeunesse ses opinions personnelles mais il la considère manifestement, lui aussi, comme une forme de vie spécifique et comme telle, respectable ; et c'est l'essentiel. Je ne m'élevais contre l'analyse de la jeunesse par soi que dans la mesure où elle détruit le caractère d'immédiateté de la vie ; mais en tant que conscience de soi, elle renforce l'existence et en ce sens, dans cette mesure, je l'approuve. Le sentiment de la jeunesse est un privilège et un avantage de notre peuple allemand, les autres le connaissent à peine ; ils ignorent pour ainsi dire la jeunesse en tant que sentiment de soi, ils s'étonnent du comportement plein de personnalité de la jeunesse allemande, approuvé par ses aînés, et même de son costume antibourgeois. Laissons-les dire. La jeunesse allemande représente, précisément parce que jeune, l'esprit national, l'esprit germanique, jeune et plein d'avenir, sans maturité si l'on veut, mais qu'est-ce que cela signifie ? Les Allemands ont toujours agi dans un certain état de puissante immaturité et nous ne sommes pas pour rien le peuple de la Réforme. Elle aussi fut une œuvre d'immaturité. Mûr, le bourgeois florentin de la Renaissance l'était, qui, avant d'aller à la messe, disait à sa femme : « Allons faire notre révérence à l'erreur populaire. » Luther, lui, était assez dépourvu de maturité, assez peuple, assez peuple allemand, pour apporter une foi nouvelle, épurée. Où serait le monde si la maturité avait toujours le dernier mot ? Avec notre manque de maturité, nous lui dispenserons encore quelque renouvellement, quelque révolution.

Ayant dit, Deutschlin se tut un moment.

De toute évidence, chacun, en son for intérieur, agitait obscurément le sentiment de la jeunesse personnelle et nationale, confondues en un pathétique unique. Le mot de « puissante immaturité » avait quelque chose de très flatteur pour la plupart.

Adrian mit fin à la pause et je l'entendis dire :

— Si seulement je savais comment nous nous trouvons manquer à ce point de maturité, être si jeunes, comme tu dis, du moins en tant que peuple ! Après tout, nous en sommes au même degré que les autres et peut-être seule notre histoire, en nous renvoyant l'image d'un peuple qui a un peu tardé à trouver son unité et à se former une conscience collective, nous donne-t-elle l'illusion d'une jeunesse particulière.

— Il en va sans doute autrement, objecta Deutschlin. La jeunesse, au sens le plus haut, n'a rien de commun avec l'histoire politique ni d'ailleurs avec l'histoire en général. Elle est un don métaphysique, quelque chose d'essentiel, une structure et un destin. N'as-tu jamais entendu parler du devenir allemand, de l'Allemand toujours errant, perpétuellement en marche ? Si tu veux, l'Allemand est l'éternel étudiant, le lutteur éternel qui s'efforce, parmi les peuples...

— Et ses révolutions, interrompit Adrian avec un rire bref, sont les jongleries foraines de l'histoire universelle.

— Très spirituel, Leverkühn. Mais je m'étonne que ton protestantisme te permette ces saillies. La jeunesse, selon ma formule, peut être prise plus au sérieux. Être jeune, c'est être spontané, rester proche des sources de la vie, pouvoir se dresser et secouer les chaînes d'une civilisation périmée, oser ce que d'autres n'ont pas le courage d'entreprendre, en somme, se replonger dans l'élémentaire. Le courage de la jeunesse, c'est l'esprit du « Meurs et deviens », la notion de la mort et de la renaissance.

— Est-ce réellement allemand ? demanda Adrian. La Renaissance s'est appelée jadis *rinascimento* et le phénomène s'est produit en Italie. Et « le retour à la nature » a tout d'abord été prôné en français.

— L'un fut un renouveau de la culture, riposta Deutschlin, et l'autre un jeu de bergerie sentimental.

— Du jeu de bergerie, insista Adrian, est issue la Révolution française, et la Réforme de Luther n'a été qu'une bouture et un à-côté éthique de la Renaissance, son application dans le domaine religieux.

— Religieux, c'est toi qui l'as dit. Et le religieux est toujours autre chose qu'un retapage archéologique et un renversement critique de la société. La religiosité, c'est peut-être la jeunesse même, c'est l'immédiateté, le courage et la profondeur de la vie personnelle, la volonté et la faculté d'éprouver le naturel et le démoniaque de l'existence dont Kierkegaard nous a restitué la conscience, d'en faire l'expérience et de la vivre en pleine vitalité.

— Tiens-tu le sens religieux pour une faculté spécifiquement allemande ? demanda Adrian.

— Certes, au sens que je lui donne, en tant que jeunesse idéaliste, spontanéité, foi dans la vie, Chevauchée de Dürer, entre la Mort et le Diable.

— Et la France, le pays des cathédrales, dont le roi s'intitulait Très Chrétien, et qui a produit des théologiens comme Bossuet, comme Pascal ?

— Il y a longtemps. Depuis des siècles, l'Histoire a élu la France pour être la puissance chargée du message antichrétien en Europe. Quant à l'Allemagne, c'est le contraire, tu le sentirais et le saurais, Leverkühn, si tu n'étais justement Adrian Leverkühn, c'est-à-dire trop frigide pour être jeune et trop intelligent pour être religieux. L'intelligence mène loin au sein de l'Église, mais pas en religion.

— Grand merci, Deutschlin, et Adrian se prit à rire. En bon vieil-allemand, comme dirait Ehrenfried Kumpf, et sans palliatifs ni guirlandes, tu me donnes mon paquet. J'ai le pressentiment que dans l'Église aussi je ne ferai pas carrière, mais ce qui est certain, c'est que sans elle je ne serais pas devenu théologien. Je sais bien, ce sont les plus doués parmi vous, les lecteurs de Kierkegaard, qui placent la vérité, même la vérité éthique, dans la subjectivité et abominent le grégarisme. Mais je ne saurais accepter votre radicalisme (qui d'ailleurs ne fera certes pas long feu, ce n'est qu'une licence d'étudiant), ni admettre votre dissociation kierkegaardienne de l'Église et du christianisme. Je vois dans l'Église, même telle qu'elle est aujourd'hui, sécularisée, embourgeoisée, une bastille de l'ordre, une institution pour le maintien de la discipline objective, la canalisation, l'endiguement de la vie religieuse, laquelle sans elle sombrerait dans l'égarement le plus subjectif, dans le chaos des noumènes, et deviendrait un monde sinistre et fantastique, une mer de démonisme. Séparer l'Église et la religion équivaut à dissocier l'élément religieux de la démence...

— Écoutez, écoutez ! dirent plusieurs voix ; mais :

— Il a raison, trancha Matthaeus Arzt, que les autres appelaient le médecin social[1], car il avait la passion du social, il était socialiste chrétien et citait souvent l'aphorisme de Goethe, selon lequel le christianisme avait été une révolution politique avortée qui s'était tournée vers la morale. A présent aussi, disait-il, il lui fallait redevenir politique, en d'autres termes social : vrai et seul moyen de discipliner l'élément religieux dont Leverkühn n'avait pas mal décrit les dangers de dégénérescence. Le socialisme religieux, l'esprit religieux liés au social, voilà ; car il importait avant tout de trouver le lien congru, et le lien théonome devait s'ajouter au lien social, à la tâche instituée par Dieu, du perfectionnement de la société.

— Croyez-moi, dit-il, il s'agit avant tout de constituer une collectivité industrielle responsable, une nation de l'industrie internationale susceptible de former un jour une authentique et légitime société économique européenne. Elle contiendra toutes les impulsions créatrices qui y sont déjà en germe, non seulement pour amener l'avènement technique d'une nouvelle organisation économique, non seulement pour obtenir une hygiène nouvelle des rapports vitaux naturels, mais aussi pour instaurer un nouvel ordre politique.

Je reproduis textuellement les palabres de ces jeunes gens, leur jargon d'érudits dont l'afféterie ne les frappait pas le moins du monde ; ou plutôt ils en faisaient un usage plaisant et désinvolte, très naturellement, en se renvoyant la balle de

1. Arzt, *médecin. (N. d. l. T.)*

leurs propos quintessenciés et guindés, avec une aisance de virtuoses.

« Les apports vitaux naturels » et le « lien théonome » figuraient parmi ces préciosités. On aurait pu dire les choses plus simplement, mais alors ce n'eût plus été leur langage scientifique d'intellectuels. Ils posaient volontiers la « question cruciale », parlaient de l' « aire sacrée » ou de l' « aire académique », du « principe de structure » de « rapports de tension dialectique », de « correspondance existentielle » et ainsi de suite. Deutschlin, les mains nouées à la nuque, posa donc la question cruciale relative à la source génétique de la mise en valeur industrielle préconisée par Arzt. Cette source n'était autre que la raison économique, laquelle devait être forcément représentée, elle aussi, dans une société communautaire.

— Il faut nous rendre compte, Matthaeus, dit-il, que l'idéal de l'organisation économique sociale dérive d'une pensée autonome issue du siècle des lumières, bref d'un rationalisme point encore atteint par les forces sus- ou subrationnelles. Tu crois développer un ordre équitable en te basant sur la seule compréhension et la raison humaines, et, ce faisant, tu assimiles l' « équité » à l' « utilité sociale » et tu crois que de là dérivera un nouvel ordre politique. Mais le domaine économique diffère beaucoup du politique et il n'y a aucune transition directe pour passer du concept d'utilité économique à la conscience politique qui se réfère à l'histoire. Je ne comprends pas comment cela peut t'échapper. L'ordre politique ressortit à l'État et celui-ci constitue une puissance et une forme de souveraineté point déterminées par le principe d'utilité et comportant d'autres qualités représentatives que celles d'un délégué de patronat ou d'un secrétaire de syndicat ouvrier, par exemple l'honneur et la dignité. A de telles qualités, mon cher, les gens de l'aire économique n'apportent pas les correspondances existentielles nécessaires.

— Oh ! Deutschlin, que dis-tu là ? fit Arzt. Nous savons pourtant très bien, en modernes sociologues, que l'État aussi est conditionné par des fonctions utilitaires. C'est là que résident la justice et la garantie de sécurité. Du reste, nous vivons à un âge économique, le problème économique forme tout simplement le caractère historique de notre temps. L'honneur et la dignité n'avancent l'État à rien s'il n'est capable de reconnaître exactement et de diriger lui-même les conditions économiques.

Deutschlin en convint ; mais il nia que les fonctions utilitaires fussent la raison d'être *essentielle* de l'État. La justification de l'État résidait, selon lui, dans sa hauteur, sa souveraineté qui demeurait indépendante des valeurs indivi-duelles, car, très différente en cela des blagues du *Contrat social,* elle avait préexisté à l'individu isolé. Les dépen-dances supra-individuelles avaient en effet à l'origine autant d'existence que les individus, et un économiste ne pouvait comprendre l'État précisément parce qu'il ne comprenait rien à ses assises transcendantales.

Von Teutleben ajouta :

— Je ne suis certes pas dépourvu de sympathie pour le lien social-religieux que préconise Arzt. C'est toujours mieux que rien et Matthaeus n'a que trop raison en disant qu'il s'agit avant tout de trouver le lien voulu ; mais pour être celui qu'il faut, pour être à la fois religieux et politique, il doit être national et je me demande si de la société économique pourra sortir un nouveau caractère national. Regardez un peu autour de vous, dans la Ruhr ; vous avez là des centres d'agglomérations humaines, mais non les cellules d'une nation nouvelle. Prenez un jour le train omnibus de Leuna à Halle. Vous verrez des ouvriers assis côte à côte qui savent fort bien disserter de questions de tarif ; mais il ne ressort pas de leurs propos que leur activité commune ait suscité en eux des forces propres à former un conglomérat national. Dans le domaine économique règne de plus en plus la finalité toute nue...

— Mais le national aussi a une fin, fit observer un autre, Hubmeyer ou Schappeler, je ne sais plus. Nous théologiens ne saurions admettre qu'un peuple soit éternel. La faculté d'enthousiasme est fort louable et le besoin de foi un sentiment très naturel à la jeunesse, mais aussi une tenta-tion. Examinons de très près la matière des nouveaux liens qui, aujourd'hui où le libéralisme se meurt, nous sont proposés partout et assurons-nous si elle est authentique et si l'objet déterminant ce lien est aussi quelque chose de réel en soi ou simplement le produit d'une... disons d'un romantisme de structure qui se crée des objets idéologiques par des voies nominales, pour ne pas dire fictives. A ce que je crois, ou plutôt je crains, les concepts de la « nation » divinisée et de l' « État » considéré sous un angle utopique, sont de ces liens nominaux et l'adhésion qu'on leur apporte, mettons par exemple l'adhésion à l'Allemagne, a quelque chose de vain parce qu'étrangère à la substance et à la qualité personnelle. Nul ne se préoccupe d'elle et si quelqu'un dit « Allemagne » et déclare que c'est là son attache, il n'a aucune preuve à fournir et nul ne lui demande ou ne se demande quel degré de germanité il incarne individuellement, j'entends qualitativement, et dans quelle mesure il est à même de servir dans le monde l'affirmation d'une forme de vie allemande. Voilà ce que j'appelle nominalisme ou, mieux, fétichisme du nom, et qui à mon avis constitue un culte de latrie idéologique.

— Bon, Hubmeyer, dit Deutschlin, tout ce que tu dis est très juste et en tout cas je t'accorde que ta critique nous a rapprochés du cœur du problème. J'ai contredit Matthaeus Arzt parce que la primauté du principe d'utilité dans l'aire économique n'est pas à mon goût ; mais je suis entièrement d'accord avec lui pour reconnaître que le lien théonome en soi, et donc le religieux en général, est empreint d'un formalisme abstrait et requiert une réalisation, une utilisation ou une confirmation terrestre empirique, une pratique de l'obéissance à Dieu. Et voilà qu'Arzt opte pour le socialisme et Carl Teutleben pour le national. Aujourd'hui, nous avons le choix entre ces deux liens, mais je nie qu'il y ait une surenchère d'idéologie depuis que le vain concept de liberté n'attire plus personne. Il n'existe effectivement que ces deux possibilités d'obédience religieuse et de réalisation religieuse : le social et le national. Le malheur veut que toutes deux comportent leurs risques et leurs dangers, au vrai très sérieux. Hubmeyer a excellemment parlé d'un certain caractère creux, nominal, et d'une absence de substance personnelle en matière d'adhésion nationale. En généralisant, on pourrait ajouter que cela ne rime à rien de se battre pour défendre des objectivations qui élèvent la vie, s'il n'en résulte pas une répercussion sur le modelage de notre vie personnelle et si cela ne donne lieu qu'à des exhibitions pompeuses. Parmi elles, je range même la mort spectaculaire de la victime immolée sur l'autel du sacrifice. Pour un holocauste authentique, il faut la réunion de deux valeurs et de deux qualités : celle de la cause en jeu et celle de la victime qui s'immole. Or, il y a eu des cas où la substance personnelle de la victime — mettons sa germanité — était très grande et très involontairement s'est objectivée en tant qu'holocauste et cependant non seulement elle a refusé son adhésion au lien national, mais elle l'a renié avec la plus grande violence, de sorte que le tragique du sacrifice a consisté précisément dans l'antinomie entre l'essence de la victime et sa prise de position. En voilà assez pour ce soir sur le lien national. Quant au lien social, il présente l'inconvénient que si dans le domaine économique tout est réglé au mieux, la question du sens de l'existence et d'une digne conduite de vie demeure encore ouverte comme aujourd'hui. Nous verrons un jour la mise en exploitation universelle du globe, la victoire totale du collectivisme. Bon ! L'insécurité de l'homme que laisse encore subsister le caractère social catastrophique du système capitaliste aura disparu et avec lui le dernier vestige du souvenir des risques que courait la vie humaine, et par là le problème intellectuel en général. Après, on se demandera à quoi bon vivre...

— Voudrais-tu donc maintenir le système capitaliste, Deutschlin ? demanda Arzt, sous prétexte qu'il tient en éveil le souvenir des risques que court la vie humaine ?

— Non, je ne le voudrais pas, mon cher Arzt, répondit Deutschlin agacé ; mais on a bien le droit de signaler les antinomies tragiques dont la vie abonde ?

— Il n'est pas besoin de les signaler pour qu'on se les rappelle, soupira Dungersheim. C'est une vraie misère et un esprit religieux est fondé à se demander si l'univers est vraiment l'œuvre unique d'un Dieu bienfaisant ou n'est pas plutôt un travail en collaboration... je ne dis pas avec qui.

— Je voudrais savoir, moi, fit observer Teutleben, si les jeunes des autres pays sont comme nous étendus sur la paille, à se tourmenter à propos de problèmes et d'antinomies.

— Guère probable, répliqua Deutschlin avec dédain. Du

point de vue intellectuel, tout est pour eux beaucoup plus simple et plus aisé.

— Il faudrait faire exception pour la jeunesse révolutionnaire russe, dit Arzt. Il y a là, si je ne m'abuse, une activité discursive infatigable et une sacrée dose de tension dialectique.

— Les Russes, dit Deutschlin sentencieusement, ont la profondeur mais pas la forme. Ceux d'Occident ont la forme, mais point de profondeur. Seuls nous Allemands détenons les deux.

— Ma foi, si ce n'est pas là un lien national... dit Hubmeyer en riant.

— C'est simplement le lien avec une idée, assura Deutschlin. C'est le devoir exigé de nous dont je parlais. Nos obligations sont exceptionnelles et la mesure dans laquelle nous les remplissons déjà ne l'est nullement. Le devoir et l'être sont séparés chez nous par un fossé bien plus large que chez les autres, précisément parce que nous plaçons le devoir très haut.

— Néanmoins, il faudra sans doute s'abstenir de considérer la chose sous l'angle national, avertit Dungersheim, et envisager en général le problème en connexion avec l'existence de l'homme moderne. Depuis que s'est perdue la confiance spontanée en soi qui jadis résultait du fait de se trouver dans le cadre d'un ordre établi, je veux dire un ordre sacré, rituel, qui exerçait une action intentionnelle, définie sur la vérité révélée... depuis, dis-je, sa décadence et l'éclosion de la société moderne, notre rapport avec les hommes et les choses est devenu infiniment complexe et réflectif, on nage en plein problème et dans l'incertitude, une vérité à l'état d'ébauche risque de sombrer dans la résignation et le désespoir. Partout se dessine un mouvement pour échapper à la désagrégation et trouver les données de nouvelles forces régulatrices. On peut d'ailleurs concéder que cette quête a un caractère singulièrement sérieux et instant chez nous Allemands et que les autres ne souffrent pas autant de leur destin historique, soit parce que plus forts, soit parce que plus obtus...

— Plus obtus, décréta von Teutleben.

— C'est toi qui le dis, Teutleben. Mais si nous nous

faisons ainsi un mérite national de l'acuité et de la conscience du problème historico-psychologique et si nous identi-
fions avec la germanité l'effort vers un nouvel ordre total,
nous sommes déjà en passe de construire un mythe d'une
authenticité discutable et d'une indiscutable présomption, à
savoir le mythe national avec sa structure romantique du
type guerrier ; autrement dit un paganisme naturel, panaché
de christianisme et qui appose au Christ l'estampille de
« Seigneur des milices célestes ». C'est pourtant là une
position nettement placée sous la menace démoniaque.

— Et après ? demanda Deutschlin. Dans tout mouvement
vital, les forces démoniaques se cachent derrière les qualités
ordonnatrices.

— Appelons les choses par leur nom, réclama Schappeler,
à moins que ce ne fût Hubmeyer. Le démoniaque, cela se
nomme en allemand les instincts. Et voilà justement,
aujourd'hui les instincts sont au service d'une propagande
en faveur de toutes sortes de sollicitations à des allégeances
et on les intègre au reste pour retaper à neuf le vieil
idéalisme avec une psychologie des instincts, afin que
l'impression de séduction revête une réalité plus dense.
Mais, à cause de cela, la sollicitation pourrait n'être qu'un
leurre...

Ici, je ne puis qu'ajouter « et caetera », car il est temps de
mettre fin à la notation de ces débats ou d'autres de même
mouture. En réalité, ils ne s'achevaient jamais ou du moins
se prolongeaient longtemps, fort avant dans la nuit, émaillés
de « comportements à double pôle » et d' « analyse consciente
de l'histoire », de « qualités supratemporelles », « nature ontologique », « dialectique logique » et « dialectique effective ».
Ils se poursuivaient, savants, appliqués et sans rivages pour
se perdre ensuite dans le sable, autrement dit dans le
sommeil dont Baworinski, notre chef, nous rappelait la
nécessité puisque au matin — mais on y était presque ! —
il faudrait se mettre en route de bonne heure. La nature
bienveillante tenait le sommeil tout prêt pour y accueillir la
conversation et la bercer dans l'oubli, privilège appréciable,
et Adrian, depuis longtemps silencieux, l'exprimait en quelques mots, tout en disposant son paillasson :

— Oui, bonne nuit ! Une chance que nous soyons en

mesure de dire cela. Il faudrait ne jamais entamer de discussions qu'avant de s'endormir, sous le couvert du sommeil imminent. Qu'il est pénible de devoir déambuler l'esprit lucide, après un entretien intellectuel !

— Mais c'est là une position de repli, grogna encore quelqu'un, après quoi retentirent dans notre grange les premiers ronflements, apaisantes manifestations de l'abandon à l'état végétatif. Quelques heures suffiraient à rendre à la belle jeunesse la force de tension nécessaire pour concilier la jouissance reconnaissante, palpitante et contemplative de la nature, avec les obligatoires débats théologico-philosophiques qui ne cessaient presque jamais et où l'on s'opposait et l'on s'en imposait, on s'instruisait et se défiait réciproquement.

Vers le mois de juin, quand des gorges des collines boisées qui sillonnent le bassin de la Thuringe montent les lourdes senteurs du jasmin et de la bourdaine, ce furent de merveilleuses journées de vagabondage à travers une contrée fertile, bénie et tempérée, presque tout industrialisée, avec ses aimables villages agglomérés, bâtis en cloisonnages. On passait ensuite de la région agricole à celle de l'élevage des bestiaux et l'on suivait le haut sentier environné de légendes, des crêtes montagneuses, ombragé de pins et de hêtres, le « Rennsteig » qui avec ses vastes échappées sur la vallée de Werra s'étend depuis la forêt de Franconie vers Eisenach, au pied du mont Hörsel. Le paysage devenait encore plus beau, plus significatif, plus romantique et ce qu'Adrian avait dit de l'insensibilité de la jeunesse devant la nature, de l'opportunité de recourir au sommeil après des joutes intellectuelles, ne semblait pas absolument valable ; pour sa part non plus, car lorsque la migraine ne le réduisait pas au silence, il contribuait avec vivacité aux discussions et même si la vue de la nature ne lui arrachait pas de cris extasiés, et s'il la regardait avec une certaine retenue méditative, ses images, ses rythmes, ses mélodies grandioses pénétraient, je n'en doute pas, plus profondément l'âme de mon ami que celle de ses compagnons ; et plus tard, à maint passage de beauté pure, dénouée, qui se manifeste dans son œuvre empreinte d'une si grande tension cérébrale, j'ai évoqué malgré moi ces communes impressions.

Oui, ce furent des heures, des jours, des semaines, pleins d'animation. Ces jeunes gens faisaient une revigorante provision d'oxygène grâce à la vie en plein air, aux impressions dérivées du paysage et de l'histoire. Elles les grisaient et haussaient leurs esprits jusqu'à des pensées qui avaient ce caractère de luxe et de libre expérimentation inhérent à la vie d'étudiant. Plus tard, une fois installés dans leur prosaïque existence professionnelle, dans le philistinisme, fût-il intellectuel, ils n'en auraient plus l'emploi. Souvent je les considérais pendant leurs débats théologiques et philosophiques, je me représentais qu'à nombre d'entre eux un jour, la « période Winfried » semblerait le plus important chapitre de leur vie. Je les examinais et j'examinais Adrian avec le pressentiment trop évident qu'elle ne lui ferait certes pas cet effet. Si moi, non-théologien, j'étais un hôte de passage parmi eux, lui, bien que théologien, l'était plus encore. Pourquoi ? Je sentais, avec un peu d'anxiété, un abîme entre le destin de cette jeunesse laborieuse et ardente et le sien, je percevais la différence entre la courbe de vie de cette bonne, disons même cette excellente moyenne, appelée à sortir bientôt de l'état d'étudiant, rêvassant, tâtonnant, pour s'orienter vers le trantran bourgeois, et le jeune homme marqué d'un signe invisible, destiné à ne jamais quitter la voie de l'esprit et du problème, à la suivre plus loin encore, qui sait jusqu'où ? Son regard, son attitude jamais détendue dans un abandon fraternel, sa difficulté à dire tu, vous, nous, me faisaient sentir, comme aux autres d'ailleurs, qu'il était, lui aussi, conscient de la différence.

Dès le début de son quatrième semestre, je connus à certains indices que mon ami se proposait de renoncer à ses études théologiques avant même le premier examen.

XV

Les relations d'Adrian avec Wendell Kretzschmar ne s'étaient jamais interrompues ni relâchées. Le jeune zélateur de la science divine retrouvait le mentor musical de ses années de lycée à chacune de ses vacances, lorsqu'il venait à Kaisersaschern ; il lui rendait visite et s'entretenait avec lui dans le logis de l'organiste, à l'ombre de la cathédrale. Il le voyait aussi dans la maison de son oncle Leverkühn et une ou deux fois, il décida ses parents à l'inviter en fin de semaine à la ferme de Buchel, d'où ils partaient en longues promenades. Il amena Jonathan Leverkühn à présenter à l'hôte les figures sonores de Chladni, ainsi que la goutte dévoratrice. Kretzschmar était en termes excellents avec le maître vieillissant de Buchel ; sur un pied plus cérémonieux avec Mme Elsbeth, encore que leurs rapports ne fussent pas tendus. Peut-être le bégaiement de Kretz-schmar l'effarouchait-il et, pour ce motif précisément, l'infirmité s'exaspérait en sa présence, surtout lorsque le professeur s'adressait à elle directement. Phénomène curieux : en Allemagne, la musique jouit de la considération générale dont bénéficie en France la littérature, et personne ne s'y sent déconcerté, troublé, désagréablement impressionné par le fait que quelqu'un est musicien, nul ne songerait à le mépriser ou le railler. Elsbeth Leverkühn aussi, j'en suis persuadé, éprouvait tout le respect voulu pour l'ami plus âgé d'Adrian, et qui, au surplus, mettait son activité au service de l'Église. Cependant, au cours des deux jours et demi que je passai avec lui et Adrian à Buchel, je constatai une certaine contrainte point entièrement dissimulée sous des dehors aimables, une réserve, comme un refus dans l'attitude de Mme Leverkühn à l'égard de l'organiste. Celui-ci y répondait, je l'ai dit, par une recrudescence parfois calamiteuse de son bégaiement. Était-ce simplement parce qu'il sentait la gêne de l'hôtesse, sa méfiance — de quelque nom qu'on veuille l'appeler — ou la nature de cette femme lui inspirait-elle spontanément certain malaise dû à la timidité et à l'embarras ? Il est difficile de le déterminer.

Pour ma part, je ne doutais pas que la tension singulière entre Kretzschmar et la mère d'Adrian se rapportât à ce dernier, qu'il en fût l'objet, et je le percevais parce que dans la lutte silencieuse qui se livrait ici, mes propres sentiments tenaient le milieu entre les deux parties, inclinaient tantôt vers l'une, tantôt vers l'autre. Le propos de Kretzschmar, dont il entretenait Adrian à chacune de leurs promenades, m'apparaissait avec évidence, et mes souhaits secondaient secrètement ses vues.

Je lui donnais raison quand, causant avec moi, il plaidait en faveur de la vocation artistique de son élève, avec netteté, voire avec insistance. « Il a, disait-il, pour la musique le regard du compositeur, de l'initié, non celui du dilettante profane qui jouit vaguement. Sa façon de découvrir entre les motifs des rapports qui échappent au simple amateur, de discerner la structure d'un passage, pour ainsi dire sous forme de question et de réponse, et surtout de voir, de voir du dedans comment c'est fabriqué, me garantit le bien-fondé de mon jugement. S'il n'écrit pas encore, s'il ne manifeste pas un élan productif et s'il ne se répand point en naïves compositions de jeunesse, c'est à son honneur. J'y décèle le signe d'un orgueil qui le retient de créer une musique d'épigone. »

A ce raisonnement je ne pouvais que souscrire. Cependant je comprenais aussi l'inquiétude vigilante de la mère et souvent je me sentais uni à elle par une solidarité allant jusqu'à l'animosité à l'égard de l'intercesseur. Jamais je n'oublierai une image, une scène au salon de Buchel, un jour où le hasard nous y avait réunis tous les quatre, la mère, le fils, Kretzschmar et moi. Tout en causant avec le musicien frappé d'inhibition, bafouillant et soufflant — entretien banal où il n'était nullement question d'Adrian — Elsbeth attira contre elle, dans un geste singulier, la tête de son fils assis à son côté. Elle noua en quelque sorte son bras autour de lui, enlaçant non ses épaules mais sa nuque, la main posée sur le front d'Adrian ; et tandis qu'elle fixait ses yeux noirs sur Kretzschmar et lui parlait de sa voix bien timbrée, elle appuya la tête d'Adrian contre son sein.

D'ailleurs, si ces contacts personnels maintenaient le lien entre le maître et l'élève, il était également assuré par un échange de lettres assez fréquent, je crois bimensuel, entre Halle et Kaisersaschern. Adrian m'en parlait de temps en temps et il me fut donné d'en voir quelques spécimens. Dès la Saint-Michel de 1904, j'appris que Kretzschmar était en pourparlers avec le conservatoire privé de Hase, à Leipzig, au sujet de l'offre d'une classe de piano et d'orgue. A l'époque, cet institut commençait de jouir d'une considération toujours croissante, parallèlement à la célèbre École de musique de la ville ; sa vogue ne cessa de grandir au cours des dix années suivantes, jusqu'à la mort du remarquable maître Clemens Hase (et, à supposer qu'il existe encore, il a depuis longtemps cessé de tenir un rôle). Au début de l'année suivante, Wendell quitta donc Kaisersaschern pour occuper son nouveau poste et les lettres firent désormais la navette entre Halle et Leipzig : les missives de Kretz-schmar écrites sur une page, en grands caractères raides, agressifs et baveux, et les messages d'Adrian sur un papier grenu, jaunâtre, d'une écriture régulière et légèrement archaïsante, un peu fioriturée, trahissant du premier regard l'usage d'une plume de ronde. Il m'autorisa à jeter un coup d'œil sur le brouillon d'une de ces épîtres d'un graphisme très serré et comme chiffré, bourré de minuscules interpolations et corrections, mais de bonne heure, familiarisé avec sa technique scripturaire, j'ai toujours pu déchiffrer sans difficulté tout ce qui venait de sa main ; il me communiqua donc ce brouillon et aussi la réponse de Kretzschmar — manifestement afin que je ne fusse point trop surpris de la résolution qu'il allait prendre, au cas où il se déciderait ; car décidé, il ne l'était pas encore tout à fait, il hésitait beaucoup, doutant et s'interrogeant, comme il ressortait de son texte, et visiblement il souhaitait recevoir de moi aussi un conseil — sous la forme d'une mise en garde ou d'un encouragement, Dieu le sait.

En ce qui me concerne, il ne pouvait être question de surprise, pas plus, du reste, que si j'avais un jour été placé devant le fait accompli. Je savais ce qui se préparait. La chose se ferait-elle ? C'était une autre affaire ; mais je me rendais également compte que depuis l'émigration de Kretzschmar à Leipzig, ses chances de réussite avaient considérablement augmenté.

La lettre d'Adrian révélait une faculté supérieure d'autocritique et m'émut extraordinairement en tant qu'aveu, dans sa contrition ironique. Il y exposait à l'ancien mentor désireux de le redevenir d'une façon plus nette encore, les scrupules qui le retenaient à la veille de changer de carrière et de se jeter entièrement dans les bras de la musique. Il concédait à moitié que la théologie, considérée comme étude empirique, l'avait déçu, — ajoutant qu'il fallait naturellement chercher le motif non dans cette honorable science, ni chez ses professeurs de Faculté, mais en lui-même. Cela se manifestait déjà en ce qu'il eût été incapable de dire à quel autre choix meilleur, plus judicieux, il aurait pu s'arrêter. Parfois, lorsqu'il avait débattu à part soi la possibilité de changer son fusil d'épaule, il avait songé, au cours de ces années, à s'adonner aux mathématiques qui lui avaient toujours été à l'école un agréable divertissement. J'emprunte à sa lettre l'expression « agréable divertissement », mais il prévoyait avec une sorte d'effroi que, dût-il faire sienne cette discipline, lui prêter serment et s'identifier à elle, il ne tarderait pas à être dégrisé, à la trouver ennuyeuse, à en être bientôt aussi las et excédé que s'il l'avait « mangée avec une cuiller de fer » (cette comparaison baroque, elle aussi, figurait textuellement, je m'en souviens, dans son épître). « Je ne saurais vous celer, écrivait-il (et bien qu'il employât selon l'usage le *Sie,* le voussoiement régulier, en s'adressant à son correspondant, il retombait parfois dans la vieille habitude du *Ihr*), je ne saurais celer, pas plus à vous qu'à moi, que votre *apprendista* a une nature abandonnée de Dieu, pas exactement tous les jours ouvrables de la semaine, je ne dissimule pas à ce point, mais une nature propre à émouvoir les entrailles plutôt qu'à faire briller les yeux d'admiration. » Il avait, poursuivait-il, reçu de Dieu une intelligence versatile et depuis son enfance emmagasiné, sans se donner une peine particulière, tout ce que l'éducation lui offrait — sans doute trop facilement pour qu'aucune de ces matières ait pu lui inspirer le respect requis. Trop facilement pour que son sang et son esprit aient jamais réellement pu s'échauffer à propos d'un objet et dans l'effort de le comprendre... « Je crains, écrivait-il, cher maître et ami, d'être un vilain type car je n'ai en moi aucune chaleur. Certes il est dit que seront maudits et vomis ceux qui ne sont ni froids ni chauds mais tièdes. Tiède, je ne voudrais pas m'intituler ainsi ; je suis carrément froid — mais je demande à porter sur moi un jugement indépendant dût-il n'être point au goût de la Puissance dispensatrice des bénédictions et des malédictions. »

Il continuait :

« Aveu ridicule, c'est encore au lycée que je me sentais le mieux, il me convenait à peu près parce que l'école supérieure impartit l'une après l'autre les connaissances les plus variées, les points de vue se relaient, de quarante-cinq en quarante-cinq minutes, bref, il n'y a encore aucune spécialisation de carrière ; mais déjà ces quarante-cinq minutes professionnelles me paraissaient trop longues, me remplissaient d'ennui — sentiment le plus glacial du monde. Au bout d'un quart d'heure, j'avais saisi ce que le brave homme serinait encore pendant trente minutes à ces garçons ; à la lecture des grands écrivains, j'étais en avance, je les avais déjà lus à la maison, et si j'étais parfois à court de réponse, c'est que j'anticipais et me trouvais déjà transporté à la leçon suivante. Trois quarts d'heure d'Anabase, c'était pour ma patience trop ressasser un même sujet, ce pour quoi d'ailleurs mon mal de chef se manifestait (il entendait par là sa migraine). Le mal de chef ne venait jamais de la fatigue causée par l'effort, il venait de la satiété, du froid ennui, et cher maître et ami, depuis que j'ai cessé d'être le célibataire sautant de matière en matière, et suis marié à une carrière, à une étude, ce mal s'est aggravé conjointement avec cette étude, de façon souvent bien pénible.

« Grand Dieu, n'allez pas croire que je me juge supérieur à toutes les carrières. Au contraire, je plaindrais celle que je ferais mienne et vous pouvez voir un hommage, une déclaration d'amour à la musique, une position d'exception à son égard, dans le fait que je serais tout particulièrement au regret pour elle.

« Vous demanderez : « Et la théologie, tu ne craignais donc pas d'avoir à la plaindre ? » Je me suis soumis à sa règle, non seulement parce que je voyais en elle la science suprême — encore que ce motif ait joué lui aussi — mais parce que je voulais m'humilier, me plier, me discipliner, châtier l'orgueil de ma frigidité, bref, par esprit de mortification. J'aspirais au cilice et à la ceinture cloutée qu'on porte par-dessous. Je fis ce que d'autres avaient fait avant moi lorsqu'ils frappaient aux portes d'un cloître de stricte observance. Certes cette vie de sapience et de réclusion a ses côtés absurdes et ridicules mais comprendrez-vous qu'une terreur secrète me déconseille d'y renoncer, de mettre « les Sainctes Ecritures au rancart » et de m'évader dans l'art où vous m'avez introduit et que je plaindrais infiniment si j'en faisais ma carrière ?

« Vous me croyez appelé à cet art et me laissez entendre que le détour qui m'y conduirait ne serait pas grand. Mon luthéranisme s'accorde ici avec vous ; car, dans la théologie et la musique il voit des sphères voisines, apparentées de près et personnellement la musique m'a toujours fait l'effet d'une combinaison magique de la théologie et des si divertissantes mathématiques. Item, elle se rapproche beaucoup du labeur et des recherches obstinées des alchimistes et nécromants de jadis, placés également sous le signe de la théorie mais aussi de l'émancipation et de l'apostasie — il y avait là, en effet, une apostasie, non pas *de* la foi, cela n'eût pas été possible, mais *dans* la foi : l'apostasie est un acte de foi et tout existe et s'accomplit en Dieu, singulièrement la chute qui nous détourne de lui. »

Mes citations sont à peu près littérales, sinon tout à fait. Je puis faire confiance à ma mémoire et d'ailleurs j'ai noté plusieurs passages aussitôt après la lecture de ce brouillon, en particulier ceux qui concernent l'apostasie.

Puis, s'étant excusé de sa digression, qui n'en était guère une, il abordait la question pratique de savoir quel genre d'activité musicale il pouvait envisager s'il cédait aux instances de Kretzschmar. Il lui représentait que pour le rôle de virtuose soliste, il était d'avance évidemment perdu ; « car ce qui doit devenir une ortie brûle assez tôt », écrivait-il, et il était entré en contact avec l'instrument beaucoup trop tard — surtout il n'avait eu que trop tard la pensée d'y poser les doigts, preuve évidente d'un manque d'impulsion instinctive dans cette direction. Il était venu au clavier non par désir de s'en rendre maître, mais par une secrète curiosité de la musique elle-même ; et le sang de tsigane du concertiste qui se livre aux exhibitions publiques, sous prétexte de musique, lui faisait complètement défaut. Pour cela, disait-il, il fallait des éléments psychiques dont il était dépourvu : le désir des échanges amoureux avec les foules, des couronnes, des courbettes et des baisers jetés parmi le crépitement des applaudissements. Il évitait d'ailleurs d'appeler les choses par leur nom et s'abstenait d'ajouter que même si sa décision n'était pas trop tardive, il était, lui, trop timide, trop orgueilleux, trop réservé, trop solitaire pour la vie de virtuose.

Ces raisons, poursuivait-il, militaient également contre la carrière de chef d'orchestre. Pas plus qu'un jongleur instrumental, il ne se sentait disposé à jouer la prima donna en frac, baguette à la main, devant la fosse sonore, le messager interprète, le « représentant de gala » de la musique sur terre. Ici lui échappait cependant un mot de la catégorie de ceux que je viens de suggérer comme étant en somme de mise ; il parlait de son éloignement pour le monde, s'intitulait « misanthrope » et n'entendait point par là se décerner un éloge. Ce trait, estimait-il, dénotait l'absence de chaleur, de sympathie, d'amour — et il avait lieu de se demander si dans ces conditions on était vraiment digne d'être artiste, c'est-à-dire, en somme, amoureux et chéri des masses. Or, une fois exclues les carrières de chef d'orchestre et de soliste que restait-il ? Évidemment, la musique en soi, l'engagement, les fiançailles avec elle, le laboratoire hermétique, l'officine de l'or, la composition. « Merveilleux ! Vous m'initieriez, ami Albertus Magnus, à la théorie occulte et certes, je le sens, je le sais d'avance et aussi déjà un peu par expérience, je ne serais pas un adepte tout à fait stupide. Je saisirais tous les tours et les trucs, et facilement, parce que mon intellect va au-devant d'eux, le terrain est préparé pour les recevoir et recèle déjà en soi certains germes. J'ennoblirais la *prima materia* en lui apportant l'adjonction du *magisterium* et en l'épurant, par l'esprit et par le feu, dans force cornues et alambics. Tâche splendide. Je n'en connais point de plus excitante, de plus secrète, de plus haute, de plus profonde, de meilleure, aucune vers laquelle il faudrait moins d'éloquence persuasive pour m'entraîner.

« Et cependant, pourquoi une voix intérieure me murmure-t-elle : *O Homo fuge* ? A cette question je ne saurais répondre de façon entièrement explicite. Je puis dire seulement ceci : je crains de prêter un serment promissoire à la musique parce que je doute si ma nature — indépendamment de la question du don — est créée pour lui rendre justice ; force m'est de constater l'absence en moi de cette naïveté robuste qui, autant que j'en peux juger, est un des attributs, et non le moindre, inhérents à l'état d'artiste. Au lieu de cela, j'ai en partage une intelligence vite blasée dont il m'est, je pense, permis de parler, car je puis jurer par le ciel et l'enfer que je n'en tire pas ombre de vanité et cette intelligence (jointe à mon penchant à la lassitude et au dégoût accompagné de maux de tête) motive ma crainte et mon souci ; elle doit, elle devrait me vouer à l'abstinence. Voyez, mon bon maître, si jeune que je sois, j'en sais assez long sur l'art pour ne pas ignorer — et je ne serais pas votre élève si j'ignorais — qu'il dépasse de loin le schéma, la convention, la tradition relatifs à ce que l'un apprend de l'autre, relatifs au truquage, au « comment-cela-se-fabrique-t-il » ; mais indéniablement il entre beaucoup de tout cela

185

dans l'art et je prévois (car l'anticipation est par malheur ou par bonheur également propre à ma nature) que devant l'insipidité de l'armature, le béton solidifiant qui permet la naissance de l'œuvre d'art géniale, devant tout ce qu'elle contient de lieux communs, de culture, devant les procédés routiniers dans la poursuite de la beauté..., j'éprouverai une gêne, je rougirai, mon ardeur languira, j'aurai la migraine, et très vite encore.

« Il serait absurde et prétentieux de vous demander : « Comprenez-vous ? » Comment ne comprendriez-vous pas ? Voilà ce qui arrive aux beaux passages : Les violoncelles entonnent seuls un thème mélancolique et rêveur, qui, avec une probité philosophique expressive à l'extrême, s'interroge sur le non-sens de la vie, le pourquoi de toute cette frénésie, de ce déchaînement, de ces poursuites forcenées, de ces persécutions mutuelles. Ils creusent un moment ce mystère en secouant sagement la tête et en le déplorant, puis, à un point déterminé de leur discours, un point bien pesé, intervient, prenant son élan, avec un souffle profond qui soulève et fait retomber les épaules, le chœur des instruments à vent ; un hymne, un cantique émouvant et solennel, merveilleusement harmonisé, exécuté avec toute la dignité amortie et la force doucement domptée des cuivres. Ainsi la mélodie sonore atteint presque un paroxysme que néanmoins, selon les lois de l'économie, elle commence par éviter ; elle l'élude, se dérobe, le tient en réserve, s'affaisse, se maintient en beauté sous cette forme aussi, mais se retire et cède la place à un autre sujet, un thème de lied, simplet, tout à la fois badin, grave et populaire, en apparence rude, mais au fond très astucieux et qui exposé non sans quelque ingéniosité dans la palette orchestrale, se révèle étonnamment susceptible d'interprétations et de sublimations. Un moment, on développe ainsi intelligemment et avec grâce le petit lied, il est disséqué, considéré dans ses détails et transformé. Une ravissante figure, tirée du registre moyen, est portée jusqu'aux hauteurs les plus magiques de la sphère des violons et des flûtes, se berce encore un peu là-haut et à l'instant où elle est le plus séduisante, les cuivres atténués se font à nouveau entendre, le choral de tout à l'heure reprend la parole et revient au premier plan, non plus avec la même fougue que tantôt, mais comme si sa mélodie était déjà depuis un moment présente, et il se dirige avec onction vers ce point culminant qu'il a sagement évité la première fois pour que la sensation de « ah ! », la gradation de sentiments soit plus grande encore maintenant qu'il l'aborde, plein de gloire, dans une ascension puissamment soutenue par les notes de passage harmonique de tuba. Ensuite, comme jetant un regard de digne satisfaction sur le tour de force réalisé, il exhale honorablement son chant jusqu'à la fin.

« Cher ami, pourquoi suis-je forcé de rire ? Peut-on avec plus de génie utiliser le conformisme traditionnel, donner un caractère sacré aux trucs ? Peut-on atteindre au beau en pesant davantage ses moyens ? Et moi dépravé, il me faut rire, notamment aux grondements soutenus du bombardon, boum boum boum — pan ! J'ai peut-être aussi les larmes aux yeux mais la démangeaison du rire est irrésistible. Par une malédiction, il m'a toujours fallu éclater de rire devant les manifestations les plus mystérieusement impressionnantes et à cause de ce sens exagéré du comique je me suis réfugié dans la théologie, espérant qu'elle apaiserait ce chatouillement, pour trouver ensuite en elle une quantité de comique épouvantable. Pourquoi presque toutes les choses me font-elles l'effet d'être leur propre parodie ? Pourquoi me semble-t-il que presque tous, non, je dis tous les moyens et les artifices de l'art *ne sont bons aujourd'hui qu'à la parodie* ? Questions de pure rhétorique ; il ne manquait plus que d'attendre encore une réponse. Et c'est ce cœur désespéré, cet impudent animal que vous considérez commme « doué pour la musique » et vous m'appelez à elle, à vous, au lieu de me laisser plutôt en toute humilité macérer dans l'étude de la science de Dieu ? »

Tel fut l'aveu dénégatoire d'Adrian. La réponse de Kretzschmar ne figure pas non plus parmi mes documents. Je ne l'ai pas retrouvée dans les papiers laissés par Adrian. Il l'aura conservée un temps et elle se sera égarée au cours d'un changement de domicile, son déplacement à Munich, en Italie, à Pfeiffering. D'ailleurs, les termes en sont fixés dans ma mémoire avec presque autant de précision que les réflexions d'Adrian, bien qu'à l'époque je ne les aie pas notés. Le bègue persistait dans son appel, son avertissement et son incitation. Pas un mot de la lettre d'Adrian, écrivait-il, n'avait pu ébranler un instant sa conviction que le destin avait essentiellement marqué pour la musique le scripteur de la lettre. La musique le réclamait et il la réclamait et, un peu par lâcheté, un peu par coquetterie, il se retranchait derrière des analyses de son caractère et de son tempérament, vraies à moitié seulement, comme il s'était déjà dérobé derrière la théologie, son premier et absurde choix d'une carrière. « Simagrées, Adri, — et l'aggravation de votre migraine en est la rançon. » Le sens du comique dont il se targuait ou dont il s'accusait se concilierait mieux avec l'art qu'avec ses activités actuelles, factices, car l'art, différent en cela de la théologie, pourrait les mettre à profit, saurait en général utiliser les traits de caractère qu'Adrian s'attribuait, beaucoup mieux que celui-ci ne le croyait ou ne feignait de le croire.

Kretzschmar laissait ouverte la question de savoir dans quelle mesure il se calomniait pour se forger une excuse de calomnier, en retour, l'art ; car c'était légèrement méconnaître cet art que de le représenter comme une copulation avec la foule, une distribution de baisers, une représentation de gala, une boursouflure de la sensibilité — et le méconnaître d'ailleurs sciemment. Adrian prétendait se dérober en invoquant précisément les qualités requises. Aujourd'hui, il fallait à la musique des gens comme lui, exactement comme lui — et le fin mot de la chose, l'esprit simulateur qui jouait à cache-cache, c'était précisément qu'Adrian le savait très exactement. Sa frigidité, l'intelligence vite blasée, le sentiment du ressassé, la promptitude à se lasser, la tendance à la satiété, la faculté de dégoût — tout cela était fait pour élever le don qui s'y rattachait à la hauteur d'une vocation. Pourquoi ? Parce que ces traits ressortissaient en partie seulement à une personnalité privée, mais d'autre part ils étaient l'expression supra-individuelle du sentiment collectif de l'usure et de l'épuisement historique des moyens dont disposait l'art, de l'ennui qui s'en dégageait et de l'aspiration à des voies nouvelles. « L'art progresse, écrivait Kretzschmar, par le truchement de la personnalité, produit et instrument de son temps, en qui les motifs objectifs et subjectifs se rejoignent jusqu'à se confondre, les uns empruntant la forme des autres. Le besoin vital de progrès révolutionnaire et de renouvellement inhérents à l'art, oblige à recourir à un violent sentiment subjectif qui trouve que les moyens encore existants sont périmés, ont perdu tout pouvoir d'expression, sont devenus impossibles ; et ce besoin de progression utilise ce qui en apparence n'est pas vital, la promptitude à se fatiguer, le blasement intellectuel, le dégoût lucide pour le « secret de la fabrication », le penchant maudit à voir les choses sous l'angle de leur propre parodie, du sens comique. Je le répète, la volonté de vie et de progrès de l'art s'attache le masque de ces qualités languissantes personnelles, pour se manifester, s'objectiver, s'accomplir en elles. Est-ce là trop de métaphysique à votre goût ? Mais j'en ai à peine dit assez, je n'ai dit que la vérité — la vérité qui au fond vous est connue. Secoue-toi, Adrian, et décide-toi ! J'attends. Vous avez déjà vingt ans et il vous reste à faire un apprentissage technique de tours habiles, assez compliqués pour vous stimuler. Il vaut mieux avoir la migraine à la suite d'exercices sur le canon, la fugue et le contrepoint que pour avoir réfuté la réfutation de l'existence de Dieu par Kant. Assez de votre célibat théologique !

« La virginité est précieuse, mais elle doit enfanter — sinon elle est comme une terre frappée de stérilité. » Sur cette citation du « Pèlerin Chérubinique » la lettre s'achevait et quand je levai les yeux mon regard rencontra le malicieux sourire d'Adrian.

— Le coup n'est pas mal paré, que t'en semble ? me demanda-t-il.

— Pas mal du tout, répondis-je.

— Il sait ce qu'il veut, poursuivit-il, et il est assez humiliant de constater que moi, je ne le sais pas très bien.

— Je crois que tu le sais aussi, dis-je. Je n'avais jamais vu dans sa propre lettre un refus véritable — et n'avais pas cru non plus d'ailleurs qu'il l'eût écrite « pour faire des simagrées ». Ce n'est certes pas le mot qui convient pour désigner la volonté de se compliquer la décision que l'on hésite à prendre et de la creuser au moyen de doutes. Que cette décision serait prise, je le prévoyais avec émotion, et lors de l'entretien qui suivit au sujet de notre avenir immédiat à tous deux, elle en formait déjà pour ainsi dire la base. De toute façon, nos chemins se séparaient. Malgré ma forte myopie, j'avais été trouvé apte au service militaire et je comptais passer cette année de caserne au 3e régiment d'artillerie de campagne, à Naumbourg. Adrian avait été exempté pour un temps indéterminé, à la suite de je ne sais quel motif, à cause de sa constitution chétive ou de sa migraine chronique : il se proposait de séjourner quelques semaines à la ferme de Buchel pour discuter, comme il disait, la question de son changement de carrière avec ses parents. Il manifestait néanmoins l'intention de leur présenter la chose comme s'il s'agissait simplement d'un changement d'université. Dans une certaine mesure, il se la représentait ainsi à lui-même. Il s'apprêtait à leur dire qu'il « comptait mettre davantage la musique au premier plan » et donc gagner la ville où travaillait le mentor musical de ses années d'écolier. Il s'abstenait simplement de préciser qu'il renonçait à la théologie. Du reste, il projetait de prendre de nouvelles inscriptions à l'Université et de suivre des cours philosophiques en vue du doctorat.

Au commencement du semestre de l'hiver 1905, Leverkühn se rendit à Leipzig.

## XVI

Nos adieux furent froids et mesurés dans la forme, point n'est besoin de le dire. A peine y eut-il un échange de regards, une poignée de main. Au cours de nos jeunes existences, nous nous étions trop souvent séparés et retrouvés pour que la poignée de main nous fût d'un usage familier. Il quitta Halle un jour avant moi. Nous avions passé la soirée au théâtre, à deux, sans nos camarades de la Winfried ; le lendemain matin il partait et nous nous quittâmes dans la rue à la façon dont nous avions pris cent fois congé l'un de l'autre — chacun de nous se dirigea simplement d'un côté différent. Je ne pus m'empêcher d'accentuer mon « au revoir » en prononçant son nom — son prénom, comme cela m'était naturel. Il ne me rendit pas la pareille. *So long,* dit-il simplement. Il tenait cette expression de Kretzschmar et ne la citait que railleusement. Il avait d'ailleurs un goût marqué pour la citation, l'allusion verbale à quelque chose ou quelqu'un. Il ajouta une plaisanterie sur la vie martiale où j'allais débuter et s'en fut.

Il n'avait pas lieu de prendre notre séparation trop à cœur. On se rencontrerait quelque part, ici ou là, au bout d'un an tout au plus, une fois achevé mon service militaire. Et pourtant, c'était un peu une coupure, la fin d'une époque, le commencement d'une autre, et s'il ne semblait pas s'en aviser, pour ma part je m'en rendis compte avec une certaine mélancolie émue. En allant le rejoindre à Halle, j'avais en quelque sorte donné un prolongement à nos années d'écoliers ; notre vie n'y avait guère différé de ce qu'elle avait été à Kaisersaschern. Même la période où j'étais déjà étudiant et lui encore à l'école, ne pouvait se mettre en parallèle avec le changement actuel. En ce temps-là, je le laissais dans le cadre familier de sa ville natale et du lycée, et à tout moment je l'y retrouvais. Aujourd'hui seulement, me semblait-il, nos existences se scindaient, une vie indépendante commençait pour chacun de nous, tout ce qui m'avait paru si nécessaire (encore que vain) prenait fin, et je ne puis que répéter ce que j'ai déjà dit : désormais je ne pourrais plus savoir ce qu'il faisait et ce qu'il expérimentait, me tenir à ses côtés, veiller sur lui, le couver de l'œil, il me fallait le quitter précisément à l'instant où l'observation de sa vie, bien qu'elle n'y pût assurément rien changer, me semblait le plus souhaitable, l'instant où il abandonnait la carrière des sciences « mettait les Sainctes Écritures au rancart » pour me servir de son expression et se jetait entièrement dans les bras de la musique.

Décision importante, et à mon sens singulièrement fatidique. Elle annulait l'époque intermédiaire et se rattachait à des moments très lointains de notre existence commune dont je conservais le tendre souvenir : l'heure où j'avais surpris le jeune garçon s'essayant sur l'harmonium de son oncle ; et plus reculés encore dans le passé, nos chants en canon sous le tilleul avec la Hanne de l'étable. Cette décision faisait bondir mon cœur de joie et en même temps l'oppressait craintivement. Je comparerai mon sentiment à la contraction du corps que dans l'enfance on éprouve sur une escarpolette lancée très haut, et où se mêlent l'allégresse et l'angoisse du vol. La légitimité, la nécessité, le caractère rectificateur de sa détermination, le fait que la théologie avait été une dérobade, une feinte, tout cela m'apparaissait clairement et j'étais fier que mon ami n'hésitât plus à reconnaître sa vérité. Il avait fallu, il est vrai, de la persuasion pour l'y amener, et quelque résultat extraordinaire que j'en attendisse, je trouvais apaisant de pouvoir me dire, dans ma joyeuse agitation, que je ne m'étais pas employé à le convaincre — tout au plus lui avais-je apporté une aide par une attitude un peu fataliste, des : « tu sais cela toi-même, je pense ».

Ici j'insère une lettre qu'il m'écrivit deux mois après mon entrée au régiment de Naumbourg. Je la lus avec une émotion sans doute un peu analogue à celle d'une mère recevant de semblables confidences de son enfant — sauf que la bienséance commande évidemment de celer à une mère ce genre d'aveu. Environ trois semaines auparavant, ignorant encore son adresse, je lui avais envoyé un mot au conservatoire Hase, aux soins de M. Wendell Kretzschmar. Je l'entretenais des nouvelles et rudes conditions de mon existence, et le priais de me faire savoir, en retour, si brièvement cela fût-il, comment il se plaisait et se trouvait dans la grande ville et aussi de me renseigner un peu sur l'organisation de ses études. Avant de reproduire sa réponse, je dirai que son style archaïque doit être compris comme un travestissement, une allusion à des expériences burlesques de Halle, aux bizarreries linguistiques d'Ehrenfried Kumpf — mais en même temps c'est une manifestation personnelle, une stylisation de son moi, la révélation d'une forme et d'une tendance intime particulières qui recourent de façon très caractéristique à la parodie pour se dissimuler et s'accomplir derrière elle.

Il écrivait :

« Leipzig, le vendredi suivant la Purification, 1905.
« En la 27e maison de là Peterstrasse.

« Honorable, très docte, cher, affectionné messire magister et balistaire.
« Nous vous remercions gracieusement de vostre souci de nous et de vostre missive, ainsi que de nous avoir donné

193

nouvelles imagées et haultement bouffonnes des circonstances actuelles, belles, sottes et peineuses de vostre vie, vos bondissements, étrillements, fourbissages et pétarades. Nous a fort éjoui, en particulier, le sous-officier, qui, cependant qu'il vous étrille et houspille, est tant esprin de vostre haulte instruction et formation, et à qui dans la cantine vous dûtes enseigner tous les mètres de vers selon leurs pieds et *moræ* parce que cette connoissance lui sembloit le summum de l'ennoblissement intellectuel. Je contréchange en te racontant une fort injurieuse facétie et bourde-jus-mise qui m'est icy advenue afin que tu aies également subjet de t'esbahir et rire. Je te dicts avant tout mon cueur amical et ma bonne volonté et espère que tu souffres ces verges presque joyeusement et volontiers, et sans doute en son temps cogneutras-tu situation meilleure et finiras par en sortir avecque boutons et galons de mareschal des logis de réserve.

« Adoncque, cy s'agit-il de « se confier à Dieu, observer hommes et lieux, chascun en sera mieux ». Aux bords de la Pleisse, de la Parthe et de l'Elster, la vie est indéniablement aultre et bat d'un aultre pouls que sur la Saale, parce qu'un moult grand peuple est icy rassemblé, plus de sept cent mille âmes, ce qui par avance incline à une certaine sympathie et tolérance, tout de même que le prophète éprouve déjà pour le péché de Ninive un sentiment de compréhension esgayée lorsqu'il dit en guise d'excuse : « Une si grande ville, dedans plus de cent mille humains. » Je te laisse à penser ce qui se passe si l'indulgence se doit étendre sur sept cent mille exemplaires, quand, à l'heure des grandes kermesses, dont j'ai ce tantost eu encore un échantillon comme nouveau venu, se presse moult grande affluence surgie de tous les coins d'Europe, et aussi de Perse, Arménie et aultres pays asiatiques.

« Non que cette Ninive me plaise singulièrement. Point n'est assurément la plus belle ville de ma *patria* ; Kaisersaschern a plus grande beaulté, mais lui est plus facile estre bel et vénérable, n'ayant pour ce faire qu'à estre vétuste et silencieux, et point n'a de pulsation. Est bellement bâtie, mon Leipzig, comme une précieuse caisse de tubes à bastir et les gents y ont un parler diaboliquement vulgaire, ce pour quoi l'on évite chaque échoppe avant que d'y faire emplette

— c'est comme si nostre langue doulcement somnolente de Thuringe s'estoit éveillée pour une insolence multipliée par sept cent mille gosiers et une perversité scélérate de l'appareil buccal avecque mâchoire inférieure protubérante, horrifique, moult horrifique, mais, plaise à Dieu, assurément point mal intentionnée et mêlée à des propos quodlibétaires sur soi qu'ils se peuvent permettre en raison de leur pouls lequel bat à la cadence universelle. *Centrum musicae, centrum* de l'imprimerie et de la fabrication des livres, Université haultement brillante — par ailleurs architecturalement morcelée ; bastiment principal sur l'Augustusplatz, bibliothèque près le Gewandhaus, et chascune des Facultés occupant un corps de bastiment spécial, le Collège philosophique dans la Maison Rouge sur la Promenade, et le juridique au *Collegium beatae Virginis,* en ma Peterstrasse, où je vins fraîchement débarqué du train, à ma première course en ville, et treuvai hébergement et gîte congrus. Arrivé tost dans l'après-dînée, je laissois mon sac à la consigne, accourus ici comme conduict, lus la pancarte sur la gouttière, carillonnoi et palabroi au sujet de deux chambres au rez-de-chaussée, avecque la tenancière grasse à la langue diabolique. Si tost estoit encore dans le temps que je visitoi le jour même presque la ville entière, dans ma première humeur de nouvel arrivant — cette fois conduict vraiment, à savoir par le varlet qui étoit allé quérir mon balluchon à la gare. De là j'en vins à la farce et l'acte vomitoire dont j'ay parlé et t'entretiendrai peut-être encore.

« A propos du clavier à cymbales, la grosse femme n'a point faict de manières ; ils en ont l'habitude icy. Poinct ne lui romps d'ailleurs trop les aureilles car je travaille présentement surtout la théorie, avecque livres et escriptoire, l'*harmoniam* et le *punctum contra punctum,* en toute indépendance, je veux dire sous la direction et la férule régulatrice de l'*amicus* Kretzschmar, à qui je porte tous les deux jours ce qu'ai estudié et faict pour qu'il m'approuve ou me tance. S'est moult esbaudi de mon arrivée et m'a serré contre son giron pour n'avoir poinct déçu sa confiance. M'a dict que mon temps debvoit estre employé à choses plus nécessaires et utiles que l'estude au Conservatoire, pas plus le grand que celuy de Hase où il enseigne ; point ne serait, dict-il, une atmosphère séante pour moy : je dois plus tost imiter le père Haydn qui oncques n'eut *praeceptor,* mais s'estant procuré le *Gradus ad Parnassum* de Fux et quelque musique de son temps, singulièrement celle du Bach hambourgeois, s'estoit bravement mis à l'estude technique. Soit entre nous dict, la leçon d'harmonie me fait moult bâiller, quant au contrepoint je m'anime aussitost, suis capable de toutes sortes de tours sur ce terrain magique, sçais avec une perversité voluptueuse dénouer les incessants problèmes et ay déjà accumulé un tas d'études de canon et de fugues, lesquelles reçurent mainte louange du maître. C'est là travail productif, stimulant la fantaisie et l'invention, alors que le jeu de dominos avec des accords sans thème ne vaut à mon sentiment pas un sol. Ne devrait-on pas apprendre toute cette belle enfileure de retards, notes de passage, modulations, préparations et résolutions moult mieux par la pratique, pour avoir ouï, expérimenté et treuvé soy-mesme que dans un livre ? En outre et *per aversionem,* c'est grande folie que de séparer mécaniquement contrepoint et harmonie, car si inextricablement se compénètrent, qu'on ne sauroit apprendre chascun à part, mais seulement l'ensemble, le tout, à sçavoir la musique — pour autant qu'on la peut apprendre.

« Suis donc zélé, *zelo virtutis,* mesme presque débordé et submergé de matières ; car à l'Eschole de haulte sapience j'ouïs des cours d'histoire de la philosophie faicts par Lautensaal et l'encyclopédie des sciences philosophiques, ainsi que la logique enseignée par l'illustre Bermeter. — *Vale. Iam satis est.* Le Seigneur te maintienne en sa grâce et vous protège ainsi que tous les cueurs innocents. « Vostre très humble serviteur » estoit-il dict à Halle. Quant à la facétie et bourde-jus-mise et ce qui se passa entre Satan et moi, n'ay que trop chatouillé ta curiosité ; point n'estoit aultre chose, hormis que le premier soir le varlet me fit m'égarer ; iceluy estoit un quidam en imperméable, la taille ceinte d'une corde avecque casquette rouge et plaque de cuivre, un parler diabolique comme tout le monde icy, la mâchoire inférieure agressive. M'est advis qu'il ressembloit de loin à notre Schleppfuss à cause de sa barbiche, et mesme lui ressembloit fort lorsque j'y songe, à moins qu'il n'ait acquis une ressemblance plus grande dans mon souvenir — d'ailleurs plus fort et plus gros estoit l'homme de la Gose[1]. Se présenta à moy comme guide des estrangiers, et pour tel le disoit aussi sa plaque de cuivre ainsi que deux ou trois bribes d'anglois et de françois, diaboliquement prononcées, « peaudiful puilding » et « antiquidé exdrêmement indéressant ».

« Item, nous tombâmes d'accord, et le quidam m'a durant deux heures d'horloge tout exposé et montré, m'a en tout lieu conduict, à l'église de Sanctus Paulus avecque son très mirifique Chemin de Croix ; à l'église de Saint-Thomas, en mémoire de Johannès-Sébastien, et à la tombe d'iceluy en l'église de Saint-Jean où se trouve aussi le monument de la Réforme et au nouveau Gewandhaus. L'allaigresse régnoit dans les rues car comme ay déjà dict, c'estoit encore le temps de la foire d'automne, et toutes sortes de banderoles et calicots prônant les peaux de fourrures et aultres marchandises, estoient suspendues aux fenestres des maisons ; grande estoit l'affluence dans les rues, et particulièrement au cueur de la cité, près du vieil hostel de ville, où le varlet me montra l'habitation royale et la tour d'Auerbach ainsi que la tour du Pleissenburg où Luther soutint sa disputation avecque Eck. Oultre cela, l'agitation et le grouillement dans les venelles étroites derrière la place du Marché, archaïque avecque ses toits en pente, venelles reliées en tout sens par un labyrinthe de cours et passages couverts avecque entrepôts et caves, le tout bourré de marchandises et les gents s'y pressent, vous regardent souvent d'un œil exotique et parlent des jargons dont oncques n'as ouï une syllabe. C'estoit moult excitant et tu sentois le cœur du monde battre en ton corps.

« Petit et petit, des lumières s'allumèrent, les rues se vidèrent et me sentis las et affamé. « Me montre pour finir une auberge pour m'apasteler », dis-je à mon guide. « Une bonne ? » demanda-t-il en clignant des paupières. « Une bonne, répondis-je, si point n'est trop chère. » Me conduisit

1. *La Gose est la rivière qui passe par Leipzig et aussi le nom d'une célèbre bière locale. (N. d. l. T.).*

alors devant une maison dans une rue derrière l'artère principale — une balustrade de *cuivre* bordoit les marches jusques à la porte, qui brilloit comme la plaque de métal de la casquette de mon guide, et au-dessus d'icelle estoit suspendue une lanterne du mesme rouge que la coiffe du quidam. Me souhaita bon appétit après que l'eus payé en espèces sonnantes et trébuchantes et s'éclipsa. Je sonne, le portail s'ouvre tout seul et dans le vestibule une Madame toute bichonnée me vient au devant avecque des joues à la semblance des raisins secs, une guirlande de roses en perles couleur de cire debsus sa graisse, et me salue avecque des grâces presque pudiques, susurrante, ravie et accorte, comme un hoste depuis un long temps attendu ; me faict ensuite passer avecque force compliments debsous des portières, m'introduit en une pièce chatoyante de lumières aux parois tapissées d'estoffes, avecque lustre en cristal, réflecteurs devant les glaces, et couches de soie où trônoient des nymphes et des filles de la débauche, six ou sept, poinct ne saurois le dire, des morphos, des sphinx aux ailes de verre, des Esmeraldas peu vêtues de tranparents tissus, tulle, gaze et paillettes, cheveulx dénoués, cheveulx courts et bouclés, demi-sphères poudrées, bras à bracelets et qui vous regardent avecque des yeulx brillants d'esme et de concupiscence.

« Or doncques c'est moy qu'elles regardent et non point toy, Le quidam, le Schleppfuss de la Gose, m'avoit demainé en une maison de villotières. Ce pendant je dissimulois mon émoi. J'avise un piano ouvert, un ami, à travers le tapis, je fonce debsus et plaque deux, trois accords, je sçais encore ce que c'estoit parce que j'avois précisément en tête ce phénomène sonore, une modulation de si majeur en ut majeur, un enchaînement d'un demi-ton s'éclairant comme dans la prière de l'ermite, dans le final du *Freischütz,* à l'entrée des timbales, des trompettes et hautbois sur l'accord de quarte et sixte d'ut. L'ay sçeu après coup, sur le moment ne le sçavais point et me bornoi à plaquer ces accords. De moi s'approche alors une brunette, en veste hespagnole, avecque une grande bouche, nez retroussé et yeulx en amande, Esmeralda, et du bras me mignote la joue. Sur quoi, je me retourne, repousse du genou la banquette et me frayant passage à travers le cercle de volupté infernale, je bouscule la mère chevronnée de ces demoiselles de cuisse légère, traverse en grande haste le vestibule et descends les marches jusques à la rue sans mesme effleurer du doigt la balustrade de cuivre.

« Adoncques, voilà la chose de rien qui m'advint, narrée tout au long, en contréchange du rugissant chef de reîtres à qui tu enseignes *l'artem metrificanti*. Sur ce, *amen* et priez pour moi ! Entendu un seul concert au Gewandhaus jusqu'à ce jour, avec la Troisième de Schumann comme *pièce de résistance*[1]. Un critique de l'époque louait en cette musique « une conception du monde qui englobe tout », ce qui semble un verbiage absurde, de quoi du reste les tenants du classicisme s'égayèrent fort. Toutefois la remarque ne manquait pas de bon sens, elle traduisait l'élévation de niveau que la musique et les musiciens doivent au romantisme. Il a émancipé l'art sonore d'une spécialisation de petite ville étriquée et d'orphéon municipal, et la mise en contact avec le vaste monde de l'esprit, le mouvement général intellectuel artistique de l'époque — ne manquons pas de lui en savoir gré. Tout ceci procède du Beethoven dernière manière et de sa polyphonie, et je trouve extraordinairement significatif que les adversaires du romantisme, c'est-à dire d'un art sortant du domaine strictement musical pour passer au plan intellectuel universel, aient toujours également critiqué et déploré l'évolution finale de Beethoven. As-tu jamais réfléchi combien l'individualisation vocale s'affirme différente, combien plus douloureusement significative dans ses dernières œuvres que dans sa musique antérieure où elle est plus savante ? Il est des jugements amusants par leur vérité grossière, mais compromettants pour ceux qui les émettent. Haendel disait de Gluck : « Mon cuisinier s'y entend plus que lui en contrepoint. » — un mot de confrère que je goûte à l'extrême.

« Je joue beaucoup de Chopin et je lis des livres sur lui. J'aime le côté angélique de sa silhouette à la Shelley, le caractère particulier et très mystérieux, voilé, impénétrable, évasif, dénué d'aventures, de son existence, ce parti pris de

1. *En français dans le texte.*

ne rien savoir, ce refus d'expériences matérielles, le produit incestueux et sublime de son art fantastique, délicat et tentateur. Combien parle en sa faveur l'amitié profondément attentive de Delacroix qui lui écrit : *J'espère vous voir ce soir, mais ce moment est capable de me faire devenir fou*[1].

« Pour le Wagner de la peinture, c'est étonnant ! Mais chez Chopin, bien des choses sont déjà plus qu'une préfiguration de Wagner, non seulement du point de vue harmonique, mais dans le psychique en général, et déjà le surpassent. Prends par exemple le nocturne en do dièse mineur, opus 27, n°2, et le duo qui s'engage après l'enharmonie de do dièse et de ré bémol majeur. Voilà qui dépasse en suavité mélodieuse et désespérée toutes les orgies de *Tristan* — et cela dans une intimité pianistique, pas dans une sanglante bataille de volupté et sans toute la corrida d'un mysticisme théâtral robuste dans sa perversité. Considère surtout son attitude ironique à l'égard de la tonalité, l'élément mystificateur, réticent, négateur, hautain, sa façon de tourner en dérision l'accident musical. Cela va loin, il est amusant et émouvant de voir jusqu'où... »

La lettre s'achevait sur l'exclamation : *Ecce epistola !* Il ajoutait : « Il va de soi que tu détruiras ceci *immédiatement...* » Pour toute signature, une initiale. Celle du nom de famille, L, et non A.

---

1. *En français dans le texte.*

## XVII

Je n'ai pas exécuté l'ordre impératif de détruire cette épître. En fera-t-on grief à une amitié qui pourrait revendiquer le mot appliqué à l'amitié de Delacroix pour Chopin : « profondément attentive » ? Je n'obéis pas à cette exigence tout d'abord parce que j'éprouvais le besoin de relire à diverses reprises ces pages hâtivement parcourues la première fois, de les relire et les étudier, de me livrer à une critique du style et aussi une analyse psychologique. Avec le temps, il me sembla que l'instant de les détruire était passé ; j'en vins à les considérer comme un document. L'ordre de les anéantir en faisait également partie et donc, par son caractère précisément documentaire, il s'abolissait pour ainsi dire lui-même.

Au début, un point m'apparut avec certitude : la recommandation finale ne visait pas la lettre entière, mais seulement un passage, la facétie et bourde-jus-mise selon son expression, l'aventure provoquée par le fatal valet.

Néanmoins, ce passage constituait l'essentiel. C'est à cause de lui que la missive avait été écrite — et non pour me divertir. Sachant de toute évidence que la « farce » n'avait rien pour m'égayer, Adrian avait voulu simplement se décharger d'une impression troublante et sans doute vu en moi, son ami d'enfance, le seul confident possible. Tout le reste était une adjonction, un enveloppement, un prétexte, un atermoiement et ensuite un placage d'aperçus de critique musicale destiné à tout recouvrir, comme si rien ne s'était passé. Pour employer un mot très objectif, l'intérêt se concentrait sur l'anecdote. Elle se dessine déjà à l'arrière-plan et s'annonce dès les premières lignes, pour être renvoyée à plus tard. Avant d'être narrée, elle s'insinue dans la plaisanterie au sujet de la grande ville de Ninive et du mot sceptique et indulgent du prophète. Elle est tout près d'être racontée quand pour la première fois il est fait mention du valet — puis elle disparaît à nouveau. La lettre est en apparence terminée avant que soit relatée ladite anecdote, *Iam satis est* — et comme si elle était presque sortie de la mémoire du scripteur, comme si la citation de la formule de salut chère à Schleppfuss la lui avait rappelée, elle est communiquée pour ainsi dire en vitesse, avec d'étranges allusions rétrospectives à la science entomologique de son père, mais elle ne formera pas la fin de la lettre, il y accrochera encore des considérations sur Schumann, le romantisme, Chopin, visant à lui ôter tout son poids, à la rejeter dans l'oubli — ou plus exactement, peut-être, feignent-elles, par fierté, de prétendre à ce but. En effet, avait-il vraiment le désir que moi, lecteur, je saute le morceau de résistance de la lettre ? Je ne le pense pas.

A un second examen, un fait notable me frappa : ce style, ce pastiche, cette adaptation du vieil allemand de Kumpf se maintient jusqu'à ce que soit relatée l'aventure. Ensuite il l'abandonne avec insouciance et les lignes de la fin en sont complètement dépouillées, d'une tenue linguistique purement moderne. Ne semble-t-il pas que le ton archaïsant remplit son propos dès que l'histoire de son entraînement dans le mauvais chemin est couchée sur le papier, et qu'ensuite il y renonce parce que ce style ne conviendrait pas aux considérations finales et qu'il l'avait adopté à seule fin de pouvoir conter l'épisode ainsi placé dans son atmosphère propre ? Et quelle ? Je vais le dire, si peu que la désignation qui me vient à l'esprit semble applicable à une farce : l'atmosphère religieuse. Ceci m'apparaissait avec certitude. A cause de son affinité historique avec les choses religieuses, l'allemand de la Réforme avait été choisi pour une lettre destinée à m'informer de cette histoire. Comment eût-on pu, sans ce badinage, glisser la formule qui pourtant demandait à y être incluse : « Priez pour moi » ? Je ne saurais trouver meilleur exemple de citation employée comme couverture, la parodie servant de prétexte. Et un peu plus haut, il a tracé un autre terme qui dès la première lecture me secoua d'un frisson et lui non plus n'a rien de commun avec l'humour, tant il rend un son mystique et donc religieux, les mots : « cercle infernal de la volupté ».

Malgré la froide analyse à laquelle j'ai soumis la lettre d'Adrian, maintenant et dans l'instant où je la reçus, peu de lecteurs se seront mépris sur les sentiments qui m'animaient en la lisant et en la relisant. Une analyse revêt nécessairement l'apparence de la froideur, lors même qu'elle est pratiquée dans un esprit d'émotion profonde. J'étais bouleversé, plus encore, hors de moi. La farce obscène du Schleppfuss de la Gose me jetait dans une fureur sans borne, — veuille le lecteur ne pas voir là un signe distinctif de ma personnalité, un signe de pruderie. Prude, je ne l'ai jamais été et si je m'étais trouvé dans le cas d'être ainsi mené par le nez, à Leipzig, j'aurais su, moi, faire bon visage. Non, mes sentiments témoignent de l'essence d'Adrian ; pour lui, il est vrai, le mot « pruderie » serait aussi le plus ridiculement déplacé, et cependant la nature de mon ami aurait dû commander, fût-ce à un rustre, des ménagements et le souci de le protéger et de l'épargner.

Qu'il m'eût communiqué cette aventure, et de surcroît plusieurs semaines plus tard, ne contribuait pas peu à me troubler. C'était la rupture d'une réserve ordinairement totale et que j'avais toujours respectée, si étrange cela semble-t-il, étant donnée notre vieille camaraderie. Le domaine de l'amour, du sexe, de la chair, n'était jamais abordé dans nos entretiens d'une façon intime. Jamais autrement que par l'intermédiaire de l'art et de la littérature, à propos des manifestations de la passion sur le plan spirituel, il n'avait joué un rôle dans notre commerce amical et en ces cas Adrian laissait tomber des remarques objectivement averties, sa personne restant toujours en dehors du jeu. Comment un esprit comme le sien n'eût-il pas englobé cet élément aussi ? Qu'il le fit, j'en avais la preuve. Il me répétait certains enseignements de Kretzschmar sur le rôle point méprisable de la sensualité en art, et pas en art seulement ; ou certaines remarques sur Wagner. Il y ajoutait des aperçus de son cru, comme lorsqu'il disait que l'ancienne musique vocale compensait la nudité de la voix humaine en y apportant de grands raffinements intellectuels.

Tout cela n'avait rien de bégueule et attestait une façon libre et détachée de considérer le monde des désirs. Mais, je le répète, chaque fois que l'entretien prenait ce tour, j'éprouvais comme un choc, un bouleversement, une légère contraction au profond de mon être, sursaut caractéristique non de *ma* personnalité, mais *de la sienne*. Pour m'exprimer avec emphase, c'était comme si l'on entendait un ange disserter sur le péché. Lui non plus ne serait pas suspect de frivolité et de hardiesse, ni de prendre un banal amusement à des sujets égrillards. Pourtant, tout en admettant son droit spirituel de traiter le thème, on se sentirait froissé et tenté de lui dire : « Tais-toi, mon cher ! Ta bouche est trop pure et trop austère pour cela !»

En effet, la répugnance d'Adrian pour les propos lascifs se marquait avec une netteté réprobatrice et je connaissais sa moue dédaigneuse, dégoûtée et rétractile lorsque la conversation frôlait, même de loin, la grivoiserie. A Halle, dans le cercle de « Winfried », il s'était trouvé à peu près à l'abri de toute atteinte à sa délicatesse, la bienséance ecclésiastique s'y opposant — du moins en paroles. De femmes, d'épouses, de filles, d'amourettes, il n'était pas question parmi les membres de la confrérie. Comment ces jeunes théologiens se comportaient-ils et tous se gardaient-ils chastement en vue d'une union chrétienne ? Je l'ignore. Pour moi, j'avouerai benoîtement que j'avais goûté au fruit défendu et, à l'époque, entretenu durant sept ou huit mois des rapports avec une enfant du peuple (son père était tonnelier) — liaison qu'il m'avait été assez malaisé de dissimuler à

Adrian. Je ne crois d'ailleurs pas qu'il s'en aperçut. Je rompis à l'amiable au bout de ce court laps de temps, car le niveau de culture très inférieur de la créature m'ennuyait et je n'avais rien de commun avec elle, hormis un sujet, toujours le même. J'avais été incité à nouer cette liaison éphémère non point tant à cause de l'ardeur de mon sang que par la curiosité, ma vanité et le désir, conforme à mes théories, de mettre en pratique l'antique liberté des rapports avec le sexe.

Or, précisément cet élément, le divertissement d'ordre intellectuel, auquel du moins je prétendais, peut-être avec un certain pédantisme, faisait complètement défaut à Adrian dans ses relations avec la sphère dangereuse. Je ne veux pas parler du frein chrétien ni invoquer le mot clef « Kaisersaschern » qui implique en partie une morale de petit bourgeois et d'autre part la crainte moyenâgeuse du péché ; il serait très en deçà de la vérité et n'eût pas suffi à provoquer le tendre souci du ménagement, l'horreur de toute meurtrissure possible que m'inspirait l'attitude d'Adrian. Si l'on ne pouvait — ni ne voulait — se le représenter dans un commerce « galant », c'était à cause de sa cuirasse de pureté, de chasteté, de fierté intellectuelle, de froide ironie. Elle m'était sacrée, car il est humiliant, sauf pour les pervers, de penser que la pureté n'est pas impartie à la vie charnelle, que l'instinct n'épargne pas même la fierté la plus cérébrale et que le plus altier orgueil est astreint à payer son tribut à la nature. On espère que ce ravalement à l'humain et par là au bestial pourra, s'il plaît à Dieu, s'accomplir sous sa plus haute forme psychique, la plus ennoblie d'abnégation amoureuse, de sensibilité épuratrice.

Ai-je besoin de l'ajouter ? Ce sont précisément les cas comme celui de mon ami qui offrent le moins d'espoir ? L'embellissement, l'enveloppement, l'ennoblissement auxquels je fais allusion, sont l'œuvre de l'âme, une instance médiatrice et fortement teintée de poésie, où l'esprit et l'instinct se compénètrent et se concilient d'une certaine façon illusoire — par conséquent un palier de vie spécifiquement sentimental, dont ma propre humanité, je l'ai avoué, s'accommode très bien, mais qui n'est point fait pour satisfaire un goût plus impérieux. Des natures comme celle d'Adrian n'ont pas beaucoup d' « âme ». L'amitié profondément observatrice me l'a enseigné, la plus hautaine cérébralité est la plus exposée à se trouver soudain en face de l'instinct tout nu, c'est elle qui risque le plus de devenir indignement sa proie : et telle est la raison de l'inquiétude qu'un tempérament comme celui d'Adrian suscite chez mes pareils. Voilà pourquoi la maudite aventure qu'il m'avait racontée prenait à mes yeux un caractère effroyablement symbolique.

Je l'imaginai dans la maison close, debout au seuil du salon et ne comprenant que lentement, son regard posé sur les filles de joie aux aguets. Comme dans le dépaysement de l'auberge Munze à Halle, dont je conservais encore le souvenir si net, je le voyais traverser la pièce en aveugle, foncer sur le piano et plaquer des accords qu'il ne s'expliquerait que rétrospectivement. Je voyais à ses côtés la brunette au nez retroussé, l'*hetœra esmeralda,* avec ses demi-sphères poudrées dans un corselet espagnol — je la voyais lui caressant la joue de son bras nu. Violemment, j'éprouvais l'ardent besoin de le rejoindre à travers l'espace et le temps. J'avais envie de repousser du genou la jeteuse de sorts loin de lui, de même qu'il avait écarté le tabouret pour se frayer un chemin vers l'air libre. Durant des jours, je sentis le contact de la chair féminine contre ma propre joue et je connus avec horreur, avec terreur, que depuis lors ce contact brûlait aussi sa joue à lui. Dans mon incapacité d'envisager l'incident avec légèreté, je prie encore une fois le lecteur de ne pas voir un signe distinctif de mon tempérament, mais de celui d'Adrian. L'aventure n'avait absolument rien d'égayant. Pour peu que j'aie réussi à lui donner un aperçu de la nature de mon ami, il sentira avec moi ce que cet attouchement avait d'avilissant, d'ironiquement dégradant, de dangereux.

Jusqu'à ce jour Adrian n'avait point encore « effleuré » la femme, j'en avais et j'en ai la certitude absolue. Et voilà que la femme l'effleurait, et il fuyait. Dans cette fuite non plus il n'y a rien de risible, je puis l'assurer à ceux qui seraient tentés de s'en divertir. Risible, à la rigueur, la dérobade l'était au sens amer et tragique de son inutilité. A mes yeux, Adrian ne s'était pas évadé, et ne s'était fait que très passagèrement, sans doute, l'effet d'un évadé. L'orgueil intellectuel venait de subir le traumatisme d'une rencontre avec l'instinct privé d'âme. Au lieu où l'Imposteur l'avait conduit, Adrian devait un jour revenir.

# XVIII

Qu'on ne se demande pas, en prenant connaissance de ma relation, comment je suis si bien informé d'une particularité isolée, alors que je n'étais pas toujours présent ni aux côtés du défunt héros de cette biographie. J'ai vécu, il est vrai, à diverses reprises, éloigné de lui durant de longues périodes, notamment pendant mon service militaire, au terme duquel je repris mes études à l'Université de Leipzig et pus me familiariser avec son milieu. Je ne le vis pas davantage pendant mon voyage d'instruction classique effectué en 1908 et 1909. A mon retour, nous ne nous rencontrâmes que fugitivement, car déjà il caressait le projet de quitter Leipzig et d'émigrer dans le sud de l'Allemagne. Ensuite, se plaça notre plus longue séparation : les années qu'après un bref séjour à Munich il passa en Italie avec son ami, le Silésien Schildknapp, tandis qu'au gymnase Bonifatius de Kaisersaschern, je faisais d'abord un stage d'essai puis exerçai mes fonctions de professeur titularisé. En 1913 seulement, lorsque

Adrian se fut fixé à Pfeiffering, en Haute-Bavière, j'obtins mon transfert à Freising et de nouveau me retrouvai dans son voisinage. A partir de ce moment, j'ai vu de près se dérouler sa vie depuis longtemps placée sous un signe fatidique, puis son œuvre se créer dans une fièvre toujours croissante, durant dix-sept ans, sans arrêt ou presque, jusqu'à la catastrophe de 1930.

Depuis beau jour il n'était plus un débutant dans l'étude de la musique, du « métier » étrangement cabalistique, à la fois folâtre et sévère, ingénieux et profond, quand à Leipzig il se soumit de nouveau à la direction, aux conseils, à la surveillance de Wendell Kretzschmar. Son intelligence prompte, lumineuse, saisissait tout au vol. Ses progrès étaient à peine troublés par l'impatience de brûler les étapes dans le domaine de la tradition transmissible, de l'écriture, de l'analyse des formes et l'orchestration. Il prouvait que l'intermède théologique des deux années de Halle n'avait pas desserré le lien avec son art ni formé une interruption réelle de son commerce avec lui. Sa lettre m'avait un peu parlé de ses compositions de contrepoint, accumulées avec ardeur. Kretz-schmar attachait une importance presque encore plus grande à l'instrumentation et il le laissa, comme déjà à Kaisersaschern, orchestrer beaucoup de musique pour piano, des mouvements de sonate, des quatuors à cordes qu'il commentait, critiquait et corrigeait au cours de leurs longs entretiens. Il alla jusqu'à lui confier l'orchestration de la réduction pour piano d'actes d'opéra détachés, inconnus d'Adrian, et plus tard maître et apprenti eurent maint sujet de s'égayer en comparant les essais du novice qui avait entendu et lu Berlioz, Debussy et les post-romantiques allemands et autrichiens, avec les œuvres de Grétry et de Cherubini. A cette époque, Kretzschmar travaillait à son propre opéra, *La Statue de marbre*. Il chargeait parfois son disciple d'instrumenter une scène de sa partition et lui montrait ensuite comment il s'y était pris lui-même ou comment il comptait procéder, occasion de nombreux débats où, on le conçoit, l'expérience supérieure du professeur l'emportait. Pourtant, en une circonstance au moins l'intuition du néophyte eut le dessus. Car une combinaison de sons que Kretz-schmar avait d'abord rejetée comme peu judicieuse et maladroite, lui parut finalement plus caractéristique que ce qu'il avait en vue, et à leur réunion suivante il se rallia à l'avis d'Adrian.

Mon ami en tira moins d'orgueil qu'on ne le pourrait croire. Au fond, par leurs instincts musicaux et leurs opinions respectives, maître et élève étaient très éloignés l'un de l'autre ; d'ailleurs, en art, tout nouveau venu s'efforce vers une forme inédite et se voit toujours imposer les directives d'une maîtrise qui lui est déjà à moitié étrangère en raison de la différence des générations. Il est bon alors que le maître, s'il pressent et comprend les tendances secrètes de la jeunesse et même s'il les raille, se garde néanmoins d'entraver son évolution. Ainsi Kretzschmar vivait dans la certitude toute naturelle, tacite, que la musique avait trouvé sa suprême forme de réalisation et d'action dans l'écriture orchestrale — à quoi Adrian ne croyait plus. Mais pour ses vingt ans, bien plus encore que pour ses devanciers, la soumission de la technique instrumentale la plus évoluée à la conception de la musique harmonique était plus qu'une donnée historique ; c'était comme une conviction fondue dans le passé et dans l'avenir. Le regard froid qu'il posait sur l'appareil sonore hypertrophié de l'orchestre géant postromantique, le besoin de le condenser et de le ramener au rôle de serviteur qu'il avait joué au temps de la musique vocale préharmonique, polyphonique, la tendance vers l'oratorio, genre où le créateur de la *Révélation de saint Jean* et du *Chant de douleur du Dr Fautus* devait plus tard atteindre sa plus haute expression, la plus hardie, — tout cela se manifesta de très bonne heure chez lui, dans ses paroles et son comportement.

Ses études d'orchestration sous l'égide de Kretzschmar n'en étaient pas moins appliquées car, comme son maître, il pensait que l'on doit pouvoir s'assimiler les connaissances acquises, dût-on ne plus les tenir pour essentielles. Il me dit un jour :

— Un compositeur saturé de l'impressionnisme d'orchestre, qui négligerait de s'initier à l'instrumentation, me ferait l'effet d'un dentiste qui se refuserait à étudier le traitement des racines et retournerait au stade du barbier arracheur de dents, sous prétexte que, selon une récente découverte, les dents mortes peuvent déterminer le rhumatisme articulaire.

Cette comparaison bizarre et par là si typique de la mentalité d'alors fut souvent citée entre nous et la « dent morte » à racine artificiellement embaumée devint le symbole de certaines œuvres ultérieures, d'un certain raffinement de palette orchestrale, y compris la fantaisie symphonique d'Adrian, *Phosphorescences de la Mer.* Il l'avait écrite encore sous les yeux de Kretzschmar, après un voyage entrepris avec Schildknapp à la mer du Nord, et Kretzschmar la fit jouer dans une séance à demi publique. Morceau d'une recherche de tons quintessenciée témoignant d'un goût surprenant pour des combinaisons sonores imprévues, presque hermétiques à première audition. Les connaisseurs virent dans le jeune auteur un continuateur extrêmement doué de la lignée Debussy-Ravel. Il ne l'était point et pour sa part il n'a jamais considéré cette démonstration de science coloriste orchestrale comme une production personnelle, pas plus que les assouplissements du poignet et les exercices de calligraphie sonore diligemment pratiqués auparavant sous la direction de Kretzschmar : les chœurs de six à huit voix, la fugue à trois thèmes pour quintette à cordes avec accompagnement de piano, la symphonie dont il lui apporta le brouillon, fragment par fragment, et dont ils discutèrent ensemble l'instrumentation, la sonate pour violoncelle en la mineur avec le très beau et lent mouvement qu'il devait prendre pour thème d'un de ses chants sur les poèmes de Brentano. Ces *Phosphorescences de la Mer,* ce pur scintillement musical, présentaient pour moi un exemple très remarquable de la capacité de l'artiste à mettre le meilleur de lui-même au service d'une cause à laquelle il a cessé de croire, et à exceller dans l'emploi de moyens à ses yeux presque périmés.

— Traitement artificiel des racines, me dit-il. Je ne garantis rien contre l'invasion des streptocoques.

Chacune de ses paroles l'attestait, il considérait le genre « tableau musical » comme complètement mort.

Mais pour tout dire, dans ce chef-d'œuvre d'éclat orchestral, dénué de foi, étaient secrètement inclus les traits de la parodie et du persiflage intellectuel de l'art en général, appelés à se manifester souvent dans l'œuvre de Leverkühn, d'une façon géniale et troublante.

D'aucuns — et parmi les meilleurs, sinon l'élite — trouvèrent le procédé réfrigérant, voire rebutant et révoltant. Les auditeurs superficiels qualifièrent l'œuvre de spirituelle et amusante. Au vrai, la parodie était ici l'orgueilleux recours contre la stérilité par quoi un scepticisme, une pudeur intellectuelle, la crainte des redites mortelles et banales risquaient de paralyser des dons insignes. J'espère exprimer cela en termes congrus. Mon incertitude et le sentiment de ma responsabilité sont également grands quand je m'efforce d'habiller avec des mots les pensées, point miennes à l'origine, que me suggéra mon amitié pour Adrian. Je n'entends pas parler d'un manque de naïveté ; en fin de compte, la naïveté est à la base de l'être, de tout être, même du plus conscient et du plus complexe. Le conflit presque inconciliable entre la rétention et l'élan créateur inné du génie, entre la chasteté et la passion, voilà précisément la naïveté où un art de cette nature prend ses racines, le terreau propice à la croissance difficultueuse et caractéristique de son œuvre ; et l'effort inconscient pour procurer au « don » l'impulsion productrice, le faible excédent de poids qui lui permettra de rejeter les entraves de la raillerie, de l'orgueil, de la pudeur intellectuelle, cet effort instinctif se traduit assurément déjà et s'affirme dès l'instant où les études préliminaires purement mécaniques s'allient à des tentatives encore insuffisantes et provisoires vers une forme d'art personnelle.

## XIX

Je parle de cet instant cependant que je m'apprête, non
sans frémir, non sans que mon cœur se serre, à narrer
l'événement fatidique survenu environ un an après que me
parvint à Naumbourg la lettre d'Adrian citée plus haut, un
peu plus d'un an après son arrivée à Leipzig, et cette
première visite de la ville dont il m'avait entretenu dans sa
missive, — donc peu avant l'époque où ayant achevé ma
période militaire je le rejoignis et le trouvai en apparence
inchangé, mais en réalité comme marqué, atteint de la flèche
du destin. En relatant cet événement, j'ai l'impression que
je devrais invoquer Apollon et les Muses afin qu'ils me
soufflent les mots les plus purs, les plus délicats, pour
ménager la sensibilité du lecteur, ménager la mémoire de
l'ami entré dans l'éternité, me ménager enfin, moi à qui ce
récit coûte comme un lourd aveu personnel. Mais une telle
invocation ne soulignerait que davantage l'antinomie entre
ma tournure d'esprit et la couleur propre de l'histoire que

je m'apprête à raconter ; cette couleur ressortit à d'autres couches de la tradition, fort différentes, très étrangères à la sérénité de la formation classique. J'ai d'ailleurs commencé mon récit sous le signe de l'hésitation, doutant si j'étais indiqué pour le mener à bien. Je ne reviendrai pas sur les arguments que j'ai invoqués pour vaincre mes scrupules. Il suffit qu'étayé sur eux, fortifié par eux, je reste fidèle à mon propos.

Donc, Adrian, je l'ai dit, retourna au lieu où l'avait entraîné un guide effronté. On le voit, ce ne fut pas de sitôt. Une année entière, l'orgueil de l'esprit lutta contre la blessure reçue et ce m'a toujours été un réconfort de me dire que sa capitulation devant l'aiguillon qui l'avait traîtreusement effleuré ne fut tout de même pas privée de tout voile psychique et d'ennoblissement humain. J'en vois la preuve dans la fixation, si crue soit-elle, du désir sur un objet déterminé et individuel ; je la vois dans le moment du choix, ce choix fût-il involontaire et impudemment provoqué par l'objet même. Une teinte d'amour apparaît dès que l'instinct porte un visage humain, fût-ce le plus anonyme, le plus méprisable. Ceci pour dire qu'Adrian retourna en ce lieu à cause d'une personne définie, celle dont la caresse lui brûlait la joue, la « brunette » en boléro et à la grande bouche, qui s'était approchée du piano et qu'il appelait Esméralda ; c'était elle qu'il cherchait là-bas. Et il ne la trouva plus.

L'obsession, pour funeste qu'elle fût, l'incita à repartir après sa seconde visite, spontanée celle-là, tel qu'il était reparti la première fois, cependant non sans s'être informé de l'endroit où gîtait actuellement la femme qui l'avait effleuré. Sous le couvert de la musique il entreprit un assez long voyage pour la rejoindre. En effet, à cette époque, en mai 1906, on donna à Gratz, capitale de la Styrie, la première représentation en Autriche de *Salomé,* sous la direction de l'auteur. Adrian s'était précédemment rendu à Dresde avec Kretzschmar pour assister à la vraie première. A son maître et aux amis qu'il s'était faits entre-temps à Leipzig, il annonça son désir de réentendre, à l'occasion de ce gala, la triomphante œuvre révolutionnaire. Son climat esthétique ne l'attirait pas, mais elle l'intéressait sous le rapport de la technique et surtout en tant que mise en musique d'un dialogue en prose. Il voyagea seul et l'on ne saurait établir avec certitude s'il exécuta l'intention alléguée, et se rendit ensuite de Gratz à Presbourg, ou de Presbourg à Gratz, ou s'il simula simplement un séjour à Gratz, en se bornant à une visite à Presbourg, le Pozsony hongrois. En effet, celle dont l'attouchement le brûlait avait échoué dans une maison de cette ville, ayant perdu sa précédente place à la suite d'un traitement à l'hôpital. Une fois arrivé, l'obsédé la découvrit.

Ma main tremble en écrivant ; néanmoins je dirai calmement, posément, ce que je sais, un peu soulagé à la pensée exprimée plus haut, la pensée du choix, la pensée que, dans leur rencontre, quelque chose se noua comme un lien amoureux et para d'un reflet de spiritualité l'union d'une précieuse jeunesse avec une créature de malheur. Au vrai, cette apaisante pensée est indissolublement associée à d'autres, d'autant plus cruellement que l'amour et le poison formèrent ici une fois pour toutes une expérience effroyable, unique : l'unicité mythologique incarnée dans la flèche.

Il semble vraiment que la pauvre âme de la fille ait répondu aux sentiments du jeune homme, Nul doute qu'elle se souvînt du passant d'autrefois. S'approcher de lui, lui caresser la joue de son bras nu, avait peut-être été sa manière humble et tendre de marquer qu'elle comprenait tout ce qui le séparait de la clientèle ordinaire. De la bouche du visiteur elle apprit aussi qu'il avait entrepris ce voyage à cause d'elle, — et pour l'en remercier, *elle le mit en garde contre son corps.* Je le sus par Adrian ; elle l'avertit. N'y a-t-il pas là une distinction réconfortante entre l'humanité supérieure d'un être et sa personne physique tombée au ruisseau, ravalée au rang d'un lamentable objet d'usage ? L'infortunée mit donc en garde « contre elle » celui qui la désirait, son acte fut un libre élan de l'âme au-dessus de sa déplorable existence charnelle, une manière humaine de s'en éloigner, un geste d'attendrissement — qu'on m'accorde ce mot, un acte d'amour. Et, grands dieux, ne fut-ce pas aussi l'amour, ou sinon quoi ? Quelle perversité, quel défi à Dieu, quel appétit de connaître le châtiment dans le péché, enfin, quel désir profond et secret de conception démoniaque, d'une transformation chimique de sa nature, susceptible de provoquer la mort, se déclencha pour que l'averti négligeât l'avertissement et voulût à toute force posséder cette chair ?

Jamais je n'ai songé sans un frémissement religieux à cette étreinte où l'un sacrifia son salut et où l'autre trouva le sien. La pauvre fille dut se sentir purifiée, justifiée, soulevée à la pensée qu'en dépit du danger, le voyageur venu de loin refusait de renoncer à elle et elle semble lui avoir offert toute la douceur de sa féminité en échange du risque qu'il courait à cause d'elle. Le destin avait pris soin qu'il ne l'oubliât point. Mais celle qu'il ne devait jamais revoir, il ne l'a pas oubliée, à cause d'elle-même aussi, et son nom — celui qu'il lui avait donné de prime abord, — plane sur l'œuvre musicale d'Adrian comme une rune invisible à tous, sauf à moi. Dût-on me taxer de vanité, je ne puis me retenir de relater d'ores et déjà la découverte que son silence me confirma un jour. Leverkühn n'est pas le premier ni le dernier compositeur à sceller dans son œuvre des secrets sous une forme hermétique, marquant ainsi le penchant inné de la musique à des pratiques et des observances superstitieuses, à la mystique des nombres et au symbole des lettres. Dans la trame sonore de son œuvre, mon ami a tissé une suite de cinq à six notes, commençant par *h,* se terminant par *es,* avec des *e* et des *a*[1] alternatifs ; elle se retrouve avec une fréquence frappante, archétype thématique empreint d'une singulière mélancolie qui revêt des déguisements multiples harmoniques et rythmiques, confiés tantôt à l'une, tantôt à l'autre partie, souvent dans un ordre interverti, comme tournant autour de leur axe, en sorte que tous les intervalles restant les mêmes, la suite des notes se trouve modifiée.

Ce motif apparaît tout d'abord dans le plus beau sans doute des treize chants de Brentano composés quand Adrian était encore à Leipzig. Il domine le lied déchirant : *O liebes Maedel wie schlecht bist du !*[2] ; il figure notamment dans

1. *H.* = si, es = mi bémol, e = mi, a = la. (N. d. l. T.).

2. *O chère fille, que tu es méchante !*

son œuvre ultérieure où l'audace et le désespoir se mêlent d'une manière si unique, le *Chant de douleur du Dr Fautus,* composé à Pfeiffering, où se traduit davantage encore la tendance à amener les intervalles mélodiques à une simulta-néité harmonique.

Et ce langage chiffré musical signifie *h e a e es : hetœra esmeralda*[1].

De retour à Leipzig, Adrian exprima son admiration amusée de l'opéra à effet qu'il prétendait avoir réentendu ; peut-être d'ailleurs l'avait-il réentendu vraiment. Je le vois encore disant de son auteur : « Quel prestidigitateur doué ! Un prince Charmant révolutionnaire, à la fois hardi et conciliant. L'esprit d'avant-garde et la certitude du succès familièrement associés, pas mal d'insolences et de disso-nances et puis un revirement indulgent pour tranquilliser le petit bourgeois et lui signifier qu'on n'avait pas de bien noires intentions à son égard... Mais une réussite, une réussite !... »

Cinq semaines après la reprise de ses études musicales et philosophiques, une affection locale le décida à recourir à des soins médicaux. Le spécialiste auquel il s'adressa, le Dr Erasmi — Adrian avait découvert son nom en ouvrant l'annuaire — était un homme corpulent au visage rubicond, à la barbe noire en pointe. Il éprouvait une peine manifeste à se pencher ; mais tout le temps, même lorsqu'il se tenait droit, il ne cessait d'exhaler bruyamment l'air entre ses lèvres protubérantes. Cette habitude semblait l'indice d'une gêne physique et aussi d'une indifférence qui soufflait sur tout, comme lorsqu'on écarte une chose avec un : « Peuh ! » Le docteur ne cessa donc de souffler pendant l'examen et décréta ensuite, par une sorte de contradiction avec le caractère dédaigneux de son tic, la nécessité d'un traitement énergique et assez long, qu'il entreprit aussitôt. Trois jours d'affilée, Adrian se rendit donc chez lui ; après quoi Erasmi ordonna une interruption de trois autres jours et lui donna rendez-vous pour le quatrième. Quand le patient — qui

1. *On sait que la notation musicale allemande est figurée par* c d e f g a h *pour* do ré mi fa sol la si *(N. d. l. T.)*

d'ailleurs ne souffrait pas, son état général n'étant pas atteint — revint à l'heure fixée, vers quatre heures de l'après-midi, un spectacle imprévu et effrayant s'offrit à sa vue.

À ses précédentes visites, lorsqu'il arrivait à la maison un peu sinistre de la vieille ville, il montait trois escaliers aux marches raides, et sonnait avant que la bonne n'entrebâillât l'huis. Cette fois, il trouva la porte grande ouverte ; de même, à l'intérieur, celle de la salle d'attente et du cabinet du docteur. Ouverte également à deux battants la porte du salon à deux fenêtres. Les fenêtres béaient elles aussi et le courant d'air soulevait et chassait, tour à tour, les quatre rideaux très avant dans le salon et les ramenait ensuite dans les embrasures des croisées. Au milieu de la pièce, le Dr Erasmi, sa barbiche pointue dressée, les paupières hermétiquement closes, vêtu d'une chemise à manchettes et couché sur un coussin à glands gisait dans un cercueil appuyé sur deux supports.

Comment cela se pouvait, pourquoi le mort était là seul, abandonné au vent ; où avaient passé la bonne et Mme la doctoresse Erasmi ; si les employés des pompes funèbres étaient dans l'appartement et se préparaient à visser le couvercle ou s'ils l'avaient quitté provisoirement, à quel instant étrange le visiteur avait été amené en ce lieu, nul ne l'a jamais su. À mon arrivée à Leipzig, Adrian ne put que me décrire son désarroi lorsque après cette vision il avait redégringolé les trois étages. Il ne semble pas avoir cherché à approfondir les causes de la mort subite du docteur ni s'y être intéressé. Il disait seulement que l'éternel « Peuh » de cet homme devait déjà être un signe de mauvais augure.

Avec une secrète répugnance et en luttant contre une terreur irraisonnée, force m'est aujourd'hui de constater qu'une étoile néfaste présida également au second choix d'Adrian. Il lui fallut deux jours pour se remettre du choc subi. Puis, de nouveau, sur les seules indications du livre d'adresses de Leipzig, il se mit entre les mains d'un certain Dr Zimbalist installé dans une des rues commerçantes convergeant vers la place du Marché. Au rez-de-chaussée il y avait un restaurant, au-dessus un facteur de pianos, et le logis du docteur occupait une partie du second étage : son nom inscrit sur une plaque de porcelaine à côté de la porte de l'immeuble, attirait le regard. Les deux salles d'attente du dermatologue — l'une réservée à la clientèle féminine — s'ornaient de plantes d'appartement vertes, tilleuls et palmiers. Des revues médicales et des brochures, par exemple une histoire des mœurs, illustrée, s'entassaient sur la table du salon où Adrian se morfondit une ou deux fois avant d'être reçu.

Le Dr Zimbalist était un petit homme avec des lunettes à monture de corne et une calvitie ovale qui s'étendait du front à l'occiput entre deux bandes de cheveux roussâtres, et une moustache en brosse arrêtée juste sous les narines selon la mode alors courante dans les hautes classes, coupe appelée à devenir plus tard l'attribut d'un masque entré dans l'histoire du monde. Son langage relâché marquait une propension à la gaudriole, aux calembours. Il affectionnait le jeu de mots qui consiste à dire Schaffouse pour la « chute du rein ». Il ne semblait cependant pas se sentir très à l'aise en se livrant à ces facéties. Une sorte de tic qui lui remontait une joue et redressait le coin de sa lèvre avec un clignement complice de l'œil, produisait sur le visiteur une fâcheuse impression d'amertume, avec quelque chose de sinistre, de gêné et de fatal. Tel me l'a décrit Adrian et tel je le vois.

Or, il advint ceci : Adrian s'était déjà soumis deux fois au traitement de son nouveau médecin et se rendait chez lui pour une troisième séance lorsqu'en montant l'escalier, entre le premier et le deuxième étage il rencontra celui que précisément il allait voir, encadré de deux vigoureux gaillards, leur casquette rigide sur la nuque. Le Dr Zimbalist baissait les yeux comme un homme qui, en descendant les marches, fait attention à ses pas. Des menottes et une chaînette reliaient l'un de ses poignets au poignet de l'un de ses compagnons. Sous le regard de son patient et en le reconnaissant, il eut sa grimace amère de la joue, lui fit un signe de tête et dit : «A une autre fois. » Adrian, plaqué contre le mur, avait dû faire face au trio et le laissa passer, interloqué ; il le suivit des yeux encore un instant puis descendit à son tour. Devant la maison il le vit monter dans une voiture qui stationnait et qui partit à une allure accélérée.

Ainsi prit fin, après une première interruption, la cure d'Adrian chez le Dr Zimbalist. Je dois ajouter qu'il se préoccupa aussi peu des motifs secrets de ce second échec que de l'étrangeté de sa précédente expérience. Pourquoi Zimbalist avait-il été arrêté, et précisément à l'heure où il avait rendez-vous avec le docteur, il ne s'en inquiéta pas. Quant au traitement, il y renonça, comme effarouché, et ne s'adressa pas à un troisième spécialiste, d'autant que le mal local guérit bientôt sans autre médication et disparut ; je puis l'affirmer et maintiendrai mes dires contre le scepticisme des hommes de l'art, aucun symptôme secondaire ne se manifesta par la suite. Une fois seulement, chez Kretzschmar à qui il était en train de soumettre une composition, Adrian fut pris de violents vertiges qui le firent chanceler et l'obligèrent à s'étendre. Une migraine de deux jours dénoua la crise qui ne différa des anciennes attaques que par sa violence. Quand, rendu à la vie civile, j'arrivai à Leipzig, mon ami ne me parut changé ni dans sa personne physique ni dans son comportement.

## XX

Et pourtant ? Si pendant l'année de notre séparation il n'était pas devenu un autre, il était devenu lui-même de façon encore plus accusée et cela suffit pour m'impressionner, car j'avais sans doute un peu oublié comment il était. J'ai décrit ailleurs la froideur de nos adieux à Halle. Je me faisais une fête de notre revoir mais il ne lui céda en rien sous ce rapport et déconcerté, à la fois amusé et peiné, je dus ravaler et refouler mes effusions prêtes à déborder. Je ne m'attendais pas à le trouver à la gare, je ne l'avais d'ailleurs pas exactement informé de l'heure de mon arrivée. J'allai donc tout droit chez lui avant même de m'être mis en quête d'un gîte. Sa logeuse m'annonça et j'entrai dans sa chambre en criant joyeusement son nom.

Assis à son bureau, un secrétaire à la mode ancienne à couvercle cylindrique surmonté d'une petite armoire, il écrivait de la musique.

— Hello, dit-il sans lever les yeux. On causera tout à l'heure.

Et il poursuivit son travail quelques minutes encore, me laissant décider si je préférais rester debout ou m'installer à mon aise. Pas plus que moi, le lecteur ne devra s'y méprendre. C'était la preuve d'une longue intimité, d'une vie commune que la séparation d'un an n'avait pu entamer. Comme si nous nous étions quittés la veille. Malgré tout, je fus un peu déçu et douché encore qu'égayé comme on s'égaie d'un trait vraiment typique. Depuis longtemps je m'étais laissé choir dans l'un des fauteuils sans accoudoir recouverts de moquette, qui flanquaient le secrétaire-bibliothèque, quand il recapuchonna son stylo et s'avança vers moi sans me regarder vraiment.

— Tu tombes à pic, dit-il en s'asseyant de l'autre côté de la table. Le quatuor Schaffgosch joue ce soir l'opus 132. Tu viens, naturellement ?

Je compris qu'il parlait de l'œuvre tardive de Beethoven, le quatuor à cordes en la mineur.

— Tel que me voilà, répondis-je, je viens. Il sera agréable de réentendre après un long temps le mouvement lydien, l'« action de grâces d'un malade guéri ».

— La coupe, dit-il, je la vide à chaque banquet[1]. Les larmes vous en viennent aux yeux.

Et il commença à parler des modes liturgiques et du système musical ptoléméen de sons appelé aussi système « naturel » dont les six modes différents étaient réduits par l'accord tempéré, c'est-à-dire faux, à deux — majeur et mineur — et de la supériorité de modulation de la gamme juste sur la gamme tempérée. Il appelait celle-ci un compromis à l'usage des familles ; d'ailleurs tout le clavier tempéré était, dit-il, une chose à l'usage des familles, un pacte de paix provisoire, vieux de moins de cent cinquante ans, qui avait évidemment permis des innovations considérables, oh ! très considérables, mais il ne fallait pas le croire conclu pour l'éternité. Adrian manifesta sa grande satisfaction qu'un astronome et mathématicien, Claude Ptolémée,

---

1. *La chanson du roi de Thulé, de Goethe.* (N. d. l. T.)

un homme de la Haute-Égypte, vivant à Alexandrie, eût établi la meilleure de toutes les gammes connues, la gamme naturelle ou juste. Cela prouve une fois de plus, dit-il, la parenté de la musique et de la science astronomique comme l'a déjà démontré la leçon d'harmonie cosmique de Pythagore. Entre-temps, il revint au quatuor et à son troisième mouvement, son atmosphère étrange, son paysage lunaire et l'énorme difficulté de l'exécution.

— Au fond, dit-il, chacun des quatre exécutants devrait être un Paganini et posséder parfaitement, outre sa propre partie, celle des trois autres, impossible d'en sortir autrement. Dieu merci, on peut faire confiance aux Schaffgosch. Aujourd'hui on le peut, mais le morceau est à la limite du jouable et de son temps, il était proprement injouable. L'impitoyable indifférence d'un être retranché de ce monde à l'endroit de la technique terrestre, est ce qui m'amuse le plus. « Et que m'importe votre sacré violon ? » disait-il à quelqu'un qui se plaignait.

Nous nous mîmes à rire — et le plus singulier, c'est que nous ne nous étions pas encore dit bonjour.

— Du reste, ajouta-t-il, il y a aussi le quatrième mouvement, l'incomparable final avec la brève introduction en forme de marche, et ce fier récitatif du premier violon où le thème est préparé aussi parfaitement que possible. Il est agaçant, pour ne pas dire réjouissant, que la musique — du moins cette musique — contienne des choses pour lesquelles dans tout le vocabulaire on ne peut trouver, avec la meilleure volonté, d'épithète caractéristique, fût-ce une combinaison d'épithètes. Tous ces jours-ci, je me suis retourné la cervelle pour en imaginer. Tu ne trouveras pas de désignation adéquate pour l'esprit, la tenue, l'attitude de ce thème. Car il y a là beaucoup d'attitude. Tragique, audacieux ? Têtu, emphatique, projetant son élan jusqu'au sublime ? Mauvais tout cela. « Splendide », ne serait naturellement qu'une sotte capitulation. On vient finalement à l'étiquette objective, la désignation « allegro appassionato », c'est encore ce qu'il y a de mieux.

Je lui donnai raison. Peut-être, suggérai-je, une inspiration nous viendra-t-elle ce soir ?

— Il faut que tu voies bientôt Kretzschmar, s'avisa-t-il de me dire. Au fait, où es-tu descendu ?

Je lui répondis que pour ce jour-là je prendrais une chambre dans un hôtel quelconque et remettrais au lendemain la recherche d'un gîte passable.

— Je comprends, fit-il, que tu ne m'en aies pas chargé. C'est un soin qu'on ne peut confier à autrui. J'ai — ajouta-t-il — parlé de toi et de ta venue aux gens du Café Central. Il faudra que je t'y mène un de ces jours.

Par « les gens » il entendait le cercle de jeunes intellectuels où l'avait introduit Kretzschmar. J'étais convaincu qu'il se comportait avec eux à peu près comme autrefois à Halle avec les membres de la Winfried, et quand je le félicitai d'avoir pu si vite se créer des attaches à Leipzig, il répondit :

— Oh ! des attaches...

Il ajouta que Schildknapp, le poète et traducteur, était encore le plus agréable. Mais par une sorte de suffisance qui n'était pas précisément un indice de supériorité, ce Schildknapp se dérobait dès qu'il remarquait qu'on voulait le mettre à contribution. Un garçon qui a un sentiment très fort, ou peut-être au contraire un peu faible, de l'indépendance, me dit Adrian. Mais sympathique, amusant, et d'ailleurs si impécunieux qu'il lui faut chercher tout le temps des expédients pour vivre.

Le même soir, la suite de l'entretien m'apprit ce qu'il attendait de Schildknapp qui, en sa qualité de traducteur, et d'ailleurs fervent anglomane, se tenait très au fait de la littérature anglaise. Je sus qu'Adrian cherchait un sujet d'opéra et songeait déjà à *Love's Labour lost*[1] bien des années avant de s'attaquer pour de bon à cette œuvre. Il souhaitait obtenir de Schildknapp, qui s'y connaissait en musique, une adaptation du texte ; mais celui-ci faisait la sourde oreille, peut-être à cause de ses travaux personnels, peut-être aussi parce qu'Adrian n'eût guère été en mesure de le rétribuer d'avance. Par la suite, c'est moi qui rendis à mon ami ce service, et je me reporte volontiers en pensée à notre conversation préliminaire de ce soir-là. Je constatai

1. *Peines d'Amour perdues.*

que la tendance à épouser le mot, le souci de l'expression vocale, le dominaient de plus en plus. A présent il s'essayait presque exclusivement à la composition de lieder, de chants brefs ou longs, voire de fragments épiques. Il en empruntait la matière au florilège méditerranéen comprenant, dans des traductions allemandes assez réussies, des morceaux lyriques provençaux et catalans des XII<sup>e</sup> et XIII<sup>e</sup> siècles, des poèmes italiens, certaines visions sublimes de la *Divine Comédie* et aussi de l'espagnol et du portugais. Étant donné l'heure marquée au cadran musical de l'époque, et l'âge du musicien, il était presque inévitable que çà et là l'influence de Gustav Mahler se fît sentir ; mais déjà un accent, une attitude, un regard, une manière hautaine et solitaire proclamaient une indépendance étrangère et sévère, signes auxquels aujourd'hui encore on reconnaît le maître des visions grotesques de l'*Apocalypse*.

Il s'affirmait avec le plus de netteté dans les chants du cycle tirés du Purgatoire, du Paradis. Un judicieux discernement de leur affinité avec la musique avait guidé son choix ; un morceau me captiva particulièrement et Kretzschmar aussi le jugea très bien venu, celui où le poète, à la clarté de l'étoile Vénus, voit les luminaires plus petits — les esprits des défunts — accomplir leur ronde, les uns plus vite, les autres plus lentement « selon la nature de leur contemplation de Dieu » et les compare aux étincelles perceptibles dans la flamme, aux *voix* qu'on distingue dans le chant, « quand l'une enlace l'autre ». L'évocation des étincelles dans le feu et des voix qui s'enlaçaient me surprit et me charma. Et pourtant, je ne savais pas si je préférais ces fantaisies sur la lumière dans la lumière, aux passages méditatifs où la pensée l'emporte sur la vision — ceux où tout n'est que question sans réponse, lutte pour sonder l'insondable, où « le doute jaillit au pied de la vérité », et où même le chérubin qui contemple les profondeurs de Dieu, n'arrive pas à mesurer l'abîme de la Dérision éternelle. Adrian avait choisi les effroyables et durs tercets de la malédiction qui pèse sur l'innocence et l'ignorance, ces tercets où le poète demande des comptes à l'incompréhensible justice qui voue à l'enfer les bons et les purs dont le seul crime fut de n'avoir pas reçu le baptême. Il avait trouvé le moyen d'exprimer la foudroyante réponse en des accents qui traduisaient l'impuissance des bons devant l'Essence de Bonté, la Source de Justice que ne peut détourner d'elle-même rien de ce que notre entendement serait tenté d'appeler injuste. Cette négation de l'humain au nom d'une prédestination absolue, impensable, me révoltait. D'ailleurs tout en reconnaissant la grandeur poétique de Dante je n'en ai pas moins été toujours rebuté par son goût de la cruauté et des scènes de torture ; et je me souviens que je blâmai Adrian de s'être attaché à la composition d'un épisode aussi difficile à supporter. Je surpris alors dans ses yeux un regard que je n'y avais jamais vu auparavant, et plus tard j'y songeai en me demandant si j'avais eu tout à fait raison d'affirmer que je l'avais retrouvé inchangé après notre séparation d'une année. Ce regard devait lui rester propre, encore qu'on ne le lui vît pas souvent, seulement de loin en loin et parfois sans motif spécial. Il était en effet nouveau. Muet, voilé, lointain jusqu'à en être offensant, avec cela pensif et d'une froide tristesse, il s'achevait sur un sourire point inamical mais ironique de la bouche fermée et cette manière de se détourner qui, elle, faisait partie de ses gestes anciens et familiers.

L'impression était pénible et qu'il le voulût ou non, blessante. Mais je l'oubliai vite en écoutant la suite, le récitatif musical de la parabole du Purgatoire. Dans la nuit un homme porte sur son dos une lumière : elle ne l'éclaire pas mais elle illumine le chemin pour ceux qui viennent derrière lui. J'en avais les larmes aux yeux. Je goûtai davantage encore la forme absolument réussie de l'apostrophe en neuf vers du poète à son chant allégorique, si obscur et abscons qu'il n'aurait aucune chance d'être compris selon son sens cryptique. Son créateur l'invitait donc à faire remarquer sa beauté sinon sa profondeur. « Voyez du moins combien je suis beau !... » La gradation par quoi la musique à travers la difficulté et le trouble factice des premiers vers s'élève jusqu'à l'instant où le thème atteint à la tendre lumière de cet appel et se défait de façon émouvante, me sembla admirable. Je ne lui marchandai point ma joyeuse approbation.

— Tant mieux si cela vaut déjà quelque chose, dit-il. Au

cours d'entretiens suivants, il apparut clairement que le *déjà* ne se référait pas à son âge juvénile mais que la composition des chants, si grand que fût le don de soi apporté à une tâche même isolée, était dans l'ensemble, à ses yeux, une simple étude préludant à une œuvre hermétique où le mot se confondrait avec la note musicale. Il l'entrevoyait dans ses rêveries et la comédie de Shakespeare devait précisément en former la matière. Cette alliance avec la parole qu'il aspirait à réaliser, il essaya de la célébrer en théorie. Musique et langage, selon lui, allaient de pair, au fond ne faisaient qu'un, le langage était musique, la musique langage et, séparés, chacun des deux s'efforçait vers l'autre, l'imitait, lui empruntait ses moyens d'expression, chacun cherchant toujours à se substituer à l'autre. Comment la musique pouvait commencer par s'incarner dans des paroles, être pensée et élaborée en mots, il voulut me le démontrer du fait qu'on avait vu Beethoven composer au moyen de vocables. « Qu'écrit-il là dans son carnet ? » avait demandé quelqu'un. « Il compose. » « Pourtant, il trace des mots, pas des notes ? » En effet, telle était sa manière. Il consignait ordinairement par écrit la courbe mélodique d'une composition, y intercalant tout au plus quelques notes de-ci de-là. Manifestement séduit, Adrian insista sur ce point. La pensée artistique formait, estimait-il, sans doute une catégorie spirituelle unique et personnelle, mais la première ébauche d'un tableau, d'une statue, eût difficilement été réalisable avec des mots, preuve éclatante des rapports complémentaires de la musique et du langage. Il était très naturel que la musique s'embrasât au contact du mot, que le mot jaillît d'elle comme à la fin de la Neuvième Symphonie. En définitive tout le développement musical allemand tendait vraiment vers le drame de Wagner où la note épouse le vocable, et y trouvait son aboutissement suprême.

— L'un de ses aboutissements, rectifiai-je en rappelant Brahms et la musique absolue dérivée de « la lumière qu'il portait sur son dos ». Adrian admit volontiers la nuance. L'œuvre qu'il rêvait était aussi peu wagnérienne que possible, aux antipodes du démoniaque de la nature et du pathos mystique, un renouvellement de l'opéra bouffe dans l'esprit du plus artificiel persiflage et du persiflage de l'artificiel, d'une préciosité hautement badine, une raillerie de toute ascèse affectée comme aussi de l'euphuïsme, ce fruit salonnier des études classiques. Il me parla avec enthousiasme du sujet qui lui offrait l'occasion de placer la balourdise primesautière à côté du sublime comique et de ridiculiser l'un au moyen de l'autre. L'héroïsme archaïque, l'étiquette prompte aux rodomontades, ressouvenir d'une époque morte, s'incarnent dans le personnage de don Armado qu'Adrian tenait très justement pour une figure d'opéra achevée. Et il me cita en anglais des vers de la pièce manifestement gravés au plus profond de son cœur : le désespoir du spirituel Biron parce qu'il a rompu ses serments en s'éprenant de celle qui, en guise d'yeux, a des boules de poix dans la tête ; comment il en est réduit à gémir et à supplier à cause d'une qui « morbleu ! voudrait faire la chose, Argus fût-il son gardien et son ennuque ». Puis ce même Biron condamné à exercer une année durant sa verve au chevet des malades, et son cri : « Ce n'est pas possible ! La gaieté ne saurait émouvoir une âme à l'agonie. » *Mirth cannot move a soul in agony,* répéta Adrian et il déclara qu'il voulait absolument mettre en musique cela et l'incomparable entretien du cinquième acte sur la folie de l'homme raisonnable, sur le mésusage impuissant, aveugle et humiliant de l'esprit appliqué à orner le bonnet de fou de la passion. Des axiomes comme les deux vers : Nul sang juvénile ne s'embrase avec autant de folie que la gravité frappée de démence, *as gravity's revolt to wantonness,* ne pouvaient, disait-il, fleurir que sur les cimes géniales de la poésie.

Tant d'admiration et d'amour me rendaient heureux bien que le choix du sujet me causât un certain malaise. Je souffre toujours un peu de voir des surgeons de l'humanisme en butte à des railleries qui, somme toute, l'éclairent d'un jour ridicule. Cela ne m'a d'ailleurs pas empêché d'adapter plus tard le livret à l'intention d'Adrian, Néanmoins, dès le début je m'efforçai de le détourner de son dessein bizarre, très peu pratique, de composer la comédie en anglais.

Pour sa part il estimait que c'était la seule chose à faire, juste, digne, authentique, et l'emploi de cette langue lui semblait en outre indiqué à cause de l'ancien vers populaire anglais le « doggerel ». Il repoussait la principale objection, à savoir qu'un idiome étranger ôterait à l'œuvre toute chance d'être montée sur une scène d'opéra allemande, car il se refusait à imaginer pour ses rêves solitaires, exclusifs et bouffons, un public contemporain. Idée baroque — mais elle prenait sa racine au tréfonds d'un être en qui une altière misanthropie, un provincialisme vieil-allemand de Kaisersaschern s'alliaient à des tendances cosmopolites. Il n'était pas pour rien le fils de la ville où était enterré Othon III. Son aversion pour le germanisme qu'il incarnait le rapprochait de l'anglicisant et anglomane Schildknapp ; elle se manifestait sous la double forme d'une cuirasse de timidité devant le monde et aussi d'un besoin intime du monde et des vastes horizons qui fortifiaient sa décision d'imposer aux salles de concert allemandes des chants en langue étrangère ou plutôt, de les leur déguiser sous le masque d'une langue étrangère. Au cours de l'année que je passai à Leipzig, il publia des compositions sur des poèmes originaux de Verlaine et de William Blake qui n'ont pas été chantées pendant des décennies. Plus tard, j'entendis des mélodies de Verlaine en Suisse. L'une est le merveilleux poème qui s'achève par : « C'est l'heure exquise. » L'autre, la tout aussi ensorcelante *Chanson d'Automne*. Une troisième, le poème en trois strophes, fantasque et mélancolique, absurde et mélodieux, qui commence par : « Un grand soleil noir — tombe sur ma vie. » Également quelques morceaux extravagants et évasifs empruntés aux *Fêtes galantes* parmi lesquels : « Hé ! bonsoir, la Lune ! » et surtout l'invitation macabre : « Mourons ensemble, voulez-vous ? » à laquelle répond un ricanement. Quant aux étranges poésies de Blake, il avait mis en musique les strophes de la rose dont la vie est détruite par l'amour sinistre du ver qui a trouvé le chemin de son lit vermeil. En outre, l'inquiétant *Poison Tree* en seize lignes où le poète arrose de larmes sa fureur, l'éclaire de sourires et de ruses astucieuses, si bien que sur l'arbre pousse une pomme appétissante ; le perfide ennemi y goûte, s'empoisonne et à la joie de celui qui le haïssait, gît le lendemain, mort, par terre. La composition rendait parfaitement la simplicité perverse du poème. Mais j'éprouvai une impression plus profonde encore à la première audition d'un chant sur des paroles de Blake qui évoquent une chapelle dorée. Devant le porche, des gens endeuillés pleurent et prient sans oser y pénétrer. Un serpent se dresse alors et péniblement parvient à forcer l'entrée du sanctuaire. Tout au long du précieux dallage il déroule son corps vaseux et gagne l'autel où il crache son venin sur le pain et le vin. « Lors donc », « à cause de cela » et « sur ce », conclut le poète avec une logique désespérée, « je m'en fus dans une porcherie et me couchai parmi les porcs ». La musique d'Adrian restituait avec une insistance extraordinaire la tristesse de cauchemar que dégage l'oppressante vision, la terreur croissante, l'horreur de la souillure, enfin le rejet frénétique d'une humanité déshonorée par ce spectacle.

Mais ce sont là des œuvres plus tardives bien qu'elles aient leur place marquée au chapitre du séjour de Lerverkühn à Leipzig. Le soir de mon arrivée nous entendîmes donc ensemble le quatuor Schaffgosch et le lendemain nous allâmes voir Wendell Kretzschmar. Celui-ci me parla entre quatre yeux des progrès d'Adrian dans des termes qui me rendirent fier et heureux. Il ne regretterait jamais, me dit-il, de l'avoir aiguillé vers la musique. Un être doué d'un tel contrôle de soi et d'une horreur si grande de la platitude et des goûts du public se heurterait à des difficultés de l'extérieur et du dedans ; or, c'était cela précisément qui importait, car seul l'art pouvait donner du poids à une vie que, sinon, la facilité réduirait à un mortel ennui. Je m'inscrivis aussi aux cours de Lautensack et du célèbre Bermeter, content de ne plus avoir à écouter des leçons de théologie pour l'amour d'Adrian. Mon ami m'introduisit dans le Cercle du Café Central, une sorte de club de bohèmes. Ils y avaient réquisitionné un cabinet particulier, enfumé, où l'après-midi les membres venaient lire les journaux, jouer aux échecs et discuter les événements culturels. C'étaient des élèves du Conservatoire, des peintres, des écrivains, de jeunes éditeurs, des avocats également sollicités par les muses, plus quelques acteurs faisant partie des « Leipziger Kammerspiele », dont la direction était très littéraire, etc. Rüdiger Schildknapp, le traducteur, sensiblement notre aîné (sans doute au début de la trentaine) appartenait, je l'ai déjà dit, à cette coterie. Comme il était le seul avec qui Adrian entretînt des relations plus étroites, je me rapprochai naturellement de lui et passai bien des heures avec ces deux-là. J'observai d'un œil critique l'homme qu'Adrian avait jugé digne de son amitié ; le lecteur s'en apercevra, je le crains, à l'esquisse que je vais brosser ici de sa personne, encore que je m'efforce, et me sois toujours efforcé, de me montrer impartial à son égard.

Né dans une ville moyenne de Silésie, Schildknapp était fils d'un employé des postes dont la situation dépassait le niveau subalterne sans toutefois lui donner accès à la sphère réservée aux détenteurs de titres universitaires. Un emploi comme le sien n'exige pas de diplôme ni de formation juridique ; on l'obtient au bout de quelques années de travail préparatoire, après avoir passé l'examen d'aptitude au secrétariat général. Schild-knapp senior avait donc suivi cette voie. De bonne éducation, d'ailleurs ambitieux de s'élever, la hiérarchie prussienne l'excluait des cercles supérieurs de l'endroit ou, si elle l'y admettait exceptionnellement, le soumettait à des vexations. Irrité de son sort, mécontent, aigri, il déversait sur son entourage l'humeur atrabilaire de sa vie ratée. Rüdiger, son fils, nous racontait avec une verve où le sens du comique l'emportait sur la piété filiale, comment la rancune sociale du père avait empoisonné l'existence de sa mère, de ses frères et la sienne. La drôlerie étant d'autant plus sensible qu'en raison de l'affinement de cet homme, sa hargne se traduisait non sous forme de colère grossière, mais d'une capacité de souffrir plus aiguë, d'attendrissement expressif sur soi. Ainsi un jour, sitôt à table, il s'était cassé la couronne d'une dent contre le noyau d'une des cerises qui nageaient dans la soupe aux fruits. « Là, vous voyez ! avait-il dit d'une voix frémissante en étendant les bras, voilà, voilà ce qui m'arrive, cela me ressemble, c'est en moi, il faut que cela soit ainsi ! Je me réjouissais par avance de ce repas, j'avais faim, la journée est chaude, je me promettais un rafraîchissement de cette coupe glacée. Et il a fallu que cela m'arrive ! Bon, vous voyez, la joie m'est refusée. J'en ai assez. Je me retire dans ma chambre. Bon appétit », avait-il conclu d'une voix défaillante et il était parti, sachant bien qu'il leur avait au contraire coupé l'appétit et laissant les siens dans la consternation.

On imagine combien Adrian s'égayait à la description lugubrement amusée de ces scènes vécues avec une intensité juvénile. Néannoins il nous fallait toujours mettre une sourdine à notre hilarité et la contenir dans les bornes d'une compréhension bienséante, puisque après tout il s'agissait du père du narrateur. Rüdiger affirmait que le complexe d'infériorité sociale du chef de famille s'était peu ou prou communiqué à tout son entourage et que lui-même avait emporté de la maison paternelle une sorte de fêlure de l'âme ; mais sa rancœur précisément semble avoir été l'un des motifs pour lesquels il refusa au père le plaisir de voir le mal réparé en sa personne et lui ôta l'espoir de devenir du moins conseiller du gouvernement en son fils. On lui avait fait faire des études au lycée puis à l'université. Or, avant même d'arriver jusqu'à l'examen d'assesseur il s'était consacré à la littérature, préférant renoncer à toute aide pécuniaire de sa famille plutôt que de satisfaire aux vœux ardents de son père qui lui étaient insupportables. Il écrivait dans une prose pure des poèmes en vers libres, des articles de critique et de courts récits mais en partie sous la pression des circonstances matérielles, en partie aussi parce que sa production n'était pas très abondante, il exerçait son activité plus particulièrement dans le domaine de la traduction, notamment de son cher anglais. Non seulement il approvisionnait divers éditeurs en versions allemandes de la littérature romanesque anglaise et américaine mais il avait assumé pour le compte d'une maison d'éditions de luxe et de raretés établie à Munich la traduction d'œuvres littéraires plus anciennes, les moralités dramatiques de Skelton, quelques pièces de Fletscher et Webster, certains poèmes didactiques de Pope et on lui devait de remarquables interprétations en allemand de Swift et de Richardson. Il enrichissait ce genre d'ouvrages d'introductions substantielles et apportait à son travail beaucoup de scrupule, de goût et un sens averti du style, acharné jusqu'à l'obsession à restituer le texte avec exactitude, à capter le mot juste, décalque de l'original, et de plus en plus soumis aux charmes et aux peines excitantes de la transposition. Cette besogne déterminait chez lui un état d'âme analogue à celui de son père sur un autre plan. En effet, il se sentait écrivain-né, créateur, et parlait avec amertume du mal qu'il se donnait pour les œuvres étrangères au service desquelles il se consumait. Elles le marquaient d'une étiquette qui le chagrinait car il tenait à être poète, l'était selon sa conviction, et la nécessité de jouer le rôle d'entremetteur littéraire pour gagner le maudit pain quotidien exaspérait son ire à l'égard des livres d'autrui et formait l'objet de ses récriminations quotidiennes. « Si seulement j'avais le temps, disait-il volontiers, et si je pouvais créer mon œuvre au lieu de ce métier de manœuvre, je leur montrerais de quoi je suis capable ! » Adrian inclinait à le croire ; pour ma part, peut-être le jugeais-je trop sévèrement, mais je soupçonnais sa gêne d'être un alibi grâce à quoi il s'illusionnait sur l'absence en lui d'une force créatrice authentique et irrésistible.

Avec cela, il ne faudrait pas se le représenter morose. Très gai, au contraire, voire cocasse, doué du vif sens de l'humour anglo-saxon, c'était le type du caractère que les Anglais appellent « boyish ». Il connaissait d'ailleurs tous les fils d'Albion de passage à Leipzig, touristes, flâneurs continentaux et amateurs de musique, leur parlait leur langue à la perfection, en vertu d'affinités électives, « talking nonsense » à cœur joie, et imitant avec beaucoup de drôlerie leurs tentatives de s'exprimer en allemand, leur accent, leur méconnaissance de l'expression usuelle par souci du terme trop correct, leur faible d'étranger pour le pronom très livresque *jener, jenes*[1], qui leur faisait dire : *Besichtigen Sie jenes*[2], au lieu de : « Regardez donc cela ! » Au demeurant, il avait exactement la même allure qu'eux. Je n'ai pas encore parlé de son apparence extérieure très réussie malgré la tenue assez pauvre et toujours invariable que les conditions matérielles de sa vie lui imposaient, élégante et d'une distinction sportive. Il avait les traits du visage marqués. Seule une bouche d'un dessin légèrement irrégulier et mou, comme j'en ai souvent observé chez les Silésiens, en atténuait un peu la noblesse. Grand, les épaules larges, les

1. *Celui-ci, celui-là.*
2. *Inspectez donc celui-là.*

hanches étroites, les jambes longues, il portait bon an, mal an, les mêmes *breeches* à carreaux, déjà assez usés, des bas de laine, de rudes chaussures jaunes, une chemise de toile grossière au col échancré, sur laquelle il enfilait une veste quelconque déjà fanée et aux manches trop courtes. Les mains étaient racées, les doigts longs, aux ongles bien formés, ovales, bombés, et l'ensemble de sa personne si indéniablement *gentlemanlike* qu'il pouvait se permettre de fréquenter, dans son costume peu salonnier de tous les jours, des sociétés où la tenue de soirée était de rigueur. Tel quel, il plaisait mieux aux femmes, malgré tout, que ses rivaux dans leur impeccable noir et blanc, et aux réceptions on le voyait entouré d'un cercle féminin qui ne lui marchandait pas son admiration.

Et pourtant ! Si son enveloppe indigente qu'excusait une banale impécuniosité, ne pouvait rien lui ôter de sa gentil-hommerie qui transparaissait et s'affirmait comme sa vérité naturelle, cette vérité était à son tour en partie un leurre et en ce sens complexe Schilknapp était un imposteur. La sportivité de son aspect induisait en erreur. Il ne pratiquait aucun sport, sauf un peu le ski avec ses Anglais en hiver, dans la Suisse saxonne, où d'ailleurs il récoltait de fréquents catarrhes intestinaux, point tout à fait dénués de gravité à mon sens ; car malgré son teint halé et sa belle carrure, sa santé n'était pas des plus solides et dans son adolescence il avait eu une hémorragie pulmonaire ; il était donc prédis-posé à la tuberculose. Son succès auprès des femmes ne correspondait pas tout à fait au succès dont elles bénéficient auprès de lui — du moins individuellement ; car si dans leur ensemble elles jouissaient de toute son adoration, une adoration vague, englobante, dédiée au sexe en général, aux possibilités de bonheur qu'offrait le monde entier, en revanche le cas isolé le trouvait inactif, ménager de ses forces, réticent. Toutes les bonnes fortunes qu'il eût voulues étaient à sa portée, cette pensée semblait lui suffire et l'on eût dit qu'il reculait devant les réalisations parce qu'il y voyait une atteinte à son potentiel. Le potentiel était son domaine, l'espace infini des virtualités son royaume, — là et dans cette mesure, il était vraiment un poète. De son nom[1] il déduisait que ses ancêtres avaient escorté des chevaliers et des princes dans leurs expéditions et bien qu'il n'eût jamais enfourché un cheval et n'en recherchât pas l'occasion, il se sentait cavalier-né. Il attribuait à un souvenir atavique, un héritage transmis par le sang, le fait qu'il rêvait très souvent de chevauchées et il nous représentait d'une façon extrêmement convaincante combien lui était naturel le geste de tenir les rênes de la main gauche, en flattant de la dextre le col de sa monture. L'expression la plus fréquente dans sa bouche était : « On devrait. » Formule d'une mélancolique évaluation des possibilités que son caractère indécis empêchait de se réaliser. On aurait dû faire ceci ou cela, être tel personnage ou posséder telle chose. On devrait écrire un roman mondain sur la société de Leipzig, faire le tour du monde comme laveur de vaisselle, étudier la physique, l'astronomie, acheter une petite terre et ne plus vivre qu'en cultivant la glèbe à la sueur de son front. Avions-nous fait moudre un peu de café dans une épicerie, il était capable, en sortant, de murmurer avec un hochement de tête pensif : « On devrait être épicier ! »

J'ai dit plus haut combien Schildknapp était jaloux de son indépendance. Ce sentiment s'exprimait déjà dans son horreur de servir l'État et son choix d'une carrière libre. Pourtant, il était, lui aussi, le serviteur de plusieurs maîtres et avait un peu du cavalier qui monte en croupe. Pourquoi d'ailleurs, étant donné ses moyens d'existence restreints, n'eût-il pas mis à profit son physique avantageux, sa popularité mondaine ? Il acceptait de nombreuses invitations, déjeunait de-ci de-là dans les maisons de Leipzig et aussi chez de riches Israélites, encore qu'on l'entendît émettre parfois des opinions antisémites. Les gens qui se sentent abaissés, point honorés selon leur mérite et jouissent en même temps d'un physique avantageux, cherchent souvent une compensation dans un égocentrisme racial. Le côté curieux de son cas était simplement qu'il n'aimait pas davantage les Allemands ; persuadé de leur infériorité sociale

1. Schildknapp *signifie écuyer.* (N. d. l. T.)

et nationale, il expliquait qu'il préférait encore ou même tout de suite se mettre du côté des Juifs. Ceux-ci, en retour, notamment les épouses d'éditeurs et « dames » de la haute banque, le regardaient avec l'admiration profonde qu'inspiraient à leur race le sang des seigneurs allemands et les jambes longues, et prenaient grand plaisir à le combler d'attentions gracieuses. Les bas de sport, ceintures, sweaters et cache-col qu'il portait étaient pour la plupart des présents et pas toujours obtenus sans provocation. Ainsi lorsqu'il accompagnait une dame qui faisait du « shopping », il lui arrivait de désigner un objet en marmonnant : « Ma foi, je ne paierais pas un sou pour l'avoir ! Tout au plus l'accepterais-je en cadeau. » Et il acceptait le cadeau de l'air de quelqu'un qui vient de déclarer qu'il ne donnerait pas un sou pour l'acheter. Quant au reste, il affirmait à soi et aux autres son indépendance en se refusant, par principe, à tout acte de complaisance. Avait-on besoin de lui, on était assuré de ne pas le trouver. Un convive manquait-il à table et le priait-on de boucher le trou, il se dérobait infailliblement. Quelqu'un souhaitait-il son agréable compagnie pendant une cure thermale prescrite par la Faculté, le refus était d'autant plus certain que l'autre tenait davantage à sa divertissante société. Il avait repoussé la demande de tirer pour Adrian, de *Love's Labour Lost,* le texte d'un livret. Pourtant il aimait beaucoup Adrian, lui était sincèrement attaché et sa défection ne fut pas prise en mauvaise part. Au surplus, mon ami était plein de tolérance pour des faiblesses dont Schildknapp riait d'ailleurs le premier. Adrian lui savait bien trop gré de son commerce sympathique, de sa chronique paternelle, de sa cocasserie anglaise, pour lui en vouloir. Jamais je ne l'ai vu rire aux larmes de si bon cœur qu'avec Rüdiger Schildknapp. Véritable humoriste, celui-ci savait découvrir dans les choses les plus insignifiantes une drôlerie momentanément irrésistible. Ainsi, il est de fait que lorsqu'on mord dans un biscuit croustillant, son craquement assourdit qui le mange, et ferme ses oreilles aux bruits extérieurs ; et Schildknapp de nous démontrer, à l'heure du thé, que les gens occupés à croquer des gâteaux secs ne pouvant se comprendre mutuellement, leur conversation se limitait à des : « Pardon ? Vous disiez ? Un instant, s'il vous plaît ! »

Adrian riait à gorge déployée quand Schildknapp prenait à partie son reflet dans le miroir. Car il avait de la fatuité, une fatuité point banale mais prise dans une acception poétique en songeant à l'infini potentiel de bonheur inclus dans le monde et qui dépassait de loin son irrésolution, ses instincts de velléitaire. A cause de tout ce bonheur en puissance, il souhaitait se maintenir jeune et beau et la tendance de son visage à se rider, à se flétrir précocement, le chagrinait. D'ailleurs sa bouche avait un pli assez vieillot et jointe à la pente d'un nez droit un peu plongeant — ligne qu'on aurait encore volontiers qualifiée de classique — elle faisait prévoir ce que serait la physionomie de Rüdiger vieilli. En outre, il y avait les plis du front, les sillons du nez à la bouche et autres pattes d'oie. Il approchait donc avec méfiance sa figure du miroir, s'adressait une grimace sincère, se pinçait le menton entre le pouce et l'index, se passait avec dégoût les doigts sur les joues et congédiait son image d'un geste de la main droite, si expressif que l'hilarité nous secouait tous deux, Adrian et moi.

Je n'ai pas encore signalé que ses yeux étaient exactement de la couleur de ceux d'Adrian. Ce trait commun avait quelque chose de remarquable : ils présentaient le même mélange de gris-bleu-vert que chez mon ami, et jusqu'à un cerne couleur de rouille autour des pupilles se retrouvait chez l'un et l'autre. Si étrange cela semble-t-il, j'ai toujours eu l'impression, dans une certaine mesure rassurante, que l'amitié rieuse d'Adrian pour Schildknapp était en connexion avec cette similitude de coloris — d'où la pensée qu'elle dérivait d'une *indifférence* aussi profonde qu'enjouée. A peine ai-je besoin d'ajouter qu'ils ne cessèrent jamais de s'appeler par leur patronyme et de se dire vous. Si je ne m'entendais pas à divertir Adrian aussi bien que Schildknapp, j'ai du moins eu sur le Silésien le privilège du tutoiement de notre enfance.

## XXI

Ce matin, tandis qu'Hélène, mon excellente épouse, préparait le petit déjeuner et qu'un jour frais d'automne haut-bavarois se dégageait peu à peu des brumes inséparables de l'aube, je lisais dans le journal le succès de la reprise de notre guerre sous-marine : au cours des dernières vingt-quatre heures, rien moins que douze bateaux en avaient été les victimes, dont deux grands paquebots, l'un anglais et l'autre brésilien, avec cinq cents passagers. Résultat dû à une nouvelle torpille douée de propriétés fabuleuses que la technique allemande a réussi à fabriquer ; et en songeant à notre esprit d'invention toujours actif, je ne puis me défendre d'un certain orgueil : notre efficience nationale n'est donc point abattue par tant de revers, encore qu'elle soit toujours un instrument aux mains du régime qui nous a jetés dans cette guerre et a mis le continent à nos pieds, substituant ainsi au rêve intellectuel d'une Allemagne européenne, la réalité assurément un peu angoissante, un peu précaire et, semble-t-il, odieuse au monde, d'une Europe germanisée. Ce sentiment d'involontaire orgueil appelle néanmoins son corollaire : la pensée que des succès adventices comme ces nouveaux torpillages ou le raid de hussards, brillant en soi, de l'enlèvement du dictateur italien déchu, ne peuvent plus qu'éveiller des espérances vaines et prolonger une guerre désormais impossible à gagner de l'avis même des personnes autorisées. Le directeur de notre école supérieure de théologie à Freising, Mgr Hinterpfortner, partage mon opinion, il me l'a avoué carrément seul à seul, en prenant la chope du soir. Un homme sans analogie aucune avec le savant passionné autour duquel à Munich se centrait cet été la révolte d'étudiants effroyablement réprimée dans le sang, mais un homme à qui sa compréhension universelle interdit toutes les illusions, même celle qui s'obstine à distinguer entre « ne pas gagner la guerre » et « la perdre » et ainsi, voile à autrui la vérité. La vérité, c'est que nous avons joué notre va-tout et l'échec de notre entreprise d'hégémonie mondiale équivaudra à une catastrophe nationale de premier ordre.

Tout cela pour rappeler au lecteur au milieu de quelles circonstances historiques est rédigée la biographie de Leverkühn, et lui faire remarquer que le trouble inhérent à mon travail se confond perpétuellement, jusqu'à en être indiscernable, avec celui que produisent les émotions du jour. Je ne dis pas que j'ai été distrait, les événements ne sauraient, je crois, me détourner de mon propos de narrateur. Mais bien que personnellement à l'abri, ce climat de perpétuelle inquiétude n'est point propice à une tâche comme la mienne. De plus, précisément pendant les désordres et les exécutions de Munich, une grippe précédée de violents frissons m'a cloué dix jours au lit, limitant pour un long temps les forces intellectuelles et corporelles du sexagénaire que je suis. Par conséquent, le printemps et l'été se sont déjà mués en un automne avancé depuis que j'ai jeté sur le papier les premières lignes de ma relation. Dans l'intervalle, nous avons vu la destruction tomber des nues sur nos vénérables villes, destruction qui crierait vers le ciel si nous, les victimes, n'en étions pas responsables. Mais il s'agit de nous et le cri expire dans les airs, telle la prière du roi Claudius qui « ne peut monter jusqu'au ciel ». Quel son étrange rendrait d'ailleurs ce lamento élevé au nom de la culture, devant les crimes provoqués par nous-mêmes, et dans la bouche de ceux qui sont entrés sur la scène de l'Histoire en annonciateurs et messagers d'une barbarie régénératrice du monde, vautrée dans l'infamie ! Plus d'une fois la dévastation bouleversante, écrasante, a frôlé ma retraite, proche à m'en couper le souffle. Le terrible bombardement de la ville de Dürer et de Wilibald Pirckheimer était imminent ; et à l'heure où le Jugement dernier s'abattait sur Munich, j'étais assis dans mon cabinet de travail, blême, secoué comme les murs, les portes, les vitres de la maison, et d'une main tremblante j'écrivais la présente biographie. Car cette main frémit de toute façon à cause du sujet traité, et peu importe que la tourmente extérieure renforce encore davantage un symptôme habituel.

Nous avons, disais-je donc, avec la sorte d'espoir et de fierté que suscite en nous tout déploiement des forces nationales, nous avons assisté au nouvel assaut de notre Wehrmacht contre les hordes russes, qui défendent âprement leur patrie inhospitalière mais manifestement très chère. Après quelques semaines, notre offensive s'est transformée en une offensive russe et depuis, elle aboutit à des pertes de terrain, incessantes, inévitables — pour ne parler que du terrain. Frappés de stupeur, nous avons appris le débarquement des troupes américaines et canadiennes sur la côte sud-est de la Sicile, la chute de Syracuse, Catane, Messine, Taormina. Avec un mélange d'effroi et d'envie, et le sentiment obsédant que pas plus dans le bon que dans le mauvais sens nous n'en étions capables, nous avons vu comment un pays — auquel sa mentalité permet encore de tirer d'une série de scandaleuses défaites la conclusion objective qui s'impose, — se débarrasse de son grand homme et un peu après consent à la reddition inconditionnelle. A nous aussi on la demande, mais elle nous apparaît, même dans la pire détresse, comme le sacrifice d'un bien trop précieux et trop sacré. Oui, nous sommes un peuple très différent, à l'âme puissante et tragique, réfractaire au prosaïsme de la raison et notre amour va au destin quel qu'il soit, pourvu que ce soit un destin, fût-ce un anéantissement embrasant le ciel des rougeurs d'un crépuscule des dieux.

L'avance des Moscovites dans notre futur grenier à blé, l'Ukraine, et le repli élastique de nos troupes sur la ligne du Dnieper se sont déroulés parallèlement à mon travail, ou plutôt, il s'est déroulé parallèlement aux événements. Depuis quelques jours, l'instabilité de ce barrage de défense aussi semble démontrée, encore que notre Führer, accouru sur les lieux, ait voulu stopper énergiquement la retraite en invoquant la formule frappante et sévère de « psychose de Stalingrad » et ordonné qu'on défende à tout prix la ligne du Dnieper. Coûte que coûte le prix a été payé. En vain. Jusqu'à quel point la marée rouge dont parlent les journaux déferlera-t-elle encore ? La réponse est laissée à notre imagination déjà encline à d'extravagantes débauches. L'Allemagne devenue elle-même le champ de bataille de notre guerre, voilà qui entre dans le domaine du fantastique, et un défi à l'ordre et aux prévisions. Il y a vingt-cinq ans, nous avions su l'empêcher au dernier moment, mais notre état d'esprit de plus en plus tragi-héroïque ne semble plus nous permettre d'abandonner une cause perdue avant que se réalise l'impensable. Grâce à Dieu, de vastes espaces s'étendent entre la ruée dévastatrice de l'est et nos champs familiers. Nous pouvons accepter quelques humiliations sur ce front pour défendre ensuite avec une opiniâtreté accrue notre espace vital européen contre les ennemis mortels de l'ordre allemand qui nous menacent à l'ouest. L'invasion de notre belle Sicile ne prouvait pas forcément que l'ennemi pouvait également prendre pied sur la péninsule. Or, la chose s'est révélée malheureusement possible et la semaine dernière, à Naples, un soulèvement communiste a éclaté, favorable aux Alliés. Sur quoi la ville ne pouvant plus être considérée plus longtemps comme un digne séjour pour les troupes allemandes, nous avons vidé les lieux la tête haute, après avoir scrupuleusement détruit la bibliothèque et laissé une bombe à retardement au bureau de poste principal. Entre-temps, on parle de tentatives d'invasion dans la Manche, couverte de bateaux, dit-on, et le bourgeois se demande, certes indûment, si ce qui s'est passé en Italie et plus loin en remontant la botte, pourrait, contrairement à toute croyance orthodoxe en l'inexpugnabilité de la forte-resse Europe, se produire également en France ou ailleurs.

Oui, Mgr Hinterpfortner a raison : nous sommes perdus. Je veux dire : la guerre est perdue, mais plus qu'une campagne, c'est *nous* qui sommes perdus, nous, perdues notre cause et notre âme, notre foi et notre histoire. C'en est fait de l'Allemagme, c'en sera fait d'elle, un innommable écroulement se dessine, économique, politique, moral et spirituel, bref englobant tout. Je ne veux pas avoir souhaité ce qui nous menace, car c'est le désespoir, la démence. Je ne veux pas l'avoir souhaité, parce que ma pitié, ma douloureuse compassion pour ce peuple infortuné sont beaucoup trop profondes, et je me remémore son relèvement et son aveugle ferveur, le redressement, la propulsion, l'explosion, l'extension, le renouveau censément purificateur, la renaissance populaire antérieure à la dernière décennie, cette effervescence en apparence sacrée ; il s'y mêlait, il est vrai, en signe prémonitoire de son caractère fallacieux, beaucoup de rudesse sauvage, beaucoup de brutalité de soudard, beaucoup d'impurs appétits de souillure, de tor-ture, d'avilissement. Pour tout homme clairvoyant, il y avait déjà là en germe la guerre, cette guerre-ci tout entière. Mon cœur se contracte à la pensée du formidable investissement de foi, d'enthousiasme, de passionnée exaltation historique qui eut lieu à l'époque et va aboutir à une banqueroute sans pareille ! Non, je ne veux pas l'avoir souhaitée... et pourtant j'ai été forcé de la souhaiter — et je sais que je l'ai souhaitée, que je la souhaite aujourd'hui et que je la saluerai, en haine du criminel mépris de toute raison, du scandaleux reniement de la vérité, du culte grossier, débau-ché, d'un mythe de bas étage, de la coupable confusion du dégénéré actuel avec celui qu'il fut autrefois, de l'infâme mésusage, de la misérable dégradation de ce qui est ancien et authentique, fidèle et familier, l'élément germanique primitif, auquel des paltoquets et des imposteurs nous ont préparés avec un philtre empoisonné qui trouble les sens. L'immense ivresse dont, toujours avides de griserie, nous nous sommes soûlés durant des années d'une vie soi-disant supérieure, où nous avons perpétré des actes qui dépassent les limites de l'abjection, nous la devons payer. Par quoi ?

J'ai déjà dit le mot, je l'ai prononcé, en même temps que le mot de désespoir. Je ne le répéterai pas. On ne surmonte pas deux fois l'épouvante avec laquelle je l'ai tracé plus haut, dans un déplorable emportement de ma plume.

*
* *

Les astérisques aussi sont un repos pour l'œil et l'intellect. Il n'est pas indispensable qu'un chiffre romain marque plus fortement la charnière du récit et serve toujours de nouveau point de départ ; et il m'était impossible de donner le caractère d'un chapitre en soi à la précédente incursion dans l'actualité, à propos d'événements postérieurs à la mort d'Adrian Leverkühn. Après avoir clarifié typographiquement mon texte au moyen de cet agréable artifice, je compléterai plutôt mon chapitre par quelques détails sur les années d'Adrian à Leipzig, sans me dissimuler qu'ainsi il prend un aspect composite et semble fait de fragments hétérogènes. Pourtant je me reproche déjà de n'avoir pas su mieux me tirer du précédent. Je relis tout ce que j'ai été amené à raconter. Les souhaits et projets d'Adrian, ses premiers lieder, le regard douloureux qui lui était devenu habituel pendant notre séparation, les beautés intellectuelles et captivantes de la comédie shakespearienne, la mise en musique par Leverkühn de poèmes en langue étrangère, son cosmopolitisme réticent, puis le club bohème du Café Central et enfin le portrait en pied de Rüdiger Schildknapp auquel je me suis peut-être trop attardé et je me demande avec raison si de telles disparates peuvent donner de l'unité à un chapitre. Toutefois, je m'en souviens, au début de mon travail, je me faisais scrupule d'avoir failli à la règle d'une composition régulière et concertée. Mon excuse est toujours la même. Mon sujet me touche de trop près. Ou plutôt, ici se trahit trop l'absence de contrastes, d'opposition entre la matière et le modeleur. Ne l'ai-je pas dit maintes fois, la vie que je relate me fut plus proche, plus chère, plus émouvante que la mienne propre ? Ce qui est le plus proche, le plus émouvant, le plus nôtre, cesse d'être une « matière », devient une *personne,* — et il est malaisé d'y introduire des divisions artistiques. Loin de moi la pensée de contester le caractère grave de l'art ; mais dans les cas vraiment graves, on rejette l'art, on n'en est plus capable. Je le répète, les paragraphes et astérisques de ce livre sont une simple concession à l'œil d'autrui et s'il ne tenait qu'à moi, j'écrirais tout d'un trait, d'une haleine, sans morcellement, même sans alinéas. Mais je n'ai pas le courage de mettre sous les yeux du lecteur un ouvrage imprimé d'un aspect aussi rébarbatif.

*
* *

Ayant donc vécu douze mois avec Adrian à Leipzig, je sais comment il y passa les trois autres années de son séjour : le conservatisme de son mode d'existence m'en est garant, qui souvent me fit l'effet d'un engourdissement et parfois m'accablait un peu. Ce n'est pas en vain qu'il avait exprimé dans sa lettre sa sympathie pour le « refus de rien savoir » et l'absence d'aventures de Chopin. Lui non plus ne voulait rien savoir, rien voir, même rien vivre, du moins pas au sens évident, extérieur, du mot. Il ne tenait pas au changement, aux impressions nouvelles, aux distractions, à la détente roborative. Il se gaussait, volontiers, des gens qui passent leur temps à se délasser, à se bronzer, à se fortifier sans motif. « Le délassement, disait-il, est fait pour ceux à qui il ne vaut rien. » Il ne se souciait guère de voyager aux fins de regarder, d'emmagasiner, de « s'instruire ». Il dédaignait les plaisirs visuels et autant son ouïe était sensible, autant il éprouvait peu le besoin d'éduquer sa rétine au moyen des créations de l'art plastique. Il trouvait bon et juste de classer les humains en deux types distincts : les visuels et les auditifs, et se rangeait résolument dans la seconde catégorie. Pour ma part, ce classement ne m'a jamais paru très applicable. Je me refusais à croire le sens visuel d'Adrian fermé aux impressions et rétractile. Goethe aussi dit, il est vrai, que la musique est un don inné, une faculté intime qui ne puise pas grand aliment au-dehors et peut faire fi des expériences de la vie. Il y a cependant une voyance intérieure, la vision ; elle diffère du simple acte de voir et embrasse bien davantage. En outre, il y a une contradiction profonde dans le fait qu'un homme soit sensible comme le fut Leverkühn à l'œil humain — qui pourtant n'a d'éclat que sous le regard de son œil à lui — et qu'en même temps il refuse de percevoir le monde à travers cet organe. Qu'il me suffise de citer les noms de Marie *Godeau,* Rudi *Schwerdtfeger* et Nepomuk *Schneidewein.* Je me représente aussitôt la réceptivité, je dirais le faible d'Adrian pour la magie des prunelles noires, bleues, et me rends d'ailleurs compte que je commets une bévue en bombardant le lecteur de noms qui lui sont étrangers, appelés beaucoup plus tard seulement à s'incarner en des êtres. La grossièreté manifeste de mon erreur pourrait même faire croire qu'elle est volontaire. Mais au vrai, que signifie volontaire ? J'ai conscience d'avoir introduit ces noms vides et prématurés sous l'empire d'une contrainte.

Le voyage d'Adrian à Gratz n'eut pas lieu pour le plaisir de voyager. Il forma une coupure dans le trantran monotone de sa vie. L'excursion à la mer entreprise avec Schildknapp en fut une autre et l'on peut dire que le tableau symphonique à un mouvement en résulta. La troisième de ces exceptions n'est pas sans lien avec ces déplacements : un voyage à Bâle en compagnie de son maître Kretzschmar pour assister aux auditions de musique sacrée de l'époque baroque que le Kammerchor de Bâle organisait en l'église de Saint-Martin et où Kretzschmar devait tenir l'orgue. On entendit le *Magnificat* de Monteverdi, des exercices d'orgue de Frescobaldi, un oratorio de Carissimi et une cantate de Buxtehude. Cette « musica reservata », une musique passionnée qui s'oppose au constructivisme des Néerlandais, apportait au maniement de la parole biblique, par un choc en retour, une surprenante liberté humaine, une hardiesse d'expression déclamatoire et l'entourait d'une instrumentation imagée et réaliste. Elle produisit sur Leverkühn une impression très forte et durable. Dans ses lettres, et de vive voix aussi, il m'entretint du modernisme des moyens musicaux de Monteverdi. Il passa ensuite des heures à la bibliothèque de Leipzig, à compulser le *Jephté* de Carissimi et les *Psaumes de David* de Schütz. Qui ne décélerait dans la musique quasi spirituelle de ses années ultérieures, l' *Apocalypse* et le *Dr Faustus,* l'influence stylistique de ce madrigalisme ? Toujours prédomina chez lui une volonté d'expression tendue à l'extrême, jointe à la passion intellectuelle de l'ordre rigoureux, linéaire, des Néerlandais. En d'autres termes, la chaleur et la froideur régissaient tour à tour son œuvre et parfois, aux instants de plus géniale envolée, elles se confondaient, *l'espressivo* s'emparait du contrepoint strict, l'objectif s'échauffait au contact du sentiment ; et l'on avait l'impression d'une construction ardente qui, plus que tout au monde, me donnait l'idée du démoniaque et m'a toujours rappelé le plan en lignes de feu que, selon la légende, Quelqu'un traça sur le sable, pour l'architecte hésitant de la cathédrale de Cologne.

Entre le premier voyage d'Adrian en Suisse et le précédent à Sylt, il y eut le rapport suivant. Ce petit pays si actif et indépendant dans le domaine de la culture possédait et possède toujours une Société philharmonique qui organise, entre autres manifestations, des *Lectures d'Orchestre,* comme on les appelle : le comité directeur qui forme le jury accueille les œuvres de jeunes compositeurs et les fait exécuter à titre d'essai par l'un des orchestres symphoniques du pays, sous la conduite de son chef. De ces auditions le public était exclu et l'on y admettait uniquement les gens du métier, pour offrir ainsi aux artistes novices l'occasion d'entendre leur création, d'acquérir de l'expérience et les mettre en contact instructif avec la réalité des sons. Une « lecture » de ce genre eut précisément lieu à Genève, sous les auspices de l'Orchestre de la Suisse Romande, presque en même temps que le concert de Bâle. Grâce à ses relations, Wendell Kretzschmar avait réussi à faire inscrire au programme les *Phosphorescences de la Mer* d'Adrian — l'œuvre d'un jeune Allemand, ce qui était exceptionnel. Pour Adrian, la surprise fut totale. Kretz-schmar s'était amusé à le laisser dans une ignorance complète. Il ne soupçonnait rien, tandis qu'avec son maître il roulait de Bâle vers Genève pour assister à l'audition d'essai. Et soudain résonna sous la baguette de M. Ansermet, son « traitement de racine dentaire », ce morceau d'un étincelant impressionnisme nocturne que son auteur n'avait jamais pris au sérieux, lors même qu'il l'écrivait. Durant l'exécution il fut sur les charbons ardents. Savoir que l'auditoire l'identifie avec une œuvre qu'il a intérieurement dépassée et qui pour lui fut un simple jeu, avec quelque chose à quoi il ne croyait pas, est pour l'artiste un supplice comique. Par bonheur, les démonstrations —

louange ou critique — étaient interdites au cours de ces séances. Dans le privé, il reçut des compliments, des blâmes, des remontrances, des conseils en français comme en allemand, sans plus contredire les enthousiastes que les mécontents ; d'ailleurs, il ne se trouva d'accord avec personne. Il resta environ une semaine ou dix jours avec Kretzschmar à Genève, Bâle et Zurich et entra en relations éphémères avec les milieux artistiques de ces villes. On n'a pas dû prendre grand plaisir à sa fréquentation ; sans doute ne savait-on quoi tirer de lui, du moins dans la mesure où l'on attendait de la naïveté, de l'expansion, de la camaraderie. Quelques-uns, par-ci par-là, furent peut-être sensibles à sa réserve, au halo de solitude qui l'environnait, à l'altière difficulté de son existence. Je sais que le fait se produisit et n'en suis pas surpris : en effet, je l'ai constaté par expérience, la souffrance éveille en Suisse beaucoup de sympathie compréhensive, et ce sentiment s'y allie bien plus que dans d'autres centres de très haute culture — par exemple, l'intellectuel Paris — à un caractère bourgeois d'antique cité. Il y avait là un point de contact secret. Par ailleurs, la méfiance introvertie du Suisse à l'égard de l'Allemand du Reich se heurtait ici à un cas particulier de méfiance allemande à l'égard du « monde » — si étrange cela puisse-t-il paraître de qualifier de « monde » — l'étroit petit pays limitrophe, par opposition au vaste et puissant Reich germanique avec ses villes géantes. Pourtant le terme est d'une justesse incontestable. La Suisse, neutre, polyglotte, d'influence française, traversée du souffle de l'Occident, est, en dépit de son format minuscule, beaucoup plus « le monde », beaucoup plus le parterre du théâtre européen, que ne l'est le colosse du Nord où le mot « international » est depuis longtemps une injure et où un provincialisme présomptueux a corrompu l'atmosphère et l'a rendue stagnante. J'ai déjà parlé du cosmopolitisme latent d'Adrian. Mais chez un Allemand, la conscience d'être citoyen du monde a toujours été autre chose que la mondanité et mon ami était tout à fait homme à se sentir accablé par la mondanité, à ne pas s'y intégrer. Quelques jours avant Kretzschmar il rentra à Leipzig, cette ville qui assurément contient le monde, mais où l'élément mondial est un hôte de passage, cette ville au parler risible où pour la première fois le désir avait effleuré sa fierté : un bouleversement intense, une aventure surgie des profondeurs, comme il n'aurait pas cru qu'il en pût exister au monde, et qui, si je ne m'abuse, n'avait pas peu contribué à le rendre farouche à l'égard de ce dernier.

Durant ses quatre ans et demi de Leipzig, Adrian conserva son logis de deux pièces dans la Peterstrasse, près du Collegium Beatae Virginis, où il avait de nouveau fixé le « Carré Magique » au-dessus du piano. Il suivit des cours de philosophie et d'histoire de la musique, lut et compulsa des extraits à la Bibliothèque, enfin soumit à la critique de Kretzschmar ses études de composition, des morceaux pour piano, un « concerto » pour orchestre à cordes et un quatuor pour flûte, clarinette, cor de basset et basson ; je cite les morceaux qui me sont connus et ont été conservés, encore que jamais publiés. Le rôle de Kretzschmar consistait à lui indiquer les faiblesses, à suggérer des corrections de tempos, l'animation d'un rythme un peu figé, le profilement plus accusé d'un thème. Il lui signalait une voix médiane qui se perdait dans le sable, une basse qui restait mobile au lieu de se mouvoir. Il posait le doigt sur une transition qui, n'ayant qu'une cohésion extérieure et ne découlant pas d'une nécessité organique, compromettait le flot naturel de la composition. Il formulait en somme simplement ce que la compréhension de l'élève aurait pu lui dire toute seule, et ce qu'il s'était déjà dit. Un maître est la conscience personnifiée de son disciple, il le confirme dans ses doutes, motive pour lui son mécontentement, stimule son désir de perfectionnement. Mais un élève comme Adrian n'avait au fond pas besoin d'un mentor et correcteur. Il apportait ses ébauches à seule fin d'entendre formuler ce que déjà il savait et s'amuser ensuite de la compréhension artistique du professeur, absolument d'accord avec la sienne — la *compréhension* artistique, il faut mettre l'accent sur le terme qui en somme régit l'idée de l'œuvre — non point l'idée d'*une* œuvre, mais l'idée de l'opus même, de la création en général, qui forme un tout, objective et harmonieuse. Elle est, cette compréhension, l'imprésario de l'ensemble, de son unité organique, elle recolle les déchirures, bouche les trous, canalise ce « flot naturel » inexistant au début et donc nullement naturel mais effet de l'art — bref, elle produit rétrospectivement et indirectement l'impression de l'immédiat et de l'organique. Dans toute œuvre, il entre une grande part d'apparence, on pourrait hasarder qu'elle est une apparence en soi, en tant qu' « œuvre ». Elle a l'ambition de faire croire qu'elle n'a pas été fabriquée mais que telle Pallas Athéna elle a jailli de la tête de Zeus, parée de ses armes ciselées. Illusion. Jamais œuvre n'a connu de génération spontanée. Elle est faite de travail, de travail artistique en vue de l'apparence — et l'on se demande à présent si étant donné l'état actuel de notre conscience, de notre sens de la vérité, ce jeu est encore licite, encore intellectuellement possible, si l'on peut encore le prendre au sérieux, si l'œuvre en tant que telle, comme création se suffisant à elle-même et harmonieusement fermée sur elle-même, offre encore un rapport légitime avec l'incertain, le problématique et l'absence d'harmonie de nos actuelles conditions sociales, si toute apparence, fût-ce la plus belle, et précisément la plus belle, est devenue aujourd'hui un *mensonge*.

On se le demande, dis-je. J'entends par là : j'ai appris à me le demander dans la fréquentation d'Adrian dont l'acuité de vision ou, si l'on peut risquer le mot, l'acuité de perception dans cet ordre d'idées était irréductible. Mon naturel conciliant ne me prédisposait pas à partager spontanément ses opinions, ses aperçus jetés dans la conversation et j'en souffrais, non que mon esprit de bienveillance en fût blessé, mais à cause de lui ; ils m'étaient douloureux, m'oppressaient, m'inquiétaient parce que j'entrevoyais là de dangereuses complications de son existence, des inhibitions paralysantes pour le développement de ses dons. Je lui ai entendu dire :

— L'œuvre d'art ? Un leurre. Une chose dont le bourgeois voudrait qu'elle existe encore. Elle va à l'encontre de la vérité et du sérieux. Authentique et sérieux, seul l'est ce qui est très bref, l'instant musical concentré à l'extrême...

Comment de tels propos ne m'eussent-ils pas inquiété quand je savais que pour sa part il aspirait à l'œuvre et se proposait de composer un opéra ?

Je lui ai entendu dire également :

— L'apparence et le jeu se heurtent à la conscience de l'art. L'art veut cesser d'être une apparence et un jeu, il veut devenir une connaissance lucide.

Mais ce qui cesse de correspondre à sa définition ne cesse-t-il pas du même coup d'exister ? Et comment l'art peut-il vivre en tant que connaissance ? Je me souviens de ce qu'Adrian avait écrit de Halle à Kretzschmar sur l'extension du royaume du banal. Son maître n'en avait pas été ébranlé dans sa foi en la vocation de l'élève. Mais ces considérations nouvelles, ces diatribes contre la forme elle-même laissaient envisager un tel élargissement du royaume du banal, de ce qui était devenu inadmissible, qu'elles menaçaient d'engloutir l'art tout entier. Avec un profond souci je me demandais quels efforts, quels trucs intellectuels, quels biais et quelles ironies seraient nécessaires pour sauver l'art, le reconquérir et réaliser une œuvre qui sous le travesti de la naïveté révélerait l'état de connaissance lucide grâce auquel elle a été obtenue.

Un jour, une nuit plutôt, mon pauvre ami s'est entendu dire à ce sujet des choses plus précises, par une bouche terrifiante, un auxiliaire effroyable. La relation de cet entretien existe et je la divulguerai en temps et lieu. Elle m'a expliqué et éclairé l'effroi instinctif que les aperçus d'Adrian suscitèrent en moi à l'époque. Ce que j'ai appelé plus haut « le travesti de la naïveté », combien souvent et de bonne heure il s'est manifesté dans sa production, et combien singulièrement ! Il y a là sur l'échelon musical le plus développé, sur un arrière-plan de tensions extrêmes, des « banalités », naturellement pas au sens sentimental du mot ou au sens d'un élan aimable, mais des banalités au sens d'une technique primitive, donc des naïvetés ou des apparences de naïveté que maître Kretzschmar tolérait en souriant avec bonhomie chez ce disciple peu ordinaire : sans doute les considérait-il non comme des naïvetés du premier degré si j'ose dire mais comme un dépassement du nouveau et du rabâché, comme des audaces sous le masque du primitif. Ainsi seulement convient-il de comprendre les treize poèmes de Brentano auxquels je tiens à consacrer un mot avant de terminer ce chapitre et qui souvent semblent une dérision et tout à la fois une glorification de l'essentiel, une façon douloureuse et évocatrice de railler la tonalité, le système tempéré, la musique traditionnelle.

Si au cours de ses années de Leipzig Adrian s'adonna avec beaucoup de zèle à la composition de lieder, c'est qu'il considérait le mariage lyrique de la musique avec le mot comme une préparation à l'alliance dramatique qu'il rêvait. Mais probablement, cela tenait aussi à ses scrupules au sujet du destin, de la situation historique de l'art même, de l'œuvre autonome. Il doutait de la forme en tant que jeu et apparence — aussi la forme réduite et lyrique du lied lui semblait-elle peut-être la plus acceptable, la plus sérieuse, la plus authentique, la mieux faite pour répondre à son exigence théorique de brièveté condensée. Pourtant, beaucoup de ces chants, tels : *O lieb Mädel* avec les lettres symboliques ou l'hymne : *Die lustigen Musikanten — Der Jäger an den Hirten*[1] et d'autres sont très longs et Leverkühn voulait qu'on les considérât et les exécutât intégralement comme un tout, donc comme une œuvre dérivant d'une conception stylistique déterminée, d'un archétype sonore, d'un contact génial avec une âme de poète, merveilleusement élevée et profondément rêveuse. Jamais il ne consentit à l'exécution de morceaux détachés de cette suite, et il n'autorisait que la présentation du cycle complet, depuis la folle introduction qui se termine par ces lignes hallucinées :

> *O Stern und Blume, Geist und Kleid,*
> *Lieb, Leid, und Zeit und Ewigkeit*[2] *!*

jusqu'au morceau final d'une énergie puissante et sombre :

> *Einen kenn ich... Tod so heisst er*[3].

1. *O chère fille. — Les joyeux Musiciens. — Le chasseur aux Bergers.*
2. *O étoile, ô fleur, esprit et vêtement — amour, souffrance, temps et éternité !*
3. *J'en connais Un — ...Il a nom Mort.*

Du vivant d'Adrian, cette restriction rigoureuse entrava énormément l'exécution publique, d'autant qu'un des lieder, les *Joyeux Musiciens*, est écrit pour un quintette de voix, la mère, la fille, les deux frères et le garçon qui « de bonne heure se cassa la jambe » et donc pour alto, soprano, baryton, ténor et une voix d'enfant chantant tantôt des soli, tantôt des duos, notamment celui des deux frères. Ce numéro 4 du Cycle fut le premier qu'Adrian orchestra ou plus exactement arrangea aussitôt pour un petit orchestre d'instruments à cordes, à vent et à percussion ; car dans l'étrange poème, il est beaucoup question des fifres, du tambourin, des grelots et cymbales, des joyeux trilles de violons, par quoi la petite troupe fantasque et soucieuse entraîne la nuit, « à l'heure où nul œil mortel ne nous voit », dans l'enchantement de ses mélodies, les amoureux dans leur chambre, les hôtes ivres, la jeune fille solitaire. L'esprit et le climat du morceau, l'hallucinante atmosphère de complainte, à la fois charmante et tourmentée sont uniques. Et pourtant j'hésite à lui décerner la palme parmi les treize chants, car nombre d'entre eux respirent la musique en un sens plus intime que celui-ci dont les paroles traitent de musique, et ils s'accomplissent plus profondément en elle.

*Grossmutter Schlangenköchin*[1], voilà un autre parmi les lieder, ce *Maria wo bist du zur Stube gewesen*[2] ? Ce *Ah weh, Frau Mutter wie weh !* sept fois répété, qui avec un incroyable art de l'intuition évoque la région la plus familière, lugubre, et effrayante de la mélodie populaire allemande. Car c'est un fait, cette musique savante, authentique et super-intelligente s'efforce sans cesse dans la douleur, de capter la mélodie populaire. Toujours celle-ci demeure en suspens, à la fois présente et absente, elle résonne fragmentairement, elle résonne et disparaît, confondue dans un style musical étranger à son âme et duquel elle essaie perpétuellement de jaillir. Vision d'un art émouvant et rien de moins qu'un paradoxe culturel. A l'encontre du

---

1. *Mère-grand, cuisinière de serpents.*
2. *Maria, dans quelle chambre as-tu été ? Ah ! malheur, madame ma mère, quel malheur !*

processus de développement naturel par quoi l'élémentaire engendre le raffiné, la spiritualité, ici au contraire ceux-ci jouent le rôle de l'élément primitif auquel la naïveté essaie de s'arracher.

> *Wehet der Sterne*
> *heiliger Sinn*
> *leis durch die Ferne*
> *bis zu mir hin[1].*

C'est là le son presque perdu dans l'espace, l'ozone cosmique d'un autre morceau où les esprits voguent dans des nefs dorées sur la mer céleste et où le carillon de chants éblouissants s'égrène vers la terre, s'élève vers les nues.

> *Alles ist freundlich wohlwollend verbunden,*
> *bietet sich tröstend und trauernd die Hand,*
> *sind durch die Nächte die Lichter gewunden,*
> *alles ist ewig im Innern verwandt[2].*

Rarement dans toute la littérature mot et son se sont rencontrés et confirmés comme ici. L'œil tourné sur elle-même, la musique contemple sa propre essence. Cette façon consolante et attristée qu'ont les notes de se tendre la main, cet enchevêtrement et cette absorption de toutes choses parentes se muant l'une en l'autre, c'est elle, elle-même, et Adrian Leverkühn y affirme sa jeune maîtrise.

Avant de quitter Leipzig pour remplir les fonctions de premier chef d'orchestre au théâtre municipal de Lubeck, Kretzschmar eut soin de faire imprimer les chants de Brentano. Schott de Mayence les prit en dépôt : autrement dit, Adrian eut à supporter les frais d'impression (avec l'aide de Kretzschmar et la mienne) et resta propriétaire, assurant

---

1. *Des étoiles souffle — l'esprit sacré — doucement à travers l'espace — jusque vers moi.*
2. *« Tout est uni d'un lien amical, bienveillant — se tend la main pour consoler et pour pleurer — dans la trame des nuits, les astres sont tissés — tout est à jamais apparenté du dedans. »*

au commissionnaire un gain de 20 p. 100 sur les bénéfices nets. Il surveilla de très près l'édition de la réduction pour piano, exigea un papier rude, mat, un format in-quarto, une large marge, une disposition point trop serrée des notes. Un avant-propos devait stipuler que l'œuvre ne pourrait être exécutée dans les concerts ou par des sociétés de musique qu'avec l'assentiment de l'auteur et intégralement, sans omettre aucun des treize morceaux. On lui en fit grief comme d'une marque de suffisance et cette clause jointe aux audaces de la musique, ne contribua pas à la diffusion des lieder. Ils furent exécutés en 1922, non en la présence d'Adrian mais en la mienne, dans la salle de concerts de Zurich, sous la baguette de l'excellent Dr Volkmar Andræ et la partie du jeune garçon « qui s'est tôt cassé la jambe » des *Joyeux Musiciens* fut chantée par un enfant malheureusement infirme pour de bon, appuyé sur une béquille, le petit Jacob Nägli à la prenante voix cristalline.

Soit dit en passant, la jolie édition originale des poésies de Brentano qui servit à Adrian pour son travail lui venait de moi ; je lui avais apporté ce petit volume de Naumburg à Leipzig. Bien entendu, je n'influençai en rien le choix qu'il fit des treize chants ; mais je peux affirmer qu'ils répondirent presque morceau par morceau à mes souhaits, à mon attente. — Cadeau déplacé, estimera le lecteur. Qu'avais-je, qu'avaient ma culture et mes principes moraux de commun avec ces divagations du poète dramatique qui partout s'échappent du chant enfantin populaire pour passer dans la sphère de l'hallucination sinon de la dégénérescence ? Je ne puis que répondre : ce fut la musique qui m'incita à lui faire ce présent — la musique qui dans ces vers dort d'un sommeil si léger que le moindre effleurement d'une main experte suffit à l'éveiller.

# XXII

Quand Leverkühn quitta Leipzig, en septembre 1910, par conséquent à l'époque où j'avais déjà commencé d'enseigner au lycée de Kaisersaschern, il retourna tout d'abord à Buchel, son pays natal, pour assister au mariage de sa sœur. J'y étais également invité ainsi que mes parents. Ursula comptait à présent vingt ans. Elle épousait l'opticien Johannes Schneidewein de Langensalza, un excellent homme rencontré au cours d'une visite à une amie, dans la charmante petite ville de Salza, proche d'Erfurt. De dix ou douze ans plus âgé que sa fiancée, il était d'origine suisse, de souche paysanne bernoise. Il avait appris son métier de lunetier dans sa patrie, mais transplanté dans le Reich à la suite de je ne sais quelle circonstance, il y avait acheté un fonds de verres et d'appareils optiques de tout genre qu'il exploitait avec bonheur. Très bien de sa personne, il conservait son agréable parler helvétique, circonspect et digne, émaillé d'expressions vieil-allemandes — tournures que déjà Ursula

Leverkühn commençait à lui emprunter. Elle aussi, sans être une beauté, avait un physique attrayant. Par ses traits elle ressemblait à son père, ses façons rappelaient plutôt sa mère — brune, mince et d'une amabilité naturelle. L'œil s'arrêtait avec plaisir sur le couple. Entre 1911 et 1923 ils eurent quatre enfants, Rosa, Ezechiel, Raymund et Nepomuk, tous ravissants ; mais le plus jeune, Nepomuk, était un ange. Nous reparlerons de lui plus tard, tout à la fin de mon récit.

Au mariage, l'assistance ne fut pas nombreuse : le prêtre, le maître d'école, le maire de la commune d'Oberweiler et leurs épouses. De Kaisersaschern, en dehors de nous, les Zeitblom, il n'y eut que le seul oncle Nikolaus ; des parents de Mme Elsbeth, venus d'Apolda ; un ménage ami des Leverkühn, avec leur fille, de Weissenfels ; enfin frère Georg, l'agronome, et l'intendante, Mme Luder ; ce fut tout. De Lubeck, Wendell Kretzschmar envoya un télégramme de félicitations qui arriva à Buchel pendant le repas de midi. Il n'y eut pas de fête le soir. On s'était réuni tôt dans la matinée ; à l'issue de la cérémonie nuptiale à l'église du village, un excellent déjeuner nous rassembla tous dans la salle à manger de la maison de la mariée ornée de beaux ustensiles de cuivre et peu après les nouveaux époux se rendirent avec le vieux Thomas à la gare de Weissenfels d'où ils devaient partir en voyage de noces pour Dresde, tandis que les convives s'attardaient encore quelques heures auprès des savoureuses liqueurs aux fruits de Mme Luder.

Cet après-midi-là, Adrian et moi nous fîmes une promenade autour de la Kuhmulde et jusqu'au sommet de Zionsberg. Nous avions à discuter l'adaptation de *Love's Labour Lost* que j'avais entreprise ; elle avait déjà donné lieu à de nombreuses causeries entre nous et à un grand échange de correspondance. De Syracuse et d'Athènes j'avais pu lui envoyer le scénario et des fragments du dialogue allemand versifié pour lequel je m'étais appuyé sur Tieck et Hertzberg en y ajoutant à l'occasion, quand des condensations m'y obligeaient, des apports de mon cru d'un style aussi homogène que possible. Je tenais en effet à lui soumettre à tout prix une version allemande du livret, bien qu'il s'obstinât encore à vouloir composer l'opéra sur un texte anglais.

De toute évidence il était content de se dérober à la réception pour s'évader en plein air. Son regard voilé indiquait que la migraine l'oppressait. Au reste, constatation étrange, j'avais observé à l'église et à table le même malaise chez son père. On comprend que cette affection nerveuse se déclenche précisément en des occasions solennelles, sous l'influence de l'attendrissement et de l'émotion. C'est ce qui se produisit pour le père. Dans le cas du fils, la cause psychique fut plutôt qu'il avait participé à contrecœur et de mauvais gré à cette fête d'oblation de la virginité où par surcroît il s'agissait de sa propre sœur. Il déguisa sa répugnance sous des louanges décernées à l'absence d'ostentation, la parfaite simplicité de la cérémonie. Il trouva bon qu'on eût laissé tomber « les danses et les us » selon son expression. Il approuva aussi que tout se fût déroulé en plein jour, que le sermon du vieux pasteur eût été bref et simple, qu'on leur eût épargné à table les discours à allusions grivoises et même que par prudence on eût proscrit tout discours. Si l'on avait pu supprimer en outre le voile, la robe sacrificatoire de la virginité, les souliers mortuaires en satin, c'eût été mieux encore. Il exprima en termes particulièrement chaleureux l'impression que le fiancé, désormais l'époux d'Ursula, avait produite sur lui.

— Bons yeux, dit-il, bonne race, brave homme, intact, pur. Il avait le droit de la demander en mariage, de la regarder, de la désirer — de la désirer pour épouse chrétienne, comme nous disons, nous autres théologiens, avec la légitime fierté d'avoir pu escamoter au diable l'acte charnel en en faisant un sacrement, le sacrement du mariage chrétien. Très drôle du reste, cette mainmise sur l'acte naturel et coupable au nom du sacro-saint, par la seule adjonction du mot « chrétien » — par quoi au fond rien n'est changé ; mais il faut avouer que la domestication du mauvais élément naturel, le sexe, au moyen de l'union chrétienne, fut un intelligent pis-aller.

— Je n'aime pas, répondis-je, t'entendre assimiler la nature au mal. L'humanisme, l'ancien et le nouveau, appelle cela une diffamation des sources de vie.

— Mon cher, il n'y a pas grand-chose à diffamer là.

— On en vient alors, continuai-je sans me démonter, à

jouer le rôle de négateur des œuvres, on se fait avocat du néant. Qui croit au diable lui appartient déjà.

Il eut un petit rire.

— Tu n'entends pas la plaisanterie. J'ai parlé en théologien et donc nécessairement comme un théologien.

— Restons-en là, dis-je en riant aussi. Tu mets en général plus de sérieux dans tes plaisanteries que dans ta gravité.

Nous poursuivions cet entretien sur le banc de la commune à l'ombre des érables au sommet du Zionsberg par un après-midi automnal baigné de soleil. Le fait est que moi-même je me préparais à une demande en mariage. La date de la noce et même les fiançailles officielles étaient subordonnées à ma titularisation de professeur, mais je désirais lui parler d'Hélène et de mon projet. Ses réflexions ne facilitaient pas précisément ma tâche.

— Et ne seront qu'une chair, reprit-il. N'est-ce pas une bénédiction curieuse ? Le pasteur Schröder a, Dieu merci, renoncé à la citation. En présence du.couple, elle est plutôt gênante à entendre. Mais l'intention est bonne et voilà exactement ce que j'appelle la domestication. De toute évidence, il s'agit là d'escamoter du mariage l'élément du péché, la sensualité, le désir mauvais — car le désir n'existe en somme que s'il y a deux chairs, non pas une, et par conséquent la constatation qu'elles en formeront une seule est une absurdité apaisante. Mais on ne saurait assez s'étonner qu'une chair ait le désir de l'autre — c'est là un phénomène — eh oui, le phénomène parfaitement exceptionnel de l'amour. Naturellement la sensualité et l'amour sont indissolubles. La meilleure manière de laver l'amour du reproche de sensualité consiste au contraire à souligner l'élément amoureux inclus dans la sensualité même. Le désir de la chair étrangère implique le triomphe sur les obstacles habituels qui sont le caractère étranger du *Moi* par rapport au *Toi,* du Mien par rapport à l'Autre. La chair — pour conserver la terminologie chrétienne — éprouve normalement de la répugnance pour tout ce qui n'est pas elle. Elle ne veut rien avoir de commun avec la chair étrangère. Si donc l'étrangère devient soudain objet de convoitise et de désir, le rapport du *Moi* et du *Toi* se trouve altéré de telle façon que le mot « sensualité » n'est plus qu'un mot vide. On ne s'en tire pas sans la notion de l'amour, même si apparemment rien de psychique n'entre en jeu. Tout acte sensuel implique en effet la tendresse, un échange voluptueux où l'on donne et où l'on reçoit, le bonheur éprouvé en le dispensant, la preuve de l'amour. « Une seule chair », les amoureux ne l'ont jamais été et cette prescription tend à bannir du mariage, en même temps que le désir, l'amour.

Ses paroles m'émurent et me troublèrent singulièrement. Je m'interdis de le regarder à la dérobée comme j'en étais tenté. J'ai indiqué plus haut les sentiments que j'éprouvais lorsqu'il abordait le thème de la volupté. Mais il ne s'était jamais extériorisé à ce point et il me sembla que sa façon de s'exprimer avait quelque chose d'étrange, d'explicite, constituait un léger manque de tact envers lui-même et par conséquent envers l'interlocuteur ; cela m'inquiétait, et en outre il parlait les yeux obscurcis par la migraine. Cependant le sens général de ses paroles me parut tout à fait sympathique.

— Bien rugi, Lion, dis-je avec autant d'entrain que possible. Voilà ce que j'appelle militer en faveur des œuvres. Non, tu n'as rien de commun avec le diable. Tu te rends bien compte que tu viens de parler beaucoup plus en humaniste qu'en théologien ?

— Disons : en psychologue, répondit-il. Un état intermédiaire neutre. Mais je crois que ce sont les gens qui aiment le plus la vérité.

— Et, suggérai-je, si pour une fois nous parlions tout simplement de notre moi personnel et bourgeois ? Je voulais t'annoncer que je m'apprête à...

Je lui dis à quoi je m'apprêtais, l'entretins d'Hélène, lui appris comment je l'avais connue, comment nous nous étions trouvés. J'ajoutai que si par là je pouvais rendre ses félicitations plus chaleureuses, je le dispensais par avance de prendre part aux « danses et us » de la fête matrimoniale.

Il s'égaya beaucoup.

— Admirable ! s'écria-t-il. Alors, bon jeune homme, tu veux t'engager dans les nœuds de l'hymen ? Quelle idée vertueuse ! Ces choses-là vous font toujours l'effet d'une surprise, encore qu'il n'y ait rien de si surprenant. Accepte ma bénédiction. *But, it thou marry hang me by the neck, if horns that year miscarry.*

— *Come, come, you talk greasily*[1], ripostai-je en citant une réplique de la même scène. Si tu connaissais la jeune fille et l'esprit de notre union, tu saurais que tu n'as rien à craindre pour mon repos. Au contraire tout est basé sur le repos et la paix, le fondement d'un bonheur réglé et sans trouble.

— Je n'en doute pas, dit-il, et je ne doute pas de la réussite.

Il sembla tenté de me serrer la main mais il s'en abstint. L'entretien languit un moment et tandis que nous nous levions pour rentrer, il revint au sujet principal, l'opéra projeté et à la scène du quatrième acte que nous venions de citer plaisamment. Elle faisait partie de celles que je tenais à supprimer. Ses escarmouches verbales me semblaient très rebutantes et nullement indispensables du point de vue dramaturgique. De toute façon, des condensations s'imposaient. Une comédie ne saurait durer quatre heures — ç'avait été et cela restait l'objection majeure élevée contre les *Maîtres Chanteurs.* Mais Adrian semblait compter précisément sur les « olds sayings » de Rosaline et de Boyet, le *Thou canst not hit it, hit it, hit it,* etc., pour le contrepoint de l'ouverture et d'ailleurs il me chicanait la suppression du moindre épisode. Il rit cependant malgré lui lorsque je lui dis qu'il me rappelait le Beissel de Kretzschmar et son zèle naïf à vouloir mettre la moitié du monde en musique. Il déclara d'ailleurs que le rapprochement ne le gênait pas. Il lui était resté, affirma-t-il, toujours un peu de la considération humoristique qu'il avait éprouvée dès la première fois pour l'étrange novateur et législateur de la musique. C'était absurde, mais il n'avait jamais tout à fait cessé de penser à lui et depuis peu l'évoquait plus souvent que jamais.

— Rappelle-toi, dit-il, comme à l'époque déjà je défendais son enfantillage tyrannique à propos des notes de

1. *Mais si tu te maries, que je sois pendu si les cornes manquent cette année ! —Allons, allons, quel langage grivois !*

maîtres et de serviteurs contre ton reproche de stupide rationalisme. Ce qui me plaisait instinctivement, c'était justement quelque chose d'instinctif en soi et en accord naïf avec l'esprit de la musique ; une volonté exprimée d'ailleurs de façon burlesque, la volonté d'établir quelque chose comme une écriture rigoureuse. Sur un autre terrain, moins puéril, nous aurions besoin d'un maître qui nous impose un système, un magister enseignant l'objectivité et l'organisation, assez génial pour concilier la rénovation, voire l'archaïsme, avec l'esprit révolutionnaire. On devrait...

Il ne put s'empêcher de rire.

— Voilà que je parle comme Schildknapp. On devrait... Que ne devrait-on pas ?

— Ce que tu dis là, jetai-je, du maître d'école archaïsant et révolutionnaire est très allemand.

— Je présume, répondit-il, que tu emploies ce qualificatif non en guise de louange mais dans une intention descriptive et critique, comme il se doit. Il pourrait en outre exprimer quelque chose d'actuellement nécessaire, quelque chose comme la promesse d'un remède, à une époque de conventions abolies et de suppression de tous liens objectifs, bref d'une liberté qui commence à se poser sur le talent comme la nielle sur le blé, et ressemble à la stérilité.

A ce mot, je fus saisi d'effroi. Je ne saurais définir au juste pourquoi mais il prenait dans sa bouche, et en général par rapport à lui, je ne sais quoi de redoutable à mes yeux, je ne sais quoi où la terreur se mêlait singulièrement au respect. Cela tenait à ce qu'en sa présence la stérilité, la paralysie menaçante et la stagnation de la productivité ne se pouvaient concevoir que comme un élément presque positif et altier, n'étaient pensables qu'en connexion avec une spiritualité plus haute et plus pure.

— Il serait tragique, dis-je, que la liberté aboutît à l'improductivité. C'est toujours dans l'espoir de libérer des forces productrices que l'on conquiert la liberté.

— En effet, répondit-il. Et un moment, elle réalise d'ailleurs ce qu'on attendait d'elle ; mais la liberté n'est en définitive qu'un autre terme pour désigner la subjectivité ; et un jour cette dernière se lasse d'elle-même, l'instant vient où elle désespère de sa faculté créatrice et cherche abri et sécurité dans l'objectif. La liberté incline toujours à un revirement dialectique. Elle apprend très vite à se connaître dans la captivité, elle s'accomplit en se pliant à l'ordre, à la loi, à la contrainte, au système, s'accomplit sans cesse pour cela d'être la liberté.

— C'est elle qui le dit, fis-je en riant. Pour autant qu'elle le sait ! Mais en réalité elle n'est plus alors la liberté, pas plus que la dictature issue de la révolution n'est encore la liberté.

— En es-tu certain ? demanda-t-il. Au reste, c'est là une rengaine politique. En art, tout au moins, le subjectif et l'objectif se croisent jusqu'à être indiscernables, l'un dérive de l'autre et assume son caractère, le subjectif se cristallise en tant qu'objectivité et le génie, éveillant de nouveau sa spontanéité, le « dynamisme » comme nous disons : et voilà que tout à coup il parle le langage du subjectif. Les conventions musicales aujourd'hui bouleversées n'ont pas toujours été aussi objectives, autant imposées du dehors. Elles consolidaient des expériences vivantes et comme telles, elles ont rempli pendant longtemps une tâche d'une importance vitale ; la tâche d'organiser. L'organisation est tout. Sans elle, rien n'existe, l'art encore moins. Et plus tard la subjectivité esthétique a assumé cette tâche ; elle s'est vantée d'organiser l'œuvre en la tirant d'elle-même, en toute liberté.

— Tu penses à Beethoven ?

— A lui et au principe technique grâce auquel la subjectivité impérieuse s'est emparée de l'organisation musicale ; par conséquent, je pense au développement. Le développement représentait autrefois une infime partie de la sonate, un modeste refuge de l'éclairage subjectif et du dynamisme. Avec Beethoven il devient prépondérant, il constitue le noyau de l'ensemble, de la forme qui, même là où elle est prévue par la convention, se trouve absorbée par le subjectif et engendrée à nouveau dans la liberté. La variation (par conséquent quelque chose d'archaïque, un résidu) devient le moyen d'une création nouvelle et spontanée de la forme. Le développement en variations s'étend sur toute la sonate. C'est ce qui arrive dans Brahms, en tant que travail thématique, de manière encore plus absolue et plus englobante. Prends Brahms comme exemple de la façon dont le subjectif se transforme en objectif. Chez lui, la musique se dépouille de tout cliché conventionnel et de tout résidu, elle recrée en quelque sorte l'unité de l'œuvre à chaque instant, en toute liberté ; mais précisément ainsi, la liberté devient le principe d'une économie universelle qui ne laisse plus rien au hasard musical ; et de matériaux identiques, elle tire la plus extrême diversité. Là où ne subsiste plus rien qui ne soit thématique, rien qui ne se puisse considérer comme dérivé d'un thème toujours le même, il n'est plus guère possible de parler encore d'écriture libre.

— Mais pas davantage d'écriture rigoureuse au sens ancien.

— Ancien ou nouveau, je vais te dire ce que je comprends par écriture rigoureuse. J'entends l'intégration absolue de toutes les dimensions musicales, leur indifférence réciproque grâce à une organisation parfaite.

— Vois-tu un moyen d'y parvenir ?

— Sais-tu, me demanda-t-il en retour, à quel moment j'ai été le plus près d'une écriture rigoureuse ?

J'attendis. Il parlait si bas qu'on avait du mal à le comprendre, et entre les dents, selon son habitude quand la migraine le tenaillait.

— Une fois, dans le cycle de Brentano, dit-il, dans *O lieb Mädel*. Tout le morceau procède d'une figure fondamentale, une série d'intervalles variables à l'infini, les cinq notes *h e a e es*[1], l'horizontale et la verticale en sont déterminées et dominées, dans la mesure évidemment où cela est possible avec un motif fondamental d'un nombre de notes aussi limité. C'est comme un mot, un mot clef dont les signes se retrouvent partout dans ce lied et aspirent à le déterminer complètement ; mais c'est un mot trop bref et en soi trop peu maniable. Le champ de notes qu'il offre est trop restreint. On devrait pouvoir, en partant de ce point, aller plus loin et avec les douze échelons de l'alphabet tempéré des demi-tons former des mots plus grands, des mots de douze lettres, des combinaisons et des interrelations déterminées des douze demi-tons, des formations de séries,

1. *Si, mi, la, mi, mi bémol. (N. d. l. T.)*

desquelles dériveraient strictement la phrase, le morceau entier, voire toute une œuvre aux mouvements multiples. Chaque note de l'ensemble de la composition, mélodiquement et harmoniquement, devrait pouvoir trouver sa filiation avec cette série type préétablie. Aucun de ces tons n'aurait le droit de reparaître avant que tous les autres n'aient fait également leur apparition. Aucun n'aurait le droit de se présenter, qui ne remplît sa fonction de motif dans la construction générale. Il n'y aurait plus une note libre. Voilà ce que j'appellerais une écriture rigoureuse.

— Pensée frappante, dis-je. On pourrait appeler cela une organisation complète et rationnelle. Une extraordinaire unité logique serait ainsi obtenue, une sorte d'infaillibilité et de précision astronomiques ; mais si je me représente la chose, — le déroulement invariable d'une telle série d'intervalles, encore que placés et rythmés de façon si variée, produirait fatalement un triste appauvrissement, une stagnation de la musique.

— Il se peut, répondit-il, et son sourire prouva qu'il prévoyait l'objection.

Ce sourire accusait la ressemblance avec sa mère, mais il trahissait cet effort que je lui connaissais lorsqu'il souffrait de la migraine.

— Cela ne se passe d'ailleurs pas si facilement. Il faudra englober dans le système toutes les techniques de la variation, même celles qui sont les plus décriées comme artificielles, par conséquent accueillir aussi le procédé qui jadis permit au développement de régner en maître dans la sonate. Je me demande pourquoi j'ai si longtemps étudié, sous Kretzschmar, les vieux exercices du contrepoint et noirci tant de papier à musique avec des fugues à renversements, à récurrence et à renversement de la récurrence. Eh bien, voilà, il faudrait employer tout cela pour modifier intelligemment le vocable en douze tons. Il pourrait servir non seulement sous sa forme fondamentale, mais être utilisé de façon que chacun de ses intervalles soit remplacé par le mouvement contraire. En outre, la figure pourra commencer par la dernière note et se terminer par la première, puis aussi renverser cette forme dans l'autre sens. Tu as là quatre modes qui à leur tour se laissent transposer sur tous les douze degrés de l'échelle chromatique, en sorte que tu disposes donc d'un choix de quarante-huit formes différentes pour une composition, sans parler des autres jeux de variations qui peuvent s'offrir. Une composition peut aussi employer deux séries ou davantage, comme matériau initial, à la façon de la double et triple fugue. L'élément décisif, c'est que chaque note qui s'y trouve, sans exception, a sa place fixe dans la série ou dans ses dérivés. Cela permettrait ce que j'appellerais l'absence de différenciation de l'harmonie et de la mélodie.

— Un carré magique, dis-je, mais as-tu l'espoir qu'on entendra tout cela ?

— Entendre ? répéta-t-il. Te rappelles-tu certaine conférence d'utilité publique qui nous fut faite une fois et d'où il ressortait qu'en musique il n'est absolument pas nécessaire de tout entendre ? Si par « entendre » tu comprends la perception exacte des moyens par quoi est obtenu l'ordre suprême et le plus rigoureux, un ordre analogue à celui du système stellaire, un ordre et une immuabilité cosmiques, non, on ne l'entendra pas ainsi. Mais l'ordre dont je parle, on l'entendra ou on l'entendrait et sa perception procurerait une jouissance esthétique inconnue.

— Très étrange, dis-je. A la façon dont tu décris la chose, elle équivaut à une sorte de composition antérieure à la composition. Il faudrait que toute la disposition, l'organisation du matériau, fût déjà prête avant que ne commence le travail proprement dit et l'on peut se demander lequel des deux constitue le vrai travail. Car cette préparation du matériau aurait lieu grâce à des variations et l'élément créateur des variations, ce que l'on pourrait appeler l'acte de composer proprement dit, serait relégué parmi les matériaux — avec la liberté du compositeur. Lorsque celui-ci se mettrait à l'œuvre, il ne serait plus libre.

— Lié par la contrainte d'un ordre qu'il s'est imposé lui-même, et donc libre.

— Certes, la dialectique de la liberté est insondable. Mais en tant que créateur d'harmonie, on ne pourrait guère le qualifier de libre. La formation de l'accord ne serait-elle pas laissée au petit bonheur, au destin aveugle ?

— Dis plutôt : à la constellation. La valeur polyphonique de chaque note formant l'accord serait garantie par la constellation. Les résultats historiques, la dissonance émancipée de sa résolution, le caractère absolu qu'elle revêtirait, tel qu'il s'avère déjà dans maint passage de l'écriture wagnérienne tardive, justifieraient tout accord susceptible de se légitimer aux yeux du système.

— Et si la constellation engendrait le banal, la consonance, l'harmonie de l'accord parfait, le rabâché, l'accord de septième diminuée ?

— Ce serait une rénovation du périmé, grâce à la constellation.

— Je vois un élément reconstructeur dans ton utopie. Elle est très radicale, mais elle lève un peu l'interdiction qui pesait sur la consonance. Le retour aux antiques formes de la variation est un indice analogue.

— Les manifestations les plus intéressantes de la vie, répliqua-t-il, ont sans doute toujours ce double visage de passé et d'avenir, elles sont probablement toujours progressives et régressives à la fois. Elles décèlent l'ambiguïté de la vie même.

— N'est-ce pas là une généralisation ?

— De quoi ?

— D'expériences nationales, familières.

— Oh ! ne soyons pas indiscrets. Et ne nous congratulons pas nous-mêmes. Tout ce que je veux dire, c'est que tes objections, — si tu les entends comme telles — ne compteraient pas au regard de l'accomplissement d'une aspiration infiniment ancienne, le désir de s'emparer de tout ce qui résonne, de l'intégrer dans un ordre, et de dissoudre l'essence magique de la musique dans la raison humaine.

— Tu veux me séduire en faisant appel à mon amour-propre d'humaniste, dis-je. La raison humaine ? Et avec cela, excuse-moi, mais tous les trois mots tu parles de « constellation ». Ce mot-là pourtant ressortit plutôt à l'astrologie. Le rationalisme que tu invoques contient beaucoup de superstition, de croyance en un démonisme insaisissable et vague qui s'exprime dans les jeux de hasard, la lecture des cartes et le tirage au sort, l'interprétation des présages. Au rebours de ce que tu dis, ton système me semble plutôt fait pour dissoudre la raison humaine dans la magie.

Il porta sa main fermée à sa tempe.

— Raison et magie, dit-il, se rencontrent sans doute et se confondent dans ce que l'on appelle la sagesse, l'initiation, la foi dans les étoiles, les nombres...

Je m'abstins de répondre, car je voyais qu'il souffrait. Au reste, ses propos, si intelligents et dignes de réflexion fussent-ils, me semblaient porter l'empreinte de la souffrance, être marqués par elle. Lui-même ne parut pas tenir davantage à poursuivre la conversation. Son soupir indifférent, son fredonnement, tandis que nous continuions notre route, me le donnèrent à croire. Quant à moi, je cessai de parler, interloqué et secouant la tête à part moi, d'ailleurs intimement convaincu que des pensées peuvent être influencées par la souffrance sans perdre pour autant leur valeur.

Sur le reste du parcours, nous causâmes peu. Je me souviens d'une brève halte à la Kuhmulde. Nous fîmes quelques pas à l'écart du sentier et, le visage éclairé par le reflet du soleil déjà à son déclin, nous jetâmes un coup d'œil sur l'eau. A travers sa transparence on voyait que le fond n'était plan que près du rivage. Très vite, à peu de distance, il s'enfonçait dans l'obscurité. On savait que le milieu de l'étang était très profond.

— Froide, dit Adrian en faisant un geste de la tête dans sa direction. Beaucoup trop froide pour se baigner. Froide, répéta-t-il l'instant d'après, avec un frisson, et il se détourna pour partir.

Le soir même mes fonctions me rappelaient à Kaisersaschern. Adrian retarda encore de quelques jours son départ pour Munich où il voulait s'installer. Je le vois serrant la main de son père — pour la dernière fois, mais il l'ignorait ; je vois sa mère l'embrasser et, peut-être de la même façon qu'au salon lors de l'entretien avec Kretzschmar, appuyer la tête de son fils contre son épaule. Il ne devait pas et ne voulait pas lui revenir. Ce fut elle qui alla à lui.

## XXIII

« Qui renâcle à soulever un fardeau ne peut le faire avancer », m'écrivait-il, parodiant Kumpf, quelques semaines plus tard, de la capitale bavaroise, en signe qu'il avait commencé la composition de *Love's Labour Lost* et pour me demander d'en terminer promptement l'adaptation. Il lui fallait, disait-il, en prendre une vue d'ensemble et, pour établir certains rapports et enchaînements musicaux, anticiper sur l'exécution de quelques parties ultérieures.

Il habitait la Rambergstrasse, près de l'Académie, en qualité de sous-locataire de la veuve d'un sénateur de Brême nommé Rodde, qui occupait avec ses deux filles un appartement au rez-de-chaussée d'une maison encore neuve. La chambre qu'on lui offrit donnait sur la paisible rue, à droite de la porte d'entrée. Elle lui agréa par sa propreté et son ameublement pratique et familier. Bientôt, grâce à ses effets personnels, ses livres et ses partitions, il se mit tout à fait à l'aise. Au mur de gauche, un monument décoratif assez extravagant, une volumineuse gravure dans son cadre de noyer, relique d'un enthousiasme défunt, représentait Meyerbeer au piano, le regard inspiré perdu au plafond, les doigts sur les touches, entouré des fantômes de ses opéras. Cette apothéose ne déplut d'ailleurs pas trop au jeune locataire. Du reste, lorsqu'il était attablé dans un fauteuil d'osier, à son bureau, — simple table à rallonge recouverte d'un tapis vert, — il lui tournait le dos. Il la laissa donc à sa place.

Un petit harmonium, qui lui rappelait peut-être les jours anciens, se trouvait dans la chambre et lui fut utile. Mais comme la « sénatrice » se tenait en général dans une pièce de derrière avec vue sur le jardinet et que ses filles aussi étaient invisibles le matin, il disposait également du piano à queue du salon, un Bechstein un peu usagé mais d'un son moelleux. Ce salon s'ornait de fauteuils capitonnés, de candélabres en bronze, de petites chaises cannées en bois doré, d'une table-sofa avec couverture de brocart et d'un tableau à l'huile très enfumé datant de 1850, richement encadré, représentant la Corne d'Or avec une perspective sur Galata ; — bref, on y reconnaissait les épaves d'un intérieur bourgeois, cossu. Le soir, une société restreinte s'y donnait souvent rendez-vous. Adrian se laissa entraîner dans ce cercle d'abord en rechignant, ensuite par habitude. A la fin, par la force des choses, il y joua un peu le rôle de fils de la maison. Un milieu artiste ou à demi artiste s'y retrouvait, une bohème en quelque sorte salonnière, policée et libre en même temps, relâchée, assez amusante pour répondre aux espoirs que Mme la « sénatrice » Rodde nourrissait assurément lorsqu'elle avait transféré ses pénates de Brême dans cette capitale de l'Allemagne du Sud.

Les conditions de son existence étaient assez faciles à deviner. Distinguée, les yeux sombres, sa chevelure gracieusement frisée à peine touchée de gris, le teint ivoirin et les traits agréables assez bien conservés, elle avait passé toute sa vie en représentation, comme membre fêté d'une société patricienne, à la tête d'une maison aux nombreux domestiques et comportant de multiples obligations. Après la mort de son mari (dont le grave portrait paré des attributs de sa charge décorait également le salon) ses moyens se trouvèrent fort réduits et, sans doute stimulée par la crainte de ne pouvoir tenir son rang dans son milieu habituel, des aspirations s'étaient fait jour en elle, un désir de jouissance inépuisé, peut-être inassouvi ; et elle avait cherché à sa vie un épilogue plus intéressant dans une sphère d'humanité plus chaude. Elle donnait, affirmait-elle, ses réceptions dans l'intérêt de ses filles ; mais en réalité, comme il était assez manifeste, pour goûter du plaisir elle-même et se faire courtiser. On la divertissait le mieux avec des plaisanteries lestes arrêtées juste à temps, des allusions aux mœurs faciles et insouciantes d'une ville d'art, des histoires de serveuses, de modèles, de peintres qui lui arrachaient un rire aigu, affecté et sensuel, la bouche close.

Visiblement, ses filles, Inès et Clarissa, n'aimaient pas ce rire ; elles échangeaient des coups d'œil froids et désapprobateurs où s'exprimait l'irritabilité d'enfants devenues grandes pour tout le dynamisme maternel resté sans emploi. Avec cela, du moins pour la cadette Clarissa, le déracinement de l'état bourgeois était voulu, accepté. Cette blonde élancée au grand visage couvert d'une couche de fard blanc, à la lèvre inférieure renflée et au menton peu développé, se destinait à la carrière dramatique et prenait des leçons avec le père noble du Théâtre Royal et National. Elle relevait ses cheveux dorés en une coiffure osée, sous des chapeaux grands comme des roues et affectionnait les boas de plumes excentriques. Sa stature imposante s'accommodait d'ailleurs très bien de ces parures et atténuait leur caractère voyant. Son goût de la bouffonnerie macabre amusait le cercle masculin de ses adorateurs. Elle avait un matou couleur soufre appelé Isaac auquel elle fit porter le deuil du pape en lui attachant un nœud de satin noir à la queue. L'image de la mort se répétait dans sa chambre, à la fois sous la forme d'un vrai squelette au crâne grimaçant et d'un presse-papier de bronze où le symbole aux orbites caves du passé et de la « guérison » surmontait un in-folio qui portait en lettres grecques le nom d'Hippocrate. Le livre était creux, quatre petites vis que l'on pouvait desserrer au moyen d'une fine lame maintenaient le plat du dessous. Quand plus tard Clarissa se fut suicidée avec le poison enfermé dans cette boîte, Mme la « sénatrice » Rodde me laissa l'objet en souvenir d'elle et je le conserve encore.

Inès aussi, l'aînée, était prédestinée à un acte tragique. Elle incarnait, dirai-je, malgré tout, l'élément conservateur de la petite famille. Sa vie était une perpétuelle protestation contre le déracinement, l'Allemagne du Sud, la ville d'art, la bohème, les soirées de sa mère, — résolument orientée vers l'ancien, l'élément paternel, la rigueur et la dignité bourgeoises. Pourtant on avait l'impression que ce traditionalisme était une mesure défensive contre la tension et les dangers de sa propre nature, auxquels elle attachait d'ailleurs une importance intellectuelle. Plus mignonne que Clarissa, elle s'entendait fort bien avec sa sœur, alors qu'elle opposait à sa mère un refus silencieux et net. Une épaisse chevelure d'un blond cendré alourdissait sa tête qu'elle portait penchée en avant et de biais, le cou tendu et la bouche souriante et pincée. Le nez était légèrement busqué, le regard de ses yeux pâles presque voilé sous les paupières, languissant, délicat et méfiant, un regard chargé de connaissance et de tristesse, encore que non dépourvu d'une espièglerie factice. Elle avait reçu une instruction convenable, sans plus : deux ans à Karlsruhe dans un pensionnat aristocratique patronné par la Cour. Elle ne cultivait aucun art, aucune science et mettait un point d'honneur à s'occuper du ménage en fille de la maison ; mais elle lisait beaucoup, écrivait des lettres extraordinairement bien tournées « au pays », à ceux qu'elle avait laissés derrière elle, à la directrice de son pensionnat, à d'anciennes amies, et elle faisait des vers en cachette. Sa sœur me montra un jour un de ses poèmes intitulé *Le Mineur*. Je me rappelle encore la première strophe :

> *Mineur de l'âme, je m'enfonce dans son puits.*
> *Je descends dans le noir en silence et sans peur*
> *et vois le noble minerai de la douleur*
> *dont le scintillement illumine la nuit...*

J'ai oublié la suite. Seule subsiste dans ma mémoire la dernière ligne :

*Et plus n'aspire à remonter vers le bonheur.*

Voilà pour les filles avec lesquelles Adrian, leur pension-
naire, entretint d'amicales relations. Elles l'appréciaient et
influençaient le jugement de leur mère qui l'estimait tout en
le trouvant peu artiste. Quant aux familiers de la maison,
parfois certains d'entre eux, parmi lesquels figurait Adrian ou,
comme on disait : « Notre locataire, M. le Dr Leverkühn »,
étaient invités à dîner dans la salle à manger des Rodde
ornée d'un monumental buffet de chêne alourdi de sculp-
tures trop riches. Les autres arrivaient vers neuf heures, ou
même plus tard, pour faire de la musique, prendre le thé et
bavarder. Il y avait là des camarades masculins et féminins
de Clarissa, tel jeune homme enthousiaste qui roulait les r
et des demoiselles à la voix bien placée dans les notes
hautes ; ensuite un certain couple Knöterich. Le mari,
Konrad, Munichois autochtone, au physique de vieux Germain, Sicambre ou Ubien (il ne lui manquait que la houppe
de cheveux au sommet de la tête), se livrait à de vagues
occupations artistiques. Il aurait sans doute été peintre, mais
son dilettantisme se complaisait à la fabrication d'instruments et il jouait du violoncelle avec beaucoup de fougue
et de fausses notes et force reniflements de son nez aquilin ;
sa femme Natalia, une brune, avait des pendants d'oreilles
et des bouclettes noires en accroche-cœur, l'allure espa-
gnole, exotique. Elle faisait également de la peinture. Venait
en outre un savant, le Dr Kranich, numismate et conservateur du Cabinet des médailles, au parler clair, ferme, à la
fois enjoué et raisonnable, mais au timbre asthmatique.
Enfin deux peintres amis, des Sécessionnistes, Léo Zink et
Baptiste Spengler, l'un Autrichien de la région de Bozen et
pitre à en juger par sa technique mondaine, un clown
insinuant qui en phrases douces et traînantes ne cessait de
se dénigrer, lui et son nez trop long, un type de faune. Le
regard vraiment très comique de ses yeux ronds rapprochés
prêtait à rire aux femmes, ce qui est toujours un bon début.
L'autre, Spengler, natif de l'Allemagne du Centre, la moustache blonde très fournie, était un mondain sceptique,
fortuné, travaillant peu, hypocondre, lettré, toujours souriant, avec un rapide clignotement des paupières. Inès

Rodde se méfiait de lui à l'extrême. Dans quelle mesure ? Elle ne le disait pas, mais elle parlait de lui à Adrian comme d'un personnage dissimulé et sournois. Adrian avouait qu'il trouvait Baptiste Spengler intelligent, reposant, et il recherchait volontiers sa conversation. Il répondait beaucoup moins aux avances d'un autre commensal qui s'efforçait familièrement de vaincre sa farouche réserve. C'était Rudolf Schwerdtfeger, un jeune violoniste doué, l'un des premiers violons de l'orchestre Zapfenstösser qui, concurremment avec la chapelle de la Cour, tenait un rôle important dans la vie musicale de la ville. Né à Dresde, mais plutôt bas-Allemand de par ses origines, blondin, de taille moyenne et bien prise, Schwerdtfeger avait l'entregent, la souplesse séduisante des Saxons. Le cœur sur la main, avide de plaire, habitué des salons, il passait chaque soirée libre dans au moins une réunion mondaine, généralement deux ou trois, passionné de flirt avec des jeunes filles aussi bien qu'avec les femmes plus mûres. Léo Zink et lui entretenaient des rapports froids, parfois agressifs. Les gens aimables, je l'ai souvent observé, ne se portent pas une grande sympathie réciproque et ceci vaut autant pour les hommes à conquêtes que pour les jolies femmes. Quant à moi, je n'avais rien contre Schwerdtfeger, même il m'inspirait une sincère sympathie, et sa mort tragique, environnée pour moi d'un surcroît d'horreur particulier, m'a bouleversé jusqu'au tréfonds de l'âme. Je le revois encore nettement avec sa manière gamine de remonter l'épaule sous son vêtement, le coin de la bouche tiré vers le bas en une brève grimace, sa naïve habitude, dans la conversation, de regarder quelqu'un d'un air tendu et presque indigné, ses yeux d'un bleu d'acier qui transperçaient en quelque sorte le visage de son interlocuteur, alternativement rivés sur l'une ou l'autre prunelle cependant qu'il avançait les lèvres. Que de qualités il possédait, sans parler de son talent qu'on serait tenté de mettre au compte de son charme ! La générosité, la bienséance, l'absence de préjugés, une indifférence d'artiste à l'égard de l'argent et des biens matériels, bref une certaine pureté qui éclairait aussi, je le répète, ses beaux yeux d'un bleu d'acier, dans un visage il est vrai un peu à la semblance d'un bouledogue ou d'un carlin, mais paré d'un attrait juvénile. Souvent il faisait de la musique avec la « sénatrice », assez bonne pianiste, et empiétait ainsi sur les plates-bandes de Knöterich qui brûlait de racler du violoncelle alors que l'assistance espérait une audition de Rudolf. Son jeu était élégant et cultivé, sans grande sonorité, mais d'une suavité mélodieuse, d'une technique fort brillante. On a rarement entendu exécution plus irréprochable de certaines choses de Vivaldi, Vieuxtemps et Spohr, la sonate en ut mineur de Grieg et même la sonate à Kreutzer, ainsi que des morceaux de César Franck. Joignez-y un esprit peu compliqué, point touché de littérature, cependant soucieux de mériter l'estime des intellectuels jugés supérieurs — non par vanité, mais parce qu'il attachait du prix à leur fréquentation et en attendait un ennoblissement, un perfectionnement.

Il avait tout de suite jeté son dévolu sur Adrian et lui faisait la cour. Pour lui il négligeait positivement les femmes, implorait son avis, le priait de l'accompagner au piano, à quoi Adrian se refusa toujours en ce temps-là ; il se montrait avide d'entretiens musicaux et extra-musicaux avec lui ; et — indice d'une candeur inusitée, mais aussi d'une compréhension insouciante et d'une finesse naturelle, — la froideur pas plus que la réserve ne le rebutait. Un soir qu'Adrian, à cause de sa migraine et d'un accès de misanthropie, avait fait défection à la « sénatrice » et s'était retranché dans sa chambre, Schwerdtfeger fit soudain irruption chez lui, dans son *cut-away,* avec sa cravate noire barrant son plastron, pour le décider, soi-disant au nom de plusieurs ou de tous les hôtes, à venir rejoindre l'assistance. On s'ennuyait tellement sans lui !... Invitation assez ahurissante, car Adrian n'avait rien d'un boute-en-train. Je ne sais plus s'il se laissa convaincre. Pourtant, tout en soupçonnant qu'il servait simplement de prétexte à un besoin généralisé de séduire, il ne laissa pas d'éprouver une certaine surprise heureuse devant un empressement aussi tenace.

Je crois avoir présenté à peu près au complet le contingent du salon Rodde, toutes personnes dont par la suite, une fois nommé professeur à Freising, je fis la connaissance, ainsi que de beaucoup d'autres membres de la société munichoise. A ce groupe vint s'agréger bientôt Rüdiger Schildknapp. Comme Adrian, il avait découvert qu'on devrait vivre à Munich plutôt qu'à Leipzig et finit par avoir l'énergie nécessaire pour exécuter son opportune résolution. L'éditeur de ses traductions de littérature anglaise ancienne avait son siège en cette ville, ce qui lui offrait un avantage pratique ; en outre, Adrian lui manquait sans doute. A peine débarqué, il recommença de le faire rire avec ses histoires paternelles et son : « Inspectez donc celui-là ». Il avait loué une chambre non loin de chez son ami, au troisième étage d'une maison de l'Amalienstrasse et, son tempérament réclamant le grand air, il passait tout l'hiver la fenêtre grande ouverte, emmitouflé d'un manteau et d'un plaid, devant sa table, mi-haineux et mi-envoûté, aux prises avec les difficultés, grillant cigarette sur cigarette, cherchant l'équivalent allemand exact des mots, des phrases et des rythmes anglais. Il déjeunait d'habitude avec Adrian au restaurant du Hoftheater ou dans une des tavernes du centre ; mais très vite, par ses relations de Leipzig, il avait eu ses entrées dans des maisons privées de Munich et obtenu qu'à diverses tables son couvert fût toujours mis au repas de midi, sans préjudice pour les invitations du soir, peut-être à la suite d'une expédition de « shopping » avec quelque maîtresse de maison séduite par son indigence de grand seigneur. Ce fut le cas chez son éditeur, propriétaire de la firme Radbruch et C$^{ie}$, dans la Furstenstrasse, de même chez les Schlaginhaufen, vieux ménage sans enfant, le mari d'origine souabe, un savant en chambre, la femme munichoise. Ils occupaient dans la Briennerstrasse un logis un peu sombre mais fastueux. Leur salon à colonnes était le rendez-vous d'une société d'artistes et d'aristocrates ; la dame de céans, née von Plausig, préférait par-dessus tout voir ces deux éléments réunis en une seule et même personne, condition que remplissait le régisseur général des théâtres royaux, Son Excellence von Riedesel, commensal assidu. En outre, Schildknapp dînait chez l'industriel Bullinger, riche fabricant de papier qui habitait la Wiedermayerstrasse, au bord du fleuve, au premier étage d'une maison de rapport construite par lui, ou dans la famille du directeur de la société par actions de bière Pschorr, et en maint autre endroit encore.

Chez les Schlaginhaufen, où Rüdiger avait également introduit Adrian, mon ami, étranger laconique, entretenait des rapports superficiels et éphémères avec des célébrités anoblies de la peinture, l'héroïne wagnérienne Tania Orlanda, Félix Mottl, des dames d'honneur bavaroises, l'arrière-petit-fils de Schiller, M. de Gleichen-Russwurm, auteur de livres d'histoire de la civilisation et quelques écrivains qui en fait n'écrivaient rien et se taillaient une publicité mondaine par leur littérature parlée. C'est là, pourtant, qu'il fit la connaissance de Jeannette Scheurl, personne digne de confiance, d'un charme singulier, qui comptait une dizaine d'années de plus que lui. C'était la fille d'un fonctionnaire du gouvernement bavarois et d'une Parisienne, une vieille dame paralytique clouée dans son fauteuil, mais douée d'une grande activité intellectuelle, qui ne s'était jamais donné la peine d'apprendre l'allemand, avec raison d'ailleurs, car grâce aux conventions salonnières, son français qui coulait de source lui tenait lieu d'argent et de situation. Près du Jardin Botanique, Mme Scheurl occupait avec ses trois filles, — Jeannette était l'aînée — un appartement très exigu ; et dans son petit salon, d'un goût parisien, elle donnait des thés musicaux particulièrement goûtés. Les voix « standard » des chanteurs et cantatrices de la Chapelle royale emplissaient les pièces étroites jusqu'à faire craquer les cloisons. Souvent des voitures de la Cour stationnaient devant la modeste maison.

Jeannette était écrivain et romancière. Grandie au confluent de deux langues, elle écrivait dans un idiome qui lui était particulier, incorrect et ravissant, avec une plume de femme du monde, des études sur la société, originales, point dépourvues d'une séduction psychologique et musicale, ressortissant incontestablement à une littérature d'ordre relevé. Adrian avait aussitôt retenu son attention et elle avait foi en lui. Dans son voisinage et sa conversation, mon ami se sentait à l'abri. D'une laideur distinguée, avec un élégant visage de mouton où l'élément paysan se mélangeait à l'aristocratique, tout comme dans ses propos les expressions de dialecte bavarois alternaient avec le français, elle était extraordinairement intelligente et en même temps tout imprégnée de l'inconscience naïvement questionneuse de la vieille fille. Son esprit avait un certain papillotement d'une drôlerie confuse. Elle en riait la première, nullement à la façon dont un Léo Zink savait s'insinuer en se raillant lui-même, mais d'un cœur pur et facile à amuser. De plus, très musicienne, pianiste, passionnée de Chopin, occupée à une étude littéraire sur Schubert, elle était liée avec maint contemporain porteur d'un nom connu dans le domaine musical et un échange de vues satisfaisant sur la polyphonie de Mozart et ses rapports avec Bach avait été le premier lien entre elle et Adrian. Il éprouvait pour Jeannette un confiant attachement qui se maintint pendant des années.

Au surplus, nul ne s'attend à ce que la ville où il avait élu domicile l'ait vraiment accueilli dans son atmosphère et l'ait jamais fait sien. Sans doute l'œil d'Adrian appréciait la beauté du panorama urbain, sa rusticité monumentale et toute bruissante d'un murmure de ruisseau alpestre, sous un ciel où soufflait le foehn ; et peut-être le laisser-aller des mœurs qui rappelait un peu la licence d'un bal masqué permanent lui rendait-il la vie plus facile. L'esprit de Munich — *sit venia verbo,* — sa mentalité folle et innocente, l'orientation artistique, sensuellement décorative et carnava-lesque de cette Capoue enivrée d'elle-même, devaient fatale-ment rester étrangers à un être profond et austère comme lui. Ambiance précisément de nature à susciter le regard que je lui connaissais depuis beau jour, ce regard voilé, froid et pensivement lointain, suivi d'une brusque volte-face.

Je parle du Munich de la fin de la Régence. Seules quatre années le séparaient de la guerre dont les conséquences devaient transformer sa mentalité indulgente en maladie mentale et engendrer une sinistre bouffonnerie après l'autre. Cette capitale aux belles perspectives, où le problème politique se limitait à la bizarre antinomie entre un catholi-cisme national à demi séparatiste et un ardent libéralisme d'obédience prussienne, Munich avec ses concerts de parade de la garde dans la Feldherrenhalle, ses boutiques d'art, ses magasins-palais d'ensembliers, ses expositions saisonnières, ses bals rustiques au Carnaval, ses épaisses beuveries de bière de Märzen, sa Kermesse monstre sur l'Oktoberwiese, où un esprit du terroir allègre et têtu, depuis longtemps frelaté par les modernes brassages des masses, célébrait ses saturnales ; Munich avec son wagnérisme figé, ses coteries ésotériques qui donnaient des soirées esthétiques derrière le Siegestor, sa bohème « à la coule », vautrée dans la bienveillance générale, Adrian vit cela, y évolua, y goûta pendant les neuf mois qu'il vécut en Haute-Bavière, — un automne, un hiver, un printemps. Aux fêtes d'artistes où il allait avec Schildknapp, dans la pénombre illusoire de salles décorées avec style, il retrouvait les divers membres du cercle des Rodde, de jeunes acteurs, les Knöterich, le Dr Kranich, Zink et Spengler, les filles de la maison elles-mêmes. Il s'asseyait à une table avec Clarissa et Inès que rejoignaient Rüdiger, Spengler et Kranich, et parfois aussi Jeannette ; et Schwerdtfeger accourait aussitôt, déguisé en paysan ou dans le costume du XVe siècle florentin qui mettait en valeur ses jolies jambes et lui donnait une certaine ressemblance avec le portrait de jeune homme au bonnet rouge de Botticelli. Tout épanoui dans l'atmosphère de liesse, un instant oublieux de ses aspirations vers les hauts lieux de l'esprit, il venait inviter « bien gentiment » les filles Rodde à danser. « Bien gentiment » était son expression préférée. Il tenait à ce que tout se passât avec gentillesse et évitait les manifestations point gentilles. Ainsi beaucoup d'obligations et de flirts pressants l'appelaient dans la salle, mais il lui eût semblé « peu gentil » de négliger complètement les dames de la Rambergstrasse, avec lesquelles il était sur un pied plutôt fraternel ; et ce désir de gentillesse apparaissait si visiblement dans son empressement à s'approcher que Clarissa disait avec hauteur :

— Bon Dieu, Rudolf, si seulement vous ne preniez pas cet air rayonnant de sauveteur, quand vous arrivez ! Je vous affirme que nous avons assez dansé comme cela et nous n'avons pas du tout besoin de vous.

— Besoin ? répétait-il de sa voix un peu palatale avec une indignation enjouée. Et les besoins de mon cœur à moi ne comptent donc pas ?

— Pas pour un sou, ripostait-elle. D'ailleurs, je suis trop grande pour vous.

Sur quoi elle le suivait, portant haut son menton menu auquel manquait le retrait sous la lèvre arrondie. Ou bien il invitait Inès et elle l'accompagnait, le regard voilé et la bouche pincée. D'ailleurs il ne se montrait pas « gentil » seulement avec les deux sœurs. Il contrôlait sa distraction. Tout à coup, surtout lorsque ces demoiselles avaient refusé de danser, il devenait songeur et s'asseyait à la table auprès d'Adrian et de Baptiste Spengler qui, toujours en domino, sirotait du vin rouge. Clignotant des yeux, une fossette dans la joue au-dessus de son épaisse moustache, Spengler venait de citer le *Journal* des Goncourt ou les lettres de l'abbé Galiani ; de son air indigné, eût-on dit, par excès d'attention, Schwerdtfeger forait du regard le visage de l'interlocuteur. Il commentait avec Adrian le programme du prochain concert Zapfenstösser, le priait, comme s'il n'y avait pas eu d'intérêts et de devoirs plus urgents, de lui développer et d'expliquer un propos récemment tenu chez les Rodde sur la musique, l'état de l'opéra ou un autre sujet analogue, et il se consacrait entièrement à mon ami. Il lui prenait le bras, le traînait autour de la salle en marge de la cohue, tout en usant du tutoiement de carnaval que d'ailleurs l'autre ne lui retournait pas. Jeannette Scheurl m'a raconté par la suite qu'un soir, comme Adrian, après une tournée de ce genre, regagnait sa table, Inés Rodde lui avait dit :

— Vous ne devriez pas lui faire ce plaisir. Il voudrait tout avoir.

— Mais peut-être M. Leverkühn aussi voudrait-il tout avoir, observa Clarissa, le menton dans la main.

Adrian haussa les épaules.

— Ce qu'il voudrait, répondit-il, c'est que j'écrive à son intention un concerto pour violon qu'il pourra faire entendre par toute la province.

— Gardez-vous-en ! dit encore Clarissa. Si vous le composiez en pensant à lui, il ne vous viendrait à l'esprit que des gentillesses.

— Vous avez trop bonne opinion de ma ductilité, répliqua-t-il, et le rire bêlant de Baptiste Spengler sonna à son côté.

Mais assez parlé de la participation d'Adrian à la joie de vivre munichoise. Dès l'hiver, il avait fait des promenades aux environs notoirement merveilleux, — encore qu'un peu gâtés par les touristes — en compagnie de Schildknapp, le plus souvent à son instigation, et passé avec lui des journées de neige scintillante et durcie, à Ettal, Oberammergau, Mittenwald. Au printemps, ces excursions se multiplièrent, prirent pour but les célèbres lacs, les châteaux de théâtre du dément national et presque toujours, à bicyclette (Adrian aimait la bicyclette comme un moyen de locomotion indépendant), on s'enfonçait dans le pays verdoyant et l'on dormait, au petit bonheur, dans des endroits réputés ou insignifiants. J'y repense, car c'est ainsi qu'Adrian fit la connaissance du lieu qu'il devait choisir plus tard pour cadre de sa vie personnelle : Pfeiffering, près de Waldshut et la ferme Schweigestill.

La petite ville de Waldshut, d'ailleurs dépourvue de charme et de tout pittoresque, est située sur la ligne ferroviaire Garmisch-Partenkirchen, à une heure de Munich ; la station suivante, à dix minutes de là, est Pfeiffering, où les trains ne s'arrêtent pas, dédaignant le clocher bulbeux de son église qui s'élève dans un paysage encore sans prétention. La visite d'Adrian et de de Rüdiger à ce coin perdu fut improvisée et tout à fait éphémère, cette première fois. Ils ne passèrent même pas la nuit chez les Schweigestill, car tous deux avaient à travailler le lendemain matin et tenaient à rentrer avant le soir par le train de Waldshut-Munich. Ils avaient déjeuné à l'auberge, sur la place de la petite ville, et comme l'horaire leur laissait quelques heures de marge, ils continuèrent vers Pfeiffering par la grand-route plantée d'arbres et traversèrent le village en poussant leur bicyclette à la main. Un enfant questionné leur apprit que l'étang voisin s'appelait le Klammerweiher. Ils jetèrent un coup d'œil sur la colline couronnée d'arbres, le « Rohmbühel », et sonnèrent à une porte de ferme ornée d'un écusson religieux. Un chien aboya. Une servante aux pieds nus le fit taire en lui criant son nom : « Kashperl ! » Ils demandèrent alors un verre de limonade, moins pour se désaltérer que séduits par le caractère, d'un baroque paysan, de la bâtisse.

Jusqu'à quel point Adrian remarqua-t-il quoi que ce soit ce jour-là ? Je ne sais. Reconnut-il d'emblée ou peu à peu, rétrospectivement et avec le recul du souvenir, certaine disposition de choses anciennes, transposée dans une tonalité différente mais assez voisine ? J'incline à croire que la découverte fut inconsciente au début et le frappa plus tard seulement, peut-être en rêve. Toujours est-il qu'il n'en dit mot à Schildknapp, pas plus qu'à moi il n'a jamais fait la moindre allusion à cette singulière coïncidence. Mais je peux me tromper. L'étang et la colline, le vieil arbre géant dans la cour — un orme, il est vrai — avec son banc circulaire peint en vert et d'autres particularités analogues l'ont peut-être saisi du premier regard ; peut-être aucun rêve ne fut-il nécessaire pour lui ouvrir les yeux et son silence n'est pas une preuve du contraire.

Sous le porche, Mme Else Schweigestill vint dignement en personne au-devant des visiteurs ; elle les écouta d'un air amène et leur prépara la limonade dans de grands verres avec des cuillers à long manche. Elle la leur servit dans la « belle pièce » voûtée, presque une salle, à gauche du vestibule, une sorte de salon rustique avec une table imposante, des fenêtres à embrasure permettant de mesurer l'épaisseur des murs et un plâtre de la Victoire ailée de Samothrace au-dessus de l'armoire aux vives couleurs. Il y avait en outre un piano brun dans cette pièce, qui ne servait pas à la famille, expliqua madame Schweigestill en s'asseyant près de ses hôtes. On se tenait le soir dans une autre, plus réduite, qui se trouvait en face et de biais, tout près de la porte d'entrée. La maison offrait beaucoup d'espace inutilisé ; plus loin de ce côté, il y avait encore une pièce assez considérable, la salle de l'Abbé, comme on disait, sans doute parce qu'elle avait servi de bureau au supérieur des moines augustins qui occupaient autrefois ces lieux ? Mme Schweigestill confirma que la ferme avait été un cloître. Depuis trois générations les Schweigestill y étaient installés.

Adrian dit qu'il était lui-même d'origine campagnarde, mais vivait depuis longtemps dans les villes et il s'enquit des dimensions du domaine. On lui apprit qu'il englobait des prés, des champs, une forêt, environ quarante acres. Les bâtiments moins élevés de la place de la ferme, avec les châtaigniers qui poussaient devant, faisaient également partie de la propriété. Autrefois, les frères lais y logeaient ; à présent, ils étaient presque toujours vides et d'ailleurs guère habitables. L'été dernier, un artiste peintre de Munich y avait loué une chambre, il voulait faire du paysage dans les environs, les marais de Waldshut, etc. Il avait du reste réussi beaucoup de jolies vues, il est vrai un peu tristes, grises, ton sur ton. Trois de ces tableaux avaient été exposés au Glaspalast, où elle-même les avait revus, et le directeur de la Banque d'Échange bavarois, M. Stiglmayer, en avait acheté un. Sans doute ces messieurs étaient-ils, eux aussi, des artistes peintres ?

Peut-être n'avait-elle parlé de son locataire que pour émettre cette supposition et savoir plus ou moins à qui elle avait affaire. Quand elle apprit qu'il s'agissait d'un écrivain et d'un musicien, elle haussa respectueusement les sourcils. C'était, déclara-t-elle, plus rare et plus intéressant. Les peintres abondaient comme les pâquerettes. Ces messieurs lui avaient d'ailleurs fait tout de suite l'impression d'être très sérieux. Les peintres sont en général une race bohème, insouciante, ils n'ont pas beaucoup le sens du sérieux de la vie ; — oh ! elle n'entendait pas le sérieux pratique, gagner de l'argent, pas ce genre de choses, non, elle pensait plutôt aux difficultés de l'existence, à ses côtés sombres. Elle se défendait d'ailleurs de médire des peintres, car son locataire, par exemple, faisait une exception à la jovialité tradition-nelle, c'était un homme très taciturne, renfermé, d'humeur plutôt chagrine. Ses tableaux, les effets de marais et les prairies solitaires à l'orée d'un bois sous le brouillard, en portaient l'influence. Oui, on pouvait s'étonner que M. le directeur Stiglmayer en eût choisi un et précisément le plus sombre. Quoique financier, sans doute inclinait-il, lui aussi, à la mélancolie.

Droite, ses cheveux bruns à peine filetés de gris et tirés au point de laisser voir la peau blanche du crâne, dans son tablier à carreaux de ménagère, une broche ovale à son encolure ronde, elle s'était assise auprès d'eux, ses petites mains bien formées et habiles, — la droite ornée de l'alliance plate, — rejointes sur la table.

Elle aimait les artistes, dit-elle dans son langage émaillé de termes du terroir mais cependant pur, c'étaient des gens pleins de compréhension et, dans la vie, la compréhension primait tout, au fond la gaieté des peintres aussi reposait là-dessus. Il y avait d'ailleurs deux sortes de compréhensions, la gaie et la grave, et l'on n'avait pas encore établi laquelle il fallait placer plus haut. Peut-être une troisième l'emportait-elle : une compréhension paisible. Les artistes doivent naturellement vivre en ville, parce qu'ils y trouvent le genre de culture qu'ils recherchent ; mais, en somme, ils sont davantage à la semblance des paysans qui vivent plus près de la nature et, par conséquent, de la compréhension. Chez les citadins ce sentiment est rabougri et étouffé par le souci de l'ordre bourgeois, qui est également un rabougrissement. Néanmoins, elle ne voulait pas être injuste à l'égard des gens de la ville. Il y avait toujours des exceptions, peut-être des exceptions cachées, et le direc-teur Stiglmayer, pour reparler de lui, avait, en achetant ce tableau mélancolique, fait preuve d'une grande compréhension, et pas uniquement dans le domaine artistique.

Sur quoi, elle offrit à ses hôtes du café et un quatre-quarts, mais Schildknapp et Adrian préféraient employer le temps qui leur restait à visiter la maison et la ferme. Mme Schweigestill aurait-elle l'amabilité de les leur montrer ?

— Volontiers, dit-elle. Dommage seulement que mon Max (c'était M. Schweigestill) soit aux champs, avec Géréon, not' fils. Ils veulent essayer une nouvelle fumeuse que Géréon a fait venir. Ces messieurs devront se contenter de moi comme pis-aller.

Cela ne pouvait, protestèrent-ils, s'appeler un pis-aller. Ils parcoururent donc avec elle la massive demeure, virent d'abord la pièce où se tenait la famille et où le relent de la pipe, partout sensible, saturait l'atmosphère ; puis la salle de l'Abbé, pas très grande, sympathique, et d'un style un peu plus ancien que l'architecture de la façade, plutôt du dix-septième que du dix-huitième, lambrissée, avec un plancher sans tapis et une tenture de cuir repoussé au-dessous du plafond à solives, des images de saints aux murs, aux embrasures plates et voûtées des fenêtres à vitres cerclées de plomb où s'enchâssaient des carrés peints de verre multicolore. Dans une niche, un chaudron de cuivre surmontait un bassin de même métal et il y avait un placard avec des pentures et serrures en fer forgé, un banc de coin garni de coussins de cuir, et, non loin de la fenêtre, une lourde table de chêne en forme de caisse munie de profonds tiroirs sous sa surface polie. Elle avait une partie médiane renforcée, un bord plus haut et supportait un pupitre sculpté. Au-dessus pendait du plafond à solives un gigantesque lustre où subsistaient encore des traces de bougies de cire, pièce décorative de la Renaissance, irrégulièment hérissée de toute sortes de cornes, empaumures et autres images fantastiques.

Les visiteurs admirèrent sincèrement la salle de l'Abbé. Même, Schildknapp déclara en hochant pensivement la tête qu'on devrait se fixer là, y vivre. Mme Schweigestill émit des doutes. Un écrivain ne s'y sentirait-il pas trop isolé, trop éloigné de la vie et des centres cultivés ? Elle conduisit aussi ses hôtes à l'étage supérieur pour leur montrer une partie des nombreuses chambres alignées le long du corridor crépi à la chaux et exhalant une odeur de remugle. Meublées de couchettes et de coffres dans le goût de l'armoire bariolée de la salle, quelques-unes seulement étaient pourvues de literie : des lits hauts comme des tours, à la mode paysanne, avec des édredons rebondis.

— Que de chambres à coucher ! s'exclamèrent les deux voyageurs.

— Oui, vides pour la plupart, répondit l'hôtesse.

A peine l'une ou l'autre avait-elle été occupée passagèrement. Durant deux ans, jusqu'à l'automne dernier, une baronne de Handschuchsheim y avait habité, rôdant par toute la maison, une dame dont les pensées, selon l'expression de Mme Schweigestill, ne s'accordaient pas à celles des gens et qui cherchait en ce lieu un abri contre cette incompatibilité. Pour sa part, elle s'était fort bien entendue avec sa locataire, causait volontiers avec elle et parfois réussissait à la faire rire de ses idées bizarres. Hélas ! il n'avait pas été possible de les refouler, pas plus que d'empêcher leur développement, si bien qu'on avait dû finalement confier la chère baronne aux soins de spécialistes.

Mme Schweigestill narra l'épisode en redescendant l'escalier et tandis qu'on sortait dans la cour pour inspecter les écuries. Elle dit qu'une autre fois, auparavant, une des nombreuses chambres avait été habitée par une demoiselle de la meilleure société qui avait mis un enfant au monde. Parlant à des artistes, elle pouvait appeler les choses, sinon les personnes, par leur nom. Le père de la demoiselle qui appartenait à la haute magistrature de Bayreuth avait acheté une automobile électrique, et ç'avait été le commencement de leurs malheurs ; car il avait du même coup engagé un chauffeur pour le conduire à son bureau et ce jeune homme, oh ! rien de particulier, mais assez chic dans sa livrée galonnée, avait envoûté la demoiselle au point de lui faire oublier ce qu'elle se devait. Il lui avait fait un enfant et quand son état s'était manifesté avec évidence, il y avait eu de la part des parents des éclats de fureur et de désespoir, des mains tordues et des cheveux arrachés, des malédictions, des gémissements et des injures, bref des transports que l'on n'aurait jamais cru possibles. Tout genre de compréhension, précisément, faisait défaut en l'occurrence, celle des campagnards comme celle des artistes, il ne restait plus qu'une peur panique de bourgeois atteints dans leur honneur social. La demoiselle s'était roulée par terre devant ses parents, suppliant et sanglotant, sous leurs poings chargés d'anathèmes. Finalement elle et sa mère étaient tombées en pâmoison. Le président de tribunal avait surgi un beau jour ici pour s'entendre avec elle, Mme Schweigestill : un petit homme à barbiche grise et lunettes cerclées d'or, tout courbé par le souci. Il était convenu que la demoiselle enfanterait à la ferme, dans la solitude, et ensuite, sous le prétexte d'une anémie, y passerait quelque temps. En sortant, le petit haut fonctionnaire s'était encore une fois retourné vers elle et lui avait serré la main avec des larmes derrière ses verres cerclés d'or, en disant : « Merci, chère madame, de votre réconfortante compréhension. » Par quoi il entendait d'ailleurs la compréhension à l'égard des parents prostrés et non de la demoiselle.

Celle-ci était arrivée, une pauvre chose, la bouche toujours ouverte et les sourcils haussés ; et, en attendant l'heure de sa délivrance, elle avait fait de grandes confidences à Mme Schweigestill, avouant très franchement sa faute sans prétendre qu'elle avait été séduite ; au contraire, Karl, le chauffeur, lui avait dit : « Ce n'est pas bien, Mademoiselle, laissons plutôt cela ». Mais ç'avait été plus fort qu'elle et elle avait toujours été prête à expier son acte par la mort. Le sacrifice de sa vie lui semblait tout justifier. Au surplus, l'heure venue, elle avait été très brave et mit au monde une fille avec l'aide du bon docteur Kurbis, le médecin cantonal à qui peu importait comment un enfant avait été conçu, pour peu que tout se passât régulièrement et que le nouveau-né ne se présentât pas de travers. La demoiselle était restée bien faible après l'accouchement, malgré l'air de la campagne et les bons soins ; elle n'avait cessé de garder la bouche ouverte et de hausser les sourcils, et ses joues en paraissaient plus maigres encore ; quand au bout de quelque temps son éminent petit père était venu la quérir, à sa vue des larmes avaient brillé de nouveau derrière les lunettes d'or. L'enfant fut confié aux Demoiselles grises de Bamberg mais, à partir de ce jour, la mère aussi n'avait plus été qu'une demoiselle grise. Avec un canari et une tortue que ses parents lui avaient donnés par pitié, elle languissait dans sa chambre, minée par une consumption dont elle avait sans doute toujours porté le germe. Finalement, on l'avait envoyée à Davos, mais cela semblait lui avoir donné le coup de grâce, elle y était morte presque tout de suite, selon son désir et sa volonté ; et si elle avait eu raison de penser que l'acceptation de la mort justifiait tout d'avance, elle était donc quitte et elle avait eu de surcroît ce qu'elle voulait.

On passa en revue l'étable, les chevaux, et l'on jeta un coup d'œil sur la porcherie, cependant que l'hôtesse parlait de la demoiselle qu'elle avait hébergée. Il y eut aussi la visite aux poules et aux ruchers derrière la maison, après quoi les amis demandèrent l'addition. Il leur fut répondu qu'elle se montait à zéro. Ils remercièrent donc du bon accueil et pédalèrent vers Waldshut pour attraper leur train. La journée n'avait pas été perdue et Pfeiffering était décidément un coin intéressant, ils en tombèrent d'accord.

Si en son âme Adrian conserva l'image de l'endroit, longtemps encore elle n'influa pas sur ses décisions. Il voulait partir, mais aller plus loin qu'à une heure de train du côté de la montagne. A cette époque, il avait déjà écrit l'ébauche au piano des scènes d'exposition de *Love's Labour Lost*. Le travail n'avançait pas ; le style artificiel, parodique, difficile à maintenir, requérait une humeur excentrique perpétuellement renouvelée et provoqua en lui le désir de respirer un air étranger, de se dépayser. Il était agité, las de sa chambre familiale de la Ramberg-strasse, d'une solitude précaire où le premier venu pouvait faire soudain irruption pour l'inviter à rejoindre la société. « Je cherche, m'écrivit-il, en mon for intérieur j'explore le vaste monde et l'oreille tendue je guette l'avertissement, la désignation du lieu où, enterré loin de tous et à l'abri des fâcheux, je pourrais mener un dialogue avec ma vie, avec mon destin... » Paroles étranges, de sinistre augure. Comment n'aurais-je pas froid au creux de l'estomac, comment la main qui tient la plume ne tremblerait-elle pas à la pensée du dialogue, de la rencontre et du rendez-vous dont, consciemment ou inconsciemment, il cherchait le théâtre ?

Il opta enfin pour l'Italie et partit en une saison peu propice au tourisme, au début de l'été, fin juin. Il avait décidé Rüdiger Schildknapp à l'accompagner.

## XXIV

Aux grandes vacances de 1912, alors que j'étais encore établi à Kaisersaschern, j'allai, avec ma jeune femme, voir Adrian et Schildknapp dans le nid des Monts Sabins qu'ils avaient choisi. Les amis y passaient un deuxième été. Après un hiver à Rome, la chaleur augmentant en mai, ils avaient regagné les hauteurs et la même maison accueillante où déjà, l'année précédente, ils s'étaient sentis chez eux pendant une villégiature de trois mois.

C'était à Palestrina, le lieu natal du compositeur, Prae-neste, de son nom antique, que Dante, au 27e chant de l'Enfer, appelle Penestrino, forteresse des princes Colonna, pittoresque agglomération adossée à la montagne. Une rue en escalier, ombragée de maisons, pas précisément propre, partie de la place de l'église en contrebas, y donnait accès. Une variété de petits cochons noirs couraient en liberté et les ânes chargés d'un large paquetage qui eux aussi gravis-saient et descendaient sans cesse les degrés, risquaient facilement de projeter contre le mur le piéton inattentif. Une fois sortie de la bourgade, la route se prolongeait en un sentier montagneux, longeait un cloître de capucins et aboutissait au sommet de la colline où subsistaient les vagues vestiges de l'acropole, non loin des ruines d'un théâtre antique. Durant notre bref séjour, Hélène et moi nous sommes souvent montés vers ces débris vénérables, tandis qu'Adrian, obstiné à « ne rien voir » n'avait jamais, pendant des mois, franchi les limites du jardin ombreux des capucins, son séjour favori.

La maison Manardi, où logeaient Adrian et Rüdiger, sans doute la plus imposante de la place, se trouvait assez spacieuse pour nous héberger tous, bien que la famille se composât de six membres. Bâtisse massive et sévère, elle donnait sur la rue à degrés et tenait à la fois du palazzo et du castel. Je la datai du deuxième tiers du XVIIᵉ siècle. Une corniche maigrement ornementée courait sous le toit à bandeau un peu en auvent. Elle avait de petites fenêtres et un portail décoré dans le style baroque à ses débuts, recouvert de planches où s'insérait la vraie porte d'entrée pourvue d'une cloche. Au rez-de-chaussée on avait installé à l'usage de nos amis un vaste appartement. Il se composait d'une pièce d'habitation à deux fenêtres, aux proportions de salle, dallée de pierre comme la maison entière, fraîche, un peu obscure, très simplement meublée de chaises de paille et de sofas de crin, et si vaste que deux personnes y pouvaient vaquer à leurs occupations sans se gêner mutuellement et tout en restant séparées par un grand espace. A cette pièce étaient contiguës les chambres à coucher, grandes, encore que sommairement meublées, elles aussi ; une troisième fut ouverte à notre intention.

Au premier étage, il y avait la salle à manger familiale et la cuisine attenante, beaucoup plus grande, où l'on recevait les amis de la petite ville. Sous sa hotte sombre et gigantesque pendaient des louches fabuleuses et des fourchettes et couteaux à découper qui auraient pu appartenir à un ogre ; le rebord supportait un entassement d'ustensiles de cuivre, marmites de terre, plats, terrines et mortiers. C'était le royaume de la signora Manardi, que les siens appelaient Nella — de son vrai nom Peronella, je crois — une matrone imposante de type romain, la lèvre supérieure bombée, châtaine plutôt que brune, avec des yeux pleins de bonté et une chevelure lisse et tirée, striée d'argent, une silhouette d'une simplicité rustique et vigoureuse, aux proportions symétriques et pleines. Souvent on lui voyait arc-bouter ses mains petites mais laborieuses (la droite ornée du double anneau de veuve) sur ses hanches robustes, strictement emprisonnées par le lien du tablier.

De son mariage il lui restait une fille, Amelia, âgée de treize ou quatorze ans, une enfant inclinant à l'idiotie. Elle avait l'habitude à table d'agiter la cuiller ou la fourchette devant ses yeux, tout en répétant d'un ton interrogatif un mot quelconque qui la hantait. Autrefois avait logé chez les Manardi une famille russe aristocratique dont le chef — comte ou prince — hanté de visions préparait de temps en temps aux habitants de la maison des nuits agitées en tirant du pistolet contre les fantômes qui l'avaient persécuté durant son sommeil. Ce souvenir demeuré vivace, on le conçoit, expliquait qu'Amelia demandât souvent et obstinément à sa cuiller : *Spiriti ? Spiriti ?* Mais des détails plus minces aussi l'obsédaient. Un touriste allemand avait employé un jour le mot « melone », en italien du genre masculin, sous la forme féminine usitée en allemand ; et à présent, l'enfant, branlant la tête et suivant d'un œil affligé les mouvements de sa cuiller, restait assise à murmurer : *La melona ? La melona ?* La signora Peronella et ses frères affectaient d'ignorer ce manège comme une chose naturelle. Tout au plus quand un hôte exprimait son effarement, se bornaient-ils à sourire d'un sourire plus ému et attendri que gêné, presque épanoui, comme s'il s'agissait d'une gentillesse... Hélène et moi, nous nous étions vite accoutumés aux mornes remarques d'Amelia à table. Quant à Adrian et Schildknapp, ils n'y faisaient même plus attention.

Les frères de la maîtresse de maison dont j'ai parlé, et entre lesquels elle tenait à peu près le milieu par l'âge, étaient l'avocat Ercolano Manardi, appelé généralement, en bref et avec complaisance *l'avvocato,* l'orgueil de sa famille rustique et inculte, un homme d'une soixantaine d'années, avec une moustache grise hérissée, une voix enrouée et glapissante qui commençait une phrase en émettant péniblement une série de sons, comme les ânes — et Sor Alfonso, le cadet, environ quarante-cinq ans, familièrement dénommé « Alfo », un fermier. L'après-midi, quand nous rentrions de notre promenade à travers la campagne, nous le voyions regagner son logis juché sur sa petite bête aux longues oreilles, les pieds presque à ras de terre, à l'ombre d'un parasol, avec des verres bleus sur le nez pour protéger ses yeux. L'avocat, à en juger par les apparences, n'exerçait plus et ne lisait que la gazette locale, ceci d'ailleurs sans arrêt, et durant les journées chaudes il se permettait de rester dans sa chambre en caleçon, toutes portes ouvertes. Il s'attirait ainsi la désapprobation de Sor Alfo qui trouvait que le savant juriste (*quest'uomo,* disait-il en l'occurrence) prenait une trop grande liberté. Derrière le dos de son frère, il blâmait bien haut ce débraillé provocateur, sans se laisser démonter par les paroles apaisantes de sa sœur ; celle-ci objectait que la nature sanguine de l'avocat et l'apoplexie qui le guettait aux fortes chaleurs, l'obligeaient à une vêture légère. Alors, *quest'uomo* devrait au moins garder sa porte fermée, ripostait Alfo, au lieu de se présenter dans une tenue si exagérément négligée aux regards de ses parents et des *distinti forestieri*. Une culture supérieure ne justifiait pas un laisser-aller aussi audacieux. Il était clair qu'une certaine animosité de contadin à l'égard du membre instruit de la famille s'exprimait là sous un prétexte d'ailleurs bien choisi, encore que Sor Alfo partageât — ou précisément parce qu'il partageait — au fond de l'âme, l'admiration de tous les Manardi pour l'avocat en qui ils voyaient une manière d'homme d'État. Les opinions des frères aussi différaient grandement, l'avocat plutôt conservateur, digne et dévot, Alfonso, en revanche, libre penseur, *libero pensatore* et critique, mal disposé à l'égard de l'Église, de la royauté et du *governo* qu'il disait entachés d'une scandaleuse corruption, « *Hai capito, che sacco di birbaccione ?* » (As-tu compris, quel sac de scélérats ?) ainsi avait-il accoutumé de terminer ses diatribes. Il avait la langue beaucoup plus agile que l'avocat et ce dernier, après avoir croassé quelques protestations, se retranchait avec colère derrière son journal.

Il y avait encore un cousin du trio fraternel, un frère du défunt époux de Mme Nella, Dario Manardi, un homme doux à barbe grise de type campagnard, qui s'aidait d'un bâton pour marcher et avec sa femme insignifiante et maladive habitait la maison familiale. Ce ménage faisait table à part, alors que la signora Peronella nous nourrissait de sa cuisine pittoresque tous les sept (ses frères, Amelia, les deux hôtes à demeure et le couple de visiteurs) avec une libéralité qui ne correspondait pas au prix modique de la pension. Elle s'appliquait sans relâche à nous offrir des mets nouveaux. Avions-nous consommé une substantielle minestra, des oiseaux à la polenta, des scaloppine au Marsala, un plat de mouton ou de sanglier agrémenté d'une sauce sucrée et force salade, fromages, fruits, et nos amis allumaient-ils leurs cigarettes de la Régie inséparables du café noir, elle était capable de demander du ton engageant dont on exprime une proposition alléchante ou une heureuse inspiration : « Signori, et maintenant un peu de poisson ? » Nous avions pour nous désaltérer un vin indigène purpurin que l'avocat lampait à longs traits comme de l'eau, tout en geignant, breuvage d'ailleurs trop échauffant pour être recommandé comme boisson de table aux deux repas, et que d'autre part il eût été criminel de « baptiser ». La padrona nous encourageait à y faire honneur avec des : « Buvez donc ! *Fa sangue il vino !* » mais Alfonso lui reprochait cette superstition.

Les après-midi nous incitaient à de belles promenades où les plaisanteries anglo-saxonnes de Rüdiger Schild-knapp déchaînaient de francs éclats de rire. Nous descendions vers la vallée par des sentiers ourlés de haies de mûriers, nous nous enfoncions dans les terres bien cultivées avec leurs oliviers et leurs festons de vigne, les vergers divisés en petits clos encerclés de murs où s'ouvraient des portes presque monumentales. Déjà ému de revoir Adrian, dois-je dire combien par surcroît je jouissais du ciel classique que pas un nuage ne voila durant les semaines de notre séjour, combien j'aimais l'antique atmosphère qui baigne le pays depuis le commencement des temps ? Elle s'exprimait sous une forme concrète dans la margelle d'un puits, la silhouette pittoresque d'un pâtre, la diabolique tête de Pan d'un bouc. Adrian, on le conçoit, partageait avec un hochement de tête souriant, et non sans ironie, mes transports d'humaniste. Ces artistes ne font guère attention à leurs entours sans rapports directs avec le monde du travail où ils vivent et où, pour leur part, ils voient un cadre indifférent, plus ou moins favorable à leur production.

En revenant vers la petite ville nous regardions le coucher du soleil et jamais ciel vespéral ne m'offrit pareille splendeur. Une nappe d'or huileuse et épaisse cernée de cramoisi nageait à l'horizon occidental — si belle et inouïe que sa vue vous transportait. Pourtant, j'éprouvais un secret déplaisir quand Schildknapp, désignant le merveilleux spectacle, lançait son : « Inspectez donc celui-là ! » et Adrian éclatait de ce rire reconnaissant que les traits d'humour de Rüdiger lui arrachaient toujours. Car il me semblait profiter de l'occasion pour railler mon émotion et celle d'Hélène et tourner en dérision ces prestiges de la nature.

J'ai déjà évoqué le jardin du cloître dominant la ville où nos amis montaient chaque matin avec leurs serviettes de cuir pour travailler en des coins séparés. Ils avaient demandé aux moines l'autorisation de s'y tenir et elle leur avait été accordée avec aménité. Nous les accompagnions souvent, à l'ombre parfumée de l'enclos point soumis à l'ordonnance habituelle des jardins, entouré de murs dégradés. Arrivés sur les lieux, nous les laissions discrètement à leurs occupations et, invisibles pour eux qui de leur côté l'étaient l'un pour l'autre, isolés par des lauriers-roses, des lauriers et des buissons de genêts, nous passions à notre guise l'après-midi dans la chaleur croissante, Hélène avec son travail au crochet et moi, lisant un livre, apaisé et tendu à la pensée qu'Adrian près de moi avançait la composition de son opéra.

Sur le piano très désaccordé de la salle commune, il nous joua durant notre séjour — hélas ! une fois seulement — des fragments achevés, la plupart déjà instrumentés à l'intention d'un orchestre raffiné, des extraits de l'agréable et folâtre comédie intitulée *Peines d'amour perdues,* comme la pièce s'était appelée en l'an 1598, des passages caracrréristiques et une succession de scènes formant un tout : le premier acte y compris la scène dans la maison d'Armado et diverses autres, postérieures, qu'il avait écrites par anticipation ; notamment les monologues de Biron, auxquels il avait toujours particulièrement pensé — celui en vers à la fin du troisième acte comme le monologue en prose au rythme déréglé du quatrième — *they have pitch'd a toil, I am toiling in a pitch, that defiles* — encore plus réussi musicalement que le premier, avec le désespoir comique, grotesque, et pourtant sincère et profond du chevalier à propos de son envoûtement par la suspecte *black beauty* et sa raillerie furieuse et débridée : *By the Lord, this life is as mad as Ajax : it kills sheeps, it kills me, I a sheep.* La réussite tenait d'une part à la prose alerte et décousue, saccadée et toute en jeux de mots qui avait permis au compositeur des trouvailles d'une bouffonnerie particulière ; d'autre part, en musique, la répétition d'un thème déjà familier, l'allusion spirituelle ou profonde, est toujours ce qui impressionne le plus et dans le second monologue, des éléments du premier étaient rappelés de façon impayable. Ceci vaut également pour les amères invectives que se prodiguait le cœur coupable de s'être énamouré « du pâle lutin aux yeux de velours, en guise d'yeux deux boules de poix au milieu du visage » et tout particulièrement de l'image musicale qu'Adrian avait tracée de ces yeux de poix maudits et chéris ; un mélange d'un scintillement obscur, où se fondaient les notes du violoncelle et de la flûte, mi-lyrique et passionné et mi-grotesque ; dans le texte, au passage *O but her eye — by this light, but for her eye I would not love her,* il revient d'une façon violemment caricaturale ; la tonalité rend encore plus profonde la noirceur des yeux mais cette fois, leur éclair se trouve confié à la petite flûte.

Nul doute ne saurait subsister à cet égard, la définition de Rosaline comme d'une fille dévergondée, infidèle, dangereuse, définition peu justifiée du point de vue du drame, lui est appliquée par le seul Biron, alors que dans la réalité de la comédie la jeune fille se montre simplement impertinente et spirituelle ; cette description témoigne d'une impulsion du poète indifférent aux fautes artistiques, un souci d'insérer des expériences personnelles et de se venger sur le plan poétique, si déplacé cela soit-il. Rosaline, telle que l'amoureux ne se lasse de nous la décrire, est la dame brune de la seconde suite des *Sonnets,* la dame d'honneur d'Élisabeth, la maîtresse de Shakespeare, qui le trompe avec le jeune et bel ami ; et le « morceau de rimaillerie et de mélancolie » avec lequel Biron apparaît dans son monologue en prose : *Well she has one o'my sonnets already* est un de ceux que Shakespeare adressait à la pâle et ténébreuse beauté. Comment du reste Rosaline en vient-elle à exercer sa sagesse sur le Biron à la langue acérée et parfaitement jovial de la pièce ? « Le sang de la jeunesse ne flambe point avec autant d'ardeur — que la gravité, une fois déchaînée la fureur des sens » ? Car il est vraiment jeune, nullement sérieux, nullement homme à provoquer la réflexion sur la tristesse de voir les sages devenir des fols et appliquer la force de leur intellect à revêtir l'absurdité d'une apparence de mérite. Dans la bouche de Rosaline et de ses amis, Biron sort complètement de son rôle ; il n'est plus Biron, mais Shakespeare lui-même dans sa liaison malheureuse avec la dame brune ; Adrian avait toujours sur lui, dans une édition de poche anglaise, les *Sonnets,* ce trio étrange du poète, de l'ami et de la bien-aimée. Il s'était efforcé dès le début d'adapter le caractère de son Biron à ce passage du dialogue qui lui était cher et d'écrire pour lui une musique qui, tout en conservant le rapport nécessaire avec le style burlesque de l'ensemble, définît ce personnage comme « sérieux » et spirituellement significatif, la vraie victime d'une passion humiliante.

C'était beau et je l'en louai beaucoup. Du reste, que de motifs de louange et de joyeux étonnement dans tout ce qu'il nous joua ! On pourrait lui appliquer ce que le docte orfèvre Holoferne dit de lui-même : « C'est un don que je possède, simple, simple ! Un esprit fol et extravagant, plein de formes, de figures, de silhouettes, d'objets, d'idées, d'apparences, d'émotions, de transformations. Celles-ci sont reçues dans la matrice de la mémoire, nourries dans le corps maternel de la pie-mère, et viennent au monde par la force maturatrice de l'occasion. » *Delivered upon the mellowing of occasion.* Admirable ! A propos d'une circonstance toute fortuite, bouffonne, le poète donne là une description parfaite, insurpassable, de l'esprit de l'artiste et involontairement on l'appliquait à l'esprit qui en l'occurrence s'apprêtait à transposer dans la sphère musicale l'ironique œuvre juvénile de Shakespeare.

Tairai-je le léger froissement personnel, le malaise que

produisait en moi la satire des études antiques, présentées dans la pièce comme une préciosité d'ascètes ? De cette caricature de l'humanisme, le responsable était Shakespeare, non Adrian, et c'est lui qui suggère le classement des idées selon un ordre où les notions de culture et de barbarie jouent un rôle si étrange. La première est un monachisme spirituel, un raffinement érudit, profondément dédaigneux de la vie et de la nature, et elle voit précisément la barbarie dans la vie et la nature, dans l'immédiat, l'humain, le sentiment. Même Biron, qui défend la cause du naturel devant les précieux conjurés du bosquet d'Academos, avoue qu'il a plaidé en faveur de la barbarie plus que de l'ange Sagesse. Cet ange, il est vrai, est ridiculisé, mais en somme uniquement par les personnages ridicules ; car « la barbarie » où retombent les conjurés et l'énamourement béat des sonnets qui leur est imposé pour punir l'absurdité de leur association sont aussi une caricature spirituellement stylisée, un persiflage de l'amour ; les commentaires musicaux d'Adrian eurent soin que le sentiment en fin de compte ne se trouvât pas mieux partagé que son reniement téméraire. A mon avis, la musique eût été appelée, de par sa nature intime, à servir de guide pour l'évasion de la sphère absurdement artificielle et le retour à l'air libre, au monde de la nature et de l'humanité. Or elle s'en abstenait. Ce que le chevalier Biron appelle *barbarism,* autrement dit la spontanéité et le naturel, ne lui était redevable d'aucun triomphe.

Mon ami tissait là une musique hautement digne d'admiration du point de vue artistique. Négligeant tout déploiement massif, il avait au début prévu la partition pour le seul orchestre classique beethovenien et, seulement à cause de la figure d'Armado, l'Espagnol comique et pompeux, il avait admis une deuxième paire de cors, trois trombones et un tuba, tout cela dans un style rigoureux de musique de chambre, un travail de filigrane, une ingénieuse architecture sonore, faite de combinaisons cocasses et riche en inspirations d'une subtile insolence. Un amateur de musique qui, las de la démocratie romantique et des harangues moralisatrices au peuple, aurait aspiré à un art pour l'art (un art dépourvu d'ambition ou du moins ambitieux au sens le plus exclusif, à l'usage des seuls artistes et connaisseurs) cet amateur eût été ravi par un semblable ésotérisme centré sur lui-même et parfaitement froid — lequel en tant qu'ésotérisme, dans l'esprit du morceau, se raillait lui-même de toutes les manières et s'enflait, outrait la parodie, ce qui mêlait au ravissement une goutte de tristesse, un grain de désespoir.

Oui, l'admiration et la tristesse se confondaient bizarrement devant cette musique. « Que c'est beau, disait le cœur (du moins le mien) et que c'est triste ! » Car l'admiration s'adressait à un morceau spirituel et mélancolique, une héroïque prouesse intellectuelle, si l'on peut dire, une détresse travestie en exubérance, et je ne saurais mieux la définir qu'en la comparant à un jeu de casse-cou, un effort jamais détendu et toujours excitant de l'art à la limite de l'impossible. Cela justement affligeait. Mais l'admiration et la tristesse, l'admiration et le souci, n'est-ce pas là presque la définition de l'amour ? Avec un amour douloureusement inquiet pour lui et tout ce qui était sien, je suivais le jeu d'Adrian. Je fus incapable de dire grand-chose. Schildknapp, très « bon public » à son ordinaire, commenta l'œuvre avec beaucoup plus de pertinence et plus intelligemment que moi, qui plus tard encore, au *pranzo,* à la table des Manardi, gêné et replié sur moi-même, étais agité de sentiments auxquels la musique que nous venions d'entendre était si complètement fermée. *Bevi ! Bevi !* disait la padrona. *Fa sangue il vino,* Et Amelia d'agiter sa cuiller devant ses yeux en marmottant : *Spiriti ? Spiriti ?...*

Ce fut l'un des derniers soirs que mon excellente femme et moi nous vécûmes dans le cadre original choisi par les deux amis. Quelques jours plus tard, force nous fut, après un séjour de trois semaines, de nous en arracher pour rentrer en Allemagne, alors qu'eux restèrent fidèles, des mois encore, à l'uniformité idyllique de leur vie entre le jardin du cloître, la table familiale, la *Campagna* cernée d'une bande onctueuse et dorée, la salle dallée de pierre où des mois durant, jusqu'au début de l'automne, ils passèrent les soirées en lectures à la lueur de la lampe. De même avaient-ils vécu tout l'été de l'année précédente, et leur genre d'existence à la ville, durant l'hiver, n'avait guère différé.

Dans la capitale, ils habitaient la via Torre Argentina près du Teatro Costanzi et du Panthéon, au troisième étage ; leur logeuse préparait le déjeuner du matin et une collation. Ils prenaient le repas principal dans une trattoria voisine pour un prix mensuel forfaitaire. A Rome, la villa Doria Pamfili remplaçait le jardin monastique de Palestrina ; ils y poursuivaient leurs travaux par les chaudes journées printanières et automnales, auprès d'une fontaine de belle architecture, où de temps en temps venait s'abreuver une vache ou un cheval paissant en liberté. Adrian manquait rarement les concerts d'après-midi de la chapelle municipale, piazza Colonna. Parfois la soirée était consacrée à l'opéra. En général, on jouait aux dominos auprès d'un verre de punch à l'orange chaud, dans le coin tranquille d'un café.

Ils ne recherchaient guère d'autres fréquentations, leur isolement à Rome était presque aussi parfait qu'à la campagne. Ils évitaient soigneusement l'élément allemand. Schildknapp en particulier se sauvait dès qu'une syllabe de sa langue maternelle frappait son oreille. Il était capable de sauter d'un autobus, d'un wagon de chemin de fer où se trouvaient des « Germans ». Au reste leur vie érémitique ou tout au moins leur solitude à deux ne leur offrait guère l'occasion de faire des connaissances parmi les indigènes. De tout l'hiver ils furent invités deux fois chez Mme de Coniar, une dame d'origine incertaine. Elle protégeait l'art et les artistes et Rüdiger Schildknapp avait reçu de Munich un mot d'introduction pour elle. Dans sa maison du Corso, ornée de photographies dédicacées dans des cadres de peluche et d'argent, ils rencontrèrent une foule d'artistes internationaux, acteurs, peintres et musiciens, Polonais, Hongrois, Français et Italiens dont ils perdaient aussitôt de vue chaque spécimen isolé. Parfois Schildknapp quittait Adrian pour aller avec de jeunes Anglais que la sympathie avait jetés dans ses bras, à la découverte des tavernes de malvoisie ou excursionner à Tivoli et chez les Trappistes de Quattro Fontane, boire de l'eau-de-vie à l'eucalyptus et débiter du « nonsense » en leur compagnie pour se reposer des épuisantes difficultés que présente l'art de la traduction.

Bref, en ville comme dans la réclusion de la petite cité montagnarde, tous deux menèrent la vie de ceux qui, plongés dans leur travail, évitent complètement le monde et les hommes. C'est du moins sous cette forme qu'on peut l'énoncer. Et, l'avouerai-je à présent ? malgré ma répugnance à me séparer d'Adrian, mon départ de la maison Manardi fut pour moi personnellement associé à un secret soulagement. Exprimer ce sentiment m'oblige du même coup à le motiver et j'y réussirais difficilement sans me faire voir à moi-même et aux autres sous un jour un peu ridicule. La vérité est qu'à certains égards, *in puncto puncti,* comme disent volontiers les jeunes gens, je constituais parmi les habitants de la maison Manardi une exception un peu comique ; je débordais en quelque sorte le cadre ; autrement dit, en ma qualité d'époux je rendais mon tribut à ce que nous appelons, moitié en l'excusant, moitié en la glorifiant, la « nature ». Personne d'autre n'en usait de même dans la « maison-castel » de la rue à degrés. Notre excellente hôtesse, Mme Peronella, était veuve depuis de longues années, sa fille Amelia, une enfant un peu simplette, les frères Manardi, l'avocat comme le rural, semblaient des célibataires endurcis. Même, on pouvait facilement admettre que ces deux hommes n'avaient jamais approché une femme. Il y avait en outre le cousin Dario, gris et débonnaire avec sa minuscule et maladive épouse, couple où assurément le commerce amoureux ne devait relever que de la charité. Enfin Adrian et Rüdiger Schildknapp, attardés depuis des mois dans le cercle amical et austère qui nous était devenu familier, ne se comportaient pas autrement que les moines du monastère perché sur la colline. La situation n'avait-elle pas pour moi, l'homme moyen, quelque chose d'humiliant et de pénible ?

J'ai parlé plus haut des rapports particuliers de Schildknapp avec le vaste monde, de ses possibilités de bonheur et de son penchant à ménager ce trésor, autrement dit sa personne, J'y voyais la clef de son mode de vie, l'explication du fait, pour moi malaisé à comprendre, qu'il fût capable d'une si rigoureuse continence. Il en allait autrement d'Adrian — encore que leur chasteté fût, je le savais, à la base de leur amitié ou, si le mot va trop loin, de leur vie commune. Sans doute n'ai-je pas réussi à dissimuler au lecteur une certaine jalousie que m'inspiraient les rapports du Silésien et d'Adrian. Il comprendra donc que ma jalousie s'adressait en dernier lieu à ce trait qui les caractérisait tous deux, ce trait d'union de la réserve.

Schildknapp vivait, j'ose m'exprimer ainsi, en roué potentiel. Adrian, lui, j'en avais la certitude, menait depuis son voyage à Gratz et en conséquence à Presburg, la vie d'un saint — telle qu'il l'avait d'ailleurs pratiquée jusqu'alors. Pourtant, je frémissais à la pensée que sa chasteté *depuis lors,* depuis l'étreinte, depuis sa maladie passagère et la perte de ses médecins, ne ressortissait plus à l'éthique de la pureté mais au pathétique de l'impureté.

Toujours il y avait eu en lui un peu du *noli me tangere* — je le savais. Sa répulsion pour l'extrême promiscuité charnelle, le rapprochement qui confond les haleines, le contact corporel, m'était connue. Il était au sens absolu l'homme du « refus », de la rétractilité, de la réserve, de l'éloignement. L'expansivité physique semblait inconciliable avec sa nature. Déjà sa poignée de main était rare et il y apportait une certaine hâte. Cette singularité s'était manifestée plus nettement que jamais au cours de notre récente réunion ; et cependant, à peine saurais-je dire pourquoi, j'avais l'impression que ce « ne me touchez pas », ce « reculez à trois pas de distance », avaient changé de sens dans une certaine mesure, comme si non seulement il se dérobait à une exigence mais comme s'il craignait et évitait une exigence inverse, évidemment en rapport, elle aussi, avec son abstention de la femme.

Seule une amitié aussi attentive que la mienne pouvait le sentir ou le pressentir : l'état de choses s'inspirait à présent d'un autre motif et ne plaise à Dieu que cette perception ait gâté ma joie du voisinage d'Adrian ! Ce qui se passait en lui pouvait me bouleverser. M'éloigner de lui, jamais. Il est malaisé de vivre avec certains êtres et impossible de les quitter.

## XXV

Le document auquel dans ces pages il a été fait maintes fois allusion, la relation secrète laissée par Adrian, en ma possession depuis sa mort et conservée comme un trésor précieux, terrible, le voici, je le communique. L'instant biographique de l'insérer est venu. Je reprends donc mon discours depuis le moment où j'ai, au figuré, tourné le dos au refuge de son choix qu'il partageait avec le Silésien, et tout à l'heure, dans ce chapitre vingt-cinquième, le lecteur entendra la voix même d'Adrian.

Mais n'est-ce que la sienne ? Il s'agit d'un dialogue. Un autre, un tout autre, un personnage effroyablement autre y a même généralement la parole, et le scripteur dans sa salle de pierre se borne à transcrire ce qu'il entendit de sa bouche. Un dialogue ? Au vrai, en fut-ce un ? Pour le croire il faudrait que je sois dément. Et voilà pourquoi je ne peux non plus admettre qu'au fond de son âme il tînt pour vrai ce qu'il vit et entendit, tandis qu'il l'entendait et le voyait et ensuite, lorsqu'il le nota sur le papier, en dépit du cynisme avec lequel l'interlocuteur cherchait à le convaincre objectivement de sa présence. Mais si le visiteur n'exista pas — et je m'épouvante de l'aveu inclus dans le fait d'admettre sa réalité, fût-ce au mode conditionnel et hypothétique — il est terrifiant de penser que ce cynisme aussi, ces sarcasmes et cette escrime devant le miroir ont jailli de l'âme même de celui qui subit l'épreuve.

On conçoit que je ne songe pas à confier à l'imprimeur le manuscrit d'Adrian. De ma propre plume je copie mot pour mot le papier à musique couvert de ses traits de ronde, petits et tarabiscotés à l'ancienne, une écriture que j'ai précédemment décrite, celle d'un moine, serait-on tenté de dire. Il s'est servi de papier à musique, manifestement parce qu'il n'en avait pas d'autre sous la main ou parce que l'échoppe du mercier, là-bas sur la place de l'église Saint-Agapitus, ne lui offrait pas de papier à son goût. Deux lignes tombent toujours sur la portée du haut et deux sur celle du bas ; mais l'intervalle blanc est, lui aussi, rempli de deux lignes d'écriture.

Le document ne portant aucune date, impossible d'établir avec une précision absolue l'époque de la rédaction. Pour autant que ma conviction vaille quelque chose, il ne fut pas composé après notre visite à la petite ville montagnarde ni durant notre séjour. Il remonte, soit à une plus ancienne période de l'été où nous passâmes trois semaines avec les amis, soit à l'été précédent, le premier où ils logèrent chez les Manardi. A l'époque de notre arrivée, l'aventure qui est à l'origine de son manuscrit s'était déjà produite, Adrian avait déjà eu l'entretien transcrit ci-dessous, j'en ai la certitude ; et aussi que sa notation eut lieu immédiatement après l'apparition, sans doute le lendemain même.

Je copie donc — et point ne sera besoin, je le crains, d'explosions lointaines ébranlant ma retraite, pour faire trembler ma main et dévier les lettres que je trace.

— Tais ce que sçais. Me tairai, ne serait-ce que par vergogne et pour épargner les gens, eh oui ! par souci social de les ménager. Ma volonté est raide et tendue, afin que jusqu'au bout le digne contrôle de ma raison point ne se relâche. Pourtant, l'ai vu, Lui, enfin, enfin ! Est venu chez moi, ici même, en cette salle. M'a visité, inattendu et pourtant depuis longtemps attendu, ai longuement pris langue avec Lui et n'ai qu'un seul objet d'ire, c'est de ne point sçavoir pourquoi je tremblais tout le temps, simplement de froid ou à Sa vue ? Ai-je eu l'illusion, m'a-t-il donné l'illusion du froid pour que je tremble et par là m'assure qu'il était réellement là, un Être en soi ? Car oncques ne l'ignore, nul fol ne tremble devant les divagations de son propre cerveau, il s'y sent au contraire fort à l'aise, et sans embarras ni frisson s'y abandonne. M'a-t-il pris pour un fol, qu'il m'a suggéré au moyen de ce froid de chien que je ne l'étais point et Lui point un fantôme créé par mon cerveau, quand, effrayé et stupide, je tremblais devant Lui ? Car il est matois.

Tais ce que sçais. Je me tais donc pour moi seul. Je tais tout ceci sur du papier à musique, cependant qu'à l'autre bout de la salle, mon compaing *in eremo,* mon compaing de rire, s'échine à la « translation » du cher idiome étranger dans l'idiome familier et haï. Il se figure que je compose et s'il voyait que j'écris des mots, il se dirait que Beethoven aussi faisait de même.

Toute la journée, dolente créature, j'étais resté étendu dans l'obscurité avec mon maudit mal de tête et plus d'une fois j'avais eu des suffocations et vomissements comme il m'advient en mes plus violents accès. Vers le soir, une amélioration inespérée et presque soudaine se produisit. Je pus garder la soupe que la mère Manardi m'apporta (« Poveretto ! »). Je lui adjoignis sans répugnance un verre de vin rouge (« Bevi, bevi ! ») et tout à coup me sentis d'aplomb au point que je m'octroyai une cigarette. J'aurais même pu sortir comme il avait été convenu la veille. Dario M. désirait nous introduire là-bas, au club des notables de Praeneste, nous présenter, nous montrer les aîtres, le billard, la salle de lecture. Point ne voulions froisser le brave homme et avions accepté son offre — ramenée maintenant à la seule personne de Sch., ma crise me servant d'excuse. Après le pranzo il descendit donc la rue sans moi en faisant la grimace, aux côtés de Dario, jusque vers ces cultivateurs petits bourgeois et je restai en tête-à-tête avec moi-même.

Assis seul dans cette salle, près des fenêtres aux persiennes

closes, je lisais à la lueur de ma lampe l'essai de Kierkegaard sur le *Don Juan* de Mozart et devant moi la pièce se
déployait dans toute sa longueur.

Et voici, tout à coup, je me sens saisi d'un froid cinglant
comme en hiver lorsqu'on est dans une chambre chauffée
et que soudain une fenêtre s'ouvre sur le gel du dehors.
Mais ce froid ne souffle pas de derrière moi, du côté des
fenêtres, il m'assaille par-devant. Je lève les yeux, regarde
dans la salle et m'aperçois que Sch. a dû revenir car je ne
suis plus seul. Quelqu'un est assis dans la pénombre, sur le
sofa de crin placé près de la porte, comme la table du petit
déjeuner et les chaises, à peu près au milieu de la pièce ; il
est assis au coin du sofa, les jambes croisées, mais ce n'est
pas Sch. C'est un autre, plus petit, très loin d'avoir sa
prestance et en somme pas un vrai monsieur. Cependant le
froid continue de me pénétrer.

*Chi è costa ?* m'écrié-je, la gorge vaguement nouée,
dressé et appuyé des mains aux accoudoirs de mon fauteuil,
en sorte que le livre me tombe des genoux et roule à terre.
Me répond la voix calme et lente de l'Autre, une voix comme
étudiée, agréablement nasillarde.

— Ne parle qu'allemand ! Parle donc le bon vieil allemand sans palliatifs ni guirlandes. Je comprends cet idiome.
C'est précisément ma langue préférée. Il y a mesme des
moments où je ne comprends que l'allemand. Au surplus, va
quérir ton manteau et aussi ton chapeau et un plaid. Tu vas
geler et grelotter, même si tu ne prends pas du mal.

— Qui donc me tutoie ? demandé-je avec emportement.

— Moi, dit-il, moi, ne t'en déplaise. Ah ! tu t'étonnes,
parce que tu ne tutoies personne, pas même ton bouffon, le
gentleman, sauf le camarade de jeux de ton enfance, le féal
qui t'appelle par ton nom de baptême, d'ailleurs sans
réciprocité. Laisse donc. Entre nous, nous avons déjà
contracté des liens autorisant le tutoiement. D'accord ? Vas-
tu chercher quelque chose de chaud ?

Je scrute d'un regard fixe la pénombre, mes yeux se
posent avec colère sur lui. Un homme de silhouette plutôt
fuselée, bien moins grand que Sch., même plus petit que
moi — un béret de sport tiré sur l'oreille, et de l'autre côté
des cheveux roux au-dessus de la tempe ; des cils, eux aussi

roux cernant des yeux rougis, un visage blafard, le nez arqué, un peu de guingois ; sur la chemise de tricot à raies en diagonale, une veste à carreaux aux manches trop courtes, d'où sortent des mains aux doigts grossiers ; une culotte indécemment collante et des chaussures jaunes éculées, indécrottables. Un *strizzi*. Un Alphonse. Et la voix, les inflexions d'un acteur,

— D'accord ? répète-t-il.

— Avant tout, dis-je en me dominant malgré mon tremblement, je voudrais savoir qui a l'audace de faire irruption ici et de s'installer chez moi ?

— Avant tout, répète-t-il. Avant tout n'est pas mal. Mais ta susceptibilité est toujours exagérée à l'égard de toute visite qui te semble inattendue et indésirable. Je ne viens pas t'entraîner dans une société, te flagorner pour que tu prennes part à une petite réunion musicale. Je viens pour régler l'affaire. Vas-tu quérir tes effets ? Il est impossible de parler quand on claque des dents.

Je reste encore quelques secondes sans le quitter des yeux. Et le froid glacial qui émane de lui me transperce tant et si bien que je me sens nu et sans protection dans mes vêtements légers. Je m'en vais donc. En vérité, je me lève et passe le seuil de la première porte à gauche où se trouve ma chambre (l'autre est plus loin, du même côté). Je prends dans l'armoire le manteau d'hiver que je revêts à Rome les jours de tramontane et qu'il m'a fallu apporter faute de savoir où le laisser ; je mets mon chapeau, m'empare du plaid de voyage et ainsi équipé regagne ma place.

Comme auparavant, il est assis à la sienne.

— Vous êtes encore là, dis-je en relevant le col de mon pardessus et en m'enveloppant les genoux du plaid, même après que je suis parti et revenu ? Cela m'étonne. Car je vous soupçonne fort de n'être point là.

— Non ? demande-t-il d'un ton affecté et nasillard. Comment n'y serais-je point ?

MOI. — Parce qu'il est bien improbable que quelqu'un s'asseye ce soir à mes côtés, parlant allemand et dégageant du froid, sous le prétexte de discuter d'affaires dont je ne sais ni ne veux rien savoir. Il est beaucoup plus probable que je couve une maladie et dans mon trouble je vous attribue l'origine du frisson de fièvre qui m'oblige à m'emmitoufler et je ne vous vois que parce que je veux voir en vous la source de ce malaise.

LUI (calme et persuasif avec un rire d'acteur). — En voilà des sornettes. Quelles intelligentes sornettes tu débites ! C'est exactement ce qui s'appelle en bon vieil allemand le folage. Et si ingénieuses ! Une ingéniosité intelligente, comme empruntée à ton opéra. Mais nous ne faisons point de musique pour l'instant. D'ailleurs, c'est hypocondrie pure. Ne te mets pas, je te prie, de bêtises en tête ! Aie un peu d'orgueil et ne récuse pas immédiatement le témoignage de tes cinq sens. Tu ne couves pas de maladie. Tout au contraire, après ta petite crise, tu es en pleine possession de la meilleure santé juvénile — oh ! pardon, je ne voudrais pas manquer de tact, car après tout que signifie la santé ? Mais ce n'est pas ainsi, mon cher, que ta maladie éclatera. Tu n'as pas ombre de fièvre et nulle raison d'en avoir.

MOI. — Et puis, à tous les trois mots que vous prononcez, vous démontrez votre inexistence. Vous dites des choses qui sont en moi et viennent de moi, non de vous. Vous singez Kumpf et ses tournures de phrase et pourtant vous ne m'avez pas l'air d'avoir fréquenté une université ou une eschole de haulte sapience et de vous être assis à mon côté sur les bancs des estudiants, vous parlez très cavalièrement du gentleman besogneux et de celui que je tutoie, même de ceux qui m'ont tutoyé sans être payés de retour. Vous parlez aussi de l'opéra. Comment sauriez-vous tout cela ?

LUI (de nouveau avec un rire apprêté en secouant la tête comme devant un enfantillage impayable). — Ouais, comment je le saurois ? Mais tu vois bien que je le sçais. Et tu en conclus, à ta confusion, que ta vue est trouble ? Voilà vraiment ce qui s'appelle renverser toute logique, telle qu'on l'apprend dans les escholes de haulte sapience. A me voir renseigné, au lieu d'en déduire que je ne suis point là en chair et en os, tu ferois mieux de conclure que non seulement je suis en chair et en os mais aussi celui-là même pour qui tu me tiens depuis le commencement.

MOI. — Et je vous tiens pour qui, s'il vous plaît ?

LUI (d'un ton de reproche poli). — Or çà, tu le sçais bien. Ne feins donc point que tu ne m'attends pas depuis longtemps. Tu le sçais comme moi, nos rapports ont besoin d'être définis une bonne fois. Si j'existe — et je pense qu'à présent tu l'admets — je ne puis être qu'un seul. Quand tu me demandes qui je suis, entends-tu par là : comment je m'appelle ? Mais voyons, tu as présents à la mémoire tous les sobriquets scurriles de l'Eschole Supérieure, depuis l'époque de tes premières études où tu n'avois point encore mis au rancart les Sainctes Escriptures. Tu les connois tous par cœur et n'as que l'embarras du choix. N'ai guère que des petits noms taquins qui sont comme qui dirait une façon de me pincer le menton entre deux doigts : cela tient à ma popularité bien germanique. On s'accommode d'ailleurs de la popularité, dût-on ne l'avoir pas recherchée et fût-on au fond certain qu'elle repose sur un malentendu. C'est toujours flatteur, cela faict toujours du bien. Cherche donc, à ton usage, si tu me veulx absolument nommer, encore que généralement tu n'interpelles point les gens par leur nom car tu ne leur portes point assez d'intérêt pour le connoître — cherches-en un à ton goût parmi les gentillesses paysannes. Il n'y en a qu'un que je ne veulx ni n'aime ouïr, il est incontestablement diffamatoire et ne sauroit s'appliquer à moi. Qui m'appelle le seigneur *Dicis et non facis* broute les pâturages de l'ignorance. Là encore, c'est censément une façon de me pincer le menton, mais une calomnie quand même. Je fais ce que je dis, je tiens parole jusque dans les moindres vétilles, voilà justement mon principe commercial, à peu près comme les Juifs sont les plus sûrs en affaires, et puisque nous parlons de duperie, il est de notoriété proverbiale que moi qui crois à la fidélité et à la probité, j'ai toujours été dupe...

Moi. — *Dicis et non es.* Vous tenez vraiment à être assis là sur le sofa en face de moi, extérieur à moi, et à me parler à la manière de Kumpf, avec des bribes de vieil allemand ? Et de surcroît vous prétendez me rendre visite ici, en pays welsche où vous êtes hors de votre zone et nullement populaire ? Quelle absurde faute de style ! A Kaisersaschern, j'aurais admis votre présence. A Wittemberg, au Wartburg, voire à Leipzig, vous auriez eu pour moi quelque vraisemblance. Mais ici, sous un ciel païen et catholique !

Lui (secouant la tête et faisant claquer sa langue d'un air

soucieux). — Ta ta ta, toujours le même besoin de doute, toujours le même manque de confiance en soi ! Si tu avois le courage de te dire : « Là où je suis, là est Kaisersaschern », n'est-ce pas, la chose iroit de soi et messire l'esthète n'auroit plus à soupirer sur une faulte de style. Ventre goi ! Tu aurois été fondé à te tenir ce langage, mais tu n'en as point le courage ou tu feins qu'il te faict défaut. Tu te sous-estimes, mon ami — et tu me sous-estimes aussi si tu me limites à ce point et veux faire de moi uniquement un provincial allemand. Je suis Allemand, il est vrai, Allemand jusqu'à l'aubier, mais tout de même de la vieille souche, supérieure, à savoir cosmopolite de cœur. Veux-tu nier ma présence ici sans tenir compte de la vieille nostalgie allemande et du désir d'errance romantique qui me poussent vers le beau pays d'Italie ? Je suis censé être Allemand, mais que j'aie éprouvé un désir frileux de soleil, à la bonne manière de Dürer, messire ne veut point me l'accorder — pas même quand, soleil mis à part, j'ai ici de belles affaires pressantes au sujet d'une créature d'élite...

Un sentiment d'indicible répulsion me secoua brusquement. Mais point n'était facile de discerner la cause exacte de mon sursaut ; il pouvait également être mis au compte du froid car le souffle glacial qui se dégageait de Lui avait encore augmenté d'acuité et me transperçait jusqu'à la moelle des os à travers mon manteau. A contre-cœur, je demande :

— Ne pourriez-vous donc pas arrêter ce scandale, ce courant d'air glacé ?

Sur quoi, Lui. — Non, malheureusement. Je suis marri de ne pouvoir t'être agréable en cela. C'est que voilà, je suis tellement froid ! Comment, sinon, pourrois-je résister et trouver habitable le lieu où j'habite ?

Moi (involontairement). — Vous voulez dire les enfers et leurs coupe-gorge ?

Lui (riant, comme chatouillé). — Admirable ! Saillie rude, tudesque et malicieuse. La géhenne a encore beaucoup de jolies désignations, savantes et pathétiques, que messire l'ex-théologien connoit toutes, telles *carcer, exitium, confutatio, pernicies, condemnatio,* ainsi de suite, mais malgré moi, les noms familiers allemands et humoristiques me demeurent toujours les plus chers. Au surplus, laissons pour l'instant ce lieu et sa nature. Je vois à ton visage que tu t'apprêtes à m'interroger à son propos. Il s'en faut encore de beaucoup que nous abordions la question, elle n'est nullement brûlante. Tu me pardonneras ma plaisanterie, de dire qu'elle n'est pas brûlante — nous avons le temps, un long temps, incalculable. Le temps est le meilleur et le plus essentiel de ce que nous dispensons ; et le sablier, notre don, est tellement fin, si étroit le conduit par où s'écoule le sable rouge, et mince comme un cheveu est son écoulement... l'œil a l'impression que rien ne diminue dans la cavité supérieure ; tout à la fin seulement cela semble aller vite et être allé vite — mais il y a si longtemps, étant donné l'étroitesse du goulot, que ce n'est plus la peine d'en parler et d'y penser. Je voulais simplement m'entendre avec toi, mon cher, sur le fait que le sablier est en place, le sable a commencé déjà de s'écouler.

Moi (très ironique). — Vous avez un goût particulier pour les expressions à la Dürer — d'abord, le désir frileux de soleil, et à présent le sablier de la Mélancolie. Aurons-nous aussi le carré de chiffres fatidique ? Je m'attends et m'habitue à tout. M'habitue à votre impudence, à ce que vous me disiez « tu » et « mon cher », ce qui m'est particulière-ment désagréable. En somme, je me tutoie bien, cela explique sans doute que vous en usiez de même. A vous croire, je serais donc en train de converser avec le noir Kesperlin — Kesperlin, c'est-à-dire Kaspar ? et ainsi Kaspar et Samiel ne font qu'un.

Lui. — Tu recommences ?

Moi. — Samiel. Il y a de quoi rire. Où donc est ton do-mineur-fortissimo avec trémolo de l'archet, bois et trom-bones, qui, terreur enfantine ingénieusement combinée à l'intention d'un public romantique, surgit du *fa* dièse mineur de l'abîme, comme toi de ton rocher ? Je m'étonne de ne pas l'entendre.

Lui. — Laisse cela. Nous possédons aussi des instruments plus louables et tu les entendras. Ils te feront de la musique lorsque tu seras assez mûr pour l'ouïr. Tout est affaire de maturation et de temps. Je veux causer avec toi précisément à ce sujet. Mais Samiel ? — cette forme est bête. Je suis partisan des expressions populaires, mais Samiel c'est trop bête ; c'est une amélioration à la Johann Ballhorn[1]. Cela signifie Sammael. Et que signifie Sammael ?

MOI. — (Je me tais obstinément.)

LUI. - Tais ce que sçais. J'apprécie la discrétion avec laquelle tu me laisses le soin de la transposition en allemand. Sammael signifie : » Ange du Poison ».

MOI (entre mes mâchoires qui se refusent à rester jointes). — Oui. Vous m'en avez assez l'air. D'un ange, trait pour trait. Savez-vous quel air vous avez ? Vulgaire ne serait pas le mot. Une impudente écume, un mec, un sanglant souteneur, voilà sous quelle apparence vous avez trouvé bon de me visiter — et non sous celle d'un ange.

LUI (abaissant le regard sur sa personne, les bras écartés). — Comment ? Comment ? De quoi j'ai l'air ? Non, tu es bien bon de me le demander, car en vérité je l'ignore. Ou je l'ignorais, c'est toi qui me le fais remarquer le premier. Sois assuré que je n'accorde aucune attention à mon extérieur, je l'abandonne en quelque sorte à lui-même. Mon apparence de ce jour est due au hasard ou plutôt les circonstances la déterminent sans que je m'en avise seulement. L'adaptation, le mimétisme, tu connais cela, n'est-ce pas, la mascarade et le jeu mystificateur de mère Nature qui rit toujours sous cape. Mais dans cette adaptation dont je suis instruit aussi peu que le papillon foliacé, tu ne verras pas, mon cher, une allusion à ta personne et ne m'en tiendras pas rigueur ? Tu m'avoueras qu'elle est assez appropriée, considérée sous un autre angle — l'angle sous lequel tu es allé récolter ce que tu sais, et encore après avoir été mis en garde ! l'angle de ton joli lied avec le symbole des lettres — oh ! vraiment très ingénieux et presque inspiré : « Lorsque tu me donnas — pour la nuit le frais breuvage — tu empoisonnas ma vie... » Admirable. « A ma plaie le serpent — s'est collé en suçant... » Vraiment doué. Voilà d'ailleurs ce que nous avons reconnu de bonne heure et pourquoi très tôt nous avons eu l'œil sur toi — nous avons vu que ton cas

---

1. *Du nom d'un imprimeur allemand de Lubeck* (1530-1603) *qui gâtait les textes en voulant les améliorer. (N. d. l. T.)*

était exceptionnellement digne d'intérêt, un cas qui se présente favorablement. Il suffira de mettre dessous un peu de notre feu, de l'échauffer, l'attiser, l'accélérer tant soit peu, pour en faire quelque chose de brillant. Bismarck n'a-t-il pas dit, ou à peu près, que l'Allemand a besoin d'une demi-bouteille de champagne pour être haussé à sa hauteur naturelle ? J'ai bien l'impression qu'il a fait une remarque de ce genre. Et avec raison. L'Allemand est doué, mais entravé — assez doué pour s'irriter de ses entraves et en triompher par l'illumination, au risque de déchaîner le diable. Toi, mon cher, tu connaissais à merveille tes manques et tu es bien resté dans la manière germanique, en faisant ton voyage et en allant quérir, *salva venia,* le mal franc.

— Tais-toi !

— Tais-toi ? Tiens, tu es en progrès. Tu te réchauffes. Enfin, tu laisses tomber la politesse du pluriel et tu me tutoies comme il convient entre gens sur le point de conclure un accord et un pacte pour le temps et l'éternité.

— Vous vous tairez !

— Me taire ? Mais nous nous taisons depuis bientôt cinq ans et il faut pourtant que nous prenions langue une bonne fois au sujet de tout cela et des intéressantes conditions où tu te trouves. Naturellement, la chose doit être tue, mais tout de même pas entre nous à la longue — puisque le sablier est mis en place, le sable rouge a commencé de s'écouler par l'étroit, étroit conduit, oh ! à peine commencé ! Le petit tas du bas n'est presque encore rien en comparaison de la quantité du haut — nous baillons du temps, un long temps, incalculable, on n'a même pas à envisager le terme pendant bien des années encore, même pas vers l'époque où l'on pourrait s'aviser de penser à la fin, où l'on pourrait dire : *Respice finem,* point n'est besoin de s'en préoccuper d'avance d'autant que ce moment varie, il est fonction de l'arbitraire et du tempérament, nul ne sait où il faut le situer et jusqu'à quel point on peut le reculer. Il y a là une bonne plaisanterie et un excellent arrangement : l'incertitude de l'instant où il sera temps de songer à la fin et la faculté de le choisir, l'incertitude de la prévision, brouillent malicieusement la vision de la fin assignée.

— Radotage !

— Allons, pas moyen de te satisfaire ! Tu te montres grossier même à l'égard de ma psychologie — et cependant toi aussi, sur le Zionsberg de ton pays natal, tu as appelé un jour la psychologie un gentil état intermédiaire et neutre et les psychologues les gens les plus épris de vérité. Je ne radote aucunement et en surquetout poinct lorsque je parle du temps accordé et de la fin assignée, je reste strictement dans mon sujet. Partout où le sablier est mis en place et où le temps est accordé, un temps inimaginable mais limité, et une fin préétablie, nous sommes sur le plan voulu, nous avons des chances d'aboutir. Nous baillons du temps — mettons vingt-quatre ans — cela te va-t-il ? Cette somme d'années te convient-elle ? Il y a là de quoi « vivre comme vermine sur le vieil empereur » et plonger le monde dans la stupéfaction comme un grand nigromant au moyen de mainte œuvre diabolique ; il y a là, pour l'homme, la possibilité d'oublier toute entrave, d'autant qu'il s'écoule plus d'années, et haultement illuminé, de se dépasser lui-mesme sans devenir à soy-mesme estrangier, car il est et reste lui-mesme, amené à son niveau naturel grâce à la demi-bouteille de champagne et il lui est loisible de goûter toutes les voluptés presque insoutenables de l'inspiration, d'un narcissisme enivré. Il finit par se convaincre, avec plus ou moins de raison, que pareille inspiration ne s'est pas manifestée depuis des millénaires, et à certains instants d'abandon il se prend pour un dieu. Comment ce quelqu'un en viendrait-il à se préoccuper du moment où il sera temps pour lui de songer à la fin ? Seulement, la fin nous appartient, à la fin il nous appartient, voilà qui demande à être réglé et pas seulement en silence, si silencieusement que se puisse passer le reste, mais d'homme à homme et expressément.

Moi. — Alors, vous voulez me vendre du temps ?

Lui. — Du temps ? Du temps, tout uniment ? Non, mon cher, le diable ne débite point cette marchandise. Ce n'est pas à cet effet que nous avons payé le prix nécessaire pour que la fin nous appartienne. De quel genre de temps s'agit-il ? Tout est là. D'un temps de grandeur, d'un temps de folie, d'un temps absolument diabolique où tout se meut en hauteur et en sur-hauteur — et aussi, en retour, un peu misérable naturellement, profondément misérable, non seulement je le concède mais je le souligne avec fierté, car cela est juste et équitable, à la manière et dans la nature des artistes qui, on le sait, ont toujours penché vers l'excès dans les deux sens, il leur est très normal de faire craquer un peu les cadres. Le pendule oscille toujours beaucoup entre l'exubérance et la mélancolie, cela est habituel, pour ainsi dire encore plus conforme à la norme bourgeoise, nurembergeoise, en regard de ce que nous procurons, nous. Car dans ce domaine nous procurons des paroxysmes : des transports et des illuminations, l'expérience des affranchissements et du déchaînement, un sentiment de liberté, de sécurité, de légèreté, de puissance et de triomphe, au point que notre homme en vient à récuser le témoignage de ses propres sens — la prodigieuse admiration pour son œuvre achevée qui facilement pourrait le mener à se passer de l'admiration du dehors, le frisson du culte de soi, voire l'effroi merveilleux devant lui-même, lui donnent l'impression d'être l'interprète de la Grâce, un monstre sacré. Et entre-temps, par intervalle il fait une chute correspondante en profondeur, glorieuse aussi — non seulement dans le vide, la désolation et une impuissante tristesse, mais aussi dans la douleur et dans les perversités — des perversités d'ailleurs familières qui ont toujours existé, inhérentes à sa disposition, glorieusement renforcées par l'illumination et la griserie dont j'ai parlé. Voilà des souffrances que l'on accepte par-dessus le marché avec plaisir et fierté, en échange de l'énorme jouissance, voilà des souffrances que l'on connaît par le conte de fées, les souffrances de la petite Sirène ; des lames de couteau tranchent ses belles jambes de créature humaine, obtenues par troc contre sa queue. Tu connais bien la petite Sirène d'Andersen ? Quel petit trésor tu aurais en elle ! Dis un mot et je l'amène, dans ton lit.

MOI. — Te tairas-tu, imbécile ?

LUI. — Tout beau, tout beau, trêve de grossièretés. Tu réclames toujours le silence. Je ne fais tout de même point partie de la famille Schweigestill[1]. En outre, la mère Else,

1. Schweigestill, *silence ! (N. d. l. T.)*

avec une discrétion très compréhensive, t'en a déjà conté de toutes les couleurs sur ses hôtes d'occasion. Je ne suis point venu à toi dans une intention de silence, en ce pays estrangier, païen, mais pour exiger une ratification expresse entre quatre yeux et un pacte ferme au sujet des prestations et du paiement. Je te l'ai dit, voilà déjà plus de quatre ans que nous nous taisons, et pendant ce temps tout est déjà en voie d'accomplissement, de la façon la plus raffinée et choisie, pleine de promesses, déjà la cloche est à moitié fondue. Te dirai-je ce qu'il en est et ce qui est en cours ?

MOI. — Apparemment il me faudra l'entendre.

LUI. — Du reste, tu le voudrais volontiers et tu es sans doute fort aise de le pouvoir ouïr. Je cuyde mesme que tu es moult affriolé d'ouïr et larmoierais et te hérisserais si je te le celais... Tu aurais d'ailleurs raison. C'est un monde si familier, si familial et intime, où nous nous trouvons ensemble, toi et moi — nous y sommes bien chez nous, c'est Kaisersaschern tout pur, une bonne atmosphère vieil-allemande de l'an quinze cent ou environ, peu avant l'arrivée du docreur Martinus, lequel entretenait des rapports à la fois si rudes et si cordiaux avec moi et m'a jeté à la tête le petit pain, non, l'encrier, et donc longtemps avant la fête de la guerre de Trente Ans. Rappelle-toi simplement quel joyeux grouillement populaire il y eut chez nous, au cœur de l'Allemagne, sur le Rhin et partout, un entrain chaleureux et un peu convulsé, prémonitoire et troublé, l'afflux des pèlerins vers le Saint Sang de Niklashausen dans le Tauber-thal, les croisades d'enfants et les hosties sanglantes, la famine, la révolte du Bundschuh[1], la guerre et la peste à Cologne, les météores, les comètes et les grands signes, les nonnes stigmatisées, les croix timbrant les vêtements des hommes, et pour bannière une chemise virginale bizarrement marquée d'une croix. Les gens vouloient aller pourfendre les Turcs. Belle époque, époque diaboliquement allemande. N'éprouves-tu point grande plaisance à y penser ? C'est alors que les planètes exactes se rencontrèrent sous le signe du Scorpion, comme le dessina doctement maître Dürer sur la

---

1. *Soulèvement populaire en* 1502. *(N. d. l. T.)*

feuille volante médicale, c'est alors qu'arrivèrent en pays allemand les spirilles, ces infiniment petits, ces délicats, les aimables hôtes originaires des Indes Occidentales, amateurs de verge. Hein, tu dresses l'oreille ? Comme si je parlois de la confrérie des pénitents, des flagellants qui se lacéroient le dos pour expier leurs péchés et les péchés du monde ? Non, je parle des flagellates, les plus invisibles de l'espèce à verge comme par exemple notre Vénus pallide, la *spirochœta pallida,* c'est de cette espèce-là que je parle. Mais tu as raison, voilà qui rend un son intime et familier de hault Moyen Age et de *flagellum hereticorum fascinariorum.* Oh ! oui, il leur arrive bien, à ces petits goulus, de se montrer *fascinarii,* dans les meilleurs cas comme le tien. D'ailleurs très stylés et domestiqués depuis beau temps et dans les vieulx pays où ils sont chez eux depuis des siècles, ils ne se livrent plus aux grossières facéties de jadis, chancres béants, pestilence, nez corrodés. L'artiste peintre Baptiste Spengler n'a point l'air de vouloir agiter sur son passage des grelots avertisseurs, son cadavre enveloppé dans un cilice de crin.

MOI. — Il en va donc ainsi... pour Spengler ?

LUI. — Et pourquoi pas ? Tu voudrais être le seul ? Je le sais, tu aimerais bien être à part, toi et ce qui te touche, toute comparaison t'irrite. Mon cher, on est toujours en nombreuse compagnie. Naturellement, Spengler est un Esmeraldus. Ce n'est pas pour rien qu'il cligne toujours des yeux avec une confusion rusée, et qu'Inès Rodde l'appelle un hypocrite sournois. Voilà le train des choses. Léo Zink, le *faunus ficarius,* s'en est tiré indemne jusqu'à présent alors que le net et intelligent Spengler fut de bonne heure contaminé. Au demeurant, sois tranquille et épargne-toi la peine de l'envier. C'est un cas banal, ennuyeux, il n'en sortira rien. Ce n'est pas un Python sur qui nous allons accomplir des prouesses sensationnelles. Peut-être la contagion l'a-t-elle rendu un peu plus lucide, lui a-t-elle dispensé quelques lueurs intellectuelles et sans doute ne lirait-il pas si volontiers le Journal des Goncourt et l'abbé Galiani s'il n'avait noué un lien avec une sphère plus haute ni reçu le phylactère secret. La psychologie, mon cher, la maladie, et surtout la maladie répugnante, discrète, secrète, vous met en opposition avec le monde, avec la moyenne de la vie, elle rend rebelle et ironique à l'égard de l'ordre bourgeois et notre homme cherche un refuge dans la pensée libre, les livres, la méditation. Mais Spengler ne va pas au-delà. Le temps qui lui est encore imparti pour lire, faire des citations, boire du vin rouge et fainéanter, ce n'est pas nous qui le lui avons vendu, ce n'est pas un temps dévolu à l'éclosion du génie. Un homme du monde, un viveur brûlé et débilité, intéressant à moitié — rien de plus. Son foie, ses reins, son estomac, son cœur, ses tripes sont en train de pourrir et un jour, dans quelques années, il sera frappé d'aphasie ou de surdité et claquera sans gloire, une boutade sceptique aux lèvres. Et après ? Aucune importance. Il n'y a jamais eu là illumination, élévation, inspiration, le virus n'était pas d'ordre intellectuel, pas cérébral, tu comprends — nos infiniment petits ne se sont point souciés en l'occurrence des parties nobles, supérieures, ils n'ont manifestement pas tenté de les atteindre, il n'y a pas eu métastase dans le domaine métaphysique, métavénérien, méta-infectieux...

MOI (haineusement). — Combien de temps encore me faudra-t-il rester assis à geler et écouter votre insupportable verbiage ?

LUI. — Verbiage ? Devoir écouter ? En voilà une drôle de musique ? M'est avis que tu prestes l'oreille attentivement et te morfonds simplement d'impatience d'en ouïr davantage. Tout à l'heure encore, tu t'es informé de ton ami Spengler de Munich et si je ne t'avais coupé la parole, tu t'enquerrais avidement des enfers et leurs coupe-gorge. De grâce, renonce à cet air excédé. J'ai moi aussi mon amour-propre et sais que je ne suis pas un intrus. Bref, la métaspirochétose, c'est le processus méningien, et je t'assure, il semble que certains de ces infiniment petits aient une prédilection pour les parties supérieures, un faible pour la région de la tête, les méninges, la dure-mère, la voûte crânienne et la pie-mère qui à l'intérieur protège le délicat parenchyme. On dirait que dès le premier instant de contamination générale, ils essaiment passionnément vers le haut.

MOI. — Ce langage vous sied. Le souteneur m'a l'air d'avoir étudié *medicinam*.

LUI. — Pas plus que toi *theologiam,* c'est-à-dire de façon fragmentaire et spécialisée. Nieras-tu que tu as toujours étudié les meilleurs arts et sciences uniquement en spécialiste et en amateur ? Ton intérêt allait... à moi. Bien obligé. Mais comment moi, l'ami et le souteneur d'Esmeralda tel que tu me vois, ne prendrais-je point un intérêt particulier à la branche en question, la branche attrayante et voisine, la médecine, et n'y serais-je point à l'aise et spécialisé ? En fait, je suis avec une extrême attention les résultats des plus récentes découvertes. Item, certains *doctores* affirment et jurent leurs grands dieux que parmi les infiniment petits il doit y avoir des spécialistes du cerveau, des amateurs de la matière grise, bref un *virus nerveux*. Cependant, lesdits docteurs broutent les pâturages dont nous parlions tout à l'heure. Car, tout au contraire, c'est le cerveau qui se languit de leur visite et l'attend avec impatience, comme toi la mienne, il les invite, les attire, comme s'il lui tardait de les voir. Tu te rappelles ? Le philosophe *De Anima :* « Les activités des facteurs opérants s'exercent sur les sujets prédisposés à la souffrance. » Tu vois, tout est affaire de disposition, de réceptivité, d'appel. Certains hommes sont plus aptes à pratiquer la magie et nous nous entendons fort bien à les choisir ; les dignes auteurs du *Malleus* s'en sont déjà avisés[1].

MOI. — Calomniateur, je n'entretiens aucun commerce avec toi. Je ne t'ai pas invité.

LUI. — Ha ! Ha ! Ces airs de sainte-nitouche ! Le client de mes infiniment petits, qui a tant vu de pays, n'était sans doute pas renseigné ? Et d'ailleurs un sûr instinct t'a guidé dans le choix de tes médecins.

MOI. — Je les ai trouvés au hasard, en ouvrant le livre d'adresses. Qui aurais-je pu consulter ? Et qui aurait pu me

1. *Le* Malleus Maleficarum, *ouvrage du XVe siècle, a étudié les cas suspects et fit autorité dans la procédure contre les sorcières. (N. d. l. T.)*

dire qu'ils me laisseraient en plan ? Qu'avez-vous fait de mes deux médecins ?

Lui. — Balayés, balayés. Oh ! bien entendu, nous avons balayé ces bousilleurs dans ton intérêt. Et juste au moment opportun, ni trop tôt ni trop tard, dès que ces charlatans, avec leur mercure et leurs piqûres, ont mis la chose en bon train, car si nous les avions laissés faire davantage, ils auraient gâché ce beau cas. Nous leur avons permis ce défi et, là-dessus, baste ! on s'en est débarrassé. Dès que leur traitement spécifique a convenablement circonscrit la première infiltration générale cutanée, donnant ainsi une vigoureuse impulsion à la métastase vers les parties supérieures, leur besogne était achevée, il fallait les supprimer. Ces nigauds ne savent pas (et du reste, s'ils le savaient, ils n'y pourraient quand même rien changer) que le traitement général accélère le processus métavénérien supérieur. D'ailleurs, souvent l'absence de traitement l'accélère également ; bref, quoi qu'on fasse, on a tout. En aucun cas, nous ne devons souffrir que se prolonge le défi charlatanesque du mercure et des piqûres. Il nous fallait laisser la pénétration générale marquer d'elle-même un recul, afin que la progression du haut s'accomplît tout doucement, joliment, pour que te soient accordées des années, des décennies de beau temps nigromant, toute une heure de sablier pleine d'une géniale durée diabolique. Aujourd'hui, chez toi, quatre ans après la contamination, le point sensible est circonscrit, étroit et fin, là-haut, mais il existe, — le foyer, le laboratoire des infiniment petits qui sont parvenus là par la voie de la liqueur, la voie fluviale, pour ainsi dire, le point de l'illumination incipiente.

Moi. — Ah ! je t'y prends, idiot ! Tu te trahis et tu m'indiques toi-même le point de mon cerveau, le foyer fébrile qui crée l'hallucination de ta présence et sans lequel tu ne serais pas. Tu trahis ainsi que, dans mon trouble, si je te vois et t'entends, il est vrai, tu n'es pourtant qu'un fantasme devant mes yeux.

Lui. — Sainte logique. Petit sot, c'est juste le contraire ! Point ne suis une création du foyer de ta pie-mère, là en haut, c'est au contraire ce foyer qui te rend capable, comprends-tu ? de percevoir ma présence et, sans lui, tu ne me verrais certainement point. Mon existence se trouve-t-elle pour autant liée à ton incipiente griserie ? Est-ce que pour autant j'appartiens à ta conscience subjective ? Tout beau, tout beau ! Un peu de patience ! Ce qui, là-haut, est en cours d'accomplissement et de progression te rendra capable de bien autre chose encore, te permettra de triompher d'autres obstacles et de surmonter la paralysie et l'impuissance. Attends le Vendredi Très Sçaint, ce sera bientôt Pasques. Attends un an, dix ans, douze ans, attends que l'illumination démoniaque, le refoulement de tous les scrupules et des doutes paralysants atteignent au paroxysme, tu sauras alors pourquoi tu paies, pourquoi tu nous a légué ton corps et ton âme. Alors *sine pudore,* de la semence de l'apothicaire jailliront pour toi les plantes osmotiques...

Moi (bondissant). — Ferme ta gueule immonde ! Je t'interdis de parler de mon père.

Lui. — Oh ! ton père n'est pas tellement déplacé dans ma gueule ! Il est plus malin qu'on ne pense, il a toujours aimé faire de la spéculatoire. Le mal du chef, le point de départ des douleurs lancinantes de la petite Sirène, tu les tiens aussi de lui... Par ailleurs, j'ai parlé très justement ; dans toute cette magie, il s'agit d'osmose, de diffusion d'une liqueur, du phénomène de la prolifération. Vous avez le sac lombaire avec la colonne de liqueur, palpitant à l'intérieur, il atteint les régions cérébrales, les membranes du cerveau dans le tissu desquelles l'insinuante méningite vénérienne est lentement, silencieusement en travail. Mais mes infiniment petits ne peuvent pénétrer jusqu'à l'intérieur, au parenchyme, — si grande en soit leur envie et si nostalgiquement y soient-ils attirés — sans la diffusion de la liqueur, l'osmose avec le suc cellulaire de la pie-mère qui l'arrose, dissout le tissu et ouvre aux flagellateurs la voie vers le dedans. Tout dérive, mon ami, de l'osmose dont les produits mystifiants te divertissaient de si bonne heure.

Moi. — Votre bassesse me fait rire. Je voudrais que Schildknapp fût de retour pour rire avec lui. Je lui raconterais, moi aussi, des histoires paternelles. Je lui raconterais les larmes que mon père avait aux yeux lorsqu'il soupirait : « Et cependant, ils sont morts. »

Lui. — Ventre goi ! Tu avais raison de rire de ses larmes

d'attendrissement, sans compter que celui qui de par sa nature a affaire au Tentateur, prend toujours le contrepied des sentiments d'autrui, il est toujours enclin à rire quand les gens pleurent et à pleurer lorsqu'ils rient. Que signifie donc « mort » lorsque la flore pullule et jaillit en formes innombrables et diaprées et même qu'elle est héliotropique ? Que signifie « mort » quand la goutte manifeste un aussi robuste appétit ? Pour définir l'élément morbide, mon garçon, et l'élément sain, il ne faudrait pas laisser le dernier mot aux béotiens. S'y entendent-ils vraiment lorsqu'il s'agit de la vie ? La question reste ouverte. La vie s'est maintes fois emparée avec joie de ce qui avait été conçu par des voies mortelles et morbides et elle s'en est servi pour aller plus outre et plus haut. As-tu oublié ce que tu as appris à l'Eschole des Haultes Estudes Théologiques ? Dieu peut changer le mal en bien et il ne faut point lui en laisser perdre l'occasion. Item, il faut toujours qu'Un Tel ait été malade et dément pour que les autres n'aient plus à l'être. Où la démence commence-t-elle à devenir maladie ? Nul ne le décèle facilement. Quelqu'un, dans un transport extatique, écrit-il en marge : « Bonheur ineffable ! Suis hors de moi. Voilà ce que j'appelle neuf et grand ! Jouissance cuisante de l'inspiration ! Mes joues brûlent comme du fer fondu ! Je délire et tous vous délirerez avec moi quand ceci vous parviendra. Dieu prenne alors en miséricorde vos pauvres âmes ! » est-ce là le cri d'une santé démente, d'une démence sensée, ou a-t-il déjà les méninges atteintes ? Le bourgeois est le dernier à y voir clair. En tout cas, pendant longtemps il ne s'aperçoit de rien parce que tous les artistes ont araigne au plafond. Si par un choc en retour, le même quidam s'écrie le lendemain : « O vide stupide ! O vie de chien, lorsqu'on ne peut rien ! Si seulement il y avait la guerre, là-bas, pour qu'enfin quelque chose se passe ! Si je pouvais casser ma pipe avec style ! Me prenne l'Enfer en pitié, car je suis un fils de l'Enfer ! » faut-il le comprendre au sens propre ? Ce qu'il dit des enfers, est-ce la vérité littérale ou seulement un peu de mélancolie normale à la Dürer ? *In summa,* nous vous fournissons simplement ce pourquoi le poète allemand, l'éminemment digne, rend si joliment grâces à ses dieux. « Les dieux, les infinis, dispensent tout — à ceux qu'ils aiment — totalement — Toutes les joies infinies, — toutes les douleurs infinies — totalement[1].

MOI. — Ironique menteur ! *Si Diabolus non esset mendax et homicida.* S'il me faut absolument t'écouter, ne me parle pas du moins de grandeur impolluée et d'or vierge ! Je sais que l'or produit au moyen du feu au lieu de soleil n'est point authentique.

LUI. — Qui dit cela ? Le feu du soleil serait-il plus efficace que celui de la cuisine ? Et une grandeur impolluée ? Il me faut entendre des choses pareilles !... Crois-tu donc à un génie qui n'ait rien de commun avec les enfers ? *Non datur.* L'artiste est frère du criminel et du dément. Crois-tu que jamais œuvre plaisante ait pu se réaliser sans que son créateur ne se soit assimilé l'essence du criminel et du dément ? Le morbide, le sain, qu'est cela ? Sans le morbide, la vie n'aurait jamais pu se suffire. Qu'est-ce qui est vrai ou faux ? Sommes-nous des bateleurs ? Tirons-nous les bonnes choses du néant, par le nez ? Où il n'y a rien, le diable aussi perd ses droits et aucune Vénus pallide ne fait œuvre intelligente. Nous ne créons pas du nouveau, — c'est affaire à d'autres que nous. Nous nous bornons à délier et à libérer. Nous envoyons au diable la paralysie et la timidité, les chastes scrupules et les doutes. Rien que par un peu d'hyperhémie excitante, nous pulvérisons et supprimons l'usure, la petite et la grande, l'usure privée et celle du temps. Voilà précisément, tu ne songes pas au cours du temps, tu n'as pas le sens historique lorsque tu te plains que certains êtres ne peuvent éprouver totalement les joies et les souffrances infinies sans que leur soit présenté à la fin le sablier, la note à payer. Ce que ces êtres auraient pu à la rigueur avoir sans nous aux âges classiques, aujourd'hui nous seuls sommes en mesure de le leur offrir. Mieux encore, nous leur offrons le vrai — l'authentique. Nous procurons l'expérience, non plus du classique, mon cher, mais de l'archaïque, du primitif, de ce qui depuis longtemps n'a plus été éprouvé. Qui sait encore aujourd'hui, qui savait seulement aux époques classiques, ce qu'est l'inspiration, la

---

1. *Goethe.* (N. d. l. T.)

vraie, la vieille inspiration primordiale, l'exaltation à l'état absolument pur de toute critique, de toute réflexion paralysante, de tout contrôle mortel de la raison, la transe sacrée ? Les gens tiennent le diable pour l'esprit critique désagrégateur, je crois ? Calomnie encore une fois, mon ami ! Le cor Dieu ! S'il a horreur de quelque chose, si quelque chose en ce monde lui est contraire, c'est la désagrégeante critique. Ce qu'il veut, ce qu'il dispense, c'est précisément la triomphante projection hors de soi, l'éclatante irréflexion.

MOI. — Bonimenteur de foire !

LUI. — Bien sûr ! Rectifie-t-on les grossiers malentendus dont on est l'objet, et ce par amour de la vérité plus que par amour-propre, on est un charlatan. Je ne laisserai pas ta grossière impudence me fermer la bouche. Je sais que tu dissimules ton émotion et m'écoutes avec autant de plaisir que la jeune fille écoute à l'église le galant chuchoter à son oreille... Accepte donc cette idée subite, comme vous l'appelez déjà depuis cent ou deux cents ans — car jadis pareille définition n'existait pas, pas plus que le droit de propriété musicale et autres expressions analogues. Va pour idée subite, l'affaire de trois ou quatre mesures, n'est-ce pas, pas davantage... Tout le reste est élaboration, travail de rond-de-cuir, n'est-ce pas ? Bon, nous sommes à présent connoisseurs experts ès belles-lettres, et nous nous avisons que notre idée subite n'est point neuve, qu'elle rappelle étrangement un passage de Rimski-Korsakov ou de Brahms. Comment y remédier ? En la modifiant précisément. Mais une idée subite modifiée est-elle encore une idée subite ? Prends les carnets d'ébauches de Beethoven. Aucune conception thématique ne demeure telle que Dieu l'a donnée. Il la transforme et ajoute en marge : *Meilleur*[1]. Dans ce *meilleur* nullement enthousiaste, s'exprime une mince confiance en l'inspiration de Dieu, un mince respect à son égard. Une inspiration vraiment ineffable, ravissante, libérée du doute et pleine de ferveur, une inspiration qui ne vous laisse aucun choix, aucune alternative d'amélioration et d'amendement, où tout est accueilli comme une bienheureuse dictée, où votre pas hésite et trébuche, où les frissons sublimes de l'être visité

1. *En français dans le texte.*

vous parcourent de la tête aux orteils, où s'échappe des yeux un torrent de larmes éperdues de bonheur, cette inspiration-là n'est pas possible avec Dieu qui laisse trop de latitude à la raison, elle n'est possible qu'avec le diable, le vrai seigneur de l'enthousiasme.

Petit à petit, lors même qu'il discourait sous mes yeux, une transformation s'était opérée en mon interlocuteur ; si ma vue ne m'abusait, il me semblait différent de tout à l'heure ; plus n'avait l'air d'un souteneur et d'un maquereau, mais, ne vous en déplaise, de quelqu'un appartenant à une classe supérieure, il avait un col blanc, un nœud à sa cravate ; des lunettes cerclées d'écaille chevauchaient son nez busqué, derrière les verres chatoyaient des yeux humides et sombres un peu rougis, le visage offrait un mélange de traits pointus et mous : nez aigu, lèvres aiguës, menton mol à fossette, fossette aussi à la joue, cheveux rejetés en arrière du front pâle et bombé (ce qui lui donnait plus de hauteur) et envahissant les tempes, drus, noirs et laineux, en somme un intellectuel qui dans les gazettes écrit sur l'art et la musique, une figure de théoricien et de critique, lui-même compositeur dans la mesure où le lui permet le travail de sa pensée. Des mains flasques, maigres, soulignaient ses propos avec des gestes d'une gaucherie distinguée et parfois caressaient délicatement l'épaisse chevelure des tempes et de la nuque. Telle est à présent l'image du visiteur assis au coin du sofa. Il n'a pas grandi, et surtout sa voix nasillarde, nette, aux inflexions agréables et étudiées, reste la même, elle maintient l'identité du personnage malgré la transformation de son apparence. Je l'entends donc dire (en articulant) et vois s'avancer sa bouche large, pincée aux commissures, la lèvre supérieure mal rasée :

— Qu'est-ce que l'art aujourd'hui ? Un exercice d'acrobate. Ce jourd'huy pour entrer dans la danse, il faut aultre chose que des brodequins rouges et point n'es le seul que tourmente le diable. Regarde-les donc, tes collègues — je sais que tu ne les regardes pas, tu ne regardes pas de leur côté, tu cultives l'illusion d'être à part et tu revendiques tout pour toi, toute la malédiction de ton temps. Mais regarde-les donc pour te consoler, ceux qui instaurent avec toi la musique nouvelle, j'entends les honnêtes, les sérieux, ceux qui tirent les conséquences de la situation. Je ne parle pas des candidats à l'asile des vieux, folkloristes et néo-classiques, dont la modernité consiste en ceci qu'ils s'interdisent toute explosion musicale et avec plus ou moins de dignité portent le costume de style des époques pré-individualistes... Ils se racontent à eux et aux autres que le fastidieux est devenu intéressant parce que l'intéressant commence à devenir fastidieux...

Je ris malgré moi, car bien que le froid continuât de me transpercer, j'avouerai que depuis sa métamorphose je me sentais plus à l'aise en sa compagnie. Il sourit aussi, simplement en serrant davantage les coins de sa bouche close, et plissa un peu les paupières.

— Ils sont également impuissants, poursuivit-il, mais je crois que toi et moi nous préférons l'honorable impuissance de ceux qui dédaignent de dissimuler le mal général sous un masque de dignité. Pourtant, le mal est général et les sincères en relèvent les symptômes aussi bien sur eux que sur les régresseurs. La production ne menace-t-elle pas de s'éteindre ? Et ce qui mérite encore d'être pris au sérieux parmi les choses que l'on couche sur le papier trahit la peine et le mauvais vouloir. Raisons extérieures, sociales ? Raréfaction de la demande et comme à l'ère pré-libérale, la possibilité de la production dépend-elle du hasard d'un mécénat ? En effet, mais cette explication ne suffit point. La composition est devenue trop difficile en soi, désespérément difficile. Quand l'œuvre ne se concilie plus avec l'authenticité, comment travailler ? Mais voilà, mon ami, le chef-d'œuvre, la création paisible formant un tout en soi, ressortit à l'art traditionnel, l'art émancipé la renie. Le mal vient de ce que pour rien au monde vous n'avez le droit de disposer de toutes les combinaisons de notes employées jadis. L'accord de septième diminuée, impossible. Impossibles notes certaines notes de passage chromatique. Tout membre de l'élite porte en soi un canon du défendu, de l'interdiction que l'on doit s'opposer à soi-même et qui inclut graduellement les procédés de la tonalité, par conséquent toute la musique traditionnelle. Ce qui est faux, ce qui est devenu un cliché usé, ce canon le détermine. L'accord parfait tonal dans une composition conçue selon la technique actuelle surpasserait toute dissonance. Au vrai, il pourrait être à la rigueur utilisé dans ce sens, mais avec prudence et seulement *in extremis*, le choc étant plus dur que la plus aigre discordance de jadis. Tout dépend de l'horizon technique. L'accord de septième diminuée est juste et très expressif au début de l'opus 111. Il correspond, n'est-ce pas, à l'ensemble du niveau technique de Beethoven, à la tension entre la plus extrême dissonance qu'il lui fût possible de risquer et la consonance. Le principe de la tonalité et son dynamisme confèrent à l'accord son importance spécifique. Il l'a perdue par un processus historique que nul ne pourra réaliser en sens inverse. Écoute l'accord fossile. Même sous sa forme isolée, il représente un état de fait technique auquel le véritable s'oppose. Voilà pourquoi la connaissance qu'a notre oreille de ce qui est juste et faux se relie indissolublement, directement à lui, à cet accord unique, point faux en soi, absolument sans rapport abstrait avec le niveau général technique. Nous avons là une exigence de justesse, que l'œuvre impose à l'artiste — un peu sévère, qu'en dis-tu ? L'action de l'artiste ne s'épuisera-t-elle pas bientôt, à exécuter ce qui se trouve circonscrit dans les conditions objectives de la production ? Dans chaque mesure qu'il se risque à imaginer, la technique se présente à lui comme un problème. A chaque instant, elle exige sous tous ses aspects qu'il se soumette à elle et qu'il lui donne la seule réponse juste qu'elle autorise pour l'instant. Autrement dit, les compositions du musicien ne sont rien de plus que des réponses de ce genre, rien de plus que la solution de rébus techniques, décevants. L'art devient critique — état très honorable, nul ne le conteste, et qui comporte beaucoup de révolte dans la stricte obédience, beaucoup d'indépendance, beaucoup de courage. Mais le danger de stérilité... qu'en penses-tu ? Est-ce encore un danger, ou déjà un fait établi ?

Il marqua une pause. A travers ses lunettes, de ses yeux humides et rougis il me regardait et, levant la main d'un geste délicat, il se passa les deux doigts médians sur les cheveux. Je dis :

— Qu'attendez-vous ? Dois-je admirer votre ironie ? Je n'ai jamais douté que vous sauriez me dire ce que je sais déjà. Votre façon de le présenter est trop pleine d'intentions. Vous voulez me signifier que nul ne saurait être utile à mon entreprise et à mon œuvre, hormis le diable. Et pourtant, vous ne parvenez pas à exclure la possibilité théorique d'une harmonie spontanée entre les besoins personnels et l'instant, — la possibilité de la « justesse », d'un accord naturel permettant de créer sans contrainte et sans souci.

LUI (riant). — Une possibilité très théorique en effet, mon cher, la situation est trop critique pour que l'absence de critique soit à la hauteur. Du reste, je repousse ton reproche d'éclairer les objets sous un jour spécieux. Avec toi nous n'avons plus à nous mettre en frais de dialectique. Certes, je ne nie pas une certaine satisfaction que m'inspire la situation de l' « Œuvre » en général. Dans l'ensemble je suis contre les œuvres. Comment ne trouverais-je pas quelque plaisir à la carence dont l'idée de l'œuvre musicale se trouve frappée ! N'en rejette point la responsabilité sur les conditions sociales. Je sais, tu inclines à dire et tu as accoutumé de dire que ces conditions ne représentent aucune donnée assez engageante et sûre pour garantir l'harmonie d'une œuvre se suffisant à elle-même. Raisonnement vrai mais subsidiaire. Les difficultés prohibitives d'une œuvre résident au profond d'elle-même. L'évolution historique du matériau musical s'est détournée de l'œuvre parachevée formant un tout harmonieux en soi. Elle se ratatine dans le temps, elle dédaigne ce prolongement dans le temps qui constitue le champ spatial de l'œuvre musicale et le laisse vide. Ce n'est point impuissance ni incapacité de créer des formes. Mais un inexorable impératif de la densité rejette le superflu, nie la phrase, s'insurge contre l'ornement, se dresse contre l'extension dans le temps, la forme vitale de l'œuvre. Œuvre, temps et apparence font un. Réunis, ils prêtent à la critique. Celle-ci ne supporte plus l'illusion et le jeu, la fiction, la glorification personnelle de la forme, qui censure les passions et la douleur humaine, distribue les rôles, les transpose en images. On ne peut plus se fier désormais qu'à ce qui n'est pas fictif, pas déjà joué, l'expression point déguisée et point transfigurée de la douleur dans l'instant même de sa réalité. Son impuissance et sa détresse sont enracinées au point qu'il n'est plus permis de se livrer avec elles au jeu des apparences.

Moi (très ironique). — Touchant, touchant. Le diable tourne au pathétique. Le réprouvé se change en moraliste. La souffrance humaine lui tient au cœur. Il flagorne l'art, ce qui lui fait honneur. Vous n'auriez pas dû me rappeler votre antipathie à l'égard des œuvres si vous ne vouliez pas que je reconnaisse dans vos déductions de vains pets du Malin destinés à insulter l'œuvre et à lui nuire.

Lui (bon prince). — Ça va, ça va. Pourtant, au fond, tu trouves comme moi qu'à reconnaître la situation telle qu'elle se présente à cette heure de l'histoire universelle, il n'y a ni sensiblerie ni malveillance. Certaines choses ne sont plus possibles. L'illusion du sentiment en tant que composition artistique, l'illusion d'une musique se satisfaisant elle-même, est devenue insoutenable — la musique traditionnelle où des éléments préétablis selon des formules rebattues sont agencés de façon à sembler imposés par l'inéluctable nécessité d'un cas particulier. Ou, si tu préfères, renversons la proposition : le cas particulier se donne l'allure d'être identique à la formule préétablie, familière. Depuis quatre cents ans, toute la grande musique s'est complu à feindre que cette unité fût réalisée d'un seul jet et sans interruption. Elle s'est plu à confondre avec ses aspirations les plus personnelles la convention, valable pour tous, à laquelle elle s'est soumise. Mon ami, cela ne se peut plus. La critique de l'ornement, celle de la convention et de la généralité abstraite ne font qu'un, et visent le caractère illusoire de l'œuvre d'art bourgeoise, caractère qui tombe sous le coup de la critique, auquel la musique participe, encore qu'elle ne crée point d'image. Assurément, elle a sur les autres arts le privilège de ne point créer d'image mais à force de concilier infatigablement ses aspirations spécifiques avec la rigueur de la convention, elle a participé, elle aussi, dans la mesure de ses forces, à cette duperie supérieure. La subsomption de l'expression dans la généralité conciliatrice est le principe le plus intime de l'apparence musicale. Elle a fait son temps. La prétention de croire que le général est inclus harmonieusement dans le particulier, se dément d'elle-même. Finies, les conventions qui avaient force de loi et rendaient possible la liberté du divertissement.

MOI. — On pourrait savoir cela et cependant admettre de nouveau ces conventions, par-delà toute critique. On pourrait élever le divertissement en jouant avec des formes d'où l'on sait que toute vie a disparu.

LUI. — Je sais, je sais. La parodie. Elle serait gaie si elle n'était par trop lugubre dans son nihilisme aristocratique. Attends-tu de trucs pareils beaucoup de plaisir et de grandeur ?

MOI (avec colère). — Non.

LUI. — Bref et cassant. Mais pourquoi cassant ? Parce que je te pose, en tête-à-tête, amicalement des cas de conscience ? Parce que je t'ai montré ton cœur désespéré, et t'ai mis sous les yeux, avec la pénétration d'un expert, les difficultés positivement insurmontables auxquelles la composition se heurte aujourd'hui ? Du moins, tu pourrais m'estimer en tant qu'expert. M'est avis qu'en musique le diable devrait s'y connaître un peu. Si je ne m'abuse, tu lisais tout à l'heure le livre de ce chrétien féru d'esthétique ? Celui-là savait à quoi s'en tenir et discernait mes rapports particuliers avec ce bel art — le plus chrétien des arts, selon lui — naturellement chrétien à rebours, un art il est vrai établi et développé par le christianisme, mais renié et proscrit en tant que fief du démon — et voilà. La musique, une affaire hautement théologique, tout comme le péché ou comme moi-même. La passion de ce chrétien-là pour la musique est une vraie passion, où connaissance et chute ne font qu'un. La vraie passion n'existe que dans l'ambiguïté et sous forme d'ironie. La suprême passion s'adresse à ce qui est absolument suspect. Non, non, je suis musicien, sois tranquille. Et t'ai chanté la complainte du pauvre Judas sur les difficultés où la musique, comme tout le reste, se débat aujourd'hui. Aurais-je dû m'en abstenir ? Je l'ai fait à seule fin de t'annoncer que tu es appelé à renverser ces obstacles, tu t'élèveras au-dessus d'eux jusqu'à une vertigineuse admiration de toi-même et créeras des choses qui te feront éprouver une terreur sacrée.

MOI. — Une annonciation, par surcroît ? Je vais faire pousser des plantes osmotiques.

Lui. — Cela revient au même. Des fleurs de glace, ou des fleurs d'amidon, de sucre et de cellulose, — tout cela c'est la nature, et l'on peut se demander pour laquelle de ses manifestations il convient davantage de la louer. Ton penchant, mon ami, à rechercher l'objectif, la soi-disant vérité, à subodorer de l'indignité dans ce qui est subjectif, dans l'aventure pure, est vraiment d'un petit bourgeois et tu te dois de le surmonter. Si tu me vois, c'est donc que j'existe pour toi. Est-ce la peine de demander si j'existe réellement ? Ce qui exerce une action n'est-il pas réel, et la vérité n'est-elle pas dans l'aventure vécue et le sentiment ? Ce qui te grandit, qui ajoute de la force, de la puissance et de la souveraineté à ta sensibilité, du diable si ce n'est pas la vérité ? — fût-ce dix fois un mensonge du point de vue rigoriste. Voilà ce que j'entends dire : une non-vérité, de nature à provoquer un accroissement de force, peut se mesurer avec n'importe quelle vertueuse vérité stérile. Et m'est avis que la maladie, une maladie créatrice, génératrice de génie, une maladie qui saute les obstacles à cheval, bondit hardiment de rocher en rocher, est mille fois plus chère à la vie qu'une santé pédestre qui traîne la jambe. Seul le morbide peut sortir du morbide ? Quoi de plus sot ! La vie n'est pas si mesquine et n'a cure de morale. Elle s'empare de l'audacieux produit de la maladie, l'absorbe, le digère et du fait qu'elle se l'incorpore, il devient sain. Sous l'action de la vie, mon ami, toute distinction s'abolit entre la maladie et la santé. Toute une horde, toute une génération de garçons réceptifs et sains comme l'œil se précipite sur l'œuvre du génie souffrant, de l'être que la maladie a auréolé de génie, l'admire, le loue, l'exalte, l'emporte avec elle, le transforme, le lègue à la culture, laquelle ne vit pas que de pain de ménage, mais tout autant de dons et de poisons issus de la pharmacopée des « Messagers Célestes », Sammael te le déclare tout net ; lui qui n'a été l'objet d'aucune amélioration maladroite du genre Ballhorn[1]. Il ne se borne pas à te garantir qu'au terme des années que te dispense le sablier, le sentiment de ta

---

1. *Voir la note page 337 (N. d. l. T.)*

puissance et de ta splendeur l'emportera de plus en plus sur les douleurs de la petite Sirène et se haussera finalement jusqu'à une impression de triomphant bien-être, de santé euphorique, une vie de dieu. Ce serait là uniquement le côté subjectif de l'affaire ; je sais que tu ne t'en contenterais pas, il te semblerait inconsistant. Sache-le donc : nous te garantissons l'action qu'exercera dans la vie ce que tu accompliras avec notre aide. Tu seras un chef, tu scanderas la marche de l'avenir, les jeunes ne jureront que par toi, eux qui, parce que tu auras été dément, n'auront plus besoin de l'être. Leur santé se repaîtra de ta démence et en eux tu seras sain. Comprends-tu ? Il ne suffit pas que tu crèves les obstacles paralysants de ce temps — le temps même, l'époque de culture, je veux dire l'époque de la culture et de son culte, tu la crèveras en passant au travers et tu auras l'audace d'une barbarie doublement barbare, puisqu'elle succédera à l'humanisme, à tous les traitements imaginables de racines dentaires et tous les raffinements bourgeois. Crois-moi. Cette barbarie s'entend mieux en théologie qu'une culture détachée du culte, qui dans la religion ne voyait plus que la culture, l'humanité et non l'excès, le paradoxe, la passion mystique, l'aventure totalement anti-bourgeoise. Tu n'es pas surpris, j'espère, que le Malin te parle religion ? Par la mort dieu ! Qui d'autre, je voudrais le savoir, pourrait aujourd'hui t'en entretenir ? Tout de même pas le théologien libéral ? Alors que je suis le seul à en assurer la conservation ? A qui reconnaîtras-tu une existence théologique, sinon à moi ? Et comment mènerait-on une existence théologique sans moi ? La religion est mon élément aussi sûrement qu'elle n'est pas du domaine de la culture bourgeoise. Depuis que la culture s'est détachée du culte et s'est fait culte elle-même, elle n'est plus qu'un déchet, et au bout de cinq cents ans à peine, le monde est aussi las et rassasié d'elle que si, *salva venia,* il l'avait avalée avec une cuiller de fer...

Ce fut alors et même un peu plus tôt, tandis qu'il proférait ces propos vomitoires et se proclamait le gardien de la vie religieuse en discourant avec une docte volubilité sur l'existence théologique du diable, que je m'en avisai :

l'individu assis devant moi sur le sofa s'était de nouveau transformé. Il n'était plus l'intellectuel musicien à lunettes sous la forme duquel il m'avait un moment parlé ; non plus assis droit dans son coin mais légèrement à califourchon sur l'accoudoir arrondi du sofa, les doigts entrecroisés sur ses genoux et les pouces raides et écartés. A son menton une barbiche à deux pointes s'agitait cependant qu'il parlait et au-dessus de sa bouche ouverte où brillaient de petites dents aiguës, se hérissait une moustache roulée et effilée. Sous mon accoutrement polaire je ne pus m'empêcher de rire devant sa métamorphose qui l'intégrait à un passé familier.

— Très humble serviteur, dis-je. J'étois donc destiné à connoître vostre visage et je vous trouve fort courtois de me faire en cette salle un cours *privatissimum.* Tel qu'en cet instant le mimétisme vous change, j'espère vous avoir disposé à rafraîchir ma soif de sapience en m'instruisant non seulement des choses que je sais mais aussi de celles que je voudrais savoir. Vous m'avez longuement entretenu du sablier et des douleurs par quoi l'on paie l'accès à la vie supérieure, mais non de la fin, de ce qui vient après, de la liquidation de compte éternelle. Voilà ce que sollicite ma curiosité et depuis le temps que vous êtes là, tapi en face de moi, point n'avez traité le sujet dans votre discours. Me faut-il donc conclure une affaire sans connaître le prix en bonne et due forme ? Répondez-moi. Comment vit-on dans la demeure de Belzébuth ? Quel sort est réservé à ceux qui vous ont rendu hommage dans le coupe-gorge ?

LUI (pouffant d'un rire aigu). — Tu es moult avide de sapience, au sujet de la *pernicies,* de la *confutatio* ? Voilà ce que j'appelle de l'indiscrétion, une juvénile audace d'écolâtre. Tu as le temps devant toi, un temps incalculable, et auparavant surgiront bien des conjonctures surexcitantes, tu auras autre chose à faire que de penser à la fin ou seulement d'envisager l'instant où il pourrait être temps d'y songer. Toutefois, point ne te refuserai le renseignement ni n'ai besoin de te peindre ce lieu sous de riantes couleurs : comment te préoccuperais-tu sérieusement de ce qui est encore à si longue échéance ? Mais en somme, on n'en peut discourir aisément — je veux dire on n'en peut parler selon la réalité parce que les mots ne s'y ajustent pas exactement.

On peut employer et fabriquer beaucoup de mots ; à eux tous ils ne sont qu'un substitut, ils remplacent des noms inexistants, ils ne prétendent pas désigner ce qui en aucune façon ne saurait être décrit ou énoncé au moyen de vocables. La volupté secrète, la sécurité des enfers, réside justement dans l'impossibilité où l'on est d'en donner une idée ; elle est à l'abri des atteintes du langage, elle existe mais ne peut défrayer la gazette, être publiée ou formulée ni portée à la connaissance critique ; aussi les dénominations de « souterrain », « cave », « murs épais », « absence de bruit », « oubli », « état désespéré », ne sont-elles que de faibles symboles. Il faut, mon bon, se contenter de symboles si l'on parle des enfers, car là, tout est aboli — non seulement le mot qualificatif mais absolument tout — c'est même la principale caractéristique de l'endroit et aussi ce qui en général peut en être dit ; et ce que le nouvel arrivant y apprend tout de suite. Au début il ne peut ni ne le veut comprendre, avec ses sens pour ainsi dire sains ; la raison l'en empêche ou une limitation quelconque de son intellect, bref cela lui semble incroyable, incroyable jusqu'à en blêmir, incroyable encore qu'à tout un chacun, en guise d'accueil, il soit immédiatement signifié sous une forme laconique et péremptoire qu'ici « tout est aboli », toute compassion, toute grâce, tout ménagement, jusqu'au dernier vestige de pitié pour l'imploration suppliante et incrédule : « En vérité, vous ne pouvez pas, vous ne pouvez tout de même pas faire cela à une âme ? » Si, cela se fait, cela arrive, et sans que le mot puisse demander raison, cela se passe dans la cave toute sonore d'échos, très profondément au-dessous de l'ouïe de Dieu, et pour l'éternité. Non, c'est mal en parler, cela se passe à l'écart et en dehors du langage, il n'a rien de commun ni aucun rapport avec ce qui s'accomplit là, il ne sait d'ailleurs pas très bien quelle forme de temps il doit appliquer et se tire d'embarras en recourant au mode futur puisqu'il est dit : « Il y aura là des hurlements et des grincements de dents. » Bon, ce sont quelques syllabes choisies dans une sphère assez extrême du langage, pourtant de faibles symboles sans relation véritable avec ce qu'il y « aura là » — dans l'irresponsabilité, dans l'oubli, entre des murs épais. Au vrai, dans l'épaisseur vibrante d'échos résonnera un tumulte immodéré et assourdissant — cris stridents ou murmures, hurlements, lamentations, rugissements, gargouillements, croassements, glapissements de fureur, implorations et allégresse suppliciée ; et nul ne percevra son propre chant vite étouffé dans le chant général, la jubilation dense, épaisse, des enfers, le trille de la honte, suscité par l'éternelle conjonction de l'incroyable et de l'irresponsable. Sans oublier l'immense gémissement de volupté qui s'y mêle, car une torture infinie, destinée à ne connaître aucune trêve, aucun arrêt, aucune défaillance, dégénère en jouissance scandaleuse, ce pourquoi ceux qui en ont quelque intuition parlent des « voluptés infernales ». Mais il s'y rattache aussi un élément de sarcasme et d'extrême honte allié au martyre ; en effet, cette jouissance équivaut à une dérision profondément pitoyable de la souffrance illimitée et s'accompagne de gestes du doigt insultants et de rires hennissants. De là l'enseignement de la doctrine où il est dit que la honte et la dérision s'ajoutent encore aux tourments des damnés et que l'enfer se doit définir comme un monstrueux mélange de souffrances absolument insupportables mais pourtant destinées à être supportées à jamais, et de railleries. Ils se rongent la langue à cause de leurs grandes douleurs, mais ils n'en forment point pour autant une communauté, ils sont pleins d'ironie et de mépris réciproque et parmi les trilles et les gémissements ils se jettent de grossières injures. Et les plus raffinés, les plus fiers d'entre eux, qui oncques n'avaient proféré parole triviale, en sont réduits à employer les plus ordurières. Une partie de leur torture et de leur volupté honteuse consiste à réfléchir pour trouver des injures qui soient le comble de l'abjection.

Moi. — Permettez, voilà le premier mot que vous me dites sur le genre de souffrances que les damnés ont à subir là-bas. Je vous ferai remarquer, ne vous en déplaise, que vous m'avez, somme toute, parlé uniquement de l'effet des enfers mais non de ce que les damnés ont à y attendre en réalité et selon leur cas.

Lui. — Ta curiosité est puérile et indiscrète. Je mets l'accent sur ce point, mais je me rends bien compte, mon cher, de ce qui se cache derrière elle. Tu essaies de me questionner pour te faire peur à toi-même, peur des enfers.

Car la pensée d'un retour et du salut, de ce que tu appelles le salut de ton âme, un désir de recul devant la promission couve chez toi à l'arrière-plan et tu essaies de provoquer en toi l'*attritio cordis,* l'angoisse du cœur à la pensée de ce qui se passe là-bas ; tu as sans doute entendu proclamer que par ce moyen, l'homme peut atteindre à son soi-disant salut. Laisse-moi te le dire, c'est là une théologie absolument périmée. La leçon de l'attrition a été scientifiquement dépassée. La *contritio* s'est révélée nécessaire, l'authentique contrition huguenote devant le péché ; elle n'est pas seulement une expiation dictée par la peur, selon les prescriptions de l'Église, elle implique une volte-face intérieure, religieuse. Quant à savoir si tu en es capable, je laisse à ta fierté le soin de répondre. Plus le temps passera, moins tu seras capable et désireux de contrition, d'autant que la vie extravagante que tu mèneras est un état grandement privilégié que l'on ne quitte pas avec indifférence pour retourner au salutaire état moyen. Donc, soit dit pour t'apaiser, l'enfer ne t'offrira rien d'essentiellement nouveau — rien qu'à peu près ce dont tu as l'habitude, l'orgueilleuse habitude. L'enfer n'est au fond qu'une continuation de la vie extravagante. Je me résume en deux mots. Son essence, ou si tu préfères son piment est qu'il laisse à ses occupants le choix entre l'extrême froideur et une ardeur capable de faire fondre le granit. Entre ces deux états, ils fuient tour à tour en hurlant, à peine sont-ils dans l'un, l'autre leur apparaît toujours comme un rafraîchissement céleste, mais tout aussitôt et dans son sens le plus infernal il leur devient insupportable. Cette outrance n'est pas pour te déplaire.

Moi. — Elle me plaît. Cependant, je vous mets en garde, ne soyez pas trop sûr de moi comme pourrait vous y induire une certaine légèreté de votre théologie. Fort de la certitude que mon orgueil m'empêchera d'éprouver la contrition requise pour le salut, vous ne tenez pas compte qu'il existe aussi une contrition orgueilleuse. Celle de Caïn, fermement convaincu que son péché est trop grand pour lui être jamais remis. La contrition sans espoir, sans foi en la possibilité de la grâce et de la rédemption, quand le pécheur est persuadé inébranlablement d'avoir dépassé toute limite, et pense que l'infinie Bonté elle-même ne suffirait pas à l'absoudre —

voilà la véritable contrition, et je vous ferai remarquer que c'est elle qui approche le plus du salut et constitue l'appel le plus irrésistible aux yeux de la Bonté suprême. Vous m'avouerez que le pécheur vulgaire n'est que médiocrement intéressant au regard de la miséricorde divine. Dans son cas, l'acte de grâce a peu d'élan, n'est qu'un geste languissant. La médiocrité n'est pas viable en théologie. Une culpabilité si profonde qu'elle fait douter l'homme de son salut, telle est la voie véritablement théologique qui y mène.

LUI. — Malin ! Et où tes pareils prendraient-ils l'ingénuité, le naïf abandon du désespoir, seule donnée possible pour entrer dans cette voie désespérée de la rédemption ? Tu ne comprends donc pas qu'en escomptant consciemment l'attrait que la faute grave offre à la Bonté, tu mets celle-ci dans l'impossibilité d'exercer sa miséricorde ?

MOI. — Pourtant c'est par ce *non plus ultra* que l'on atteint au suprême degré de l'existence dramatique-théologique, c'est-à-dire à la faute la plus réprouvée et par là à la provocation suprême et irrésistible lancée à l'infinie mansuétude.

LUI. — Pas mal. Vraiment ingénieux. Et maintenant, je te dirai que le peuple des enfers se compose précisément de têtes du genre de la tienne. Il n'est pas si facile d'y entrer. Nous souffririons depuis longtemps d'un manque d'espace si Pierre et Paul y étaient admis. Mais un type théologique comme toi, un fin matois, madré, qui se livre à des spéculations sur la spéculatoire, parce qu'il a déjà la spéculatoire dans le sang du côté paternel ! Du diable s'il n'appartenait déjà au diable !

Tout en disant ces mots et déjà un peu auparavant, mon homme se transforme de nouveau à la façon des nuées, et sans même sembler s'en aviser. Il n'est plus assis devant moi, dans la salle, sur l'accoudoir rond du canapé, mais dans le coin, comme le souteneur de tantôt, le blême maquereau à béret, aux yeux rouges. Et me dit de sa voix d'acteur, lente et nasillarde :

— Nous touchons au terme et au dénouement, tu voudras bien l'agréer. Je t'ai consacré moult temps et loisirs, pour vider avec toi le subjet, et il est « espérable » que tu le reconnois. Tu es d'ailleurs un cas attachant, j'en conviens volontiers. De bonne heure, nous avons eu l'œil sur toi, sur ton esprit rapide, hautain, ton excellent *ingenium et memoriam*. On t'a laissé étudier la science de Dieu, comme l'avait machiné ton orgueil, mais bientôt tu n'as plus voulu t'intituler théologien et tu as mis les Sainctes Écritures au rancart et t'es consacré aux *figuris, characteribus et incantationibus* de la musique, ce qui fut du reste à notre goût. Car ta présomption réclamait l'élémentaire et tu croyais l'atteindre sous la forme la mieux adaptée pour toi, là où en tant que sortilège algébrique elle se marie avec une sage concordance calculée, tout en s'insurgeant hardiment contre la raison et la platitude. Mais ne savions-nous pas que tu es trop intelligent et froid et chaste pour l'élémentaire, ne savions-nous pas que tu t'en irritais et t'ennuyais lamentablement, avec ton intelligence honteuse d'elle-même ? Adonc, nous avons diligemment agencé un traquenard pour que tu te jettes dans nos bras, je veux dire dans ceux de mes infiniment petits, de l'Esmeralda, pour te faire acquérir l'illumination, l'*aphrodisiacum* du cerveau que réclamaient si désespérément ton corps, ton âme et ton intellect. Entre nous point n'est besoin d'un carrefour en croix dans la forêt de Spessart et d'un cercle enchanté. Nous avons conclu un pacte et une affaire — tu l'as sigillé de ton sang, t'es engagé envers nous et as reçu notre baptême — ma présente visite a pour seul objet la confirmation. Tu as obtenu de nous du temps, une période de génie, un temps fructueux, vingt-quatre ans *ab dato recessi,* nous te les assignons pour parvenir à ton but. Une fois achevés et écoulés, quand se sera déroulé l'imprévisible — et une telle période est aussi une éternité — tu seras emporté. En foi de quoi nous t'obéirons d'ici là en tout avecque soumission et l'enfer te servira si seulement tu renonces à tous ceux-là qui vivent, à toutes les milices célestes et à tous les humains, car il en doit aller ainsi.

MOI (tout à fait réfrigéré). — Comment ? Voilà du nouveau. Que signifie cette clause ?

LUI. — Elle signifie renoncement. Quoi d'autre ? Penses-tu que la jalousie n'existe que dans les hautes sphères et non pas également aux profondeurs ? Créature d'élite, tu nous es promis et fiancé. Il ne t'est point permis d'aimer.

MOI (riant malgré moi). — Ne pas aimer ? Pauvre diable. Tu veux faire honneur à ta réputation de bêtise et t'accrocher un grelot comme à un chat, si tu bases une affaire et un pacte sur une notion aussi malléable, aussi souple et captieuse que l'amour ? Le diable entend-il interdire la volupté ? Sinon, il devrait aussi accepter, par-dessus le marché, la sympathie et même la *caritas*, sous peine d'être dupe comme il est écrit dans le Livre. Ce que je me suis attiré, et pour quelque motif que je te sois promis — où en est donc la source, dis-moi, où, sinon dans l'amour, même celui dont Dieu a permis qu'il fût pollué par tes soins ? L'alliance qu'à t'en croire, nous aurions conclue, est elle-même en connexion avec l'amour, imbécile ! Tu prétends que je l'ai délibérément voulu et que je suis allé dans la forêt, au carrefour des quatre routes, pour le plus grand profit de mon œuvre. On dit pourtant que l'œuvre elle-même est en connexion avec l'amour.

LUI (riant du nez). — Do ré mi ! Sois assuré que tes feintes psychologiques ne prennent pas mieux avec moi que les finasseries théologiques. La psychologie, miséricorde, tu en es encore là ? Mais c'est là du mauvais XIXe siècle bourgeois ! Notre époque en est lamentablement saturée, bientôt elle verra rouge au seul mot de psychologie, et celui-là qui gâche la vie en y mêlant la psychologie recevra tout simplement un coup sur le crâne... Nous vivons en des temps, mon cher, qui ne veulent pas qu'on leur cherche chicane avec de la psychologie. Soit dit en passant. Mes conditions étaient claires et honnêtes, déterminées par la légitime jalousie de l'enfer. L'amour t'est interdit, parce qu'il réchauffe. Ta vie devra être frigide — voilà pourquoi il ne t'est pas permis d'aimer un être humain. Que te figures-tu donc ? L'illumination laissera intactes jusqu'à la fin tes forces intellectuelles ; même, elle les stimulera par périodes jusqu'à la transe clairvoyante. Après tout, de quoi s'agit-il sinon de ta chère âme et de ta précieuse vie sentimentale ? Un refroidissement général de ta vie et de tes rapports avec les hommes est inhérent à la nature des choses, ou plutôt il est déjà dans ta nature, nous ne t'imposons rien de neuf, miséricorde ! Les infiniment petits ne feront pas de toi un être nouveau et étranger, ils se borneront à renforcer et à exagérer avec intelligence ce que tu es déjà. La froideur n'est-elle pas en toi un élément préétabli, tout comme le mal de tête paternel d'où doivent sortir les douleurs de la petite Sirène ? Nous te voulons froid au point que les flammes de la production créatrice soient tout juste assez ardentes pour te réchauffer. Tu t'y réfugieras pour fuir la froideur de ta vie.

MOI. — Et du brasier je fuirai vers la glace. C'est apparemment l'enfer anticipé que vous me préparez déjà sur terre.

LUI. — C'est l'existence extravagante, la seule qui soit à la mesure d'un esprit fier. Ton orgueil, en vérité, ne voudra jamais la troquer contre une vie tiède. Tope ! Tu en jouiras pendant l'éternité d'une vie humaine remplie d'œuvres. Une fois vidé le sablier, j'aurai pleins pouvoirs pour user de la créature d'élite à ma manière et selon mon bon plaisir, de la conduire et de la régir totalement, corps, âme, chair, sang, et tout ce qu'elle possède, pour l'éternité...

De nouveau me souleva l'affreuse nausée qui déjà une fois m'avait saisi et me secouait, tout de même que la vague de gel, accrue, glaciale, émanée du souteneur à la culotte trop collante. L'excès de mon dégoût me fit perdre conscience, ce fut comme si je m'évanouissais. Puis j'entendis la voix de Schildknapp installé au coin du sofa, qui disait nonchalamment :

— Bien entendu, vous n'avez pas manqué grand-chose. Des *giornali,* deux billards, une tournée de marsala, et les honnêtes bourgeois ont vilipendé le *governo.*

J'étais toujours assis auprès de ma lampe, dans ma tenue estivale, et sur les genoux j'avais le livre du Chrétien. Point d'autre explication plausible : cédant à la fureur j'ai dû chasser le maquereau et reporter mes couvertures dans la chambre voisine, avant le retour de mon compaing. »

## XXVI

Soulagement de me dire qu'on ne m'imputera pas à crime l'extraordinaire longueur du précédent chapitre. Il dépasse encore de beaucoup le nombre inquiétant de pages que j'ai consacrées aux conférences de Kretzschmar. Toutefois l'effort imposé au lecteur échappe à ma responsabilité d'auteur et je n'ai point lieu de chercher à alléger la rédaction d'Adrian. Ce « dialogue » (on remarquera les guillemets de protestation dont j'encadre le mot, sans d'ailleurs me dissimuler qu'ils lui ôtent une partie seulement de son caractère effroyable), cet entretien donc, nul souci de lasser mon public n'aurait pu m'induire à le morceler en paragraphes isolés et numérotés. Le devoir m'incombait de restituer avec une douloureuse piété un document donné, de le transporter du papier à musique d'Adrian sur mon manuscrit. Je l'ai fait mot pour mot, je dirais lettre par lettre, posant souvent la plume pour surmonter mon émoi, arpentant mon cabinet de travail d'un pas alourdi par mes pensées ou, les mains croisées sur le front, me jetant sur le sofa, de sorte qu'en réalité, si singulier cela puisse-t-il sembler, ce chapitre où mon rôle se bornait à copier n'a pas été transcrit de ma main parfois tremblante plus rapidement que tout autre passage antérieur de mon cru.

Une transcription compréhensive et réfléchie est en effet (du moins pour moi mais Mgr Hinterpförtner aussi partage mon sentiment) une occupation aussi intense et absorbante que la notation de pensées personnelles. En certains passages, le lecteur a pu sous-estimer le nombre de jours et de semaines qu'il m'a déjà fallu consacrer à la biographie de mon défunt ami ; de même peut-être me croit-il encore en deçà de l'époque à laquelle je trace les présentes lignes. Dût-il sourire de mon pédantisme, je juge opportun d'indiquer que depuis le jour où j'ai commencé ces notes, presque une année s'est écoulée et pendant que j'écrivais les derniers chapitres, nous entrions en avril 1944.

Naturellement, par cette date, j'entends celle à laquelle mon activité s'exerce, non celle où j'ai laissé mon récit et qui se place à l'automne 1912, vingt mois avant le déclenchement de l'autre guerre, lorsque Adrian rentra de Palestrina à Munich avec Rüdiger Schildknapp, et d'abord élut domicile à la pension pour étrangers Gisella, de Schwabing. Je ne sais pourquoi ce double calcul chronologique retient mon attention et pourquoi je me sens obligé de le signaler : le temps personnel et l'objectif, le temps où se meut le narrateur et celui où se déroule la narration. Il y a là un très singulier croisement des époques, d'ailleurs destiné à se recouper avec une troisième période, où le lecteur voudra bien accueillir ma relation, de telle sorte qu'elle se rattache à un triple registre de temps : le sien propre, celui du chroniqueur et le temps historique.

Je ne veux pas me perdre davantage en spéculations oiseuses même pour moi et témoignant d'un certain trouble. J'ajouterai simplement que le mot « historique » s'applique avec une véhémence beaucoup plus sombre à l'époque *où* j'écris qu'à celle sur laquelle j'écris. Ces jours derniers, la bataille a fait rage autour d'Odessa — bataille très meurtrière qui s'est terminée par la chute aux mains des Russes du célèbre port de la mer Noire sans d'ailleurs que l'adversaire ait pu gêner nos opérations de repli. Nul doute qu'il ne s'en montrera pas davantage capable à Sébastopol, autre gage qu'en raison de son évidente supériorité numérique, il semble vouloir nous arracher. Cependant la terreur des attaques aériennes presque quotidiennes sur notre forteresse investie, l'Europe, atteint des proportions inouïes. Plusieurs de ces monstres semeurs d'une destruction sans cesse accrue tombent sous les coups de notre héroïque défense, mais à quoi bon ? Par milliers ils obscurcissent le ciel du continent arbitrairement uni et nos villes croulent en nombre toujours plus grand. Leipzig, qui dans la formation de Leverkühn et la tragédie de sa vie joua un rôle si important, a été récemment frappé avec une violence extrême : son fameux quartier de l'édition n'est plus que décombres, me dit-on, et un incommensurable patrimoine littéraire d'ordre utilitaire et éducatif se trouve anéanti — lourde perte non seulement pour nous Allemands, mais pour le monde soucieux de culture en général, qui pourtant (par aveuglement ou à raison, je n'ose me prononcer) semble disposé à accepter ce désastre par-dessus le marché.

Oui, je le crains, nous courons à l'abîme depuis qu'une politique funeste nous a mis en conflit tout à la fois avec la puissance la plus riche en hommes — de surcroît soulevée par un souffle révolutionnaire — et la puissance dont le rendement industriel est le plus considérable. Il semble d'ailleurs que la machine productrice américaine n'ait pas besoin de s'employer à fond pour dégorger une quantité accablante de matériel de guerre. Que les démocraties énervées aient su recourir à ces effroyables moyens, c'est là une expérience stupéfiante, dégrisante. Chaque jour nous perdons la conviction erronée que l'art de la guerre est une prérogative allemande et que les autres le pratiqueront forcément en bousilleurs et en dilettantes. Nous avons commencé (Mgr Hinterpförtner et moi ne sommes plus sous ce rapport des exceptions) à nous attendre à tout en fait de technique militaire anglo-saxonne et la tension s'exaspère à la pensée de l'invasion, l'attaque sur tous les fronts avec un matériel supérieur et des millions de soldats rués à l'assaut de notre bastille européenne (ou dirai-je notre geôle, notre asile d'aliénés ?). Elle est escomptée et seules les pompeuses descriptions des mesures prises contre un débarquement éventuel — mesures qui semblent être vraiment de grand style, destinées à préserver nos personnes et le continent de la perte de nos chefs actuels — seule cette grandiloquence parvient à contrebalancer moralement la terreur générale qu'inspire l'événement imminent.

Certes, le temps où j'écris est animé d'un autre élan historique que le temps que je décris, le temps d'Adrian. Le sien s'est arrêté au seuil de notre incroyable époque et j'ai le sentiment que l'on devrait crier véhémentement : « O bienheureux ! Reposez en paix ! » à lui comme à ceux qui ne sont plus auprès de nous ni ne le furent au moment où tout ceci se déclencha. La pensée m'est chère qu'Adrian est préservé des jours que nous traversons, et la conscience que j'en ai me fait accepter volontiers les épouvantes du temps où je continue de respirer. J'éprouve le sentiment de vivre pour lui, à sa place ; de porter le fardeau épargné à ses épaules, bref de lui rendre un service affectueux en le déchargeant de la peine d'exister. Et cette idée, si chimérique, si folle soit-elle, me réconforte, flatte en moi le vœu que j'ai toujours nourri de le servir, l'aider, le protéger — ce besoin que durant la vie de mon ami il me fut si peu donné de satisfaire.

\*
\* \*

Adrian, notons-le, resta à peine quelques jours dans la pension de Schwabing et il n'essaya pas de trouver dans la ville un logis permanent. Schildknapp avait déjà écrit d'Italie à ses anciens propriétaires de l'Amalienstrasse pour s'assurer son gîte habituel. Adrian ne songea pas à retourner chez la « sénatrice » Rodde ni d'ailleurs à demeurer à Munich. Sa décision semblait mûrie depuis longtemps, en silence, au point que pour conclure il ne fit même pas un voyage de reconnaissance à Pfeiffering par Waldshut, et se contenta d'une conversation téléphonique, d'ailleurs très succincte. De la pension Gisella il appela les Schweigestill, et la mère Else ayant répondu à l'appareil, il se présenta comme l'un des deux cyclistes naguère admis à visiter la maison et la ferme ; il demanda si l'on consentirait à lui louer une chambre au premier et, pour s'y tenir dans la journée, la salle de l'Abbé au rez-de-chaussée — et s'enquit des conditions. Mme Schweigestill laissa tout d'abord en suspens le prix qui, nourriture et service compris, se révéla ensuite fort modéré ; elle s'informa duquel des deux visiteurs il s'agissait : l'écrivain ou le musicien ? Quand elle sut que c'était le musicien, on sentit qu'elle cherchait à se rappeler le souvenir qu'elle en avait conservé ; puis elle éleva des objections dans l'intérêt et du point de vue de son interlocuteur, ajoutant d'ailleurs qu'il était plus qualifié qu'elle pour savoir ce qui lui convenait. Eux, les Schweigestill, spécifia-t-elle, ne louaient pas dans une intention de lucre ; ils acceptaient des locataires et des pensionnaires à l'occasion et selon les cas. Au reste, ces messieurs avaient pu s'en apercevoir d'après ce qu'elle avait dit à l'époque. M. Leverkühn rentrait-il dans leur catégorie ? A lui d'en juger. Bien sûr, il trouverait tout bien calme et monotone chez eux, et d'ailleurs très primitif sous le rapport des commodités : point de salle de bain et, en guise de w.-c., un petit édicule rustique à l'extérieur de la maison. Elle s'étonnait qu'un monsieur de moins de trente ans, si elle avait bien compris, un monsieur qui s'occupait de beaux-arts, voulût établir ses quartiers à la campagne, tellement à l'écart des villes, ces centres de culture. « S'étonner » n'était peut-être pas le mot, il n'était pas dans sa nature ni dans celle de son mari de s'étonner, et si c'était là précisément ce que monsieur cherchait, parce que la plupart des gens ne s'étonnaient que trop, il n'avait qu'à venir. Toutefois il fallait bien réfléchir, surtout que Max, son homme, et elle aussi, attachaient de l'importance à ce que des rapports de ce genre ne soient pas l'expression d'un simple caprice, révocables à bref délai, mais prévus pour une certaine durée, ben vrai, s'pas ? etc.

Adrian répondit qu'il venait à demeure et avait fait ses réflexions depuis beau temps. En son for intérieur il avait déjà expérimenté la forme de vie qui l'attirait, l'avait trouvée bonne et adoptée. On tomba d'accord sur le prix, cent vingt marks par mois. Il laissait à Mme Schweiges-till le choix de la chambre du haut et se réjouissait à la pensée d'occuper la salle de l'Abbé. Dans trois jours, il emménagerait.

Ainsi fut fait. Adrian utilisa son bref séjour à Munich pour s'entendre avec un copiste (recommandé par Kretzschmar, je crois), le premier bassoniste de l'orchestre Zapfenstösser, un nommé Griepenkerl, qui gagnait quelque argent grâce à ce second métier. Il lui confia un fragment de la partition de *Love's Labour Lost*. Il n'avait pas terminé son œuvre à Palestrina et travaillait encore à l'orchestration des deux derniers actes. L'ouverture en forme de sonate n'était pas non plus mise au point. Son plan primitif s'était beaucoup modifié par l'introduction de ce thème secondaire, frappant et tout à fait étranger à l'opéra, qui pourtant joue un rôle si spirituel dans la reprise de l'allegro final. En outre, il avait beaucoup de peine à insérer les indications de nuances et de mouvement que durant de longs passages il avait négligé de noter. D'ailleurs, je le voyais clairement, ce n'était pas l'effet d'un pur hasard si le terme de son séjour en Italie n'avait pas concordé avec l'achèvement de l'œuvre. Mon ami eût-il cherché consciemment à provoquer ce synchronisme, il ne se serait pas produit, en raison d'une intention secrète. Adrian était beaucoup trop l'homme du *semper idem* et de l'affirmation de son moi en dépit des circonstances, pour désirer, au moment où il changeait le décor de sa vie, en finir avec le travail qui l'occupait dans son état précédent. Par amour de la continuité intérieure, mieux valait, disait-il, emporter dans la nouvelle situation un reste de l'ancienne tâche et n'envisager du nouveau dans le domaine intérieur que lorsque la nouveauté extérieure aurait tourné à la routine.

Avec son bagage jamais très lourd, grossi d'une serviette abritant la partition, et le tub de caoutchouc qui déjà en Italie lui tenait lieu de baignoire, il quitta la gare de Starnberg dans un des trains omnibus qui s'arrêtent non seulement à Waldshut mais aussi, dix nimutes plus tard, à Pfeiffering, son but. Deux caisses suivaient en petite vitesse, pleines de livres et d'effets. Octobre touchait à sa fin. Le temps, encore sec, se faisait âpre et sombre. Les feuilles tombaient. Le fils de la maison Schweigestill, Géréon, celui-là même qui avait fait venir la nouvelle semeuse de fumier, un jeune agronome peu aimable et assez laconique, mais manifestement sûr de son affaire, attendait l'hôte devant la petite gare, sur le siège d'un char à bancs haut perché et durement rembourré. Tandis que le porteur casait les valises, il caressait de la mèche de son fouet le dos de l'attelage, deux bais musclés. Peu de mots furent échangés en cours de route. Du train déjà, Adrian avait reconnu le Rohmbuhel avec sa couronne d'arbres, le miroir gris du Klammerweiher. A présent ses yeux se posaient de près sur eux. Bientôt il aperçut le cloître baroque de la maison Schweigestill. Dans le carré ouvert de la cour, le véhicule décrivit un cercle autour du vieil orme qui obstruait le chemin et dont les feuilles jonchaient déjà en grande partie le banc arrondi autour du tronc.

Devant la porte timbrée de l'écusson religieux, Mme Schweigestill se tenait debout avec sa fille Clémentine, une campagnarde aux yeux bruns, en costume paysan. Ses paroles d'accueil se perdirent parmi les aboiements du chien enchaîné qui, excité, mit les pattes dans son écuelle et faillit entraîner sa niche garnie de paille. Mère et fille, ainsi que la servante d'étable aux pieds encrassés de fumier, qui déchargeait les bagages, avaient beau lui crier : « Allons, Kashperl, tiens-toi coi », selon une expression de dialecte vieil-allemand, le chien se démenait de plus belle. Adrian, après l'avoir regardé un instant en souriant, s'avança vers lui : « Suso, Suso ! » dit-il sans hausser la voix, d'un ton de reproche, comme étonné, et soudain, sous l'influence des syllabes apaisantes et chantantes, presque sans transition, la bête se calma et laissa le magicien passer doucement la main sur son crâne couturé de vieilles cicatrices, cependant qu'elle levait vers lui ses yeux jaunes, chargés d'une gravité profonde.

— V's avez du courage, mes compliments ! dit Mme Else quand Adrian revint vers la porte. La plupart des gens ont paour de la bêête, et quand elle s' comporte comme maintenant, on ne peut pas leur en vouloir. Le jeune maître d'école du village qui venait jadis pour les enfants — ben vrai ! quel capon ! — il disait chaque fois : « Ce chien, mâme Schweigestill, il me donne la frousse !... »

— Oui, oui, dit Adrian, riant et acquiesçant de la tête. Et ils entrèrent dans la maison imprégnée d'une odeur de tabac ; ils montèrent à l'étage supérieur où l'hôtesse le conduisit le long du couloir blanc qui sentait le remugle, à la chambre préparée pour lui, avec l'armoire bariolée et le lit surélevé. On s'était surpassé et un fauteuil vert avec un petit tapis rapiécé s'étalait sur le plancher de sapin. Géréon et Waltpurgis posèrent les valises.

Là, et aussi en redescendant l'escalier, les palabres commencèrent au sujet du service du locataire et de l'ordonnance de sa vie. Elles se poursuivirent dans la chambre de l'Abbé, cette pièce marquée d'un caractère patriarcal, qu'Adrian depuis longtemps occupait en pensée. On convint des conditions, le grand broc d'eau chaude le matin, le café fort dans la chambre à coucher, les heures des repas qu'Adrian ne prendrait pas avec la famille ; on ne s'y attendait d'ailleurs pas, car ils avaient lieu trop tôt à son gré ; à une heure et demie et à huit heures son couvert serait mis pour lui seul, de préférence dans la grande pièce de devant (la salle rustique avec la Victoire et le piano carré). Mme Schweigestill déclara qu'il pourrait en disposer à volonté. Elle lui promit une nourriture légère, du lait, des œufs, du pain grillé, une soupe aux légumes, un bon bifteck bien saignant avec des épinards à midi et par là-dessus une substantielle omelette à la marmelade de pommes, bref des aliments revigorants et tout à la fois agréables à un estomac délicat comme le sien.

— L'estomac, mon cher m'sieur, en général c'est pas du tout l'estomac, c'est la tête, la tête exigeante, surmenée, qu'a une si grande influence sur l'estomac, même lorsque rien ne cloche, comme on le voit par le mal de mer et la migraine...

Ah ! monsieur souffrait parfois de très violentes migraines ? Elle s'en doutait. Elle l'avait positivement prévu au moment où il avait vérifié de si près les persiennes de la chambre et les possibilités d'obscurcissement. L'obscurité, être étendu dans le noir, la nuit, les ténèbres, pas de lumière dans les yeux, voilà ce qu'il fallait, tout le temps que durait la « misère », et avec cela du thé très fort, au citron, bien acide. Mme Schweigestill n'était pas sans connaître la migraine, pas par expérience personnelle, non, mais son Max en souffrait périodiquement au début de leur mariage. A la longue, le mal avait disparu. Quand l'hôte s'excusa de son infirmité et d'avoir en quelque sorte subrepticement introduit chez elle un abonné à la maladie, elle protesta et dit simplement : « Voyons, voyons ! » Bien entendu, on avait tout de suite deviné quelque chose de ce genre, ajouta-t-elle, car si un monsieur comme lui quittait un endroit où se fabriquait la culture pour se confiner à Pfeiffering, il devait avoir ses raisons et de toute évidence il s'agissait ici aussi d'un cas réclamant la compréhension, s' pas, m'sieur Leverkühn ? Ici, il trouverait la compréhension, à défaut de culture. Et la brave femme se répandit en autres propos de ce genre.

Ce jour-là, entre elle et Adrian, au milieu des allées et venues, des arrangements furent conclus qui devaient, sans que peut-être ni l'un ni l'autre ne le soupçonnât, régler pendant dix-neuf ans la vie extérieure de mon ami. Le menuisier du village fut mandé pour prendre les mesures d'une étagère destinée aux livres d'Adrian : elle serait placée dans la salle de l'Abbé, à côté de la porte, pas plus haut que le vieux lambris de bois sous la tapisserie de cuir. On décida aussi immédiatement d'élec-trifier le lustre où adhé-raient encore ces tronçons de bougies. Le temps apporta certaines autres modifications dans la pièce appelée à voir la naissance de tant de chefs-d'œuvre aujourd'hui encore plus ou moins cachés à l'admiration publique. Un tapis recouvrant presque toute la superficie — combien nécessaire l'hiver ! — dissimula bientôt le plancher dégradé. A la chaise « Savonarole » devant la table vint s'adjoindre au bout de quelques jours, sans aucun souci de style dont Adrian n'avait cure, un fauteuil de repos et de lecture, très profond, capitonné de velours gris, de la maison Bernheim à Munich. Ce meuble appréciable, avec sa partie mobile réservée aux pieds, son tabouret-coussin, méritait le nom de chaise-longue. Il remplaça le divan traditionnel et durant presque deux décennies, rendit à son propriétaire de loyaux services.

Je mentionne ces emplettes (tapis, fauteuil), au Palais de l'Ameublement du Maximilianplatz, un peu pour signaler au lecteur que de nombreux trains, entre autres des rapides, reliaient Waldshut à la ville et assuraient commodément le trajet en moins d'une heure. Adrian ne s'était donc pas enterré dans une solitude complète ni retranché de la vie culturelle en s'installant à Pfeiffering, ainsi que pouvait le faire supposer l'expression de Mme Schweigestill. Même s'il allait en soirée à un concert de l'Académie ou de l'orchestre Zapfenstösser, à une représentation d'opéra ou une réunion mondaine (cela aussi arrivait), il avait le train de onze heures pour rentrer. En pareil cas il ne pouvait compter sur l'équipage des Schweigestill pour le ramener de la gare, aussi s'était-il entendu avec un voiturier de Waldshut et d'ailleurs il aimait, par les claires nuits d'hiver, longer à pied l'étang jusqu'à la ferme assoupie. Pour annoncer de loin sa présence à Kashperl-Suso (déchaîné à cette heure nocturne) et l'empêcher d'aboyer, il avait imaginé un signal, un sifflet de métal accordé au moyen d'une vis, qui émettait des vibrations si rapides que l'oreille humaine ne les percevait pas, même de près. En revanche, elles impressionnaient violemment, à une distance surprenante, le tympan du chien, agencé de façon toute différente, et Kashperl se tenait tranquille comme une souris dès que le son secret, perceptible à lui seul, lui parvenait à travers la nuit.

La curiosité et aussi la force d'attraction qu'exerçaient sur beaucoup de gens la personnalité froide et renfermée de mon ami, son orgueilleuse timidité, lui amenèrent bientôt des visiteurs de la ville. Je concède à Schildknapp la priorité qui lui revenait de droit ; il accourut naturellement le premier pour voir comment Adrian vivait dans ce gîte déniché en commun. Par la suite, surtout l'été, il passait souvent des fins de semaine à Pfeiffering. Zink et Spengler arrivèrent à bicyclette, car Adrian, en faisant ses achats en ville, était allé saluer les Rodde et par les jeunes filles les amis peintres avaient su son retour et le lieu de sa résidence. L'initiative de cette visite à Pfeiffering doit sans doute être attribuée à Spengler, car Zink, plus doué sous le rapport artistique et plus actif que l'autre, mais beaucoup moins fin du point de vue humain, ne se sentait pas attiré par Adrian et n'accompagna vraisemblablement son camarade qu'en sa qualité d'inséparable, déployant des grâces enjôleuses à l'autrichienne, avec des : « Je vous baise la main », des : « Jésus Maria ! », une admiration factice pour tout ce qu'on lui montrait — au fond, hostile. Ses pitreries, les effets burlesques que lui valaient son long nez, ses yeux trop rapprochés, hypnotisaient ridiculement les femmes mais n'avaient aucun succès auprès d'Adrian, pourtant si perméable au comique. Mais c'est un sens que la vanité offusque : et puis Zink, le faune, avait une façon agaçante d'être à l'affût de chaque mot pour y découvrir un sous-entendu grivois où s'accrocher — manie qui, il s'en apercevait, ne charmait guère Adrian.

A chaque incident de ce genre, Spengler bêlait un rire cordial qui creusait une fossette dans sa joue. Les questions sexuelles l'amusaient du point de vue littéraire, sexe et intellect étant étroitement liés à ses yeux, ce qui n'est pas faux en soi. Nous le savons déjà, sa culture, son goût du raffinement, du trait d'esprit, de la critique, tiraient leur origine de ses rapports accidentels et malheureux avec la sexualité et de sa carence physique. Il considérait qu'il avait eu de la malchance mais par ailleurs la chose n'importait guère, étant donné son tempérament peu passionné. Selon la mode d'une époque d'esthétisme qui nous semble aujourd'hui si profondément révolue, il commentait en souriant les événements artistiques, les publications littéraires à l'usage des bibliophiles, rapportait les papotages munichois et s'attardait drôlement sur une anecdote comme celle du grand-duc de Weimar et du poète-dramaturge Richard Voss voyageant de conserve dans les Abruzzes et assaillis par une bande de brigands, — intermède assurément combiné par Voss. Il couvrait Adrian de compliments intelligents sur les chants de Brentano qu'il avait achetés et étudiés au piano. Il fit observer que l'étude de ces chants conduisait au blasement, car après, comment se satisfaire d'autres ouvrages du même ordre ? Il émit encore des aperçus ingénieux sur le blasement, dangereux surtout pour l'artiste exigeant et qui pouvait lui être néfaste, car chaque fois que s'achevait une œuvre, l'auteur se compliquait la vie et se la rendait finalement insupportable. En se blasant sur l'extraordinaire, on se corrompait le goût et l'on versait dans la désintégration, l'infaisable, l'inexécutable. Pour l'être hautement doué, le problème consistait à se maintenir dans le domaine du possible malgré son blasement et son dégoût croissants.

Ces subtilités, Spengler les devait uniquement à sa déficience physiologique. Après ces deux-là, Jeannette Scheurl et Rudi Schwerdtfeger vinrent prendre le thé pour voir le logis d'Adrian. Jeannette et Schwerdtfeger, qui faisaient parfois ensemble de la musique pour les hôtes de Mme Scheurl et aussi dans l'intimité, avaient donc organisé une excursion à Pfeiffering, Rudolf se réservant le soin de l'annoncer par téléphone. Nul ne sut si le projet émana de lui ou de Jeannette ; ils se disputèrent même à ce sujet en présence d'Adrian, chacun voulant laisser à l'autre le mérite de l'attention qu'on lui marquait. L'idée première peut être attribuée à Jeannette en raison de sa drôlerie impulsive ; cependant elle cadre aussi bien avec la stupéfiante désinvolture de Rudi.

Il semblait croire que deux ans auparavant Adrian et lui s'étaient tutoyés. Or, ce tutoiement avait été fortuit, un soir de carnaval, et encore unilatéral, de la part du seul Rudi. A présent, il le reprenait avec entrain, et n'y renonça — d'ailleurs sans témoigner aucune susceptibilité — qu'après qu'Adrian se fût dérobé à la deuxième ou troisième tentative. Jeannette ne cacha pas combien cet échec l'amusait, de quoi d'ailleurs Rudi ne parut pas s'affecter. Nulle ombre de confusion ne voila ses yeux bleus qui pouvaient plonger avec une naïve insistance dans les yeux de quiconque tenait des propos intelligents, savants ou érudits. Aujourd'hui encore, ma pensée se reporte vers Schwerdtfeger et je me demande jusqu'à quel point il comprenait les motifs de l'isolement d'Adrian et aussi combien cet isolement lui créait des besoins, l'exposait à la tentation. Je me demande si lui-même cherchait à exercer ses propres talents de conquérant ou, pour parler crûment, à l'empaumer. Manifestement, il était né pour gagner et conquérir ; toutefois je craindrais de manquer d'équité en le jugeant sous cet unique aspect. Au fond c'était aussi un brave garçon et un artiste ; et si plus tard Adrian et lui se tutoyèrent et s'appelèrent par leur prénom, je me défends d'y voir un vil résultat du souci de plaire propre à Schwerdtfeger et j'attribue cette particularité au fait qu'il appréciait à sa valeur un homme insigne, lui était sincèrement dévoué et puisait dans ce sentiment le stupéfiant aplomb qui finit par triompher de la froideur et de la mélancolie. Triomphe d'ailleurs lourd de fatalité. Mais voilà que, selon ma vieille et fâcheuse habitude, j'anticipe de nouveau.

A l'ombre de son grand chapeau bordé d'une fine voilette qui retombait sur la pointe de son nez, Jeannette Scheurl joua du Mozart sur le piano carré du salon rustique des Schweigestill et Rudi Schwerdtfeger siffla l'accompagnement avec une adresse réjouissante jusqu'à en devenir comique. Plus tard, je l'entendis également chez les Rodde et les Schlaginhaufen et me fis raconter par lui comment, encore tout petit, avant même de prendre des leçons de violon, il s'appliquait à cette technique et s'exerçait à reproduire en sifflant sans fausses notes tout morceau entendu, partout où il était ; par la suite, il n'avait cessé de se perfectionner. C'était un éblouissement, une virtuosité de cabaret, presque plus impressionnante que son jeu de violoniste. Il semblait y apporter des aptitudes organiques particulièrement heureuses. La cantilène était fort agréable, tenait du violon plus que de la flûte ; le phrasé magistral et les petites notes se succédaient, staccato ou liées, mais jamais ou presque jamais fausses, avec une amusante précision. Bref, une prouesse remarquable, et le côté apprenti savetier, inséparable de cette technique, joint au sérieux côté artiste, provoquait une hilarité singulière. Malgré soi on applaudissait en riant et Schwerdtfeger aussi riait d'un rire gamin, remontant l'épaule dans son vêtement et esquissant du coin des lèvres sa brève grimace.

Ce furent là les premiers hôtes d'Adrian à Pfeiffering. Bientôt j'y vins moi-même le dimanche et me promenai avec lui autour de son étang et sur le Rohmbuhel. En somme, nous ne fûmes séparés que l'hiver qui suivit son voyage en Italie. En 1913, à Pâques, je fus nommé au gymnase de Freising, poste dont le catholicisme de ma famille m'avait facilité l'obtention. Je quittai donc Kaisersaschern et émigrai, accompagné de ma femme et de mes enfants, vers les rives de l'Isar, en cette digne cité, siège d'un évêché plusieurs fois séculaire où, en contact facile avec la capitale et donc avec mon ami, à part quelques mois de guerre, j'ai passé ma vie et assisté à la tragédie de la sienne, dans l'angoisse d'une tendresse bouleversée.

## XXVII

Le bassoniste Griepenkerl avait fait du très bon travail en copiant la partition de *Love's Labour Lost*. Dès les premiers mots que m'adressa Adrian lorsque nous nous revîmes, il commenta l'impeccabilité presque parfaite de la copie et la joie qu'il y prenait. Il me montra en outre une lettre que cet homme lui avait écrite au milieu de son difficile labeur, et où s'exprimait avec intelligence une sorte d'enthousiasme inquiet pour l'objet de ses peines. Il se déclarait incapable de dire à l'auteur combien la hardiesse de son œuvre, la nouveauté de ses idées, le tenaient en haleine. Il ne saurait assez admirer la fine structure de la facture, la souplesse du rythme, la technique instrumentale par quoi un enchevêtrement de voix parfois compliqué était maintenu parfaitement clair. Il célébrait surtout la fantaisie du compositeur qui se révélait dans la transformation d'un thème donné, en variations multiples ; par exemple l'utilisation de la belle musique à moitié comique liée à la figure de Rosaline ou qui plutôt traduisait le sentiment désespéré de Biron pour elle, dans le morceau médian de la bourrée en trois parties, à l'acte final ; cette spirituelle rénovation de la vieille danse française, cette utilisation, disait-il, se pouvait qualifier d'éminemment ingénieuse et marquait un tournant, le mot pris dans sa plus haute acception. Cette bourrée, ajoutait-il, n'était pas moins caractéristique par l'élément de convention traditionaliste, archaïque et périmé, en contraste si captivant mais tout à la fois si provocant avec le « moderne », les parties libres et plus que libres, qui dédaignent tout rapport tonal. Et l'on pouvait craindre que ces passages de la partition, malgré ce qu'ils avaient d'insolite et de frondeur, fussent presque plus accessibles à l'audition que les passages orthodoxes et rigoureux. Là, on se trouvait souvent en présence d'une saisissante spéculation avec les notes, plus idéologique qu'artistique, une mosaïque de sons à peine agissante du point de vue musical et plutôt perceptible, semblait-il, à la lecture qu'à l'audition.

Nous nous prîmes à rire.

— Quand on me parle d'entendre... dit Adrian. A mon avis, il suffit amplement qu'une chose ait été entendue une seule fois : lorsque le compositeur l'a imaginée.

Après une brève pause il poursuivit :

— Comme si les gens entendaient jamais ce qui a été entendu à ce moment-là ! Composer signifie : confier à l'orchestre Zapfenstösser l'exécution d'un chœur angélique. Au surplus, je tiens les chœurs des anges pour extrêmement spéculatifs.

Pour moi, je donnais tort à Griepenkerl dans sa distinction tranchante entre les éléments « archaïques » et « modernes » de l'œuvre. Ils s'imbriquent et se compénètrent, dis-je, et Adrian ne me contredit pas. Il se montrait peu disposé à expliquer l'œuvre achevée, semblait la rejeter derrière lui comme une chose terminée et désormais sans intérêt. Il me laissa décider ce qu'il fallait en faire, à qui l'adresser, à qui la soumettre. Il lui importait que la partition fût lue par Wendell Kretzschmar. Il la lui expédia donc à Lubeck où le bègue occupait encore son poste, et Kretzschmar y fit jouer l'opéra un an plus tard, après le déclenchement des hostilités, dans une adaptation allemande à laquelle je n'avais point été étranger. Pendant la représentation, les deux tiers du public quittèrent la salle, exactement comme cela s'était passé, dit-on, six ans plus tôt, à Munich, à la première de *Pelléas et Mélisande* de Debussy. Le spectacle ne fut redonné que deux fois et l'œuvre ne devait pas, pour l'instant, dépasser les limites de la ville hanséatique sur la Trave. La critique locale ratifia presque à l'unanimité le jugement des profanes et railla la « musique décimante » dont M. Kretzschmar s'était fait le champion. Dans le *Courrier de la Bourse* de Lubeck, seul un vieux professeur de musique nommé Jimmerthal, sans doute mort depuis, parla d'une erreur judiciaire que le temps rectifierait et déclara, dans un bizarre langage gothique, que l'opéra en question était une œuvre grosse d'avenir, imprégnée d'une musicalité profonde, et l'auteur assurément un ironiste, mais aussi un « possédé de Dieu ». Cette touchante formule que je n'avais jamais entendue ni lue et que par la suite je ne rencontrai jamais plus, produisit sur moi une vive et singulière impression. De même que je n'ai jamais oublié le clairvoyant olibrius qui l'avait employée, je pense qu'elle lui sera comptée par la postérité à qui il en appelait contre ses collègues musicographes, veules et obtus.

A l'époque de mon arrivée à Freising, Adrian se consacrait à la composition de certains lieder et de chants allemands et étrangers, notamment anglais. Il était revenu à William Blake et avait mis en musique un très singulier poème de cet auteur si cher à son cœur, *Silent, silent night,* quatre strophes chacune de trois vers rimant ensemble, avec le dernier tercet assez déconcertant :

> *But an honest joy*
> *Does itself destroy*
> *For a harlot coy.*

A ces vers mystérieux et choquants le musicien avait prêté des harmonies très simples, qui par rapport au style de l'ensemble sonnaient plus « faux », produisaient un effet plus décousu, plus inquiétant que les plus audacieuses dissonances et faisaient de l'accord parfait une monstruosité. *Silent, silent night* est conçu pour piano et chant. D'autre part, Adrian avait pourvu les deux hymnes de Keats, l'*Ode to a nightingale* en huit strophes et l'ode plus courte *A la Mélancolie* d'un accompagnement pour quatuor à cordes qui laissait la conception traditionnelle de l'accompagnement bien loin derrière lui et au-dessous ; car en réalité il s'agissait d'une forme de variations extrêmement artistique, où aucune note, pas plus celle de la voix que des quatre instruments, n'était sans signification thématique. Sans interruption, les parties sont unies par un lien des plus étroits, en sorte que le rapport n'est pas celui de la mélodie et de son accompagnement mais le rapport rigoureux de voix principales et secondaires dans une perpétuelle alternance.

Morceaux magnifiques — et restés presque muets jusqu'à ce jour, à cause de la langue étrangère. Je souris en remarquant avec quelle expression profonde, dans *The Nightingale,* le compositeur soulignait la nostalgie de la douce vie méridionale qu'éveille en l'âme du poète le chant de l' « immortal bird », alors qu'Adrian en Italie n'avait jamais manifesté beaucoup de gratitude enthousiaste pour la suavité réconfortante d'un monde de lumière qui fait oublier « the weariness, the fever and the fret — Here, where men sit and hear each other groan ». Le dénouement et à la fin l'envolement du rêve sont sans contredit la réussite musicale la plus précieuse et la plus artistique, cet :

> *Adieu ! the fancy cannot cheat so well*
> *As she is fame'd to do, deceiving elf*
> *Adieu ! adieu ! thy plaintive anthem fades*
> ..............................................
> *Fled is that music : Do I wake or sleep ?*

Je conçois aisément la provocation qui émane de la beauté d'amphore de ces odes. Elle incitait la musique à les couronner d'une guirlande, non pour rehausser leur insurpassable perfection mais simplement pour traduire avec plus de force et de relief leur grâce fière et mélancolique, conférer à l'instant précieux de chacun de leurs aspects une durée plus longue qu'il n'en est accordé à la parole exhalée. Instants de plasticité condensée comme dans la troisième strophe de la *Mélancolie* le passage sur le « sovran shrine » que la Mélancolie voilée possède même dans le temple du Ravissement — d'ailleurs invisible à tous, sauf à celui dont la langue hardie a su écraser contre son palais délicat le fruit enivrant de la volupté. Formule éblouissante et qui ne laisse pas grand-chose à ajouter à la musique. Peut-être celle-ci ne peut-elle que se borner à ne pas lui nuire en la doublant simultanément, au ralenti. J'ai souvent entendu affirmer qu'un poème ne doit pas être trop beau pour qu'on puisse en tirer un beau chant. La musique, ajoutait-on, s'entend beaucoup mieux à dorer la médiocrité. Ainsi l'art du virtuose brille davantage dans de piètres morceaux. Mais les rapports d'Adrian avec l'art étaient trop altiers et critiques pour qu'il eût envie de briller dans les ténèbres. Il lui fallait placer très haut sur le plan intellectuel ce qu'il se sentait appelé à transposer en musique, et la poésie allemande à laquelle il se consacra également est de premier ordre, elle aussi, encore que la distinction intellectuelle du lyrisme de Keats lui fasse défaut. Pour cette sélection littéraire, il choisit une œuvre encore plus grandiose. La laude, l'hymne religieuse soutenue et grondante, avec ses apostrophes et ses descriptions de la majesté et de la mansuétude divines, apportait davantage encore à la musique, allait plus franchement au-devant d'elle que la noblesse hellénique des créations anglo-saxonnes.

C'était l'ode de Klopstock, la *Fête du Printemps,* le célèbre chant de *Tropf am Eimer*[1] que Leverkühn avait composé avec quelques brèves coupures pour baryton, orgue et orchestre à cordes — un morceau bouleversant. Il fut joué les premières années de la guerre mondiale et quelques années plus tard, dans divers centres musicaux allemands et en Suisse aussi, grâce à des chefs d'orchestre courageux, amis de la musique moderne, avec l'adhésion enthousiaste d'une minorité et non sans soulever, bien entendu, une opposition maligne et vulgaire. Par la suite, dans les années 1920, cette œuvre a beaucoup contribué à entourer d'un halo de gloire ésotérique le nom de mon ami. Certes, je l'avoue, je fus profondément ému — sinon surpris — par cette explosion de religiosité d'un effet d'autant plus pur et

1. *La Goutte sur le seau.*

fervent qu'il dédaignait les procédés faciles (point de sons de harpe que pourtant la musique des mots semblerait réclamer ; point de timbales pour rendre le tonnerre du Seigneur). Maintes beautés obtenues sans aucun recours à une palette sonore périmée trouvèrent le chemin de mon cœur, je goûtai les vérités majestueuses de l'action de grâces, l'oppressant et lent mouvement du nuage noir, le double appel : « Jéhovah ! » du tonnerre, quand « s'exhale en fumée la forêt foudroyée », passage puissant — le rapport si neuf et sublime des hauts registres de l'orgue avec les instruments à cordes de la fin, lorsque la divinité se manifeste, non plus dans la tempête mais en murmures paisibles, et sous elle « incline l'arc de paix ». Cependant, à l'époque, je ne compris pas le sens réel et psychique de l'œuvre, sa détresse et son intention secrètes, son angoisse qui, à travers la louange, quête la miséricorde. Connaissais-je, en effet, le document qu'à présent mes lecteurs aussi ont eu sous les yeux, la transcription du « dialogue » dans la salle dallée ? Aurais-je pu, sinon avec des réserves, m'intituler devant lui « a partner in your sorrow's mysteries » comme il est dit dans l'*Ode on Melancholy* ? Tout au plus en me prévalant de ma vague inquiétude qui datait de notre enfance, au sujet du salut de son âme, et sans savoir au juste ce qu'il en était. Plus tard, j'ai appris à voir dans la composition de la *Fête du Printemps* une offrande propitiatoire à Dieu, une œuvre d'*attritio cordis* créée, je le soupçonne en frémissant, sous la menace du Visiteur qui maintenait ses revendications.

D'ailleurs, d'un autre point de vue aussi je ne compris pas, en ce temps-là, l'arrière-plan personnel et intellectuel de l'œuvre tirée du poème de Klopstock. J'aurais dû la rattacher à des entretiens que j'eus vers la même époque avec lui ou plutôt qu'il eut avec moi, quand il me fit une description très détaillée d'études et de découvertes demeurées toujours fort étrangères à ma curiosité, à mon genre scientifique — enrichissements stimulants de sa connaissance de la nature et du cosmos, par quoi il me rappelait fort son père et la passion de celui-ci pour « la spéculatoire ».

Au compositeur de la *Fête du Printemps* ne pouvait en

effet s'appliquer le mot du poète qui avait renoncé à se « précipiter dans l'océan des mondes », uniquement pour planer autour de la « goutte au bord du seau », autour de la Terre, et adorer. Lui, il se jetait dans l'incommensurable que l'astrophysique essaie de mesurer sans aboutir à rien sinon à des mesures, des nombres, des ordres de grandeur sans rapport avec l'esprit humain et allant se perdre dans la théorie et l'abstraction, le non-sensoriel, pour ne pas dire le non-sens. Au surplus, je ne l'oublie pas, à l'origine, Adrian aussi commença par planer autour de la « Goutte », qui mérite ce nom puisqu'elle se compose en grande partie d'eau, les eaux des mers, et qui lors de la Création « s'échappa en même temps de la main du Tout-Puissant ». Adrian se renseigna d'abord sur la Goutte et ses obscurs mystères ; les prodiges des mers profondes, les singularités de la vie abyssale que jamais un rayon de soleil ne pénètre, furent le premier thème de ses récits. Il en parla d'une façon particulière, bizarre, comme de spectacles dont il aurait été personnellement témoin et qui tout à la fois m'amusait et me troublait.

Il ne connaissait naturellement ces choses qu'à travers les ouvrages spéciaux qui avaient alimenté sa fantaisie ; mais soit parce qu'il s'y était si passionnément intéressé que son imagination avait assimilé ces visions, soit par on ne sait quel caprice, il feignit d'avoir lui-même plongé dans le gouffre liquide, du côté des Bermudes, à quelques milles marins à l'est de Saint-Georges, et de s'en être fait montrer les produits fantastiques par son compagnon, un savant américain du nom de Capercailzie, avec lequel il prétendait avoir battu un nouveau record des profondeurs.

De cette causerie j'ai gardé le souvenir très vif. J'en eus l'agrément pendant une fin de semaine passée à Pfeiffering après le frugal repas du soir que Clémentine Schweigestill nous avait servi dans la grande salle du piano. La jeune fille à sévère tenue avait ensuite apporté à chacun de nous un demi-litre de bière dans une jarre de grès et nous étions assis à fumer de bons cigares légers de Zechbauer, à l'heure où le chien Suso, c'est-à-dire Kashperl, déjà détaché de sa chaîne, errait librement dans la cour.

Adrian se divertit donc à me narrer de façon très imagée

comment, avec M. Capercailzie, il avait pris place dans une cloche plongeuse en forme de sphère, de 1,20 m de diamètre intérieur, équipée à peu près comme un ballon de stratosphère. La grue du bateau convoyeur les avait descendus dans la mer, d'une effroyable profondeur à cet endroit. Ç'avait été émouvant à l'extrême pour lui, sinon pour le mentor ou cicerone qu'il avait décidé à cette expérience et qui n'en étant pas à ses débuts, marquait peu d'enthousiasme. Leur position dans l'étroite cavité d'une boule creuse de deux tonnes avait été très incommode, gêne compensée toutefois par le sentiment d'absolue sécurité de leur habitacle étanche, susceptible de résister à une forte pression et pourvu d'une réserve d'oxygène, d'un téléphone, de projecteurs électriques à haute tension, de hublots permettant de voir dans toutes les directions. Ils étaient restés immergés un peu plus de trois heures, passées en un clin d'œil, grâce aux visions d'un univers dont l'absence de tout contact avec le nôtre expliquait jusqu'à un certain point l'étrangeté fantastique, inouïe.

En tout cas, ç'avait été un instant bizarre, à contracter un peu le cœur, lorsqu'un beau matin, vers neuf heures, la porte blindée lourde de quatre cents livres s'était refermée derrière eux et que du bateau ils avaient chu dans l'élément liquide. Au commencement ils plongeaient dans le cristal d'une eau limpide, illuminée de soleil. Mais la lumière d'en haut n'éclaire l'intérieur de notre « goutte au bord du seau » que sur environ cinquante-sept mètres, puis tout s'abolit, ou plutôt un monde nouveau sans relations avec l'autre et qui n'est plus familier s'ouvrit, où Adrian et son guide s'enfoncèrent jusqu'à une profondeur quatorze fois plus grande, soit à peu près 2 500 pieds et où il dit être resté une demi-heure, conscient qu'à tout moment une pression de 500 000 tonnes s'exerçait sur leur abri.

A mesure qu'ils descendaient, l'eau prenait peu à peu des tons gris — ceux d'une obscurité mêlée à un reste de lumière intrépide qui ne renonçait pas facilement à son effort de pénétration. Son essence et sa volonté la poussaient à éclairer et elle s'y employait jusqu'aux extrêmes limites, en teintant le stade ultérieur de sa lassitude languissante d'une coloration encore plus accusée que la précédente. Par leurs hublots de quartz les voyageurs voyaient à présent un noir bleuté difficile à définir, plutôt comparable à la couleur sinistre de l'horizon dans un ciel clair où souffle le foehn. Puis, longtemps avant que la sonde n'atteignît sept cent cinquante ou sept cent soixante-cinq mètres de profondeur, un noir absolu les environna, des ténèbres que de toute éternité le plus faible rayon de soleil n'avait traversées, une nuit à jamais calme et vierge, soudain forcée d'accepter qu'une lumière artificielle venue du monde d'en haut la violât et la transperçât.

Adrian me parla du prurit de la découverte que l'on ressent en mettant à nu ce qui n'a jamais été vu, ne doit pas l'être, n'y est point préparé. L'exigence pathétique de la science qu'il faut laisser pénétrer aussi loin que peut la porter son esprit, ne compensait pas entièrement le sentiment d'une indiscrétion, voire d'une culpabilité. Il était évident que les extravagances incroyables, terrifiantes ou grotesques, auxquelles la nature et la vie s'étaient livrées là, les formes et les physionomies à peine encore apparentées aux formes du monde d'en haut et qui semblaient appartenir à une autre planète, étaient le produit de la réclusion secrète, un résultat de l'enveloppement dans les ténèbres perpétuelles. L'arrivée d'un véhicule humain sur Mars ou mieux encore sur la moitié de Mercure éternellement détournée du soleil, n'y aurait pas provoqué une sensation plus grande chez les problématiques habitants de ces « proches » planètes que l'apparition de la cloche de plongeur de Capercailzie. Indescriptible avait été la curiosité des créatures abstruses de l'abîme entourant l'habitacle de leurs hôtes — indescriptible aussi, tout ce qui frôlait au passage les hublots, frétillements confus, masques secrets et fous du monde organique, gueules rapaces, mâchoires audacieuses, yeux en télescope, poissons pareils à des bateaux en papier, poissons pinifères longs de deux mètres, poulpes, couperets argentés aux yeux protubérants pointés vers le haut ; même les monstres visqueux, à tentacules, qui flottent mollement dans l'eau, les squales majestueux, les polypes et les scyphoméduses, semblaient s'agiter dans un mouvement spasmodique et saccadé.

D'ailleurs, peut-être tous ces « natifs » des profondeurs

considéraient-ils les intrus descendus avec leurs projecteurs lumineux comme une variété démesurée de leur propre race, la plupart d'entre eux pouvant dégager eux-mêmes de la lumière. Il suffit aux visiteurs, raconta Adrian, d'éteindre leurs phares pour que se révélât un spectacle extraordinaire d'un autre genre. A perte de vue l'obscurité marine s'illumina de feux follets tournant en cercle ou filant en flèche — phosphorescences dont sont doués de très nombreux poissons. Certains brillaient tout entiers, d'autres étaient simplement pourvus d'un organe lumineux, une lanterne électrique qui leur servait pour éclairer leur route dans la nuit éternelle et aussi, vraisemblablement, attirer leur proie ou lancer les appels amoureux. Parmi ceux de grande taille, il y en avait qui irradiaient une lumière blanche, si intense que les observateurs en étaient éblouis ; d'autres avaient des yeux proéminents au bout d'une tige, sans doute pour leur faire percevoir de très loin la moindre clarté constituant un danger ou un appât.

Adrian déplora qu'on ne pût songer à capturer ces fantômes des abîmes, du moins les plus rares, pour les rapporter en haut. Il eût fallu un dispositif spécial permettant de leur assurer, pendant la remontée, l'effrayante pression atmosphérique à laquelle ils étaient adaptés, cette même pression qui (pensée redoutable !) pesait sur les parois de la nacelle. Ils y résistaient, eux, grâce à la haute tension correspondante de leurs tissus et cavités internes, au point qu'une diminution de pression eût fatalement causé leur éclatement. Quelques-uns avaient déjà malheureusement succombé en se heurtant à la cloche de plongée. Ainsi un grand ondin couleur de chair, aux formes presque nobles, à peine entrevu, avait crevé en mille morceaux à la suite d'un choc contre le bathyscaphe.

Tout en fumant, Adrian me fit son récit comme une aventure vécue. Il poursuivit avec tant de cohérence sa plaisanterie à peine accompagnée d'un demi-sourire, que je ne pus m'empêcher de le regarder avec un peu de surprise, partagé entre le rire et l'émerveillement. Son sourire exprimait sans doute un amusement taquin devant une certaine résistance qu'il pressentait en moi. Il connaissait bien mon manque d'intérêt frisant la répugnance pour les mystifications et les secrets du naturel, de la « nature » en général, et mon attachement au langage discursif, à l'humain. Certes, la conscience qu'il en avait contribua, ce soir-là, à le mettre en verve. Il s'étendit longuement sur ses découvertes, ou comme il le prétendait, ses expériences dans le domaine de la monstruosité extra-humaine et tint à se jeter, en m'entraînant avec lui, dans l'océan des mondes.

La transition lui fut facile en raison de ses précédentes descriptions. La bizarrerie insolite de la vie abyssale déjà étrangère à notre planète, lui servir de point de départ. L'expression de Klopstock, « la goutte au bord du seau », en fut un autre. Son humilité admirable ne se justifiait que trop, étant donné le caractère secondaire et mince de l'objet au regard de la position presque indiscernable de la Terre et aussi de tout le système planétaire, y compris le soleil avec ses sept satellites, dans le tourbillon de la Voie Lactée où il s'insère, « notre » Voie Lactée — sans parler pour l'instant des millions d'autres. Le mot « notre » confère à l'immensité à laquelle il s'applique une certaine intimité, il agrandit presque comiquement la notion du familier par une extension saisissante et nous nous en sentons les citoyens modestes mais préservés. Dans cette profonde sécurité intérieure semble s'affirmer la dilection de la nature pour la forme sphérique, troisième point auquel Adrian rattacha son exposé cosmique. Il y vint en partie à la suite de son étrange séjour dans la boule creuse, cette cloche à plongeur de Capercailzie où il affirmait avoir passé quelques heures. Or nous vivions tous les jours de notre vie dans une sphère creuse, car voici ce qu'il avait appris de l'espace galactique où nous était assignée une place minuscule.

A peu près sur le modèle d'une montre plate, il était rond et beaucoup moins gros que vaste — un disque tourbillonnant, point incommensurable mais certes immense, composé de masses d'étoiles assemblées, de constellations, de monceaux d'astres, d'étoiles doubles décrivant des ellipses les unes autour des autres, et aussi de nébuleuses phosphorescentes, lumineuses, en anneau, astres nébuleux, etc. Ce disque ressemblait à la surface ronde et plane obtenue en coupant une orange par le milieu ; il était enveloppé d'une poussière d'étoiles qui ne se pouvait dire incommensurable, elle non plus, mais qu'il fallait néanmoins qualifier d'immense à la plus haute puissance, et dans ses espaces, en général vides, les objets donnés se répartissaient de telle sorte que l'ensemble de la structure formait une sphère. Au plus profond de cette boule creuse d'une vastité inconcevable, qui faisait partie du disque où grouillaient les mondes agglomérés se trouvait, tout à fait accessoirement, difficile à découvrir et à peine digne d'être mentionnée, l'étoile fixe autour de laquelle gravitait, avec ses grandes et petites compagnes, la Terre escortée de sa lunule. « Le Soleil », qui méritait si peu cet article défini, une boule gazeuse de 6 000 degrés de chaleur et d'un diamètre d'environ un million et demi de kilomètres, était à une distance du centre du plan intérieur galactique égale à l'épaisseur de celui-ci, à savoir 30 000 années-lumière.

Ma culture générale me permettait de me faire d'une « année-lumière » une idée approximative. C'était, on le comprend, un concept spatial et ce terme désignait le parcours que la lumière effectue pendant une année terrestre — avec une vélocité qui lui est propre. Je me la représentais de façon vague, mais Adrian, lui, l'évaluait exactement : 297 600 kilomètres. A cette cadence, une année-lumière franchissait bel et bien 9,5 trillions de kilomètres et l'excentricité de notre système solaire en mesurait trente mille fois autant, alors que le diamètre général de la sphère creuse galactique atteignait à 200 000 années-lumière.

Non, incommensurable elle ne l'était pas, mais c'est ainsi qu'on pouvait la mesurer. Or, que dire d'une telle exigence imposée à la compréhension humaine ? Je l'avoue, je suis ainsi fait que ce qui est exagérément imposant, inconcevable, ne m'arrache qu'un haussement d'épaules assez dédaigneux L'admiration de la grandeur, l'enthousiasme, voire l'accablement qu'elle nous inspire — jouissance sans doute psychique — ne sont possibles que dans des conditions concevables, terrestres et humaines. Les pyramides sont grandes, grands le Mont Blanc et l'intérieur de Saint-Pierre, à moins qu'on préfère réserver cet attribut au monde moral et intellectuel, à la sublimité du cœur et des pensées. Les données de la création cosmique sont simplement un bombardement assourdissant de notre intellect au moyen de chiffres remorquant deux douzaines de zéros en queue de comète, qui se piquent d'avoir encore quelque chose en commun avec la mesure et la raison. Dans ces monstruosités, il n'est rien où mes semblables puissent déceler la bonté, la beauté, la grandeur et jamais je ne comprendrai la tendance au « hosanna » que certains esprits éprouvent devant ce que l'on nomme les « œuvres de Dieu » ressortissant à la physique universelle. Comment d'ailleurs parler d'une œuvre divine au sujet d'un phénomène dont on peut indifféremment dire : « Soit ; et après ?... » ou « Hosanna » ? La première expression plutôt que la seconde me paraît être la réponse à opposer à deux douzaines de zéros derrière un 1 ou un 7, ce qui du reste ne correspond plus à rien et je ne vois aucune raison de me prosterner, le front dans la poussière, devant le quintillion.

Fait également caractéristique, Klopstock, poète de haute envolée, s'était borné à exprimer son enthousiasme respectueux pour le terrestre, la Goutte au bord du seau, en négligeant les quintillions. Le metteur en musique de son hymne, mon ami Adrian, les avait pris pour thème, je l'ai dit, mais j'aurais tort de laisser supposer qu'il le fit avec émotion ou emphase. Sa manière de traiter ces choses était froide, nonchalante, teintée d'amusement devant ma répugnance non dissimulée et dénotait aussi une certaine familiarité d'initié. Il prolongeait la fiction comme s'il n'avait pas puisé ses connaissances dans une lecture mais dans un enseignement, une démonstration, une expérience personnels, acquis par exemple avec l'aide du mentor précité, le professeur Capercailzie, qui, paraît-il, l'avait emmené non seulement dans la nuit des mers profondes mais aussi parmi les constellations. Adrian affectait à moitié de tenir de lui et aussi d'avoir un peu constaté de visu que l'univers physique — le mot univers pris dans son acception absolue englobant jusqu'aux points les plus éloignés — ne se pouvait pas plus qualifier de fini que d'infini, les deux termes désignant le statique alors que le cosmos était de nature dynamique et depuis longtemps — 1 900 millions d'années, pour préciser — se trouvait en état de frénétique *extension,* c'est-à-dire d'explosion. A cet égard la lumière virant au rouge des innombrables systèmes galactiques dont l'éloignement nous serait connu, ne laissait subsister aucun doute. Vers l'extré-mité rouge du spectre, l'altération de couleur se faisait d'autant plus sensible que la distance était plus grande entre nous et ces nébuleuses. Manifestement, elles nous fuyaient, et pour les plus lointains systèmes stellaires placés à 150 millions d'années-lumière, leur rapidité correspondait à celle avec laquelle se développaient les particules alpha de substance radioactive, et équivalait à 25 000 kilomètres à la seconde, une vélocité qui par comparaison ramenait l'écla-tement d'un obus à l'allure du colimaçon. Si donc tous les systèmes de la Voie Lacrée se fuyaient à qui mieux mieux à ce rythme inouï, le mot « explosion » suffisait tout juste ou même ne suffisait plus depuis longtemps à décrire le modèle cosmique et son genre d'extension. Peut-être jadis avait-il été statique et se composait-il d'un diamètre d'un milliard d'années-lumière. Actuellement, on pouvait, il est vrai, parler d'extension mais non d'une dimension « finie » ou « infinie ». Tout au plus Capercailzie avait-il été en mesure d'affirmer au curieux que la somme des formations existantes de la Voie Lactée était d'un ordre de grandeur de cent milliards dont à peine un million accessible à nos télescopes.

Ainsi parla Adrian tout en fumant et souriant. Je fis appel à sa conscience et le pressai d'avouer que ce sortilège de chiffres qui se perdaient dans le néant ne pouvait susciter en nous le sentiment de la splendeur de Dieu ou d'un ennoblissement éthique. Tout cela ressemblait bien plutôt à une plaisanterie diabolique.

— Accorde-moi, lui dis-je, que les horreurs de la création physique ne sont nullement fécondes du point de vue reli-gieux. Quel respect, quelle élévation spirituelle à base de respect pourraient découler de la représentation d'un désor-dre incommensurable comme celui d'un univers en explo-sion ? Absolument aucun. La piété, la déférence, la décence morale, le sentiment religieux ne sont possibles que dans l'homme et par l'homme et limités au terrestre humain. Ils devraient, ils peuvent et doivent aboutir à un humanisme teinté de religion, déterminé par le sentiment du transcen-dant mystère de l'homme, par la fière conscience qu'il n'est pas un simple produit biologique et qu'une partie essentielle de son être ressortit à un monde spirituel ; que l'absolu lui est donné avec le concept de la vérité, de la liberté, de la justice, qu'il a le devoir d'approcher de la perfection. Dans ce pathétique, dans cet impératif, ce respect de l'homme devant soi-même, il y a Dieu. Je ne saurais le découvrir dans cent milliards de voies lactées.

— Alors tu es contre les œuvres, répondit-il, et contre la nature physique d'où l'homme tire son origine et sa spiritualité, qui après tout se retrouve encore en d'autres endroits du cosmos. La création physique, certe monstrueuse organisation du monde qui t'irrite, forme indubitablement les assises de la morale sans lesquelles celle-ci n'aurait pas de terrain où se développer et peut-être faut-il appeler le bien une *fleur du mal*[1]. Ton Homo Dei est finalement — ou pas finalement, excuse-moi, mais avant tout — un morceau d'affreuse nature avec une quantité assez chichement mesurée de spiritualité potentielle. D'ailleurs, il est amusant de constater combien ton humanisme, et sans doute tout humanisme, incline vers le géocentrisme médiéval — assurément par nécessité. L'opinion courante tient l'humanisme pour ami de la science ; il ne saurait l'être, car il est impossible de considérer les objets de la science comme des œuvres diaboliques sans la tenir elle-même pour telle. C'est là du Moyen Age. Le Moyen Age était géocentrique et anthropocentrique. L'Église en qui il a survécu s'est élevée contre l'astronomie dans un esprit humaniste, elle l'a déclarée fief du démon et interdite sous prétexte d'honorer l'homme, elle a maintenu l'ignorance au nom de l'humanité. Tu le vois, ton humanisme est du Moyen Age tout pur. Une cosmologie de clocher de Kaisersaschern, qui conduit à l'astrologie, à l'observation de la position des planètes, de la constellation et de ses présages heureux ou funestes, très naturellement et à juste titre ; car l'interdépendance intime des corps, d'un groupe cosmique infinitésimal, est aussi étroitement liée que celle de notre système solaire, et leur rapport réciproque, intime et voisin, saute aux yeux.

— Nous avons déjà une fois parlé de la conjoncture astrologique, dis-je. Il y a longtemps, nous nous promenions

1. *En français dans le texte.*

autour de la Kuhmulde et nous devisions de musique. A ce moment tu défendais la constellation.

— Je la défends aujourd'hui encore, répondit-il. Les époques d'astrologie en·savaient très long. Elles sentaient ou pressentaient des choses dont la science évoluée s'avise à nouveau aujourd'hui. Que la maladie, les fléaux, les épidémies sont en connexion avec la position des étoiles, c'était en ces temps-là une certitude intuitive. Aujourd'hui, on débat la question de savoir si les germes, les bactéries, les organismes qui suscitent sur terre, mettons une épidémie d'influenza, n'émanent pas d'autres planètes, Mars, Jupiter ou Vénus.

Adrian me dit aussi que les maladies contagieuses, les calamités comme la peste, la mort noire, ne provenaient probablement pas de notre planète — car il était à peu près convaincu que la vie elle-même n'avait pas pris naissance sur la terre mais y avait émigré d'ailleurs. Il tenait de bonne source qu'elle nous venait d'astres voisins enveloppés d'une atmosphère infiniment plus favorable, riche en méthane et en ammoniaque, tels Jupiter, Mars, Vénus. D'eux ou de l'un d'eux — il me laissait le choix — la vie était un jour arrivée sur notre innocente et stérile planète, véhiculée par des projectiles cosmiques ou simplement par un influx de rayons. Mon Homo Dei humaniste, ce couronnement de la vie, était donc vraisemblablement, lui et son obligation de spiritualité, issu de l'abondance en gaz marécageux d'un astre voisin...

— La fleur du mal, répétai-je en inclinant la tête.

— Fleurissant généralement dans le mal, ajouta-t-il.

Il me taquinait, non seulement à cause de ma conception bienveillante du monde mais aussi en maintenant par une bizarre lubie sa fiction d'une connaissance personnelle, directe, des conditions du ciel et de la terre. Tout cela, je ne le savais pas mais j'aurais pu le deviner, devait aboutir à une œuvre, à la musique cosmique qui l'occupa après l'épisode des nouveaux lieder. Ce fut l'étonnante symphonie ou fantaisie pour orchestre à un mouvement, composée durant les derniers mois de 1913 et les premiers de 1914. Elle s'intitula : *Les Merveilles du Grand Tout,* bien à l'encontre de mes souhaits et de mes conseils. Je redoutais

367

la frivolité du titre et l'engageai à l'appeler : *Symphonia cosmologica,* mais Adrian tint bon en riant et garda la désignation ironique, d'un pathétique affecté. Du reste, elle prépare davantage les connaisseurs au caractère absolument bouffon et grotesque, encore que souvent sévère, solennel et mathématiquement cérémonieux, de cette figuration de l'immensité prodigieuse. Musique sans aucun rapport avec l'esprit de la *Fête du Printemps* qui pourtant dans un certain sens l'annonçait, et donc sans rapport avec l'esprit d'humble glorification ; et si certains signes personnels de l'écriture musicale n'identifiaient l'auteur, on aurait peine à croire que la même âme a pu concevoir ces deux œuvres. La raillerie forme l'essence de ce portrait orchestral de l'univers, d'une durée d'environ trente minutes. Elle ne confirme que trop ma précédente assertion : s'occuper du démesuré, de l'extra-humain, n'apporte aucun aliment à la ferveur. Il y a là un causticité satanique, des laudes fallacieuses de lutin qui non seulement semblent viser la terrifiante horlogerie de l'univers, mais aussi le médium en lequel cet univers se reflète, et même se répète : la musique, le cosmos des sens. Ce morceau n'a pas peu contribué à attirer à l'art de mon ami le reproche d'une virtuosité antiartistique, le reproche de blasphème, de crime nihiliste.

Mais assez parlé de ce sujet. Je pense consacrer les deux prochains chapitres à quelques expériences mondaines que je fis avec lui vers ces années et ce tournant de 1913-1914, pendant le dernier carnaval de Munich, avant la déclaration de guerre.

## XXVIII

Je l'ai déjà dit, le locataire des Schweigestill ne se cloîtrait pas complètement dans sa solitude, sur laquelle veillait Kashperl-Suso. Il entretenait aussi, encore que par à-coups et avec réserve, une certaine activité mondaine et citadine. La nécessité de se retirer de bonne heure, son assujettissement au train de onze heures, connue de tous ses amis, lui semblait agréable et apaisante. Nous nous rencontrions chez les Rodde, dans la Rambergstrasse, et bientôt je fus sur un pied de cordialité avec le cercle de leurs intimes, les Knöterich, le Dr Kranich, Zink et Spengler, Schwerdtfeger, le violoniste et siffleur. On se retrouvait aussi chez les Schlaginhaufen et chez l'éditeur de Schildknapp, Radbruch, à la Fürstenstrasse, et encore dans l'élégant appartement au premier étage, de Bullinger, le fabricant de papier (d'ailleurs d'origine rhénane) chez qui Rüdiger nous avait également introduits.

Sous le toit des Rodde comme dans le salon à colonnes des

Schlaginhaufen, on écoutait volontiers ma viole d'amour, à peu près la seule contribution mondaine que je pouvais offrir, moi, rat de bibliothèque et universitaire, simple et assez terne en société. Dans la Ramberg-strasse, l'asthmatique Dr Kranich et Baptiste Spengler, en particulier, m'invitaient à jouer, l'un mû par une curiosité de numismate et d'antiquaire (il aimait commenter avec moi, dans son langage bien articulé et clair, les formes historiques de la famille des violes), l'autre par sympathie pour la rareté en général, l'étrangeté. Toutefois il me fallait tenir compte du frénétique désir de Konrad Knöterich qui brûlait de s'exhiber, en soufflant, avec son violoncelle ; en outre, je voulais ménager la préférence d'ailleurs justifiée du petit public pour le violon captivant de Schwerdtfeger. Ma vanité (je ne le nie pas) n'en était que plus flattée par les sollicitations du cercle beaucoup plus vaste et relevé que l'ambitieuse Mme la docteresse Schlaginhaufen, née von Plausig, avait su réunir autour d'elle et de son époux à l'accent souabe, d'ailleurs affligé d'un commencement de surdité. Leur goût très vif pour un art que je ne cultivais qu'en amateur m'obligeait presque toujours à apporter mon instrument à la Briennerstrasse et à régaler l'assistance d'une chaconne ou d'une sarabande du XVIIe siècle, d'un « Plaisir d'Amour » du XVIIIe, d'une sonate d'Ariosti, l'ami de Haendel, de morceaux écrits par Haydn pour viola di bordone, mais également exécutables sur la viole d'amour.

L'invite venait souvent de Jeannette Scheurl et aussi de l'intendant général, Son Excellence von Riedesel. Son intérêt bienveillant pour le vieil instrument et la musique ancienne était la marque d'un esprit conservateur et non, comme chez Kranich, un penchant d'antiquaire érudit. Il y a là, on le conçoit, une grande différence. Cet homme de cour, jadis colonel de cavalerie, avait été nommé à son poste actuel uniquement parce qu'il passait pour jouer un peu de piano (combien de siècles semblent nous séparer, aujourd'hui, d'un temps où l'on était promu intendant général parce qu'on appartenait à l'aristocratie et qu'on jouait vaguement du piano !). Le baron Riedesel voyait dans tout ce qui était ancien et historique un rempart contre les temps nouveaux et révolutionnaires, un moyen de polémique féodale, et à cet effet il patronnait les choses d'autrefois, sans y rien entendre. Car, de même qu'on ne peut comprendre l'élément jeune et nouveau à moins d'une longue familiarité avec la tradition, ainsi l'amour du passé est condamné à rester faux et stérile si l'on se ferme à la nouveauté qui en est dérivée selon une nécessité historique. Riedesel appréciait et protégeait donc le ballet, il le trouvait « gracieux ». Cette épithète était son « shibboleth » à l'égard de la subversion moderne. Il ne soupçonnait même pas la tradition artistique des ballets russes et français ni ses représentants, un Tchaïkovski, un Ravel, un Stravinski, et il était fort éloigné des théories que plus tard le troisième de ces musiciens, le Russe, devait exprimer à propos du ballet classique où Stravinski voit le triomphe de la mesure sur le débridement sentimental, de l'ordre sur le hasard, le modèle d'une action dionysiaque consciente, un exemple d'art parfait. Son Excellence se représentait plutôt des petits tutus de gaze, des pointes, des bras « gracieusement » arrondis au-dessus de la tête, sous les yeux d'une société de cour trônant dans les loges, et au parterre une bourgeoisie bien disciplinée qui toutes deux maintenaient les droits de l'idéal et proscrivaient le laid et le douteux.

Chez les Schlaginhaufen, on jouait beaucoup de Wagner, car ils avaient souvent pour hôtes Tania Orlanda, soprano dramatique, une femme imposante, et le ténor héroïque Harald Kjoejelund, déjà obèse, à pince-nez, et doué d'une voix d'airain ; mais von Riedesel avait plus ou moins annexé au domaine du féodal « gracieux » l'œuvre wagnérienne, pour bruyante et violente qu'elle fût. Sans elle, son théâtre de cour n'aurait pu subsister ; il lui témoignait donc une considération d'autant plus empressée que déjà une musique plus neuve la dépassait. Cette musique, il fallait la honnir, et, opposé à elle, Wagner faisait figure de conservateur. Il arrivait donc que Son Excellence accompagnât en personne les chanteurs au piano, ce qui les flattait, bien que ses talents de pianiste ne fussent pas à la hauteur de la difficile partition, et souvent même ils gâtaient les effets vocaux. Je n'étais pas du tout content quand le chanteur de cour Kjoejelund nous bombardait des interminables et stupides Chants de la Forge de Siegfried avec tant de fougue que les fragiles pièces décoratives du salon, les vases et les verreries d'art, s'agitaient, elles aussi, et tintaient en frémissant. Pourtant, je l'avoue, je résiste difficilement à l'émotion d'une héroïque voix féminine comme l'était alors celle d'Orlanda. Le poids de sa personne, la puissance de l'organe, l'habileté consommée de l'accent dramatique nous donnaient l'illusion d'une âme royale emportée par une haute passion. Après avoir entendu, par exemple, le « Tu ne connais pas Frau Minne » d'Isolde, jusqu'à l'extatique « Cette torche fût-elle la lumière de ma vie, je n'hésiterais pas à l'éteindre en riant ! » (et elle soulignait l'action théâtrale par un mouvement énergique de son bras précipitant quelque chose à terre), pour un peu je me serais agenouillé, les yeux mouillés, devant l'actrice triomphante, souriant au milieu des acclamations. Du reste, cette fois-là Adrian s'était déclaré prêt à l'accompagner et il sourit lui aussi, en quittant le tabouret du piano, quand son regard effleura mon visage bouleversé jusqu'aux larmes.

Après de telles émotions, on prend plaisir à pouvoir contribuer au divertissement artistique de l'assistance. Je fus donc touché quand Son Excellence, aussitôt appuyée par l'élégante maîtresse de maison aux jambes sveltes, m'encouragea, avec son accent méridional, mais du ton acéré, péremptoire d'un officier, à répéter l'andante et le menuet de Milandre (1770), que j'avais déjà récemment fait entendre sur mes sept cordes. Faiblesse du cœur humain ! Je lui fus reconnaissant, et j'en oubliai mon antipathie pour sa physionomie lisse et vide d'aristocrate, éclairée d'une indestructible morgue, avec sa moustache blonde tirebouchonnée, ses joues rondes et rasées et son monocle scintillant dans l'orbite, sous le sourcil blanchâtre. Pour Adrian, je le savais, la figure de ce gentilhomme échappait à toute évaluation, se trouvait au-delà de la haine et du mépris, même du rire ; elle ne méritait pas un haussement d'épaules. Au fond, je partageais son sentiment. Pourtant, aux instants comme celui où il me poussait à récréer l'assistance avec un morceau « gracieux », après l'assaut du révolutionnaire parvenu, je ne pouvais m'empêcher de lui vouloir du bien.

On éprouvait une impression très rare, mi-pénible et mi-comique, en passant du conservatisme de Riedesel à un autre où il s'agissait moins d'une « continuation » que d'un « retour au passé », un conservatisme post- et antirévolutionnaire, l'esprit frondeur dressé contre les valeurs établies bourgeoises et libérales et s'inspirant non de la veille mais du lendemain. La tendance contemporaine était propice à une rencontre aussi stimulante qu'effarante pour le vieil esprit traditionnel peu compliqué ; et le salon de Mme Schlaginhaufen se piquait d'être éclectique au possible. Il offrait l'occasion de joutes oratoires. Ces idées s'incarnaient en la personne du savant en chambre, le Dr Chaïm Breisacher, type d'un caractère racial très accusé, appartenant à l'avant-garde intellectuelle, voire casse-cou, d'une laideur fascinante. Il jouait ici, manifestement avec un certain plaisir, le rôle de l'élément étranger, levain de fermentation. La maîtresse de maison prisait son agilité dialectique, mise en valeur par un accent fortement palatin, et les dames, en écoutant ses paradoxes, joignaient les mains au-dessus de leur tête, dans des transports de joie prude. Quant à lui, sans doute le snobisme l'avait-il amené à se plaire dans ce milieu et aussi le besoin d'ébahir les candeurs élégantes avec des idées qui à une table de littérateurs eussent sans doute produit une moindre sensation ? Je ne pouvais le souffrir et vis toujours en lui un intrigant intellectuel. Je ne doutais pas qu'il fût également antipathique à Adrian, bien que, pour des raisons demeurées obscures, nous ne nous soyons jamais expliqués à fond sur ce point. Toutefois, je ne conteste pas la sensibilité de ses antennes pour ce qui touchait au mouvement intellectuel, son flair des nouveaux courants d'opinion dont certains m'apparurent tout d'abord à travers sa personne et ses propos salonniers.

Polymathe, capable d'aborder les thèmes les plus variés, philosophe de la culture, ses dispositions le dressaient néanmoins contre la culture, car il affectait de ne voir dans toute son histoire qu'un processus de décadence. Le plus dédaigneux vocable dans sa bouche était le mot « progrès ». Il avait une façon écrasante de le prononcer et l'on sentait qu'il considérait son mépris conservateur du progrès comme un laissez-passer justifiant sa présence sous ces lambris. Il y voyait le signe distinctif de son droit d'admission dans un salon. Il apportait de l'esprit sans sympathie aucune à dénigrer le développement de la peinture depuis le stade primitif des surfaces plates jusqu'à la notion de la perspective. L'art antérieur à la perspective avait, disait-il, refusé d'adopter celle-ci parce qu'il y voyait un trompe-l'œil ; or, tenir ce refus pour une incapacité, pour de l'impuissance, ou pour un primitivisme gauche et hausser les épaules avec pitié, c'était, déclarait-il, le comble de l'arrogance et de la stupidité propres aux temps nouveaux. L'inadhésion, le renoncement, le mépris n'étaient pas ignorance, impuissance, brevet d'indigence. En art, l'illusion n'était-elle pas un principe inférieur séduisant pour la plèbe, et n'était-ce pas l'indice d'un goût noble que de vouloir l'ignorer ? Ignorer délibérément certaines choses, — cette faculté, si proche de la sagesse ou plutôt qui s'y intègre, était malheureusement perdue, et voilà ce que la suffisance moderne appelait progrès.

Les points de vue de l'esthète, on ne sait trop pourquoi, agréaient aux habitués de Madame, née von Plausig ; et s'ils avaient, je crois, le sentiment que Breisacher n'était pas tout à fait qualifié pour les défendre, ils ne sentaient guère qu'eux non plus n'étaient peut-être pas précisément qualifiés pour y souscrire.

De même, disait-il, en ce qui concernait la musique, passée de la monodie à la polyphonie, à l'harmonie ; on y voyait volontiers un progrès culturel ; or c'était précisément une victoire de la barbarie.

— Vous dites ?... Pardon ?... La barbarie ? croassait M. von Riedesel, accoutumé à considérer la barbarie comme une forme du conservatisme, encore que légèrement compromettante.

— Certainement, Excellence. Les origines de la musique polyphonique, c'est-à-dire du chant en quintes ou quartes simultanées, doivent être recherchées très loin du foyer de la civilisation musicale, de Rome, où la beauté de l'organe vocal, le culte qu'on lui rendait allaient de soi. Il faut les chercher dans le Nord aux gosiers rauques, où elles semblent avoir constitué une sorte de compensation de cette raucité, et aussi en Angleterre, en France, et singulièrement dans la sauvage Bretagne qui fut la première à accepter la tierce comme intervalle harmonique. Ce que l'on appelle l'évolution vers un stade supérieur, la complication, le progrès, est donc parfois l'œuvre de la barbarie. A vous de décider s'il convient de lui décerner des louanges.

De toute évidence, il s'amusait aux dépens de l'Excellence et des autres assistants, tout en se donnant les gants de plaider pour le conservatisme. Il ne se sentait manifestement pas à l'aise aussi longtemps qu'un des hôtes exerçait un jugement lucide. La musique vocale polyphonique, invention d'une barbarie évoluée, devenait l'objet de sa bienveillance conservatrice, aussitôt après son passage historique au principe de l'accord harmonique et par lui à la musique instrumentale des deux derniers siècles. Or celle-ci représentait le déclin, la décadence du grand art du contrepoint, seul authentique, du jeu sacré et froid des nombres qui, Dieu merci, n'avaient encore rien de commun avec la prostitution du sentiment et un dynamisme criminel. Et l'illustre Bach d'Eisenach, que Goethe avait appelé très justement un harmoniste, faisait déjà partie de cette décadence. On n'était pas l'inventeur du clavier tempéré et donc de la possibilité d'opter entre des interprétations diverses de chaque note et de la changer enharmoniquement, ergo du nouveau romantisme de la modulation enharmonique, sans mériter le qualificatif sévère appliqué par le connaisseur de Weimar. Un contrepoint harmonique ? Cela n'existait pas. Ce n'était ni chair ni poisson. L'amollissement, l'affadissement et la falsification, la transmutation de l'ancienne et authentique polyphonie avec son interpénétration de différentes voix en une structure d'accords harmoniques avaient déjà commencé au XVIe siècle ; des gens comme Palestrina, les deux Gabrieli et notre brave Orlando di Lasso (ici représenté) y avaient ignominieusement participé. Ces seigneurs rapprochaient « humainement » de nous la notion de l'art vocal polyphonique, oh ! oui, voilà pourquoi ils nous semblaient les plus grands maîtres de ce style ; mais cela provenait de ce qu'ils se complaisaient généralement à une écriture d'enchaînements d'accords, et leur façon de traiter le style polyphonique a déjà été assez pitoyablement abâtardie, frelatée par des considérations d'ordre harmonique et de relations de consonance à dissonance.

Chacun de s'ébahir, de s'esclaffer et de se donner des claques sur les genoux. Pendant ces discours agaçants je cherchais les yeux d'Adrian, mais son regard se dérobait au mien. Riedesel était en proie à un désarroi total.

— Pardon, disait-il, permettez... Bach, Palestrina...

Ces noms, nimbés pour lui d'une autorité conservatrice, voilà qu'ils se trouvaient livrés à la dissection moderne. Il marquait de la sympathie, mais il était d'autre part si fâcheusement impressionné qu'il ôta même son monocle, privant ainsi son visage de toute lueur d'intelligence. Il n'en mena guère plus large quand Breisacher se mit à pérorer doctement sur l'Ancien Testament, en se référant à sa sphère atavique personnelle, la tribu, le peuple hébreu et l'histoire spirituelle de ce peuple. Là aussi il étala un conservatisme équivoque, grossier et à la fois d'une malice méchante. A l'en croire, la décadence, l'abêtissement et la perte de tout sentiment de l'ancien et de l'authentique s'étaient manifestés de si bonne heure et en un texte si respectable que nul n'aurait osé imaginer rien de tel. Je ne dirai qu'une chose : c'était d'un comique fou. Selon Breisacher, les personnages bibliques vénérables à tout chrétien, comme les rois David et Salomon ou les prophètes, avec leurs rabâchages d'un bon Dieu au ciel, étaient déjà les représentants dégénérés d'une théologie épuisée de basse époque. Ils avaient perdu tout souvenir de la vieille réalité vraiment judaïque de l'Elohim Yaveh. Les rites par quoi, aux temps où prévalait un authentique sentiment ethnique, on avait rendu hommage à ce dieu national ou plutôt on l'avait contraint à prendre corps, leur faisaient l'effet de « mystères des temps primordiaux ». Breisacher en avait particulièrement après le « sage » Salomon et le malmena tant et si bien que les messieurs sifflaient entre leurs dents et les dames laissaient échapper des petits cris de surprise ravie.

— Pardon ! objectait von Riedesel. Je suis, le moins que j'en puisse dire... Le roi Salomon dans sa splendeur... Ne devriez-vous pas ?...

— Non, Excellence, je ne devrais pas, répliquait Breisacher. Cet homme était un esthète énervé par les plaisirs érotiques, et sous le rapport religieux un niais épris de progrès, le type de la régression. Il a abandonné le culte du dieu national présent et militant, en qui s'intégrait la force métaphysique nationale, pour prêcher un dieu abstrait commun à toute l'humanité, installé au ciel, bref pour passer de la religion nationale à une religion universelle. Comme preuve à l'appui il nous suffira de relire son discours scandaleux après l'achèvement du premier temple, où il demande : « Dieu peut-il habiter parmi les hommes, sur terre ? » — comme si le seul et unique devoir d'Israël n'était pas de procurer à Dieu une demeure, une tente, et de s'assurer par tous les moyens sa présence permanente ? Salomon ne rougit pas de déclamer : « Les cieux ne te contiennent pas, encore moins cet habitacle que je t'ai construit. » Ce verbiage est le commencement de la fin, à savoir de la représentation dégénérée de Dieu que firent les poètes psalmistes ; ceux-ci reléguèrent définitivement Dieu au ciel et ne cessèrent de chanter les laudes du Seigneur des cieux, alors que le Pentateuque ne désigne nullement le ciel comme le siège de la divinité. Pour lui, l'Elohim marche devant le peuple dans une colonne de feu, il tient à habiter parmi le peuple, à circuler dans le peuple et à avoir son « étal » — pour éviter le mot tardif, mince et humanitaire d' « autel ». Est-il possible que le Psalmiste place dans la bouche de Dieu la question : « Mangé-je donc la viande des taureaux et buvé-je le sang des boucs ? » Attribuer de telles paroles à Dieu est simplement inouï, un soufflet d'impertinent rationalisme au Pentateuque qui désigne expressément le sacrifice comme « le pain », et donc comme la vraie nourriture de Yaveh. De cette question et aussi des expressions du sage Salomon, il n'y a qu'un pas jusqu'à Maïmonide, censément le plus grand rabbin du Moyen Age, qui s'était assimilé la vérité aristotélicienne. Celui-là arrive à « expliquer », ha ! ha ! à expliquer le sacrifice comme une concession de Dieu aux instincts païens du peuple ! Bon, le sacrifice de sang et de graisse qui jadis, salé et assaisonné d'aromates excitants, nourrissait le dieu, lui constituait un corps, l'astreignait à être présent, n'est plus pour le Psalmiste qu'un « symbole » (j'entends encore l'accent d'indescriptible dédain du Dr Breisacher prononçant ce mot). On n'offre plus en holocauste la bête, mais, c'est à peine croyable, la gratitude et l'humilité. « Qui offre la gratitude en sacrifice, est-il dit, celui-là m'honore. » Et ailleurs : « Le meilleur sacrifice fait à Dieu, c'est une âme repentante. » Bref, depuis longtemps, il n'y a plus ni peuple, ni sang, ni réalité religieuse, mais une soupe à l'eau humanitaire.

Je cite ceci à titre de spécimen des sorties hautement conservatrices de Breisacher, aussi amusantes que révoltantes. Il ne se lassait pas de représenter le rite authentique, le culte du dieu national, réel, nullement abstrait et universel, par conséquent nullement « tout-puissant », ni « omniprésent », de le représenter, dis-je, comme une technique magique, une manipulation de forces dynamiques qui n'allait point sans dangers physiques et pouvait facilement entraîner des malheurs, des courts-circuits, déterminer des catastrophes à la suite d'erreurs et de fausses manœuvres. Les fils d'Aaron étaient morts pour avoir introduit chez eux « un feu étranger à la race ». Encore un accident technique malheureux, la conséquence d'une erreur. Un nommé Usa avait étourdiment saisi le coffre, l'arche de l'Alliance, comme on l'appelait, alors qu'elle menaçait de glisser du char pendant son transport, et il était aussitôt tombé mort. C'était également une décharge dynamique, transcendante, résultat de la négligence du roi David, monarque qui jouait trop de la harpe et ne comprenait déjà plus rien... En vrai Philistin, il avait ordonné qu'on mît la caisse sur un char au lieu de la faire porter sur des brancards selon la prescription bien fondée du Pentateuque. David, précisément, était aussi éloigné des origines et abêti, pour ne pas dire abruti, que Salomon. Il ne se doutait pas des dangers dynamiques d'un recensement. En organisant le dénombrement d'Israël, il avait porté un sévère coup biologique, déclenché une épidémie, une mortalité où se traduisait la réaction facilement prévisible des forces métaphysiques populaires, car un véritable peuple ne pouvait supporter cet enregistrement mécanique, le morcellement d'un ensemble dynamique en particules individuelles...

Breisacher fut charmé de l'interruption d'une dame : elle n'aurait pas cru qu'un dénombrement du peuple fût un si grand péché.

— Péché ? répéta-t-il en exagérant l'interrogation. Non, dans la religion authentique d'un peuple authentique, des notions théologiques aussi faibles que « péché » et « châtiment » ne se présentent même pas dans leur rapport causal éthique. Il s'agit ici de la causalité de la faute, de l'accident fonctionnel. La religion et l'éthique n'ont rien de commun, sinon que celle-ci représente la dégénérescence de celle-là. Tout ce qui est moral constitue une déformation « purement spirituelle » du rituel. Quoi de plus lamentablement abandonné de Dieu que la « spiritualité pure » ? Aux religions universelles sans caractère spécifique, il a été réservé de transformer la prière *sit venia Verbo* en un acte de mendicité, une quête de la grâce, un « ah ! Seigneur » et « mon Dieu ! miséricorde ! » un « au secours ! » et « donnez-moi ! Ayez la bonté !... » La soi-disant prière...

— Pardon, protesta von Riedesel, cette fois avec une véhémence marquée, ce qui est juste est juste mais chapeau bas devant la prière, cela a toujours été mon...

— La prière, acheva le Dr Breisacher impitoyable, est la forme tardive, vulgarisée, diluée de rationalisme, d'un phénomène très énergique et violent : le rite magique conjuratoire, la contrainte de Dieu.

Le baron me faisait vraiment pitié. Je le sentais bouleversé jusqu'au fond de l'âme. Certe façon effroyablement subtile de jouer la carte de l'atavisme, ce souci radical de la conservation dépassaient son conservatisme de gentilhomme, n'avaient plus rien de gentilhommesque, prenaient plutôt une allure révolutionnaire, semblaient plus désagrégateurs encore que le libéralisme ; et cependant, malgré tout, comme par dérision, il y avait là une sorte d'attrait louablement préservateur. Je m'imaginai que ces émotions préparaient à Son Excellence une nuit insomnieuse, en quoi ma compassion exagérait peut-être un peu. Au surplus, dans les propos de Breisacher, tout ne se tenait pas : on eût pu facilement le contredire, lui faire remarquer que le mépris spirituel de l'holocauste ne se rencontre pas chez les seuls Prophètes mais aussi dans le Pentateuque même, chez Moïse qui déclare sans ambages que le sacrifice est accessoire et met l'accent sur l'obéissance envers Dieu et l'observance des commandements divins. Toutefois l'homme de sensibilité délicate répugne à contredire, à entamer par des contre-arguments logiques ou historiques une ordonnance de pensées étudiée et, même dans l'élément antispirituel, il honore et ménage l'esprit. On voit aujourd'hui que l'erreur de notre civilisation fut de pousser ce ménagement et ce respect trop loin, avec trop de magnanimité quand elle avait affaire, dans l'autre camp, à l'insolence toute nue et à la plus irréductible intolérance.

Je pensais à toutes ces choses lorsque au début des présentes notes j'ajoutais, comme restriction à l'aveu de ma sympathie pour les juifs, que j'avais parfois rencontré sur ma route des échantillons assez agaçants de cette race et le nom de l'érudit Breisacher a échappé prématurément à ma plume. Au reste, peut-on faire grief à l'esprit juif, si la finesse de son ouïe et sa réceptivité pour le futur, le nouveau, se manifestent même dans des situations embrouillées où l'avant-garde rejoint la réaction ? Quoi qu'il en soit, ce fut tout d'abord chez les Schlaginthaufen et précisément à travers ce Breisacher que j'effleurai pour la première fois le monde nouveau de l'antihumanisme que ma tolérance ne soupçonnait pas jusqu'alors.

## XXIX

Le carnaval de 1914 à Munich m'a laissé un souvenir vif ou pour mieux dire fatidique. Semaines de laisser-aller et de fraternisation, les joues échauffées par la fête entre l'Épiphanie et le Mercredi des Cendres, les nombreuses réunions publiques ou privées auxquelles, encore jeune professeur au gymnase de Freising, je pris part soit seul, soit en compagnie d'Adrian. Le dernier carnaval avant le déclenchement de la guerre de quatre ans qui pour notre regard historique rejoint l'épouvante des jours actuels et les amalgame en une seule époque. La première guerre mondiale, comme on l'appela, mit définitivement fin à l'innocence de vivre que connut la ville au bord de l'Isar, à sa quiétude dionysiaque, si j'ose dire.

Ce fut aussi le temps où s'amorcèrent sous mes yeux, dans le cercle de nos relations, certains développements de destins privés. Presque inaperçus du reste du monde, ils devaient aboutir à des catastrophes dont il sera également parlé dans ces pages, en partie parce qu'elles touchèrent de près la vie et le sort de mon héros, Adrian Leverkühn, et aussi parce que mon ami y fut impliqué et agit, j'en ai la certitude profonde, d'une façon mystérieusement homicide.

Je ne fais pas allusion au sort de Clarissa Rodde, la fière et ironique blonde qui se divertissait aux jeux macabres. Elle vivait encore chez sa mère et prenait part aux réjouissances du carnaval mais déjà elle se préparait à quitter la ville pour jouer les jeunes premières en province, engagement que lui avait procuré son professeur, père noble au théâtre de la cour. Un malheur devait en résulter dont son mentor artistique, le nommé Seiler, un homme d'expérience, ne porte d'ailleurs nullement la responsabilité. Il avait écrit un jour à la « sénatrice » Rodde que son élève était, il est vrai, d'une intelligence hors ligne et pleine d'enthousiasme pour la scène mais que le talent de Clarissa ne suffirait pas à lui assurer une carrière brillante. Elle manquait de ce qui est la base première de tout art dramatique, l'instinct de la comédienne, la fibre théâtrale comme on l'appelle et, par scrupule, il lui déconseillait de persévérer dans la voie où elle s'était lancée. Ce verdict avait provoqué chez Clarissa une crise de larmes. Sa mère s'en émut et le comédien de la cour Seiler, qui d'ailleurs s'était mis à couvert par sa lettre, fut invité à terminer l'instruction de la jeune fille et à lui trouver, grâce à ses relations, un rôle de débutante.

Depuis que s'est dénoué le déplorable sort de Clarissa, vingt-quatre ans se sont écoulés. Je vais en rendre compte en respectant l'ordre chronologique. Je songe ici également au destin de sa délicate et douloureuse sœur Inès éprise de passé et de souffrance, et aussi à celui du pauvre Rudi Schwerdtfeger. Tout à l'heure je l'évoquais avec effroi quand je n'ai pu m'empêcher d'indiquer à demi-mot la place qu'Adrian Leverkühn, le solitaire, fut amené à tenir dans ces événements. Le lecteur déjà habitué à mes anticipations voudra bien n'y point voir du dérèglement ni une négligence littéraire. Simplement, j'envisage de loin, avec crainte et souci, avec terreur, certaines choses que j'aurai à raconter par la suite. Cette perspective m'accable et je cherche à répartir le poids sur divers points de mon récit en y faisant prématurément des allusions, au vrai perceptibles pour moi seul — bref en les tirant à moitié de mon sac. Ainsi je crois m'alléger la peine de l'aveu à venir, leur ôter l'aiguillon de l'épouvante, adoucir leur caractère sinistre. Ceci pour m'excuser d'une « faute technique » de narration et expliquer ma détresse. Adrian — ai-je besoin de l'ajouter — demeura étranger à la genèse de ces incidents. Il leur accorda à peine un coup d'œil et en fut informé par moi qui éprouvais beaucoup de curiosité mondaine, dirai-je de sympathie humaine ? Voici les faits.

Je l'ai déjà laissé entendre, les deux sœurs Rodde, Clarissa et Inès, ne s'accordaient pas très bien avec leur mère, la « sénatrice ». Souvent elles insinuaient que l'allure à moitié bohème bien que discrète, légèrement lascive, de leur salon leur donnait sur les nerfs ; déracinées, fidèles à une bourgeoisie patricienne dont elles conservaient encore quelques épaves sous forme de meubles, toutes deux s'efforçaient, dans des directions différentes, d'échapper à cet état hybride. La fière Clarissa s'évadait vers une carrière artistique pour laquelle (son maître le constata au bout de quelque temps) elle n'avait pas d'aptitude innée. La mélancolique et fine Inès, foncièrement effrayée par la vie, cherchait un refuge dans l'asile moral d'une situation bourgeoise assurée ; seul un mariage respectable pouvait le lui donner, conclu si possible par inclination, mais sinon, vaille que vaille, sans amour. Inès s'engagea donc dans cette voie, naturellement avec le consentement chaleureux et sentimental de sa mère — et tout comme sa sœur, elle échoua. L'événement devait tragiquement le démontrer, l'idéal du mariage ne lui convenait pas personnellement, non plus qu'une époque qui devait tout saper et bouleverser n'était propice à sa réalisation.

En ce temps-là donc, elle fut recherchée par un certain Dr Helmut Institoris, esthète et historien d'art, *privat-dozent* à l'École supérieure technique où, tout en faisant passer de main en main des photographies dans la salle de cours, il commentait la théorie esthétique et l'architecture de la Renaissance. Il avait de fortes chances d'être nommé un jour à l'Université et de devenir professeur titulaire, académicien, etc., surtout si, célibataire issu d'une famille aisée de Wurzburg, héritier présomptif d'un patrimoine important, il renforçait sa respectabilité en fondant un foyer appelé à devenir le rendez-vous de la société. Il songeait donc à se marier sans se préoccuper de la situation matérielle de la jeune fille élue ; au contraire, il était je crois de ces hommes qui dans le mariage veulent tenir les cordons de la bourse et savoir leur épouse entièrement à leur merci.

Ce n'était pas l'indice d'un caractère conscient de sa force. Fort, en effet, Institoris ne l'était point. On s'en apercevait à son admiration esthétique pour la violence et la luxuriance débridées. C'était un dolychocéphale blond, plutôt petit, tiré à quatre épingles, aux cheveux lisses un peu gominés, divisés par une raie. Une moustache blonde ombrait légèrement ses lèvres et l'expression délicate, noble, de ses yeux bleus derrière les lunettes d'or rendait inexplicable son culte de la brutalité — bien entendu, uniquement alliée à la beauté — ou plutôt l'expliquait parfaitement. Il appartenait à un type, produit de ces décennies d'avant-guerre qui, selon la frappante expression de Baptiste Spengler, « pendant que la tuberculose flambe sur ses pommettes ne cesse de crier : « Ah ! que la vie est forte et belle ! »

Institoris, lui, ne criait pas, il susurrait d'une voix lente, même lorsqu'il célébrait dans la Renaissance une époque « toute fumante de sang et de beauté ». Poitrinaire, il ne l'était pas davantage, à peine avait-il, comme presque tout le monde, subi une légère poussée de tuberculose en sa prime jeunesse ; mais fragile et nerveux, il souffrait du grand sympathique, du plexus solaire d'où dérivent tant d'angoisses et de pressentiments funèbres sans fondement et il était l'habitué d'un sanatorium pour riches, à Méran. Manifestement, il comptait, d'accord avec ses médecins, que l'équilibre d'une douillette vie conjugale exercerait une action revigorante sur sa santé.

Durant l'hiver 1913-1914, il rechercha donc notre Inès Rodde d'une façon qui laissait présager de futures fiançailles. Celles-ci se firent d'ailleurs attendre assez longtemps, pendant la première période de la guerre : des deux côtés, l'inquiétude et la scrupulosité incitèrent à un long et minutieux examen du problème : étaient-ils faits l'un pour l'autre ? Mais soit dans le salon de la « sénatrice » où Institoris s'était fait dûment introduire, soit aux fêtes publiques, on voyait souvent le jeune couple isolé en aparté, dans un coin, en train de débattre, semblait-il, la question ouvertement ou à mots voilés ; et l'observateur bienveillant, entrevoyant des préliminaires ou une ébauche de fiançailles, se sentait involontairement tenu de s'associer à cette discussion dans son for intérieur.

Que Helmut eût jeté les yeux sur Inès, on pouvait s'en étonner au début et finir par le comprendre fort bien. Avec son âme fragile, son regard embué d'une tristesse distinguée, son petit cou penché de biais en avant et ses lèvres pincées en une moue fugitive et légèrement mutine, elle n'avait rien d'une femme de la Renaissance, mais le prétendant eût été bien incapable de vivre avec son idéal esthétique ; sa supériorité masculine se serait révélée nettement déficiente. Il suffisait de se le représenter à côté d'un tempérament vibrant comme Orlanda, pour en avoir la conviction amusée. Au surplus, Inès n'était pas sans charme. On concevait à merveille qu'un homme en quête d'épouse s'éprit de sa lourde chevelure, de ses petites mains à fossettes, de sa jeunesse, de sa réserve de bon ton. Peut-être était-elle ce qu'il lui fallait. En dépit de ses origines patriciennes qu'elle soulignait, sa situation actuelle, sa transplantation l'avaient quelque peu déclassée. Elle ne risquait donc pas d'écraser Institoris ; au contraire, en la faisant sienne, il pouvait se flatter de l'élever sur l'échelle mondaine, de la réhabiliter. Une mère, veuve appauvrie et éprise de plaisir ; une sœur qui se destinait aux planches ; un milieu plus ou moins bohème, toutes ces conditions n'étaient pas de nature à déplaire au candidat, d'autant que cette alliance n'était pas une déchéance sociale, sa carrière n'en serait pas compromise et Inès, convenablement pourvue par la sentimentale « sénatrice » d'un trousseau et peut-être aussi d'argenterie, serait une femme d'intérieur accomplie qui tiendrait impeccablement son rang.

Ainsi m'apparaissait la situation envisagée sous l'angle du Dr Institoris. Essayais-je de la considérer avec les yeux de la jeune fille, l'union me semblait moins assortie. Ce petit homme malingre et préoccupé de lui-même, fin, cultivé, mais sans prestance (il avait une démarche trottinante) je ne pouvais imaginer qu'il offrît le moindre attrait à l'autre sexe et pourtant je sentais qu'Inès, en dépit de sa virginité sévèrement préservée, avait au fond besoin d'un appel de ce genre. A cela s'ajoutait l'antagonisme de leurs tendances philosophiques, de leur conception de la vie. C'était, ramenée à sa plus brève formule, l'antinomie même entre l'esthétique et l'éthique qui dominait en grande partie la dialectique culturelle de l'époque et dans une certaine mesure s'incarnait en ces deux jeunes gens ; le contraste entre une glorification doctrinaire de la « vie » dans son insolente irréflexion et le culte pessimiste de la souffrance avec sa profondeur et sa lucidité. On peut dire qu'à son origine cette contradiction s'incarna en un être unique et ne se scinda en deux moitiés hostiles qu'avec le temps. Le Dr Institoris était — bonté divine ! dira-t-on — un homme de la Renaissance jusqu'à la moelle des os et Inès Rodde très nettement une fille de la morale pessimiste. Elle n'avait aucune sympathie pour le monde « fumant de sang et de beauté » et quant à la vie, elle cherchait précisément à se protéger contre ses assauts par un mariage bourgeois, distingué, matériellement bien capitonné et, dans la mesure où cela se pouvait, susceptible de lui épargner tous les heurts. Ironie du sort, l'homme — ou l'homoncule — qui semblait lui offrir ce refuge était l'apôtre enthousiaste d'une belle perversité et des empoisonnements à l'italienne.

Se livraient-ils à des controverses sur la conception du monde, dans leurs tête-à-tête ? J'en doute. Vraisemblablement, ils parlaient de sujets plus proches d'eux et supputaient leur avenir en cas de fiançailles. La philosophie était réservée aux entretiens mondains d'un ordre plus relevé. Je me rappelle diverses circonstances où, dans un cercle élargi, au buffet d'une salle de bal, leurs opinions s'affrontèrent. Ainsi Institoris soutenait que seuls les hommes aux instincts forts et brutaux étaient capables de créer de grandes œuvres. Inès protestait : les plus belles créations de l'art étaient dues à des natures très chrétiennes, tourmentées par leur conscience, affinées par la souffrance et sombres devant la vie. Ces thèses contradictoires me semblaient oiseuses et influencées par l'époque. Elles ne rendaient pas justice à la réalité, à l'équilibre (rarement atteint et toujours précaire) de vitalité et d'infirmité dont se compose manifestement le génie ; mais ici, l'une des parties défendait ce qui constituait son essence propre, la morbidité de la vie, et l'autre ce qui était l'objet de son adoration, à savoir la force, et il fallait les laisser dire.

Un jour, je m'en souviens, nous étions tous réunis (les Knöterich, Zink et Spengler, Schildknapp et son éditeur Radbruch étaient également présents). Une dispute amicale éclata, non point entre les amoureux comme on aurait pu commencer à les appeler, mais d'une manière presque comique, entre Institoris et Rudi Schwerdtfeger en gentil costume de chasse, qui se trouvait parmi nous. Je ne sais plus trop de quoi il s'agissait. En tout cas, la divergence naquit d'une innocente réflexion de Schwerdtfeger, émise sans qu'il y attachât d'importance. Pour autant que je me rappelle, elle se rapportait au « mérite », aux résultats de l'effort, la tension de la volonté et la victoire sur soi. Rudolf en faisait sincèrement l'apologie. Il ne comprit pas quelle mouche piquait Institoris lorsque celui-ci contesta son jugement et refusa de reconnaître un mérite à base de suées. Du point de vue de la beauté, affirmait Helmut, il fallait célébrer non la volonté mais le don inné qui seul avait de la valeur. L'effort était vulgaire. Se devait qualifier de distingué et partant, de méritoire, ce qui s'accomplissait d'instinct, involontairement et avec aisance. Or, le bon Rudi n'avait rien d'un héros et d'un dompteur de ses désirs, il n'avait de sa vie rien fait qui ne lui fût facile, comme par exemple sa remarquable virtuosité de violoniste. Mais la contradiction l'horripila et tout en soupçonnant obscurément qu'il y avait là un sens caché « supérieur », à lui inaccessible, il ne l'admit point. Avançant ses lèvres renflées d'indignation, il scrutait du regard le visage d'Institoris, et ses yeux bleus plongeaient tour à tour dans la prunelle droite ou gauche du professeur.

— Non, comment ? voyons, c'est absurde, dit-il d'une voix un peu sourde et contrainte qui trahissait qu'il n'était pas très sûr de son terrain. Le mérite est un mérite, et le don n'en est pas un. Tu parles toujours de beauté, docteur, il est pourtant très beau que quelqu'un prenne sur soi et tâche d'améliorer ses dispositions naturelles. Qu'en dis-tu, Inès ? Il se tourna vers elle, quêtant une aide, et dans sa question se traduisait de nouveau une naïveté parfaite, car il ignorait l'intransigeance que dans ce domaine Inès Rodde opposait à Helmut.

— Tu as raison, répondit-elle et une légère rougeur colora son visage. En tout cas, moi, je te donne raison. Le don nous récrée, mais dans le mot « mérite » entre une admiration qui ne saurait s'adresser au don ni en général à l'instinct.

— Là, tu vois bien ! s'écria Schwerdtfeger triomphant, et Institoris repartit en riant :

— Évidemment, tu es allé frapper à la bonne porte.

Or, il se passait là on ne sait quoi d'insolite et sans doute chacun le sentit malgré soi ou du moins fugitivement. Cet on ne sait quoi se manifesta aussi dans la rougeur d'Inès, longue à s'effacer. Il était bien dans sa ligne de donner tort à son soupirant sur le point litigieux et sur d'autres analogues ; mais se rallier à l'opinion du jeune Rudolf n'était pas dans sa ligne. Il ne soupçonnait pas l'existence de l'immoralisme et comment approuver quelqu'un qui ne sait rien de la thèse contraire — du moins avant de la lui avoir expliquée ? La sentence d'Inès, encore que logiquement naturelle et justifiée, avait donc un caractère tant soit peu déconcertant que souligna pour moi l'éclat de rire dont sa sœur Clarissa accompagna le triomphe immérité de Schwerdtfeger. Chaque fois que la supériorité — pour des raisons qui n'avaient rien de supérieur — se trouvait un peu compromise, cette altière personne au menton trop bref ne manquait pas de s'en apercevoir et tout aussi infailliblement, elle était d'avis qu'en l'occurrence il n'y avait pas eu compromission.

— Eh bien ! s'écria-t-elle, Rudolf, hop ! Remerciez donc ! Lève-toi, mon garçon, et salue ! Va chercher une glace à ta sauveteuse et engage-la pour la prochaine valse !

C'était sa tactique habituelle. Elle se rangeait fièrement du côté de sa sœur et disait toujours « hop ! » chaque fois qu'elle croyait la dignité fraternelle en jeu. « Allons, hop ! » disait-elle aussi à Institoris, le prétendant, lorsque la galanterie de ce dernier se montrait un peu lente et en défaut. Au surplus, par orgueil, elle prenait toujours fait et cause pour la supériorité, veillait sur elle et se montrait fort étonnée si on ne lui rendait pas immédiatement hommage. « Si *celui-là* attend quelque chose de *toi,* semblait-elle vouloir dire, il te faudra te grouiller ! »

Je me rappelle qu'elle dit une fois à Schwerdtfeger « hop ! » à cause d'Adrian. Il avait exprimé je ne sais plus quel souhait au sujet d'un concert Zapfenstösser (il s'agissait, je crois, d'obtenir une carte pour Jeannette Scheurl) et Schwerdtfeger avait élevé une objection quelconque. « Allons, Rudolf, hop ! s'était-elle écriée. Pour l'amour du ciel, qu'y a-t-il donc ? Vous faut-il des jambes pour marcher ? »

— Non, pas du tout ! protesta-t-il. Je suis certainement... Mais...

— Il n'y a pas de mais ! décréta-t-elle en le toisant de haut, sur un ton de blâme mi-plaisant, mi-sérieux. Adrian et Schwerdtfeger se prirent à rire — et celui-ci, en faisant sa fameuse grimace gamine du coin de la bouche, accompagnée du tic de l'épaule, promit de tout arranger.

On eût dit que Clarissa voyait en Rudolf une sorte de prétendant qui devait « se grouiller ». Effectivement, il s'évertuait sans cesse, de la façon la plus naïve et familièrement impudente, à entrer dans les bonnes grâces d'Adrian. Elle essaya souvent de connaître mon avis sur le prétendant sérieux qui courtisait sa sœur. Au reste, Inès agissait de même, d'une façon plus délicate, plus retenue, comme si elle avait immédiatement un sursaut rétractile et voulait tout à la fois entendre et ne pas entendre, ne pas savoir. Les deux sœurs avaient confiance en moi, elles semblaient m'estimer assez pour m'attribuer des qualités d'estimateur, lesquelles d'ailleurs, si la confiance doit être complète, comportent une sereine neutralité qui vous place en dehors du jeu. Le rôle du confident est toujours à la fois réconfortant et pénible car il présuppose qu'on ne compte guère. Pourtant, me suis-je dit souvent, combien il vaut mieux inspirer confiance aux gens que d'exciter leurs passions, combien il vaut mieux passer pour « brave homme » que pour « beau » !

Aux yeux d'Inès Rodde le brave homme entretenait avec le monde un rapport purement moral et non point à base d'excitation esthétique. De là le crédit qu'elle m'accordait. Je dois pourtant ajouter que je m'acquittais de ma tâche auprès des sœurs de façon un peu différente et adaptais mes jugements à la personne de la questionneuse. Avec Clarissa, je m'abandonnais beaucoup plus, je dissertais en psychologue sur les mobiles du choix encore hésitant d'Institoris, hésitation d'ailleurs point unilatérale, et je m'égayais un peu aux dépens du gringalet qui divinisait « les instincts brutaux ». Elle semblait me comprendre. Il en allait autrement quand Inès m'interrogeait. Je ménageais alors les sentiments que je lui prêtais *pro forma* et sans trop y croire. Je respectais surtout les motifs raisonnables pour lesquels selon toute prévision elle épouserait cet homme et je vantais sans excès les qualités solides, le savoir, la netteté morale, les belles chances d'avenir d'Institoris. Il était assez épineux de donner à mes paroles une chaleur suffisante tout en me gardant d'exagérer. Confirmer la jeune fille dans ses doutes et la dégoûter du refuge auquel elle aspirait me semblait une responsabilité aussi lourde que de la pousser à triompher de ses atermoiements. Parfois, pour une raison particulière, j'éprouvais encore plus de scrupule à la persuader qu'à la dissuader.

En effet, bientôt lasse d'entendre mon opinion sur Helmut Institoris, elle alla plus loin dans sa confiance, la généralisa en quelque sorte et me demanda mon sentiment sur d'autres personnes de notre cercle, mettons Zink et Spengler ou Schwerdtfeger. Que pensais-je de son jeu, de son caractère ? L'estimais-je ? Dans quelle mesure ? Quel dosage de sérieux ou d'humour entrait dans cette estime ? Après mûre réflexion, je lui répondais avec toute l'équité possible, exactement comme dans ces pages j'ai déjà parlé de Rudolf. Elle m'écoutait attentivement pour compléter par des remarques personnelles ma louange amicale mais restrictive. A mon tour, je ne pouvais que l'approuver mais ses observations me frappaient par leur instance, cette instance douloureuse d'ailleurs en accord avec la nature de la jeune fille. Son regard voilé de méfiance envers la vie avait pourtant, en la conjoncture, quelque chose de déconcertant.

Après tout, elle connaissait le séduisant jeune homme depuis bien plus longtemps que moi et se trouvait sur un pied quasi fraternel avec lui ; quoi d'étonnant si elle l'avait étudié de plus près et si à ses heures d'expansion elle pouvait le définir avec plus de précision que moi ? C'est, déclarait-elle, un garçon sans vices (elle ne dit pas ce mot mais un autre plus atténué, toutefois elle le sous-entendait clairement). Un être pur. De là sa confiante familiarité, la pureté étant prompte à la confiance. (Parole émouvante dans sa bouche car elle-même ne se montrait guère confiante sauf exceptionnellement avec moi.) Il ne buvait pas. Rien que du thé légèrement sucré sans crème, il est vrai trois fois par jour. Il ne fumait pas ou tout au plus à l'occasion, et sans être esclave de l'habitude. Pour lui le flirt remplaçait tous les stupéfiants (je crois bien qu'elle s'exprima ainsi) et tous les narcotiques. Il s'y consacrait et semblait né pour le pratiquer, de préférence à l'amour et à l'amitié qui tous deux, selon sa nature et en quelque sorte entre ses mains, tournaient au flirt. Léger ? Oui et non. Certes pas de façon vulgaire et banale. Il suffisait de le comparer à Bullinger, l'industriel, si imbu du sentiment de ses richesses et qui fredonnait volontiers ironiquement :

> Cœur joyeux, sang vigoureux
> valent plus que les écus !

à seule fin de rendre les gens encore plus envieux de sa fortune. Cependant on avait quelque peine à se rappeler toujours la valeur de Rudolf à cause de sa gentillesse, sa coquetterie, son dandysme mondain, bref sa sociabilité un peu inquiétante. Ne trouvais-je pas, demanda Inès, que ce tempérament d'artiste élégant et plein d'entrain, dans un cadre comme, par exemple, celui de la gracieuse fête de l'époque Biedermeyer[1] au Cococello Club (à laquelle nous avions récemment assisté), offrait un contraste angoissant avec la tristesse et les inquiétudes de la vie ? La connaissais-je aussi, cette terreur devant le vide et le néant intellectuels qui se dégage dans une réunion moyenne, en violent contraste avec l'excitation fiévreuse provoquée par les vins, la musique et le courant sous-jacent des rapports humains ? Parfois, on voit quelqu'un engagé dans une conversation, garder machinalement les apparences et l'on sent néanmoins

---

1. *Style qui prévalut dans la première moitié du XIXe siècle.*
(N. d. l. T.)

que sa pensée est ailleurs et qu'il épie une autre personne... Et l'effritement du décor, le désordre grandissant, l'image souillée d'un salon vers la fin de la réception ! Elle avoua que pour sa part, souvent après une soirée, il lui arrivait de pleurer dans son lit, une heure durant...

Elle continua sur ce ton, exprima encore son chagrin et des critiques générales, en semblant avoir oublié Rudolf. Mais quand elle revint à son sujet, il était manifeste qu'elle n'avait pas cessé d'y penser. Lorsqu'elle parlait de son dandysme mondain, elle entendait, dit-elle, quelque chose de très innocent qui pouvait prêter à rire et néanmoins vous rendait mélancolique. Rudolf arrivait toujours le dernier dans une réunion, par besoin de se faire attendre. Ensuite, il tablait sur la concurrence, la jalousie, racontant qu'il avait été la veille dans telle maison, chez les Langewiesch ou ailleurs, par exemple chez les Rollwagen qui avaient deux filles « racées » (rien que d'entendre le mot « racé » je suis prise de panique). Mais il le racontait comme en se justifiant, en vous apaisant, de l'air de dire : « Je suis bien obligé d'y faire une apparition de temps en temps » et l'on pouvait être certain qu'il tenait le même langage à tous, pour donner à chacun l'illusion qu'il préférait sa compagnie, comme si les gens y attachaient une extrême importance. Sa certitude de procurer ainsi un vif plaisir ne laissait pas d'être contagieuse. Il venait à cinq heures prendre le thé et prétextait un engagement entre cinq heures et demie et six, quelque part ailleurs, chez les Langewiesch ou les Rollwagen, ce qui était parfaitement faux. Puis il s'attardait jusqu'à six heures et demie en signe qu'il goûtait davantage votre société, qu'il était fasciné — tant pis si les autres l'attendaient — et il avait tellement la conviction de vous charmer, qu'en vérité on finissait par se réjouir sincèrement.

Nous riions mais j'y apportais de la réserve, voyant le chagrin inscrit entre ses sourcils. Avec cela, elle parlait comme si elle croyait nécessaire (mais peut-être le croyait-elle ?) de me mettre en garde contre les amabilités de Schwerdtfeger, de m'empêcher d'en faire trop grand cas... Il n'y fallait pas attacher d'importance. Une fois, dans un salon, Inès avait entendu par hasard, d'un peu loin, mot pour mot, Rudolf retenir une personne qu'elle savait très bien lui être indifférente, avec de gentilles phrases familières : « Partez pas, soyez chic, restez donc ! » Depuis lors, de telles adjurations de sa part — comme il avait pu lui en adresser à elle-même et à moi aussi sans doute — avaient perdu à jamais leur valeur.

Bref, elle confessait une douloureuse méfiance à l'égard de son sérieux, de ses témoignages de sympathie, de ses attentions. Était-on malade, il venait vous voir. Or, je l'apprendrais un jour à mes dépens, il le faisait simplement pour « se montrer gentil » et parce qu'il le jugeait convenable, par bienséance mondaine et non mû par un élan plus profond. Il ne fallait surtout pas le prendre au sérieux. On devait également s'attendre à de vérirables manques de tact, comme l'affreuse exclamation : « Il y a déjà tant de malheureuses ! » Elle l'avait entendue de ses propres oreilles. Quelqu'un avait recommandé à Rudolf en plaisantant de ne pas faire souffrir une jeune fille ou peut-être s'agissait-il d'une femme mariée ; et il avait répondu avec pétulance : « Bah ! il y a déjà tant de malheureuses ! » Après cela, on ne pouvait que penser : « Le ciel vous préserve ! Quelle abjection risible que de faire jamais partie de ce troupeau-là ! »

Elle se défendit d'ailleurs d'avoir la dent trop dure. Peut-être l'avait-elle eue en employant le mot abjection ? Je ne devais pas m'y méprendre. Rudolf, à n'en point douter, avait un certain fonds de noblesse. Parfois, en société, on pouvait par une réponse modérée, un simple regard calme et déconcerté, l'arracher à son humeur bruyante, habituelle, le ramener à plus de gravité. Il semblait par moments vraiment converti, extraordinairement malléable comme il était. A ces moments, les Langewiesch et Rollwagen ou quel que fût leur nom ne pesaient pas plus lourd pour lui qu'ombres et fantômes, mais il lui suffisait de respirer une autre atmosphère, d'être exposé à d'autres influences, pour se montrer distant et qu'un détachement complet, sans espoir, remplaçât la confiance, la mutuelle compréhension. Il le sentait ensuite car il était sensible et cherchait avec contrition à se faire pardonner. C'était comique et attendrissant ; pour rentrer en grâce, il rappelait alors un mot plus ou moins bon qu'on avait dit un jour, ou une citation littéraire qu'on se trouvait avoir faite, en signe qu'il n'avait pas oublié et qu'il se sentait également à l'aise dans les sphères supérieures. Il y avait là de quoi pleurer. Et puis sa façon de partir ce soir-là révélait à la fois son remords et son souci de corriger la mauvaise impression. Il prenait congé de vous avec des badinages patoisants auxquels vous faisiez grise mine et votre fatigue réagissait peut-être un peu douloureusement. Puis après avoir distribué des poignées de main à la ronde, il revenait sur ses pas et disait simplement et chaleureusement « adieu » et cette fois, bien entendu, on lui répondait d'un ton plus chaud. Ainsi, il partait en beauté car il ne pouvait s'en passer. Sans doute recommençait-il le même manège aux autres réunions où il se rendait ce même soir...

Voilà-t-il assez ? Ceci n'est pas un roman où l'auteur éclaire d'un jour indirect le cœur des personnages qu'il met en scène. Biographe, il m'incombe d'appeler les choses par leur nom et de constater tout uniment les faits moraux qui eurent une répercussion sur la vie de mon héros. Mais après les singulières remarques que ma mémoire vient de dicter à ma plume, remarques d'une intensité je voudrais dire spécifique, aucune équivoque ne saurait subsister : Inès Rodde aimait le jeune Schwerdtfeger. Deux questions peuvent seulement se poser : le savait-elle ? et quand, à quelle époque ses rapports de camaraderie fraternelle avec le violoniste avaient-ils pris un caractère ardent et douloureux ?

A la première question, je répondrai par l'affirmative. Une fille si lettrée, si avertie psychologiquement et qui surveillait ses sentiments avec une sensibilité de poète, avait conscience de leur développement — pour étonnant et invraisemblable que la chose lui eût peut-être semblé au début. Son apparente naïveté à me montrer son cœur à nu, ne prouvait pas son ignorance ; ce qui ressemblait à de la candeur dérivait en partie d'un impérieux besoin de se livrer, en partie de sa confiance en moi, une confiance singulièrement déguisée. Elle feignait de me croire assez simple pour ne rien remarquer, ce qui eût été aussi une sorte de confiance, mais au fond elle savait que rien ne m'échappait de la vérité, et d'ailleurs le souhaitait. Je l'ajoute à mon honneur, elle savait son secret en bonnes mains. Il l'était assurément. Elle pouvait compter sur ma sympathie humaine et discrète, si difficile soit-il à un homme, de par son tempérament, de se transporter dans l'âme et la pensée d'une femme brûlant d'amour pour un autre. Il nous est plus facile de suivre les sentiments d'un homme pour une créature féminine même si elle nous laisse froid, que de partager l'émotion de l'autre sexe pour une personne du nôtre. Au fond, on ne la « comprend pas », on ne l'admet qu'objectivement par concession à la loi naturelle, et en l'occurrence l'homme se montre d'ailleurs plus bienveillant et patient que la femme, car celle-ci regarde généralement de travers la compagne qu'elle sait avoir enflammé un cœur masculin même s'il lui est indifférent.

Je ne manquais donc pas de bonne volonté amicale pour comprendre, bien que la nature m'interdît une compréhension subjective de ses sentiments. Mon Dieu ! ce petit Schwerdtfeger ! Au fond, il avait un peu du carlin dans les traits de son visage, une voix palatale, et tenait davantage de l'adolescent que de l'homme fait, soit dit tout en rendant hommage à la belle nuance bleue de ses yeux, à sa stature proportionnée, à ses talents captivants de violoniste et de siffleur, à sa gentillesse en général. Donc, Inès Rodde l'aimait, non pas aveuglément, mais avec une souffrance d'autant plus profonde ; et à part moi j'approuvais sa sœur, la moqueuse Clarissa, toujours impertinente à l'égard des hommes. Moi aussi, j'aurais voulu dire à Schwerdtfeger : « Hop ! Allons, mon garçon, pour qui vous prenez-vous ? Grouillez-vous, s'il vous plaît, sautez le pas ! »

Seulement, le saut, à supposer que Rudolf s'en fût reconnu l'obligation, n'était pas si simple. Car il y avait Helmut Institoris, le fiancé ou fiancé en perspective, Institoris, le prétendant — et j'en reviens à la question de savoir depuis quand les rapports fraternels d'Inès avec Rudolf avaient tourné à la passion. Mes facultés d'intuition humaine me l'apprenaient : c'était depuis que le Dr Helmut la recherchait d'homme à femme et avait commencé de la courtiser. J'en avais la conviction, et l'ai gardée. Inès ne se serait jamais éprise de Schwerdtfeger sans l'intrusion dans sa vie d'Institoris, le candidat au mariage. Il la sollicitait mais pour le compte d'un autre, si l'on peut dire. Cet homme moyen, en lui faisant la cour pouvait, par une association de pensées qui s'y rattachaient, éveiller la femme en elle, ses capacités allaient jusque-là. Mais la troubler en sa propre faveur, encore qu'elle fût prête à le suivre par raison — le pouvoir d'Institoris ne s'étendait pas si loin. Cette féminité d'Inès éveillée de sa léthargie se porta aussitôt vers un autre. Longtemps elle n'avait éprouvé consciemment pour lui qu'une affection nonchalante semi-fraternelle et voilà que soudain des sentiments tout diffé-rents à son égard se libérèrent. Non qu'elle vît en Rudolf un idéal digne d'elle ; mais sa mélancolie avide de malheur se fixa sur lui, à qui elle avait entendu dire avec mauvaise humeur : « Bah ! il y a déjà tant de malheureuses ! »

Autre anomalie. Voulant justifier son envoûtement, elle emprunta à l'insuffisant fiancé un peu de son admiration pour la vie instinctive dépouillée de spiritualité, pourtant si étrangère à ses propres conceptions, et ce furent les opinions mêmes d'Instiroris qui incitèrent en quelque sorte Inès à le duper. Aux yeux de sa tristesse clairvoyante, Rudolf ne représentait-il pas la douceur de la vie ?

Sur Institoris, simple théoricien de la beauté, il avait l'avantage de l'art, nourricier de la passion et qui transcende l'élément humain. La personne de l'aimé s'en trouve naturel-lement ennoblie et son prestige, presque toujours associé à d'enivrantes impressions artistiques, en reçoit un aliment nouveau. Au fond, Inès méprisait l'élan vers la beauté de cette ville jouisseuse où l'avait transplantée la curiosité d'une mère qui aspirait à une plus grande liberté de mœurs, mais en vue d'un établissement bourgeois elle prenait part aux fêtes d'un cercle mondain formant une vaste association artistique et par cela précisément dangereuse pour le repos qu'elle souhaitait. Ma mémoire a enregistré des images significatives et inquiétantes de cette époque. Je nous vois, les Rodde, peut-être les Knöterich et moi, après l'exécution particulièrement brillante d'une symphonie de Tchaïkovski, dans la salle Zapfenstösser, debout aux premiers rangs, parmi la foule et applaudissant. Le chef d'orchestre avair invité les musiciens à se lever pour partager avec lui l'ovation du public. Schwerdtfeger, pas très loin à gauche du premier violon qu'il allait sous peu remplacer, son instrument sous le bras, tourné vers la salle, échauffé et radieux, nous saluait d'un signe, affichant une intimité excessive. Pendant ce temps, je ne pus me défendre de jeter un coup d'œil à Inès ; la tête penchée en avant, de biais, la bouche pincée en une moue mutine appliquée, elle fixait obstinément son regard sur un autre point, sur le chef d'orchestre, non, plus loin, quelque part vers les harpes. Ou bien, je vois Rudolf lui-même enthousiasmé par l'exécution impeccable d'un artiste de passage, debout au premier rang de la salle déjà presque vide, applaudir avec fougue en direction de la scène où le virtuose s'incline pour la dixième fois. Inès est à deux pas de lui, entre les chaises poussées en désordre : ce soir, elle n'a pas eu plus que nous de contact avec lui, elle le regarde et attend qu'il se lasse, qu'il se retourne, la remarque et la salue. Il ne se lasse pas et ne la remarque pas. Ou plutôt, il la voit du coin de l'œil ou si c'est trop dire : ses prunelles bleues ne sont pas rivées sur le héros, là-haut, elles ont viré légèrement, du côté où Inès attend, debout, mais il n'en interrompt pas pour autant sa manifestation enthousiaste. Encore quelques secondes, puis elle se détourne, blême, des plis de colère entre les sourcils et sort précipitamment. Aussitôt, cessant de rappeler le triomphateur, il la suit. Devant la porte, il l'a rejointe. Elle affecte un air de froide surprise de sa présence et même de ce qu'il existe, lui refuse une poignée de main, un regard, une parole, et s'éloigne à la hâte.

Je reconnais que je n'aurais pas dû consigner ici ces vétilles et ces miettes d'observation. Elles n'ont que faire dans un livre, elles pourront sembler niaises au lecteur et peut-être les trouvera-t-il oiseuses et me les reprochera-t-il. Qu'il me tienne du moins compte d'en avoir tu des centaines d'autres analogues, également captées par mes antennes de compatissant ami des hommes. Le malheur qui devait résulter de leur accumulation les a gravées dans ma mémoire. Des années durant, j'ai suivi la genèse d'une catastrophe, très insignifiante il est vrai dans le bouleversement général du monde, et j'ai gardé un silence rigoureux au sujet de mes constatations et de mes inquiétudes. Je m'en ouvris au seul Adrian, tout au début, à Pfeiffering ; pourtant j'étais peu enclin, et même j'éprouvais une certaine répugnance à l'entretenir d'incidents mondains, lui qui vivait dans un détachement ascétique des choses de l'amour. Je le fis néanmoins, racontai en confidence qu'Inès Rodde, sur le point de se fiancer avec Institoris, était cependant éprise de Rudi Schwerdtfeger, à en mourir.

Nous jouions aux échecs dans la salle de l'Abbé.

— Voilà du nouveau, dit-il. Tu voudrais bien me faire manquer mon coup et que je perde ma tour ?

Il sourit, secoua la tête et ajouta :

— Pauvre âme !

Puis après avoir médité encore son coup, il dit en marquant une pause entre les phrases :

— Au reste, ce n'est pas drôle pour lui. Qu'il veille à se tirer sain et sauf de l'aventure.

## XXX

Les premiers jours brûlants d'août 1914 me trouvèrent passant d'un train bondé à un autre, attendant dans des gares grouillantes de monde, aux quais encombrés de rangées de bagages en souffrance, pendant un voyage précipité de Freising à Naumburg où il me fallait rejoindre mon régiment en qualité de sous-maréchal des logis de réserve.

La guerre avait éclaté. Le destin qui si longtemps avait pesé sur l'Europe était déchaîné, déguisé dans les villes sous l'apparence d'une exécution parfaitement disciplinée, de tout ce qui était prévu et dressé. Il faisait rage sous forme d'épouvante, d'exaltation, de pathétique inéluctable, d'accablement dans les têtes et les cœurs devant la fatalité d'une sensation de force et d'acceptation du sacrifice. Peut-être (je le crois volontiers) ailleurs, dans les pays ennemis ou même alliés, ce court-circuit du destin produisit-il davantage l'impression d'une catastrophe, d'un *grand malheur* comme nous l'entendîmes si souvent en campagne, de la bouche de femmes françaises qui, il est vrai, avaient la guerre sur leur sol, dans leur chambre et leur cuisine : *Ah ! monsieur, la guerre, quel grand malheur*[1]. Dans notre Allemagne, on ne saurait le nier, ce fut en général un sentiment exalté, un enthousiasme historique, une explosion de joie, l'évasion hors de la routine quotidienne, l'affranchissement d'une stagnation mondiale impossible à prolonger, un élan vers l'avenir, un appel au devoir et à la virilité, bref, une fête héroïque. Mes élèves de première à Freising en avaient les joues enflammées et les yeux rayonnants. Le désir juvénile du risque et de l'aventure se confondait comiquement avec les avantages d'un *abitur*[2] bâclé d'urgence qui les libérait. Ils prenaient d'assaut les bureaux d'enrôlement et j'étais content de ne pas faire devant eux figure d'embusqué.

Au demeurant, je ne le nie pas, je partageais l'effervescence populaire que je me suis appliqué à décrire, encore que son bouillonnement, étranger à ma nature, me causât une certaine gêne. Ma conscience — ce mot employé ici au sens extra-personnel — n'était pas absolument pure. Une « mobilisation » de guerre a beau se donner les apparences farouchement rigides d'un devoir primant tous les autres, elle n'en a pas moins un peu d'un débridement de vacances sauvages, d'un rejet des devoirs privés, d'une école buissonnière, d'un débordement d'instincts violents ; elle a trop de tout cela pour qu'un homme posé comme moi puisse s'y sentir très à l'aise ; et le doute moral au sujet de savoir si la nation a mérité que cette aveugle projection hors de soi-même lui soit permise, s'allie à ces résistances de tempérament personnel. Ici intervient cependant le motif du sacrifice, du consentement à la mort. Il fait passer sur bien des choses et a pour ainsi dire le dernier mot après quoi il ne reste plus rien à ajouter. Si la guerre est ressentie plus ou moins consciemment comme une épreuve collective où l'individu, et aussi le peuple isolé, doivent tenir tête et être prêts à expier au prix de leur sang les faiblesses et les péchés

1. *En français dans le texte.*
2. *Examen de fin d'études.*

de l'époque dans lesquels les leurs sont inclus ; si la pensée de la guerre se présente à l'esprit comme une marche au sacrifice par quoi l'on dépouille le vieil homme pour accéder à une vie nouvelle, plus haute, la morale de tous les jours se trouve dépassée et doit s'incliner devant l'extraordinaire. En outre, je ne veux pas l'oublier, en ce temps-là, nous partîmes pour la guerre le cœur relativement pur, sans avoir le sentiment de nous être auparavant conduits chez nous de façon qu'un sanglant cataclysme mondial dût être la conséquence logique et fatale de notre comportement intérieur. Ce fut le cas, nous pardonne Dieu ! il y a cinq ans et non il y a trente ans. Le droit et la loi, *l'habeas corpus*, la liberté et la dignité humaines étaient encore passablement en honneur dans notre pays. Certes, les foucades du baladin et cabotin couronné, au fond très peu soldat et nullement créé pour la guerre, étaient pénibles à tout intellectuel et son attitude devant la culture, celle d'un imbécile attardé ; mais auprès des hommes de pensée il avait épuisé son crédit en gestes et en vaines réglementations. Libre en ce temps, la culture se maintenait à un niveau élevé et bien que depuis longtemps habitués à se dissocier complètement de l'État, ses jeunes représentants voyaient dans une grande guerre comme celle qui venait d'éclater, un moyen d'atteindre à une nouvelle forme de vie où État et culture se confondraient. Là d'ailleurs apparut, comme toujours chez nous, une singulière obsession de soi ; cet égocentrisme très naïf se soucie peu et même trouve très naturel que pour faciliter le développement du devenir allemand (et nous sommes toujours dans le devenir !) un monde plus évolué et nullement possédé d'un dynamisme catastrophique soit forcé de verser son sang avec nous. On nous en veut, et pas tout à fait à tort, car du point de vue éthique, le moyen par lequel un peuple accède à une forme plus haute de sa vie collective — dût le sang couler — ne devrait pas être la guerre extérieure, mais la guerre civile. Cependant celle-ci nous répugne extraordinairement, alors qu'il nous était indifférent — et nous trouvions au contraire magnifique — que notre unité nationale (et encore, une unité partielle faite de compromis) eût coûté trois lourdes guerres. Depuis trop longtemps déjà nous étions une grande puissance. Blasés sur notre situation, elle ne nous donnait plus la joie que nous en attendions. Avoué ou non, le sentiment que nous n'y avions rien gagné, que nos rapports avec le monde, loin de s'améliorer, avaient empiré, hantait les esprits. Une nouvelle percée semblait nécessaire pour imposer notre hégémonie mondiale, d'ailleurs irréalisable au moyen d'un travail moral exécuté chez nous. La guerre donc, et puisqu'elle était fatale, la guerre contre tous, pour convaincre et gagner la terre entière, tel était l'arrêt du destin (quel mot « allemand », d'une résonance préchrétienne, un motif musical de tragédie, de drame mythologique !) et dans un transport d'enthousiasme (que nous étions seuls à éprouver) nous partions, persuadés que l'heure séculaire de l'Allemagne venait de sonner ; que l'histoire étendait sa main sur nous ; qu'après l'Espagne, la France, l'Angleterre, c'était notre tour de marquer le monde à notre empreinte et de le guider ; que le XXe siècle nous appartenait et que l'ère bourgeoise instaurée quelque cent vingt ans plus tôt s'étant achevée, le monde se renouvellerait sous le signe germanique, le signe d'un socialisme militaire qu'on n'arrivait d'ailleurs pas à définir très exactement.

Cette représentation, pour ne pas dire cette idée, donimait les esprits, étroitement liée à celle que la guerre nous était imposée, qu'un devoir sacré nous appelait aux armes, des armes il est vrai minutieusement forgées et réglées. Peut-être leur perfection même, et aussi la crainte d'être envahis de tous les côtés, avaient-elles toujours inspiré la secrète tentation d'en faire usage. Notre force démesurée, c'est-à-dire la capacité de porter aussitôt la guerre sur le sol étranger, nous préservait de ce danger. Attaque et défense ne faisaient qu'un en notre cas ; ensemble, elles formaient le pathétique de l'épreuve, de l'appel prédestiné, de la grande heure, de la détresse sacrée. Les peuples du dehors pouvaient nous tenir pour des destructeurs du droit et de la paix, pour d'insupportables ennemis de la vie, nous avions le moyen de frapper le monde à la tête jusqu'à ce qu'il changeât d'avis sur notre compte et non seulement nous admirât mais nous aimât.

Surtout, qu'on ne croie pas à une plaisanterie de ma part. Il n'y a pas de quoi plaisanter, d'autant que je ne prétends pas m'être soustrait à l'émotion générale. Je la partageais sincèrement, bien que la retenue naturelle du savant m'interdît les hourras bruyants ; et même, par moments, quelques scrupules d'ordre critique s'agitèrent silencieusement au tréfonds de moi, un léger malaise d'éprouver des pensées et des sentiments grégaires. Mes pareils ont quelques doutes au sujet de savoir si les pensées de tout un chacun peuvent être justes. Et pourtant, pour l'homme supérieur, il y a aussi une grande jouissance à plonger une fois — et où cette occasion unique se présenterait-elle, sinon en un tel instant ? — à plonger tête baissée dans le collectif.

Je m'arrêtai deux jours à Munich pour faire mes adieux à quelques personnes et compléter mon équipement. La ville était en effervescence. Un esprit de gravité et de fête soufflait, avec des crises de panique et de fureur angoissée quand le bruit absurde se répandait que les conduites d'eau étaient empoisonnées ou qu'on croyait avoir découvert un espion serbe dans la foule. Soucieux de n'être pas pris pour tel et assommé par erreur, le D$^r$ Breisacher, que je rencontrai dans la Ludwigstrasse, avait orné son torse de nombreuses cocardes et de drapelets noir-blanc-rouge. Un frisson confiant accueillait l'état de guerre, la transmission du pouvoir suprême des autorités civiles aux militaires, à un général lançant des proclamations. Il était rassurant de savoir que les membres de la maison royale, appelés en qualité de commandants d'armée à leurs quartiers généraux, étaient encadrés de chefs d'état-major compétents et ainsi empêchés de causer d'augustes dommages. Une joyeuse popularité les accompagnait. Je vis des régiments, avec des fleurs au canon des fusils, sortir de la caserne, suivis de femmes pressant leur mouchoir sous leur nez, aux acclamations d'un public de civils vite rassemblés, auquel les garçons de ferme promus futurs héros souriaient d'un air fier et niais. J'ai vu un tout jeune officier en tenue de campagne, debout sur la plate-forme d'un tramway, le visage tourné vers l'arrière, manifestement inquiet de sa jeune existence, soudain se ressaisir et jeter un regard circulaire accompagné d'un rapide sourire, pour s'assurer que nul ne l'avait observé.

Je le répète, j'étais heureux de me savoir dans la même

situation que lui et de ne pas rester en marge de ceux qui formaient une couverture au pays. Au fond, j'étais, du moins pour l'instant, le seul de notre milieu à partir pour le front. Nous formions une population assez dense et forte pour nous offrir le luxe de choisir, de ménager les intérêts culturels, nous permettre de nombreux inaptes au service armé et ne jeter en avant que la jeunesse et la virilité intactes. Presque chez tous les nôtres, une tare physique se révéla, à peine soupçonnée auparavant, mais qui leur valut d'être exemptés. Le Sicambre Knöterich était légèrement tuberculeux, le peintre Zink sujet à des crises d'asthme coqueluchoïdes qui, par moments, le retranchaient de la société, son ami Baptiste Spengler souffrait, on le sait, d'un peu partout successivement. Le fabricant de papier Bullinger, encore jeune, était apparemment indispensable à l'arrière en sa qualité d'industriel ; et l'orchestre Zapfenstösser constituait un élément trop essentiel de la vie artistique de la capitale pour que tous ses membres, et donc Rudi Schwerdtfeger, ne fussent exonérés. On apprit à cette occasion, avec un étonnement passager, que Rudi avait autrefois subi l'ablation d'un rein. On sut qu'il vivait avec un seul de ces organes, très suffisamment d'ailleurs, semblait-il, anomalie que les femmes s'empressèrent d'oublier.

Je pourrais continuer et citer maint cas de mauvais vouloir, de protection, de favoritisme, dans les cercles des Schlaginhaufen et des dames Scheurl, près du Jardin Botanique, cercles par principe hostiles à cette guerre comme à la précédente, à cause des souvenirs de la Ligue du Rhin, de la francophilie, de l'animosité des catholiques contre la Prusse et autres dispositions analogues. Jeannette Scheurl était profondément malheureuse et près des larmes. La brutale explosion d'inimitié entre les deux nations auxquelles elle appartenait, la France et l'Allemagne, faites à son avis pour se compléter au lieu de s'affronter, la désespérait. *J'en ai assez jusqu'à la fin de mes jours*[1], s'écriait-elle en sanglotant avec colère. Malgré la divergence de nos sentiments, je ne lui refusais pas une sympathie d'homme éclairé.

1. *En français dans le texte.*

Je trouvais naturel que ces événements n'eussent aucune répercussion sur Adrian. J'allai lui faire mes adieux à Pfeiffering que le fils de la maison, Géréon, avait déjà quitté avec plusieurs chevaux pour rejoindre son régiment. J'y rencontrai Rüdiger Schildknapp qui, encore libre, était venu passer le week-end chez notre ami. Il avait servi dans la marine et y fut plus tard incorporé, mais démobilisé au bout de quelques mois. En alla-t-il très différemment en ce qui me concene ? Je le dis tout de suite, je restai en campagne à peine un an, jusqu'aux combats en Argonne, et regagnai mon foyer avec la Croix de fer que m'avaient value les incommodités supportées et une infection typhique.

Ceci dit par anticipation. Rüdiger émit sur la guerre un jugement que conditionnait son admiration pour l'Angleterre comme le sang français de Jeannette déterminait le sien. La déclaration de guerre britannique lui avait porté un coup et le plongeait dans une humeur chagrine. Jamais, selon lui, on n'aurait dû la provoquer en envahissant la Belgique, contrairement aux traités. La France et la Russie — soit, on pouvait à la rigueur se mesurer avec elles, mais l'Angleterre ? quelle légèreté effrayante ! Enclin à un réalisme aigri, il ne voyait dans la guerre que fumier, odeur putride, l'horreur des amputations, les licences sexuelles, la vermine et il raillait abondamment le « feuilletonnisme idéologique » qui transfigurait cette monstruosité en grande épopée. Adrian ne protesta pas. Quant à moi, si je partageais dans une certaine mesure la profonde émotion populaire, j'accordais volontiers à Rüdiger que ses observations contenaient un grain de justesse.

Nous dînâmes à trois dans la vaste salle de la Victoire et les allées et venues de Clémentine Schweigestill, qui nous servait aimablement, m'amenèrent à demander à Adrian des nouvelles de sa sœur Ursula à Langensalza. Son union était fort heureuse et sa santé raffermie après une faiblesse des poumons, un léger catarrhe des sommets consécutif à trois grossesses très rapprochées, en 1911, 1912 et 1913. Ce furent Rosa, Ezechiel et Raymund qui virent alors le jour. Jusqu'à l'apparition de l'enchanteur Népomuk, neuf années devaient encore s'écouler après notre réunion de ce soir.

Au cours du repas et plus tard, dans la salle de l'Abbé, il

fut beaucoup question de politique et de morale, de l'apparition mythique des caractères nationaux qui se manifestait à ce paroxysme de l'histoire. J'en parlai avec une certaine émotion, pour contrebalancer un peu la conception radicalement empirique de la guerre que Schildknapp semblait considérer comme la seule possible. Je parlai du caractère de l'Allemagne, de la violation de la Belgique qui rappelait l'acte de violence de Frédéric le Grand à l'égard de la Saxe formellement déclarée neutre ; je commentai les hauts cris qu'avait poussés le monde, le discours de notre chancelier philosophe avec son aveu réfléchi, sa formule nationale « Nécessité fait loi », son mépris affirmé devant Dieu d'un vieux chiffon de papier légal, au regard de l'impératif vital actuel. C'est grâce à Rüdiger que nous finîmes par rire ; car s'il approuva ma sortie un peu émue, il rendit irrésistiblement comiques cette brutalité sensible, cette digne contrition et cet honnête empressement au crime, en parodiant le long philosophe qui travestissait sous un vêtement de poésie morale un plan stratégique longuement mûri. Il dépeignit avec drôlerie les vertueux rugissements d'un monde éperdu à qui pourtant depuis beau temps ce sévère plan de campagne devait être connu. Notre amphitryon, je m'en aperçus, préférait cette attitude, il savait gré à Rüdiger de l'amuser ; je m'associai donc volontiers à leur gaieté, non sans observer que la tragédie et la comédie poussaient sur le même tronc et qu'un changement d'éclairage suffisait pour transformer l'une en l'autre.

Au reste, j'avais le sentiment des impérieuses nécessités de l'Allemagne, de son isolement moral et de sa mise au ban. Ils étaient à mon sens l'expression de la crainte générale devant sa force et son avance dans la préparation de la guerre (et je reconnaissais d'ailleurs que cette force et cette avance constituaient une consolation brutale, encore que nous fussions voués aux gémonies). Au reste, dis-je, cette satire de notre caractère national n'eut pas raison de mon émotion patriotique, beaucoup plus inexplicable que celle des autres. Elle se traduisit en paroles tandis que j'arpentais la pièce. Schildknapp, enfoncé dans son fauteuil, fumait sa pipe culottée et Adrian se trouvait debout devant sa table de travail de style vieil-allemand au plateau un peu creux et pourvue d'un pupitre dressé pour lire et écrire. Car, chose singulière, il écrivait, un peu comme l'Érasme d'Holbein, sur un plan incliné. Quelques livres couvraient le bureau ; un petit volume de Kleist où le signet marquait le passage sur les marionnettes, puis les inévitables sonnets de Shakespeare et un autre volume contenant des pièces du poète anglais, entre autres *Comme il vous plaira, Beaucoup de bruit pour rien* et, sauf erreur, *Les Deux Gentilshommes de Vérone.* Sur le pupitre s'étalait son travail du moment — feuillets volants, ébauches, tâtonnements, notes, esquisses, à des degrés de développement variables. Souvent la première ligne de la partie des violons ou des bois était seule remplie, et tout en bas la marche des basses ; dans l'intervalle, un vide blanc. Ailleurs, les fonctions harmoniques et le groupement instrumental étaient déjà indiqués par la notation des autres parties de l'orchestre. La cigarette aux lèvres, Adrian allait y jeter un coup d'œil, comme le joueur d'échecs examine la position d'une partie sur le champ quadrillé que la création musicale rappelle par tant d'endroits. Entre nous le laisser-aller était si grand qu'il prit même un crayon comme s'il était seul, pour introduire quelque part, à sa fantaisie, un trait de clarinette ou de cor.

Nous ne savions rien de précis sur ce qui l'occupait en ce moment où sa musique cosmique venait d'être éditée chez les Fils Schott à Mayence, aux mêmes conditions que précédemment les *Chants* de Brentano. Il s'agissait d'une suite grotesque dramatique de sujets empruntés, avions-nous ouï dire, au vieux livre d'histoires et d'anecdotes *Gesta Romanorum.* Il se livrait à des recherches techniques sans trop savoir encore s'il aboutirait à un résultat et s'il persévérerait. Toujours est-il qu'il destinait l'exécution de son œuvre non à des hommes mais à des marionnettes (d'où Kleist). Quant aux *Merveilles du Grand Tout,* cette œuvre solennelle et arrogante avait failli être exécutée à l'étranger, projet abandonné à la déclaration de la guerre. Nous en avions parlé à table. Les représentations de *Peines d'Amour perdues* à Lubeck, malgré leur peu de succès, ainsi que les *Chants* de Brentano, du seul fait de leur existence, avaient secrètement accompli leur œuvre et commençaient à donner au nom d'Adrian, dans ces cercles fermés de l'art, une certaine résonance ésotérique bien que n'ayant pour l'instant qu'un caractère d'essai. L'encouragement d'ailleurs ne vint pas d'Allemagne et encore moins de Munich, mais d'un autre lieu, plus sensible. Quelques semaines auparavant, Adrian avait reçu une lettre de M. Monteux, directeur des Ballets Russes à Paris et ancien membre de l'orchestre Colonne. Ce chef ami des expériences avait manifesté l'intention de donner les *Merveilles du Grand Tout* conjointement avec quelques fragments de *Love's Labour Lost,* sous une forme purement concertante. Il envisageait cette manifestation dans le cadre du théâtre des Champs-Élysées et avait engagé Adrian à venir à Paris pour diriger en personne les répétitions et l'exécution de ses œuvres. Nous n'avions pas demandé à notre ami si, au cas où les circonstances l'auraient permis, il se serait rendu à l'invitation. Quoi qu'il en soit, le tour qu'avaient pris les événements mettait le projet hors de question.

Je me vois encore allant et venant sur le tapis et les carreaux de la vieille pièce lambrissée, avec son lustre à longues branches, ses placards à pentures, les coussins de cuir plat sur le banc de coin et la profonde embrasure de la fenêtre, je me vois pérorant sur l'Allemagne — plutôt pour moi et pour Schildknapp que pour Adrian, car je ne comptais pas sur son attention. Habitué à enseigner et à parler, je ne suis point mauvais orateur si au préalable mon esprit a atteint à un certain échauffement ; même, je m'écoute volontiers et me complais à ma façon de manier la parole. A grand renfort de gestes, je reprochais à Rüdiger d'avoir assimilé mes propos au « feuilletonnisme de guerre » qui l'irritait si fort ; mais selon moi un brin de sympathie psychologique ne messeyait pas pour commenter le caractère assez touchant que l'heure historique avait suscité dans l'essence allemande par ailleurs multiforme ; et après tout ne s'agissait-il pas ici de la psychologie de la percée ?

— Chez un peuple comme le nôtre, déclamai-je, l'élément psychique prédomine toujours et constitue le facteur déterminant ; l'action politique vient au second plan, c'est un réflexe, une expression, un instrument. Ce dont il s'agit au fond, avec la percée en vue de l'hégémonie mondiale à laquelle le destin nous appelle, c'est la percée vers le monde, pour sortir de l'isolement ; aucune agrégation, — si solide fût-elle, — à l'économie mondiale, depuis la fondation du Reich, n'a pu en faire sauter la barrière. Le plus amer est que sous la forme matérielle d'une agression guerrière s'exprime ce qui est en réalité une nostalgie, une soif d'union avec le monde.

J'entends encore Adrian murmurer à mi-voix avec un rire bref : « Dieu bénisse vos *studia* ! » Il n'avait même pas levé les yeux de dessus son cahier de musique.

Je demeurai interdit et le regardai, sans qu'il s'en préoccupât.

— Paroles qui, à ton avis, répondis-je, se complètent par : « Il ne sortira rien de vous, alleluia » ?

— Mieux vaudrait peut-être : « Il ne sortira rien " de cela" », riposta-t-il. Pardon, je retombais au style estudiantin parce que ta tirade me rappelait tellement notre dispute sur la paille, en l'an de grâce je ne sais plus, voyons, comment s'appelaient ces garçons ? Je m'aperçois que les noms d'autrefois commencent à m'échapper. (Il avait vingt-neuf ans, tel qu'il était là.) Deutschmeier ? Dungerleben ?

— Tu parles du trapu Deutschlin, dis-je, et d'un nommé Dungersheim ? Il y avait aussi un Hubmeyer et un von Teutleben. Tu n'as jamais eu beaucoup la mémoire des noms. C'étaient de braves types, des bûcheurs.

— Et comment ! Tiens, on écoutait Schappeler et il y avait aussi un certain Arzt, un socialiste. Hein, qu'en dis-tu ? Au fond, tu n'étais pas des leurs, pas de la même Faculté. Mais aujourd'hui, en t'écoutant, c'est eux que je crois entendre. Tout ça, paille au vent... Par là, je veux simplement dire : une fois étudiant, toujours étudiant. La vie universitaire vous maintient jeune et fringant.

— Toi, tu en étais, de leur Faculté, dis-je, et au fond tu faisais plus que moi figure d'hôte de passage. Je n'étais qu'un étudiant et tu as sans doute raison, je le suis resté. Tant mieux, d'ailleurs, si la vie universitaire maintient jeune, c'est-à-dire si la constance conserve l'esprit orienté vers la pensée libre, l'interprétation plus haute de l'événement brutal...

— Est-il question de constance ? demanda-t-il. J'avais cru comprendre que Kaisersaschern prétendait à devenir la métropole du monde. Ce n'est pas là l'indice d'un grand esprit de constance.

— Allons, allons ! m'écriai-je. Tu n'as rien cru de pareil et tu comprends fort bien ce que j'entendais en parlant d'une percée allemande vers le monde.

— Si je le comprenais, reprit-il, cela ne servirait à rien. Pour l'instant tout au moins, l'événement brutal n'aura d'autre résultat que de renforcer notre isolement, notre encerclement complets même si vous, les militaires, vous vous enfoncez jusqu'au cœur de l'Europe. Tu vois, je ne peux pas aller à Paris. Vous irez à ma place. Soit. Entre nous, je n'y serais allé en aucun cas. Ainsi vous m'avez tiré d'embarras...

— La guerre sera de courte durée, dis-je d'une voix oppressée, car ses paroles m'avaient douloureusement ému. Il ne faut pas qu'elle se prolonge. Nous payons le prix de notre rapide percée en nous chargeant d'une faute, d'une dette reconnue que nous déclarons vouloir acquitter. Il nous faut l'assumer.

— Et vous saurez le faire avec dignité, intervint-il. L'Allemagne a les reins solides. Au surplus, qui contestera qu'une vraie percée vaut qu'on commette ce que le monde appelle un crime ? Tu ne supposes pas, j'espère, que je dédaigne l'idée avec laquelle il te plaît de jongler sur la paille du dortoir. Il n'y a au fond qu'un seul problème au monde et il s'intitule : Comment percer ? Comment atteindre à l'air libre ? Comment crever le cocon pour devenir papillon ? Cette question domine la situation générale. Ici aussi, dit-il, — et il tirailla le petit signet rouge du volume de Kleist posé sur la table — il s'agit de percée dans l'excellent passage sur les marionnettes, et on l'appelle précisément « le dernier chapitre de l'histoire universelle ». Toutefois, il est question seulement d'esthétique, de séduction, de libre grâce en somme réservée au pantin articulé et au dieu, c'est-à-dire à l'inconscience ou à une conscience infinie, alors que tout esprit de réflexion intermédiaire entre le néant et l'infini tue la grâce. Selon cet écrivain, la conscience devrait avoir traversé l'infini pour retrouver la grâce et il faudrait qu'Adam goûte une seconde fois au fruit de l'arbre de la connaissance pour retourner au stade de l'innocence.

— Je suis heureux, m'écriai-je, que tu viennes de lire ces pages ! La pensée est magnifique et tu as bien raison de l'inclure dans l'idée de la percée ; mais ne dis pas : « Il s'agit seulement d'esthétique », ne dis pas « seulement ». On a grand tort de voir dans l'esthétique un compartiment étroit et spécial de l'humain. Elle est bien davantage, au fond elle est tout, dans son action captivante ou déconcertante, de même que chez le poète que tu as là, le mot « grâce » prend le sens le plus étendu. Rédemption ou perdition esthétique, voilà le destin, voilà ce qui décide du bonheur ou du malheur, ce qui fait qu'on se sent sociable et chez soi sur terre ou retranché dans un isolement irrémédiable encore qu'altier. Il n'est pas nécessaire d'être grand clerc pour savoir que le laid, c'est ce qu'on hait[1]. L'aspiration à percer hors de la servitude et de l'emmurement dans la laideur... (dis-moi, si tu veux, que je bats le blé de nos paillasses) mais je le sens, j'ai toujours senti et je soutiens malgré la brutalité des apparences que ceci est allemand *kat'exochen,* profondément allemand, la définition même de la germanité, d'un état d'âme menacé de ligotement, du poison de la solitude, d'un quant-à-soi provincial, d'un enlisement neurasthénique, d'un silencieux satanisme...

Je m'interrompis. Il me dévisagea et j'eus l'impression que toute couleur avait disparu de ses joues. Le regard qu'il fixait sur moi était ce regard que je connaissais, et j'en souffrais presque autant lorsqu'il s'adressait à un autre qu'à moi : muet, voilé, froidement distant jusqu'à en être offensant. Suivit son sourire aux lèvres fermées avec le frémissement ironique des narines — et le geste de se détourner. Il quitta la table et se dirigea non vers Schildknapp mais vers l'embrasure de la fenêtre où une image de sainteté pendait au mur lambrissé. Rüdiger ajouta quelques mots. Étant donné mes dispositions d'esprit, il me félicita d'entrer tout de suite en campagne, et à cheval

1. Haesslichkeit *et* Hass, *laideur et haine, ont une racine commune.* (N. d. l. T.)

encore ! Il faudrait, dit-il, n'aller guerroyer qu'à cheval ou pas du tout. Et il flatta le col d'un coursier imaginaire. Nous nous prîmes à rire. Nos adieux, quand je dus m'en retourner à la gare, furent légers et enjoués. Heureusement, toute sentimentalité en fut exclue ; elle eût été déplacée, mais j'emportai avec moi dans la guerre le regard d'Adrian, et peut-être le typhus exanthématique ne fut-il que le jeu des apparences, peut-être est-ce ce regard qui me ramena si vite à mon foyer, à ses côtés.

## XXXI

« Vous irez à ma place », avait dit Adrian. Et nous n'y allâmes pas. L'avouerai-je, tout au fond, en mon for intérieur, et indépendamment du point de vue historique, j'en éprouvai une honte intime et personnelle. Durant des semaines, nous avions envoyé chez nous des bulletins triomphants, avec une affectation de style lapidaire, laissant froidement entendre que la victoire allait de soi. Liège était tombé depuis longtemps, nous avions gagné la bataille de Lorraine conformément à un plan magistral longuement mûri, franchi la Meuse avec cinq armées, pris Bruxelles, Namur, gagné ensuite les batailles de Charleroi et de Longwy, puis après une seconde série de combats à Sedan, Rethel, Saint-Quentin, occupé Reims. Notre marche en avant avait des ailes ; nous étions portés, comme nous l'avions rêvé, par la faveur du dieu de la guerre, l'adhésion du destin. Notre mâle courage se devait d'affronter, impavide, le spectacle des incendies inséparables de notre avance, suprême épreuve à laquelle fut soumis notre héroïsme. Avec une netteté remarquable, j'évoque aujourd'hui encore une femme des Gaules, hâve, debout sur une éminence que contournait notre batterie ; à ses pieds fumaient les restes d'un village bombardé. *Je suis la dernière !* nous cria-t-elle avec des gestes tragiques comme il n'est pas donné à une Allemande d'en avoir. *Je suis la dernière*[1] *!* Et les poings levés pour lancer sa malédiction sur nos têtes, elle répéta par trois fois : *Méchants ! Méchants ! Méchants*[1] *!*

Nous détournâmes les yeux. Il nous fallait vaincre et la victoire faisait son dur métier. La conscience de me sentir misérable sur mon cheval bai, tourmenté par une mauvaise toux et des élancements dans les membres à la suite des nuits humides sous la tente me soulagea presque.

Portés donc sur des ailes, nous détruisîmes encore à coups de canon beaucoup d'autres villages. Puis se produisit l'incompréhensible, le fait en apparence insensé : l'ordre de retraite. Comment l'aurions-nous compris ? Nous appartenions au groupe d'armées de Hausen, qui au sud de Châlons-sur-Marne, marchait sur Paris, comme en d'autres points l'armée de von Kluck. Nous ne nous rendions pas compte que quelque part, après une bataille de cinq jours, les Français avaient enfoncé l'aile droite de Bülow, raison suffisante pour que le scrupule timoré d'un commandant en chef élevé à ses fonctions en mémoire de son oncle, rappelât ses troupes. Nous repassions par les villages naguère laissés fumants derrière nous, et aussi devant la colline où s'était dressée la femme tragique. Elle n'y était plus.

Les ailes nous avaient trompés. Le destin ne l'avait pas voulu. La victoire n'avait pas été emportée d'assaut. Pas plus que ceux de chez nous, nous ne comprenions ce que cela signifiait. Nous ne comprenions pas la jubilation frénétique du monde après l'issue de la bataille de la Marne ni que, du coup, la guerre brève dont dépendait notre salut, se transformait en une guerre longue que nous ne supporterions pas. Notre défaite n'était plus pour nous qu'une question de temps et pour les autres, d'argent. Nous aurions

---

1. *En français dans le texte.*

pu déposer les armes et contraindre nos dirigeants à conclure immédiatement la paix, si nous l'avions compris ; mais parmi eux aussi, à peine quelques-uns se l'avouaient-ils secrètement. Ils ne s'étaient pas rendu compte que le temps de la guerre localisée était passé et que toute campagne militaire où nous nous trouvions engagés tournait fatalement à l'incendie mondial. Les avantages de la ligne intérieure, la ferveur de combattre, une solide préparation et un État fermement constitué, fort de son autorité, semblaient garantir la chance d'un succès-éclair. Cette chance manquée — et il était écrit qu'elle serait manquée — notre cause était perdue, quoi que nous pussions encore accomplir pendant des années, perdue en principe — cette fois, la fois suivante, à jamais.

Nous ne le savions pas. Lentement, la vérité torturante se fit jour en nous, et la guerre, une guerre stagnante, croupissante, dégradante, bien que jetant de loin en loin une flambée illusoire qui berçait l'espoir avec des demi-succès, cette guerre, dont j'avais dit moi aussi qu'il fallait qu'elle fût courte, dura quatre ans. Rappellerai-je par le menu l'effondrement et le découragement, l'épuisement de nos forces et de notre matériel, l'usure minable de nos vies, nos restrictions, la pénurie des denrées, le fléchissement moral consécutif aux privations, le penchant au vol, joints aux grossières bamboches d'une tourbe de vulgaires enrichis ? On serait en droit de me le reprocher, car je dépasserais les limites de ma tâche qui est d'écrire une biographie intime. Ces choses, je les ai vécues depuis leur début jusqu'à leur amer dénouement, rentré à l'arrière, en congé, puis démobilisé, rendu à ma carrière enseignante à Freising. Car devant Arras, pendant la seconde période des combats autour de cette place forte qui se prolongèrent du commencement de mai jusqu'au cœur de juillet 1915, le service d'épouillement se montra inefficace. L'infection me fixa de longues semaines dans la baraque d'isolement, puis je fus dirigé sur une maison de convalescence pour combattants malades, dans le Taunus, où je passai un mois ; à la fin, je ne repoussai plus l'idée que j'avais payé ma dette à la patrie et ferais mieux de reprendre mon ancien poste d'éducateur au service de la culture.

Ainsi fis-je et il me fut loisible de redevenir époux et père au foyer modeste dont les murs et les objets familiers, peut-être voués à l'anéantissement par les bombes, forment aujourd'hui encore le cadre de mon existence retirée et désormais vide. Je le répète, certes pas pour me vanter, mais comme une simple constatation, ma propre vie m'a toujours semblé accessoire, et sans précisément la négliger, je ne l'ai dirigée qu'avec une attention distraite, pour ainsi dire de la main gauche. Mon empressement, mon souci, mon anxiété furent toujours voués à mon ami d'enfance dans le voisinage duquel j'étais si content de me retrouver — à supposer que ce mot « content » soit à sa place malgré le léger frisson d'inquiétude, la douloureuse absence de réciprocité qui se dégageaient de sa solitude toujours plus féconde. « Avoir l'œil sur lui », veiller sur sa vie extraordinaire et énigmatique, m'a toujours paru le véritable et pressant devoir de la mienne ; ce devoir formait sa substance et voilà pourquoi j'ai parlé du vide de mes jours.

Il avait choisi avec un certain bonheur son « chez-soi » et par une étrange répétition peut-être un peu troublante, c'était vraiment un « chez-soi ». Pendant les années de désastre et les privations de plus en plus épuisantes, il fut, Dieu merci ! ravitaillé à souhait par ses fermiers, les Schweigestill. Sans trop s'en rendre compre ni l'apprécier, il ne subit presque pas le contrecoup des changements qui déferlèrent sur un pays bloqué et cerné, encore que toujours d'attaque du point de vue militaire, et il n'en fut guère atteint. Il acceptait cela sans en parler, comme une chose allant de soi. En dépit des circonstances extérieures, sa force de résistance et sa prédestination au *semper idem* affirmaient leurs droits individuels. La simplicité de son régime s'accommoda toujours des menus des Schweigestill. En outre, à l'époque de mon retour du front, il était l'objet des soins de deux femmes qui avaient forcé sa sauvagerie et, indépendamment l'une de l'autre, s'étaient instituées ses amies vigilantes, les demoiselles Meta Nackedey et Cunégonde Rosenstiel, — l'une professeur de piano, l'autre copropriétaire d'une boyauderie, une fabrique d'enveloppes de saucisses. C'est curieux ! Une gloire naissante, ésotérique, absolument ignorée de la foule comme celle qui déjà auréolait Leverkühn, a son foyer dans une sphère d'initiés, parmi une élite, et l'invitation à Paris en témoignait. Mais en même temps, cette renommée a une répercussion dans des régions plus modestes, dans de pauvres âmes insatisfaites qui se distinguent de la masse par une sensibilité issue de leur solitude ou de leur souffrance, et mettent leur bonheur à célébrer un culte qui a le mérite de la rareté. Que ce soient des femmes, et célibataires, on ne s'en étonnera point, car le renoncement à l'homme est sans contredit une source de divination prophétique, précieuse en dépit de sa déficience originelle. On ne pouvait mettre en doute que l'élément directement personnel jouât un rôle considérable, l'emportât même sur l'élément intellectuel, qui dans le cas de ces deux femmes était compris et apprécié confusément, plutôt comme un sentiment et un pressentiment. Mais si mon cœur et mon cerveau d'homme ont pu subir de bonne heure la fascination d'Adrian, de sa vie froide et mystérieuse, ai-je le droit de railler le prestige que son isolement, le non-conformisme de son existence, avaient exercé sur ces deux femmes ?

Meta Nackedey, effacée, perpétuellement rougissante, à chaque instant défaillant de confusion, comptait environ trente ans ; lorsqu'elle parlait et aussi en écoutant, ses yeux derrière leur pince-nez avaient un clignotement spasmodique et amical et elle hochait la tête en fronçant les narines. Un jour qu'Adrian était en ville, le hasard l'avait placée à côté de lui sur la plate-forme avant d'un tramway. L'ayant reconnu, elle avait fui, éperdue, à travers la voiture bondée et cherché refuge sur la plate-forme arrière ; puis se ressaisissant, elle était retournée à sa place pour lui parler, l'avait interpellé par son nom, lui avait avoué le sien, s'empourprant et pâlissant tour à tour, ajoutant quelques détails sur sa vie personnelle et aussi qu'elle adorait la musique d'Adrian. Il l'avait remerciée. Leurs relations dataient de cette rencontre. Meta ne s'en était pas tenue là. Quelques jours plus tard, elle renouvelait connaissance en lui portant des fleurs en hommage à Pfeiffering. Depuis, elle ne cessait de lui rendre visite — en compétition jalouse, d'ailleurs réciproque, avec Cunégonde Rosenstiel qui avait procédé autrement.

C'était une Juive osseuse à peu près de l'âge de Meta Nackedey avec une chevelure de laine indisciplinée. Dans le brun de ses yeux s'inscrivait, venue du fond des âges, la tristesse de ce que la Fille de Sion était détruite et son peuple pareil à un troupeau égaré. Femme d'affaires experte, sur un rude terrain (car une boyauderie de saucisses a sans contredit quelque chose de rude), elle avait néanmoins l'habitude élégiaque de commencer toutes ses phrases par un : *ach !* «*Ach,* oui, *ach,* non, *ach,* comment donc, *ach,* je compte me rendre demain à Nuremberg », disait-elle d'une voix profonde, rauque et désolée et même lorsqu'on lui demandait : « Comment allez-vous ? » elle répondait : «*Ach,* toujours très bien ! » Il en allait tout autrement lorsqu'elle maniait la plume — et elle en usait très volontiers. Non seulement Cunégonde, comme presque toutes les Juives, était très musicienne mais, sans avoir beaucoup de lecture, elle entretenait des rapports beaucoup plus purs et délicats avec la langue allemande que la moyenne nationale, voire la plupart des lettrés. Elle avait amorcé ses relations avec Adrian, auxquelles elle donna toujours le nom d' « amitié » (au surplus, n'étaient-elles pas devenues une amitié avec les années ?) par une lettre admirable, longue et bien tournée ; le contenu n'avait rien d'étonnant, mais il s'inspirait des meilleurs modèles du style épistolaire respectueux d'une Allemagne plus ancienne, formée à l'école de l'humanisme. Le destinataire l'avait lue avec une certaine surprise. La valeur littéraire de l'épître empêchait qu'on la passât sous silence. Par la suite, elle lui écrivit souvent de la même encre, à Pfeiffering, sans préjudice de ses nombreuses visites personnelles, de longues missives pas très substantielles, point très intéressantes par leur sujet, mais d'une langue châtiée et pure. Tapées à la machine avec des abréviations commerciales, elles témoignaient d'une admiration que Cunégonde était trop modeste ou incapable de définir plus exactement ou de motiver — c'était de l'admiration, voilà, une admiration et un dévouement instinctifs.

Ces sentiments ne cessèrent de se manifester fidèlement durant plusieurs années et commandaient l'estime pour l'excellente personne, indépendamment de ses hautes qualités. Pour moi, je ne lui marchandais par la mienne et m'efforçais de payer le même tribut de reconnaissance à la falote Nackedey. Adrian acceptait les hommages et les présents de ses zélatrices avec la totale indifférence propre à sa nature. Au surplus, mon sort différait-il beaucoup du leur ? Je peux inscrire à mon crédit mes bonnes dispositions à leur égard (car pour elles, elles ne pouvaient se souffrir, en créatures primitives, et lorsqu'elles se rencontraient, se toisaient d'un air pincé) ; au fond, j'entrais dans leur catégorie et j'aurais eu sujet de m'irriter devant ces répliques réduites et virginales de mes propres rapports avec Adrian.

Elles arrivaient toujours les mains pleines. Pendant les années de disette, elles lui apportèrent, en plus des aliments de base, toutes les gâteries imaginables qu'on pouvait se procurer par des moyens détournés : sucre, thé, café, chocolat, pâtisseries, conserves et tabac, si bien qu'il put souvent faire des heureux autour de lui ; moi, Schildknapp et Rudi Schwerdtfeger dont la familiarité confiante ne se démentit jamais ; et entre nous nous bénissions souvent ces femmes secourables. Pour les cigarettes, Adrian n'y renonçait que les jours où la migraine l'y obligeait, le prenait comme un grand mal de mer et où il gardait le lit, dans sa chambre obscure — deux ou trois fois par mois. Le reste du temps, il ne pouvait se passer de cet agréable stimulant ; il en avait contracté l'habitude assez tard, à Leipzig ; il le réclamait surtout pendant son travail, et assurait qu'il n'aurait pu tenir bon aussi longtemps sans les intervalles consacrés à rouler le papier et à griller sa cigarette. Cependant quand je revins à la vie civile, il se montrait fort assidu à sa tâche, non point tant, me semble-t-il, à cause de l'objet de son attention momentanée, ou pas uniquement à cause de lui ; il cherchait plutôt à s'en débarrasser pour satisfaire aux exigences suivantes de son génie. A l'horizon, j'en suis certain, l'œuvre future se profilait déjà sans doute dès le début de la guerre qui, pour une intuition comme la sienne, constituait une profonde coupure, une faille, le début d'une ère historique nouvelle, tumultueuse et bouleversante, débordante d'aventures et de souffrances folles — à l'horizon de sa vie créatrice se dessinait, dis-je, l'*Apocalipsis cum figuris,* l'œuvre appelée à donner à cette vie une impulsion vertigineuse. Jusqu'à son accomplissement — du moins ainsi m'apparaît l'évolution d'Adrian — il se divertit, en guise de passe-temps, aux géniales scènes grotesques pour marionnettes.

Par Schildknapp, Adrian avait connu le vieil ouvrage qui peut être considéré comme la source de la plupart des mythes romanesques du Moyen Age, une traduction du plus ancien recueil latin de contes et légendes. Équitablement, j'en laisse le mérite à son favori. Ils l'avaient lu pendant maintes soirées et le sens comique d'Adrian y avait trouvé son compte. A son besoin de rire, voire de rire aux larmes, ma nature un peu sèche n'a jamais su donner d'aliment et d'ailleurs une gêne paralysait mon esprit inquiet devant le déchaînement d'hilarité de cet être que j'aimais dans la tension et la crainte. Rüdiger, l'homme aux yeux pareils aux siens, ne partageait aucunement mes appréhensions. D'ailleurs, je les refoulais en moi et le cas échéant elles ne m'empêchaient pas de prendre part à ces débridements de gaieté. Le Silésien, lui, éprouvait une satisfaction très nette, manifeste, comme s'il avait rempli une mission, quand il avait amené Adrian à s'esclaffer. Grâce au livre de farces et de fabliaux, il y était incontestablement parvenu d'une façon fort louable, féconde pour son œuvre.

Je ne nierai pas l'impression extraordinairement bouffonne que peut produire la *Gesta* avec son ignorance de l'histoire, son pieux didactisme et sa morale naïve, sa casuistique périmée, ses parricides, adultères et incestes compliqués, ses empereurs romains invérifiables et leurs filles bien gardées, offertes à des conditions mûrement pesées — ces fables traduites dans un style gravement latinisant et d'une profonde naïveté, récits de chevaliers partant en Terre Sainte, d'épouses lubriques, d'entremetteuses rusées et de clercs versés dans la magie noire. Ils étaient bien faits pour exciter le sens parodique d'Adrian et la pensée de tirer un drame musical de plusieurs de ces contes sous une forme condensée, pour le théâtre de marionnettes, l'occupa du jour où il en prit connaissance. Il y a là, par exemple, la fable foncièrement immorale anticipant sur le « Décaméron », *De la ruse impie des vieilles femmes* où une commère protectrice des liaisons illicites, sous les apparences de la sainteté, décide une gente dame particulièrement estimable dont le confiant époux se trouve en voyage, à pécher avec un jeune homme qui se consume de désir pour elle. Après avoir fait jeûner deux jours sa petite chienne, la sorcière lui administre une mixture à la moutarde qui détermine un larmoiement des yeux de la bête. La mégère l'emmène alors chez la rigide jeune dame auprès de qui, comme partout ailleurs, elle passe pour une sainte. En cette qualité, elle est respectueusement reçue. Quand la dame avise la petite chienne pleurante, elle s'étonne du phénomène. La vieille feint d'éluder la question, puis, pressée de parler, déclare que cette chienne était jadis sa propre fille. Trop chaste et obstinée dans son refus de répondre à la passion d'un garçon brûlant d'amour pour elle, elle l'avait précipité à la mort, en châtiment de quoi elle se trouvait ainsi métamorphosée ; et à présent elle versait perpétuellement des larmes de remords en lamentant son existence animale. L'entremetteuse débite ces mensonges astucieux et fond également en pleurs. L'analogie entre son propre cas et celui de la condamnée effraie la dame ; elle parle de son soupirant à la vieille ; sur quoi celle-ci, lui ayant représenté gravement quel dommage irréparable s'ensuivrait si elle aussi se voyait changée en bête, reçoit incontinent l'ordre d'aller quérir le jeune homme afin de couronner ses vœux au nom de Dieu, et tous deux, par suite de machinations impies, célèbrent le plus suave des adultères.

J'envie encore Rüdiger d'avoir été le premier à lire cette histoire à notre ami dans la salle de l'Abbé, bien que je doive convenir que si ç'avait été moi, l'effet n'eût sans doute pas été le même. Au reste, sa participation à l'œuvre future se limita à cette initiative. Quand il fallut adapter les fables pour la scène de marionnettes, les mettre en dialogue, il se déroba, soit faute de temps, soit à cause de sa rétivité bien connue. Adrian ne lui en voulut pas. En mon absence il s'accommoda de libres scénarios et de répliques approximatives de son cru. Ce fut finalement moi qui à mes heures de loisir leur donnai rapidement leur forme définitive, un mélange de prose et de petits vers rimés. En outre, sur le désir d'Adrian, les chanteurs qui prêtaient aux pantins leur voix, se virent assigner une place parmi les instruments, dans l'orchestre très restreint, composé de violon, contrebasse, clarinette, basson, trompette et trombone, plus un instrument de percussion manié par un homme, et un carillon. Il y eut en outre un récitant qui comme le *testis* de l'oratorio, résume l'action.

Cette forme fragmentée s'affirme avec le plus grand bonheur dans le cinquième morceau de la suite, la pièce de résistance, l'histoire de *La Naissance du bienheureux pape Grégoire,* naissance à laquelle avait présidé le péché et qui préluda à bien d'autres catastrophes. Cependant, non seulement les épouvantables circonstances de la vie du héros ne sont pas un empêchement à son élévation finale au trône de vicaire du Christ, mais selon la grâce mystérieuse de Dieu, elles l'appellent et le prédestinent précisément à ce rôle insigne. Longue est la chaîne des complications et je me dispense de raconter par le menu l'histoire du couple d'orphelins royaux où l'amour du frère pour sa sœur dépasse la commune mesure ; perdant toute retenue il la met dans une position plus qu'intéressante et la rend mère d'un garçon d'une extraordinaire beauté. L'aventure se centre autour de ce garçon, enfant issu de germain, dans la plus stricte acception du mot. Tandis que le père cherche à expier en se croisant en Terre Sainte et trouve là-bas la mort, l'enfant va au-devant d'un destin hasardeux. La reine, décidée à ne point laisser baptiser un si effroyable produit, place le berceau princier avec le nouveau-né dans un tonneau vide et le livre aux flots marins, en ayant soin d'y déposer une tablette relatant son origine. De plus, elle le munit d'or et d'argent pour subvenir aux frais de son entretien. Au « sixième jour de feste », les ondes le portent vers un cloître dont le pieux abbé recueille l'enfant. Il le baptise de son propre nom de Grégoire et lui fait donner une éducation qui réussit à merveille au pupille prodigieusement doué sous le rapport physique et intellectuel. Comment entre-temps la mère, la pécheresse, jure au grand désespoir de son peuple, de ne jamais se marier — sans doute parce qu'elle se considère comme une réprouvée indigne du mariage chrétien et aussi parce qu'elle entend garder au frère disparu une foi scabreuse ; comment un puissant duc étranger demande sa main, qu'elle lui refuse ; comment là-dessus, pris de violente colère, le prétendant envahit son royaume et le conquiert à l'exception d'une unique plate-forme où elle s'est retranchée ; comment le jeune homme Grégoire, ayant eu la révélation de sa trouble naissance, songe à faire un pèlerinage au Saint-Sépulcre et au lieu de cela échoue au pays de sa mère, où il apprend le malheur de la souveraine, se laisse conduire à elle qui, nous est-il dit, « le considère attentivement sans toutefois le reconnaître » ; comment il lui offre ses services, abat le farouche duc, libère le royaume et comment l'entourage de la princesse délivrée le propose à cette dernière pour époux ; comment elle se fait prier et demande un jour — un seul — de réflexion, après quoi, oublieuse de son serment, elle accepte, si bien qu'aux acclamations exultantes du peuple entier le mariage est consommé et inconsciemment l'effroyable s'ajoute à l'effroyable, le fils du péché entrant avec sa mère dans le lit nuptial — je ne décrirai pas tout cela. Je ne voudrais rappeler que les points culminants, chargés d'émotion, que l'opéra de marionnettes met en valeur de façon à la fois si étrange et merveilleuse. Ainsi, quand au début le frère demande à sa sœur pourquoi elle est si pâle et « ses yeux ont perdu leur noirceur » et qu'elle lui répond : « Quoi d'étonnant ? Enceinte suis et contrite en consé-quence. » Ou quand, apprenant la mort de celui qu'elle a criminellement connu, elle élève la singulière plainte : « Partie mon espérance, partie ma force, mon frère unique, mon second moi ! » et couvre de baisers le cadavre, depuis la plante des pieds jusqu'au sommet de la tête, en sorte que ses chevaliers, péniblement émus par une douleur si exces-sive, se voient obligés d'arracher de force la souveraine au défunt. Ou quand, ayant découvert avec qui elle vit dans une tendre union conjugale, elle lui dit : « Ô mon doux fils, tu es mon unique enfant, tu es mon époux et mon maître, tu es mon fils et le fils de mon frère, ô mon doux enfant, et toi mon Dieu, pourquoi m'as-tu laissée naître ? » Car c'est ainsi : par la petite tablette qu'elle avait jadis écrite elle-même et qu'elle trouve dans un réduit secret de son époux, elle apprend de qui elle partage la couche — Dieu merci sans avoir de ses œuvres mis au monde un frère et petit-fils de son frère ; et c'est de nouveau le moment, pour Grégoire, de songer à un pèlerinage expiatoire qu'il entreprend immédiatement, pieds nus. Il arrive chez un pêcheur, — lequel reconnaît à la finesse de ses membres qu'il n'a point affaire à un voyageur ordinaire, — et lui signifie que la plus rigoureuse solitude sera désormais son lot. Le pêcheur l'emmène dans sa barque à seize milles plus loin, en pleine mer, jusqu'à un rocher battu des flots ; là, après s'être fait enchaîner les pieds et avoir jeté à la mer la clef de ses fers, Grégoire passe dix-sept années d'expiation, au bout desquelles l'attend une élévation de la grâce, extraordinaire mais, semble-t-il, guère faite pour le surprendre. En effet, à Rome le pape est mort ; à peine a-t-il succombé, une voix descend du ciel : « Cherchez l'homme de Dieu Gregorius, et l'instituez mon vicaire. » Lors, des messagers courent à tous les vents et arrivent aussi chez le pêcheur, qui se rappelle. Il pêche alors un poisson et dans son ventre trouve les clefs jadis jetées à l'eau. Les émissaires voguent vers le roc de la pénitence et crient : « Gregorius, homme de Dieu, descends de ta pierre car la volonté de Dieu est que tu sois institué son vicaire sur terre. » Et que répond-il ? « Si tel est le bon plaisir de Dieu, dit-il avec nonchalance, que sa volonté soit faite. » Comme ils arrivent à Rome, les cloches sans être mises en branle sonnent à toute volée — elles sonnent d'elles-mêmes pour annoncer qu'oncques ne fut pape si pieux et si docte. La gloire du saint homme parvient jusqu'à sa mère. Après avoir tenu conseil avec elle-même, elle pense justement ne pouvoir déposer entre de meilleures mains le secret de sa vie et va à Rome se confesser au Saint-Père ; ayant ouï ses aveux, il la reconnaît et lui dit : « O douce mère, sœur et épouse ! O mon amie ! Le diable croyait nous conduire en enfer mais la toute-puissance de Dieu l'a emporté. » Il lui bâtit un cloître dont elle fut l'abbesse, toutefois pour peu de temps car tous deux reçurent bientôt la faveur de rendre leur âme à Dieu.

Sur cette histoire, foisonnante de péchés, de naïveté et de grâce divine, Adrian avait concentré tout l'esprit et l'effroi, toute l'insistance puérile, la fantaisie et la solennité de sa peinture musicale. A ce morceau tout particulièrement s'applique l'étrange épithète du vieux professeur de Lubeck, le mot « possédé de Dieu ». Ce souvenir s'impose à moi parce que la *Gesta* représente un peu un retour au style musical de *Love's Labour Lost,* alors que l'écriture des *Merveilles du Grand Tout* fait davantage pressentir celle de l'*Apocalypse* et même du *Faustus.* Cette alternance d'anticipations et de « repentirs » se manifeste souvent dans la vie créatrice ; mais je m'explique aisément l'attrait qu'offraient ces sujets à mon ami : un attrait spirituel, point dépourvu d'une touche de malignité et de travestissement libérateur, car il dérivait du choc en retour critique provoqué par le pathos outré d'une époque artistique à son déclin. Le drame musical avait emprunté sa matière à la légende romanesque, au monde mythique du Moyen Age, laissant entendre que seuls de tels thèmes étaient dignes de la musique et à sa hauteur. L'œuvre actuelle semblait se soumettre à cette théorie, toutefois d'une façon très subversive : le bouffon, notamment dans les passages burlesques et érotiques, se substituait au sacerdotalisme moralisateur, toute pompe inflatoire était rejetée et l'action confiée à des pantins articulés, déjà comiques par eux-mêmes. En écrivant la *Gesta,* Leverkühn avait voulu étudier les possibilités qu'ils offraient ; le goût catholique baroque du peuple, parmi lequel il vivait en ermite, lui en fournit divers prétextes. A Waldshut, tout près de là, un droguiste sculptait et costumait des marionnettes. Adrian lui rendait souvent visite. Il alla aussi à Mittenwald, le village des violons, dans la haute vallée de l'Isar, où l'apothicaire avait cette même passion et aidé de sa femme et de ses fils, tous très adroits, organisait des représentations de fantoches, d'après Pocci et Christian Winter. Un vaste public local et étranger s'y pressait. Leverkühn y assista et étudia également, du point de vue littéraire, je m'en aperçus, les jeux d'ombres chinoises et les pupazzi des Javanais, d'une haute qualité d'art.

Soirées joyeuses, animées. Devant nous, c'est-à-dire moi, Schildknapp et parfois Rudi Schwerdtfeger qui voulait à toute force se joindre à nous de temps en temps, dans la salle de la Victoire aux profondes fenêtres, sur le vieux piano carré, il nous jouait les derniers fragments de son étrange partition, où l'harmonie la plus magistrale, les labyrinthes du rythme le plus compliqué sont mis au service du thème le plus naïf et où par ailleurs une sorte de style pour trompette enfantine est appliqué à la matière la plus rare. La rencontre de la reine et de l'homme, à présent un saint, qu'elle a enfanté des œuvres de son frère et étreint comme époux, nous arracha des larmes encore inconnues à nos yeux, des larmes de rire et d'émotion fantasque confondues en une impression sans égale. Dans une explosion de familiarité, Schwerdtfeger profita de la licence qu'autorisait l'instant pour enlacer Adrian avec un : « Tu as fait cela magistralement ! » et il appuya la tête de mon ami contre la sienne. Je vis la bouche au pli amer de Rüdiger grimacer une muette désapprobation, et ne pus moi-même m'empêcher de murmurer : « Assez ! » en étendant la main comme pour rappeler à l'ordre l'effréné, oublieux de toutes les distances.

Peut-être eut-il quelque peine à suivre l'entretien qui se déroula dans la salle de l'Abbé après cette audition intime. Nous parlâmes de la façon dont l'avant-garde rejoint l'élément populaire, de la suppression du fossé entre l'art et l'accessible, entre le haut et le bas, ce fossé qu'avait creusé le romantisme littéraire et musical ; en suite de quoi une scission s'était produite dans l'art, un éloignement plus profond que jamais entre le bon et le léger, le digne et l'amusant, l'évolué et le banal. Était-ce un penchant à la sentimentalité qui poussait la musique — et elle représentait tout le reste — à vouloir avec une lucidité sans cesse accrue, sortir de son respectable isolement, rejoindre la communauté sans devenir commune, parler une langue compréhensible même à l'ignorant en musique tout comme il avait compris la Gorge aux Loups, l'air du Jungfernkranz[1] et Wagner ? En tout cas, pour atteindre à ce but, plus que la sentimentalité étaient requises l'ironie, la raillerie ; elles assainissaient l'air, frondaient le romantisme, s'insurgeaient contre le pathos et le prophétique, la griserie des sons livresques, et se liguaient avec l'objectif et l'élémentaire ; autrement dit il fallait redécouvrir la musique, en tant qu'organisation du temps. Début épineux ! Car alors on

---

1. *Freischütz.* (N. d. l. T.)

risquait de tomber dans un faux primitivisme et donc dans un nouveau romantisme. Se maintenir sur les hautes cimes de l'esprit, ramener les résultats les plus quintessenciés du développement musical européen à une forme en apparence naturelle et accessible à tous ; la maîtriser en l'employant sans idées préconçues comme libre matériau constructif, et laisser deviner la tradition transformée de façon à devenir le contraire de l'épigonisme, rendre le métier, si perfectionné soit-il, absolument invisible et faire disparaître les artifices du contrepoint et de l'instrumentation, les fondre pour créer une impression de simplicité point naïve, portée sur les ailes de l'intellectualité — telle semblait être la tâche, l'aspiration de l'art.

C'était surtout Adrian qui parlait. Nous ne le secondions guère. Surexcité par sa récente exécution, il s'exprimait un peu fiévreusement, les joues rouges et l'œil échauffé. Pourtant son débit n'avait rien de rapide. Il jetait plutôt les mots d'un ton si ému qu'il me semblait ne l'avoir jamais vu s'extérioriser avec tant d'éloquence, pas plus en ma présence qu'en celle de Rüdiger. Ce dernier se montra sceptique au sujet de la « déromantisation » de la musique, trop profondément imprégnée de romantisme pour pouvoir jamais le renier sans subir de lourdes pertes naturelles. Sur quoi Adrian :

— Je vous donnerais volontiers raison si par romantisme vous entendez une chaleur de sentiment que rejette aujourd'hui la musique au service de l'intellectualité technique. C'est sans doute se renier soi-même. Mais ce que nous appelions épurer la complication pour en faire de la simplicité, équivaut au fond à recouvrer la vitalité et la force du sentiment. S'il était possible... Celui qui réussirait la... Comment dirais-tu ? (Il se tourna vers moi et se répondit lui-même)...Tu dirais « la percée ». Celui qui réussirait à percer, hors de la froideur intellectuelle jusqu'à un monde audacieux de sentiments nouveaux, on serait fondé à l'appeler le libérateur de l'art, il aurait résolu son problème. Libération, poursuivit-il après un haussement nerveux des épaules — un mot romantique ; et un mot d'harmoniste, le mot d'ordre en faveur de la cadence béate dans la musique harmonique. N'est-il pas risible que la musique se soit pendant un temps crue un moyen de libération, alors qu'elle aurait besoin elle-même d'être libérée, comme tous les arts, libérée d'un pompeux et solennel isolement résultant de l'émancipation de la culture, une culture promue au rang de substitut de la religion ? libérée de son tête-à-tête avec une élite raffinée appelée le « public » qui bientôt n'existera plus, qui déjà n'existe plus, en sorte que l'art sera bientôt tout à fait seul, seul à en mourir, s'il ne trouve un chemin pour aller vers le « peuple », c'est-à-dire, en termes moins romantiques, vers les hommes.

Il avait dit et demandé cela à mi-voix, d'un trait, sur le ton de la conversation, mais le frémissement refoulé de sa voix s'expliqua lorsqu'il acheva :

— Toute l'inspiration vitale de l'art, croyez-moi, se modifiera, évoluera vers l'enjouement et la modestie — c'est inévitable et heureux. Une bonne part d'ambition mélancolique s'en détachera et une nouvelle innocence, voire un caractère d'innocuité, deviendra son lot. L'avenir le considérera et lui-même se considérera de nouveau comme le serviteur d'une collectivité qui englobera beaucoup plus que l' « instruction » et n'aura pas de culture, tout en étant peut-être une de ses formes. Nous avons peine à nous le représenter, et pourtant cela se fera tout naturellement : un art sans souffrance et sans tristesse, psychiquement sain, dépouillé de solennité, confiant, un art à tu et à toi avec l'humanité.

Il s'interrompit. Tous trois nous nous taisions, émus.

Il est à la fois douloureux et exaltant d'entendre la solitude parler de communauté, l'inabordable parler de confiance. Malgré mon attendrissement, au tréfonds de mon âme j'étais mécontent de ses paroles, mécontent de lui. Ce qu'il avait dit ne s'accordait pas à lui, à sa fierté, à son orgueil si l'on veut, que j'aimais et auquel l'art a le droit de prétendre. L'art est esprit et l'esprit n'a pas à se sentir engagé envers la société, la collectivité. Cela lui est interdit à mon sens, au nom même de sa liberté, de sa noblesse. Un art qui « va au peuple », qui fait siens les besoins de la foule, du petit bourgeois, du vulgaire, tombe à l'indigence. Lui en imposer l'obligation, mettons pour des raisons d'État, n'autoriser qu'un art compréhensible aux médiocres est la pire des vulgarités, un assassinat de l'esprit. L'art, j'en suis convaincu, malgré ses audaces les moins accessibles à la foule, ses essais et ses recherches les plus hardis, peut être certain que d'une façon indirecte, supérieure, il sert l'homme, et même à la longue, les hommes.

De toute évidence, c'était aussi l'opinion d'Adrian. Pourtant, il se plut à la démentir et je me trompais sans doute en croyant voir là un reniement de son orgueil. Vraisemblablement il y avait plutôt une tentative de sociabilité dictée par l'orgueil le plus altier. N'était le tremblement de sa voix lorsqu'il parla du besoin de libération de l'art, du tutoiement de l'humanité. Cette émotion malgré tout me donna envie de lui serrer la main à la dérobée. Toutefois je m'en abstins et plutôt surveillai d'un œil inquiet Rudi Schwerdtfeger, craignant qu'il ne se livrât à de nouvelles effusions.

# XXXII

Le mariage d'Inès Rodde avec le professeur Dr Helmut Institoris eut lieu au début de la guerre, au printemps de 1915, quand le pays était encore fort et plein d'espoir et que j'étais moi-même au front. Il fut célébré selon tous les rites bourgeois : cérémonies civile et religieuse, repas de noces à l'hôtel Vier Jahreszeiten, voyage du jeune couple à Dresde et en Suisse saxonne. Tel fut le dénouement d'une période prolongée d'examen mutuel ; elle avait manifestement abouti à la conclusion que l'on était faits pour s'entendre. Le lecteur perçoit l'ironie que, d'ailleurs sans malignité, je mets dans ce « manifestement » ; car cette conclusion ne s'imposait pas et les rapports des deux jeunes gens n'étaient pas destinés à devenir plus chauds depuis le premier jour où Helmut avait approché la fille du sénateur. Les raisons qui avaient milité en faveur de leur union n'étaient ni plus ni moins valables lors des fiançailles et de la consommation du mariage qu'au premier instant, et aucun argument nouveau ne s'y ajouta. Mais l'on avait satisfait au précepte classique : « Qui se lie pour toujours doit d'abord éprouver son futur conjoint » et la longueur de l'épreuve semblait exiger finalement une solution positive, sans parler d'un certain besoin d'union né de la guerre, qui avait amené à rapide maturité mainte inclination hésitante. Inès avait toujours été plus ou moins prête à prononcer son « oui » pour des raisons morales, ou dirai-je matérielles ? enfin pour des raisons raisonnables, en quelque sorte, mais un autre facteur encore pesa dans la balance : vers la fin de l'année précédente, Clarissa ayant quitté Munich pour contracter son premier engagement à Celle-sur-l'Aller, sa sœur restait seule avec une mère dont elle critiquait les goûts bohèmes, si discrètement affichés fussent-ils.

Au reste, la « sénatrice » éprouva une joie émue à l'établissement bourgeois de son enfant. Elle y avait maternellement contribué avec ses réceptions, l'allure mondaine de son salon. Elle y avait d'ailleurs trouvé son compte et servi une soif de vivre stimulée par l'Allemagne du Sud et qui désirait rattraper un peu le temps perdu. Sa beauté déclinante s'était fait courtiser par les hommes qu'elle invitait, Knöterich, Kranich, Zink et Spengler, de jeunes élèves comédiens. Je n'irai pas trop loin, juste assez, en disant qu'avec Rudi Schwerdtfeger aussi elle était sur un pied de taquinerie, travestissant plaisamment des rapports de mère à fils. Souvent dans leurs causeries retentissait le rire maniéré et roucoulant que je lui connaissais. Après tout ce que j'ai insinué et même exprimé plus haut sur la vie intérieure d'Inès, je laisse au lecteur le soin d'imaginer son déplaisir complexe, sa gêne et sa honte de ce marivaudage galant. En ma présence, il advint que pendant une scène de ce genre, le visage en feu, elle quitta le salon de sa mère et se retira dans sa chambre. A sa porte, comme elle l'avait peut-être espéré et attendu, Rudolf vint frapper au bout d'un quart d'heure pour s'enquérir du motif de sa disparition qu'il devinait certainement mais qui ne se pouvait formuler ; lui dire combien elle leur manquait là-haut et la prier sur tous les tons, même ceux d'une tendresse fraternelle, avec force boniments, de revenir. Il n'eut trêve ni repos qu'elle ne lui promît de rejoindre la société, à vrai dire pas en même temps que lui, non, tout de même pas, mais un peu plus tard.

On me pardonnera cette interpolation rétrospective d'un incident gravé dans ma mémoire. Il s'était aisément effacé de celle de la « sénatrice » dès l'instant où les fiançailles et le mariage d'Inès devinrent un fait accompli. Elle ne manqua pas de célébrer les noces avec tout l'apparat possible, et faute d'une dot en espèces digne d'être mentionnée, tint à pourvoir abondamment sa fille en lingerie et en argenterie. Elle se priva aussi de quelques-uns de ses meubles d'autrefois, des bahuts sculptés, une ou deux petites chaises cannées et dorées, pour contribuer à l'installation du fastueux logis que le jeune couple loua dans la Prinzregentenstrasse, à un deuxième étage, avec les pièces de devant donnant sur le Jardin Anglais.

Comme pour prouver à elle-même et aux autres que son goût de frivolité et les joyeuses soirées dans son salon n'avaient eu en vue que l'établissement de ses filles, elle manifesta soudain un désir très net d'abdication, de retraite, cessa de recevoir et environ un an après le mariage d'Inès renonça à son appartement de la Rambergstrasse pour vivre en veuve dans un décor rustique. Elle émigra donc à Pfeiffering presque sans qu'Adrian s'en aperçût, dans le bâtiment bas, en face de la ferme Schweigestill, derrière les marronniers, la demeure où naguère avait élu domicile le peintre des mélancoliques marais de Waldshut.

Ce coin modeste et plein de cachet attirait singulièrement les résignations distinguées ou les sensibilités blessées. Sans doute fallait-il l'attribuer au caractère des propriétaires, en particulier de l'alerte hôtesse, Else Schweigestill et à son don de « compréhension ». Elle affirma de nouveau sa merveilleuse clairvoyance dans des conversations fortuites avec Adrian, lorsqu'elle l'informa que la « sénatrice » songeait à établir ses pénates en face. « C'est ben simple et facile à comprendre, dit-elle avec son accent patoisant de Haute-Bavière qui transformait les *n* en *m*. M'sieu Leverkühn, je l'ai vu tout de suite, elle en a assez d'la ville, des gens et de la société des messieurs et dames, parce que l'âge donne de la vergogne. C'est selon les femmes, y en a à qui c'est indifférent et elles s'en arrangent, et ça leur va d'ailleurs. Celles-là deviennent épatantes et espiègles avec leurs accroche-cœur blancs, s'pas, et ainsi de suite ; et tout ce qu'elles ont pu faire dans l'passé, elles le laissent entrevoir d'façon très piquante à travers leur dignité présente, m'est avis que ça charme souvent les hommes plus qu'on n'croit. Mais chez certaines, ça ne va pas et ça ne leur va pas, et quand les joues s'décharnent et que l'cou a des fanons et qu'les dents aussi n'tiennent plus quand on rit, alles ont honte et chagrin d'vant leur miroir et évitent les yeux des gens et elles ont un instinct comme les bêtes malades qui les pousse à s'terrer. Et quand ça n'est pas l'cou et les dents, c'est les cheveux qui sont leur croix et leur honte. Chez cette femme, ce sont les cheveux, j'l'ai vu tout de suite. Sinon, elle serait encore ben plaisante, mais les cheveux, s'pas, ils s'éclair-cissent sur le front, la racine est gâtée et malgré le fer à friser et toutes les peines du monde, on n'arrive plus à rien et elle se désespère, c'est un grand chagrin, croyez-moi ; et alors on renonce au monde et on s'retire chez les Schweiges-till, c'est ben simple. »

Ainsi parla la mère aux bandeaux rigidement tirés, légèrement argentés qui laissaient voir en leur milieu la peau blanche du crâne. L'arrivée de la nouvelle locataire toucha peu Adrian. Après avoir visité la ferme elle s'était fait conduire chez lui pour causer un bref instant mais, sou-cieuse de son repos, elle lui rendit réserve pour réserve et ne le vit chez elle qu'une fois, au commencement, à l'heure du thé dans les pièces basses, crépies, du rez-de-chaussée, derrière les châtaigniers, bizarrement remplies des épaves bourgeoises et élégantes de son mobilier de jadis, candé-labres, fauteuils, la Corne d'Or dans son lourd cadre, le piano à queue recouvert de brocart. A partir de ce jour, lorsqu'on se rencontrait au village ou dans les sentiers à travers champs, on se bornait à un salut aimable, ou l'on devisait quelques minutes sur la triste situation du pays, la pénurie des vivres qui allait augmentant dans les villes. La campagne en souffrait beaucoup moins, de sorte que la retraite de la « sénatrice » se justifiait du point de vue pratique et semblait une mesure de prévoyance qui lui permettait de ravitailler ses filles et d'anciens amis de la maison, comme les Knöterich, en denrées de Pfeiffering, œufs, beurre, saucisses et farine. Durant les années maigres, elle se fit positivement une spécialité de ses envois de colis.

Inès Rodde à présent riche, stabilisée et capitonnée contre les heurts de la vie, avait conservé de l'ancien petit cénacle maternel les Knöterich, Kranich le numismate, Schildknapp, Rudi Schwerdtfeger et moi — mais non Zink et Spengler ni le menu fretin théâtral, les camarades d'études de Clarissa. Elle nous avait agrégés au cercle de son mari et au sien. Des éléments universitaires s'y ajoutèrent, des *dozente* plus ou moins jeunes appartenant aux deux écoles supérieures et leurs « dames ». Elle était même sur un pied d'amitié, presque de confiance, avec Mme Knöterich, Natalia, à l'exotique aspect espagnol, quoique la charmante personne eût une solide réputation de morphinomane. A mon sens, ces racontars se justifiaient par son brio, l'éclat séduisant de ses yeux au début d'une réunion mondaine et aussi les éclipses pendant lesquelles elle rafraîchissait un entrain graduellement défaillant. Qu'Inès si soucieuse de dignité conformiste, de respectabilité patricienne, Inès mariée pour satisfaire ses aspirations, préférât la fréquentation de Natalia à celle des femmes rassises des collègues d'Institoris, types de l'épouse du professeur allemand, qu'elle allât chez elle dans l'intimité, la reçût en tête-à-tête, j'y voyais une preuve de la dualité de sa nature et combien en définitive sa nostalgie de vie bourgeoise reposait sur des bases fragiles.

Je n'en doutai pas un instant, elle n'aima jamais son mari, petite nature de théoricien de la beauté, amoureux de violence esthétique. Elle lui portait une affection de convenance, voulue, tenait il est vrai son rang avec une parfaite distinction qu'affinait encore certaine expression délicate et douloureusement mutine de son visage. Le soin qu'elle apportait à diriger l'intérieur d'Institoris, à préparer ses réceptions, décelait plutôt une sorte de méticulosité pédante et souffrante, et cela en dépit des difficultés de la situation économique générale qui d'année en année compliquaient la continuité d'un correct train bourgeois. Deux servantes bien stylées, « comme il faut », à petit bonnet et tablier empesé à bretelles, l'aidaient à l'entretien de la belle et onéreuse demeure aux tapis persans et aux parquets miroitants.

L'une, la femme de chambre, était attachée à sa personne. Elle avait la passion de sonner cette Sophie et le faisait sans cesse pour le plaisir d'être servie en riche et pour se donner la preuve de la protection et des soins achetés par son mariage. Sophie emballait également ses innombrables malles et valises quand Inès accompagnait Institoris à la campagne, au Tegernsee ou à Berchtesgaden, fût-ce pour une brève absence. La montagne de bagages qu'elle traînait avec elle à la moindre sortie de son nid douillet, symbolisait, elle aussi, à ses yeux, son besoin de protection et sa crainte devant la vie.

Il me reste à parler de son appartement de huit pièces préservé de tout grain de poussière, dans la Prinzregentenstrasse. Deux salons dont l'un, plus intime, servait de pièce d'habitation ; la vaste salle à manger de chêne sculpté, le fumoir avec le confort de ses meubles de cuir, la chambre conjugale où au-dessus des lits jumeaux en poirier laqué jaune planait une amorce de baldaquin, et la coiffeuse où par ordre de grandeur s'alignaient les flacons étincelants, les objets en argent. Modèle de l'intérieur bourgeois cultivé qui continua d'exister en Allemagne quelques années encore, à cette époque de désagrégation. Les « bons livres » partout étalés dans la chambre, le salon et le fumoir, contribuaient à créer cette impression. Le désir d'éviter tout ce qui pouvait être émouvant ou dissolvant avait présidé à leur choix, un peu par souci de décorum, un peu pour ne pas froisser les sensibilités. Le fonds se composait d'ouvrages dignes et instructifs, les études historiques de Léopold von Ranke, de Gregorovius, de livres d'art, des classiques allemands et français, bref un élément stable et conservateur. Avec les années, la demeure embellit ou du moins se fit plus pleine et colorée ; car le Dr Institoris était au mieux avec certains artistes munichois de la tendance modérée du Palais de Glace (son goût esthétique était très conformiste en dépit de son adhésion théorique à la violence). Il s'était lié en particulier avec un certain Nottebohm, originaire de Hambourg, marié, les joues creuses, la barbe en pointe et fort drôle, doué pour les imitations d'acteurs, d'animaux, d'instruments de musique et de professeurs, un pilier des fêtes du Carnaval, d'ailleurs appelées à disparaître, virtuose adroit, expert du portrait mondain et en tant qu'artiste, je peux dire, l'homme d'un art léché, inférieur. Institoris, habitué à entretenir un commerce savant avec les chefs-d'œuvre, ne savait peut-être pas distinguer entre ceux-ci et une habile médiocrité ou peut-être croyait-il par ses commandes obéir à un devoir d'amitié ; toujours est-il que pour la décoration de ses murs il exigeait une peinture sage et point rebutante, distinguée, apaisante. Il trouva chez sa femme un appui très net, sinon pour des raisons de goût personnel, du moins par principe. Tous deux firent donc exécuter par Nottebohm, en échange de bonnes espèces sonnantes, leurs effigies ressemblantes et inexpressives, soit séparément, soit ensemble. Plus tard, quand vinrent les enfants, le pitre fut chargé de portraiturer la famille Institoris tout entière, grandeur nature ; ce tableau de vastes dimensions, une imagerie de marionnettes, absorba une quantité considérable de tubes de couleurs à l'huile, très vernissées, et dans son cadre somptueux, avec deux réflecteurs électriques, l'un au-dessus, l'autre au-dessous, constitua l'un des ornements du salon.

Quand vinrent les enfants, ai-je dit. Car il en vint. Ils furent dorlotés et élevés avec des prodiges d'adresse, on serait tenté d'ajouter : un tenace et héroïque désaveu des circonstances de moins en moins favorables à l'aristocratie bourgeoise, élevés pour figurer dans une société telle qu'elle avait été et non telle qu'elle serait. Dès la fin de 1915, Inès avait gratifié son mari d'une petite fille qu'on nomma Lucrèce. L'enfant naquit dans le lit laqué jaune surmonté d'un baldaquin à colonnettes, tout proche de la coiffeuse à tablette de verre supportant les ustensiles d'argent rangés symétriquement et Inès exprima sans tarder son intention d'en faire une jeune fille parfaitement élevée, *une jeune fille accomplie*[1], déclara-t-elle dans son français appris à Carlsruhe. Suivirent, à deux ans de distance, deux jumelles qui reçurent les noms d'Annchen et de Riekchen. La cérémonie donna lieu au même déploiement de faste correct et famnlial agrémenté de chocolats, porto, dragées, et une vasque

---

1. *En français dans le texte.*

d'argent couronnée de fleurs en guise de fonts baptismaux.

Ces trois enfants toutes blanches, tendrement choyées, zézayantes dans leurs petites robes enrubannées, témoignaient manifestement du souci d'impeccabilité de leur mère. Elles lui devaient d'être de tristes plantes d'ombre, des créatures de luxe dont la vie commençante se passait sous des rideaux de soie, dans des corbeilles précieuses. Le médecin de la famille ayant déconseillé à Inès l'allaitement, on avait recouru à une nourrice, une femme du peuple, du plus pur style « bœuf gras », qui, dans d'élégants landaulets aux roues caoutchoutées, les promenait sous les tilleuls de la Prinzregentenstrasse. Plus tard, une gouvernante, jardinière d'enfants expérimentée, la remplaça. Une pièce claire leur servait de dortoir. Inès venait les voir aussitôt que le lui permettaient la direction du ménage et les soins apportés à sa personne. Aux murs s'inscrivait une frise de contes de fées, les meubles étaient à l'échelle des nains des fables, le parquet disparaissait sous un linoléum bigarré et une infinité de jouets bien rangés sur des étagères le long des murs : ours en peluche, agneaux à roulettes, pantins de foire, poupées de Käthe Kruse, chemins de fer, faisaient de la chambre un paradis enfantin selon les règles.

Répéterai-je que toute cette régularité était pure apparence de commande, pour ne pas dire qu'elle s'étayait sur un mensonge ? Sa fragilité sautait de plus en plus aux yeux, du dehors et aussi du dedans. Le regard de l'observateur sympathique décelait la fêlure intérieure. Répéterai-je que cette harmonie ne procurait pas le bonheur, qu'Inès ne s'y méprenait pas en son âme et ne l'avait pas véritablement souhaité ? Sa félicité modèle m'a toujours semblé un reniement conscient, une façade masquant des éléments hasardeux, en étrange contraste avec son culte de la souffrance et, à mon avis, cette femme était trop intelligente pour se leurrer. Elle savait qu'en élevant avec cette affectation ses enfants, comme une couvée bourgeoise idéale, elle exprimait et compensait son absence d'amour, elle voyait en eux les fruits d'une union où sa féminité s'était engagée avec une mauvaise conscience, union qui lui inspirait un sursaut de répugnance charnelle.

Mon Dieu ! pour une femme, partager la couche d'Helmut

Institoris ne devait certes pas être une joie enivrante ! Je comprends tout de même assez les rêves et les exigences féminines pour m'en rendre compte et je me suis toujours représenté Inès concevant de lui ses enfants avec une passivité dictée par le devoir, et en quelque sorte le visage détourné ; car c'étaient bien les enfants d'Institoris, la ressemblance avec leur père ne permettait aucun doute, elle l'emportait de beaucoup sur leurs affinités avec la mère, peut-être parce que l'âme d'Inès avait si peu participé à leur procréation. Je ne voudrais d'ailleurs pas offenser l'honneur naturel du petit monsieur. C'était assurément un homme intégral, tout homoncule fût-il, et il initia Inès à la volupté — une volupté sans bonheur, pitoyable terreau où sa passion put s'épanouir.

Je le répète, lorsqu'il chercha à éveiller la virginité d'Inès, Institoris avait en fait travaillé pour un autre. De même, comme époux il s'était borné à susciter des aspirations fugitives, un sentiment en somme vexant pour lui, car ce besoin de jouissance exigeait d'être complété, vérifié, satisfait. Il avait attisé jusqu'à la passion la souffrance qu'Inès endurait à cause de Rudi Schwerdtfeger et qu'elle m'avait si étrangement dévoilée dans nos entretiens. C'est très clair : dès qu'elle se trouva l'objet d'une recherche amoureuse, elle commença de penser à lui avec inquiétude ; une fois femme, elle s'éprit de lui en toute lucidité, dans la plénitude de la sensibilité et du désir. Et, assurément, le jeune homme ne put se dispenser de répondre à cet appel douloureux émanant d'une personne d'un niveau intellectuel supérieur — j'ai failli dire : c'eût été « du beau » s'il ne lui avait pas répondu, et j'entends dans mon oreille le « Hop ! mon garçon, qu'est-ce qui vous prend ? Grouillez-vous s'il vous plaît ! » de la sœur. Encore une fois, je n'écris pas un roman et ne prétends pas à la pénétration omnisciente de l'écrivain pour décrire les phases dramatiques d'une évolution intime, cachée aux yeux du monde. Quoi qu'il en soit, Rudolf, mis au pied du mur, céda très passivement, avec un : « Qu'y puis-je ? » à cette impérieuse injonction. Et j'imagine très bien comment sa passion du flirt, du plaisir innocent à son début, pour une situation de plus en plus tendue et brûlante, l'entraîna dans une aventure facile à éviter, n'eût été son penchant à jouer avec le feu.

En d'autres termes : sous le couvert de l'irréprochabilité bourgeoise, de cette protection qu'elle avait si maladivement souhaitée, comme une proscrite aspire à son foyer, Inès Institoris vécut dans l'adultère avec un garçon dont la mentalité et même la conduite faisaient un éternel adolescent, un favori des femmes. Il lui fut un sujet de doute et de tourment tout comme une femme inconstante l'est pour l'homme très épris d'elle, et ses sens qu'avait éveillés un mariage pénible se satisfirent dans les bras de Rudi. Ainsi vécut-elle, durant des années, à partir d'un moment qui, si j'y vois clair, suivit de quelques mois à peine son mariage. Leurs rapports se prolongèrent jusqu'à la fin de la décennie et cessèrent le jour où celui qu'elle aimait, et avait essayé de retenir de toutes ses forces, se déroba. Tout en jouant à l'hôtesse et à la mère exemplaire, elle dirigeait leur liaison, la conduisait et la dissimulait — tour de force quotidien — menant une vie double qui naturellement éprouvait ses nerfs et, à sa grande terreur, menaçait le charme précaire de son visage, notamment en accentuant par une sorte de tic les deux plis à la racine du nez, entre ses sourcils blonds. En outre, malgré les précautions, la ruse et la discrétion de virtuose qu'on apporte à cacher au monde des écarts de ce genre, la volonté de dissimulation n'est jamais tout à fait nette et constante, de part et d'autre. L'homme est flatté que l'on soupçonne tout au moins sa bonne fortune ; la vanité sexuelle de la femme tient à laisser deviner qu'elle n'est pas réduite aux seules caresses d'un époux peu séduisant. Je crois donc ne pas me tromper en concluant que le milieu munichois d'Inès Institoris n'ignora à peu près rien de ses égarements, encore que je n'aie jamais échangé un mot à ce propos avec personne, sauf Adrian Leverkühn. J'en vins à conjecturer qu'Helmut aussi connaissait la vérité. Un certain mélange de mansuétude éclairée, de tolérance apitoyée et d'amour de la paix milite en faveur de mon hypothèse et il n'est pas rare que la société tienne l'époux pour le seul aveugle, quand lui, de son côté, se croit seul renseigné. Réflexion d'un vieil homme qui a regardé la vie.

A Inès, me semble-t-il, la divulgation de son secret

importait peu. Elle faisait de son mieux pour l'éviter, mais c'était plutôt une façon de préserver le décor. Tant pis si les curieux savaient la vérité, dès l'instant où ils ne se montraient pas gênants. La passion est trop occupée d'elle-même pour admettre qu'on peut lui être sérieusement hostile. Du moins en amour, où le sentiment revendique tous les droits et malgré ce qu'il a d'interdit et de scandaleux, compte involontairement sur la compréhension d'autrui. Comment Inès, si elle s'était crue absolument inobservée, aurait-elle pu si carrément présupposer que j'étais initié à son secret ? Pourtant, elle le fit, presque sans rien ménager, sauf qu'un certain nom ne fut pas prononcé, au cours de notre entretien d'un soir — vers l'automne de 1916, je crois. Manifestement, elle avait à cœur de se confier. Différent d'Adrian, qui après une soirée passée à Munich ne manquait jamais son train de onze heures pour rentrer à Pfeiffering, j'avais loué à Schwabing, non loin du Siegesthor, Hohenzollernstrasse, une petite chambre, afin de conserver mon indépendance et au besoin de disposer d'un toit dans la capitale. Invité chez les Institoris, en fidèle ami de la maison, je pus donc acquiescer avec empressement quand Inès, appuyée par son mari, me pria, au cours du repas, de lui tenir compagnie après le départ d'Helmut qu'une partie de cartes appelait au club Allotria. Il nous quitta vers neuf heures, en nous souhaitant une bonne causette. La maîtresse de maison et son hôte restèrent donc seuls dans le salon intime meublé de fauteuils d'osier capitonnés de coussins, où le buste d'albâtre d'Inès, œuvre d'un sculpteur ami, se dressait sur une console à colonnette, très ressemblant, très piquant, moins grand que nature, mais extraordinairement parlant avec la lourde chevelure, les yeux voilés, le petit cou délicat penché en avant de biais, la bouche pincée en une moue péniblement mutine.

Je redevenais le confident, le « brave » homme, celui qui n'éveille pas d'émoi, par contraste avec le monde de la séduction qu'Inès voyait sans doute incarné dans le jeune homme dont elle désirait m'entretenir. Elle le dit elle-même ; les choses, l'événement, l'expérience vécue, le bonheur, l'amour et la souffrance étaient frustrés lorsqu'ils demeuraient muets et qu'on se bornait à en jouir, à en souffrir.

Ils ne s'accommodaient pas de l'obscurité et du silence. Plus ils étaient clandestins, plus il leur fallait un tiers, l'honnête confident à qui l'on pouvait tout dire — et ce fut moi. Je le compris et assumai le rôle.

Après le départ d'Helmut, aussi longtemps qu'il fut à portée de voix, notre entretien se maintint dans les généralités banales. Puis, brusquement, comme pour me prendre par surprise, elle dit :

— Sérénus, me blâmez-vous, me méprisez-vous, me jetez-vous la pierre ?

Feindre l'incompréhension eût été absurde.

— Pas du tout, Inès, répondis-je. Dieu m'en garde ! Je me rappelle toujours la sentence : « La vengeance m'appartient, c'est moi qui châtierai. » Je le sais. Il inclut le châtiment dans la faute et l'en imprègne de façon qu'on ne peut différencier l'un de l'autre et que bonheur et châtiment font un. Vous devez beaucoup souffrir. Serais-je ici si je me posais en censeur des cœurs ? Je ne nie pas que j'ai peur pour vous. Mais cela aussi, je l'aurais tu, n'eût été votre désir de savoir si je vous blâme.

— Que sont la souffrance, la crainte et le risque humiliant ? dit-elle, au regard du doux, unique, indispensable triomphe sans lequel on ne voudrait pas vivre ? Fixer un être frivole, fuyant, mondain, qui vous tourmente par sa gentillesse volage, mais néanmoins possède une valeur humaine, s'attacher indissolublement à cette valeur précieuse, obliger le papillon des salons à la gravité, retenir l'instable et le voir enfin, pas une fois seulement mais jamais assez pour s'en convaincre et s'en assurer, le voir dans un état digne de sa valeur intime, l'état d'abandon, de passion consumante !

Que la jeune femme ait employé exactement ces termes, je ne le garantis pas. Toutefois ceux dont elle usa s'en rapprochaient beaucoup. Lettrée, elle avait l'habitude de vivre d'une vie intérieure point muette ; et à l'époque où elle était jeune fille, elle s'était essayée à la poésie. Son langage précis décelait la culture et un peu de la hardiesse qui toujours se manifeste quand la parole s'applique à traduire le sentiment et la vie, à les faire véritablement vivre en elle. Cet élan ne se produit pas tous les jours, il prouve plutôt l'émotion et sous ce rapport émotion et intelligence s'apparentent, et l'intelligence devient émouvante. Pendant qu'Inès parlait, en écoutant d'une oreille mes vagues interruptions, ses propos, je l'avoue carrément, débordaient d'une joie si charnelle que j'aurais scrupule à les transcrire sous la forme directe. La pitié, la discrétion, le respect humain me retiennent, peut-être aussi l'appréhension bourgeoise de choquer le lecteur. Inès se répétait fréquemment, afin de mieux expliquer ce qu'elle craignait de n'avoir pas assez bien dit. Elle ne cessa de s'appesantir sur la singulière équivalence qu'elle établissait entre le mérite et la passion sensuelle, l'idée fixe et étrangement aberrante que le mérite intime pouvait s'accomplir et se réaliser uniquement dans la volupté (un peu son égale en importance) et que le bonheur suprême, le plus indispensable, consistait à l'y contraindre. Impossible de rendre l'accent de satisfaction ardente et douloureuse — par ailleurs incertaine — que prenait dans sa bouche la confusion des concepts de « mérite » et de « volupté ». La volupté apparaissait sérieuse à l'extrême et s'opposait à la « mondanité » exécrée où le mérite se galvaude en galants marivaudages. Le perfide élément de farfadet dont il s'enveloppait et qui était le charme, il fallait l'en dépouiller, l'arracher pour le posséder à soi seule, absolument seule, seule dans la stricte acception du terme. Il s'agissait de plier le charme à l'amour, mais aussi d'une idée plus abstraite où le spirituel, le sensuel, se confondaient de façon troublante : l'idée que l'antinomie entre la frivolité mondaine et la tristesse inquiétante de la vie s'abolissant dans l'étreinte, la souffrance prenait ainsi sa revanche la plus précieuse.

De mes remarques il me souvient à peine, sauf d'une, risquée sous une forme allusive. Je parlai de la tendance amoureuse à surestimer l'objet célébré et m'étonnai du choix. J'exposai avec réticence que, dans le cas particulier, la passion ne s'attachait pas à la splendeur physique, à une de ces perfections totales qui provoquent un paroxysme du désir. Au conseil de révision, une carence physiologique s'était révélée, n'est-ce pas ? L'ablation d'un organe ? Cette limitation, me fut-il répondu, rapprochait davantage le charmeur de l'âme douloureuse. Sans elle, l'âme n'aurait pu conserver aucun espoir ; c'était elle qui avait d'ailleurs rendu le volage sensible à l'appel de la souffrance ; et, qui plus est, le raccourcissement de vie qui en résulterait peut-être représentait pour le besoin de possession un apaisement, une garantie plutôt qu'une déchéance... Au reste, tous les détails singulièrement troublants du premier entretien où jadis elle m'avait dit son envoûtement m'étaient répétés, simplement avec un surcroît d'abandon et de satisfaction presque méchante. Aujourd'hui, quand l'aimé se trahissait en disant gentiment qu'il avait dû se montrer chez les Langewiesch ou les Rollwagen, des gens que soi on ne connaissait pas (révélant ainsi qu'il leur tenait un langage identique et auprès d'eux s'excusait de faire acte de présence chez vous), le sentiment qu'on éprouvait n'en était pas amoindri. Bouche contre bouche avec lui, l'allure « racée » des filles Rollwagen n'était plus un sujet d'angoisse et de chagrin et les adjurations courtoises à des indifférents, les : « Ah ! ne partez pas encore !... » perdaient de leur poison. A l'atroce : « Il y a déjà tant de malheureuses ! », un soupir ôtait son aiguillon humiliant. De toute évidence, Inès était sûre d'appartenir au monde de la lucidité consciente et de la souffrance, mais aussi d'être *femme* et comme telle de pouvoir attirer par force la vie et le bonheur, d'obliger l'orgueil présomptueux à capituler contre son cœur. Autre-fois, un regard, une parole sérieuse, réussissaient à rendre l'étourdi un instant pensif, à le gagner, fût-ce de façon passagère. On pouvait l'inciter à revenir sur ses pas pour corriger son « adieu » banal par un adieu silencieux et grave. A présent, la possession et l'union consolidaient ces victoires éphémères, pour autant que possession et union se pouvaient concilier dans la dualité, pour autant qu'une féminité enveloppée d'ombre pouvait en acquérir la certitude. Voilà ce qui induisait Inès en méfiance, tandis qu'elle me confes-sait son manque de foi dans la fidélité de l'aimé. « Sérénus, dit-elle, c'est inévitable, je le sais, il me quittera. » Et l'idée fixe creusa davantage les plis entre ses sourcils. « Mais, alors, malheur à lui ! Malheur à moi ! » ajouta-t-elle d'une voix sans timbre, et malgré moi je me rappelai les paroles d'Adrian quand pour la première fois je lui avais fait part de cette liaison : « Qu'il veille à s'en tirer indemne ! »

L'entretien me fut un vrai sacrifice. Il dura deux heures

et il me fallut beaucoup d'abnégation, d'humaine sympathie, d'amicale bonne volonté pour le supporter jusqu'au bout. Inès sembla s'en rendre également compte, mais — phénomène singulier, je dois en convenir — sa gratitude pour la patience, le temps, la force nerveuse que je lui consacrais, se doublait indéniablement d'une sorte de satisfaction maligne, comme d'un plaisir de voir souffrir autrui. Il se traduisait par un sourire énigmatique, fugace, et je ne puis l'évoquer aujourd'hui encore sans m'étonner d'avoir tenu bon si longtemps. Je restai jusqu'au retour d'Institoris qui était allé à l'Allotria jouer aux tarots avec des messieurs de la société. Une expression de gêne divinatoire passa sur son visage lorsqu'il nous retrouva ensemble. Il me remercia de l'avoir aimablement suppléé, et je ne me rassis plus après l'avoir salué. Je baisai la main de la maîtresse de maison et, très énervé, mi-irrité, mi-compatissant et ému, par les rues endormies je regagnai mon logis.

## XXXIII

L'époque que je décris fut pour nous, Allemands, l'ère d'effondrement de l'État, l'ère de la capitulation, de la révolte désespérée et de l'abandon impuissant aux mains des étrangers. Celle où j'écris, qui me permet de consigner ces souvenirs sur le papier dans une réclusion silencieuse, est effroyablement grosse d'une catastrophe nationale au regard de laquelle la précédente défaite semble une infortune modérée, la liquidation d'une entreprise manquée. Autre chose et plus normale est une fin piteuse, autre chose la sanction d'un châtiment qui plane aujourd'hui sur nous tel celui qui jadis s'abattit sur Sodome et Gomorrhe — et que la première fois nous n'avions pas provoqué de cette façon.

Il approche, il ne pourra être évité longtemps, quelqu'un en doute-t-il encore ? Mgr Hinterpförtner et moi ne sommes plus seuls à en avoir la conscience terrifiante et en même temps, Dieu me pardonne, secrètement exaltante. Cette conscience s'enveloppe de silence et c'est déjà assez hallucinant en soi. Car s'il peut sembler sinistre d'être les rares clairvoyants perdus, les lèvres scellées, parmi la foule aveugle, l'horreur s'accroît, je pense, si tous sont déjà informés mais murés dans un mutisme collectif, tandis que l'un lit la vérité dans le regard de l'autre qui se dérobe ou se fixe sur lui avec angoisse.

Cependant que de jour en jour je m'applique fidèlement à mes devoirs de biographe, dans une perpétuelle agitation dissimulée et m'efforce de donner aux souvenirs intimes et personnels une forme digne d'eux, j'ai laissé se dérouler les événements extérieurs inhérents au temps où j'écris. L'invasion de la France, possibilité depuis longtemps reconnue, est désormais un fait accompli — opération technique militaire préparée avec une prévoyance parfaite, prouesse de premier ordre ou plutôt d'un ordre nouveau ; nous avons pu d'autant moins l'empêcher que nous n'osions concentrer nos forces défensives en un point de débarquement sans savoir s'il n'était pas le premier d'une série et si l'on ne devait pas s'attendre à de nouvelles attaques en des lieux imprévisibles. Soupçon vain et funeste. C'était bien l'endroit fatidique. Peu après, troupes, tanks, armements abordèrent au rivage, en nombre trop considérable pour que nous pussions les rejeter à la mer. On pouvait croire que l'art des ingénieurs allemands avait rendu le port de Cherbourg inutilisable ; or, Cherbourg, après d'héroïques radiogrammes du général commandant en chef, ainsi que de l'amiral au Führer, n'en a pas moins bel et bien capitulé et depuis des jours la bataille fait rage autour de la ville normande de Caen. Le combat, si notre inquiétude voit juste, tend à ouvrir la route vers la capitale française, ce Paris auquel dans l' « ordre nouveau » était assigné le rôle d'un Lunapark et d'une maison de joie européens et où maintenant, à peine encore maintenue par les forces conjuguées de notre police et de ses collaborateurs français, la Résistance lève hardiment la tête.

Oui, que de choses se sont passées qui ont influé sur ma tâche solitaire sans que j'en marque rien ! Peu après le prodigieux débarquement en Normandie, notre nouvelle arme de représailles déjà maintes fois trompetée à l'avance par le Führer dans des transports d'allégresse, a fait son apparition sur le théâtre occidental de guerre ; la bombe-robot, un engin digne d'admiration, comme seule la sainte détresse peut l'inspirer au génie inventif. Ces émissaires ailés de la destruction, sans pilote, lâchés en grand nombre sur la côte française, explosent sur l'Angleterre méridionale et, si les indices ne trompent pas, ils sont vite devenus un vrai fléau pour l'adversaire. Pourront-ils rien empêcher d'essentiel ? Le sort n'a pas voulu que les installations nécessaires fussent terminées à temps pour gêner et endiguer l'invasion au moyen de ces projectiles aériens. Nous lisons dans les communiqués la prise de Pérouse, située, soit dit entre nous, à mi-chemin entre Rome et Florence ; on parle déjà tout bas d'un plan stratégique consistant à évacuer la péninsule des Apennins — peut-être afin de rassembler des troupes en vue du combat défensif sur le front de l'Est qui nous paralyse et où d'ailleurs nos soldats ne souhaitent être envoyés à aucun prix. Une vague d'assaut russe a déferlé sur Vitebsk et menace à présent Minsk, capitale de la Russie blanche. Avec elle, affirme notre service d'information chuchotée, tombera la dernière barrière orientale.

Plus de barrière ! Mon âme, n'essaie pas de te représenter cela ! N'aie pas l'audace de mesurer ce que signifierait l'événement unique et effroyable, la rupture des digues (du reste sur le point de se rompre) et où il n'y aurait plus de barrière contre la haine incommensurable que nous avons su déchaîner contre nous parmi les peuples environnants. La guerre aérienne, en détruisant nos villes, a déjà transformé l'Allemagne en champ de bataille ; pourtant, la pensée qu'elle pourrait le devenir au sens propre nous semble incompréhensible et vague ; notre propagande a une étrange manière de « mettre en garde l'ennemi » contre la blessure infligée à notre sol, le sol allemand sacré, comme s'il s'agissait d'un crime atroce. Le sol allemand sacré !... Comme s'il lui restait encore rien de sacré, comme si depuis longtemps il n'était pas profané par de monstrueuses violations du droit, exposé, au propre et au figuré, à la force et à la sanction du châtiment. Vienne ce jour ! Il ne reste plus rien d'autre à espérer, à vouloir, à souhaiter. La demande d'une paix avec les Anglo-Saxons, l'offre de continuer seuls la lutte contre le flot sarmate, la prétention d'obtenir une atténuation à la reddition inconditionnelle, c'est-à-dire de négocier (mais avec qui ?) ne sont que démence furieuse, le vœu d'un régime qui se refuse à comprendre et manifestement ne comprend pas encore qu'on lui a lu sa sentence de mort, qu'il doit disparaître, chargé de la malédiction de s'être rendu odieux au monde — et avec lui nous, l'Allemagne, le Reich — je vais plus loin : d'avoir rendu odieux la germanité, tout ce qui est allemand.

Voilà l'arrière-plan de mon actuelle activité biographique. J'ai cru devoir en brosser une esquisse pour mon lecteur. Quant à l'arrière-plan de mon histoire, le point dans le temps jusqu'auquel je l'ai poussée, je l'ai défini au début de ce chapitre en employant le terme « aux mains des étrangers ». « Il est terrible de tomber aux mains des étrangers. » J'ai souvent médité cette expression et son amère vérité, et j'en ai souffert en ces jours d'effondrement et de capitulation. Car, Allemand, et malgré une tendance universaliste due à la tradition catholique qui colore ma conception du monde, j'ai, dis-je, le vif sentiment du particularisme national, de la vie propre et spécifique de mon pays ; de son concept, en quelque sorte tel qu'il s'affirme en tant que réfraction de l'humain, opposé à d'autres manifestations différentes de l'humain, d'ailleurs sans nul doute aussi justifiées ; ce concept ne peut s'affirmer que s'il jouit d'une certaine considération extérieure, sous la protection d'un État qui tient debout. Ce qu'une défaite militaire décisive a de neuf et d'épouvantable, c'est le renversement de cette idée, sa contrainte physique à une idéologie étrangère avant tout associée à un langage, c'est le fait d'être livrés pieds et poings liés à cette idéologie de laquelle pourtant, précisément à cause de son altérité, il ne saurait rien résulter de très bon pour notre propre essence. Cette effroyable aventure, les Français vaincus l'ont connue jadis ; en effet, leurs négociateurs, pour obtenir des conditions meilleures, ayant taxé à un très haut prix la « gloire », l'entrée de nos troupes à Paris, l'homme d'État allemand leur répondit que notre vocabulaire ne possédait ni le mot « gloire » ni aucun équivalent. En 1870, à la Chambre française, il en fut question sur un ton amorti, sidéré : on essaya avec consternation de se représenter ce que cela pouvait être que de dépendre de la bonne ou la mauvaise volonté d'un ennemi à qui la notion de « gloire » était inconnue...

J'y ai souvent pensé, quand la vertueuse phraséologie jacobine et puritaine qui durant quatre ans avait lutté contre la propagande de guerre adverse devint le langage valable et définitif de la victoire. Je constatai également qu'il n'y a pas loin de la capitulation à l'abdication pure et simple, à la prière au vainqueur de vouloir bien diriger lui-même, à son idée, le pays déchu qui s'en déclare incapable. Quarante-huit ans plus tôt, la France avait connu ces impulsions et elles ne nous furent pas étrangères à l'époque dont je parle. Cependant elles sont toujours repoussées. Le vaincu se voit contraint de se tirer d'affaire comme il peut, par ses propres voies et moyens, et tenu en lisière du dehors, afin d'éviter que la révolution qui comble le vide laissé par le régime défunt ne se porte aux extrêmes, de façon à compromettre l'ordre bourgeois des vainqueurs. En 1918, le maintien du blocus, après la capitulation de l'Allemagne, servit aux puissances occidentales à contrôler la révolution allemande, à la retenir dans l'ornière de la bourgeoisie démocratique et à l'empêcher de se tourner vers le prolétariat russe. L'impérialisme bourgeois, victorieux, n'eut pas assez de mots pour dénoncer l' « anarchie », refuser toute négociation avec des conseils d'ouvriers, de soldats, et autres groupements analogues, pour affirmer qu'on ne pouvait conclure la paix qu'avec une Allemagne « stable » et que seule une telle Allemagne serait ravitaillée. Ce que nous possédions comme gouvernement se conforma à ces indications paternelles, prit parti pour l'Assemblée nationale contre la dictature du prolétariat et repoussa docilement les offres des Soviets, même lorsqu'il s'agit de livraisons de céréales. Esprit modéré et fils de la culture, la révolution radicale et la dictature des classes inférieures m'inspirent, de naissance, une terreur naturelle. J'ai peine à me les représenter autrement que sous l'image de l'anarchie et de la démagogie, bref comme la destruction de la culture. Pourtant, je me rappelle une grotesque anecdote concernant les deux sauveurs de la civilisation européenne, l'Allemand et l'Italien aux gages du grand capitalisme, parcourant ensemble les

Offices de Florence où vraiment ils n'avaient que faire, et l'un d'eux assurant à l'autre que le bolchevisme eût anéanti tous ces « trésors d'art » si le Ciel n'avait prévenu ce désastre en portant au poste suprême leurs insignes personnes. Aussitôt mes notions de la démagogie se rectifient sagement et le règne des basses classes me paraît, à moi, bourgeois allemand, un état idéal si j'établis une comparaison à présent possible avec la domination des seigneurs de la lie. A ma connaissance, le bolchevisme n'a jamais détruit une œuvre d'art. Ce fut plutôt le fait de ceux qui prétendaient nous défendre contre lui. Peu s'en est fallu que leur désir de fouler aux pieds l'intellectualité (sentiment inconnu à la prétendue démagogie) ne s'attaque à l'œuvre de mon héros, Adrian Leverkühn. S'ils avaient triomphé, les pleins pouvoirs historiques qui leur auraient permis d'aménager le monde selon leur hideux bon plaisir auraient frustré cette œuvre de la vie et de l'immortalité.

Il y a vingt-six ans, l'esprit de rébellion contre la faconde intéressée du rhéteur bourgeois « fils de la Révolution » se révéla plus fort dans mon cœur que la crainte du désordre et me fit souhaiter précisément ce que le bourgeois ne souhaitait pas : voir mon pays vaincu s'appuyer sur sa sœur en souffrance, la Russie. J'étais prêt à accepter, même à approuver, les bouleversements sociaux qui résulteraient de cette association. La révolution russe m'émut profondément et la supériorité historique de ses principes sur ceux des puissances qui courbaient notre nuque sous leur talon ne fit pas de doute à mes yeux. Depuis, l'histoire m'a appris à considérer sous un autre jour nos vainqueurs d'alors, appelés à le redevenir bientôt, alliés à la révolution de l'Est. Certaines couches de la démocratie bourgeoise, il est vrai, semblaient et semblent aujourd'hui encore, mûres pour ce que j'ai appelé la domination de la lie et toutes disposées à faire cause commune avec elle pour conserver plus longtemps leurs privilèges. Pourtant, des chefs ont surgi parmi elles, qui comme moi, issu de l'humanisme, ont vu dans ce despotisme le comble du malheur susceptible d'être imposé à l'humanité et ils ont entraîné leur monde dans une lutte sans merci contre lui. On ne saurait vouer assez de gratitude à ces hommes et leur exemple prouve que les démocraties des pays d'Occident, malgré ce que leurs institutions ont de suranné, malgré leurs concepts de liberté butés contre le nouveau et l'inévitable, sont pourtant, par essence, capables de bonne volonté dans la voie du progrès humain en vue de perfectionner la société et de renouveler, d'amender, de rajeunir, afin d'instaurer des conditions de vie plus équitables.

Ceci en marge de mon sujet. Dans la présente biographie, j'évoque la perte d'autorité de la monarchie militaire, perte qui alla croissant avec l'approche de la défaite et s'acheva en même temps qu'elle, l'effondrement de cet étatisme militaire si longtemps l'armature de notre vie, son abdication, la disette permanente à la suite de la chute verticale de la monnaie, le relâchement discursif et la liberté de spéculation ; j'évoque un latitudinarisme déplorable et insolite, accordé aux citoyens, la dislocation d'un appareil administratif si longtemps maintenu par la discipline, en groupes querelleurs de sujets sans maître. Spectacle point très réconfortant. Force m'est d'employer le mot « pénible » pour définir mes impressions d'observateur passif aux réunions de certains « conseils de travailleurs intellectuels », etc., qui se tinrent à cette époque dans des salles d'hôtel, à Munich. Si j'étais romancier, je raconterais à mon lecteur une séance de ce genre où un adepte des belles-lettres discourut non sans agrément, d'un air nonchalant de sybarite et avec un sourire à fossettes, sur le thème « révolution et amour de l'humanité ». Il déchaîna une discussion libre, trop libre, diffuse et confuse, entre ces types d'individus étranges qui en pareille occurrence surgissent un instant à la lumière, bouffons, maniaques, fantômes, pêcheurs en eau trouble, philosophes à la manque. J'aurais voulu, dis-je, faire une description imagée d'une réunion de ce genre, impuissante et désespérée, dont le souvenir me hante. Il y eut des discours pour et contre l'amour de l'humanité, pour et contre les officiers, pour et contre le peuple. Une fillette récita un poème. A grand-peine, on empêcha un feldgrau de poursuivre la lecture à haute voix d'un manuscrit qui commençait par l'apostrophe : « Chers citoyens et citoyennes » et sans doute se serait prolongé toute la nuit. Un étudiant coléreux se livra à un réquisitoire impitoyable contre les orateurs qui l'avaient précédé, sans donner à l'assemblée une opinion positive, personnelle, et ainsi de suite. L'assistance se complaisait à des interruptions grossières. Elle fut turbulente, puérile et stupide, la direction des débats inefficace, l'air irrespirable et le résultat nul. En regardant autour de moi, je me demandais si j'étais seul à souffrir ; et à la fin, quel soulagement de regagner la rue où depuis des heures la circulation des tramways avait cessé et où, quelque part, des coups de feu, probablement sans motif, résonnaient dans la nuit d'hiver.

Leverkühn, à qui je communiquai mes impressions, était fort souffrant à cette époque. Son mal avait quelque chose d'un supplice dégradant, comme si le tenaillaient des pinces rougies au feu. Bien que sa vie ne fût pas précisément en danger, elle semblait à un cran d'arrêt et il se traînait d'une aube à l'autre comme si chacune d'elles constituait un délai. Une affection gastrique le tourmentait, que la diète la plus sévère ne parvenait pas à conjurer. La crise se prolongeait une partie de la semaine et se renouvelait fréquemment, avec migraines et vomissements qui duraient des heures, voire des jours, l'estomac vide — une vraie calamité, indigne, tracassante et amoindrissante. Aux accès succédait une atonie profonde jointe à une vive et tenace sensibilité de la rétine à la lumière. Impossible d'attribuer son mal à des causes morales, aux accablants soucis de l'heure, à la défaite du pays et aux déplorables circonstances dont elle s'accompagnait. Dans sa réclusion d'ascète, loin de la ville, ces choses ne le touchaient guère. Il était cependant renseigné. A défaut des journaux qu'il ne lisait pas, Mme Else Schweigestill, son infirmière aussi attentionnée que placide, le tenait au courant. Pour un esprit clairvoyant, les événements n'avaient rien d'un choc brutal, ils étaient depuis longtemps prévus. A peine lui arrachaient-ils un haussement d'épaules. Mon effort pour tirer de la catastrophe la part d'avantages qu'elle pouvait comporter lui parut aussi vain que mes épanchements oratoires au début de la guerre, et je crois entendre encore le froid et incrédule « Dieu bénisse vos *studia* » par quoi il m'avait répondu en ce temps-là.

Et pourtant ! Si peu qu'il fût possible de découvrir un lien psychique entre le déclin de sa santé et le malheur du pays, je ne pouvais me défendre d'établir un rapport objectif, un parallèle symbolique entre les deux faits, peut-être simplement à cause de leur synchronisme et malgré son dédain des contingences extérieures. Je refoulai d'ailleurs soigneusement ma pensée et me gardai de l'exprimer devant lui, fût-ce sous une forme allusive.

Adrian n'avait pas demandé à consulter un médecin. Il voyait dans son mal un élément familier, tout au plus une aggravation aiguë de la migraine héréditaire. Cependant, à la longue, Mme Schweigestill insista pour appeler le médecin cantonal de Waldshut, le Dr Kurbis, celui-là même qui avait assisté autrefois la demoiselle de Bayreuth dans les affres de l'enfantement. Le brave homme tint pour symptôme accessoire la migraine, car la céphalalgie, souvent violente, ne se produisait pas d'un seul côté, comme il advient habituellement, elle taraudait les deux yeux à la fois. Il diagnostiqua, d'ailleurs sous toute réserve, une sorte d'ulcère de l'estomac. Il prépara le patient à l'idée d'une saignée éventuelle, qu'au surplus il écarta par la suite et entre-temps lui fit absorber une solution de pierre infernale. Le remède n'ayant pas eu d'effet, il lui administra deux fois par jour de fortes doses de quinine. Elles produisirent une amélioration passagère. Pourtant, à des intervalles de deux semaines et ensuite durant quarante-huit heures pleines, les crises se répétèrent, semblables à de violents accès de mal de mer et le diagnostic de Kurbis se trouva bientôt ébranlé ou plutôt fortifié dans un autre sens ; il crut discerner péremptoirement un catarrhe chronique de l'estomac, avec forte dilatation du côté droit, joint à des troubles vaso-constricteurs qui empêchaient le sang d'alimenter la tête. Il prescrivit donc des sels effervescents de Carlsbad et un régime destiné à réduire les aliments à leur moindre volume. Le menu se composa presque exclusivement de viandes blanches ; les liquides, la soupe, même les légumes, les farineux, le pain, furent exclus. Ce traitement se proposait en outre de combattre la terrible formation d'acidité dont souffrait Adrian. Kurbis y décela une origine en partie nerveuse et l'attribua par conséquent au centre, au cerveau, qui dès lors commença pour la première fois à jouer un rôle dans ses hypothèses pathologiques. La dilatation d'estomac ayant guéri sans amener la suppression des maux de tête et autres graves malaises, il rendit de plus en plus le cerveau responsable des phénomènes douloureux, confirmé dans son hypothèse par l'insistance du malade à fuir la lumière. Même quand mon ami n'était pas alité, il restait des demi-journées entières dans la chambre obscurcie, car une matinée ensoleillée suffisait pour fatiguer ses nerfs au point qu'il aspirait aux ténèbres et en jouissait comme d'un élément bienfaisant. J'ai passé des heures à bavarder avec lui dans la salle de l'Abbé baignée d'ombre, où seule une longue accoutumance permettait de distinguer les contours des meubles, le pâle reflet du dehors sur les murs.

A cette époque, les prescriptions consistèrent en vessies de glace et douches froides sur la tête, le matin. Ces simples palliatifs réussirent néanmoins mieux que les précédents, encore que leur effet apaisant ne fît toujours pas augurer la guérison. L'état anormal persista, les crises se renouvelèrent par intermittences, le malade déclara qu'il les eût supportées n'était la douleur continue, la pression sur les tempes, sur les yeux, et le sentiment indicible, un peu analogue à une paralysie, qui l'accablait de la tête aux orteils et semblait affecter jusqu'à l'organe de la parole. Son débit, qu'il s'en rendît compte ou non, était parfois un peu traînant et, par suite de la mobilité réduite des lèvres, insuffisamment articulé. Je crois qu'il ne le remarqua pas car il ne s'en embarrassait guère en parlant. D'autre part, j'ai quelquefois l'impression qu'il utilisait cette gêne et s'y complaisait, d'une manière un peu vague et consciente à demi, pour dire comme en rêve des choses auxquelles ce mode d'expression lui paraissait adapté. Ainsi, il m'entretint de la petite Sirène d'Andersen. Il aimait et admirait extraordinairement ce conte, en particulier la remarquable description du domaine effrayant de la Sorcière de la Mer, derrière les remous dans la forêt de polypes où l'enfant nostalgique s'était aventurée pour troquer sa queue de poisson contre des jambes et peut-être acquérir une âme immortelle comme celle des hommes, grâce à l'amour du Prince aux yeux noirs. Elle avait les yeux « aussi bleus que la plus profonde mer ». Il joua avec la comparaison entre les douleurs en coup de couteau que la belle muette était prête à subir à chaque pas de ses pieds blancs et ce que lui-même endurait sans arrêt. Il l'appelait sa sœur en souffrance et se livrait à une sorte de critique familière et plaisamment objective du comportement de la petite Sirène, de son obstination, sa nostalgie sentimentale du monde des bipèdes humains.

— Cela commence par le culte de la statue de marbre échouée au fond de l'eau, dit-il, ce jeune garçon, probablement de Thorwaldsen, qu'illicitement elle trouve fort à son goût. Son aïeule aurait dû lui retirer l'objet au lieu de permettre à la petite de planter à côté, dans le sable bleu, un saule pleureur d'un rose de corail. On lui a de bonne heure passé trop de fantaisies et plus tard il n'y a plus eu moyen de refréner son aspiration au monde d'en haut surestimé mystérieusement, et à « une âme immortelle ». Une âme immortelle. A quoi bon ? Quel souhait insensé ! Il est beaucoup plus apaisant de savoir qu'après la mort on sera l'écume de la mer, comme la petite y avait droit de par sa nature. Une vraie ondine aurait, sur les marches marmoréennes de son palais, séduit ce Prince à la cervelle creuse, incapable de l'apprécier, et qui sous ses yeux en épouse une autre. Elle l'aurait tendrement noyé, au lieu de lier son destin à ce benêt, comme elle fait. Sans doute l'aurait-il aimée beaucoup plus passionnément avec sa queue de poisson originelle qu'avec ses douloureuses jambes humaines.

Et d'un ton d'objectivité réaliste qui ne pouvait être que badin, mais les sourcils froncés et d'une voix à moitié indistincte, remuant malaisément les lèvres, il parla des avantages esthétiques de la sirène sur la forme humaine, fourchue. Il vanta le charme de la ligne par quoi ce corps de femme, à partir des hanches, s'effilait en une queue de poisson forte et souple, aux écailles plates, faite pour bien gouverner l'élan dans la mer. Il lui contesta le caractère monstrueux généralement inhérent aux combinaisons mythologiques de l'humain et de l'animal, feignant de ne pas admettre qu'il s'agît d'une fiction. La sirène avait une réalité organique captivante à l'extrême ; elle était belle et nécessaire, à preuve la lamentable situation de déclassée de la petite vierge des eaux après qu'elle se fût acheté des jambes — de quoi nul ne lui sut gré. La nature était avec nous en reste d'une sirène, si tant est qu'elle le fût vraiment, ce qu'il se refusait à croire ; et même il savait le contraire mieux que personne, etc.

Je l'entends encore parler ou marmonner ainsi, en un sombre badinage, je répondais gaiement, non sans éprouver en mon cœur, comme toujours, un peu d'inquiétude jointe à une secrète admiration de ce qu'il pouvait extraire, du poids qui l'accablait, cette humeur fantaisiste. A cause d'elle, je l'approuvai de rejeter la proposition consciencieuse du Dr Kurbis qui lui suggérait de recourir à une sommité médicale. Adrian ne voulut pas en entendre parler. Il avait, déclara-t-il, toute confiance en Kurbis, persuadé au surplus qu'il viendrait à bout du mal plus ou moins seul, par ses propres forces et son tempérament. J'étais de son avis. Je penchais plutôt pour un dépaysement, une cure, projet que le docteur lui soumit sans d'ailleurs le convaincre, comme on pouvait le prévoir. Adrian tenait trop à ce cadre choisi et devenu sien — la maison et la ferme, l'étang, le clocher, la colline — il tenait trop à son archaïque cabinet de travail, à son fauteuil de velours pour admettre la pensée d'échanger tout cela, même durant quatre semaines, contre l'horreur d'une station thermale avec table d'hôte, promenade et musique de casino. Il se retrancha derrière la crainte de froisser Mme Schweigestill en préférant des soins en série aux siens. C'est auprès d'elle, de sa compréhension, sa prévoyance maternelle, placide et humainement experte, qu'il se sentait le plus à l'abri. Au vrai, on pouvait se demander où il eût été aussi bien ; elle lui apportait à manger toutes les quatre heures, selon les nouvelles prescriptions : à huit heures, œuf, cacao et biscotte ; à midi, un petit bifteck ou une côtelette ; à quatre heures, soupe, viande, un peu de légume ; à huit heures, rôti froid, thé. Régime salutaire. On évitait ainsi la digestion fébrile des repas copieux.

Meta Nackedey et Cunégonde Rosenstiel venaient à tour de rôle à Pfeiffering, chargées de fleurs, de conserves, de pastilles à la menthe, bref tout ce que la pénurie générale permettait de découvrir. Rarement reçues, ni l'une ni l'autre ne se laissait déconcerter. Cunégonde se dédommageait par des lettres fort bien tournées dans le plus pur et louable allemand, consolation refusée à Meta Nackedey.

J'avais plaisir à savoir auprès de notre ami Rüdiger Schildknapp, l'homme aux yeux semblables aux siens. Sa présence le calmait, l'égayait. Que ne la prodiguait-il plus souvent ? La maladie d'Adrian constituait, hélas ! un de ces cas graves qui paralysaient la complaisance de Rüdiger. Nous le savons, la pensée d'être impatiemment attendu le rebutait et il se faisait désirer. Il ne manquait d'ailleurs pas de prétextes plausibles pour colorer cette bizarre disposition d'âme. Attelé à son gagne-pain littéraire, ce tourment de la traduction, il était vraiment difficile à avoir. En outre, l'insuffisance du ravitaillement éprouvait sa propre santé. Affligé de fréquents catarrhes intestinaux, il apparaissait à Pfeiffering — où il venait tout de même de temps à autre — bardé d'une ceinture de flanelle, voire d'un enveloppement humide recouvert de gutta-percha, source de comique amer et de *jokes* anglo-saxons pour lui, d'amusement pour Adrian aussi. Mon ami ne surmontait jamais aussi bien les tortures du corps pour atteindre à la libre atmosphère du badinage et du rire, qu'avec Rüdiger.

La « sénatrice » Rodde aussi quittait parfois, on le devine, sa retraite surencombrée de meubles bourgeois, pour s'informer d'Adrian auprès de Mme Schweigestill, lorsqu'elle ne pouvait le voir en personne. La recevait-il ou se rencontraient-ils en plein air, elle l'entretenait de ses filles et avait bien soin de rire en serrant les lèvres à moitié pour dissimuler qu'elle était brèche-dents. Car, outre les cheveux clairsemés de son front, des soucis de ce côté aussi l'incitaient à fuir les hommes. Clarissa, disait-elle, aimait beaucoup sa carrière artistique malgré une certaine tiédeur du public, les égratignures de la critique, l'insolente cruauté des régisseurs qui cherchaient à lui gâter son plaisir en lui criant de la coulisse : « tempo ! tempo ! » juste au moment où elle se réjouissait de jouer une scène toute seule. Son engagement du début à Celle étant venu à échéance, le suivant ne l'avait pas menée plus haut. Elle tenait les rôles de jeunes amoureuses dans la lointaine Elbing, en Prusse Orientale, mais elle avait en vue une situation à l'ouest du Reich, à Pforzheim. De là, le saut ne serait pas grand pour atteindre les scènes de Carlsruhe ou Stuttgart. Il s'agissait de ne pas croupir en province et de prendre pied à temps dans un grand théâtre d'État ou dans une capitale, parmi une troupe privée, cotée sous le rapport intellectuel. Clarissa espérait s'imposer. Toutefois, il ressortait de ses lettres, du moins de celles à sa sœur, que ses succès étaient d'un ordre plus personnel, c'est-à-dire sensuel, qu'artistique. En butte à des sollicitations nombreuses, il lui fallait dépenser une partie de son énergie à les repousser avec une froideur ironique. A Inès, sinon à sa mère, elle avait raconté que le riche propriétaire d'un grand bazar, un barbon très bien conservé, avait voulu faire d'elle sa maîtresse, promettant de l'entretenir luxueusement, avec appartement, voiture et toilettes, ensuite de quoi elle aurait facilement réduit au silence l'impudent « tempo ! tempo ! » du régisseur et obtenu un revirement de la critique. Néanmoins, Clarissa était bien trop fière pour édifier sa vie sur des bases de ce genre. Ce qui comptait pour elle, c'était non sa personne mais sa personnalité. Le grand commerçant avait donc été éconduit et Clarissa allait livrer une nouvelle bataille à Elbing.

Au sujet de sa fille Institoris de Munich, la « sénatrice » ne se montra pas aussi loquace. Sa vie semblait moins mouvementée et risquée, plus normale, vue superficiellement et bien entendu Mme Rodde tenait à la voir sous ce jour. Elle posa en principe que le mariage d'Inès était heureux, jugement superficiel s'il en fût. Les jumelles venaient de naître et Mme Rodde s'attendrit en parlant de l'événement — ses trois petits lapins chéris, ses Blanche-Neiges qu'elle allait embrasser de temps en temps dans leur idéale chambre d'enfant. Péremptoirement, non sans orgueil, elle approuva l'inflexibilité avec laquelle son aînée, en dépit des difficultés matérielles, maintenait le train impeccable de sa maison. Ignorait-elle vraiment le secret de Polichinelle, l'histoire avec Schwerdtfeger ou feignait-elle l'ignorance ? Impossible de le déceler. Adrian, le lecteur s'en souvient, en était déjà instruit par moi. Un jour, il reçut la confession de Rudolf. L'incident fut singulier.

Durant la maladie aiguë de notre ami, le violoniste n'avait cessé de se montrer compatissant, fidèle et dévoué. A la faveur de cette circonstance, il essaya de lui marquer le prix qu'il attachait à sa bienveillance et à sa sympathie ; mieux encore, il voulut, je crois, mettre à profit l'état souffreteux d'Adrian diminué et selon lui réduit à une certaine impuissance, pour lui offrir sa sollicitude renforcée d'un grand charme personnel et vaincre une réserve, une froideur, un refus ironique qui pour des motifs plus ou moins sérieux le froissaient, offensaient sa vanité, ou faisaient saigner un sentiment véritable — Dieu le sait. Parle-t-on de la nature flirteuse de Rudolf, on risque de dire un mot de trop. Cependant il ne faudrait pas non plus en dire un de moins et pour ma part, cette nature, ces manifestations, m'apparaissaient sous l'angle d'un démonisme absolument naïf, puéril, même d'une espièglerie de Kobold dont je croyais voir parfois le reflet rieur pétiller dans ses si jolis yeux bleus.

Bref, je le répète, Schwerdtfeger s'empressait auprès d'Adrian malade. Souvent, il s'enquérait de lui par un coup de téléphone à Mme Schweigestill et offrait de venir le voir dès que sa présence serait supportable et qu'un besoin de distraction se ferait sentir. Bientôt donc, les jours où Adrian allait mieux, la visite de Rudi fut autorisée. Il témoigna une joie touchante de le revoir et par deux fois, à peine arrivé, le tutoya. A la troisième fois seulement et comme l'autre ne lui rendait pas son tutoiement, il se reprit, se bornant à l'appeler par son prénom et à lui dire vous. Comme fiche de consolation et à titre d'expérience, Adrian fit également parfois usage de son prénom sans toutefois adopter le diminutif familier à tous ceux qui connaissaient Schwerdtfeger, et en usant de sa forme officielle, Rudolf. Au surplus il y renonça bien vite. Il le félicita des beaux succès que le violoniste venait de remporter. Rudolf avait donné à Nuremberg un récital et notamment sa remarquable exécution de la *Partita* en *mi* majeur de Bach (pour violon solo) lui avait valu les suffrages du public et de la presse. Ensuite, il avait figuré comme soliste à l'un des concerts de l'Académie de Munich, à l'Odéon. Son interprétation de Tartini, suave et parfaite du point de vue technique, avait été extraordinairement goûtée. On avait fermé les yeux sur la faiblesse de sa sonorité, manque auquel suppléaient des compensations musicales (et aussi personnelles). Sa nomination de premier violon de l'orchestre Zapfenstösser — le précédent titulaire devant prendre sa retraite pour se consacrer à l'enseignement — était un fait acquis, en dépit de sa jeunesse. Il paraissait d'ailleurs beaucoup moins âgé qu'il ne l'était et même, phénomène singulier, plus jeune encore qu'à l'époque où j'avais fait sa connaissance.

Malgré tout, Rudi semblait déprimé par certaines circonstances de sa vie privée, sa liaison avec Inès Institoris. Il fit des confidences à Adrian entre quatre yeux ; l'expression « entre quatre yeux » n'est d'ailleurs pas très indiquée, car l'entretien eut lieu dans la chambre obscure et les deux interlocuteurs ne se voyaient pas ou tout au plus s'apercevaient-ils comme des ombres. Les aveux de Schwerdtfeger s'en trouvèrent sans nul doute encouragés et facilités. Ce fut en 1919, par une journée de janvier extrêmement claire, bleue, ensoleillée et brillante de neige. Dès l'arrivée de Rudolf, après le premier échange de saluts au-dehors, à l'air libre, Adrian avait été pris d'une migraine si violente qu'il pria son hôte de rester un moment avec lui dans l'obscurité propice. Ils passèrent donc de la salle de la Victoire à la salle de l'Abbé où l'on se garantit contre la lumière à grand renfort de persiennes et de rideaux. Bientôt l'ambiance fut celle qui m'était connue. Tout d'abord une nuit totale aveugla les yeux, puis ils parvinrent à distinguer à peu près la position des meubles et à discerner le faible chatoiement de la lumière extérieure, un pâle reflet sur les murs. Dans le noir, Adrian, enfoncé au creux de son fauteuil de velours, s'excusa à plusieurs reprises de son exigence. Devant le bureau, Schwerdtfeger occupait le siège à la Savonarole. Il n'éleva aucune objection. Puisque l'obscurité était salutaire à Adrian — et il imaginait aisément combien elle devait l'être — elle aurait ses préférences. Ils causèrent d'une voix amortie, presque basse, un peu à cause de l'état d'Adrian, un peu parce que dans les ténèbres on baisse involontairement le ton. L'obscurité donne une certaine envie de se taire, de laisser tomber l'entretien, mais la civilité de Dresde que représentait Schwerdtfeger et son savoir-vivre ne toléraient point de pause ; sa volubilité combla donc les silences malgré l'incertitude où l'on est des réactions de l'interlocuteur dans une pièce enténébrée. L'entretien porta sur la précarité de la situation politique, les combats dans la capitale du Reich, puis on en vint à la musique moderne et Rudolf siffla avec une grande justesse un fragment des *Nuits dans les Jardins d'Espagne* de Manuel de Falla et des bribes de la sonate de Debussy pour flûte, violon et harpe. Il siffla également la bourrée de *Love's Labour Lost* dans la tonalité voulue et tout de suite après, le thème comique de la petite chienne en pleurs emprunté à la suite pour marionnettes intitulée *De la ruse impie,* sans pouvoir juger si Adrian y prenait plaisir ou non. Puis il soupira qu'il n'était pas du tout d'humeur à siffler ; il avait le cœur très lourd ou sinon lourd, du moins irrité, impatient et aussi déconcerté et soucieux, en un mot lourd. Pourquoi ? La réponse ne serait pas facile, pas très convenable d'ailleurs mais après tout, entre amis, les lois de la discrétion perdaient de leur importance. Celle qui commande au galant homme de ne pas trahir les affaires de femme, il avait assurément l'habitude de la respecter, il n'était pas un bavard ; mais pas non plus uniquement un galant homme, on se trompait beaucoup en ne le voyant que sous l'aspect superficiel d'un viveur et d'un Céladon. Fi donc ! Il était un homme, un artiste, et quant à la discrétion de gentilhomme, il « sifflait dessus », pour autant qu'il était d'humeur à siffler, puisque après tout son confident était renseigné, comme tout le monde. En un mot, il s'agissait d'Inès Rodde ou plutôt Institoris, de leur liaison et il n'y pouvait rien. « Je n'y peux rien, Adrian, crois... croyez-moi. Je ne l'ai pas séduite, c'est elle qui m'a séduit et les cornes du petit Institoris, pour employer cette sotte expression, sont exclusivement son œuvre, pas la mienne. Que faire quand une femme se cramponne à vous comme une noyée et exige que vous soyez son amant ? Lui laisserez-vous votre manteau entre les mains et prendrez-vous la fuite ? Non, cela ne se fait plus, là encore on ne saurait enfreindre le code du galant homme, surtout si la femme est jolie bien qu'un peu fatale et souffreteuse. » Mais lui aussi il était fatal et souffrait, en artiste surmené et souvent soucieux. Il n'était pas le bouillant écervelé ni le jeune dieu rayonnant qu'on imaginait lorsqu'on parlait de lui. Inès se faisait des idées fausses sur son compte et leur liaison portait ainsi à faux, comme si une intrigue de ce genre n'était pas déjà fausse en soi avec les situations absurdes qu'elle comportait perpétuellement et la nécessité d'être prudent et prévoyant à tous égards. Inès s'en tirait pour la simple raison qu'elle aimait passionnément, il pouvait le dire, d'autant qu'au fond son amour reposait sur une image erronée. Lui, il était défavorisé, il n'aimait pas. « Je ne l'ai jamais aimée, je l'avoue franchement. Je n'ai jamais eu pour elle que des sentiments de camaraderie fraternelle. Et si je me suis fourvoyé dans cette aventure, si je continue à traîner cette sotte liaison à laquelle elle s'accroche, c'est par simple scrupule de galant homme. » Il se devait d'ajouter encore une confidence : il y a quelque chose de mal venu, de dégradant, quand la passion, une passion désespérée, émane de la femme et que l'homme s'exécute uniquement par devoir chevaleresque. Il y a là un renversement des rapports de priorité qui provoque un désagréable excédent de poids de la femme en amour, de sorte qu'il fallait bien l'avouer, Inès usait à l'égard de sa personne à lui, de son corps, comme il était habituel et séant à l'homme d'user à l'égard d'une femme. De plus, sa jalousie morbide et d'ailleurs très injustifiée exigeait la possession exclusive de son amant ; injustifiée, il l'avait dit, car il en avait déjà bien assez *avec* elle, et assez *d'elle,* de son étreinte, et son interlocuteur invisible ne pouvait guère se représenter quel soulagement, dans ces conditions, constituait pour lui le voisinage d'un homme éminent et qu'il plaçait si haut, l'ambiance d'un tel homme, les échanges avec lui. On le jugeait généralement mal. Il préférait mille fois une conversation sérieuse, exaltante et stimulante avec un homme pareil, plutôt que de coucher avec des femmes. Oui, s'il lui fallait se définir, il croyait, après une introspection minutieuse, devoir se ranger parmi les tempéraments platoniques.

Et tout à coup, comme pour illustrer ses précédents propos, Rudi en vint au concerto pour violon dont il souhaitait si vivement qu'Adrian l'écrivît à son intention, sur mesure, si possible en lui promettant l'exclusivité des droits d'exécution. C'était son rêve. « J'ai besoin de vous, Adrian, pour m'élever, me parfaire, m'améliorer, et aussi pour me purifier en quelque sorte des autres histoires. Ma parole, c'est ainsi, jamais rien, aucun besoin ne m'a été plus impérieux. Et ce concerto que je souhaite de vous voir écrire pour moi, est l'expression la plus condensée, je dirais symbolique, de ce besoin. Vous feriez cela à merveille, tellement mieux que Delius et Prokofiev, avec un premier thème extrêmement simple et *cantabile* dans le mouvement principal, qui reprend après la cadence. C'est toujours le meilleur moment dans le concerto pour violon classique, quand après l'acrobatie du soliste, le premier thème reprend. D'ailleurs vous n'êtes pas du tout forcé de procéder ainsi, vous n'êtes pas tenu de mettre une cadence, ça fait vieille perruque, vous pouvez envoyer promener toutes les conventions et aussi la suite des mouvements ; le découpage en mouvements n'est pas indispensable. A mon goût, l'*allegro molto* pourrait être placé au milieu, un vrai trille du diable dans lequel tu jonglerais avec le rythme comme vous seul en êtes capable et l'*adagio* viendrait à la fin, en apothéose. On ne saurait assez mépriser les conventions et en tout cas je le servirais aux gens de façon que les yeux leur en sortent de la tête, je me l'incorporerais au point de pouvoir le jouer en dormant et je le soignerais et le couverais dans chaque note comme une mère, car je serais sa mère et vous seriez son père — ce serait entre nous comme un enfant, un enfant platonique — oui, notre concerto, ce serait tellement la réalisation de tout ce que j'entends par platonique...

Ainsi parla Schwerdtfeger. Dans ces pages je me suis souvent exprimé en sa faveur et aujourd'hui encore, passant tout ceci en revue, je me sens enclin à la mansuétude à son égard, sa fin tragique m'ayant en quelque sorte réconcilié avec lui. Toutefois, le lecteur comprendra mieux à présent certains termes que je lui appliquais, cette « naïveté de Kobold » et aussi le « démonisme puéril » que je décelais dans sa nature. A la place d'Adrian — mais il est évidemment insensé de m'y mettre — je n'aurais pas toléré certains propos de Rudolf. Il abusa de l'obscurité. Non seulement il dépassa plusieurs fois la mesure en divulguant sa liaison avec Inès, mais dans une autre direction aussi il s'aventura trop loin, coupablement et espièglement séduit par l'obscurité, dirais-je, si la notion d'entraînement semblait vraiment de mise et si l'on ne devait plutôt parler d'une familiarité prenant hardiment d'assaut l'isolement.

Voilà en effet le nom qui convient aux rapports de Rudi Schwerdtfeger et d'Adrian Leverkühn. L'assaut dura des années et l'on ne saurait lui contester une certaine triste réussite. A la longue, l'isolement se révéla impuissant à résister à la sollicitation et ce fut, il est vrai, au préjudice du solliciteur.

# XXXIV

Au temps où sa santé laissait le plus à désirer, Leverkühn ne s'était pas borné à comparer son tourment aux douleurs en coup de couteau de la Fille des Mers, il avait employé dans notre entretien une autre image encore, avec une précision particulière. Elle me revint quelques mois plus tard, au printemps de 1919, quand il se trouva par miracle déchargé du poids de la maladie. A ce moment son esprit, tel le phénix, atteignit à la suprême liberté et à la stupéfiante puissance d'une fécondité irrépressible — tout au moins continue et impétueuse, presque haletante — et justement l'image dont il avait usé me découvrit qu'aucune démarcation nette ne sépare intérieurement ces deux états, la dépression et l'exaltation, qu'ils ne sont pas dissociés et étrangers l'un à l'autre et que celui-ci se préparait dans celui-là, y était déjà inclus. Inversement la période de santé et de création qui commença ne fut rien moins qu'une époque de quiétude. A sa manière, ce fut également une période de tribulation, de douloureux pourchas, de tourment... Ah ! j'écris mal ! Le désir de tout exprimer à la fois fait déborder mes phrases, les détourne de la pensée qu'elles se proposaient de capter, elles semblent s'écarter du sujet et le perdre de vue. J'agis sagement en prenant les devants pour formuler cette critique avant mon lecteur. L'imbriquement et la déviation de mes idées tiennent à l'émoi où me plonge le souvenir de l'époque dont je parle, l'époque consécutive à l'effondrement de l'autoritarisme allemand, période de relâchement discursif, émouvante à l'extrême. Dans son remous, elle entraîna ma pensée aussi et bouleversa ma paisible conception du monde par des nouveautés difficilement compréhensibles. J'avais l'impression que s'achevait une ère englobant non seulement le XIXᵉ siècle mais remontant à la fin du Moyen Age jusqu'à la rupture des entraves scolastiques, jusqu'à l'émancipation de l'individu, à la naissance de la liberté, une ère que je considérais au fond comme mon climat spirituel, bref celle de l'humanisme bourgeois. J'avais, dis-je, l'impression que son glas avait sonné, qu'une mutation de la vie allait s'accomplir, que le monde passait sous un signe astral encore innommé. Ce sentiment qui m'incitait à tendre mes plus hautes facultés réceptives, ne découlait pas simplement de l'issue de la guerre. Il datait de son début même, quatorze ans après la naissance du nouveau siècle, il était à la base du saisissement devant le destin qu'à ce moment-là avaient éprouvé les esprits de ma sorte. Rien d'étonnant si notre dissolvante défaite le porta à son paroxysme, rien d'étonnant non plus s'il prédomina beaucoup plus dans un pays anéanti comme l'Allemagne que chez les peuples victorieux où l'état d'âme moyen était plus conservateur, en raison même de leur victoire. Pour eux, la guerre ne représenta pas, comme pour nous, une profonde et décisive coupure historique. Ils y virent une perturbation qui avait bien fini, après quoi la vie allait rentrer dans l'ornière. Voilà pourquoi je les enviais. J'enviais en particulier à la France la justification et la confirmation qu'en apparence du moins, la victoire conférait à sa mentalité bourgeoise et conservatrice. Je lui enviais la certitude d'être à l'abri dans le rationalisme classique, qu'elle pouvait tirer de cette victoire. Assurément, en ce temps-là je me serais senti mieux et plus chez moi de l'autre côté du Rhin que de ce côté-ci où, je le répète, beaucoup de nouveautés bouleversantes, inquiétantes, que je m'efforçais de comprendre par souci d'équité, renversaient brusquement ma conception du monde. Ma pensée se reporte aux soirées de discussions troublantes à Schwabing, au logis d'un certain Sixtus Kridwiss rencontré dans le salon des Schlaginhaufen. J'y reviendrai tout à l'heure. Je me borne à dire que les réunions intellectuelles chez lui, auxquelles je m'associais souvent par pur scrupule de conscience, m'imposaient un lourd sacrifice. En même temps, de toute mon âme profondément émue et souvent terrifiée, et d'aussi près que me le permettait l'amitié, je suivais l'éclosion d'une œuvre point dépourvue de certains rapports hardis et prophétiques avec ces dissertations, une œuvre qui, sur un plan supérieur, créateur, les confirmait et les concrétisait. Si j'ajoute que par surcroît il me fallait faire face à mes obligations de professeur sans négliger mes devoirs de père de famille, on concevra le surmenage excessif qui fut à cette époque mon lot. Joint à une nourriture pauvre en calories, il ne contribua pas peu à réduire mon poids.

Ceci aussi, je le relate à seule fin de caractériser ces années au cours rapide et dangereux et certes pas pour attirer la sympathie du lecteur sur mon insignifiante personne qui dans ces mémoires doit être reléguée à l'arrière-plan. J'ai déjà exprimé mon regret de ce que mon zèle de narrateur donne par endroits l'impression que ma pensée a des fuites. Erreur, car j'en tiens fermement le fil. Je m'apprêtais, je ne l'oublie pas, à parler d'une seconde comparaison poignante et révélatrice qu'Adrian fit au temps de ses plus atroces souffrances, indépendamment de celle de la petite Sirène.

— Ce que j'éprouve ? me dit-il alors. A peu près ce qu'éprouvait Jean le martyr plongé dans l'huile bouillante. Voilà comment tu dois te représenter plus ou moins mon état. Victime pieusement résignée, je suis accroupi dans le chaudron d'huile. Au-dessous pétille un joyeux feu de bois qu'attise consciencieusement un brave homme avec son soufflet, en présence de Sa Majesté Impériale- qui surveille de très près — c'est l'empereur Néron, sache-le, en magnifique Grand Turc, une pièce de brocart dans le dos. L'aide du bourreau, avec braguette et veste flottante, puise au moyen d'une louche l'huile bouillante où je macère, pénétré de ferveur, et m'en asperge la nuque. Je suis arrosé selon les règles, comme un rôti, un rôti infernal, c'est un spectacle à voir et tu es invité à te mêler aux assistants sincèrement intéressés qui se pressent derrière la clôture, magistrats, public d'invités, mi-parti en turbans et mi-parti en bons vieux bonnets allemands surmontés de chapeaux. De vertueux citadins, dont l'humeur observatrice se donne libre carrière sous la protection des hallebardiers. L'un d'eux montre à l'autre ce qui arrive à un rôti infernal. Ils ont deux doigts sur la joue et deux sous le nez. Un obèse lève la main comme pour dire : « Dieu préserve tout un chacun ! » Air d'édification stupide sur le visage des femmes. Tu vois ? Nous sommes tous serrés les uns contre les autres, la scène est remplie de figures. Le petit chien du seigneur Néron est venu aussi pour qu'aucune place ne reste vide. Il vous a une mine de griffon en colère. A l'arrière-plan apparaissent les tours, les saillies pointues et les pignons de Kaisersaschern...

Bien entendu il aurait dû dire : de Nuremberg. Car ce qu'il décrivait comme une vision aussi familière que tout à l'heure le corps de l'ondine effilé en queue de poisson, je l'avais reconnu longtemps avant qu'il eût achevé sa description : c'était le premier feuillet de la série de Dürer, l'Apocalypse, gravée sur bois.

A cette époque, cette comparaison m'avait semblé bizarrement tirée par les cheveux tout en suscitant en moi certains pressentiments. Comment n'y aurais-je pas repensé quand par la suite Adrian me dévoila peu à peu son dessein, l'œuvre qu'il maîtrisait victorieusement cependant qu'elle l'écrasait ? Pour elle, il avait lentement rassemblé ses forces, quand la souffrance le terrassait. N'avais-je pas raison de le dire, les états de dépression et d'exaltation féconde de l'artiste, la maladie et la santé, ne sont pas dissociés et ne s'opposent pas nettement ? Plutôt, dans la maladie et en quelque sorte à son couvert, des éléments de santé sont en travail et des éléments morbides subsistent dans l'état sain et constituent un apport au génie. Ainsi en va-t-il, j'en rends grâces à la clairvoyance d'une amitié qui m'a toujours été un sujet de souci et d'effroi mais aussi m'a rempli de fierté : le génie est une forme de force vitale profondément instruite de la maladie, il puise en elle son inspiration génésique et par elle devient générateur.

La conception de son oratorio apocalyptique, sa secrète gestation, remonte donc assez loin dans une période où Adrian semblait complètement à bout de souffle. Pourtant, quelques mois plus tard, l'œuvre devait être jetée sur le papier. J'ai toujours eu l'impression que la misère physiologique de mon ami avait été une sorte de refuge, de cache où sa nature se retirait pour pouvoir, à l'abri de l'épiement et du soupçon, dans un retranchement douloureux des hommes, concevoir et développer des plans pour lesquels la santé normale ne confère pas l'audace nécessaire, des plans pour ainsi dire dérobés au monde inférieur, tirés de lui et qui aspirent au jour. Il me révéla son projet petit à petit, de visite en visite, je le répète. Qu'il écrivît, ébauchât, assemblât, étudiât et combinât, ceci ne pouvait me demeurer celé, je le constatais avec une intime satisfaction. Mes questions tâtonnantes se heurtèrent encore pendant des semaines à un secret à moitié badin, chargé d'un mystère un peu inquiétant, un mutisme farouche et agressivement préservateur, une rétractilité, un rire accompagné d'un froncement des sourcils, des phrases comme : « Pas d'indiscrétion, garde pure ta petite âme ! » ou : « Tu le sauras toujours assez tôt, mon cher » ou, plus explicite et plus disposé à l'aveu : « Oui, il y a là des horreurs sacrées en fermentation. Il semble qu'on ne se débarrasse pas si facilement du virus théologique qu'on a dans le sang. Voilà tout à coup une violente récidive. »

L'allusion confirmait les conjectures que m'avait suggérées la vue d'un étrange vieux bouquin ouvert sur la table de travail, une traduction en vers français du XIIIᵉ siècle de la vision de saint Paul dont le texte grec est du IVᵉ.

Lorsque je lui demandai où il se l'était procuré, il répondit :

— La Rosenstiel me l'a découvert. Ce n'est pas la première curiosité qu'elle me déniche. Une débrouillarde. Mon faible pour les gens qui sont descendus, je veux dire descendus aux enfers, ne lui a pas échappé. Cela crée une familiarité entre des personnages aussi éloignés que Paul et l'Énée de Virgile. Tu te souviens, Dante les cite fraternellement ensemble, comme deux qui seraient descendus là-bas ?

Je m'en souvenais.

— Malheureusement, dis-je, ta *filia hospitalis* ne pourra pas te le lire.

— Non. Il se prit à rire. Pour le vieux français, je dois me servir de mes propres yeux.

En effet, à l'époque où ses yeux lui refusaient leur usage, où la pression de la douleur sur ses paupières et dans les orbites lui interdisait la lecture, Clémentine Schweigestill lui avait souvent lu à haute voix des textes qui, tombant des lèvres d'une aimable fille rustique, semblaient d'ailleurs assez déplacés, et cependant point tout à fait. Moi-même j'avais rencontré la brave enfant chez Adrian, dans la salle de l'Abbé. Très droite sur le siège de Savonarole devant le bureau, elle lisait à l'hôte allongé dans son fauteuil, d'un ton attendrissant, lourd et guindé, d'école populaire haut-allemande, un volume moisi relié en parchemin, sans doute encore une trouvaille de l'ingénieuse Rosenstiel, les expériences mystiques de Mechtilde de Magdebourg. J'avais silencieusement pris place dans le coin sur le banc triangulaire et écouté un moment cette récitation pieusement insolite, excentrique et bégayante.

J'appris ainsi que souvent la jeune fille aux yeux bruns s'installait auprès du malade. Son chaste costume paysan en laine vert olive trahissait une surveillance religieuse, le corsage très montant à petits boutons de métal rapprochés aplatissait le buste juvénile, et à la taille formait une pointe sur la jupe ample tombant jusqu'aux pieds avec pour seul ornement, sous la ruche du col, une chaîne de vieilles monnaies d'argent. De son accent psalmodiant d'écolière, elle lui lisait des ouvrages auxquels certes M. le pasteur n'aurait rien eu à objecter : la littérature visionnaire et les spéculations sur l'au-delà, au début du christianisme et du Moyen Age. De temps à autre, maman Schweigestill passait la tête par la porte et cherchait du regard sa fille dont l'aide ménagère lui eût été précieuse, mais elle se bornait à leur adresser à tous deux un signe d'approbation amical et se retirait aussitôt. Parfois, elle s'asseyait dix minutes près du seuil, sur une chaise, écoutait puis disparaissait sans bruit. Quand Clémentine abandonnait les anagogies de Mechtilde, c'était pour lire les effusions de Hildegarde de Bingen, ou une version allemande de l'*Historia Ecclesiastica Gentis Anglorum* du docte moine Bède le Vénérable, œuvre où s'est conservée une bonne part des fantaisies celtes sur l'au-delà, des expériences visionnaires des époques primitives irlandaise et anglo-saxonne. Ces récits extatiques, pédagogiques, annoncent l'imminence du Jugement dernier, attisent dans les âmes la terreur du châtiment éternel. Pleins d'eschatologies de l'époque préchrétienne et du christianisme à son aube, ils forment une tradition extrêmement dense, foisonnante de répétitions. Adrian s'y enfonça pour se préparer à l'œuvre où tous ces éléments sont condensés en un foyer brûlant. Il les rassemble en une sévère synthèse artistique et, selon l'inflexible mission qui lui était assignée, présente à l'humanité le miroir de la révélation pour qu'elle y voie son sort futur.

« La fin approche, elle approche, elle est en marche vers toi ! Vois, elle approche ! Déjà elle se lève et sur toi s'abat, ô habitant du pays ! » Ces paroles prémonitoires, Leverkühn les place dans la bouche de son *testis,* du témoin, du récitant, dans une ligne mélodique spectrale, bâtie d'intervalles de quartes justes ou de quintes diminuées, basées sur une pédale d'harmonies étranges et qui ensuite forment le texte des répons d'un audacieux archaïsme, répétés inoubliablement en deux chœurs à quatre voix s'opposant dans leur marche : ces paroles, dis-je, ne font nullement partie de l'Apocalypse de saint Jean ; elles proviennent d'une autre source, la prophétie de l'exil à Babylone, les visions et lamentations d'Ézéchiel, d'ailleurs en connexion singulière avec le mystérieux message de Patmos au temps de Néron. Ainsi, la « manducation du livre » qu'Albert Dürer prend hardiment pour thème d'une de ses gravures sur bois est empruntée presque mot pour mot à Ézéchiel ; jusqu'à cette particularité que le livre ou plutôt le « rouleau » où s'inscrivent « les lamentations, gémissements et malédictions » prend dans la bouche de celui qui docilement le mange, la douce saveur du miel. De même, Ézéchiel décrit à l'avance très explicitement et en termes presque analogues la grande Prostituée, la femme sur la Bête : le Nurembergeois s'est amusé à la représenter en utilisant l'étude pour un portrait de courtisane vénitienne qu'il avait apportée avec lui. En fait, il existe une tradition culturelle de l'Apocalypse. Elle transmet aux mystiques des visions et des expériences en quelque sorte préétablies — si curieux soit-il, du point de vue psychologique, que la fièvre de l'un lui montre une image apparue avant lui à d'autres dans leurs fièvres, et que l'extase soit non point indépendante mais empruntée, routinière. Pourtant, il en est ainsi et je le signale en remarquant que Leverkühn, pour son incommensurable œuvre chorale ne se borna pas à la Révélation du seul Jean ; il y intégra toutes les sources visionnaires antérieures dont je parle, créant ainsi une apocalypse personnelle, un résumé des prophéties relatives à la fin. Le titre, *Apocalipsis cum figuris,* est un hommage à Dürer et se propose sans doute de souligner la réalisation visuelle, la graphie minutieuse, la densité de l'espace grouillant de détails fantastiques et exacts, communes aux deux œuvres. Toutefois, il s'en faut de beaucoup que la prodigieuse fresque d'Adrian se calque sur les quinze illustrations du Nurembergeois. Certes, elle doit sa résonance terrifiante et d'un art achevé à mainte parole du mystérieux document dont Dürer aussi s'inspira : mais il a élargi le champ des possibilités musicales, du choral, du récitatif, de l'aria, en incorporant dans sa composition des passages choisis parmi les plus sombres du Psalmiste, tel ce pénétrant : « Car mon âme est pleine de gémissements et ma vie proche de l'enfer » ainsi que les visions et dénonciations les plus expressives et terribles des Évangiles apocryphes ; en outre, certains fragments des lamentations de Jérémie qui exercent aujourd'hui encore un indicible attrait, sans parler d'apports plus lointains. Tout cela contribue à créer l'impression générale d'un autre monde qui s'ouvre, du grand règlement de compte, d'une descente aux enfers où s'insèrent et se développent les représentations de l'au-delà, celles des stades chamans, de l'Antiquité et du christianisme jusqu'à Dante. L'imagerie sonore de Leverkühn rappelle beaucoup le poème de Dante et plus encore ce mur où se tordent d'innombrables corps, où les anges embouchent les trompettes de la Fin, où la barque de Charon se décharge de son fardeau, les morts ressuscitent, les saints adorent, les masques diaboliques guettent le signal de Minos ceinturé de sa queue ; où le damné, bien en chair, entouré, porté, tiré par de ricanants Fils de l'abîme, fait une atroce descente, tandis que d'une main cachant l'un de ses yeux, il fixe l'autre œil avec épouvante sur la catastrophe éternelle ; et non loin de lui la Grâce arrache à la chute deux âmes de pécheurs et les emporte vers le salut. Bref, je parle de la construction en groupes et scènes du Jugement dernier.

On pardonnera au lettré que je suis malgré tout, si pour commenter une œuvre troublante et qui le touche de près, il recourt à des comparaisons avec des témoignages de la culture, précis et familiers. C'est en guise d'apaisement. Aujourd'hui encore, pour aborder ce sujet, j'en ai besoin comme à l'époque où j'assistais à son éclosion avec effroi, avec stupeur, accablement et fierté. Cette expérience incombait de droit à mon affectueux dévouement pour son auteur, mais en même temps elle excédait mes forces psychiques, j'en étais bouleversé jusqu'au tremblement. En effet, passée la première période de mystère et de réserve, Adrian avait vite laissé l'ami d'enfance pénétrer dans son domaine actif. A chacune de mes visites à Pfeiffering (et bien entendu je les multipliais, j'y allais presque tous les samedis et dimanches), il m'était permis d'entendre de nouvelles parties de l'œuvre en gestation ; des adjonctions et *pensa* d'une longueur parfois incroyable ; et surtout, étant donné la complexité spirituelle et technique d'une facture volontairement pliée à des lois rigoureuses, il y avait là de quoi faire blêmir un homme habitué à un processus bourgeoisement modéré et pondéré. Oui, je l'avoue, dans ma crainte peut-être naïve, je dirais ma crainte de créature mortelle devant cette œuvre, entra en grande partie mon saisissement de la rapidité absolument anormale de l'exécution. Le gros du travail fut achevé en quatre mois et demi, donc dans le laps de temps qu'eût pris sa simple transcription, sa copie.

Évidemment et de son propre aveu, cet homme vivait dans un état de haute tension, d'inspiration non point euphorique mais tourmentée, traquée, où sitôt entrevu en éclair et formulé, le problème (la *besogne* de la composition à laquelle il s'était de tout temps attaché) se confondait avec sa solution ; elle s'imposait, l'illuminait et lui accordait à peine le temps de noter à la plume, au crayon, les idées qui se pourchassaient, ne lui laissaient pas de trêve, le réduisaient à l'esclavage. Bien qu'encore très fragile, il travaillait dix heures par jour, s'interrompant seulement pour un bref répit à midi et parfois une promenade en plein air autour de la Klammermulde, sur le Zionsberg — rapides excursions plutôt semblables à une tentative d'évasion qu'à un délassement. Sa démarche tantôt précipitée, tantôt hésitante, décelait qu'elles étaient une forme d'agitation. Durant bien des soirées du samedi passées en sa compagnie, j'ai vu, j'ai pu constater combien peu il dominait cette agitation, combien il était peu capable de se maintenir dans l'état de détente qu'il avait recherché en causant avec moi de sujets quotidiens ou indifférents. Je le vois quittant brusquement sa pose nonchalante, se redressant ; son regard devenait fixe et guetteur, ses lèvres s'entrouvraient et une rougeur qui m'était pénible, comme une sorte de fébrilité, montait à ses joues. Qu'était-ce ? Une de ces illuminations mélodiques auxquelles il se trouvait, je serais presque tenté de dire, exposé ces jours-là et par quoi des puissances que je veux ignorer tenaient leur parole ? L'éclosion dans son esprit, d'un de ces thèmes d'une plasticité magistrale dont abonde l'œuvre apocalyptique, aussitôt soumis à une maîtrise réfrigérante, en quelque sorte bridé, ordonné par rangées successives, manié en tant que matériau de la composition ? Je le vois s'avancer vers sa table en murmurant : « Parle encore, parle toujours », déplier brusquement le brouillon de l'orchestration — un feuillet rejeté trop impétueusement se déchirait du bas — et avec une grimace, un mélange d'expressions indéfinissable mais qui à mes yeux déformait l'intelligente et fière beauté du visage, poser le regard sur un passage — peut-être celui du chœur effroyable de l'humanité en fuite devant les quatre Cavaliers, certe mêlée d'humains trébuchants, terrassés, foulés sous les sabots des chevaux ; ou le cri sinistre de l'Oiseau de malédiction confié au chevrotement sarcastique du basson ; ou bien il notait le chant antiphonal qui m'avait serré le cœur dès la première audition, la dure fugue chorale accompagnant les paroles de Jérémie :

> *Pourquoi l'homme vivant murmurerait-il,*
> *l'homme qui souffre pour ses péchés ?*
> *Recherchons nos voies et les sondons*
> *et retournons à l'Éternel.*

. . . . . . . . . . . . . . . . . . . . . . . . . . . . . . . . . . . . . . . . . . . . . . . . . . . . .

> *Nous avons prevariqué,*
> *nous avons été rebelles,*
> *et dans ta justice tu n'as point pardonné,*
> *tu nous as couverts de ta colère*
> *et nous as poursuivis, tu as tué et n'as point épargné.*

. . . . . . . . . . . . . . . . . . . . . . . . . . . . . . . . . . . . . . . . . . . . . . . . . . . . .

> *Tu as fait de nous la balayure et le rebut*
> *entre les peuples.*

J'appelle ce morceau une fugue et il produit un effet fugué, toutefois sans que le thème se répète franchement ; il suit le déroulement de l'ensemble, en sorte que le style auquel l'artiste feint de se conformer est en réalité dissous et pour ainsi dire conduit *ad absurdum* — ce qui ne va pas sans une réminiscence de la forme fuguée archaïque de certaines *canzoni* et *ricercate* d'avant Bach où le thème de la fugue n'est pas toujours défini et maintenu sans une équivoque.

Adrian jetait un coup d'œil par-ci par-là, prenait sa plume à musique, la repoussait, marmonnait : « Soit, à demain », et revenait vers moi le front encore empourpré ; mais je savais qu'il n'attendrait pas au lendemain — ou je le craignais — et qu'aussitôt après m'avoir quitté il se mettrait au travail et développerait l'idée inopinément surgie pendant notre conversation, pour donner ensuite à son sommeil, au moyen de deux comprimés de luminal, une profondeur destinée à en compenser la brièveté, et recommencer au point du jour.

Il citait :

*Allons, psaltérion et harpe,*
*je veux être tôt debout !*

car il vivait dans la crainte de se voir retirer prématurément la grâce, ou la disgrâce, de l'illumination qui lui avait été impartie. En effet, il eut une rechute avant l'achèvement de l'œuvre, ce dénouement terrifiant qui réclama tout son courage et qui, très loin de la musique romantique de la rédemption, confirme de façon si inexorable le caractère théologiquement négatif et impitoyable de l'ensemble. Son mal le reprit juste au moment où il s'apprêtait à mettre au point cette ruée de sons que les cuivres se jettent des coins les plus opposés et qui produisent l'impression d'un abîme entrouvert pour un engloutissement sans espoir. La crise dura plus de trois semaines, avec les mêmes douleurs et malaises que naguère. Selon ses propres termes, il en perdit jusqu'au souvenir de l'art de la composition et de sa pratique. L'accès passa. Au début d'août 1919, il se remit au travail et vers la fin de ce mois riche en chaudes journées ensoleillées, tout était terminé. Les quatre mois et demi que j'ai indiqués comme période de l'élaboration de l'œuvre s'achèvent au début de la pause d'épuisement. Compte tenu de celle-ci et du travail final, il lui fallut, phénomène assez stupéfiant, six mois pour rédiger le premier jet de l'*Apocalypse*.

## XXXIV (suite)

Est-ce là tout ce que j'ai à dire dans cette biographie, sur l'œuvre mille fois haïe et abordée avec répugnance, mais aussi mille fois chérie et exaltée de l'ami disparu ? Que non. Beaucoup de choses pèsent encore sur mon cœur. J'avais le propos d'exprimer les qualités et les traits par quoi elle m'intéressait, m'accablait et m'intimidait, je dirais mieux, me faisait peur — tout cela bien entendu à base d'admiration. Je me promettais d'établir un parallèle entre cette œuvre et l'effort intellectuel qui me fut imposé lors des discussions chez le sieur Sixtus Kridwiss, mentionnées brièvement plus haut. En effet, les idées nouvelles enregistrées au cours de ces soirées, jointes à ma sollicitude pour la création solitaire d'Adrian, me soumirent au surmenage cérébral qui me coûta bel et bien quatorze livres de mon poids.

Kridwiss, graveur et expert en éditions d'art, collectionnait des gravures sur bois et en couleurs d'Extrême-Orient et des céramiques. A la demande de diverses associations culturelles, il faisait sur ce thème des conférences érudites et subtiles dans certaines villes du Reich et même à l'étranger. C'était un petit monsieur sans âge, à l'accent fortement rhénan mâtiné de hessois, d'une agilité d'esprit peu commune. Sans attache spirituelle définie, il suivait les mouvements de l'époque par curiosité pure et déclarait « d'une importance énoôôrme » tout ce qui lui en revenait aux oreilles. A Schwabing, dans son logis de la Martius-strasse, où le salon s'ornait de ravissants lavis à l'encre de Chine et en couleurs (de l'époque Sing), il se plaisait à réunir les esprits directeurs ou du moins initiés et mêlés à la vie intellectuelle, pour autant que la bonne ville de Munich en contenait dans ses murs. Il organisait des soirées de débats entre hommes, d'intimes séances de la Table Ronde qui ne groupaient pas plus de huit à dix personnalités. On s'y retrouvait après le dîner, vers neuf heures. L'hôte ne se mettait guère en frais. L'agrément de ces réunions consistait dans l'absence de contrainte et l'échange des idées. D'ailleurs cette haute tension cérébrale ne se maintenait pas toujours. Souvent l'entretien tournait au bavardage bon enfant, familier ; car en raison des goûts et des relations de Kridwiss, le niveau intellectuel des assistants était un peu inégal. Ainsi, on voyait parmi eux deux membres de la famille grand-ducale de Hesse-Nassau, d'aimables jeunes gens qui faisaient leurs études à Munich. Le maître de la maison les appelait, avec quelque enthousiasme, « les beaux princes ». Leur présence imposait à la conversation une certaine retenue, peut-être parce qu'ils étaient de beaucoup les plus jeunes. Je ne dirai pas qu'ils gênaient. Souvent un entretien d'ordre supérieur se déroulait tranquillement par-dessus leur tête et ils se bornaient au rôle d'auditeurs modestement souriants ou graves et ébahis. Plus irritante pour moi était la présence de ce jongleur de paradoxes déjà connu de mon lecteur, le Dr Chaim Breisacher. Je ne pouvais le souffrir, je l'ai déjà avoué, mais son flair et sa subtilité semblaient indispensables en l'occurrence. Que l'industriel Bullinger fît aussi partie des invités, grâce au chiffre élevé de ses taxations fiscales, qu'il fût autorisé à tonitruer son avis sur les questions culturelles les plus délicates m'agaçait également.

J'irai plus loin, je confesserai qu'au fond aucun de ceux qui étaient assis autour de la table ne me plaisait vraiment, aucun ne m'inspirait une confiance sans mélange. J'excepterai peut-être Helmut Institoris, lui aussi un assidu de ce cercle. J'entretenais avec lui des rapports amicaux à travers sa femme. Toutefois sa personne éveillait en moi des associations d'idées soucieuses, d'un ordre différent. Du reste, que pouvais-je reprocher au Dr Unruhe, Egon Unruhe, un philosophe paléozoologiste, qui dans ses écrits établissait des rapports très ingénieux entre la géologie, la paléontologie et la vérification scientifique de légendes primitives ? Ainsi, dans son enseignement, un darwinisme sublimé si l'on veut, tout ce à quoi une humanité évoluée a cessé de croire sérieusement, devenait véridique et réel. D'où venait ma méfiance contre cet érudit appliqué à de hautes pensées ? Et à l'égard du professeur Georg Vogler, historien des lettres, auteur d'un traité très estimé de la littérature allemande considérée sous l'angle ethnique ; l'écrivain n'y était pas jugé et apprécié en tant qu'écrivain et esprit de formation universelle, mais comme produit autochtone et authentique du terroir, de son petit coin natal concret et spécifique qui portait témoignage pour lui et pour lequel il portait témoignage. Tout cela était très honnête, viril, digne et louable du point de vue critique. Le professeur Gilgen Holzschuher, l'historien d'art spécialisé dans l'étude de Dürer, autre invité, me causait un malaise analogue, difficile à motiver. Ceci vaut surtout pour Daniel Zur Höhe, le poète souvent présent, un garçon de trente ans, hâve, vêtu d'un habit noir haut boutonné, de coupe ecclésiastique, au profil d'oiseau de proie et au débit martelé, avec des « mais oui, mais oui, pas si mal, oh ! si vraiment, on peut le dire », qu'il scandait nerveusement et avec ferveur en tapant de la semelle. Il aimait croiser ses bras sur sa poitrine, une main passée dans son gilet en un geste à la Napoléon, et ses rêves poétiques gravitaient autour d'un monde que des campagnes sanglantes auraient soumis au pur esprit et où cet esprit maintiendrait l'effroi et une stricte discipline. Il l'avait décrit dans *Proclamations,* son unique œuvre, je crois, parue avant la guerre sur papier à la cuve, une explosion de lyrisme et de rhétorique d'un terrorisme effréné. On ne pouvait d'ailleurs lui contester une certaine force d'expression. Le signataire de ces proclamations, une entité nommée Christus Imperator maximus, d'une énergie dominatrice, levait des troupes prêtes à la mort pour conquérir la terre entière, lançait des messages semblables à des ordres du jour, imposait aux vaincus des conditions d'une inflexibilité sadique, prêchait la pauvreté et la chasteté et ne tarissait pas sur l'obéissance, une obéissance exigée à coups de poing, indiscutable et illimitée. « Soldats ! » ainsi s'achevait le poème, « je vous livre, pour le piller..., le monde ! »

Tout cela était « beau » et avait très fortement conscience de l'être. Beau selon les lois d'un esthétisme cruel, d'un insolent esprit blagueur et irresponsable, comme peuvent se le permettre les poètes — le plus grand scandale esthétique qu'il m'ait été donné de voir. Il va de soi que Helmut Institoris l'appréciait beaucoup. Ailleurs aussi, l'auteur et l'œuvre étaient tenus en haute estime et mon antipathie à leur égard manquait d'assurance, sachant qu'elle dérivait surtout de l'agacement que produisaient sur moi le cercle de Kridwiss et ses prétentieux inventaires critiques de la culture que pourtant je me faisais un devoir de connaître.

J'essaierai, aussi brièvement que possible, de résumer l'essentiel de ces bilans. Notre hôte les trouvait à juste titre d'une importance « énoôôrme », et Daniel Zur Höhe les accompagnait de ses : « Oh ! si, évidemment, pas si mal, mais oui, on peut le dire » stéréotypés, encore qu'il ne s'agît pas exactement de livrer le monde au pillage de la soldatesque assermentée de Christus Imperator maximus. Simple symbolisme poétique, on s'en doute. Dans leurs palabres, ces messieurs émettaient des aperçus sur les réalités sociologiques. Ils se proposaient de définir l'heure présente et celle à venir, qui offraient quelque analogie, il est vrai, avec les belles horreurs ascétiques des fantaisies de Daniel. Je l'ai moi-même observé plus haut, les pays vaincus avaient ressenti très vivement le bouleversement et la destruction de valeurs vitales en apparence fixes et par là s'étaient assuré une sorte d'avance spirituelle sur les autres nations. On sentait avec force, on constatait objectivement l'immense perte de valeur que l'individu avait subie du fait de la guerre, le mépris avec lequel, de nos jours, la vie balayait les isolés, mépris qui s'infiltrait également dans les âmes sous forme d'une indifférence générale aux souffrances et à l'anéantissement d'un chacun. Cette indifférence à l'égard du destin individuel eût pu sembler le résultat de la kermesse sanglante de quatre années à peine révolues. Pourtant on ne s'y méprenait pas. Comme sous beaucoup d'autres rapports, là aussi la guerre avait simplement achevé, traduit, concrétisé en une expérience drastique ce qui depuis longtemps couvait déjà. Un nouveau sentiment de la vie avait pris naissance. Il n'était pas sujet à blâme ou à louange, mais à examen, à constatation objective ; et la connaissance impartiale de la réalité, précisément en vertu du plaisir de la cognition, impliquant toujours un peu une adhésion, comment des analyses de ce genre ne seraient-elles pas allées de pair avec une critique à multiples facettes, voire universelle, de la tradition bourgeoise ? J'entends par là les valeurs civilisatrices de l'âge des lumières, de l'humanité, des rêves, tel l'ennoblissement des peuples au moyen de la culture scientifique. Que des représentants de la culture, de l'enseignement, de la science, pussent se livrer à ce dénigrement avec sérénité, souvent non sans un rire de complaisance à leur propre adresse, non sans griserie intellectuelle, conférait à la chose un attrait particulier, piquant, inquiétant ou même légèrement pervers. Est-il besoin de l'ajouter, pas un instant la forme d'État que nous avait infligée la défaite, la liberté devenue notre lot, en un mot la république démocratique, ne fut tenue pour un cadre adéquat à l'ordre nouveau que l'on entrevoyait. A l'unanimité, on proscrivait cette forme de gouvernement comme éphémère et par avance sans action possible sur la situation, bref comme une mauvaise plaisanterie.

On citait Tocqueville (Alexis de). N'avait-il pas dit que deux torrents étaient issus de la Révolution comme d'une source commune, l'un apportant aux hommes de libres institutions l'autre le pouvoir absolu ? Aux « libres institutions », aucun des beaux parleurs de chez Kridwiss ne croyait plus, d'autant que la liberté, disaient-ils, s'infligeait un secret démenti, puisque pour s'affirmer elle devait limiter celle de l'adversaire et donc s'abolir elle-même. Tel était son sort si, au préalable, on n'avait jeté par-dessus bord le pathos libertaire des droits de l'homme, à quoi l'époque inclinait d'ailleurs beaucoup plus qu'à s'engager dans le processus dialectique qui transformait la liberté en une dictature partisane. Au surplus, tout aboutissait à la dictature, car avec l'éclatement des moules politiques et sociaux traditionnels dérivés de la Révolution française, une ère nouvelle avait point, qui, consciemment ou non, avouée ou pas, tendait à la domination despotique sur des masses nivelées, atomisées, sans contacts et, comme l'individu, impuissantes.

— Très bien, très bien. Oh ! si pourtant, on peut le dire ! affirmait Zur Höhe, et il battait du pied avec insistance.

Évidemment, on pouvait le dire, sauf qu'après tout, comme il s'agissait d'une montée de la barbarie, on aurait dû, à mon sens, le formuler avec un peu plus de crainte, d'effroi, sans étaler une complaisance sereine dont on pouvait tout au plus espérer qu'elle s'adressait à la découverte des choses et non aux choses mêmes. De l'accablante alacrité des orateurs, je donnerai une image concrète. Nul ne s'étonnera qu'au cours des entretiens de cette avant-garde de la culture critique, un ouvrage paru sept ans avant la guerre, les *Réflexions sur la Violence,* de Sorel, jouât un rôle marquant. Son impitoyable annonce de la guerre et de l'anarchie, sa définition d'une Europe vouée à être le théâtre du futur cataclysme guerrier, son assertion qu'une seule idée, — faire la guerre — pouvait unir les peuples de cette partie-ci du globe, tout cela permettait de l'appeler le livre de ce temps. Désignation justifiée en outre par la conviction de l'auteur, sa prophétie qu'aux époques grégaires les discussions parlementaires se révéleraient complètement impuissantes à forger une volonté politique et qu'à leur place, à l'avenir, les hommes seraient nourris de mythes, appels primitifs au combat destinés à déchaîner les énergies de cet ordre, à les stimuler. Tel était en effet le message prémonitoire, brutal et bouleversant de l'auteur. Les mythes populaires, ou plutôt adaptés aux foules, deviendraient désormais le véhicule du mouvement politique : les fictions, les chimères, les fables. Elles n'auraient pas besoin d'avoir le moindre rapport avec la vérité, la raison, la science, pour être créatrices, conditionner la vie et l'histoire, et ainsi s'avérer réalités dynamiques. L'ouvrage, on le voit, ne portait pas en vain son titre gros de menaces. La force y était présentée comme l'antithèse victorieuse de la vérité. Il laissait entendre que le destin de la vérité s'apparentait de près à celui de l'individu et même s'identifiait à lui, leur sort commun étant la dévaluation.

Il creusait ironiquement un abîme entre la vérité et la force, la vérité et la vie, la vérité et la collectivité. Il laissait implicitement entrevoir que cette dernière méritait la précellence sur l'autre, celle-là devant être subordonnée à celle-ci et quiconque voulait s'intégrer à la collectivité devait être prêt à sacrifier en grande partie la vérité et la vie, prêt au *sacrificium intellectum.*

Et maintenant, j'en viens à « l'image concrète » que j'ai annoncée. Qu'on se représente ces messieurs, eux-mêmes des savants, des érudits, professeurs des grandes Écoles, un Vogler, un Unruhe, un Holzschuher, un Institoris et aussi un Breisacher, se divertissant d'une situation grosse pour moi d'éléments effrayants et la considérant comme un fait accompli ou inévitable. Ils se plaisaient à imaginer la séance d'un tribunal où l'on discuterait un de ces mythes à l'usage des masses et propres à déclencher un élan politique, à saper l'ordre social bourgeois. Les parties en présence, accusateurs et accusés, auraient à se défendre contre le reproche de « mensonge » et de « truquage » et s'affronteraient dans un corps à corps ; elles se manqueraient risiblement, leurs arguments se croisant sans se toucher et tombant dans le vide. Le grotesque de la chose était l'imposant appareil des témoignages scientifiques invoqués pour dénoncer le charlatanisme comme tel et comme un scandaleux outrage à la vérité. En effet, pour porter atteinte à la fiction dynamique et historiquement créatrice, au soi-disant « truquage », c'est-à-dire à une foi susceptible d'engendrer un esprit collectif, on ne pouvait l'attaquer avec les armes de la vérité, car les champions de la fiction affichaient des mines d'autant plus sarcastiques et supérieures qu'on s'acharnait à réfuter cette fiction sur un terrain tout à fait étranger et pour elle inexistant, le terrain de la science, de la vérité loyale, objective. Ah ! bon Dieu ! la science, la vérité ! L'esprit de cette exclamation donnait le ton des exposés dramatiques des interlocuteurs. Ils ne se lassaient pas de l'amusement que leur procurait l'assaut désespéré de la critique et de la raison contre la conviction aveugle, une conviction absolument invulnérable, intangible. Ils s'entendaient, en conjuguant leurs efforts, à placer la science sous un jour de si comique impuissance que même les « beaux princes » se divertissaient fameusement, en enfants qu'ils étaient. Au cours de ces débats, la Justice avait à dire le dernier mot, à prononcer la sentence. Or, les joyeux discoureurs de la Table Ronde n'hésitaient pas à lui attribuer le désaveu de soi qu'eux-mêmes pratiquaient. Une jurisprudence désireuse de s'appuyer sur le sentiment populaire, et de ne pas s'isoler de la collectivité, ne pouvait se permettre d'adopter le point de vue de la soi-disant vérité théorique, opposé à la collectivité. Elle devait affirmer son modernisme et son patriotisme au sens le plus moderne, en respectant l'effroyable mensonge, en acquittant ses apôtres et en renvoyant la science, le nez bas.

Oh ! certes, certes, assurément, on pouvait le dire. Toc, toc.

J'éprouvais un malaise au creux de l'estomac, mais je n'avais pas le droit de jouer les trouble-fête et de marquer ma répugnance. Il me fallait m'associer tant bien que mal à l'hilarité générale, d'autant que tout ceci ne constituait pas une adhésion pure et simple, mais plutôt une connaissance anticipée, rieuse et sereinement intellectuelle de ce qui était ou allait advenir. Je suggérai bien une fois que « si nous voulions être sérieux un instant », nous devrions réfléchir au problème suivant : le penseur soucieux des besoins de la collectivité ne ferait-il pas mieux de se proposer la vérité ? Car indirectement et à la longue, on servait mieux les masses en leur dispensant une vérité même amère, qu'avec un mode de pensée qui prétendait les servir au détriment du vrai et au fond, par ce désaveu, bouleversait sinistrement les assises profondes d'une collectivité véritable. De ma vie, je n'ai fait une remarque qui ait éveillé moins d'écho. Au surplus, je l'avoue, elle manquait de tact, elle reflétait un idéalisme connu, archi-connu, connu jusqu'à être rabâché, gênant pour l'esprit nouveau. Mieux valait, avec les autres membres verveux de la Table Ronde, observer et étudier le nouveau et, au lieu d'une opposition stérile assez fastidieuse, ajuster mes conceptions à la courbe des débats et me faire, dans leur cadre, une image de la société future déjà secrètement en gestation malgré mon malaise au creux de l'estomac.

Une société à la fois ancienne et nouvelle ; un monde révolutionnaire et rétrograde où les valeurs associées à l'idée de l'individu — vérité, liberté, droit, raison — se vidaient de leur substance, étaient rejetées ou du moins admises dans un sens tout à fait différent de celui que leur prêtaient les derniers siècles. Arrachées à la pâle théorie, elles se référaient sanguinairement à un tribunal supérieur de la force, une dictature de la croyance aveugle, — et ce, non d'une façon réactionnaire comme la veille et l'avant-veille, mais de telle sorte qu'il y avait là comme une régression très novatrice de l'humanité vers une théocratie moyenâgeuse. Ce n'était pas plus rétrograde en somme que le chemin parcouru autour d'une sphère et qui revient à son point de départ ne constitue une régression. Voilà précisément : régression et progrès, l'ancien et le nouveau, le passé et l'avenir ne faisaient qu'un et la droite politique rejoignait de plus en plus la gauche. L'impartialité dans l'investigation, dans la libre pensée, loin de représenter le progrès, ressortissait plutôt à un monde attardé, au monde de l'ennui. La pensée avait licence de légitimer la force tout comme, sept siècles auparavant, la raison avait été libre de discuter la foi religieuse, de prouver le dogme. Elle était là pour cela et de nos jours cette mission incombait à la pensée ou allait lui incomber demain. Cet esprit d'investigation avait certes des idées préconçues et combien ! Elles donnaient à la collectivité sa force et son autorité, comme allant tellement de soi que la science ne s'apercevait même pas qu'elle n'était plus libre. Elle restait libre subjectivement, à l'intérieur d'entraves objectives si soudées à sa chair, si naturelles qu'elle n'avait en aucune manière le sentiment d'être ligotée. Pour se rendre compte de ce qui nous attendait et se débarrasser d'une crainte absurde à cet égard, il suffisait de se rappeler que le caractère impératif de certains préjugés et de certaines conditions sacro-saintes n'avait jamais mis obstacle à la fantaisie et à la hardiesse individuelles de la pensée. Au contraire, précisément parce que l'uniformité et l'assujettissement spirituels de l'homme médiéval lui avaient été d'avance imposés par l'Église comme une chose absolument inéluctable, il avait fait preuve de beaucoup plus de fantaisie que le bourgeois de l'époque individualiste, il avait pu s'abandonner avec d'autant plus de sécurité et d'insouciance à son imagination.

Oh ! oui, la force offrait un terrain solide où poser le pied, elle était antiabstraite et j'avais raison d'envisager, avec les amis de Kridwiss, comment l'ancien-nouveau transformerait méthodiquement la vie dans tel ou tel domaine. Le pédagogue, par exemple, savait qu'aujourd'hui dans l'enseignement élémentaire prévalait la tendance à s'écarter du système primaire d'apprendre les lettres et d'épeler. On se tournait vers une autre méthode consistant à enseigner les mots, à lier l'écriture à la vision concrète des choses. C'était dans une certaine mesure une déviation de l'écriture au moyen de signes, l'écriture abstraite universelle, point rattachée au langage. Il y avait là en quelque sorte un retour à l'idéographie des peuples primitifs. A part moi, je me disais : d'ailleurs à quoi bon les mots, à quoi bon l'écriture, la parole ? L'objectivité radicale devrait s'en tenir aux choses seules. Et je me rappelais une satire de Swift où des savants épris de réforme, pour ménager leurs poumons et s'affranchir de la phrase, décident de supprimer le vocable et le discours, et de s'entretenir en désignant les objets mêmes, qu'on se trouve alors forcé, il est vrai, par souci d'intelligibilité, de transporter sur son dos en aussi grand nombre que possible. Le passage est fort burlesque surtout parce que ce sont les femmes, le peuple et les analphabètes qui protestent contre cette nouveauté et insistent pour se servir des mots. Mes interlocuteurs ne se risquaient pas aussi loin que les savants de Swift. Ils se donnaient plutôt des airs d'observateurs qui prennent leurs distances et considéraient comme d'une importance « énoôôrme » la tendance générale et déjà manifeste à laisser tomber purement et simplement ce qu'on avait appelé les acquisitions culturelles, au nom d'une simplification nécessaire, exigée par les temps et qualifiable, si l'on voulait, de « néo-barbarie consciente ». Devais-je en croire mes oreilles ? Il me fallait rire et cependant je sursautai littéralement quand soudain ces messieurs, par une association d'idées avec l'art dentaire, en vinrent à parler de la « dent morte », notre symbole de critique musicale, à Adrian et à moi. Je crois vraiment que, tout en riant avec les autres, je rougis quand parmi l'hilarité générale des esprits grisés d'eux-mêmes fut exposée la propension croissante des dentistes à extraire les dents au nerf mort, parce qu'ils en étaient arrivés à les considérer comme des corps étrangers, infectieux ; cette théorie succédait au long et difficile perfectionnement, extra-raffiné, du traitement des racines au XIXᵉ siècle. Notons-le (le Dr Breisacher en fit la remarque avec subtilité, au milieu de l'approbation générale), le point de vue hygiénique semblait en l'occurrence une forme rationnelle de la tendance à laisser tomber, à renoncer, à supprimer et à simplifier. En matière de salubrité, on pouvait soupçonner l'idéologie de se donner libre cours. Sans doute, pour peu qu'un jour on s'avisât d'instituer une hygiène nationale et raciale, on aboutirait à la non-conservation des malades sur une plus vaste échelle, la suppression des débiles, des inaptes à la vie. En réalité, ces messieurs ne voulaient nullement le nier, et au contraire le soulignaient, il s'agissait de résolutions beaucoup plus graves, il s'agissait d'abjurer tout attendrissement, œuvre de l'âge bourgeois, de modeler l'humanité à l'intention d'époques dures et sinistres, dédaigneuses du sentiment humain, pour préparer une ère de grandes guerres et de révolutions qui nous ramènerait sans doute bien loin en arrière de la civilisation chrétienne du Moyen Age et ressusciterait plutôt la sombre époque antérieure, consécutive à l'effondrement de la culture antique.

## XXXIV (fin)

Comprendra-t-on qu'à vouloir s'assimiler des nouveautés de ce genre, un homme y laisse quatorze livres de son poids ? Certes, je n'aurais pas subi cette déperdition si je n'avais cru aux pronostics des habitués de Kridwiss et si j'avais pu me persuader que ces messieurs radotaient. Hélas ! j'étais convaincu du contraire. Pas un instant je ne me dissimulai qu'avec une sensibilité tactile digne de louange, ils avaient mis le doigt sur le pouls du temps et prédisaient la vérité selon ses pulsations. Seulement, je le répète, j'aurais été très reconnaissant et sans doute n'aurais-je maigri que de sept livres au lieu de quatorze s'ils s'étaient montrés un peu plus effrayés devant leurs constatations et leur avaient opposé une certaine critique d'ordre moral. Ils auraient pu dire : « Par malheur, les choses semblent prendre telle et telle tournure. En conséquence, il faut s'interposer, mettre les gens en garde contre la catastrophe imminente, faire notre possible pour l'empêcher. » Or, ce qu'ils disaient équivalait à : « L'événement approche, il approche et, quand il sera là, il nous trouvera à sa hauteur. C'est intéressant, et même bien, du fait que ce sera l'événement nouveau et l'avoir décelé constitue déjà une assez grande prouesse et un plaisir. Il ne nous appartient pas de lui faire obstacle. » Ainsi s'exprimaient ces lettrés, dans le filigrane ; mais la joie de la découverte était fallacieuse. Ils sympathisaient avec son objet, que sans cette sympathie ils n'auraient sans doute pas découvert — d'où mon agitation et ma perte de poids.

Pourtant tout ce que je dis n'est pas d'une justesse absolue. Ma consciencieuse fréquentation du cercle de Kridwiss et les exercices cérébraux que je m'imposais n'auraient pas suffi à provoquer mon amaigrissement ; je n'aurais pas plus perdu quatorze livres que la moitié. Jamais je n'aurais pris à cœur les palabres autour de la Table Ronde si elles n'avaient formé le commentaire intellectuel et insolemment glacial de la brûlante aventure d'art et d'amitié, j'entends l'éclosion d'un chef-d'œuvre ami — ami à cause de son créateur, point par lui-même, cela non, il y entrait trop d'éléments déconcertants et troublants, à mon sens ; l'œuvre solitaire qui là-bas, dans le petit coin de campagne trop pareil au foyer natal, s'échafaudait avec une rapidité fébrile, s'apparentait singulièrement aux propos entendus chez Kridwiss. Entre eux existait une étrange correspondance spirituelle.

N'avait-on pas, autour de la Table Ronde, mis à l'ordre du jour une critique de la tradition, critique qui dérivait de la destruction des valeurs vitales si longtemps réputées intangibles, et n'avais-je pas entendu en propres termes la remarque (de qui émanait-elle ? de Breisacher ? Unruhe ? Holzschuher ? je ne sais plus) que cette critique se tournerait aussi nécessairement contre les formes et les catégories d'art traditionnelles, par exemple le théâtre esthétique qui avait fait partie de la vie bourgeoise et de sa culture ? Et voilà que, sous mes yeux, la forme dramatique se résorbait dans une forme épique, le drame musical se transformait en oratorio, le drame d'opéra en cantate d'opéra, — et cela dans un esprit, dans des dispositions coïncidant très exactement avec les jugements tranchants de mes interlocuteurs de la Martiusstrasse sur la situation de l'individu et de tout individualisme en ce monde : un esprit, je dois le dire, qui cessait de s'intéresser au côté psychologique, tendait vers l'objectivité, vers un langage exprimant l'absolu, le lien et l'engagement, et par conséquent s'imposait avec dilection la pieuse entrave de formes rigides préclassiques. Combien souvent, tendu, devant l'activité d'Adrian, je songeais à ce que nous avait inculqué dans notre adolescence le bègue loquace, son professeur : l'opposition de la « subjectivité harmonique » et de l' « objectivité polyphonique ». Le chemin autour de la boule dont il avait été question au cours des entretiens angoissants et subtils chez Kridwiss, ce chemin où régression et progression, ancien et nouveau, passé et avenir se confondaient, je le voyais ici dans un retour en arrière novateur — par-dessus l'art déjà harmonique de Bach et Haendel — et une replongée dans le passé plus reculé de l'authentique polyphonie.

Je conserve une lettre qu'Adrian vers cette époque m'envoya de Pfeiffering à Freising. Il travaillait au chant d'action de grâces de la « multitude innombrable de tous les païens, des peuples et des langages, debout devant le Trône et devant l'Agneau » (voir le septième feuillet de Dürer). Dans cette lettre il réclamait ma visite et signait Perotinus Magnus, plaisanterie allusive, identification badine, raillerie de soi ; car au XIIe siècle, ce Perotinus avait dirigé la musique liturgique à Notre-Dame. Maître de chant, ses préceptes dans le domaine de la composition avaient conduit au développement supérieur du jeune art polyphonique. La cocasse signature me rappela un trait analogue de Richard Wagner qui au temps de *Parsifal* fit suivre son nom, au bas d'une missive, du titre de « membre du grand consistoire ». Le profane intrigué se demandera jusqu'à quel point l'artiste prend au sérieux ce qui pour lui devrait être le sujet le plus intéressant et le plus grave et d'ailleurs semble l'être. Jusqu'à quel point est-il sérieux lui-même ? Quelle est la part du jeu, de la mascarade, de la bouffonnerie transcendante ? Si la question était absolument infondée, comment ce grand maître du théâtre musical aurait-il pu s'affubler de ce sobriquet ironique dans l'instant où il écrivait son œuvre la plus solennelle et sacrée ? Devant la signature d'Adrian, j'éprouvai un sentiment assez analogue. Mon doute, mon souci et ma crainte allèrent même plus loin et dans le secret de mon cœur je m'interrogeai sur le caractère légitime de son activité, sur le droit qu'il avait entre tous ses contemporains de se plonger dans cette sphère où il cherchait à réaliser une recréation par les moyens les plus extrêmes et les plus développés. Bref, je soupçonnais avec tendresse et inquiétude un esthétisme qui mettait douloureusement en question l'axiome de mon ami, selon lequel la contrepartie destinée à assurer la relève de la culture bourgeoise ne serait pas la barbarie mais le collectivisme.

Ici nul ne peut me suivre, s'il n'a comme moi constaté dans son âme le voisinage de l'esthétisme et de la barbarie, de l'esthétisme en tant qu'avant-coureur de la barbarie. Certes, pour mon compte personnel j'ignorais cette détresse, mais je la connaissais à travers mon amitié pour un esprit d'artiste chéri, gravement en péril. Le renouvellement de la musique cultuelle des époques profanes a ses dangers. Celle-ci, en effet, servait à des fins liturgiques, mais aussi, auparavant, à d'autres, moins civilisées : incantatoires, magiques, aux temps où le desservant de l'office supra-terrestre, le prêtre, était encore guérisseur et magicien. Peut-on nier que ce fût là un état du culte préculturel barbare, et est-il compréhensible ou non que son renouveau culturel postérieur, qui par l'atomisation se propose d'arriver au collectivisme, recoure à des moyens empruntés non seulement au stade actuel de sa morale religieuse, mais aussi à ses stades primitifs ? Les difficultés inouïes que représentent toute étude et toute exécution de l'*Apocalypse* de Leverkühn sont en connexion directe avec ce fait. On a là des ensembles qui commencent comme des chœurs parlés et par degrés seulement, par les plus étranges transitions, se muent en pure musique vocale ; des chœurs qui parcourent toute la gamme des nuances, du chuchotement gradué, du dialogue antiphonal, du demi-chant jusqu'au chant polyphonique au maximum, accompagnés de sonorités qui commencent comme un simple bruit, un grondement de gong, un roulement de tambour magique, fanatique et négroïde et s'élèvent à la plus haute musique. Que de fois cette œuvre intimidante par son ardeur à dévoiler musicalement les mystères les plus cachés, la bête dans l'homme, comme aussi ses plus sublimes mouvements, a encouru le reproche de sanglante barbarie et d'intellectualité exsangue ! Je dis « a encouru », car son idée d'englober pour ainsi dire l'histoire de la musique entière depuis le stade prémusical magiquement et rythmiquement élémentaire jusqu'au parachèvement le plus compliqué, expose l'œuvre à ce reproche, à la fois partiellement et dans son ensemble.

Je citerai un exemple qui a toujours beaucoup effarouché mon esprit d'humaniste et excité les sarcasmes d'une critique haineuse. Il me faut reprendre de loin : nous savons tous que le premier désir, l'acquisition la plus ancienne de la musique fut de dénaturer le son, le chant qui, à l'origine des âges et des humains, avait dû être un simple hurlement parcourant tous les degrés sonores. Il avait fallu le circonscrire sur une seule note et arracher de haute lutte au chaos le système de notes. Bien entendu, une ordonnance régulatrice des sons fut la préfiguration et la première ébauche de ce que nous entendons aujourd'hui par « musique ». Toutefois, dans notre musique a subsisté comme un atavisme naturaliste, un rudiment barbare des temps prémusicaux, le glissement, le *glissando,* moyen que, pour des raisons profondément culturelles, il convient d'employer avec la plus grande circonspection. J'ai toujours incliné à y voir un démonisme anticulturel, voire antihumain. Je ne dirai pas que Leverkühn avait une prédilection pour le glissando, mais il en fit un emploi fréquent, du moins dans son *Apocalypse,* où les images terrifiantes offrent, il est vrai, l'occasion la plus tentante et à la fois la plus légitime de recourir à ce procédé sauvage. Dans le passage où les quatre voix de l'autel ordonnent de lâcher les quatre anges exterminateurs qui fauchent cheval et cavalier, empereur, pape, plus un tiers de l'humanité, quel effet effroyable font les glissandi des trombones par quoi ce thème est ici représenté, cette confusion dévastatrice des sept positions de l'instrument ! Le hurlement pris comme thème, quelle épouvante ! Et quelle panique auditive émane des glissandi, un effet de sons ou de résonance d'échos, grâce à la possibilité d'accorder la timbale mécanique sur différents intervalles, manipulation opérée pendant le charivari général. Mais ce qui ébranle jusqu'aux moelles, c'est l'application du glissando à la voix humaine, pourtant premier objet de l'ordonnance régulatrice des tons et de l'affranchissement du hurlement primitif prolongé à travers toutes les notes de la gamme, — par conséquent, ce retour au stade originel tel que le chœur de l'*Apocalypse* le réalise de façon atroce au moment où se rompt le septième sceau, où le soleil noircit, la lune saigne, les navires sombrent, tous rôles tenus par des hommes qui crient à tue-tête.

Qu'on me permette ici un mot sur le traitement du chœur dans l'œuvre de mon ami, cette dislocation jamais tentée du corps vocal en groupes séparés et entrecroisés, en dialogues dramatiques et en cris isolés. Ils trouvent, il est vrai, leur prototype classique dans le choc de la réponse « Barabbas » de la Passion selon saint Matthieu. Si l'*Apocalypse* renonce aux interludes orchestraux, en revanche le chœur prend plus d'une fois un caractère nettement et étrangement orchestral ; ainsi des variations chorales qui reproduisent le cantique d'action de grâces des cent quarante-quatre mille élus emplissant le ciel et où la partie chorale proprement dite consiste uniquement en ce que les quatre voix se déroulent toujours selon le même rythme, tandis que l'orchestre leur ajoute ou leur oppose les plus riches rythmes contrastants. Les extrêmes duretés polyphoniques de ce morceau (et pas de celui-là seul) ont suscité beaucoup d'ironie et de haine, mais il nous faut l'admettre, du moins je m'y résigne avec une docilité ébahie : l'œuvre entière est dominée par le paradoxe (si c'en est un) que la dissonance y exprime tout ce qui est élevé, grave, pieux, spirituel, alors que l'harmonie tonale est réservée au monde de l'enfer qui sous ce rapport représente le monde de la banalité et du lieu commun.

Mais j'allais émettre une autre réflexion encore. Je voulais signaler l'étrange permutation qui souvent a lieu entre les parties vocales et instrumentales de l'*Apocalypse*. Chœur et instruments ne s'y opposent pas nettement comme le monde humain et le monde matériel. Dissous l'un dans l'autre, le chœur est instrumentalisé, l'orchestre vocalisé de telle sorte et avec de telles intentions que la frontière entre l'homme et la matière semble abolie, ce qui équivaut assurément à une unité artistique puisque, à mon sens du moins, il y a là on ne sait quoi d'oppressant, de dangereux, de pervers. Entre autres particularités, la voix de la prostituée babylonienne, la Femme sur la Bête avec qui ont forniqué les rois de la terre, est bizarrement confiée au plus charmant soprano léger et ses vocalises gracieuses se confondent parfois avec l'orchestre en un effet de flûte. D'autre part, la trompette bouchée avec des sourdines différentes donne une grotesque *vox humana*. De même pour le saxophone. Il tient un rôle dans plusieurs des menus groupes orchestraux qui accompagnent les litanies du diable, l'infâme ronde des chants des Fils de l'abîme. Le don d'imitation d'Adrian dissimulé sous sa mélancolie devient ici créateur dans la parodie des divers styles musicaux où se complaît l'insipide arrogance de l'enfer. Des rappels burlesques de l'impressionnisme français, une musique de salon bourgeoise, Tchaïkovski, le music-hall, les syncopes et les culbutes rythmiques du jazz, tout cela tourne en rond comme un carrousel, dans un scintillement diapré sur le fond de l'orchestre principal qui, grave, sombre, compliqué, affirme avec une rigidité sévère la classe spirituelle de l'œuvre.

Poursuivons. J'en ai encore gros sur le cœur au sujet du testament à peine ouvert de mon ami. Mieux vaudrait, me semble-t-il, continuer mes observations en me plaçant à un certain point de vue critique qu'à la rigueur je reconnais comme plausible tout en étant prêt à me mordre la langue, plutôt que d'en admettre la justesse. Il s'agit du reproche de barbarie élevé contre l'union de l'élément très archaïque avec l'ultra-nouveau qui caractérise l'œuvre et pourtant n'est nullement arbitraire mais inhérent à la nature même des choses. Cette union résulte, si j'ose dire, de la courbure du monde qui permet dans la manifestation la plus tardive de faire reparaître la plus ancienne. Ainsi l'art sonore primitif n'a pas connu le rythme tel que la musique l'a compris par la suite. Le mètre du chant se pliait aux lois de la parole, le chant n'était pas divisé en mesures et en espaces de temps périodiquement fractionnés, il obéissait plutôt à l'esprit d'une libre récitation. Et qu'en est-il du rythme de notre musique ultra-moderne ? Ne se rapproche-t-il pas également de l'intonation du langage ? Ne se décompose-t-il pas dans un excès de mobilité plein de variété ? Déjà chez Beethoven la liberté rythmique de certains mouvements laisse prévoir ce qui suivra. Chez Leverkühn, peu s'en faut que même la division par mesures soit supprimée. Elle ne l'est pas à cause d'une ironie conservatrice ; mais de fait le rythme se modifie de mesure en mesure sans tenir compte de la symétrie et en s'adaptant uniquement à l'inflexion verbale. Je parlais d'impressions gravées en nous. Il en est qui continuent d'agir dans l'âme, à l'insu, semble-t-il, de la raison, et exercent une influence décisive, sous-jacente. Or, la figure et l'activité musicale arbitrairement inconsciente de cet original d'outre-mer, — dont un autre original, le professeur d'Adrian, nous avait entretenus dans notre jeunesse et à qui mon camarade avait décerné, en faisant route avec moi, une si hautaine approbation —, cette histoire du nommé Johann Conrad Beissel, était aussi une impression de ce genre. Pourquoi feindrais-je de n'avoir pas depuis longtemps, à diverses reprises, pensé au strict maître d'école et rénovateur de l'art du chant d'Ephrata par-delà l'Océan ? Un monde sépare son enseignement pédagogique, naïvement audacieux, de l'œuvre de Leverkühn poussée aux extrêmes limites de la science musicale, de la technique, de l'intellectualité. Et cependant, pour l'ami informé que je suis, l'esprit de l'inventeur des « notes de maître et de serviteur » et de la récitation musicale des hymnes y rôde comme un fantôme.

Ma remarque d'ordre personnel a-t-elle contribué à motiver le reproche, pour moi si douloureux, que je cherche à expliquer sans le faire mien, le reproche de barbarie ? Évidemment il vise un certain esprit moderne des masses, glaçant, inclus dans cette œuvre religieuse, visionnaire, qui de l'atmosphère théologique retient presque uniquement la sentence et l'effroi. Il y a là une sorte de « streamline », d'aérodynamisme, pour risquer ce mot insultant. Qu'on prenne le *testis,* le témoin et narrateur de l'effroyable événement, « moi Johannès », le descripteur des bêtes de l'abîme à tête de lion, de veau, d'homme et d'aigle, partie traditionnellement confiée à un ténor. Elle se trouve cette fois écrite dans un registre suraigu, presque celui du castrat, et son piaillement, objectif comme un reportage, offre un affreux contraste avec ses révélations catastrophiques. En

1926, au festival de la Société internationale de Musique contemporaine à Francfort, l'*Apocalypse* fut représentée pour la première fois et provisoirement la dernière (sous la direction de Klemperer) et cette partie d'une difficulté inouïe fut chantée à merveille par un jeune ténor au faciès d'eunuque nommé Erbe, qui semblait vraiment crier « les dernières nouvelles de la fin du monde ». C'était bien dans l'esprit de l'œuvre et le chanteur l'avait compris avec une grande intelligence.

Autre exemple de virtuosité technique dans l'horreur, les effets de haut-parleur (et il s'agit d'un oratorio !) que le compositeur indique à divers endroits. Ils produisent une gradation spatiale des plans sonores jamais réalisée jusqu'alors. Grâce à l'amplificateur, certaines parties se trouvent projetées au premier plan, d'autres reculées pour former comme un chœur ou un orchestre lointain. Si l'on évoque une fois encore ces effets et les accents de jazz employés d'ailleurs très fortuitement, pour les seules descriptions de l'enfer, on me passera l'expression mordante d' « aérodynamique » appliquée à une œuvre que son atmosphère intellectuelle et psychique rattache à « Kaisersaschern » plus qu'à la coupe de la pensée moderne et que par une métaphore hardie je qualifierais d'archaïsme explosif.

L'absence d'âme ! Je sais, voilà au fond le reproche de ceux qui parlent de barbarie à propos de la création d'Adrian. Ont-ils jamais écouté, fût-ce seulement en les parcourant du regard, certaines parties, je dirais des moments lyriques de l'*Apocalypse,* des passages chantés, accompagnés par un orchestre de chambre, qui arracheraient des larmes à de plus endurcis que moi, tant ils semblent implorer instamment que leur soit accordée une âme ? Qu'on me pardonne ma diatribe en quelque sorte dans le vide ; mais la barbarie, l'inhumanité consistent selon moi à oser assimiler l'aspiration nostalgique vers une âme, la quête de la petite Sirène, à une absence d'âme !

Je trace ces lignes avec une émotion défensive ; et une autre émotion encore me poigne, le souvenir du pandémonium de rire, le rire infernal, bref mais hideux, qui termine la première partie de l'*Apocalypse.* Je le hais, je l'aime et je le redoute, car — on excusera cette remarque trop personnelle — j'ai toujours redouté chez Adrian ce goût du rire qu'à l'encontre de Rüdiger Schildknapp je savais si mal seconder ; et cette même crainte, cette impuissance timide et inquiète, je l'éprouve devant le déchaînement de joie satanique qui déferle à travers cinquante mesures. Il commence par le ricanement d'une voix isolée et grossissant à une allure rapide, s'empare du chœur et de l'orchestre, enfle sinistrement, avec des syncopes et des contretemps rythmiques, jusqu'au *fortissimo tutti,* débordement sardonique, salve infernale, railleuse et triomphante où se confondent, effroyables, des hululements, glapissements, grincements, bêlements, rugissements, hurlements et hennissements — le rire de la géhenne. Je hais cet épisode que sa situation dans l'ensemble de l'œuvre met en particulière évidence, cette tornade d'hilarité infernale, et j'aurais hésité à en parler si d'autre part, à son propos, ne m'avait été révélé de façon à me couper le souffle, le profond secret de cette musique : le secret de l'identité.

En effet, le rire démoniaque à la fin du premier morceau trouve sa réplique dans le prodigieux chœur d'enfants qui, accompagné d'une partie de l'orchestre, ouvre le deuxième morceau. Musique cosmique des sphères, glaciale, claire, d'une transparence hyaline, d'un charme mélodieux, inaccessible, dirai-je supraterrestre et étranger, il remplit le cœur d'une nostalgie désespérée. Or, qui a des oreilles pour entendre et des yeux pour voir reconnaîtra dans la trame musicale de ce morceau dont la magie a conquis, ému, transporté jusqu'à des réfractaires — le rire du Démon. Partout Adrian Leverkühn excelle à rendre dissemblables les semblables. On connaît sa manière de modifier un thème de fugue dès la première réponse ; bien que le thème soit strictement respecté, il ne fait pas figure de répétition. Il en est de même ici, et nulle autre part avec autant de profondeur, de mystère et de grandeur qu'ici. Chaque mot qui éveille l'idée de l'au-delà, de la métamorphose au sens mystique, de la transfiguration, doit être salué comme le mot propre. L'indescriptible chœur enfantin reproduit la terrifiante musique précédemment entendue, transposée dans un registre tout à fait différent ; instrumentation et rythme sont complètement modifiés mais ce chant susurrant et strident des sphères et des anges ne contient *pas une note* qui par une stricte correspondance ne se retrouve aussi dans le rire de l'enfer.

C'est là Adrian Leverkühn tout entier. C'est la musique dont il est le représentant et cette concordance prend ici un sens profond, le calcul s'élève jusqu'à devenir mystère. Voilà ce que l'amitié m'a donné la douloureuse clairvoyance de déceler dans sa musique, encore que la simplicité de ma nature eût peut-être préféré y découvrir autre chose.

# XXXV

Ce nouveau chiffre se place en tête d'un chapitre destiné à relater un deuil dans l'entourage de mon ami, une catastrophe humaine — mais mon Dieu, quelle phrase, quel mot parmi ceux que j'ai écrits ici, ne sont chargés de l'atmosphère de désastre devenue l'air familier à nos poumons ? Quel mot ne tremble en secret comme la main qui le trace, aux vibrations de la catastrophe vers laquelle s'achemine mon récit et du cataclysme qui plane aujourd'hui sur notre univers, tout au moins sur le monde humain, bourgeois ?

Il s'agit d'un drame intime, humain, qui passa presque inaperçu du monde extérieur. Pour le provoquer, beaucoup de facteurs concoururent : la muflerie masculine, la faiblesse et la fierté féminines, les échecs professionnels. Voici vingt-deux ans que presque sous mes yeux périt Clarissa Rodde, l'actrice, la sœur d'une Inès manifestement en danger, elle aussi. La saison d'hiver 1921-1922 achevée, en mai, à Pfeiffering, dans la maison de sa mère et sans aucun souci de la ménager, elle se suicida dans un élan d'énergie fébrile, en absorbant le poison depuis longtemps mis en réserve en vue de l'heure où la vie ne serait plus tolérable à son orgueil.

Je relaterai brièvement les événements, les préludes à l'acte affreux et pourtant point répréhensible qui nous consterna tous. J'exposerai les circonstances dans lesquelles il s'accomplit. Comme je l'ai déjà laissé entendre, les craintes et les avertissements de son professeur de Munich ne se justifièrent que trop et la carrière artistique de Clarissa, au cours des années, ne s'était toujours pas élevée au-dessus des bas-fonds de province pour atteindre à des hauteurs plus dignes et brillantes. D'Elbing en Prusse Orientale, elle alla à Pforzheim au pays de Bade — bref, elle piétinait presque sur place. Les théâtres plus importants du Reich ne s'intéressaient pas à elle. Elle ne connaissait pas le succès, pour la raison simple et pourtant difficilement admissible quand on est soi-même en cause, que son talent n'égalait pas son ambition. Elle n'avait pas le théâtre dans le sang, ce don qui l'eût aidée à faire triompher un savoir acquis, à s'imposer et à captiver les esprits et les cœurs d'un public rétif. Elle n'avait pas l'instinct primitif, élément essentiel requis dans tous les arts et singulièrement sur les planches — soit dit à l'honneur ou à la honte de l'art, de l'art dramatique en particulier.

Un autre facteur contribua à bouleverser son existence. Elle ne dissociait pas très bien la scène d'avec la vie, je l'ai déjà fait observer à regret beaucoup plus haut. Elle soulignait son côté actrice même en dehors du théâtre, peut-être parce qu'elle n'était pas actrice dans l'âme. Le caractère concret, personnel, de son art l'induisait à se fabriquer à la ville un personnage à grand renfort de cosmétiques, de cheveux postiches et de chapeaux ultra-décoratifs, exhibition superflue, propre à donner le change et à produire une impression fâcheuse sur qui lui voulait du bien, provocante pour le bourgeois et encourageante pour la sensualité masculine — bien à tort et malgré elle. Car Clarissa était la créature la plus noble, chaste, froide, hautaine et sarcastique à l'égard du monde, même si cette cuirasse d'orgueil railleur lui servait de défense contre les désirs de sa féminité qui faisaient d'elle la sœur authentique d'Inès Instiroris — l'aimée ou la ci-devant[1] aimée de Rudi Schwerdtfeger.

Quoi qu'il en soit, après le sexagénaire bien conservé qui avait voulu faire d'elle sa maîtresse, divers freluquets aux intentions moins sérieuses avaient piteusement échoué auprès d'elle ; parmi eux, un ou deux tenaient une rubrique dans les journaux et auraient pu lui être utiles. Bien entendu, ils se vengèrent de leur défaite en dénigrant son jeu. Le sort finit par l'atteindre tout de même et rabattit lamentablement ses grands airs. Je dis « lamentablement » car l'homme qui eut raison de sa virginité ne méritait pas la victoire et Clarissa d'ailleurs ne l'en jugeait pas digne. Coureur de jupons, habitué des coulisses, ce viveur de province à la barbiche en pointe vaguement méphistophélique, remplissait à Pforzheim la charge d'avocat au criminel et n'avait à son actif, pour expliquer sa conquête, qu'une faconde cynique, facile, du linge fin et beaucoup de poils noirs au revers de la main. Un soir donc, après la représentation, sans doute dans les fumées du vin, la prude hérissée de piquants mais au fond inexpérimentée et désarmée, succomba à sa stratégie experte — d'ailleurs à la grande fureur de la victime qui se méprisa avec emportement. Le séducteur avait su charmer un instant ses sens mais elle n'éprouva pour lui que la haine de son triomphe où entrait aussi un certain saisissement à la pensée qu'il avait pu causer sa chute, à elle, Clarissa Rodde. Par la suite, elle se refusa carrément et avec ironie, du reste toujours tremblant qu'il n'ébruitât leur aventure d'un soir ainsi qu'il l'en menaça dès cette époque pour faire pression sur elle.

Entre-temps, des perspectives de libération humaine et sociale s'étaient ouvertes à la jeune fille torturée, déçue, humiliée. Celui qui les lui offrait était un jeune industriel alsacien. De Strasbourg, il venait parfois pour affaires à Pforzheim. Il fit sa connaissance dans le monde et s'éprit

1. *En français dans le texte.*

passionnément de cette blonde moqueuse et si bien faite. Clarissa, en ce temps-là, ne chômait pas. Pour la seconde fois, encore qu'il s'agît de rôles épisodiques assez ingrats, le théâtre de Pforzheim l'avait engagée grâce à l'intérêt sympathique d'un critique dramatique, plutôt âgé, littérateur à ses heures. Peut-être, sans trop croire aux aptitudes scéniques de Clarissa, appréciait-il néanmoins son niveau intellectuel et humain qui dépassait de loin, et souvent à son préjudice, le niveau ordinaire du fretin de théâtre. Peut-être, qui sait, l'aimait-il et était-il trop l'homme des déceptions et du renoncement pour s'enhardir à exprimer son muet penchant ?

Au début de la nouvelle saison, Clarissa rencontra donc le jeune homme qui promit de l'arracher à une carrière de ratée et de lui offrir en échange, une fois devenue sa femme, une existence paisible, assurée, aisée, dans un milieu étranger, il est vrai, mais bourgeoisement apparenté à la sphère originelle de Clarissa. Avec une indéniable joie confiante, pleine de gratitude et aussi de tendresse (un fruit de la gratitude) elle informa par lettre sa sœur et même sa mère de la demande en mariage d'Henri et aussi des obstacles que rencontraient encore pour l'instant les aspirations du jeune homme. A peu près de l'âge de son élue, fils de famille, ou plutôt fils à papa, enfant gâté, associé à l'entreprise paternelle, il défendit chez lui son projet avec chaleur et certainement aussi avec fermeté ; mais peut-être en aurait-il fallu davantage pour venir vite à bout des préventions de son clan bourgeois contre la cabotine, la vagabonde, par surcroît une Boche. Henri appréciait le souci des siens appliqués à préserver son intégrité et sa pureté, et leur crainte de le voir s'encanailler. Qu'il ne dérogeait pas en amenant Clarissa à son foyer, ce n'était pas si facile de le leur faire comprendre. Mieux vaudrait l'introduire chez lui, la présenter à ses parents aimants, à ses frères et sœurs jaloux et à ses tantes promptes à la critique, pour la soumettre à leur examen. Depuis des semaines, il préparait l'entrevue. Par des billets réguliers joints à des séjours répétés à Pforzheim, il tenait la bien-aimée au courant de ses progrès.

Clarissa ne doutait pas du succès. Son égalité de naissance, simplement ternie par une profession qu'elle était prête à abandonner, rassurerait la parentèle craintive d'Henri dès la première rencontre. Dans ses lettres et de vive voix, au cours d'une visite à Munich, elle tint pour assurées les fiançailles officielles et ne douta pas de l'avenir qu'elle envisageait. Il se révélait, il est vrai, bien différent de ce qu'avait rêvé cette fille déracinée de patriciens, orientée vers l'intellectualité et l'art ; néanmoins il représentait le havre, le bonheur, un bonheur bourgeois, plus acceptable en raison du charme du dépaysement dans le nouveau milieu où elle se trouverait transplantée. Elle imaginait ses futurs enfants babillant en français.

Alors se dressa le spectre de son passé, un spectre absurde, insignifiant et indigne, mais insolent et impitoyable. Il se dressa contre ses espérances, les réduisit cyniquement à néant, accula la pauvre créature à une impasse — et à la mort. Le scélérat versé en jurisprudence, à qui elle avait cédé dans une heure de faiblesse, exerça sur elle un chantage, en se prévalant de son éphémère victoire. Par ses soins, la famille d'Henri, Henri lui-même, seraient informés de leur liaison, si Clarissa ne se soumettait de nouveau à ses volontés. D'après tout ce que nous apprîmes ultérieurement, des scènes désespérées se déroulèrent entre l'assassin et sa victime. En vain la jeune fille l'implora — finalement à genoux — de l'épargner, de la libérer, de ne pas l'obliger à payer la tranquillité de sa vie par une trahison envers l'homme qui l'aimait et qu'elle aimait en retour. Son aveu, précisément, excita la cruauté du monstre. Il ne lui cacha d'ailleurs pas qu'en s'abandonnant à lui elle n'obtiendrait qu'un répit temporaire, le droit d'un voyage à Strasbourg, les fiançailles. Quant à la libérer, — jamais. Il la reprendrait toujours à son gré, l'obligerait à acheter un silence qu'il romprait dès qu'elle se refuserait. Elle aurait à vivre dans l'adultère, digne châtiment de son esprit philistin, de ce que cet homme appelait sa lâche retraite dans le bourgeoisisme. D'ailleurs, si même sans son intervention le jeune mari découvrait le pot aux roses, il resterait toujours à Clarissa une ressource, la substance qui apportait une solution à tout, que depuis longtemps elle conservait dans le fameux objet d'art, le livre à tête de mort. Au moins, elle ne se serait pas targuée en vain de posséder le remède hippocratique libérateur qui lui assurait une supériorité sur la vie, elle ne lui aurait pas en vain opposé une ironie macabre. Cette ironie, du reste, lui seyait mieux que le pacte de paix bourgeois qu'elle s'apprêtait à conclure avec l'existence.

Selon moi, le misérable, outre les voluptueux plaisirs extorqués, voulait la mort de Clarissa. L'infâme vanité du sire réclamait un cadavre de femme sur sa route. Il était avide qu'un être humain mourût et fût détruit, sinon pour lui, du moins à cause de lui. Hélas ! dire que Clarissa devait lui donner cette joie ! La force des choses l'y contraignit, je m'en rends compte, et nous tous fûmes contraints d'en être les témoins. Elle lui céda une fois encore pour obtenir un répit provisoire, se mettant ainsi plus que jamais à sa discrétion. Elle escomptait que plus tard, devenue la femme d'Henri (et à l'abri en territoire étranger), elle trouverait moyen de tenir tête au maître chanteur. On n'en vint pas là. Manifestement son bourreau était résolu à empêcher le mariage. Une lettre anonyme parlant à la troisième personne de l'amant de Clarissa fit son œuvre dans la famille strasbourgeoise, auprès d'Henri lui-même. Il lui envoya ce texte pour qu'elle se justifiât, si elle le pouvait. Le billet qu'il y joignit n'impliquait pas une confiance et un amour inébranlables.

Clarissa reçut le message recommandé à Pfeiffering, dans la maisonnette de sa mère, où elle faisait un séjour de quelques semaines après la clôture de la saison théâtrale de Pforzheim. On était au début de l'après-midi. La « sénatrice » vit sa fille rentrer au pas de course d'une promenade entreprise toute seule après déjeuner. Clarissa traversa rapidement le vestibule, passa devant elle avec un sourire fugace, l'air égaré, puis alla s'enfermer dans sa chambre. La clef tourna dans la serrure avec un grincement violent et bref. A travers la cloison qui les séparait, la vieille dame entendit au bout d'un instant sa fille se gargariser au lavabo, pour calmer la brûlure causée par l'ingestion de l'effroyable acide, nous le savons aujourd'hui seulement. Puis ce fut le silence — un long silence inquiétant. Vingt minutes plus tard, Mme Rodde frappa chez Clarissa, l'appela par son nom. Malgré ses instances, elle n'obtint pas de réponse. Saisie de crainte, en dépit de ses cheveux indisciplinables sur le front et de sa dent manquante, elle courut au bâtiment principal et en mots étranglés alerta Mme Schweigestill. Riche de son expérience, celle-ci la suivit avec un des valets. Après les appels et les cris répétés des deux femmes, on fit sauter la serrure. Clarissa, les yeux ouverts, gisait sur le canapé au pied du lit, un meuble des années 70 ou 80, à dossier et accoudoirs latéraux que je connaissais depuis la Rambergstrasse. Elle s'y était précipitamment jetée quand, au moment où elle se gargarisait, la mort l'avait vaincue.

— Je crois qu'il n'y a plus rien à faire, chère madame la sénatrice, dit Mme Schweigestill en secouant la tête, un doigt contre la joue, à la vue du corps allongé, à moitié assis.

Le spectacle n'était que trop convaincant. Je le constatai lorsque, tard dans la soirée, informé par un coup de téléphone de l'hôtesse et accouru en hâte de Freising, j'eus serré avec émotion la mère gémissante dans mes bras pour la réconforter, en qualité de vieil ami de la maison et qu'avec elle, Else Schweigestill et Adrian (il m'avait accompagné) je fus au chevet du cadavre. Des taches d'un bleu foncé sur les belles mains et le visage de Clarissa révélaient la brusque paralysie de l'appareil respiratoire. Elle avait absorbé une dose de cyanure suffisante pour tuer un régiment. Sur la table se trouvait, vide, sa partie inférieure dévissée, le réceptacle de bronze, le livre où s'inscrivait en caractères grecs le nom d'Hippocrate surmonté de la tête de mort. Il y avait aussi un billet au crayon hâtivement griffonné pour son fiancé : *Je t'aime. Une fois je t'ai trompé, mais je t'aime*[1].

Le jeune homme vint à l'enterrement pour lequel j'avais été chargé de prendre les dispositions nécessaires. Il se montra inconsolable, ou plutôt « *désolé* », terme qui, à tort assurément, semble moins sérieux, plutôt une façon de

---

1. *En français dans le texte.*

parler. Je ne veux pas mettre en doute sa douleur quand il s'écria :

— Ah ! monsieur ! je l'aimais assez pour lui pardonner ! Tout pouvait s'arranger ! *Et maintenant... comme ça*[1] !

Oui, « comme ça ! » Tout aurait pu en effet se dénouer autrement, s'il n'avait été un fils à papa bien ductile et si Clarissa avait trouvé en lui un appui plus ferme.

Cette nuit-là, tandis que la « sénatrice » prostrée veillait la dépouille rigide de son enfant, Mme Schweigestill, Adrian et moi nous avons rédigé le faire-part que devaient signer les proches de Clarissa. Il s'agissait de lui donner une ambiguïté pleine de tact. Nous tombâmes d'accord sur une formule : la défunte avait succombé à une longue et incurable affection du cœur. Je la communiquai au doyen de Munich, chez qui je me présentai pour obtenir les obsèques religieuses que la « sénatrice » souhaitait ardemment. Je manquai de diplomatie, en reconnaissant de but en blanc, avec une confiante candeur, que Clarissa avait préféré la mort à une vie de déshonneur. L'ecclésiastique, un robuste homme de Dieu au type bien luthérien, n'en voulut rien savoir. Il me fallut, je l'avoue, un moment pour comprendre que si d'une part l'Église ne désirait pas rester à l'écart en l'occurrence, d'autre part elle répugnait à bénir un suicide déclaré, pour honorables qu'en fussent les motifs. Bref, l'homme robuste voulait absolument m'obliger à mentir. Je fis donc machine en arrière avec une brusquerie presque comique, affirmai que les circonstances étaient obscures, laissai entrevoir la possibilité, même la probabilité, d'un accident malheureux, une erreur de flacon. J'obtins ainsi que la tête carrée, flattée pour le compte de sa sainte firme du prix qu'on attachait à son concours, se dît prête à célébrer les obsèques.

Elles eurent lieu au Waldfriedhof de Munich. Les amis des Rodde y assistèrent au grand complet. Rudi Schwerdtfeger, Zink et Spengler, même Schildknapp, étaient présents. Le deuil était sincère, tout le monde avait aimé la pauvre, fière et insolente Clarissa. Inès Institoris, drapée dans d'épais voiles noirs, son petit cou tendu de biais, reçut les

---

1. *En français dans le texte.*

condoléances avec une délicate dignité, en l'absence de sa mère qui ne se montra pas. Je ne pus m'empêcher de voir dans la fin tragique de sa sœur un funeste présage pour sa propre destinée. Au reste, en causant avec elle, j'eus l'impression qu'elle enviait Clarissa plutôt qu'elle ne la pleurait. La situation matérielle de son mari souffrait de plus en plus de la chute de la monnaie, voulue dans certains milieux et délibérément provoquée. L'appareil de défense du luxe, cette protection devant la vie, menaçait de faire défaut à la femme craintive et déjà l'on doutait de pouvoir conserver l'opulente demeure donnant sur le Jardin Anglais. Rudi Schwerdtfeger avait, il est vrai, rendu à Clarissa, sa bonne camarade, les derniers devoirs, mais quitta le cimetière aussi vite que possible, après avoir exprimé à la plus proche parente ses condoléances avec une brièveté cérémonieuse que je fis remarquer à Adrian.

Sans doute Inès revoyait-elle le bien-aimé pour la première fois depuis leur rupture — un peu brutale, j'en ai peur, car il n'avait guère dû être possible de se séparer « gentiment », étant donné l'opiniâtreté désespérée d'Inès à se cramponner. Elle était là devant la tombe de sa sœur, aux côtés de son gracile époux, abandonnée et, selon toutes les probabilités, affreusement malheureuse. Pourtant, un peu comme une consolation compensatrice, un petit groupe de femmes s'était formé autour d'elle, pour la plupart venues à la cérémonie plutôt à cause d'elle que pour honorer Clarissa. Parmi ce noyau restreint, cette association, cette corporation, ce club de l'amitié (de quel autre nom le définir ?) on remarquait l'exotique Natalia Knöterich, la plus intime confidente d'Inès. En faisait également partie une femme de lettres divorcée, une Roumaine de Transylvanie, auteur de quelques comédies et qui tenait un salon de bohèmes à Schwabing ; en outre, la comédienne Rosa Zwitter, du théâtre de la Cour, artiste au jeu d'une grande intensité nerveuse, et encore diverses autres figures féminines qu'il est superflu de décrire ici, d'autant que je ne suis pas absolument certain de leur participation aux activités du groupe.

Le ciment qui les unissait était, le lecteur s'en doute, la morphine. Lien singulièrement fort. Car si ces dames, par une trouble camaraderie, s'aidaient mutuellement à obtenir la drogue funeste, dispensatrice de bonheur, du point de vue moral également il existe une solidarité ténébreuse et pourtant aussi tendre, pleine d'estime réciproque, entre les esclaves de la même passion, de la même faiblesse. En outre, dans le cas particulier, un lien de plus rapprochait les pécheresses, une certaine philosophie dont les préceptes émanaient d'Inès Institoris, et les cinq ou six amies s'étaient engagées à y adhérer pour leur propre justification. Inès, en effet — je l'ai parfois entendu de sa propre bouche — déclarait la douleur indigne de l'homme. Souffrir était une honte. Mais, indépendamment de toute dégradation concrète et spécifique dérivée des souffrances du corps et des peines de cœur, la vie en soi et pour soi, le seul fait d'être, l'existence animale, constituait une chaîne infamante, un avilissement. Secouer ce fardeau, s'en décharger, atteindre à la liberté, à la légèreté, à une sorte d'euphorie désincarnée en octroyant à la créature de chair la substance bénie émancipatrice de la douleur, voilà qui était noble et beau, un exercice des droits de l'être humain, une affirmation de puissance spirituelle.

Si cette philosophie acceptait par-dessus le marché les conséquences funestes, au moral comme au physique, d'une habitude amollissante, cela faisait manifestement partie de sa noblesse et sans doute la conscience d'une commune et rapide dégénérescence disposait-elle les compagnes à une tendresse, une mutuelle vénération énamourée. Non sans répugnance, j'observais l'illumination ravie de leurs regards, leurs étreintes effusives, leurs baisers lorsqu'elles se rencontraient en société. Oui, je confesse mon impatience intime devant cet abandon de soi. J'en conviens avec une certaine surprise, car en général le rôle de parangon de la vertu, de préfet des mœurs, n'est pas mon fait. Peut-être la douce duplicité qui dérive du vice ou lui est inhérente d'emblée m'inspirait-elle une insurmontable aversion. En outre, j'en voulais à Inès de la brutale indifférence à l'égard de ses enfants, qu'elle manifestait en se livrant à ce dérèglement. Il révélait le mensonge de son amour grimacier pour ces blanches petites poupées de luxe. Bref, je la jugeais corrompue dans l'âme depuis que je savais ses incartades.

Elle remarqua fort bien que dans mon cœur elle avait déchu et répondit à cette constatation par un sourire dont la méchanceté égarée et mutine me rappela son sourire de naguère, quand deux heures durant elle avait exploité ma compassion pour ses peines et ses voluptés amoureuses.

Hélas ! elle avait peu sujet de s'en égayer, sa dégradation était misérable. Sans doute forçait-elle les doses qui, au lieu de lui procurer un vif sentiment de bien-être, la jetaient dans un état de prostration où il lui était impossible de se montrer. Zwitscher jouait avec plus de génie sous l'action de la drogue et Natalia Knöterich y puisait un adjuvant à son charme mondain ; mais la pauvre Inès se présentait parfois aux repas, presque inconsciente et les yeux vitreux, dodelinant de la tête et s'asseyait entre sa fille aînée et son époux mesquin et chagrin, devant la table toujours bien dressée, étincelante de cristaux. Encore un aveu : quelques années plus tard, Inès commit un crime capital qui suscita une épouvante générale et mit fin à son existence bourgeoise ; mais malgré le frisson d'horreur qu'il me donna, je fus pourtant, par vieille amitié, presque fier, positivement fier que dans son avilissement elle eût trouvé la force et la sauvage énergie d'accomplir son acte.

## XXXVI

O Allemagne ! tu roules à l'abîme et je songe à tes espoirs.
Je veux dire les espoirs que tu avais suscités (peut-être sans
les partager), les espoirs qu'après ton précédent effondrement, doux par comparaison, après l'abdication du
Kaiser, le monde voulut placer en toi ; et malgré ta conduite
effrénée, malgré le « gonflement » insensé, follement désespéré et ostentatoire de ta détresse, malgré une inflation
monétaire qui, ivre, semblait vouloir escalader le ciel, tu
parus, durant quelques années, justifier cette confiance dans
une certaine mesure.

Il est vrai, le désordre fantastique d'alors qui bafouait
la terre entière et cherchait à l'épouvanter, contenait déjà
en germe beaucoup de l'invraisemblance monstrueuse, de
l'excentricité, de tout cela qu'on n'eût jamais cru possible,
beaucoup du détestable sans-culottisme de notre comportement depuis 1933 et surtout depuis 1939. Mais la ronde
des milliards, cette boursouflure de la misère, avait pris fin

un jour ; le visage grimaçant de notre vie économique avait retrouvé une expression raisonnable et pour les Allemands sembla poindre une ère de répit moral, de progrès social dans la paix et la liberté, d'effort culturel émancipé et tourné vers l'avenir ; une adaptation complaisante de notre sensibilité et de notre pensée à la commune règle. Indubitablement, ce fut là, malgré sa faiblesse originelle et son aversion pour elle-même, l'espoir de la République allemande, j'entends celui qu'elle éveilla chez les étrangers ; ce fut une tentative point tout à fait irréalisable (la seconde après l'essai avorté de Bismarck et son tour de force de l'unité), un essai de ramener l'Allemagne à la norme pour l'européaniser, la « démocratiser » et l'agréger spirituellement à la vie sociale des nations. Qui niera qu'à l'étranger aussi on crut avec beaucoup de bonne foi à cette possibilité ? Qui contestera qu'un mouvement confiant se dessina dans cette direction chez nous, par tout le pays, mis à part l'entêtement des ruraux ?

Je parle des années 20 du siècle, et en particulier de leur seconde moitié. L'ardent foyer culturel se déplaça de France en Allemagne, car cette époque — fait caractéristique — vit la première représentation intégrale de l'oratorio apocalyptique d'Adrian Leverkühn. Certes, et bien que Francfort fût un des centres du Reich les mieux disposés et les plus évolués, l'audition n'alla pas sans soulever une hostilité haineuse. On cria avec amertume à la « dérision de l'art », au nihilisme, à l'attentat musical, ou, pour employer une insulte courante en ce temps-là, à la « bolchevisation de la culture ». Néanmoins, l'œuvre et le risque que comportait son exécution rencontrèrent des défenseurs intelligents qui maniaient la parole avec maîtrise. Cette bonne volonté à l'égard du monde et de la liberté atteignit vers 1927 son point culminant. Elle prit le contrepied de l'esprit rétrograde, national, wagnérien et romantique encore vivace à Munich en particulier. Elle forma, elle aussi, un élément de notre vie publique durant la première moitié de la décennie - et ce disant, j'évoque des manifestations culturelles comme la fête des artistes de l'art sonore à Weimar en 1920 ou le premier festival de musique à Donaueschingen, l'année suivante. A ces deux occasions, et malheureusement en l'absence du compositeur, les œuvres de Leverkühn aussi, à côté d'autres exemples du nouveau comportement intellectuel et musical, furent exécutées devant un public point dépourvu de réceptivité, je serais tenté de dire un public à tendances artistiques « républicaines ». A Weimar, ce fut la *Symphonie Cosmique* sous la direction de Bruno Walter, compétent entre tous sous le rapport du rythme. A la station thermale badoise, sous les auspices du célèbre théâtre de marionnettes de Hans Platner, on joua les cinq morceaux de la *Gesta Romanorum* — un événement qui fit osciller les auditeurs entre le pieux attendrissement et le rire, comme jamais auparavant.

Je tiens à signaler aussi la part que les artistes et mélomanes allemands prirent à la fondation de la Société internationale de Musique contemporaine en 1922 et les spectacles qu'organisa cette association deux ans plus tard, à Prague, où devant un auditoire composé en partie de célébrités venues de tous les pays musiciens, on entendit des chœurs et des fragments instrumentaux de l' *Apocalipsis cum figuris* d'Adrian. L'œuvre avait déjà été imprimée, non chez Schott à Mayence, comme ses précédents ouvrages, mais dans le cadre de l'Universal-Edition de Vienne. Le Dr Edelmann, son directeur, un jeune, de trente ans à peine, exerçait une influence prépondérante sur le mouvement musical de l'Europe centrale. Il avait surgi inopinément à une époque où l' *Apocalypse* n'était même pas encore terminée (pendant les semaines de l'interruption causée par la rechute) pour offrir ses bons offices à l'hôte des Schweigestill. La visite était en connexion évidente avec un article consacré à l'œuvre créatrice d'Adrian, récemment paru dans la revue musicale viennoise d'avant-garde, l' *Anbruch,* sous la plume du musicologue et philosophe de la culture, Desiderius Fehér. Cette musique qu'il signalait à l'attention des connaisseurs, il en commentait avec chaleur la noblesse intellectuelle et la teneur religieuse, la fierté et le désespoir, l'intelligence pécheresse haussée jusqu'à l'inspiration. Il s'avouait confus de n'avoir pas été le premier à découvrir une œuvre intéressante et émouvante entre toutes et d'y avoir été amené non par une prescience intérieure mais du dehors, ou comme il disait, d'en haut. Pour le guider, il avait fallu l'incitation émanant d'une sphère supérieure à toute érudition, la sphère de l'amour et de la foi, en un mot, de l'éternel féminin. Bref l'article mêlait l'analyse au lyrisme d'une façon assez accordée à son sujet et laissait entrevoir les contours, d'ailleurs très vagues, d'une silhouette de femme sensible, informée, qui en était la vraie inspiratrice et qui mettait son activité au service de son savoir musical. Comme il apparut que la visite du Dr Edelmann était le corollaire de la publication de Vienne, on pourrait ajouter qu'indirectement elle aussi fut déterminée par cette énergie et cet amour délicats et dissimulés.

Indirectement ? Je n'en suis pas si certain. Je croirais plutôt que le jeune marchand de musique avait reçu des sollicitations directes, des encouragements, des instructions de la « sphère » en question. Un fait confirme mon hypothèse : il en savait plus long que l'article, resté volontairement un peu mystérieux, n'en avait dévoilé, il savait le *nom* et le prononça — sinon d'emblée, du moins au cours de l'entretien, vers la fin. D'abord éconduit, il avait réussi à se faire recevoir et prié Leverkühn de lui communiquer sa production actuelle. Il entendit parler de l'oratorio (pour la première fois, j'en doute ?) et obtint qu'Adrian, encore souffrant et très faible, lui jouât d'importants fragments de la partition manuscrite. Sur quoi Edelmann acheta aussitôt l'œuvre pour sa maison d'édition.

Le lendemain même, le contrat arriva de l'hôtel Bayerischer Hof de Munich. Avant de partir, Edelmann avait demandé à Adrian, en usant de l'expression viennoise empruntée au français :

— Connaissez-vous, *maître* (je crois même qu'il dit : le maître connaît-il) Mme de Tolna ?

Ici, j'introduis dans mon récit une figure comme jamais romancier n'aurait le droit d'en présenter à ses lecteurs, l' *invisibilité* s'opposant manifestement aux conditions de l'art et donc de la narration romanesque. Pourtant, Mme de Tolna est une figure invisible. Je ne puis la mettre sous les yeux du lecteur ni porter le moindre témoignage sur son aspect physique. Je ne l'ai pas vue et on ne me l'a jamais décrite, personne parmi mes relations ne l'ayant jamais aperçue. Le Dr Edelmann ou son compatriote, le collaborateur de l'*Anbruch*, pouvaient-ils se targuer de l'avoir approchée ? A d'autres le soin d'en décider. Adrian répondit négativement à la question du Viennois. Il déclara ne pas connaître la dame et ne demanda pas qui elle était ; Edelmann, de son côté, s'abstint de donner des éclaircissements et se borna à dire : « En tout cas, vous n'avez pas (ou : le maître n'a pas) d'admiratrice plus fervente. »

Sans doute considéra-t-il la dénégation comme une vérité relative et enveloppée de discrétion, qu'elle était en effet. Adrian put répondre ainsi parce que de ses rapports avec la grande dame hongroise tout contact personnel était exclu et, j'ajoute, devait le rester à jamais, selon une convention tacite entre eux. Depuis longtemps ils entretenaient un commerce épistolaire. Elle s'y montrait la plus avisée et la plus renseignée connaisseuse et admiratrice de son œuvre, une amie et conseillère vigilante, sa servante absolue. De son côté, Adrian s'y laissait aller aux limites de l'expansion et de la confiance dont il était capable, mais ceci est encore une autre histoire. J'ai déjà parlé de ces âmes féminines quêteuses qui, au prix d'un don de soi désintéressé, se sont taillé une place modeste dans la vie assurément immortelle de cet homme. En voici une troisième, toute différente. Non seulement son abnégation ne le céda en rien à celle des deux autres, plus simples, mais elle les dépassa par le renoncement ascétique à toute approche directe, l'observance indéfectible de la réclusion, de la réserve, de la non-révélation, de l'invisibilité permanente. Ce sentiment ne pouvait dériver d'une gauche timidité, puisqu'il s'agissait d'une femme du monde, une authentique représentante du monde aux yeux de l'ermite de Pfeiffering — le monde tel qu'il l'aimait, le tolérait, le requérait, le monde vu de loin, le monde qui se tenait à distance par un intelligent souci de ménagement...

De cette femme étrange, je dirai ce que je sais. Mme de Tolna était veuve et riche. Un époux chevaleresque mais volage, d'ailleurs mort non à la suite d'excès mais d'une chute de cheval aux courses, l'avait laissée sans enfants, en possession d'un palais à Pesth, d'une immense terre noble à quelques heures au sud de la capitale, dans les parages de Stuhlweissenburg, entre le lac Balaton et le Danube, plus une villa genre château sur ce même lac. Le domaine comprenait une splendide demeure seigneuriale du XVIII<sup>e</sup> siècle pourvue des commodités modernes et englobait de très vastes plantations de betteraves dont les récoltes étaient traitées dans les raffineries bâties sur son sol même. La propriétaire ne séjournait jamais longtemps dans aucune de ses résidences, maison de ville, château, villa d'été. En général, elle voyageait, abandonnant à la surveillance de régisseurs et d'intendants ses divers foyers auxquels de toute évidence elle ne tenait pas, d'où la chassaient peut-être l'inquiétude ou des souvenirs pénibles. Elle vivait à Paris, à Naples, en Égypte, dans l'Engadine, escortée partout d'une camériste, d'un serviteur qui remplissait un peu le rôle de fourrier et maréchal des logis, et d'un médecin particulier, — d'où il est permis d'induire qu'elle était de santé fragile.

Son activité n'en semblait pas atteinte et jointe à un enthousiasme fait d'instinct, de prescience, d'une connaissance intuitive — Dieu le sait — d'une réceptivité mystérieuse et d'affinités psychiques, déterminait sa présence en des endroits surprenants. On apprit que cette femme s'était rendue sur les lieux mêmes et mêlée au public sans être vue, partout où l'on s'était risqué à jouer des fragments de la musique d'Adrian ; à Lubeck (lors de la première, sifflée à l'Opéra), à Zurich, à Weimar, à Prague. Combien de fois avait-elle été à Munich et donc tout près d'Adrian ? Je ne saurais le dire, mais elle connaissait également Pfeiffering, la chose se sut par hasard. En secret, elle s'était familiarisée avec le décor où vivait Adrian et même, sauf erreur de ma part, elle s'était tenue sous la fenêtre de la salle de l'Abbé — pour s'éloigner ensuite. Ceci est assez saisissant, mais plus étrange et émouvant encore me semble le pèlerinage de Kaisersaschern qu'elle fit, on le découvrit longtemps après, et plus ou moins fortuitement. Elle avait visité jusqu'au village d'Oberweiler et la ferme de Buchel, et n'ignorait donc pas le parallélisme qui m'a toujours un peu troublé entre le cadre où se déroula l'enfance d'Adrian et celui de ses années ultérieures.

J'oubliais de mentionner qu'à Palestrina, ce coin des Monts Sabins, elle avait passé quelques semaines chez les Manardi et semblait s'être liée rapidement et cordialement avec la signora Manardi. Lorsqu'elle l'évoquait dans ses lettres rédigées partie en allemand, partie en français, elle l'appelait « mère Manardi ». Elle désignait de même Mme Schweigestill. De ce qu'elle disait, il ressortait qu'elle avait vu cette dernière sans en être vue ou remarquée. Et elle ? Entendait-elle s'agréger à ces figures maternelles et les nommer ses sœurs ? Quelle appellation lui convenait dans ses rapports avec Adrian Leverkühn ? Laquelle désirait-elle, revendiquait-elle ? Déesse tutélaire, Égérie, amante spirituelle ? A sa première lettre envoyée de Bruxelles, était joint l'hommage d'une bague de la plus grande beauté, comme jamais depuis je n'en ai vu de pareille, ce qui d'ailleurs ne signifie pas grand-chose, l'auteur du présent écrit étant peu familier avec les trésors de ce monde. C'était un anneau ancien ciselé, un travail de la Renaissance enrichi d'une pierre, un splendide spécimen des émeraudes de l'Oural, d'un vert clair, merveilleux. On imaginait cette bague jadis au doigt d'un prince de l'Église, supposition à peine controuvée par l'inscriprion qui l'ornait. Dans la dureté du noble béryl, à l'avers, étaient gravés presque imperceptiblement deux vers grecs que l'on pourrait à peu près restituer ainsi dans notre langue :

*Quel frisson traversa le bosquet de lauriers d'Apollon !*
*Frémit la charpente entière ! Profanes, hors d'ici ! Fuyez !*

phrase liminaire d'un hymne de Callimaque à Apollon.

Il ne me fut pas difficile de trouver la référence de ces vers qui décrivent avec une terreur sacrée l'épiphanie du dieu en son sanctuaire. Les caractères, en dépit de leur petitesse, conservaient une parfaite netteté. Une intaille un peu plus effacée figurait au-dessous. A la loupe on distinguait un monstre ailé, un ophidien au dard aigu en forme de flèche. Cette image mythologique me rappela la plaie du Philoctète Chryséien causée par un trait ou une morsure et le nom qu'Eschyle donne une fois à la flèche : « Serpent ailé sifflant », mais elle me remit aussi en mémoire le rapport qui existe entre les traits de Phébus et les rayons du soleil.

Je peux témoigner qu'Adrian se réjouit puérilement du fastueux cadeau que lui valait une sympathie lointaine et étrangère. Il l'accepta sans scrupule et, s'il ne se montra jamais en public la bague au doigt, il prit l'habitude, ou, dois-je dire, il pratiqua le rite de la mettre aux heures de travail. A ma connaissance, pendant toute l'exécution de l'*Apocalypse,* il porta le bijou à la main gauche. Songeait-il que l'anneau est le symbole de l'alliance, du lien, même de la servitude ? De toute évidence, il n'y pensait pas. Dans le maillon précieux d'une chaîne invisible passée à son doigt pour composer, il se bornait à voir le rattachement de sa solitude avec le monde environnant, sans visage, personnellement à peine connu. Sur ses traits individuels, il s'interrogeait apparemment beaucoup moins que moi. Y a-t-il, me demandais-je, quelque chose dans l'extérieur de cette femme, de nature à expliquer le principe de ses relations avec Adrian, l'invisibilité, l'évitement, la volonté de ne jamais le rencontrer ? Était-elle laide, infirme, contrefaite, défigurée par une affection cutanée ? Je ne le crois pas. Je pense que la tare, si tare il y avait, était d'ordre psychique et lui avait enseigné les ménagements que peut requérir une autre âme. Au surplus, son partenaire n'essaya jamais de transgresser la loi régissant leurs rapports et admit tacitement qu'ils étaient destinés à se maintenir sur le plan de la spiritualité pure.

J'emploie à contrecœur cette expression banale : « spiritualité pure ». Elle a quelque chose d'incolore et de faible, peu conciliable avec l'énergie agissante qui caractérisait ce dévouement et cette lointaine vigilance. Une culture musicale très approfondie et une culture générale cosmopolite situaient sur un terrain très pratique l'échange épistolaire tel qu'il eut lieu pendant la gestation de l'*Apocalypse* et son écriture. Pour l'élaboration du texte, on s'entendit à stimuler mon ami par des suggestions ou à lui procurer des matériaux difficiles à obtenir. Il s'avéra plus tard que la traduction versifiée en vieux français de la vision de saint Paul lui était venue du « monde ». Cette influence mondaine déployait une activité efficace à son service, encore que par des voies détournées et personnes interposées. C'était elle qui avait inspiré le pénétrant article de l'*Anbruch* — assurément la seule tribune où il pût, à l'époque, être parlé de la musique de Leverkühn avec éloge. Si l'« Universal-Verlag » s'était assuré l'oratorio en cours d'achèvement, ce fut toujours grâce à l'instigatrice occulte. En 1921, du fond de sa retraite, elle mit à la disposition du théâtre des marionnettes de Platner, anonymement et sans que fût révélée l'origine de la donation, des fonds importants pour réaliser la mise en scène coûteuse et musicalement parfaite de la *Gesta* à Donaueschingen.

J'insiste sur ces mots et le geste qui les accompagna, cette « mise à la disposition ». Adrian était en droit de ne pas douter qu'il disposait de tout ce que son admiratrice mondaine pouvait offrir à son isolement. Le poids de la fortune pesait lourd à Mme de Tolna, on le sentait, à cause de scrupules de conscience et bien qu'elle n'eût jamais connu une vie sans richesses et n'eût probablement pas su s'en accommoder. Elle ne celait pas son désir d'en déposer sur l'autel du génie la plus grande partie possible, autant qu'elle osait offrir. Il n'aurait tenu qu'à Adrian de mettre du jour au lendemain son train de vie en accord avec le joyau dont seuls les quatre murs de la salle de l'Abbé le voyaient paré. Il le savait aussi bien que moi. Je n'ai pas besoin de dire que pas un instant il n'envisagea sérieusement cette éventualité. Différent de moi qui éprouvais toujours une sorte de griserie à songer qu'il avait à ses pieds une fortune immense où il n'aurait qu'à puiser pour s'assurer une existence princière, cette pensée ne l'a certes jamais effleuré. Et pourtant une fois, au cours d'un voyage, s'étant envolé de son nid de Pfeiffering, il avait fugitivement goûté à la forme de vie presque royale que je ne pouvais en secret m'empêcher de lui souhaiter d'une manière permanente.

Cela advint il y a déjà vingt ans, lorsqu'il accepta l'invitation, valable une fois pour toutes, de s'installer dans l'un des domaines de Mme de Tolna, pour aussi longtemps qu'il le voudrait, en l'absence de la propriétaire. Ce fut au printemps de 1924. A Vienne, à la salle Ehrbar, dans le cadre d'une des soirées de l'*Anbruch*, comme on les appelait, Rudi Schwerdtfeger venait de faire entendre en première audition le concerto pour violon, enfin écrit à son intention. L'œuvre remporta un vif succès et Rudi ne fut pas le dernier à en bénéficier. J'entends « il fut le premier », car cette composition s'applique surtout à mettre en relief l'art de l'interprète. Malgré le caractère indéniable de l'écriture musicale, elle ne compte pas parmi les plus hautes, les plus altières de Leverkühn ; elle a, du moins en partie, quelque chose d'obligeant, de condescendant, ou mieux d'affable, qui me rappela une ancienne prédiction tombée d'une bouche depuis devenue muette. Le morceau terminé, Adrian refusa de paraître devant le public enthousiaste et quand on alla à sa recherche, il avait déjà quitté la salle. Nous le rencontrâmes plus tard, l'organisateur, Rudi rayonnant de bonheur et moi, au restaurant du modeste hôtel de la Herrengasse où il était descendu. Schwerdtfeger, lui, avait cru de sa dignité de s'installer dans un hôtel du Ring.

La petite fête intime qui suivit s'acheva de bonne heure car Adrian souffrait de sa migraine. Toutefois, la discipline de vie qu'il s'imposait s'étant momentanément relâchée, je comprends que le lendemain il se soit décidé, au lieu de rentrer immédiatement chez les Schweigestill, à faire à son amie du monde extérieur la joie de visiter sa demeure hongroise. La condition stipulée, l'absence de Mme de Tolna, était respectée puisque la maîtresse des lieux se trouvait à Vienne, invisible. Un télégramme d'Adrian, adressé directement au château, annonça donc son arrivée pour un bref séjour ; sur quoi, je suppose, de hâtifs pourparlers s'échangèrent entre celui-ci et certain hôtel de Vienne. Il partit et malheureusement son compagnon de voyage ne fut pas moi, qui m'étais libéré de mes devoirs professionnels, tout juste pour assister au concert, ni Rüdiger Schildknapp, l'homme aux yeux semblables aux siens, qui ne s'était pas dérangé pour venir à Vienne et d'ailleurs n'en avait sans doute pas les moyens. Ce fut, tout naturellement, Rudi Schwerdtfeger, disponible pour cette fugue et présent, Rudi avec lequel il venait de collaborer brillamment sur le plan artistique et dont l'inébranlable assiduité triompha précisément vers cette époque. Triomphe lourd de fatalité.

En sa compagnie, Adrian passa donc, comme un maître rentrant de voyage, douze jours au château de Tolna, d'une somptuosité patricienne avec ses salles et ses pièces du XVIIIe siècle. Servi par une valetaille obséquieuse, turque en partie, il fit des promenades en voiture à travers le domaine grand comme une principauté et poussa jusqu'aux rives riantes du lac Balaton. Il disposa d'une bibliothèque en cinq langues, de deux magnifiques pianos à queue sur la scène de la salle de musique, d'un buffet d'orgue et de tout le luxe imaginable. Il me dit qu'il avait trouvé le village dépendant du château dans un état de profonde misère, à un niveau de vie tout à fait archaïque, prérévolutionnaire. Le régisseur, leur guide, leur avait raconté en secouant la tête avec pitié et comme une curiosité intéressante que les gens mangeaient de la viande une fois l'an, à la Noël, et privés même de chandelle, se couchaient, à la lettre, avec les poules. L'habitude et l'ignorance les avaient rendus insensibles à une situation aussi scandaleuse, à l'indescriptible saleté de leur rue, au manque d'hygiène total des masures. Y remédier eût sans doute constitué un acte révolutionnaire. Nul propriétaire isolé, encore moins une femme, ne s'y serait hasardé ; mais il est permis de supposer que le spectacle du village faisait partie de ces choses qui rendaient odieux à l'amie cachée d'Adrian le séjour de sa propriété.

Pour le reste, je ne suis pas homme à tracer plus qu'une simple esquisse de cet épisode légèrement excentrique dans la vie rigide de mon ami. Ce n'est pas moi qui y figurai à ses côtés et je ne l'aurais pu, même s'il m'y avait engagé. Ce fut Schwerdtfeger ; il pourrait le raconter. Mais il est mort.

# XXXVII

Je ferais mieux de ne pas numéroter d'un chiffre particulier ce chapitre et de le considérer comme le prolongement
du précédent. Je devrais continuer sans marquer la césure,
car nous en sommes toujours au chapitre du monde, des
rapports ou de l'absence de rapports de mon ami avec lui.
Ici, il est vrai, le monde renonce à toute discrétion et ne se
présente plus sous la forme d'une déesse tutélaire hermétiquement voilée, dispensatrice de symboles précieux, Il
s'incarne en un type naïvement indiscret, prêt à forcer toute
retraite, superficiellement engageant et en somme assez
attrayant à mes yeux, M. Saül Fitelberg, imprésario musical international et organisateur de concerts. Par un bel
après-midi de fin d'été, où j'étais là précisément, donc un
samedi (je comptais rentrer chez moi le dimanche matin de
bonne heure pour fêter l'anniversaire de ma femme) il
survint à Pfeiffering, nous retint une heure d'horloge, Adrian
et moi, et nous divertit, puis se retira bredouille (pour

autant qu'il s'agissait de projets concrets et d'offres) mais aussi sans marquer la moindre susceptibilité.

C'était en 1923. On ne saurait dire qu'il s'y prenait très tôt. Néanmoins il n'attendit pas les auditions de Prague ni de Francfort, réservées à un avenir d'ailleurs proche ; cependant il y avait déjà eu Weimar, il y avait eu Donaueschingen, sans parler des auditions des œuvres de jeunesse d'Adrian en Suisse : point n'était besoin d'une intuition prophétique pour pressentir là quelque chose à apprécier, à diffuser. Au surplus, l'*Apocalypse* avait paru chez un éditeur et je crois que M. Saül avait peut-être eu l'occasion d'étudier l'œuvre. Bref, il avait flairé le vent, il désirait s'entremettre, édifier une gloire, amener au jour un génie, l'exhiber en qualité de manager à la curiosité de la société mondaine où il évoluait. Tel était l'objet de sa visite, de son intrusion désinvolte dans l'asile de la souffrance créatrice. Voici comment se passa l'événement :

J'étais donc arrivé à Pfeiffering au début de l'après-midi. Au retour d'une promenade dans les champs que nous avions entreprise, Adrian et moi, après le thé, donc peu après quatre heures, s'offrit à notre étonnement une automobile arrêtée dans la cour, près de l'orme. Pas un taxi ordinaire, mais un véhicule d'aspect plus privé, comme on en loue à l'heure ou à la journée dans un garage, avec chauffeur. La tenue de ce dernier rappelait un peu la livrée d'un conducteur de voiture de maître. Il fumait, debout devant la portière et, à notre passage, souleva sa casquette avec un large sourire, sans doute au souvenir des facéties de l'étrange hôte qu'il nous avait amené. Sur le seuil, Mme Schweigestill vint à notre rencontre, une carte de visite à la main. Elle parlait d'une voix sourde, effrayée. Elle nous dit qu'un « homme du monde » était là — ce mot chuchoté, pour définir un homme qu'on vient à peine de faire entrer, prit pour moi quelque chose de bizarrement fantomatique et sibyllin. Peut-être fut-ce pour expliquer cette épithète que Mme Else traita aussitôt de « maboul » le monsieur qui attendait. Il l'avait appelée « schermadam » et ensuite « petite maman » et il avait pincé la joue de Clémentine. Elle avait enfermé l'enfant dans sa chambre jusqu'au départ de l'homme du monde. Elle ne pouvait tout de même pas le mettre à la porte puisqu'il était venu de Munich en auto. Il attendait au salon.

La mine longue, nous nous passâmes mutuellement le bristol qui donnait sur son possesseur toutes les indications souhaitées : *Saül Fitelberg. Arrangements musicaux. Représentant de nombreux artistes éminents*[1]. Je fus heureux d'être là pour protéger Adrian. Il m'eût déplu de me l'imaginer livré seul à ce « représentant ». Nous nous rendîmes dans la salle de la Victoire.

Fitelberg était debout près de la porte et bien qu'Adrian se fût effacé devant moi, toute l'attention du visiteur se concentra sur lui. Après m'avoir effleuré d'un rapide coup d'œil à travers ses lunettes d'écaille, il ploya son buste obèse pour jeter un regard furtif, derrière moi, sur celui à cause de qui il s'était imposé les frais d'une randonnée de deux heures en voiture. Naturellement, il ne faut pas être grand clerc pour distinguer un être que marque le génie, d'un simple professeur de gymnase ; mais la promptitude de perception du nouveau venu, la rapidité avec laquelle, bien que j'eusse eu le pas sur Adrian, il reconnut mon caractère accessoire et apostropha le personnage qualifié, ne laissaient pas d'impressionner.

— *Cher maître,* commença-t-il, la bouche en cœur, avec un accent dur mais une extraordinaire volubilité, *comme je suis heureux, comme je suis ému de vous trouver. Même pour un homme gâté, endurci comme moi, c'est toujours une expérience touchante de rencontrer un grand homme. Enchanté, monsieur le professeur*[2], jeta-t-il et il me tendit négligemment la main lorsque Adrian me présenta, puis il s'adressa aussitôt à qui de droit.

— *Vous maudirez l'intrus, cher monsieur Leverkühn,* dit-il en mettant l'accent tonique sur la troisième syllabe du nom comme s'il s'écrivait Le Vercune. *Mais pour moi, étant*

---

1. *En français dans le texte.*
2. *Dans ce chapitre, les mots en italiques sont en français dans le texte.*

*une fois à Munich, c'était tout à fait impossible de manquer...* Il s'interrompit pour dire en allemand avec la même prononciation agréable et martelée : Oh ! je parle aussi allemand. Pas bien, pas impeccablement mais assez pour me faire comprendre. *Du reste, je suis convaincu* que vous connaissez admirablement le français. Votre mise en musique des poèmes de Verlaine en est la meilleure preuve. Mais *après tout* nous sommes sur un sol allemand, et combien allemand, combien familial, plein de cachet... Je suis charmé du décor idyllique où vous avez eu, maître, la sagesse de vous installer... *Mais oui, certainement,* asseyons-nous, asseyons-nous, *merci, mille fois merci.*

C'était un homme d'une quarantaine d'années, point ventru mais gras, les membres mous, les mains blanches et capitonnées de graisse, complètement rasé, le visage plein, avec un double menton, des sourcils arqués fortement dessinés, les cheveux clairsemés, et des yeux rieurs en amande, d'un émail méditerranéen derrière leurs lunettes d'écaille. Un rire perpétuel découvrait ses dents blanches et saines. Il portait une élégante tenue estivale, un costume de flanelle à raies bleues, pincé à la taille, et des souliers de toile à bandes de cuir jaune. Son insouciante désinvolture justifiait l'épithète de la mère Schweigestill. Cette légèreté rafraîchissante, tout comme son débit rapide, légèrement bredouillant, sa voix toujours assez haute, parfois passant au registre aigu, juraient un peu avec sa personne physique, contrastaient avec son obésité et en même temps s'y accordaient harmonieusement. Cette légèreté qui avait passé dans sa chair et dans son sang, je l'appelle rafraîchissante parce qu'elle vous donnait le sentiment comique et réconfortant qu'on prenait la vie beaucoup trop au sérieux, bien à tort. Elle semblait sans cesse vouloir dire : « Mais pourquoi pas ? Et après ? Aucune importance ! Gai, gai, soyons gais ! » Et malgré soi, on s'efforçait de faire chorus.

Ce n'était rien moins qu'un imbécile, aucun doute ne subsistera, je pense, à cet égard quand j'aurai reproduit quelques-uns de ses propos, restés vivaces dans ma mémoire. Le mieux sera de lui laisser la parole car nos réponses, à Adrian et à moi, les phrases que nous jetions fortuitement dans la conversation, ne comptaient guère. Nous prîmes place au bout de la longue et lourde table, le meuble principal de la salle rustique, Adrian et moi côte à côte, le visiteur en face de nous. Il ne nous fit pas longtemps mystère de ses désirs et de ses intentions et en vint au fait sans trop de détours.

— Maître, dit-il, je comprends parfaitement combien vous devez être attaché à la retraite pleine de style que vous avez choisie pour résidence. Oh ! j'ai tout vu, la colline, l'étang, le village autour de l'église et *puis cette maison pleine de dignité avec son hôtesse maternelle et vigoureuse. Madame Schwei-ge-still. Mais ça veut dire : « Je sais me taire. Silence. Silence. » Comme c'est charmant.* Depuis combien de temps vivez-vous ici ? Dix ans ? Sans interruption ? Ou à peine ? *C'est étonnant.* Oh ! très compréhensible. Et pourtant, *figurez-vous,* je suis venu vous enlever, vous entraîner à une infidélité passagère, vous emporter à travers les airs sur mon manteau et vous montrer les royaumes de ce monde et ses splendeurs. Plus encore, les mettre à vos pieds... Pardonnez ma façon pompeuse de m'exprimer. Elle est *ridiculement exagérée,* surtout pour ce qui est des « splendeurs ». Ce n'est pas grand-chose, vraiment pas une chose si excitante, ces splendeurs — je le proclame, moi qui suis pourtant fils de petites gens, d'un milieu très modeste pour ne pas dire moche, de Lublin, au cœur de la Pologne, issu de très infimes parents juifs — je suis Juif, il faut que vous le sachiez. Fitelberg, c'est un nom nettement moche, polono-germano-juif — sauf que j'en ai fait le nom d'un champion notoire de la culture d'avant-garde et, je puis bien le dire, un ami de grands artistes. *C'est la vérité, pure, simple et irréfutable.* La raison en est que dès ma jeunesse j'ai tendu vers ce qui est supérieur, intellectuel et amusant, vers le nouveau, avant tout vers le nouveau qui scandalise encore mais qui est un élément subversif estimable et plein d'avenir, appelé à être demain de très bon rapport, le dernier cri, l'art. *A qui le dis-je ? Au commencement était le scandale.*

Dieu merci, le moche Lublin est loin dans le passé. Depuis plus de vingt ans, je vis à Paris — le croiriez-vous, j'ai même suivi toute une année des cours de philosophie à la Sorbonne. Mais *à la longue,* cela m'a ennuyé. Non que la philosophie ne puisse faire scandale, elle aussi. Ah ! si, elle le peut ; mais pour moi elle est trop abstraite. Et puis j'ai l'obscur sentiment qu'il est préférable d'étudier la métaphysique en Allemagne. Mon honorable vis-à-vis, monsieur le professeur, me donnera peut-être raison... Ensuite j'ai dirigé un théâtre des boulevards, tout petit, exclusif, *un creux, une petite caverne* pour cent personnes, *nommé : Théâtre des Fourberies gracieuses.* Un nom séduisant, n'est-ce pas ? Mais que voulez-vous, la situation est devenue intenable du point de vue matériel. Les places, très limitées, étaient forcément si chères que nous étions obligés de les distribuer toutes. Nos spectacles étaient assez osés, je vous assure, mais avec cela trop « highbrow » comme disent les Anglais. Avec pour tout public James Joyce, Picasso, Ezra Pound et la duchesse de Clermont-Tonnerre, on ne fait pas ses frais. En un mot les *Fourberies gracieuses* ont dû fermer après une très courte saison, mais pour moi l'expérience avait porté ses fruits. Elle m'avait mis en contact avec les sommets de la vie artistique parisienne, peintres, musiciens, poètes. C'est à Paris, il m'est permis de le dire même en un lieu comme celui-ci, que bat actuellement le pouls du monde vivant. En outre, ma qualité de directeur m'avait ouvert les portes de plusieurs salons aristocratiques où ces artistes fréquentaient...

Peut-être vous en étonnerez-vous ? Peut-être direz-vous : comment s'y est-il pris ? Comment ce gamin juif de la province polonaise a-t-il réussi à évoluer dans ces cercles fermés, parmi la *crème de la crème* ? Ah ! messieurs, rien n'est plus facile. On apprend vite à nouer la cravate de son smoking, à entrer dans un salon avec une nonchalance parfaite, même s'il s'agit de descendre quelques marches ! On en vient vite à oublier complètement qu'on a pu être embarrassé de ses bras !... Après, on n'a plus qu'à répéter sans relâche « madame », *ah ! madame, oh ! madame, que pensez-vous, madame, on me dit, madame, que vous êtes fanatique* de *musique* ? C'est à peu près tout. De loin, on s'exagère extraordinairement ces choses.

*Enfin,* les relations que je devais aux *Fourberies* me furent utiles et se sont multipliées encore quand j'ai ouvert mon agence d'auditions de musique contemporaine. Ce qu'il y avait de mieux, c'est que je m'étais trouvé moi-même ; car tel que vous me voyez, je suis imprésario, imprésario-né, je le suis fatalement, c'est mon plaisir et ma fierté, *j'y trouve ma satisfaction et mes délices.* Mettre en valeur le talent, le génie, la personnalité intéressante, battre la grosse caisse en leur faveur, enthousiasmer la société pour eux ou, sinon l'intéresser, du moins la surexciter, car c'est tout ce qu'elle demande *et nous nous rencontrons dans ce désir.* La société veut être émue, provoquée, se diviser en deux camps pour et contre, elle ne vous sait gré de rien comme d'un tumulte amusant *qui fournit le sujet* de caricatures dans les journaux et d'interminables bavardages. A Paris, le chemin de la gloire passe par la diffamation. Une vraie première doit se dérouler en sorte qu'à plusieurs reprises au cours de la soirée toute l'assistance bondisse et la majorité rugisse : *Insulte ! Impudence ! Bouffonnerie ignominieuse !* tandis que six ou sept *initiés,* Eric Satie, quelques surréalistes, Virgil Thomson, crient des loges : *Quelle précision ! Quel esprit ! C'est divin ! C'est suprême ! Bravo ! Bravo !*

Je crains de vous effrayer, messieurs, du moins peut-être monsieur le professeur sinon le maître Le Vercune, mais d'abord je m'empresse d'ajouter que jamais jusqu'à présent un concert de ce genre n'a vraiment été suspendu avant l'heure. Au fond, même ceux qui protestent le plus ne le voudraient pas — au contraire, ils souhaitent une nouvelle occasion de s'indigner, pour eux le plaisir de la soirée consiste en cela. Du reste, par extraordinaire, le très petit nombre des connaisseurs fait la loi. En second lieu, il n'est nullement dit que pour chaque œuvre d'avant-garde, les choses doivent forcément se passer ainsi. Au préalable, une publicité suffisante, une intimidation de la bêtise comme il se doit, peuvent assurer à l'audition un cours tout à fait honorable ; surtout si l'on présente aujourd'hui un artiste appartenant à une des nations ex-ennemies, un Allemand, il faut compter sur une attitude parfaitement courtoise du public. Voilà précisément la saine spéculation sur laquelle je base mon projet, mon invitation. Un Allemand, *un Boche qui par son génie appartient au monde et qui marche à la tête du progrès musical.* C'est là aujourd'hui un défi extrêmement piquant lancé à la curiosité, à l'absence de

préjugés, au snobisme, à la bonne éducation du public -
d'autant plus piquant que l'artiste renie moins son empreinte
nationale, sa germanité, qu'il provoque l'exclamation : *Ah !
ça, c'est bien allemand, par exemple !* Car c'est votre cas,
*cher maître, pourquoi ne pas le dire* ? Vous en fournissez
l'occasion à chaque pas — point tellement à vos débuts, au
temps de cette *Phosphorescence de la Mer* et de votre
opéra-comique, mais plus tard, toujours davantage d'œuvre
en œuvre. Certes, vous pensez que je fais surtout allusion à
votre farouche discipline *et au fait que vous enchaînez votre
art dans un système de règles inexorables et néo-classiques,*
en le contraignant à se mouvoir dans ses liens de fer, sinon
avec grâce, du moins avec esprit et hardiesse. Mais je veux
dire cela et davantage encore, je parle de votre *qualité d'
Allemand,* j'entends... comment m'exprimer ? une certaine
carrure, une lourdeur rythmique, une immobilité, une
*grossièreté,* qui sont vieil-allemandes. *En effet, entre nous,*
on les rencontre chez Bach aussi. M'en voudrez-vous de ma
critique ? *Non, j'en suis sûr.* Vous êtes trop grand pour cela.
Vos thèmes — ils consistent presque exclusivement en
valeurs carrées, en rondes, noires et croches ; elles sont, il
est vrai, syncopées et liées, mais quand même ancrées dans
une sorte d'inductilité, d'inélégance, qui agit, piétine et
martèle machinalement. *C'est boche à un degré fascinant.*
Ne croyez pas à un blâme. Simplement, c'est *extrêmement
caractéristique* et dans la série de concerts internationaux
que je prépare, c'est une note tout à fait indispensable...

Voyez, je déploie mon manteau magique ! Je vous condui-
rai à Paris, Bruxelles, Anvers, Venise et Copenhague. On
vous recevra avec un intérêt intense. Je mets à votre
disposition les meilleurs orchestres et solistes. Vous dirigerez
les *Phosphorescences* et des fragments de *Love's Labour
Lost,* votre Symphonie cosmologique. Vous accompagnerez
au piano vos lieder sur des paroles de poètes français et
anglais et tout le monde sera charmé qu'un Allemand,
l'ennemi de la veille, manifeste cette largeur de vue dans le
choix de ses textes, *ce cosmopolitisme généreux et versatile.*
Mon amie, Mme Maya de Strozzi-Pecic, une Croate,
aujourd'hui peut-être le plus beau soprano des deux hémis-
phères, se fera un honneur de chanter ces choses. Pour la

partie instrumentale des hymnes de Keats, j'engage le quatuor Flonzaley de Genève ou le quatuor Pro-Arte de Bruxelles. Le fin du fin — êtes-vous satisfait ?

Vous dites ? Vous ne dirigerez pas ? Vous ne faites pas cela ? Et vous ne voulez pas non plus tenir le piano ? Vous refusez d'accompagner vos lieder ? *Cher maître, je vous comprends à demi-mot.* Il n'est pas dans vos habitudes de vous attarder à ce qui est déjà achevé. Pour vous, l'œuvre est terminée dès l'instant où on l'exécute, vous en avez fini avec elle dès qu'elle est écrite. Vous ne la jouez pas, vous ne la dirigez pas, car alors vous la modifieriez, vous la dénoueriez en variantes et variations, vous continueriez à la développer et vous la gâteriez petit-être. Comme je vous comprends. *Mais c'est dommage, pourtant.* Les concerts y perdront l'apport de votre pouvoir d'attraction personnel. Bah ! on se débrouillera. Nous chercherons des chefs d'orchestre d'une célébrité mondiale — nous n'aurons pas à aller loin. L'accompagnateur attitré de Mme de Strozzi-Pecic accompagnera vos lieder et pourvu que vous, maître, vous veniez, vous soyez simplement présent et vous vous montriez au public, rien n'est perdu, la partie sera gagnée.

Évidemment, c'est la condition essentielle — *Ah non !* Vous n'allez tout de même pas me confier l'exécution de vos œuvres *in absentia* ! Votre présence personnelle est indispensable, *particulièrement à Paris* où la gloire artistique se fabrique dans trois ou quatre salons. Qu'est-ce que cela vous coûte, de dire un certain nombre de fois : *Tout le monde sait, madame, que votre jugement musical est infaillible* ? Cela ne vous coûte rien et vous y trouverez beaucoup de plaisir. En tant qu'événements mondains, mes représentations se classent immédiatement après les premières des Ballets russes de M. de Diaghilev, à supposer qu'elles se classent *après* lui. Vous serez invité tous les soirs. Rien n'est plus difficile en général que de pénétrer dans la haute société parisienne ; mais pour un artiste, rien de plus facile, fût-il encore au stade préliminaire de la gloire, celui de la notoriété scandaleuse. La curiosité renverse toutes les barrières, elle triomphe de tout exclusivisme...

Mais qu'ai-je à parler de la société élégante et de ses curiosités ? Je vois bien que par là je ne parviens pas, cher maître, à attiser la vôtre. D'ailleurs, comment le pourrais-je ? Je ne l'ai pas tenté sérieusement. Que vous importe la haute société ? *Entre nous,* que m'importe-t-elle ? Du point de vue affaires — couci-couci. Mais au fond de moi-même ? Pas tant que cela. Cette ambiance, ce Pfeiffering et le fait d'être avec vous, maître, ne contribuent pas peu à me faire sentir mon indifférence, mon dédain pour ce monde frivole et superficiel. *Dites-moi donc.* N'êtes-vous pas originaire de Kaisersaschern sur la Saale ? Quelle origine grave, digne ! Ma foi, moi je suis natif de Lublin. C'est aussi une digne ville, grisonnante à force d'être vieille, d'où l'on emporte avec soi dans la vie un *fonds* d'austérité, *un état d'âme solennel et un peu gauche*... Ah ! je suis le dernier à vouloir vous vanter la haute société, mais Paris vous offrira l'occasion de faire les connaissances les plus intéressantes, stimulantes, parmi vos frères en Apollon, vos collaborateurs dans l'effort, vos pairs, peintres, écrivains, étoiles de ballet, et surtout les musiciens. Ceux qui sont aux sommets de l'expérience européenne et de l'expérimentation artistique sont tous mes amis et prêts à devenir les vôtres. Le poète Jean Cocteau, le maître de ballet Massine, le compositeur Manuel de Falla, les Six, les six grands de la musique moderne — toute cette sphère supérieure et amusante de l'audace et de l'insolence agressive n'attend plus que vous, votre place est marquée parmi eux quand vous voudrez...

Se peut-il que je lise dans votre mine une certaine résistance à cela aussi ? Mais ici, cher maître, vraiment, aucune timidité, aucun embarras n'est de mise, quels que soient les motifs de ce goût d'isolement. Loin de moi la pensée de vouloir découvrir ces motifs, il me suffit de constater leur existence avec respect et, dirai-je, en homme éclairé ? Ce Pfeiffering, ce *refuge étrange et érémitique,* il doit y avoir une cause particulière, intéressante, psychique à cela... à Pfeiffering. Je ne questionne pas, je suppute toutes les possibilités, j'envisage avec liberté même les plus extraordinaires — et après ? Y a-t-il là matière à *embarras* devant une sphère complètement dénuée de préjugés ? Une absence de préjugés qui, elle aussi, a ses bonnes raisons. Oh ! là ! là ! Un cénacle de génies arbitres du goût, coryphées mondains de l'art, se compose en général *de demi-fous excentriques,* d'âmes éclopées, de vieux pêcheurs endurcis devenus invalides. *Un imprésario, c'est une espèce d'infirmier, voilà.*

Mais voyez comme je plaide mal ma cause, *de quelle manière tout à fait maladroite*? Tout ce que je peux invoquer en ma faveur, c'est que je le constate moi-même. Dans l'intention de vous encourager, j'agace votre fierté et, les yeux ouverts, je travaille contre moi car je me dis naturellement que vos pareils..., mais je ne devrais pas parler de vos pareils et seulement de vous... donc, que vous considérez votre existence, votre *destin* comme quelque chose de trop unique et trop sacré pour le galvauder par un contact avec celui des autres. Vous ne voulez rien savoir des *destinées* d'autrui, vous ne connaissez que la vôtre propre, comme un phénomène sans précédent... je sais, je comprends. Vous détestez ce qu'a de diminuant toute généralisation, toute classification, toute soumission. Vous insistez sur ce qu'a d'incomparable le cas personnel. Vous cultivez l'orgueil de la tour d'ivoire, peut-être nécessaire. « Vit-on quand d'autres vivent ? » J'ai lu la question quelque part, je ne sais trop où mais certainement sous la plume d'une personnalité très éminente. Expressément ou dans votre for intérieur, tous, vous posez cette question ; ce n'est pas par courtoisie et plutôt pour donner le change que vous prenez connaissance les uns des autres — si tant est que vous en preniez connaissance. Wolf, Brahms et Bruckner ont vêcu des années durant, dans la même ville, à savoir Vienne, mais ils n'ont cessé de s'éviter et aucun d'eux, que je sache, n'a jamais rencontré l'autre. C'eût été d'ailleurs *pénible,* étant donné leurs jugements mutuels, jugements animés non d'un esprit critique confraternel, mais d'un esprit de négation, *d'anéantissement,* pour être le seul. Brahms ne faisait guère cas des symphonies de Bruckner, il les appelait des serpents géants amorphes. En revanche, Bruckner avait piètre opinion de Brahms, il trouvait très bon le premier thème du concerto en ré mineur mais il déclarait que Brahms n'avait jamais plus rien inventé d'approchant. Vous tenez à vous ignorer mutuellement. Pour Wolf, Brahms était *du dernier ennui.* Et avez-vous jamais lu la critique de la Septième de Bruckner dans le « Salonblatt » de Vienne ? On a là son opinion sur l'homme, Bruckner en général. Il lui reprochait son « manque d'intelligence » *avec quelque raison,* car Bruckner était, n'est-ce pas, ce qu'on appelle un esprit simple, puéril, plongé dans sa majestueuse musique aux basses ronflantes, du reste un parfait idiot pour tout ce qui ressortissait à la culture européenne. Toutefois, si l'on tombe sur certaines remarques épistolaires de Wolf à propos de Dostoïevski, *qui sont simplement stupéfiantes,* on met en doute sa propre formation intellectuelle. Le livret de son opéra inachevé, *Manuel Venegas,* qu'un certain Dr Hörner avait établi, il l'appelait un prodige shakespearien, le summum de la poésie et il devenait mordant au point de manquer de tact quand des amis faisaient des réserves. Non content d'avoir composé son hymne pour chœur masculin A *la patrie,* il voulut pour comble le dédier à l'empereur d'Allemagne. Que vous en semble ? Sa requête fut rejetée. *Tout cela est un peu embarrassant, n'est-ce pas ? Une confusion tragique.*

*Tragique, messieurs.* Je le dis parce que selon moi le malheur du monde repose sur l'absence d'unité de l'esprit, la bêtise et le manque de compréhension qui séparent ces sphères les unes des autres. Wagner vitupérait l'impressionnisme de la peinture de son temps comme des taches de couleur, tant il était rigidement conservateur dans ce domaine. Et pourtant les dissonances de ses productions harmoniques personnelles dépassent souvent les plus impressionnistes. Aux barbouilleurs tachistes de Paris, il opposait le Titien. *A la bonne heure !* Mais en réalité son goût artistique oscillait plutôt entre Pilloty et Makart, l'inventeur du bouquet décoratif et Titien était plutôt l'affaire de Lenbach, lequel à son tour comprenait si peu Wagner qu'il appelait *Parsifal* « une musique de beuglant » — et encore, il l'a jeté en plein visage au maître. *Ah ! ah ! comme c'est mélancolique, tout ça !*

Messieurs, je me suis terriblement écarté de mon sujet ; j'entends par là, je me suis écarté de mon propos. Veuillez voir dans ma prolixité l'expression du fait que j'ai renoncé au projet qui m'a amené ici. Je suis convaincu qu'il est inexécutable. Je ne vous emporterai pas, maître, dans les plis de mon manteau magique. Je ne vous introduirai pas dans le monde en qualité de manager. Vous vous y refusez et ma déception devrait être plus grande qu'elle ne l'est en réalité. *Sincèrement,* je me demande même si c'en est une. On vient peut-être à Pfeiffering pour des fins pratiques, mais ces fins ont toujours et nécessairement une importance secondaire. On vient, fût-on un imprésario, on vient en premier lieu *pour saluer un grand homme.* Aucun échec d'ordre pratique ne peut diminuer ce plaisir, surtout quand une bonne part de satisfaction positive est à la base de la déception. C'est ainsi, cher maître, et entre autres votre manque de liant m'est également une satisfaction, grâce à l'esprit de compréhension, de sympathie, que je lui porte malgré moi. Mon sentiment va à l'encontre de mes intérêts mais je l'éprouve quand même, je l'éprouve en ma qualité d'humain, dirais-je, si la catégorie n'était trop vaste et si je ne devais chercher une expression plus personnelle.

Vous ne savez pas, maître, combien votre *répugnance* est allemande. Il y entre, si vous me permettez de parler en psychologue, un mélange caractéristique de morgue et un complexe d'infériorité, un alliage de mépris et de crainte. Elle représente, disais-je, la gravité opposée à ce salon qu'est le monde. Eh bien ! je suis Juif, vous devez le savoir, Fitelberg, c'est un nom d'un judaïsme éclatant. J'ai l'Ancien Testament dans le sang et ce n'est pas une affaire moins sérieuse que la germanité — au fond, cela ne vous prépare guère à la sphère de la *Valse brillante.* D'ailleurs, c'est un préjugé allemand de croire qu'à l'étranger tout n'est que *valse brillante* et que le sérieux est l'apanage exclusif de l'Allemagne. Et pourtant, comme Juif, on est au fond assez sceptique à l'égard du monde, on penche vers la germanité, risquant ainsi d'ailleurs de recevoir des coups de pied au derrière à cause de ce penchant. Allemand n'est-il pas avant tout synonyme de national ? Et qui croit au caractère national d'un Juif ? Non seulement on le lui conteste mais on lui tape sur le crâne s'il a l'indiscrétion d'y prétendre. Nous autres Juifs, nous avons tout à craindre du caractère allemand *qui est essentiellement antisémite.* Motif suffisant pour que nous nous en tenions au monde, à l'intention duquel nous arrangeons des divertissements et des sensations, sans que cela prouve que nous sommes des têtes à l'évent ou que nous manquons d'esprit. Nous savons très bien distinguer entre le *Faust* de Gounod et celui de Goethe, même quand nous parlons français, oui, même alors...

Messieurs, je dis cela simplement parce que je renonce à la partie. Notre conversation d'affaires est terminée, je ne suis déjà plus là, pour ainsi dire, je tiens déjà le bouton de la porte, nous sommes depuis longtemps sur pied, je bavarde uniquement *pour prendre congé*. Le *Faust* de Gounod, messieurs, qui donc ferait le dégoûté à propos de cette œuvre ? Pas moi et vous non plus, je le constate avec plaisir. Une perle — *une marguerite,* pleine des plus ravissantes trouvailles musicales. *Laisse-moi, laisse-moi contempler*... Charmant. Massenet aussi est charmant. Il a dû l'être tout particulièrement comme éducateur, comme professeur au Conservatoire, on connaît des anecdotes à son sujet. Dès le début, ses élèves en composition étaient invités à produire eux-mêmes, peu importait que leur capacité technique fût suffisante ou non pour écrire un mouvement sans fautes. Humain, n'est-ce pas ? Pas allemand mais humain. Un jeune garçon lui avait apporté une chanson récemment composée, fraîche et témoignant de quelques dispositions. « Tiens, dit Massenet, c'est vraiment très gentil. Écoute, tu as sans doute une petite amie que tu aimes ? Joue-lui cela, ça lui fera plaisir certainement, le reste viendra tout seul. » On ne sait pas au juste ce qu'il entendait par « le reste »... Probablement toutes les virtualités en amour et en art. Avez-vous des élèves, maître ? Vous ne leur feriez pas la vie si facile, j'en suis sûr ; mais vous n'en avez pas. Bruckner en a eu quelques-uns. De bonne heure, il avait commencé à lutter avec la musique et ses saintes difficultés, comme Jacob avec l'ange et il exigeait le même effort de ses étudiants. Pendant des années, ceux-ci devaient s'initier au métier sacré, aux éléments fondamentaux de l'harmonie et de l'écriture rigoureuse avant qu'il leur fût permis de chanter un lied, et cette pédagogie musicale n'avait rien à voir avec une petite amie chérie. On est un esprit simple, puéril, mais la musique est pour vous la révélation mystérieuse de la suprême connaissance, un culte divin, et le métier de professeur de musique un sacerdoce...

*Comme c'est respectable ! Pas précisément humain, mais extrêmement respectable.* Comment nous autres Juifs, qui sommes un peuple sacerdotal, même quand nous minaudons dans les salons parisiens, ne nous sentirions-nous pas attirés vers la germanité et enclins, sous son influence, à quelque ironie à l'égard du monde et de l'art à l'usage de la petite amie ?

De notre part, tout sentiment national serait une hardiesse susceptible de provoquer un pogrom. Nous sommes internationaux, mais nous sommes pro-allemands comme personne au monde, ne fût-ce que parce que nous ne pouvons nous dispenser de constater l'analogie des rôles de la germanité et du judaïsme sur terre. *Une analogie frappante.* Tous deux pareillement honnis, méprisés, craints, enviés, pareillement ils déconcertent et sont déconcertés. On parle de l'âge du nationalisme ; en réalité, il n'y a que deux nationalismes, l'allemand et le juif, et celui des autres peuples est jeu d'enfants par comparaison, — tout comme le caractère typiquement français d'un Anatole France est pur cosmopolitisme comparé à l'isolement allemand et à la présomption juive d'être le peuple élu... France, *un nom de guerre* nationaliste. Un écrivain allemand ne pourrait pas s'appeler Deutschland, tout au plus appelle-t-on ainsi un bateau de guerre. Il devrait se contenter de « Deutsch » — et alors, cela ferait un nom juif, oh ! là ! là ! Messieurs, je tourne vraiment le bouton de la porte, je suis déjà parti. Je n'ajoute qu'un mot. Les Allemands devraient nous laisser, à nous Juifs, le soin d'être pro-allemands. Avec leur nationalisme, leur morgue, leur prétention d'être incomparables, leur haine de l'alignement et de l'équivalence, leur refus d'être introduits auprès du monde et de s'agréger socialement à lui — avec tout cela, ils se précipiteront dans le malheur, une véritable catastrophe juive, *je vous le jure.* Les Allemands devraient permettre au Juif de remplir entre eux et la société le rôle de *médiateur,* de manager, d'imprésario, d'entrepreneur de la germanité... Il est tout à fait qualifié pour cela, on ne devrait pas le mettre à la porte, il est international et il est pro-allemand... *mais c'est en vain. Et c'est très dommage.* Mais qu'ai-je encore à parler ? Je suis parti depuis longtemps. *Cher Maître, j'ai été enchanté. J'ai manqué ma mission,* mais je suis ravi. *Mes respects, monsieur le professeur. Vous m'avez assisté trop peu, mais je ne vous en veux pas. Mille choses à Mme Schwei-ge-still. Adieu, adieu... »*

# XXXVIII

Mes lecteurs savent déjà qu'Adrian avait exaucé le souhait obstinément caressé et formulé par Rudi Schwerdt-feger durant des années, en écrivant à son intention un concerto pour violon fait sur mesure ; de plus, il lui avait dédié ce brillant morceau, particulièrement propre à mettre en valeur la virtuosité du violoniste. Même, il l'avait accompagné à Vienne pour la première audition. Quelques mois plus tard, vers la fin de 1924, et j'en reparlerai en temps voulu, il assista aux reprises qui eurent lieu à Berne et Zurich. Auparavant, je voudrais revenir sur la définition, peut-être impertinente et déplacée dans ma bouche, que j'ai émise à propos de cette composition. J'ai dit que par une certaine complaisance pour la virtuosité concertante, son style musical détonnait un peu avec l'ensemble de l'œuvre de Leverkühn, inexorable et sans aucune concession au public. Je ne laisse pas de croire que la postérité ratifiera mon « jugement » — mon Dieu ! combien je déteste ce mot ! — et je me borne à donner ici aux siècles futurs l'explication psychologique d'un phénomène dont sans cela le fin mot risquerait de leur échapper.

Le morceau offre une particularité : écrit en trois mouvements, il ne porte à la clef aucune armature et pourtant, si j'ose m'exprimer ainsi, trois tonalités s'y entremêlent, si bémol majeur, ut majeur et ré majeur. De ces trois, comme le musicien s'en apercevra, le ré majeur forme une sorte de dominante du deuxième degré, le si bémol majeur une sous-dominante et l'ut majeur tient exactement le milieu. Entre elles, l'œuvre progresse avec un art consommé, la plupart du temps aucune n'est clairement exprimée, mais les rapports réciproques des accords font allusion à chacune, pendant de grandes périodes, toutes les trois se superposent jusqu'au moment où d'une façon d'ailleurs triomphale, propre à électriser tous les publics, l'ut majeur s'affirme ouvertement. Il y a là, dans le premier mouvement, un « andante amoroso » d'une suavité et d'une tendresse constamment maintenues à la limite de l'ironie, un accord de dominante qui pour mon oreille sonne un peu à la française, de sol-mi-si bémol — ré-fa dièse-la — accord qui, avec le fa aigu du violon brochant sur le tout, contient, on le voit, l'accord parfait de chacun de ces trois tons principaux. Il renferme pour ainsi dire l'âme de l'œuvre et l'on y décèle également l'âme du thème principal de ce mouvement, repris dans le troisième mouvement, une suite de variations diaprées. Réussite mélodique merveilleuse dans son genre, cantilène frémissante emportée sur une grande houle, griserie sensuelle avec quelque chose d'ostentatoire, d'éclatant et aussi une mélancolie non sans complaisance pour soi, au gré de l'interprète. Cette invention a de ravissant, de particulier, la manière inattendue et délicatement accentuée dont la ligne mélodique, arrivée à un point culminant, se dépasse pour atteindre un degré de plus, d'où ensuite, conduite avec infiniment de goût, peut-être un excès de goût, elle reflue en arrière et s'épuise. Seule la musique, à l'exclusion de tout autre art, est capable d'exprimer une beauté qui exerce un effet physique, vous prend tout entier, et frôle le « plan céleste ». La magnificence du *tutti* à la fin des variations produit une explosion en un ut majeur très caractérisé. Une sorte d'audacieuse incursion dans le récitatif dramatique précède cet éclat, — réminiscence allemande du récitatif du premier violon dans le dernier mouvement du quatuor en la mineur de Beethoven — sauf que chez Beethoven, la phrase grandiose est suivie d'autre chose que d'une allégresse mélodique où la parodie de la passion entraînante se mue en une passion très sérieuse et par cela même crée une impression de malaise.

Leverkühn, je le sais, avant de composer ce morceau, étudia de très près le style violonistique de Bériot, Vieuxtemps et Wieniavski et il l'emploie d'une façon mi-respectueuse, mi-caricaturale, mettant d'ailleurs à rude épreuve la technique de l'exécutant, surtout dans le mouvement du milieu, d'un brio effréné, d'une virtuosité acrobatique, un scherzo où apparaît une réminiscence du *Trille du Diable* de Tartini. Le bon Rudi devait déployer le maximum d'effort pour satisfaire aux exigences de l'auteur. Chaque fois qu'il triomphait de la difficulté, la sueur perlait à la racine de ses boucles blondes, hérissées, et des fibrilles rouges striaient le blanc de ses beaux yeux d'un bleu de cyanure. Mais quel dédommagement, que d'occasions de « flirt », au sens le plus élevé du mot, lui apportait une œuvre que j'ai appelée à la face du Maître, l' « apothéose de la musique de salon », sachant d'avance qu'il ne m'en voudrait pas du qualificatif et l'accueillerait avec un sourire.

Je ne puis songer à cette production hybride sans évoquer un entretien chez l'industriel Bullinger à Munich, au premier de l'immeuble seigneurial qu'il avait fait construire dans la Widenmayerstrasse. Sous ses fenêtres, dans un lit bien canalisé, l'Isar passait avec son murmure de torrent montagneux impollué. Le richard avait donné vers sept heures un dîner d'environ une quinzaine de couverts. Il tenait table ouverte, assisté d'un personnel stylé et d'une dame de compagnie aux grâces minaudières qui ambitionnait de se faire épouser. En général, ses convives se recrutaient dans le monde de la finance et des affaires. Mais, on le sait, il aimait, en plastronnant, se mêler à la vie intellectuelle. Dans ses confortables salons, artistes et érudits se rencontraient à des soirées. Personne, pas plus moi que les autres, je l'avoue, ne voyait motif à dédaigner les agréments culinaires et le cadre élégant que ses pièces de réception offraient à des débats stimulants.

Cette fois, l'assistance se composait de Jeannette Scheurl, M. et Mme Knöterich, Schildknapp, Rudi Schwerdtfeger, Zink et Spengler, le numismate Kranich, l'éditeur Radbruch et sa femme, l'actrice Zwitscher et une dame auteur de comédies, arrivée de Bucovine, Binder-Majorescu de son nom, plus mon excellente épouse et moi. Adrian aussi était venu, cédant à diverses instances. Schildknapp et Schwerdtfeger avaient conjugué leurs efforts avec les miens. Qui de nous eut raison de sa résistance? Je l'ignore et ne songe nullement à m'attribuer le mérite de sa décision. A table, placé à côté de Jeannette, dont le voisinage lui était toujours réconfortant, et entouré de visages familiers, il ne sembla pas regretter de s'être rendu à nos prières, et parut fort se plaire durant les trois heures qu'il passa parmi nous. J'eus l'occasion de constater une fois de plus, avec une gaieté silencieuse, l'empressement, le respect involontaire, un peu timide, justifié tout au plus chez les rares connaisseurs, qu'on témoignait en société à cet homme à peine âgé de trente-neuf ans. Ce phénomène m'amusait et pourtant il me serrait le cœur, me poignait d'inquiétude, car la déférence qu'on lui marquait était due à l'aura d'indicible isolement, de solitude, qui l'environnait toujours davantage. Au cours de ces années, elle se fit de plus en plus perceptible et l'écart alla s'accusant. Sans doute donnait-il le sentiment d'arriver d'un pays où nul autre n'aurait pu vivre.

Ce soir-là, je le répète, il avait beaucoup d'aisance, de verve. J'en fais en partie honneur à Bullinger avec son cocktail au champagne relevé d'Angostura et son merveilleux vin du Palatinat. Il s'entretint avec Spengler, dont l'état avait beaucoup empiré (son mal s'était porté au cœur) et rit comme nous tous des pitreries de Léo Zink qui, à table, renversé en arrière, avait ramené comme un drap de lit jusqu'à son nez grotesque son immense serviette damassée et croisé tranquillement les mains par-dessus. Plus encore, il s'égaya de la promptitude du bouffon à nous épargner à tous un jugement sur une nature morte de Bullinger, peintre amateur à ses heures, en saluant ce morceau plein de bonnes intentions par mille petits cris qu'on pouvait interpréter à volonté. Il examina la toile sous tous les angles et même la retourna. Ses exclamations de surprise qui n'engageaient à rien faisaient d'ailleurs partie de la stratégie mondaine de cet homme, au fond peu sympathique, lorsqu'il prenait part à des entretiens dépassant les limites de son horizon de peintre et figurant de carnaval. De même fit-il au cours de la conversation engagée autour d'un problème d'esthétique et d'éthique que je m'apprête à relater.

Elle commença à propos des séances de musique mécanique dont l'amphitryon nous régala après le café, tandis que l'on continuait à fumer et à siroter des liqueurs. A cette époque, le disque de gramophone avait été très perfectionné ; Bullinger exécuta, sur son coûteux appareil-armoire, plusieurs airs charmants et d'abord, je m'en souviens, la valse fort bien jouée du *Faust* de Gounod ; Spengler ne trouva rien à lui reprocher, sauf d'être trop élégante et salonnière pour une danse populaire. On s'accorda à juger ce style mieux approprié à la ravissante musique de bal, dans la *Symphonie Fantastique* de Berlioz et l'on réclama le morceau. Le disque manquait. Schwerdtfeger siffla la mélodie avec une justesse parfaite, un timbre de violon, pur et admirable, et se mit à rire des applaudissements, enfonçant à son accoutumée l'épaule dans son vêtement et abaissant le coin de la bouche en une grimace. Pour comparer avec la musique française, l'assistance demanda des mélodies viennoises de Lanner et de Johann Strauss le jeune. Notre hôte nous prodigua avec empressement le contenu de son fonds. Enfin une dame — Mme Radbruch, la femme de l'éditeur, je me le rappelle encore — fit observer que ces œuvrettes ennuyaient peut-être le grand compositeur présent. Des voix inquiètes firent chorus, Adrian s'étonna. Il n'avait pas saisi la question et comme on la lui renouvelait, il protesta vivement. Pour l'amour de Dieu, non ! Il y avait là un malentendu. Nul ne prenait à ces choses, magistrales en leur genre, plus de plaisir que lui.

— Vous sous-estimez mon instruction musicale, dit-il. Dans ma prime jeunesse, j'ai eu un professeur (et il me jeta un coup d'œil, accompagné de son beau sourire fin et profond), un homme bourré de toute la musique du monde et débordant d'enthousiasme, trop épris de chaque bruit, je dis bien, de tout bruit organisé, pour inculquer à ses élèves la moindre morgue, le sentiment du « je vaux trop pour cela ». Un homme parfaitement informé de ce qui était élevé et sévère, mais à son sens la musique était la musique, où qu'elle fût. Au mot de Goethe : « L'art s'occupe de ce qui est difficile et bon », il rétorquait que le genre léger aussi est difficile quand il est bon et qu'il peut l'être comme le genre sérieux. Il m'est resté un peu de son esprit, je le tiens de lui. Je veux dire qu'il faut être sûr de soi sur le plan du difficile si l'on veut être en mesure de jongler avec le léger.

Un silence suivit. Au fond, il avait dit qu'il avait seul le droit de goûter la musique plaisante qu'on nous offrait. Chacun essaya de s'y méprendre, tout en soupçonnant que c'était là sa pensée. Schildknapp et moi nous nous regardions. Jeannette murmura : *Magnifique*[1] ! Léo Zink fit entendre son « Jésus-Maria ! » niais et subjugué, au fond perfide. « Voilà bien Adrian Leverkühn tout entier ! » s'écria Schwerdtfeger empourpré par l'absorption de nombreux verres de Vieille-Cure, et aussi pour un autre motif. Je savais qu'en secret il se sentait froissé.

— Vous n'auriez pas, par hasard, dans votre collection, continua Adrian, l'aria en ré bémol majeur de Dalila dans le *Samson* de Saint-Saëns ?

La question s'adressait à Bullinger. Il fut ravi de pouvoir s'écrier :

— Moi ? Ne pas avoir l'aria ? Mon cher, pour qui me prenez-vous ? Le voici — et pas du tout par hasard, je vous assure.

Sur quoi, Adrian :

— Ah ! bon ! Il me revient en mémoire parce que Kretzschmar, mon maître, un organiste, un homme à fugues, sachez-le, avait pour ce morceau une prédilection passionnée, un vrai *faible*[1] Il pouvait aussi en rire, mais sans que cela diminuât son admiration ; peut-être s'adressait-elle au caractère exemplaire de la chose. *Silentium.*

L'aiguille attaqua. Bullinger inclina au-dessus le lourd couvercle. De l'amplificateur jaillit un fier mezzo-soprano

1. *En français dans le texte.*

qui ne s'embarrassait pas d'une diction nette. On démêla : *Mon cœur s'ouvre à ta voix* et à peine quelques bribes, mais le chant, qu'accompagnait malheureusement un orchestre un peu pleurnicheur, était merveilleux avec sa chaleur, sa tendresse, sa sombre lamentation du bonheur. La mélodie ne commence à s'épanouir dans toute sa beauté que vers le milieu des deux premières strophes jumelles de l'aria. Elle l'achève de manière enivrante, surtout à la reprise, quand le violon, à présent résonnant à plein, prolonge voluptueusement l'exubérante ligne du chant et répète sa figure finale en quelques mesures douloureusement délicates.

On fut ému. De son petit mouchoir brodé, une dame tapota sa paupière.

— Stupidement beau ! dit Bullinger en se servant d'une expression depuis longtemps courante chez les esthètes et qui tempérait le qualificatif exalté de « beau » par un rude prosaïsme de connaisseur.

On peut dire qu'en l'occurrence il était à sa place, exactement et au sens étymologique[1] et sans doute fut-ce le motif de l'hilarité d'Adrian.

— Eh bien ! voilà, s'écria-t-il en riant. Vous comprenez à présent comment un homme sérieux peut adorer ce numéro. Certes, il n'y a pas là de beauté spirituelle, c'est d'une sensualité exemplaire. Mais, après tout, il n'y a pas lieu de craindre la sensualité ou d'en rougir.

— Si, peut-être, intervint le Dr Kranich, le directeur du cabinet des médailles. Il articulait comme toujours d'une manière extraordinairement distincte, ferme et compréhensible, encore que l'asthme rendît son souffle sifflant. « En art, peut-être si. Sur ce terrain, on peut — ou même on doit — redouter l'élément purement sensuel et en rougir, car il est vulgaire selon la définition du poète : « Vulgaire est tout ce qui ne s'adresse pas à l'esprit et n'éveille qu'un intérêt sensuel. »

— Nobles paroles, répliqua Adrian. On fait bien de les

---

1. *Stupidement se dit* bloedsinnig, *mot qui se compose de* bloed *(bête) et* sinning *(sensuel). (N. d. l. T.)*

laisser résonner un instant avant d'élever la moindre objection.

— Qu'objecteriez-vous donc ? demanda l'érudit.

Adrian haussa les épaules et sa bouche esquissa une grimace qui signifiait à peu près : « Je n'y peux rien. » Puis il dit :

— L'idéalisme ne tient pas compte de ce que l'esprit n'est pas uniquement sollicité par l'intellectualité. La mélancolie animale de la beauté sensuelle peut l'émouvoir profondément. Il a rendu parfois hommage même à la frivolité. En somme, Philine n'est qu'une petite gourgandine, mais Wilhelm Meister, qui n'est pas très éloigné de son auteur, lui témoigne une considération qui manifestement nie le caractère vulgaire de la sensualité innocente.

— L'indulgence et la tolérance à l'égard de l'équivoque, répliqua le numismate, n'ont jamais passé pour les traits les plus exemplaires de notre Olympien. Au surplus, quand l'esprit ferme les yeux sur la vulgarité sensuelle ou même cligne de l'œil, on peut sans doute y voir un danger pour la culture.

— De toute évidence, nous nous faisons du danger une conception différente.

— Traitez-moi tout de suite de poule mouillée !

— A Dieu ne plaise ! Un chevalier sans peur et sans reproche n'est pas un lâche, mais un preux. Je voudrais simplement rompre une lance en faveur d'une certaine largeur de vues quant à la morale en art. On accorde cette licence plus volontiers, me semble-t-il, à des arts autres que la musique. Rigueur peut-être très honorable pour elle, mais son champ s'en trouve considérablement circonscrit. Après tout, que reste-t-il de tout ce zim-boum-boum, mesuré à l'échelle de la plus stricte morale intellectuelle ? Quelques purs fantômes de Bach. Peut-être, en définitive, ne subsiste-t-il rien d'audible.

Le domestique entra portant le whisky, la bière et le soda sur un immense plateau à thé.

— Qui donc songerait à jouer les trouble-fête ? dit encore Kranich et Bullinger lui tapa sur l'épaule avec un « bravo ! » retentissant. Pour moi, et sans doute pour quelques autres, cet échange d'idées était un duel improvisé entre la médiocrité rigide et une profonde et douloureuse expérience spirituelle. Je consigne ici cette scène parce que je ressens très vivement son rapport avec le concerto auquel Adrian travaillait alors et aussi parce qu'elle m'éclaira ses relations avec le jeune homme dont l'opiniâtreté avait réussi à le lui faire écrire et pour qui ce morceau représenta à divers titres un succès.

Peut-être suis-je destiné à ne pouvoir parler qu'avec une raideur sèche et méditative du phénomène qu'Adrian avait appelé un jour une altération surprenante et toujours un peu anormale des relations du moi et du non-moi, — le phénomène de l'amour. Une gêne issue du respect que m'inspire ce mystère en général et mon respect pour la personnalité en cause, contribue à me sceller les lèvres ou du moins me rend laconique au sujet de la transformation flairant le démoniaque que subit en l'occurrence cette manifestation en soi merveilleuse, en contraste avec l'isolement de l'être unique. Je me bornerai à suggérer qu'une acuité de perception dont je suis redevable à mon étude de la philologie antique, donc une particularité plutôt faite à l'ordinaire pour rendre obtus à l'égard de la vie, me permit de voir ou de comprendre un peu ce qui se passait.

Aucun doute ne saurait subsister à cet égard et il convient de le dire avec un sang-froid humain : une infatigable familiarité confiante, décidée à ne reculer devant rien, avait fini par vaincre la plus farouche réserve. En raison de la différence de pôles — j'insiste sur le mot pôle — des partenaires et de l'écart spirituel entre eux, la conquête ne pouvait avoir qu'un caractère défini. D'ailleurs, par une perversité maléfique, elle avait toujours tendu vers ce dénouement. Pour la nature fleureteuse de Schwerdtfeger, je m'en rendis compte dès le début, le désir de triompher de l'isolement à force de familiarité avait consciemment ou inconsciemment donné à leurs rapports cette coloration et cette allure spéciales. Je n'entends pas dire que chez lui les motifs les plus nobles aient fait défaut. Au contraire, le solliciteur était très sérieux en exprimant combien l'amitié d'Adrian lui était nécessaire pour compléter sa nature, la stimuler, l'élever, la perfectionner ; sauf que pour conquérir cette amitié, Rudi, illogiquement, recourut aux moyens du flirt et se sentit ensuite froissé quand le mélancolique penchant qu'il avait suscité se doubla d'ironie à l'égard de la sensualité.

Pour moi, le plus remarquable et le plus émouvant fut de voir comment sa victime ne se rendit pas compte d'avoir été envoûtée et s'attribua une initiative pourtant venue de son partenaire, comment Adrian se montra stupéfait devant des avances qui faisaient carrément table rase de tout et méritaient plutôt le nom de subornation. Oui, il parlait du miracle d'une imperturbabilité inébranlable que ni mélancolie ni sensibilité n'étaient parvenues à émousser et je ne doute guère que cet « émerveillement » remontait au soir déjà lointain où Schwerdtfeger, soudain apparu dans sa chambre, l'avait prié de rejoindre la société « si ennuyeuse sans lui ». Pourtant, les traits de caractère que j'ai souvent loués chez le pauvre Rudi, la noblesse, l'indépendance artistique et la décence concoururent également à opérer le miracle, selon son expression. Il subsiste une lettre d'Adrian à Schwerdtfeger, écrite vers l'époque de la conversation chez Bullinger. Rudi aurait dû la détruire, mais il l'avait conservée, un peu par piété, un peu certes comme un trophée. Je me refuse à en citer des extraits et me borne à la qualifier de document humain. On dirait la mise à nu d'une plaie. Dans son douloureux débridement, le scripteur a dû voir une grande audace. Ce n'en était pas une ; et il le sut d'une manière point dépourvue de beauté. Sitôt la missive reçue, le destinataire se rendit à Pfeiffering, où il eut une explication jointe à l'assurance de la gratitude la plus pénétrée. Par un comportement simple, hardi, candide et délicat, il s'appliqua diligemment à épargner toute gêne humiliante. Force m'est de le louer, je ne puis m'en empêcher ; et, avec une sorte d'approbation, je suppose que la mise en chantier du concerto pour violon et sa dédicace furent décidées ce jour-là.

Cela mena Adrian à Vienne. Cela le conduisit ensuite, avec Rudi Schwerdtfeger, au château de Hongrie. A leur retour, Rudolf jouissait de la prérogative demeurée jusque-là mon apanage exclusif en souvenir de notre commune enfance. Lui et Adrian se tutoyaient.

## XXXIX

Infortuné Rudi ! Le triomphe de ton satanisme puéril fut bref, pris au piège d'un satanisme plus profond et plus fatal qui promptement le brisa, le consuma, le réduisit à néant. Malencontreux tutoiement ! Il ne convenait pas plus à l'insignifiance parée d'yeux bleus qui réussit à l'obtenir, qu'à celui qui daigna l'accorder et ne put s'empêcher de se venger de sa déchéance, même si, qui sait ? la déchéance lui avait procuré du bonheur. La vengeance fut automatique, prompte, froide et mystérieuse. Je raconte, je raconte.

Aux derniers jours de 1924, le concerto pour violon si goûté fut redonné à Berne et Zurich, dans le cadre de deux auditions de l' « orchestre de chambre » helvétique. Son chef, M. Paul Sacher, avait invité Schwerdtfeger à des conditions très intéressantes et émis le vœu que le compositeur voulût bien apporter l'éclat particulier de sa présence. Adrian se rebiffa ; mais Rudolf sut mettre beaucoup d'ardeur dans ses instances et le récent « tutoiement » eut assez de pouvoir pour frayer le chemin à l'événement qui devait en dériver.

Le concerto figurait au milieu d'un programme comprenant les classiques allemands et les Russes contemporains ; grâce au total don de soi du soliste, l'œuvre affirma de nouveau ses qualités intellectuelles et captivantes dans les deux villes, à la salle du Conservatoire de Berne comme à la Tonhalle de Zurich. La critique releva une certaine absence d'unité de style, même de niveau ; le public aussi se montra plus réticent qu'à Vienne. Néanmoins, de chaleureuses ovations saluèrent l'exécutant et l'on réclama l'auteur qui fit à son interprète le plaisir de paraître à plusieurs reprises sur scène avec lui, pour remercier. Ce fait unique renouvelé par deux fois, cet abandon personnel de la solitude à la foule, je le manquai. J'en fus exclu. J'en tiens le récit de Jeannette Scheurl qui assista à l'audition de Zurich ; elle y séjournait précisément et rencontra Adrian à une réception privée, dans une maison où lui et Schwerdtfeger avaient été invités à descendre.

Ce fut dans la Mythenstrasse, au logis proche du lac de M. et Mme Reiff, un ménage riche, sans enfants et ami des arts, qui de tout temps se faisait un plaisir de fêter les grands artistes de passage et de leur offrir un asile de choix. Le mari, ancien fabricant en soieries retiré des affaires, un Suisse de vieille souche démocratique, avait un œil de verre qui donnait à ses traits embroussaillés de barbe un air de rigidité. Impression fallacieuse, car il était porté à un enjouement généreux et n'aimait rien tant que de marivauder dans son salon, avec des femmes de théâtre, premiers rôles ou soubrettes. Parfois, au cours de ses réceptions, il jouait du violoncelle, non sans agrément. Son épouse, originaire du Reich et qui jadis s'était occupée de chant, l'accompagnait au piano. Si l'alacrité de son conjoint lui faisait défaut, c'était en revanche une bourgeoise énergique, une parfaite maîtresse de maison ; absolument d'accord avec lui pour héberger la gloire et laisser l'esprit insoucient des virtuoses s'épanouir librement sous ses lambris. Les photographies dédicacées de célébrités européennes couvraient une table entière de son boudoir. Toutes prônaient à l'envi l'hospitalité des Reiff.

Le couple avait invité Schwerdtfeger avant même que son nom n'eût paru dans les journaux, car, mécène à la main ouverte, le vieil industriel était informé avant tout le monde des solennités musicales en perspective. Ils avaient étendu leur invitation à Adrian dès qu'ils avaient eu connaissance de sa venue. La spacieuse maison pouvait contenir de nombreux hôtes et en arrivant de Berne les deux voyageurs eurent la surprise de voir Jeannette Scheurl qui, comme tous les ans, passait quelques semaines chez ses amis. Pourtant, au souper qui après le concert réunit un petit cercle d'habitués dans la salle à manger des Reiff, ce ne fut pas à côté d'elle qu'Adrian se trouva placé.

L'amphitryon siégeait au haut bout de la table et tout en sirotant une boisson désalcoolisée dans un verre de cristal merveilleusement taillé, le visage figé, il badinait avec sa voisine, le soprano dramatique du théâtre municipal, une femme puissante qui au cours de la soirée se frappa plusieurs fois du poing le sein. Était également présent un autre artiste de l'Opéra, le premier baryton, d'origine balte, un homme grand, à la voix tonitruante, et qui s'exprimait avec intelligence. En outre, bien entendu, l'organisateur du concert, le kapellmeister Sacher, puis le Dr Andreae, chef d'orchestre attitré de la Tonhalle et l'excellent critique musical de la *Neue Zürcher Zeitung*, le Dr Schuh, tous avec leurs femmes. A l'autre extrémité de la table, l'alerte Mme Reiff s'encadrait entre Adrian et Schwerdtfeger, lesquels avaient, l'un à sa droite, l'autre à sa gauche, une jeune ou encore jeune fille, Mlle Godeau, Suissesse française, et sa tante, une vieille dame affable, moustachue, à l'allure presque russe. Marie (c'était le prénom de Mlle Godeau) lui disait « ma tante » ou « tante Isœbeau ». Tante Isabeau vivait avec sa nièce et semblait cumuler auprès d'elle les fonctions de dame de compagnie, de gouvernante de sa maison et de dame d'honneur.

Il me faut sans doute esquisser un portrait de Marie Godeau puisque, peu de temps après, j'eus d'impérieux motifs de l'observer longuement. Si jamais le terme de « sympathique » fut de mise, c'est bien à propos de cette jeune femme. De la tête aux pieds, par chaque mot, chaque sourire, chaque expression, elle correspondait au sens apaisant, dénué d'outrance, esthétiquement moral, de ce vocable. Je commence par dire qu'elle avait les plus beaux yeux du monde, noirs comme le jais, comme le goudron, comme les mûres sauvages arrivées à maturité, pas bien grands, mais au regard ouvert, clair et pur dans son obscurité, sous des sourcils dont le dessin fin, régulier, devait aussi peu aux fards que le rouge naturel de ses douces lèvres. Chez cette fille, rien d'artificiel, aucun maquillage soulignant les traits, aucun fond de teint, aucun colorant. Ses cheveux brun foncé, noués en un lourd chignon sur la nuque et dégageant les oreilles, étaient rejetés en arrière du front et des tempes délicates, avec un charme naturel qui donnait aussi leur caractère à ses mains — des mains intelligentes et belles, point très petites, étroites, à la fine ossature, simplement serrées aux poignets par les manchettes d'une blouse de soie blanche. D'un col plat, le cou fusait, élancé et rond comme une colonne, modelé au ciseau eût-on dit, couronné par l'ovale gracieusement effilé du visage ivoirin au petit nez fin et bien formé, aux narines palpitantes et ouvertes. Son sourire peu fréquent, son rire encore plus rare, provoquaient toujours un certain effort attendrissant de la région temporale, comme transparente, et découvraient l'émail de dents rapprochées, régulières.

On comprendra que je cherche avec amour et zèle à évoquer l'image de la femme qu'Adrian songea un bref moment à associer à sa vie. Moi aussi j'ai vu Marie pour la première fois dans la blouse de soirée en soie blanche qui mettait en valeur, il est vrai non sans une certaine recherche, son type sombre, mais en général ce fut plutôt dans son simple costume de voyage de tous les jours, peut-être encore plus seyant, d'un écossais foncé, avec une ceinture vernie et des boutons de nacre, ou bien une blouse de travail descendant jusqu'aux genoux, qu'elle passait quand elle s'affairait sur sa planche à dessin avec sa mine de plomb et ses crayons de couleur. Car elle était dessinatrice, Mme Reiff en avait à l'avance informé Adrian. Elle faisait des maquettes pour de petites scènes parisiennes d'opéras et d'opérettes, « la Gaîté Lyrique », l'ancien « Théâtre du Trianon », imaginait et mettait au point des figurines, des costumes, des décors qui servaient ensuite de modèles aux costumiers et aux décorateurs. Toute à ses occupations, cette jeune fille, originaire de Nyon, sur le lac Léman, habitait avec tante Isabeau un logis minuscule dans l'île de la Cité. Le renom de ses talents et de son don d'invention, de sa compétence en matière de costumes historiques, allait croissant ; son séjour à Zurich était dû à des raisons professionnelles, mais elle raconta à son voisin de droite qu'elle comptait aussi aller dans quelques semaines à Munich, où le théâtre l'avait chargée des costumes et décors d'une comédie de style moderne.

Adrian partagea son attention entre elle et la maîtresse de maison, tandis qu'en face de lui Rudi, las mais heureux, plaisantait avec « ma tante ». A tout propos celle-ci versait en riant des larmes bienveillantes et, fréquemment penchée vers sa nièce, lui répétait, le visage mouillé et la voix étranglée de sanglots, les saillies de son voisin qu'il fallait absolument, croyait-elle, lui communiquer. Marie lui adressait alors un signe amical, manifestement contente de la voir tant s'amuser, et ses yeux se posaient avec une sorte de gratitude sur le dispensateur de cette gaieté. De toute évidence, Rudi mettait un point d'honneur à exciter le besoin qu'éprouvait la vieille dame de propager ses bons mots. Mlle Godeau, en réponse aux questions d'Adrian, parla de son activité parisienne, des récentes productions du ballet et de l'opéra français qu'il connaissait en partie seulement, d'œuvres de Poulenc, Auric, Rieti. On s'échauffa en échangeant des impressions sur *Daphnis et Chloé* de Ravel et les *Jeux* de Debussy, sur la musique de Scarlatti pour les *Femmes de Belle Humeur* de Goldoni, le *Mariage secret* de Cimarosa et *l'Éducation manquée* de Chabrier. Pour telle de ces pièces, Marie avait imaginé de nouveaux décors. En quelques coups de crayon sur son menu, elle esquissa des indications scéniques. Saül Fitelberg ? Elle le connaissait bien — mais oui, naturellement. Ce fut une occasion pour l'émail de ses dents de jeter des feux et un rire chaleureux contracta de façon charmante ses tempes. Elle parlait l'allemand sans difficulté, avec un léger et séduisant accent étranger ; sa voix, chaude, captivante, une voix de cantatrice, un « organe » à n'en pas douter, par sa tessiture et son timbre, rappelait la voix d'Elsbeth Leverkühn et parfois, en l'écoutant, on croyait vraiment entendre la mère d'Adrian.

Au sortir de table, une société d'une quinzaine de personnes comme l'était la nôtre a toujours l'habitude de se fractionner en groupes mouvants pour varier les contacts. A l'issue du souper, Adrian échangea donc à peine un mot avec Marie Godeau. MM. Sacher, Andreae et Schuh, ainsi que Jeannette Scheurl, le retinrent assez longtemps en lui parlant musique zurichoise et munichoise. Les deux Parisiennes étaient assises aux côtés des maîtres de céans avec les artistes de l'Opéra et Schwerdtfeger, autour de la table au précieux service de Sèvres. Ébahies, elles regardaient le vieux M. Reiff vider l'une après l'autre des tasses de café noir. Il déclara en appuyant sur les mots avec son accent helvétique qu'il obéissait à une prescription médicale pour tonifier son cœur et mieux dormir. Aussitôt les étrangers partis, les trois hôtes à demeure se retirèrent. Mlle Godeau habitait pour plusieurs jours encore avec sa tante l'hôtel Eden au Lac. Quand elles prirent congé, Schwerdtfeger, qui le lendemain matin rentrait avec Adrian à Munich, exprima le chaleureux espoir d'y rencontrer à nouveau ces dames ; Marie attendit un instant qu'Adrian manifestât le même désir, avant d'acquiescer aimablement.

Les premières semaines de 1925 s'étaient écoulées lorsque je lus dans le journal que la séduisante voisine de table de mon ami venait d'arriver en notre capitale et que — point fortuitement, car Adrian m'avait dit lui avoir recommandé cette adresse — elle était descendue avec sa tante à la pension de Schwabing où il avait lui-même logé quelques jours à son retour d'Italie. Le théâtre de Munich avait ébruité la nouvelle pour susciter dans le public un surcroît d'intérêt autour de l'imminente première. Presque aussitôt, une invitation des Schlaginhaufen nous la confirma : ils nous priaient de venir passer chez eux la soirée du samedi suivant avec la dessinatrice en renom.

Je ne saurais dire mon impatience en comptant les jours qui nous séparaient de la réunion. L'attente, la curiosité, la joie, l'inquiétude se mêlaient en mon esprit et me jetaient dans une agitation profonde. Pourquoi ? Pour plus d'un motif. D'abord, Adrian, en rentrant de voyage, m'avait raconté entre autres particularités sa rencontre avec Marie et décrit sa personne en constatant d'un ton détaché l'analogie de la voix de Marie avec celle de sa mère. J'avais aussitôt dressé l'oreille. Certes, il ne m'en traça pas un portrait enthousiaste, au contraire, il en parla d'un air désinvolte, le visage impassible, le regard perdu dans le vide. Cette récente relation, toutefois, l'avait impressionné, on le voyait déjà au fait qu'il prononçait couramment le prénom et le patronyme de la jeune fille. J'ai déjà dit qu'en société il savait rarement le nom de ses interlocuteurs. Or, il ne se borna pas à une simple mention.

Autre chose encore contribuait à me faire battre si étrangement le cœur, de joie et de doute. En effet, à ma visite suivante à Pfeiffering, Adrian insinua qu'il touchait peut-être au terme de son séjour à la campagne ; des changements dans sa vie extérieure étaient prévisibles ; il se proposait de mettre fin à son isolement, etc. ; bref, ces remarques ne se pouvaient interpréter que comme l'annonce d'un projet de mariage. Je me risquai à demander si ses allusions se rattachaient à un épisode mondain de son séjour à Zurich. Il me répondit :

— Personne ne peut t'empêcher de faire des suppositions. D'ailleurs ce cadre étroit n'est pas la scène qui convient. Si je ne me trompe, c'est jadis sur le Zionsberg, chez nous, que tu me fis la grâce d'ouvertures à peu près analogues. Pour notre actuelle conversation, nous aurions donc dû monter sur le Rohmbuhel.

On imagine ma stupeur.

— Mon cher, dis-je, voilà qui est sensationnel et émouvant.

Il m'engagea à mieux dominer mes réactions. Il approchait de la quarantaine, dit-il, avertissement suffisant pour ne pas différer à fonder un foyer. Il me pria de ne pas le questionner davantage. Je verrais bien.

Je ne me dissimulai pas ma joie ; car son dessein impliquait la rupture de la liaison maléfique avec Schwerdtfeger et je me plus à penser qu'il agissait en connaissance de cause. Quelle serait l'attitude du violoniste-siffleur ? Question accessoire, peu inquiétante, celui-ci ayant atteint le but de sa puérile ambition et obtenu son concerto. Après ce triomphe, je le croyais disposé à reprendre dans la vie d'Adrian Leverkühn une place plus discrète, mais un autre souci me tracassa : la façon étrange dont Adrian me parlait de son projet, comme si la réalisation dépendait de lui seul et qu'on n'eût pas besoin du consentement de la jeune fille. Combien j'étais prêt à approuver cette conscience qu'il avait de sa valeur, sa certitude de n'avoir qu'à choisir, qu'à dire un mot ! Et pourtant, en mon cœur, son ingénuité me déconcerta un peu ; elle me semblait résulter de l'isolement et de l'éloignement qui formaient l'aura d'Adrian et elle me faisait douter, malgré moi, si cet homme était créé pour attirer l'amour d'une femme. Quand je m'avouais tout cela, j'allais même jusqu'à douter qu'au fond il y crût ; et je refoulai mon sentiment que sa certitude était une simple feinte. L'élue soupçonnait-elle pour l'instant les pensées et les intentions qu'il associait à son image ? La question ne fut pas éclaircie.

Elle demeura pour moi un mystère après la soirée de la Briennerstrasse qui me valut de faire la connaissance de Marie Godeau. A quel point la jeune fille me plut, on le déduira du portrait que j'en ai esquissé plus haut. Non seulement me captivèrent la douce nuit de son regard, à laquelle je savais combien Adrian était sensible, son ravissant sourire et sa voix mélodieuse, mais aussi sa réserve gracieuse et intelligente, son caractère posé, net, même son laconisme de femme indépendante et active, sans mièvreries roucoulantes de petite caillette. Je fus heureux de voir en elle la compagne de vie d'Adrian et crus déceler la nature du sentiment qu'elle lui inspirait. N'était-ce pas le « monde », que la solitude de mon ami redoutait, et même ce qu'on pourrait appeler le « monde » du point de vue musical, le monde extérieur à l'Allemagne, qui venait au-devant de lui sous une encourageante forme amicale et grave, génératrice de confiance, prometteuse de plénitude ? Ne l'aimait-il pas du fond de son univers d'oratorios, de théologie musicale et de sortilèges mathématiques des nombres ? J'éprouvai une émotion pleine d'espoir à voir ces deux êtres réunis dans la même pièce, encore que je n'aie constaté entre eux qu'un contact personnel fugitif. A un moment, les fluctuations de l'assistance nous rapprochèrent ; un groupe se composa de

Marie, Adrian, moi et un quatrième. Je m'éloignai presque à la hâte en souhaitant que le quidam aussi eût le tact de suivre mon exemple.

La soirée chez les Schlaginhaufen ne fut pas un dîner, mais une réception à neuf heures, avec buffet. On servir les rafraîchissements dans la salle à manger contiguë au salon à colonnes. La société s'était sensiblement modifiée depuis la guerre. Plus de baron Riedesel pour défendre les droits du « gracieux ». Depuis longtemps le cavalier-pianiste avait disparu, englouti aux bas-fonds de l'histoire. Le petit-fils de Schiller également, M. de Gleichen-Russwurm, n'était plus là. Il avait été convaincu d'une tentative d'escroquerie combinée avec une ingéniosité insensée mais point couronnée de succès. Son méfait l'avait retranché du monde et, terré dans son domaine de Basse-Bavière, il s'imposait des arrêts quasiment volontaires. Aventure presque incroyable. La baron avait, paraît-il, expédié à un joaillier de l'étranger un bijou très soigneusement emballé et assuré pour un prix très au-dessus de sa valeur. Le destinataire du paquet n'y avait trouvé qu'une souris morte. Cette souris avait coupablement failli à la mission que l'expéditeur lui assignait. Sans doute escomptait-il que le rongeur grignoterait son enveloppe et s'échapperait de manière à faire croire que le joyau, tombé par ce trou dû Dieu savait à quelle cause, s'était perdu ; après quoi le baron aurait encaissé la somme prévue pour l'assurance. Au lieu de cela, la bête avait péri sans faire la percée susceptible d'expliquer la disparition d'un collier qui n'avait jamais été introduit dans le colis et l'inventeur de cette friponnerie s'était vu démasqué de la façon la plus risible. Peut-être avait-il puisé l'histoire dans un livre d'érudition et était-il victime de ses vastes lectures ; peut-être aussi les turpitudes de l'époque en général furent-elles responsables de sa folle inspiration.

Quoi qu'il en soit, notre hôtesse née von Plausig avait dû pratiquer des coupes sombres et renoncer presque complètement à son idéal, la réunion de la noblesse héréditaire et de l'art. Seule la présence de quelques anciennes dames d'honneur qui parlaient français avec Jeannette Scheurl, rappelait le passé. A côté d'étoiles du théâtre, on voyait tel parlementaire catholique du Parti du Peuple ou encore un député social-démocrate notoire et des fonctionnaires supérieurs ou très haut placés du nouvel État. Parmi eux figuraient néanmoins encore des gens de souche patricienne, entre autres un M. von Stengel, foncièrement jovial et prêt à tout ; en outre certains éléments activement hostiles à la république « libérale ». Leur dessein de venger la honte allemande et leur conscience de représenter un monde nouveau, s'inscrivaient audacieusement sur leur front.

Toujours est-il qu'un observateur m'aurait vu plus longtemps auprès de Marie Godeau et de la bonne petite tante qu'Adrian, pourtant venu à cause d'elle. En arrivant il l'avait saluée avec une joie manifeste, puis il s'était entretenu surtout avec sa chère Jeannette et le député social-démocrate, un admirateur de Bach, très informé de musique. Indépendamment du charme de l'objet, on comprendra que mon attention se concentrât sur Marie après les confidences d'Adrian. Rudi Schwerdtfeger aussi était des nôtres. Tante Isabeau fut ravie de le revoir. Comme à Zurich, il la fit souvent rire — et arracha des sourires à Marie — mais il s'abstint de gêner la conversation sérieuse qui roula autour d'événements artistiques de Paris ou de Munich, effleura également la politique européenne, les rapports franco-allemands. Tout à fait à la fin, au moment de prendre congé, Adrian déjà debout s'y associa quelques instants. Il lui fallait toujours attraper son train de onze heures pour Waldshut et sa participation à la soirée avait duré à peine une heure et demie. Nous nous attardâmes un peu plus longtemps.

Ceci eut lieu, je l'ai dit, un samedi soir. Quelques jours plus tard, le jeudi, je reçus de lui un coup de téléphone.

## XL

Il me téléphona à Freising pour me demander un « service ». Sa voix sourde et monocorde trahissait la migraine. Il avait le sentiment, dit-il, qu'on devrait faire un peu les honneurs de Munich à ces dames de la pension Gisella. On envisageait une excursion dans les environs, à quoi le beau temps d'hiver incitait d'ailleurs. Il ne revendiquait pas la paternité de l'idée, elle émanait de Schwerdtfeger ; mais il l'avait accueillie et méditée. Peut-être irait-on à Füssen et à Neuschwanstein, ou mieux encore à Oberammergau, et de là, en traîneau, au cloître d'Ettal qu'il aimait, en passant par le château de Linderhof, une curiosité digne d'être vue. Qu'en pensais-je ? Je répondis que l'idée en soi et le choix d'Ettal étaient fort bons.

— Naturellement, vous en serez, dit-il, toi et ta femme, nous choisirons un samedi, je crois que ce jour-là tu n'as pas de cours pendant ce semestre — mettons d'après-demain en huit, à moins d'un fâcheux dégel. J'ai déjà prévenu

Schildknapp aussi. Il aime passionnément ces choses et s'attachera au traîneau pour suivre à la remorque, sur ses skis.

Tout cela me sembla parfait.

Il me priait à présent de bien saisir ce qui allait suivre. L'idée, me répéta-t-il, était de Schwerdtfeger mais je comprendrais sans doute son souhait, à lui Adrian, de n'en rien révéler à la pension Gisella. Il ne désirait pas que Rudolf prît l'initiative d'inviter ces dames, il tenait à le faire lui-même, encore que de façon point trop directe. Aurais-je donc la complaisance de tout arranger pour lui ? Avant ma prochaine visite à Pfeiffering, par conséquent après-demain, j'irais à la ville voir les voyageuses et en qualité d'émissaire d'Adrian, bien que de façon allusive, je leur transmettrais l'invitation.

— Je te serais très obligé de me rendre ce service d'ami, conclut-il avec une raideur singulière.

Je refoulai les questions que j'aurais voulu lui poser et promis simplement de tout exécuter selon son désir, assurant que je me réjouissais pour lui et pour nous tous. C'était vrai. Je m'étais sérieusement demandé comment le projet auquel il m'avait initié prendrait corps, comment les choses seraient mises en train ? Je trouvais peu judicieux de confier à un hasard propice le soin d'amener de nouvelles rencontres avec la jeune fille de son choix. Les circonstances ne donnaient pas beaucoup de jeu à ce hasard. Il fallait une intervention agissante, une initiative, et voilà qu'elle se produisait. Schwerdtfeger était-il vraiment l'instigateur ? ou Adrian lui en attribuait-il le mérite, gêné par ce rôle d'amoureux — si contraire à sa nature et à sa conception de la vie — qui soudain combine des mondanités et des parties de traîneau ? Tout ceci me semblait d'ailleurs absolument incompatible avec sa dignité ; je souhaitais qu'il m'eût dit vrai en affirmant que l'idée émanait du violoniste, et cependant je ne pouvais étouffer tout à fait en moi une question : le farfadet platonicien avait-il un intérêt à ce projet ?

Des questions à Adrian ? En définitive, je n'en avais qu'une à formuler. S'il voulait faire connaître à Marie son désir de la voir, que ne s'adressait-il directement à elle, ne lui téléphonait-il, n'allait-il à Munich, se présenter chez ces dames et leur exposer son petit plan ? J'ignorais alors qu'ici se dessinait une certaine tendance, une idée, en quelque sorte la préfiguration de ce qui était destiné à se produire par la suite : la tendance à envoyer quelqu'un à l'aimée — je suis bien forcé de désigner ainsi la jeune fille — à avoir un porte-parole.

C'est à moi que la mission incomba tout d'abord et je m'en acquittai volontiers. A cette occasion je vis Marie dans sa blouse de travail blanche si seyante, enfilée par-dessus le corsage écossais sans col. Je la trouvai devant sa planche à dessin, une épaisse tablette de bois posée de biais, à laquelle était vissée une ampoule électrique. Elle se leva pour m'accueillir. Nous restâmes environ vingt minutes dans le petit salon loué par ces dames. Toutes deux acceptèrent avec un vif plaisir le projet d'excursion. Je me bornai à déclarer que je n'en étais pas l'auteur, après avoir laissé entendre que j'allais de ce pas chez mon ami Leverkühn. Elles dirent que sans cette escorte de cavalcadours elles n'auraient peut-être jamais connu les célèbres environs de Munich, les Alpes bavaroises. On convint du jour et de l'heure du rendez-vous et du départ. J'apportai donc à Adrian des nouvelles apaisantes et lui fis un rapport exact en y entremêlant un compliment à l'adresse de la charmante Marie en blouse de travail. Il me remercia en disant (et ses paroles me semblèrent dénuées d'ironie) :

— Tu vois l'avantage d'avoir des amis sûrs.

La ligne ferroviaire menant au village de la Passion suit en grande partie le même parcours que celle de Garmisch-Partenkirchen, Waldshut et Pfeiffering. Adrian habitait à mi-chemin du but de l'expédition et nous fûmes donc seuls, Schwerdtfeger, Schildknapp, les voyageuses de Paris, ma femme et moi, à nous retrouver au jour prévu, vers dix heures, à la gare principale de Munich. Pour l'instant sans notre ami, nous roulâmes pendant une heure à travers un pays plat et gelé. Un petit déjeuner de tartines et de vin rouge du Tyrol que mon Hélène avait préparé abrégea la durée du trajet et Schildknapp nous fit tous beaucoup rire en feignant de craindre qu'on lui rognât sa part. « Ne soyez pas chiches avec Shishy ! » (ainsi se désignait-il en anglicisant son nom et ainsi le désignait-on généralement). Sa gourmandise naturelle, point déguisée et comiquement souli-gnée, était d'une drôlerie irrésistible. « Oh ! ce que t'es bon ! » soupirait-il, les yeux brillants, en mastiquant un sandwich fourré de langue. Ses plaisanteries s'adressaient manifestement à Mlle Godeau qui, bien entendu, le sédui-sait autant que nous. Elle était très en beauté dans son costume vert olive garni d'étroites bandes de fourrure brune et par une association d'idées sentimentale, en connaissance de cause, j'éprouvais un ravissement à regarder ses yeux noirs, cet éclat couleur de poix et cependant joyeux, entre l'obscurité des cils.

A Waldshut, quand Adrian monta dans le train, salué par notre petit groupe avec une exubérance d'excursionnistes, un singulier effroi me traversa, si ce mot peut rendre mon sentiment. En tout cas un peu d'effroi y entrait. Car maintenant seulement, je prenais conscience que dans notre compartiment et donc dans un espace étroit (encore qu'il ne s'agît pas d'un coupé mais de la section ouverte d'un wagon à couloir de deuxième classe), les prunelles noires, les bleues et les prunelles pareilles aux siennes — la séduction et l'indifférence, l'émotion et l'imperturbabilité — se trou-vaient réunies ensemble sous ses yeux à *lui* et destinées à rester ensemble durant tout le temps de l'excursion placée pour ainsi dire sous le signe de cette constellation, par un hasard peut-être fatidique, où un initié pouvait reconnaître l'idée déterminante du jour.

Par une coïncidence naturelle et juste après l'arrivée d'Adrian, le paysage extérieur se fit plus grandiose et dans le lointain un univers de massifs enneigés se découvrit à nous. Schildknapp fit étalage d'érudition en nommant par leur nom les chaînes des cimes que l'on distinguait. Les Alpes bavaroises ne présentent aucun géant insigne mais nous nous enfoncions dans une splendeur hivernale au vêtement candide, qui s'édifiait avec audace et gravité entre les gorges sylvestres et les vastes horizons alternés. Le ciel couvert présageait des chutes de neige et ne devait s'éclaircir que vers le soir. Mais pendant que nous causions, le spectacle extérieur retenait notre attention. Marie rappela les souvenirs communs de Zurich, la soirée à la Tonhalle, le récital de violon. J'observais Adrian pendant qu'il lui parlait. Il avait pris place en face de la jeune fille assise entre Schildknapp et Schwerdtfeger, tandis que tantine se répandait en bavardages affables avec Hélène et moi. Je voyais qu'il se surveillait pour ne pas sembler indiscret en regardant avec trop d'insistance le visage et les yeux de Marie. Les prunelles bleues de Rudolf épiaient la fascination de mon ami, son effort pour se reprendre, pour se détourner. En termes emphatiques, Adrian loua le violoniste devant la jeune fille ; n'y avait-il pas là pour Rudi une petite consolation, un dédommagement ? Comme elle s'interdisait modestement d'émettre un jugement sur l'œuvre même, on se borna à commenter l'exécution et Adrian déclara avec force que la présence du soliste ne l'empêcherait pas de qualifier son jeu de magistral, d'accompli, d'insurpassable — puis il ajouta quelques mots très chaleureux sur le développement artistique de Rudolf, assurément promis à une grande renommée.

L'objet de ce dithyrambe feignait de ne pouvoir entendre un tel langage, protestait : « Voyons, voyons », et « tiens-toi », assurant que le maître exagérait, mais il était rouge de plaisir. Certes il se sentait heureux d'être ainsi prôné devant Marie mais sa joie d'un éloge tombant d'une telle bouche était également indéniable et sa gratitude se traduisit dans l'admiration qu'il marqua pour le don d'expression d'Adrian. Mlle Godeau était au courant de l'exécution fragmentaire de l'*Apocalypse* à Prague ; elle avait lu des articles à ce sujet. Elle s'informa de l'œuvre. Adrian se déroba.

— Passons sous silence, dit-il, ces pieuses peccadilles.

Rudi fut enthousiasmé.

— Pieuses peccadilles ! répétait-il en exultant. Avez-vous entendu ? Comme il parle ! Comme il sait manier les mots ! Il est merveilleux, notre maître !

Ce disant, il pressa le genou d'Adrian, à sa manière habituelle. Il était de ces hommes qui éprouvent toujours le besoin de saisir, de toucher, de palper l'avant-bras, le coude, l'épaule. Ainsi en usait-il avec moi et avec les femmes à qui généralement ce contact ne déplaisait pas.

A Oberammergau, notre petite bande parcourut en tous sens le village coquet avec ses idéales maisons rustiques enrichies de pignons et de balcons sculptés, où logeaient les disciples, le Sauveur, la Mère de Dieu. Pendant que les amis gravissaient le mont du Calvaire tout proche, je me séparai d'eux pour commander un traîneau dans une remise, que je connaissais. Je rejoignis les six autres au déjeuner, dans une auberge qui avait une piste de danse en verre éclairée par-dessous et entourée de petites tables ; en pleine saison, au moment des représentations de la Passion, c'était sans doute un lieu de rendez-vous bondé d'étrangers. Pour l'instant, à notre satisfaction, le local était presque vide. En dehors de nous, deux groupes déjeunaient aux petites tables plus éloignées de la piste de danse. A l'une, un monsieur souffreteux et son infirmière en costume de diaconesse et à l'autre quelques amateurs de sports d'hiver. Sur une estrade, un petit orchestre composé de cinq exécutants jouait des morceaux de salon. Dans les intervalles, les artistes se reposaient et nul ne s'en trouvait plus mal. Ce qu'ils jouaient était niais et ils le présentaient gauchement. Après le poulet rôti, Rudi Schwerdtfeger n'y tint plus et résolut de dévoiler son étoile comme il est écrit dans le Livre. Il s'empara de l'instrument du violoniste, le retourna en tous sens, s'assura de son origine, puis se lança dans une libre improvisation et nous fit rire en y introduisant quelques accents empruntés à la cadence de « son » concerto. Les musiciens en restaient pantois. Au pianiste, jeune homme aux yeux las qui avait certes rêvé une destinée plus brillante que son gagne-pain actuel, Rudi demanda s'il pouvait accompagner l'*Humoresque* de Dvorak, et sur le crincrin il nous joua le charmant morceau avec ses nombreuses appogiatures, ses gracieux portamenti et ses élégantes doubles-cordes. Il y mit tant d'audace et de brio qu'il arracha une salve d'applaudissements à toutes les personnes présentes, nous, les voisins de table, les musicastres ahuris et même les deux serveurs.

Au fond, la blague classique — comme Schildknapp jaloux me le murmura à l'oreille, mais pourtant dramatique et charmante, bref « gentille », bien dans le style de Rudi Schwerdtfeger. Nous restâmes plus longtemps que nous ne l'avions prévu, à la fin tout à fait seuls, devant notre café et notre eau-de-vie de gentiane et même on dansa un peu sur le plateau de verre : Schildknapp et Schwerdtfeger alternativement en firent le tour avec Mlle Godeau ainsi que ma bonne Hélène et moi, selon Dieu sait quelle méthode, sous les regards bienveillants des trois abstentionnistes. Au-dehors le traîneau attendait déjà — un grand véhicule à deux chevaux, bien pourvu de couvertures fourrées. Comme je choisis la place à côté du conducteur et que Schildknapp exécuta son dessein de se faire remorquer sur des skis (le cocher en avait apporté une paire), les cinq autres se casèrent sans trop de peine dans le véhicule. Ce fut la partie la plus réussie de notre programme, sauf que la mâle idée de Rüdiger eut des suites fâcheuses. En effet, debout dans le vent glacial de la course, cahoté sur un sol inégal poudré de neige, il contracta un refroidissement du bas-ventre, un anémiant catarrhe intestinal, qui le tint des jours entiers au lit. Le malheur ne se révéla d'ailleurs qu'après coup. Mes compagnons semblaient partager mon plaisir de glisser, chaudement emmitouflés, au son amorti des grelots, à travers l'air gelé, pur et vivifiant. A la pensée d'Adrian assis derrière moi, les yeux dans les yeux de Marie, la curiosité, la joie, l'inquiétude et l'ardeur de mes vœux faisaient battre mon cœur.

Linderhof, le petit château rococo de Louis II, s'élève dans une solitude de forêts et de montagnes d'une grandiose beauté. La misanthropie royale n'aurait su trouver refuge plus féerique. Au vrai, malgré l'exaltation que peut créer la magie du site, le goût qui présida à l'incessante fureur bâtisseuse de celui qui fuyait le monde, cette expression d'un désir passionné de glorifier son règne ne laisse pas de déconcerter. Nous fîmes halte et traversâmes sous la direction d'un gardien les fastueux cabinets surchargés qui forment les « pièces d'habitation » de cette demeure fantaisiste où le demi-fou passait ses jours uniquement obsédé de l'idée de sa majesté, se faisait faire de la musique par Bülow, écoutait la voix charmeuse de Kainz. En général, la salle du trône forme la pièce la plus vaste des châteaux royaux. Ici, il n'en existe point. La chambre à coucher est imposante, comparée aux proportions réduites des pièces de jour et le lit de parade, solennellement surhaussé, trop court semble-t-il par rapport à sa largeur exagérée, est flanqué de candélabres dorés, comme un catafalque.

Avec un intérêt congru et non sans dissimuler des hochements de tête, nous passâmes tout en revue ; puis, le temps
s'étant éclairci, notre voyage se poursuivit vers Ettal. Son
abbaye bénédictine et l'église baroque qui s'y rattache lui
valent une honnête réputation architectonique. Durant le
trajet et après, dans l'hôtel propret en face de ces saints
lieux, où nous avons dîné, l'entretien roula sans arrêt sur la
personne du « malheureux » roi comme on l'appelle (pourquoi « malheureux ? ») dont nous venions de respirer l'excentrique atmosphère. La visite de l'église interrompit la
discussion (au fond une controverse) entre Rudi Schwerdtfeger et moi, à propos de ce qu'on a appelé la démence de
Louis, son incapacité à régner, son détrônement et sa mise
en tutelle. A la grande stupéfaction de Rudi, je tenais ces
procédés pour illégaux et pour une brutalité de philistins ;
en outre j'y voyais une manœuvre politique inspirée par des
intrigues de succession.

Rudi partageait la conviction moins populaire que bourgeoise et officielle : le roi, était, dit-il, « cinglé » et en le
livrant aux psychiatres et aux aliénistes, en instaurant une
régence saine d'esprit, le pays avait obéi à une impérieuse
nécessité. Il n'admettait pas la moindre contradiction à cet
égard. Comme toujours en pareil cas, c'est-à-dire lorsqu'une
opinion lui semblait par trop nouvelle, tout en parlant il
forait de ses yeux bleus tour à tour mon œil droit et mon
œil gauche en avançant les lèvres avec indignation. Je
l'avoue et m'en aperçus avec une certaine surprise, ce sujet
me rendit éloquent encore qu'il ne m'eût guère occupé
jusqu'à ce jour. Je constatai néanmoins que je m'étais formé
en secret une opinion très catégorique. La démence, expli-
quai-je, était une conception fort vague, le petit bourgeois
la maniait trop volontiers selon des critères douteux ; très
vite, tout près de lui et de sa médiocrité, il traçait les bornes
d'une conduite raisonnable et tout ce qui les dépassait était
folie. Or, l'existence d'un monarque entourée de la dévotion
générale, soustraite aux critiques et aux responsabilités
jouissait du privilège de hausser sa dignité jusqu'au style,
privilège refusé au particulier, si riche soit-il ; elle offrait
aux fantaisies, aux besoins et aux phobies nerveuses, aux
passions et aux désirs déconcertants de celui qui la menait,

un terrain de jeu dont l'utilisation fière et totale prenait très facilement l'aspect de la démence. A une moindre altitude, quel mortel serait libre de se créer des solitudes dorées en des sites de splendeur et d'élection, comme fit Louis ? Certes, ces châteaux étaient des monuments de sa misanthropie royale. Cependant s'il n'est pas permis, quand il s'agit de spécimens moyens de notre espèce, de voir dans leur désir de retraite un symptôme de folie, pourquoi cette permission serait-elle octroyée lorsque la misanthropie se manifeste sous une apparence royale ?

Or, six aliénistes compétents avaient officiellement établi la démence absolue du roi et conclu à la nécessité de l'interner ; mais ces ductiles savants, précisément parce qu'ils avaient été convoqués à cet effet, auraient prononcé le verdict même s'ils n'avaient jamais vu Louis, s'ils ne l'avaient pas « examiné » selon leurs méthodes, s'ils n'avaient jamais échangé un mot avec le malade. Un entretien sur la musique et la poésie aurait également convaincu ces béotiens qu'il avait perdu la raison. A cause de leur diagnostic, on avait retiré à cet homme, de toute évidence anormal mais nullement fou, le droit de disposer de lui-même. On l'avait ravalé au rang de patient pour psychiatre, enfermé dans un château au bord d'un lac, avec boutons de portes dévissés et fenêtres grillagées. Qu'il ne l'ait pas supporté, qu'il ait cherché la liberté ou la mort en entraînant son geôlier-médecin avec lui dans la tombe, attestait son sentiment de la dignité et ne confirmait aucunement le diagnostic d'aliénation mentale. Pas plus que ne le confirmaient l'attitude de son entourage, tout dévoué et prêt à le défendre, ni l'amour de la population rurale pour son « Kini ». Les paysans, lorsqu'ils le voyaient passer par la montagne, la nuit, à la lueur des torches, seul, enveloppé dans ses fourrures, dans un traîneau doré précédé de cavaliers, croyaient voir non un dément mais un roi selon leur cœur rude et tout à la fois chimérique ; et si Louis avait réussi à traverser le lac à la nage comme il se le proposait manifestement, ils l'auraient protégé, avec leurs fourches et leurs fléaux, contre la médecine et la politique.

Pourtant sa passion du gaspillage, elle aussi foncièrement morbide, était devenue à la longue insupportable et sa mauvaise grâce à régner prouvait tout simplement son incapacité d'exercer le pouvoir. Il avait fini par rêver qu'il régnait mais il refusait de s'acquitter raisonnablement de ses devoirs et, dans ces conditions, un État cessait d'être viable.

Allons, des sornettes, Rudolf ! Il aurait suffi d'un président du Conseil normal, capable de gouverner un moderne État fédéral, même à supposer que le roi fût trop sensitif pour supporter son visage et celui de ses collègues. La Bavière n'aurait pas roulé à l'abîme, si l'on avait passé à Louis ses fantaisies de solitaire et la passion de gaspillage d'un souverain n'avait pas d'importance, c'était une simple façon de parler, une fiction, un prétexte. L'argent restait dans le pays, maçons et doreurs s'engraissaient de ces constructions de contes de fées. En outre, le prix d'entrée perçu sur la curiosité romantique des deux mondes pour la visite des châteaux aurait depuis longtemps couvert les frais. N'avions-nous pas, nous aussi, pas plus tard qu'aujourd'hui, contribué à rendre lucrative la folie ?

— Je ne vous comprends pas, Rudolf ! m'écriai-je. Vous restez bouche bée en écoutant mon apologie mais c'est moi qui serais en droit d'être surpris et de ne pas comprendre. Comment, vous, précisément ?... je veux dire un artiste, bref, vous précisément...

Je cherchais mes mots pour expliquer pourquoi il m'étonnait et n'en trouvais pas. Je m'embrouillai donc dans mon plaidoyer car j'avais constamment le sentiment qu'il ne m'appartenait pas de discuter en présence d'Adrian. C'est lui qui aurait dû parler et pourtant mieux valait que ce fût moi car j'étais inquiet à la pensée qu'il pourrait donner raison à Schwerdtfeger. Il me fallait prendre les devants en m'exprimant à sa place, dans son esprit. Marie Godeau aussi sembla interpréter mon intervention dans ce sens et me considéra comme son porte-parole, moi qu'Adrian avait délégué chez elle pour organiser l'excursion. Tandis que je m'échauffais, elle regardait de son côté plutôt que du mien, exactement comme si c'était lui qu'elle écoutait et non moi. Au demeurant, un peu d'amusement devant mon ardeur éclaira le visage d'Adrian, joint à un sourire énigmatique qui était loin de me confirmer dans mon rôle de substitut.

— Qu'est-ce que la vérité ? dit-il enfin. Rüdiger Schil-dknapp vint aussitôt à la rescousse en démontrant que la vérité offrait des aspects divers ; pour un cas comme celui-ci, le point de vue médical, pratique, n'était peut-être pas le point de vue supérieur mais ne pouvait néanmoins être écarté comme absolument négligeable. Il ajouta que dans la conception naturaliste de la vérité, la platitude se combinait singulièrement avec la mélancolie — cette défini-tion n'était pas une attaque contre « notre » Rudolf qui pour sa part n'était pas un mélancolique mais elle pouvait s'appliquer à toute une époque, le XIXe siècle, très enclin à l'humeur sombre et à la platitude. Adrian éclata de rire. Non qu'il fût surpris, bien entendu. On avait toujours l'impression que les idées et les aperçus énoncés en sa présence étaient déjà accumulés en lui et que, écoutant avec ironie, il laissait à chacun le soin de les émettre isolément et de les défendre selon son tempérament. On exprima l'espoir que le jeune XXe siècle développerait un état d'âme plus léger et plus d'enjouement. A bâtons rompus, on discuta pour savoir s'il en donnait déjà des signes, puis l'entretien se disloqua et languit. Du reste, la lassitude se traduisait chez tous après les heures d'exercice physique passées dans l'air hivernal des montagnes. L'indicateur des chemins de fer eut également son mot à dire, on appela le conducteur et sous un ciel à présent clouté d'étoiles étincelantes, le traîneau nous ramena à la petite gare, où, sur le quai, nous attendîmes le train de Munich.

Le retour fut plutôt silencieux, un peu par égard pour tantine qui s'était assoupie. De temps à autre, Schildknapp causait à mi-voix avec la nièce. Je m'assurai auprès de Schwerdtfeger qu'il n'avait pas été froissé et Adrian ques-tionna Hélène sur de menus faits quotidiens. Contre toute attente — et j'en fus ému et presque égayé à part moi — il ne nous quitta pas à Waldshut et ne voulut laisser à personne le soin de ramener à Munich nos invitées, les dames de Paris, et de les reconduire chez elles. A la gare principale, nous prîmes tous congé d'elles et de lui et chacun s'en alla de son côté cependant qu'il menait la tante et la nièce en taxi jusqu'à la porte de leur pension de Schwabing. Dans ma pensée, cet acte de galanterie courtoise semblait indiquer qu'il passait la fin de la journée en la compagnie des seuls yeux noirs.

Ce fut par son train habituel de onze heures qu'il regagna sa modeste solitude où de loin déjà, au moyen de son sifflet suraigu, il annonçait son retour au vigilant Kashperl-Suso qui rôdait.

# XLI

Lecteurs et amis qui suivez ce récit, je continue. La catastrophe se déchaîne sur l'Allemagne, dans les décombres de nos villes les rats s'engraissent de cadavres, le tonnerre des canons russes roule vers Berlin ; le passage du Rhin a été pour les Anglo-Saxons un jeu d'enfants ; notre propre volonté, conjuguée avec celle de l'adversaire, semble l'avoir porté, la fin approche, la fin, elle plane déjà et va s'abattre sur toi, ô habitant du pays — mais je poursuis. Ce qui se déroula entre Adrian et Rudolf, deux jours à peine après l'excursion mémorable pour moi que j'ai décrite, et comment cela se déroula, je le *sais,* dût-on dix fois m'objecter que je ne puis le savoir, que je n'y étais pas. Non, je n'y étais pas. Mais aujourd'hui, il est indéniable que j'étais psychiquement en tiers, car lorsqu'on a vécu une histoire comme celle-ci et qu'on la revit, la redoutable intimité contractée avec elle fait de vous le témoin oculaire et auriculaire de ses phases même les plus secrètes.

Donc, Adrian appela téléphoniquement à Pfeiffering son compagnon du voyage en Hongrie. Il le pria de venir aussitôt que possible, ayant à l'entretenir d'une affaire urgente. Rudolf répondait toujours immédiatement à ses invites. L'appel avait eu lieu le matin à dix heures — aux heures de travail d'Adrian, fait déjà singulier en soi — et à quatre heures de l'après-midi, le violoniste était sur les lieux, bien qu'il dût jouer, le soir même, dans un concert d'abonnement de l'orchestre Zapfenstösser. Adrian n'y avait même pas songé.

— Tu as ordonné, demanda Rudolf, que se passe-t-il ?

— Oh ! minute ! répondit Adrian. Tu es là, c'est l'essentiel. Je suis heureux de te voir plus encore que d'habitude. Retiens cela.

— Cela donnera à tout ce que tu as à me dire, repartit Rudolf en employant une tournure de phrase étonnamment enjolivée, un arrière-plan doré.

Adrian proposa une promenade. La marche favoriserait la causerie. Schwerdtfeger y consentit avec plaisir, regrettant seulement de ne pas disposer de beaucoup de temps puisqu'il devait reprendre le train de six heures pour être le soir à son poste. Adrian se frappa le front et s'excusa de son étourderie. Peut-être son interlocuteur la comprendrait-il mieux après l'avoir entendu.

Le dégel avait commencé. La neige, entassée à coups de pelle en bordure de la route, coulait et suintait, les chemins tournaient en bouillie. Les amis étaient chaussés de galoches. Rudolf n'avait pas enlevé sa courte veste de fourrure, Adrian avait passé son manteau en poil de chameau à martingale. Ils se dirigèrent vers le « Klammerweiher » et longèrent la rive. Adrian s'informa du programme du soir. Encore la Première Symphonie de Brahms comme *pièce de résistance*[1] ? Encore la Dixième Symphonie ? « Ma foi, réjouis-toi, dans l'adagio tu as à dire des choses qui te feront valoir. » Puis il raconta que dans sa prime jeunesse, à l'époque où il s'exerçait au piano, longtemps avant d'avoir rien su de Brahms, il avait imaginé un motif presque

1. *En français dans le texte.*

analogue au thème romantique du cor du dernier mouvement, il est vrai sans l'artifice rythmique de la croche pointée après la double croche mais tout à fait dans le même esprit mélodique.

— Intéressant, dit Schwerdtfeger.

Eh bien ! et l'excursion de samedi ? S'était-il amusé ? Pensait-il que les autres participants y avaient pris plaisir ?

— Elle n'aurait pu mieux se passer, déclara Rudolf.

Il était certain que tous gardaient un souvenir ravi de la journée, à l'exception peut-être de Schildknapp qui avait pris du mal et s'était alité. « Il est toujours trop ambitieux dans la société des dames. » Au surplus, lui, Rudolf, n'avait pas de motif de s'apitoyer, Rüdiger s'étant montré assez impertinent à son égard.

— Il sait que tu entends la plaisanterie.

— En effet, je l'entends, mais il n'avait pas besoin de m'asticoter après que Sérénus m'avait déjà accablé de son loyalisme monarchiste.

— C'est un professeur, il faut le laisser enseigner et corriger.

— A l'encre rouge, oui. Tous deux me sont d'ailleurs parfaitement indifférents dès l'instant où je suis ici et où tu as quelque chose à me dire.

— Très juste. Et puisque nous parlons de l'excursion, nous voilà au vif du sujet — un sujet à propos duquel tu pourrais grandement m'obliger.

— T'obliger ? Oui ?

— Dis, que penses-tu de Marie Godeau ?

— La Godeau ? Elle est faite pour plaire à tout le monde. Sûrement, elle te plaît aussi ?

— Plaire n'est pas précisément le mot. Je t'avouerai que depuis Zurich déjà, elle m'occupe sérieusement ; j'ai peine à considérer ma rencontre avec elle comme un simple épisode ; la pensée de la laisser bientôt repartir, de ne plus peut-être jamais la revoir m'est difficile à supporter. J'ai le sentiment que je voudrais et devrais toujours la voir, l'avoir autour de moi.

Schwerdtfeger s'arrêta et regarda celui qui venait de parler ainsi, tantôt dans un œil, tantôt dans l'autre.

— Vraiment ? dit-il, reprenant sa marche, et il courba la tête.

— C'est comme cela, confirma Adrian. Je suis sûr que tu ne m'en veux pas de la confiance que je mets en toi. Cette confiance consiste précisément en ce que j'y compte.

— Comptes-y, murmura Rudolf.

Adrian reprit :

— Considère tout cela du point de vue humain. J'avance en âge, j'ai quarante ans. Peux-tu, toi, un ami, me souhaiter de passer le restant de mes jours dans cette claustration ? Je dis, considère-moi comme un être humain à qui il peut bien arriver, non sans une certaine inquiétude à la pensée qu'il est tard, peut-être trop tard, de souhaiter un foyer plus chaud, une compagne qui lui convienne au sens plus absolu du mot, bref une atmosphère plus humaine, non seulement à cause de la quiétude, pour reposer sur une couche plus moelleuse, mais surtout parce qu'il s'en promet une action salutaire et grande pour son travail et sa faculté créatrice, pour la valeur humaine de son œuvre future.

Schwerdtfeger se tut pendant quelques pas. Puis il murmura d'un ton oppressé :

— Tu as dit quatre fois le mot : « humain ». J'ai compté. Franchise pour franchise. Quelque chose se contracte en moi quand tu emploies ce mot, quand tu te l'appliques. Il semble si invraisemblablement inadéquat et... oui, si humiliant, dans ta bouche. Excuse-moi de te le dire. Ta musique était-elle inhumaine jusqu'à présent ? Alors c'est qu'elle doit sa grandeur à son inhumanité. Pardonne la naïveté de ma réflexion. Je ne voudrais pas entendre une œuvre de toi d'une inspiration humaine.

— Non ? Tu ne le voudrais absolument pas ? Et pourtant tu en as déjà joué une, trois fois, en public ? Tu te l'es fait dédier ? Je sais que tu ne cherches pas à me dire des choses cruelles. Mais ne trouves-tu pas cruel de m'apprendre que je suis ce que je suis à cause de mon inhumanité et que l'humanité ne me sied pas ? Cruel et irréfléchi ? D'ailleurs la cruauté naît toujours de l'irréflexion. Je n'ai rien à voir avec l'humanité, il ne m'est pas permis d'avoir rien de commun avec elle et cela m'est dit par quelqu'un qui, avec une surprenante patience, m'a amené à l'humain et m'a converti au tutoiement, quelqu'un auprès de qui, pour la première fois de ma vie, j'ai trouvé de la chaleur humaine.

— Il semble que ç'ait été un pis-aller provisoire ?

— Et après ? Quand bien même il se serait agi d'une sorte d'essai préliminaire à l'humain, d'un échelon qui, du fait d'avoir été un échelon, ne perd rien de sa valeur propre ? Dans ma vie, il y aura eu quelqu'un dont l'obstination chaleureuse a triomphé... on pourrait presque dire : triomphé de la mort ; qui a libéré l'humain en moi et m'a enseigné le bonheur. Peut-être n'en saura-t-on rien, ne l'inscrira-t-on dans aucune de mes biographies ; mais son mérite en serait-il diminué, ou amoindri l'honneur qui lui revient en secret ?

— Tu t'entends à arranger les choses de façon très flatteuse pour moi.

— Je ne les arrange pas, je les présente telles quelles.

— En somme il ne s'agit pas de moi mais de Marie Godeau. Pour la voir toujours, pour l'avoir toujours autour de toi comme tu dis, il faudrait que tu en fasses ta femme.

— Voilà bien mon souhait, mon espoir.

— Ah ! Connaît-elle tes intentions ?

— Je crains que non. Je crains de ne pas disposer des moyens d'expression voulus pour dire mes sentiments et mon vœu, surtout pas en présence de tiers. Je suis un peu gêné de jouer devant eux les jolis cœurs et les céladons.

— Pourquoi ne vas-tu pas la voir ?

— Parce qu'il me répugne de l'assaillir directement d'aveux et de sollicitations auxquelles, sans doute, grâce à ma gaucherie, elle ne s'attend pas le moins du monde. Je ne suis encore à ses yeux que l'intéressant solitaire. Je craindrais de la déconcerter, et aussi la réponse négative, peut-être prématurée, qui pourrait en résulter.

— Que ne lui écris-tu ?

— Parce que je la mettrais peut-être dans un embarras encore plus grand. Il lui faudrait répondre et je ne sais pas si elle a la plume facile. Quelle peine elle aurait à me ménager si elle doit dire non ? Et combien son application à m'épargner me serait douloureuse. Je redoute aussi le caractère abstrait d'un échange de lettres. Il pourrait, j'en ai l'impression, être dangereux pour mon bonheur. Je n'aime pas me représenter Marie, seule, répondant par écrit, en ne prenant conseil que d'elle-même, sans subir l'ascendant d'une personne, je dirais presque d'une pression personnelle. Tu vois, je crains l'attaque directe et je crains aussi la voie épistolaire.

— Quelle voie envisages-tu donc ?

— Je te disais justement que tu pourras m'être très utile dans cette affaire épineuse. Je voudrais t'envoyer à elle.

— Moi ?

— Toi, Rudi. Trouverais-tu insensé de compléter ce que tu as fait pour moi, je serais presque tenté de dire : pour le salut de mon âme, — ce mérite que la postérité ignorera ou peut-être n'ignorera pas, en t'acquérant de nouveaux titres, en servant d'intermédiaire, d'interprète entre moi et la vie, en plaidant ma cause auprès du bonheur ? C'est une idée à moi, une idée subite comme il vous en vient en composant. Il faut toujours tenir compte *a priori* qu'une inspiration n'est jamais tout à fait neuve. Qu'est-ce qui est tout à fait neuf, quand il s'agit de notes ? Mais sous la forme où cela se présente, ici, en ce lieu, sous ce rapport et sous cet éclairage, ce qui a déjà existé peut sembler neuf, neuf dans la vie pour ainsi dire, original et unique.

— La nouveauté est le cadet de mes soucis. Ce que tu dis est assez neuf pour que j'en sois suffoqué. Si je te comprends, je dois m'entremettre auprès de Marie en vue d'un mariage, demander sa main pour toi ?

— Tu m'as bien compris — et ne pouvais d'ailleurs t'y méprendre. Ta rapidité à me comprendre prouve que la chose est naturelle.

— Tu trouves ? Pourquoi ne délègues-tu pas plutôt ton Sérénus ?

— Tu veux sans doute te gausser aux dépens de mon Sérénus. Cela t'amuse de te représenter mon Sérénus en messager d'amour. Tout à l'heure, nous avons parlé de pression personnelle qui aurait à s'exercer sur la jeune fille au sujet de la décision à prendre. Ne t'étonne pas si je me figure qu'elle sera plus sensible à tes paroles qu'à ce que lui dirait un intermédiaire aussi gourmé.

— Je ne plaisante pas, Adri, je n'y songe pas, ne fût-ce que parce que la chose me va au cœur et que j'entrevois la gravité du rôle que tu m'assignes dans ta vie et jusque devant la postérité. J'ai prononcé le nom de Zeitblom parce qu'il est ton ami depuis tellement plus longtemps que...

— Oui, plus longtemps.

— Bon, seulement cela. Mais ne réfléchis-tu pas que ce « seulement » lui faciliterait la tâche, le qualifierait davantage ?

— Écoute, si enfin on ne parlait plus de lui ? A mon sens, il n'a rien à voir avec les choses de l'amour. C'est à toi, non à lui, que je me suis confié, toi qui à présent sait tout, à qui j'ai ouvert, comme on disait jadis, les plus secrets feuillets du livre de mon cœur. Quand tu le mettras sous ses yeux, laisse-la lire aussi, parle-lui de moi, dis-lui du bien de moi, révèle-lui avec précaution le sentiment qu'elle m'inspire, les souhaits pour la vie qui s'y ajoutent. Avec douceur et gaieté, à ta gentille manière, sonde-la pour savoir si... eh bien ! oui, si elle pourrait m'aimer. Veux-tu ? Tu n'es pas tenu de m'apporter son absolu consentement. Il suffit que ta mission s'achève sur un mot d'espoir. Si à ton retour tu peux m'assurer que la pensée de partager ma vie ne la rebute pas trop, ne lui est pas totalement insupportable, alors, mon heure sonnera et j'irai moi-même m'entendre avec elle et la tantine.

Ils avaient laissé à leur gauche le « Rohmbuhel » et cheminaient à travers le bois de pins situé derrière. L'eau dégouttait des branches. Ils suivirent la route qui longe le village et s'en retournèrent. Les paysans ou les habitants des chaumines qu'ils croisèrent saluaient par son nom l'hôte des Schweigestill, fixé parmi eux depuis des années. Après un silence, Rudolf reprit :

— Tu le croiras aisément, il me sera facile de dire du bien de toi là-bas. D'autant, Adri, que tu t'es si élogieusement exprimé sur mon compte en sa présence. Mais je serai franc avec toi, aussi franc que tu l'as été avec moi. Quand tu m'as demandé mon opinion sur Marie Godeau, je t'ai répondu sans hésiter qu'elle était faite pour plaire à tout le monde. Toutefois, je l'avoue, ma réponse contenait une signification plus étendue que celle qu'on pourrait lui attribuer au premier abord. Je ne te l'aurais jamais confessé si, comme tu l'as dit en termes poétiquement surannés, tu ne m'avais ouvert le livre de ton cœur.

— Je suis suspendu à tes lèvres pour entendre ton aveu.

— Tu l'as déjà entendu. Cette fille — mais tu rejetteras la désignation — disons donc cette jeune fille, Marie, ne m'est pas indifférente à moi non plus. Et quand je dis : « pas indifférente », je n'ai pas tout dit. Cette jeune fille est je crois ce que j'ai vu de plus gentil et charmant comme femme. A Zurich déjà, quand je venais de jouer, c'est toi que j'avais joué, j'étais tout chaud et réceptif, — elle m'a impressionné. Et ici, tu te rappelles, c'est moi qui ai proposé notre excursion et dans l'intervalle, mais ceci tu l'ignores, je l'ai revue, j'ai pris le thé avec elle et tante Isabeau à la pension Gisella, et nous nous sommes follement amusés.. Je le répète, Adri, je t'en parle seulement à cause de notre entretien de tantôt, seulement pour marquer notre mutuelle franchise...

Leverkühn se tut un instant. Puis d'une voix frémissante qui rendit un son particulier et ambigu :

— Non, je l'ignorais. Je ne savais rien de tes sentiments ni de ce thé. J'ai ridiculement oublié que toi aussi tu es fait de chair et de sang et que tu n'es pas cuirassé contre la séduction de la beauté et du charme. Tu l'aimes donc ou, disons plutôt, tu en es amoureux. Mais laisse-moi te poser une question. Serait-ce que nos intentions se heurtent et que tu voulais lui demander de devenir ta femme ?

Schwerdtfeger sembla réfléchir. Puis il dit :

— Non, je n'y ai pas encore songé.

— Non ? Songeais-tu par hasard à la séduire simplement ?

— Quelle façon de parler, Adrian ! Ne parle donc pas ainsi ! Non, je n'ai pas songé à cela non plus.

— Eh bien ! laisse-moi te dire que ton aveu, ton franc aveu, dont je te sais gré, plutôt que de me détourner de mon dessein, serait fait pour que j'apporte à ma demande encore plus d'insistance.

— Comment l'entends-tu ?

— De plusieurs façons. Je t'ai choisi pour remplir une mission d'amour parce que tu y es dans ton élément beaucoup plus que, mettons, Sérénus Zeitblom. Parce que de toi émane un je ne sais quoi qui lui manque et que je juge propice à mes vœux et à mes espoirs. Ceci posé, tu partages en outre mes sentiments dans une certaine mesure, sans toutefois, tu m'en as donné l'assurance, partager mes intentions. Tu exprimeras donc tes propres sentiments en plaidant ma cause. Je ne saurais imaginer un messager plus qualifié, ni plus souhaitable.

— Si c'est sous ce jour que tu vois la chose...

— Ne crois pas que je la voie sous ce seul jour. Je la vois aussi sous le jour du sacrifice et tu as vraiment le droit de demander que je la voie ainsi. Demande-le-moi donc. Exige-le. Car cela signifierait qu'ayant reconnu l'holocauste comme tel, tu es prêt à t'immoler. Tu l'acceptes dans l'esprit du rôle que tu joues dans ma vie, au nom du mérite que tu t'es acquis en me révélant mon humanité, mérite qui demeurera peut-être ignoré du monde et peut-être pas. Consens-tu ?

Rudolf répondit :

— Oui, j'irai et de mon mieux je me ferai ton champion.

— Ma poignée de main en remerciement, dit Adrian, tu l'auras au départ.

Ils étaient rentrés au logis et Schwerdtfeger eut encore le temps de prendre avec son ami une petite collation dans la salle de la Victoire. Géréon Schweigestill avait attelé à son intention, mais Adrian, bien que Rudolf le priât de ne pas se déranger, prit place avec lui dans la petite voiture mal suspendue pour le conduire à la gare.

— Non, cela va de soi — cette fois tout particulièrement, expliqua-t-il.

Le train, un tortillard, s'arrêta à Pfeiffering, et par-dessus la glace baissée ils échangèrent leur poignée de main.

— Plus un mot, dit Adrian. Fais pour le mieux. Gentiment.

Avant de se détourner pour partir, il leva le bras. Celui qui disparaissait au loin, jamais plus il ne devait le revoir. Il n'en reçut qu'une lettre à laquelle il refusa de répondre.

## XLII

A ma visite suivante, dix ou douze jours plus tard, il avait déjà cette lettre entre les mains et me notifia sa décision catégorique de n'y pas répondre. Il était pâle et donnait l'impression d'un homme qui a reçu un coup dur — d'autant qu'une tendance, déjà observée chez lui depuis quelque temps, à incliner un peu de côté la tête et le buste en marchant, s'était aggravée. Pourtant, il fut ou affecta d'être parfaitement calme, même froid, et sembla presque s'excuser de son détachement qui prenait de très haut la trahison commise.

— Tu n'attends pas de moi, je pense, dit-il, une explosion de vertueuse indignation et de fureur. Un ami infidèle. Et après ? C'est amer, évidemment, et l'on se demande à qui se fier si notre main droite se tourne contre notre poitrine. Mais que veux-tu ? Voilà comment sont les amis à présent. Il me reste la honte et la conscience de mériter un soufflet.

Je voulus connaître le motif de sa honte.

— Une conduite, dit-il, tout à fait sotte ; elle me rappelle vivement l'écolier qui dans sa joie d'avoir découvert un nid d'oiseau le désigne à un camarade — lequel s'empresse d'aller le lui chiper.

Que pouvais-je répondre, sinon :

— Tu ne vas pas faire de ta confiance un péché et une honte ? Ce serait plutôt le lot du larron.

Si seulement j'avais pu opposer plus de conviction aux reproches qu'il s'adressait ! Mais en mon cœur j'étais forcé de les confirmer. Son attitude, toute cette mise en scène avec l'intercession, la demande en mariage confiée à Rudolf, me semblait cherchée, artificielle, coupable. Il me suffisait de m'imaginer jadis envoyant à mon Hélène un ami séduisant chargé de lui ouvrir mon cœur, au lieu de faire usage de ma propre langue, pour mesurer aussitôt l'énigmatique absurdité de son comportement ; mais pourquoi attiser son remords, à supposer que ses paroles et l'air de son visage trahissent un remords ? D'un seul coup, il avait perdu l'ami et l'aimée, par sa faute, pouvait-on dire. Si seulement on avait été certain, si j'avais, moi, été tout à fait certain qu'il s'agissait ici d'une faute au sens d'une bévue inconsciente, d'une fatale étourderie ! Si seulement ne s'était pas toujours insinué dans mes réflexions le soupçon qu'il avait plus ou moins prémédité ce qui arriverait et que c'était arrivé conformément à sa volonté ? Avait-il sérieusement songé à utiliser à son profit le « fluide » émanant de Rudolf, l'indéniable attrait sensuel de cet homme ? Devait-on le croire quand il affirmait avoir tablé là-dessus ? A certains instants, je conjecturais que lui, qui avait feint de demander à l'autre un sacrifice, s'était choisi lui-même pour la suprême oblation et que, par désir de renoncement et pour se cloîtrer dans sa solitude, il avait voulu unir ceux que leur charme appelait à se joindre ? Mais cette hypothèse me ressemblait plus qu'à lui. Combien ma vénération eût voulu trouver à la faute apparente, à la soi-disant bévue qu'il prétendait avoir commise, un motif aussi tendre, empreint de tant de douloureuse bonté ! L'événement devait me mettre bientôt en présence d'une vérité plus dure, trop froide, trop cruelle, pour que mon naturel bienveillant fût à sa mesure et ne se raidît avec un frisson glacé d'horreur. Une vérité non prouvée, muette, reconnaissable à la seule fixité de son regard, et qui demeurera scellée dans le mutisme, car je ne suis pas homme à la formuler en mots.

Je ne doute pas que Schwerdtfeger, pour autant qu'il était conscient, se rendit chez Marie Godeau animé des intentions les meilleures et les plus correctes ; mais il est tout aussi évident que ces intentions reposaient sur une base fragile ; elles étaient menacées du dedans, prêtes à l'abandon, à la dissolution, à la transformation. Ce qu'Adrian lui avait mis en tête sur l'importance qu'il avait eue dans la vie de son ami et dans son humanisation, ne laissait pas de flatter et de stimuler la vanité de Rudi ; et il avait accueilli la pensée que sa présente mission découlerait de cette importance, puisqu'un être supérieur interprétait ainsi les choses ; mais sa jalousie froissée de la volte-face de celui qu'il avait conquis et vexée de n'être plus qu'un moyen et un instrument, combattait ces influences et je crois bien qu'en secret il se sentait libre, c'est-à-dire point obligé de répondre par la fidélité à une exigeante infidélité. Ceci me paraît assez clair. Tout aussi clairement m'apparaît le risque de s'engager sur le chemin de l'amour pour le compte d'autrui, surtout lorsque est en jeu un fanatique du flirt, car la conscience qu'il s'agit d'un flirt ou d'une entreprise analogue doit relâcher le ressort de la volonté tendue.

Quelqu'un doute-t-il que je pourrais reproduire ce qui se passa entre Rudolf et Marie aussi littéralement que le dialogue de Pfeiffering ? Quelqu'un doute-t-il que j'y aie « assisté » ? Je ne crois pas. Je pense néanmoins qu'un exposé précis de l'événement n'est plus nécessaire ni souhaitable. Son dénouement fatidique, d'ailleurs joyeux tel qu'il apparut tout d'abord, sinon à mes yeux du moins à d'autres, ne résulta pas d'un seul entretien, on en conviendra. Il fallut une seconde entrevue et Rudolf y fut incité par la façon dont Marie le congédia la première fois. En pénétrant dans le petit vestibule de la pension de famille, il était tombé sur tante Isabeau. Il s'enquit de sa nièce, demanda l'autorisation de lui dire quelques mots entre quatre yeux dans l'intérêt d'un tiers. La vieille dame l'introduisit dans la pièce qui servait d'atelier et un sourire malicieux trahit son scepticisme quant à l'existence du tiers. Il entra donc tout de go chez Marie qui le salua avec autant d'amabilité que de surprise et fit mine d'aller avertir sa tante, ce qu'il déclara superflu. La jeune fille s'étonna ou du moins souligna son étonnement avec gaieté. La tante, expliqua-t-il, savait sa présence et les rejoindrait après qu'il l'aurait entretenue d'une affaire très importante, très sérieuse et très belle. Et la réponse ? Sans doute une plaisanterie banale. « Me voilà bien intriguée ! » ou un autre propos analogue. Et l'on priait monsieur de s'installer commodément pour son discours.

Il tira une chaise tout contre la planche à dessin et s'assit auprès de Marie. Nul ne peut dire qu'il ait violé son engagement. Il le respecta, le remplit loyalement. Il parla d'Adrian, de son importance, sa grandeur dont le public se pénétrait lentement, de l'admiration et de l'attachement dévoué que lui, Rudolf, éprouvait pour cet homme extraordinaire. Il rappela Zurich, la rencontre chez les Schlaginhaufen, la journée en montagne. Il lui avoua que son ami l'aimait. Comment fait-on cela ? Comment révèle-t-on à une femme l'amour d'un autre ? Se penche-t-on vers elle ? La regarde-t-on dans les yeux ? Pour l'implorer, prend-on sa main en expliquant qu'on souhaiterait la mettre dans la main d'un autre ? Je l'ignore, n'ayant eu pour ma part à transmettre qu'une invitation à une partie de campagne et non une demande en mariage. Tout ce que je sais, c'est qu'elle retira précipitamment cette main, soit de l'étreinte de celle de Rudolf, soit de ses genoux où elle reposait librement ; une rougeur fugitive passa sur la pâleur méridionale de ses joues et le rire disparut des ténèbres de ses yeux. Elle ne comprenait pas, n'était vraiment pas sûre de comprendre. Elle demanda si elle ne se trompait pas, si Rudolf lui faisait une déclaration pour le compte de M. Leverkühn ? Oui, répondit-il. Il remplissait un devoir d'amitié. Adrian l'en avait chargé par délicatesse et il n'avait pas cru pouvoir le lui refuser. Marie répliqua avec une froideur et une ironie marquées que c'était très beau de sa part, riposte peu propre à atténuer l'embarras de l'émissaire. Il sentit l'étrangeté de sa situation et de son rôle. La crainte qu'il y eût là quelque chose d'offensant pour elle s'y mêla. L'attitude de Marie, cet air déconcerté et lointain, l'effrayèrent et tout à la fois le réjouirent en secret. Au bout d'un moment, il chercha en balbutiant à se justifier. Elle ne savait pas combien il était difficile de refuser quoi que ce soit à un homme pareil. D'ailleurs, il se croyait en partie responsable de la tournure qu'avait prise la vie d'Adrian sous l'influence de ce sentiment, puisque l'initiative du voyage en Suisse qui avait amené leur rencontre venait de lui, Rudolf. Phénomène bizarre, le concerto qui lui était dédié avait en fin de compte servi à mettre en présence le compositeur et Marie. Il la pria de comprendre que la conviction de sa responsabilité avait fortement contribué à le plier aux vœux d'Adrian.

La main dont il avait essayé de s'emparer pendant qu'il lui adressait sa demande, esquissa alors un nouveau mouvement rétractile. Elle lui conseilla de ne pas s'évertuer davantage à lui faire comprendre le rôle qu'il avait assumé, cela n'importait guère. Elle regrettait de décevoir ses espérances d'ami, mais bien que naturellement la personnalité du mandant l'impressionnât, le respect qu'il lui inspirait n'avait rien de commun avec des sentiments susceptibles de former la base d'une union prônée avec tant d'éloquence. Elle avait été fière et heureuse de connaître le Dr Leverkühn. Malheureusement la décision qu'elle se voyait forcée de lui notifier excluait la possibilité d'une nouvelle entrevue qui eût été trop pénible. Elle déplorait sincèrement que ce changement dans leurs rapports dût s'étendre aussi au mandataire et intercesseur qui plaidait une cause perdue. Après ce qui s'était passé, sans doute était-il préférable et plus facile de ne plus se revoir. Elle lui signifiait donc aimablement son congé par un : « Adieu, monsieur ! »

Comme il implorait : « Marie ! » elle s'étonna que son prénom lui fût familier et renouvela la formule de départ que je crois nettement entendre avec l'inflexion de sa voix : « Adieu, monsieur ! »

Il partit, caniche douché en apparence, mais au fond réjoui, exultant. Le projet matrimonial d'Adrian s'était révélé comme l'absurdité qu'il était et Marie avait fort mal pris que lui Rudolf eût consenti à le lui soumettre ; elle s'était montrée délicieusement susceptible. Il ne se hâta pas d'informer Adrian du résultat de sa visite, bien content de s'être mis à couvert en lui avouant avec loyauté qu'il n'était pas lui-même insensible aux charmes de la jeune fille. Il s'assit donc et rédigea une épître à Mlle Godeau où il lui disait qu'il ne pouvait ni vivre ni mourir après son « Adieu, monsieur ! » et qu'au nom de la vie et de la mort il lui fallait la revoir pour lui soumettre la question qu'il lui adressait déjà de toute son âme : ne comprenait-elle pas qu'un homme, par respect pour un autre, peut sacrifier son propre cœur et consentir à être un porte-parole désintéressé ? Ne comprenait-elle pas que les sentiments refoulés, loyalement dominés, s'extériorisaient en toute liberté, même joyeusement, dès qu'il apparaissait que l'autre n'avait pas la moindre chance de réussite ? Il la suppliait de lui pardonner une trahison qu'il n'avait commise qu'envers lui-même. Il n'en éprouvait pas de remords, mais il débordait de bonheur à la pensée de ne plus désormais trahir personne, en lui avouant... qu'il l'aimait.

Sous cette forme. Pas maladroit du tout. Soulevé par l'enthousiasme du flirt et écrit, je crois, sans trop se rendre compte qu'après sa demande au nom d'Adrian, sa propre déclaration équivalait à une offre de mariage à laquelle ce flirteur n'aurait jamais songé tout seul. Tante Isabeau lut la lettre à Marie qui avait refusé de la décacheter. Rudolf ne reçut pas de réponse ; mais quand, deux jours plus tard, il se fit annoncer à la tante par la femme de chambre de la pension Gisella, il ne fut pas éconduit. Marie était en ville. La vieille dame lui apprit avec des reproches malicieux qu'après sa précédente visite, elle avait versé une petite larme dans son giron. Pure invention, à mon avis. La tante parla longuement de la fierté de sa nièce. Une fille profondément sensible, mais fière. Tantine ne pouvait donner à M. Schwerdtfeger l'espoir formel d'une nouvelle entrevue. Toutefois elle lui confia qu'elle ne se lassait pas de représenter à Marie la loyauté de la conduite de l'intercesseur.

Après encore deux jours, il revint. Mme Ferblantier — ainsi se nommait la tante, une veuve — passa dans la chambre de sa nièce. Elle y resta assez longtemps, reparut enfin et l'autorisa à entrer avec un clignement encourageant des yeux. Bien entendu, il apportait des fleurs.

Que dirai-je d'autre ? Je suis trop âgé et trop triste pour

dépeindre une scène dont nul ne tiendra à connaître les détails. Rudolf exposa le vœu d'Adrian — cette fois pour son compte, encore que ce papillon fût aussi peu fait pour l'état de mariage que moi pour jouer les don Juan. Mais il est oiseux d'épiloguer sur l'avenir, sur les chances de bonheur d'une union sans avenir et qu'un destin violent devait promptement réduire à néant. Marie se hasarda à aimer le bourreau des cœurs, à la « petite sonorité ». Sur sa valeur d'artiste et sa carrière assurée, elle avait reçu de source autorisée des garanties chaleureuses. Elle se crut capable de le garder, de le fixer, d'apprivoiser le volage, elle lui abandonna ses mains, accepta un baiser et vingt-quatre heures ne s'étaient pas écoulées que la joyeuse nouvelle des fiançailles du premier violon Schwerdtfeger et de Marie Godeau faisait le tour de notre petite société. On ajoutait, renseignement complémentaire, qu'il comptait résilier son contrat avec l'orchestre Zapfenstösser, se marier à Paris et y proposer ses services à un nouveau groupement musical en formation, l'Orchestre Symphonique.

De toute évidence, ses offres furent bien accueillies et il est tout aussi certain que les pourparlers au sujet de la rupture de son engagement traînèrent en longueur à Munich, d'où on le voyait partir à regret. Toutefois sa participation au concert Zapfenstösser suivant — le premier après celui qu'il avait failli manquer au dernier moment par la faute d'Adrian — fut considérée comme une sorte de représentation d'adieux. Le chef d'orchestre, le Dr Edschmidt, avait d'ailleurs choisi pour cette soirée un programme Berlioz-Wagner qui faisait toujours salle comble et le Tout-Munich y assistait. De nombreux visages connus se détachaient parmi les auditeurs. Quand je me levai, j'eus à adresser de nombreux saluts : les Schlaginhaufen et les habitués de leurs réceptions, les Radbruch avec Schildknapp, Jeannette Scheurl, la Zwitscher, Mme Binder-Majorescu, d'autres encore, sans doute venus surtout pour voir en fiancé Rudi Schwerdtfeger, à gauche au premier plan à son pupitre. La fiancée n'était pas présente — déjà rentrée à Paris, apprit-on. Je m'inclinai devant Inès Institoris. Elle était seule ou plutôt accompagnée des Knöterich, sans son mari qui n'aimait pas la musique et passait peut-être la soirée au cercle. Assise au fond de la salle, elle portait une robe dont la simplicité côtoyait l'indigence, son petit cou tendu en avant de biais, ses lèvres effilées en une moue mutine et fatale. Quand elle répondit à mon salut, je ne pus me défendre de l'impression irritée qu'elle avait encore son sourire de triomphe méchant en se rappelant notre long colloque nocturne dans son salon et comment elle avait exploité si parfaitement ma patience et ma sympathie.

Pour Schwerdtfeger, se sachant le point de mire des regards, à peine si de la soirée il jeta un coup d'œil dans la salle. Aux instants où il l'aurait pu, il accordait son instrument ou feuilletait son cahier de musique. Le morceau final était, inévitablement, l'ouverture des *Maîtres Chanteurs,* jouée dans un mouvement large et gai ; et les applaudissements déjà nourris crépitèrent encore plus fort quand, sur un signe de Ferdinand Edschmidt, l'orchestre se leva et qu'il serra la main du premier violon. Pendant ce temps, j'étais déjà remonté assez haut dans la travée centrale pour me rendre au vestiaire où l'affluence n'était pas encore trop grande. J'avais l'intention de faire à pied au moins une partie du chemin jusqu'à mon logement de Schwabing. A la sortie, je rencontrai un des familiers de Kridwiss, le professeur Gilgen Holzschuher, le spécialiste de Dürer, qui s'était trouvé lui aussi parmi les auditeurs. Il m'englua dans une conversation et dévida une critique sans fin du programme de la soirée. Le rapprochement de Berlioz et de Wagner, de la virtuosité welche et de la maîtrise germanique, constituait selon lui un manque de tact et cachait mal une tendance politique. Elle ressemblait trop à une entente franco-allemande et à une manifestation de pacifisme et d'ailleurs Edschmidt passait pour assez suspect du point de vue national. Cette pensée l'avait troublé toute la soirée. Par malheur, de nos jours la politique envahissait tout, il n'y avait plus de pureté intellectuelle. Pour la rétablir, il aurait fallu, à la tête des grands orchestres, des hommes d'une mentalité indiscutablement germanique.

Je me retins de lui dire que lui-même introduisait partout la politique et que le vocable de germanique n'était plus synonyme de pureté intellectuelle, mais l'étiquette d'un parti. Je fis seulement valoir qu'il entrait beaucoup de virtuosité, welche ou pas, dans l'art de Wagner, pourtant d'une si grande popularité internationale. Je déviai ensuite l'entretien et calmai mon interlocuteur en parlant d'un article de lui sur le problème des proportions dans l'architecture gothique qu'avait récemment publié la revue *Kunst und Künstler*. Mes compliments le rendirent fort heureux et l'inclinèrent à une humeur accommodante, « apolitique » et enjouée. J'en profitai pour le quitter et tourner à droite tandis qu'il s'engageait à gauche.

Bientôt je passai par le haut de la Turkenstrasse, atteignis la Ludwigstrasse et suivis la silencieuse Chaussée monumentale (depuis des années complètement asphaltée) sur le trottoir de gauche, puis me dirigeai vers le Siegestor. Le ciel était couvert et la soirée très douce. A la longue mon manteau d'hiver me pesa. A la station de tramway de la Theresienstrasse, je m'arrêtai pour monter dans une voiture quelconque allant à Schwabing. Je ne sais pourquoi, l'attente fut interminable. Des embouteillages et des retards se produisent parfois ; une voiture de la ligne 10, très commode pour moi, s'approcha enfin. Je la vois et l'entends encore déboucher de la Feldherrnhalle. Ces tramways munichois bleus, très lourdement construits, font un bruit violent à cause de leur poids ou de particularités spéciales du sous-sol. Des éclairs électriques crépitaient continuellement sous les roues du véhicule et plus fort encore au haut du trolley, d'où ces flammes froides retombaient en grande pluie d'étincelles sifflantes.

Le tramway s'arrêta et de la plate-forme où j'étais monté, je passai à l'intérieur. A gauche, tout près de la porte à glissière, je trouvai une place vide que son occupant venait manifestement de quitter. La voiture était bondée et deux messieurs se tenaient dans le couloir près de la porte de derrière, accrochés aux poignées de cuir.

La plupart des voyageurs se composaient sans doute des auditeurs du concert. Parmi eux, au milieu de la banquette, en face de moi, Schwerdtfeger était assis, son étui à violon entre les genoux. Il m'avait certainement vu entrer mais il évita mon regard. Sous son manteau il portait un cache-col blanc qui recouvrait le nœud de cravate de son frac, mais il était, à son habitude, sans chapeau. Il avait un air de beauté et de jeunesse, avec ses boucles blondes un peu hérissées, le teint rougi par l'effort fourni en sorte que, dans cette rougeur louable, les yeux bleus semblaient un peu congestionnés, mais cela lui ajoutait un charme de plus, tout comme les lèvres protubérantes si expertes à siffler. Je n'ai pas la perception rapide de mes entours, petit à petit seulement, j'aperçus d'autres connaissances. J'échangeai un salut avec le Dr Kranich assis du même côté que Schwerdt-feger, mais assez loin de lui vers la porte arrière. A ma vive surprise, un voyageur qui se pencha par hasard me découvrit Inès Institoris, sur la même banquette que moi, plutôt au milieu, de biais par rapport à Schwerdtfeger. Je dis « à ma vive surprise » car cette ligne ne desservait pas son quartier ; mais quelques places plus loin j'aperçus son amie, Mme Binder-Majorescu, qui habitait tout au fond de Schwabing, au-delà même du *Grosser Wirt,* et j'en induisis qu'Inès allait souper chez elle.

A présent, je comprenais pourquoi Schwerdtfeger tournait obstinément vers la droite sa jolie tête et ne présentait que son profil un peu trop camus. Ce n'était pas seulement par désir de m'ignorer, moi qu'il considérait comme l'*alter ego* d'Adrian. En mon for intérieur, je lui en voulus d'être précisément dans cette voiture, reproche sans doute injusti-fié, car rien ne prouve qu'il y fût monté en même temps qu'Inès. Elle pouvait tout comme moi être entrée après lui ; ou, dans le cas contraire, il aurait eu mauvaise grâce à la fuir.

Nous dépassâmes l'Université. Le contrôleur botté de feutre était devant moi, attendant la monnaie de mon billet, quand se produisit l'extraordinaire, — au début incompré-hensible comme tout imprévu. Des coups de feu retentirent dans la voiture, les détonations se suivirent, de plein fouet, aiguës, foudroyantes, trois, quatre, cinq avec une rapidité sauvage, étourdissante et Schwerdtfeger s'écroula, sa boîte à violon entre les mains, d'abord contre l'épaule puis sur les genoux de la dame assise à côté de lui et qui s'écarta épouvantée, tout comme la voisine de gauche. Un tumulte général s'ensuivit, un sauve-qui-peut, une panique glapis-sante plutôt qu'une intervention raisonnée. A l'avant, le machiniste, Dieu sait pourquoi, appuyait comme un fou sur le klaxon, peut-être pour appeler un policier. Bien entendu, pas le moindre agent à portée de voix. Une bousculade presque dangereuse eut lieu dans le tramway qui avait fini par s'arrêter. De nombreux voyageurs cherchaient la sortie ; d'autres, ceux des plates-formes, curieux ou désireux d'agir, se ruaient à l'intérieur. Les deux messieurs du couloir s'étaient jetés en même temps que moi sur Inès — naturellement trop tard. Nous n'eûmes pas à lui « arracher » le revolver des mains ; elle l'avait laissé tomber ou plutôt jeté loin d'elle dans la direction de sa victime. Son visage était d'un blanc de craie avec, aux pommettes, des taches cramoisies cernées d'un trait dur. Les yeux clos, elle souriait d'un air égaré, les lèvres avancées en pointe.

On la prit sous les aisselles et je me précipitai vers Rudolf qu'on avait étendu sur la banquette à présent vide. En face de lui gisait, ensanglantée et pâmée, la dame sur qui il était tombé. Une balle l'avait éraflée au passage, d'un coup d'ailleurs sans gravité, ainsi qu'on le constata plus tard. Autour de Rudolf, quelques personnes s'empressèrent, entre autres le Dr Kranich qui lui avait pris la main.

— Quelle chose affreuse, insensée, déraisonnable ! fit-il, le visage blême, de sa voix claire, académique, bien articulée encore qu'asthmatique, en prononçant aff-freux comme les gens disent souvent, les acteurs en particulier. Il ajouta que jamais il n'avait autant regretté d'être numismate et non médecin. Et en effet, à cet instant, la numismatique m'apparut comme la plus vaine des sciences, plus vaine encore que la philologie, opinion d'ailleurs insoutenable. Toujours est-il que parmi tant de gens qui s'en revenaient du concert, il n'y avait pas un médecin, quoique les médecins soient en général mélomanes, ne serait-ce que parce que l'on compte parmi eux tant de Juifs. Je me penchai sur Rudolf. Il donnait des signes de vie mais il était effroyablement atteint. Une blessure saignait sous l'un des yeux. D'autres balles, on le constata par la suite, avaient pénétré dans le cou, le poumon, les coronaires. Il leva la tête, essaya de dire quelque chose mais des bulles sanglantes jaillirent de ses lèvres. Leur doux renflement me parut tout à coup d'une attendrissante beauté. Ses yeux se révulsèrent et sa tête retomba durement sur le bois.

Je ne saurais dire quelle compassion désolée m'envahit et presque m'accabla. Je sentais que d'une certaine façon il m'avait toujours été cher. Ma sympathie, je l'avoue, allait bien plus à lui qu'à la malheureuse, assurément pitoyable dans sa déchéance, l'infortunée que ses souffrances et le vice démoralisant par quoi elle étourdissait sa douleur avaient conduite à cet acte horrible. Je déclinai ma qualité d'ami de tous les deux et conseillai de transférer le blessé, presque moribond, à l'Université d'où l'on pourrait, de chez l'appariteur, téléphoner à la police et où se trouvait d'ailleurs, à ma connaissance, un petit poste de secours. Je pris des dispositions pour que l'on y emmenât également la meurtrière.

Tout ceci fut fait. Un obligeant jeune homme lunetté et moi nous transportâmes le pauvre Rudolf hors de la voiture. Deux ou trois autres tramways s'étaient déjà agglomérés derrière elle. De l'un d'eux sortit en hâte un médecin muni de sa trousse qui dirigea, assez inutilement, le transport. Un reporter de journal aussi vint aux renseignements. Je souffre encore en me rappelant notre difficulté à tirer, à coups de sonnette, l'appariteur de son logis du rez-de-chaussée. Le docteur, un homme jeune, se présenta à tout le monde et essaya, lorsqu'on eut étendu le blessé inconscient sur un sofa, de lui donner les premiers soins. L'ambulance arriva sur les lieux avec une promptitude surprenante. Ainsi que le praticien me l'avait malheureusement fait prévoir après l'examen, Rudolf mourut pendant son transfert à l'hôpital municipal.

Je me joignis aux agents de police accourus un peu plus tard et à la meurtrière qui à présent sanglotait convulsivement. Je voulus informer le commissaire des circonstances de sa vie afin d'obtenir son internement dans une clinique psychiatrique. On déclara que ce n'était plus possible pour cette nuit-là.

Minuit sonnait aux églises quand je quittai le commissariat et me mis en quête d'une auto, car une dernière démarche assez pénible m'incombait encore : je me croyais obligé de prévenir le petit époux, avec tous les ménagements possibles. Je trouvai une voiture quand il était trop tard pour en profiter. La porte de la maison était verrouillée, mais à mon carillon la lumière de l'escalier s'alluma,

Institoris en personne descendit et me vit devant la porte au lieu de sa femme. Il eut une façon particulière d'ouvrir la bouche pour aspirer l'air tout en se mordant la lèvre inférieure.

— Quoi ? Comment ? balbutia-t-il. Vous ? Qu'est-ce qui vous amène ? Vous avez à me... ?

Dans l'escalier, je ne dis presque rien. En haut, dans le salon où j'avais reçu les troublantes confidences d'Inès, après un court préambule je le mis au courant de la scène dont j'avais été témoin. Il était debout et s'assit précipitamment dans un des fauteuils d'osier, mais il manifesta ensuite le sang-froid d'un homme qui depuis longtemps vit dans une atmosphère accablante, menaçante.

— Alors voilà, dit-il, c'est donc ainsi que cela devait arriver !

Et l'on comprenait nettement qu'il avait attendu avec inquiétude comment « cela » arriverait.

— Je veux aller la voir, déclara-t-il, et il se leva de nouveau. J'espère que là-bas (il entendait la prison de police) on me laissera lui parler.

Je n'avais pas grand espoir pour cette nuit, mais il affirma d'une voix faible que c'était son devoir d'essayer, enfila précipitamment son pardessus et sortit en hâte.

Seul dans la pièce où le buste d'Inès, distingué et fatal, me regardait du haut de son socle, mes pensées prirent une direction qu'elles avaient, on voudra bien me croire, déjà fréquemment suivie au cours des dernières heures et où même elles s'étaient fixées avec insistance. J'avais, me semblait-il, encore une annonce douloureuse à faire. Pourtant un engourdissement singulier paralysait mes membres et affectait les muscles de mon visage, m'empêchant de décrocher le récepteur du téléphone pour demander la communication avec Pfeiffering. Non, ce n'est pas vrai, je le décrochai, je le tins incliné dans ma main et j'écoutai au central la voix amortie et sous-marine de la demoiselle de service manifester sa présence. Mais une intuition née de mon excès de fatigue déjà morbide, l'idée que j'étais sur le point d'alarmer bien inutilement la maison Schweigestill au cœur de la nuit, qu'il était superflu de raconter l'aventure à Adrian et que d'une façon quelconque je me couvrirais de ridicule en le faisant, me convainquit de l'inanité de mon propos et je raccrochai l'écouteur.

# XLIII

Mon récit se hâte vers sa fin. Comme toute chose. Tout se passe et se précipite vers la fin, le monde est sous le signe de la fin, du moins pour nous Allemands. Notre histoire millénaire, reniée, conduite *ad absurdum,* malencontreusement ratée, ce chemin de l'erreur à en juger par le résultat, va aboutir au néant, au désespoir, à une faillite sans précédent, une descente aux enfers environnée d'une danse de flammes grondantes. S'il est vrai, comme l'affirme le dicton, que toute voie qui va vers le but est juste en chacune de ses étapes, on avouera que la voie qui nous a menés à cette perdition — et j'emploie le mot dans son acception la plus rigoureuse, la plus religieuse — fut funeste sur tous les points et à tous les tournants de son parcours, si amer puisse-t-il sembler à l'amour d'accepter cette logique. Être forcé de reconnaître l'irrémédiable infamie n'est pas un reniement de l'amour. Moi, bonhomme tout simple, un savant allemand, j'ai chéri beaucoup de ce qui est germanique ; ma vie insignifiante mais capable d'enthousiasme et d'abnégation fut dédiée à l'amour, l'amour souvent effarouché, toujours anxieux, mais éternellement fidèle voué à un homme, un artiste allemand éminent ; et ni sa secrète culpabilité ni son effroyable fin n'ont rien pu contre cet amour, qui est peut-être — Dieu sait ? — un faible reflet de la Grâce.

Replié sur moi, dans l'attente de l'événement fatal au-delà duquel la pensée n'ose se hasarder, je me terre dans ma retraite de Freising et j'évite le spectacle de notre Munich effroyablement dévasté, des statues abattues, des façades qui vous regardent du fond des orbites vides de leurs fenêtres et masquent le néant qui bée derrière elles, mais d'autre part semblent prêtes à le rendre manifeste car de plus en plus elles ajoutent de nouveaux décombres à ceux qui déjà jonchent le pavé. Mon cœur se contracte de pitié en songeant à la folie de mes fils. Comme la masse du peuple, ils ont cru, jubilé, lutté, ils ont cru et se sont sacrifiés, et à présent, les yeux hagards, avec des millions de leurs semblables, ils connaissent depuis longtemps le goût d'un anéantissement appelé à devenir le comble de l'égarement, du désespoir. Je n'ai pu adhérer à leur foi ni partager leur bonheur et leur détresse morale ne nous rapprochera pas. Ils n'en feront pas moins peser le fardeau sur moi comme si, au cas où les événements eussent pris un cours différent, j'eusse été disposé à rêver avec eux leur rêve immonde. Dieu leur vienne en aide. Je suis seul avec ma vieille Hélène. Elle prend soin de ma vie matérielle et parfois je lui lis des fragments, en accord avec sa simplicité, de ces pages qu'au milieu du naufrage j'ai l'unique souci de mener à terme.

La prophétie de la fin, l'*Apocalipsis cum figuris,* résonna pour la première fois, tranchante et grandiose, en février 1926 à Francfort-sur-le-Main, environ un an après les terribles événements qu'il m'a fallu relater. Peut-être en partie à cause de l'état de dépression où ils l'avaient laissé, Adrian ne se décida pas à surmonter sa réserve habituelle et à assister à l'audition, très sensationnelle encore qu'accompagnée de cris malveillants et de rires ineptes. Cette œuvre, l'un des deux témoignages marquants de sa vie rude et fière, il ne l'entendit du reste jamais. On ne saurait d'ailleurs beaucoup le déplorer après tout ce qu'il avait accoutumé de dire au sujet de l' « audibilité » de la musique. En dehors de moi qui pus me rendre libre pour faire le voyage, seule parmi le cercle de nos relations, la chère Jeannette Scheurl, malgré ses moyens réduits, alla à Francfort pour la circonstance. Elle en rendit compte à notre ami, à Pfeiffering, dans son dialecte très personnel, ce mélange de français et de bavarois. A cette époque il recevait avec un plaisir particulier l'élégante paysanne. Sa présence lui était bienfaisante, apaisante, une sorte de force protectrice émanait d'elle et je l'ai vu un jour assis à son côté dans un coin de la salle de l'Abbé, la main dans sa main, en silence, comme à l'abri. Ce geste ne lui ressemblait pas, c'était un changement que je constatai avec attendrissement, même avec joie, mais non sans une certaine inquiétude.

Plus que jamais il aimait en ce temps à avoir auprès de lui Rüdiger Schildknapp, l'homme aux yeux pareils aux siens. Celui-ci, il est vrai, se laissait désirer à son accoutumée ; mais quand, gentleman râpé, il faisait une apparition, il était toujours prêt à ces longues randonnées en rase campagne chères à Adrian surtout aux moments où mon ami ne pouvait travailler. Rüdiger les agrémentait d'un comique amer et grotesque. Pauvre comme un rat d'église, il souffrait de ses dents négligées et branlantes et racontait des histoires de dentistes fripons qui, après s'être donné les gants de le soigner par amitié, tout à coup manifestaient des exigences exorbitantes. Il parlait des modalités de paiement, d'échéances point honorées, après lesquelles il avait été obligé de s'adresser à un autre sauveteur, sachant bien d'ailleurs que lui non plus ne pourrait ni ne voudrait davantage le satisfaire, et autres anecdotes analogues. On avait, au prix de mille tortures, établi un pont sur les racines douloureuses qui lui restaient, elles s'étaient bientôt mises à branler à leur tour ; cette construction artificielle semblait donc promise à une fin sinistre, ensuite de quoi il contracterait des dettes nouvelles et à jamais insolvables. « Ça croule », annonçait-il lugubrement mais il ne prenait pas en mauvaise part qu'Adrian rit aux larmes de cette misère et même, comme s'il ne s'était proposé que de le dérider, il se tordait dans une hilarité de *boy*.

Son humeur de condamné à la potence agréait précisément en ce temps-là au solitaire, et moi, malheureusement point doué pour offrir une diversion comique, je m'employais à lui procurer la société d'un Rüdiger le plus souvent récalcitrant. Cette année-là, la vie d'Adrian fut vide de travail. Il souffrait d'une absence d'idées, d'une atonie cérébrale qui le tourmentaient, l'humiliaient et l'inquiétaient à l'extrême, les lettres qu'il m'écrivait le laissaient entrevoir. Ce fut, du moins me le dit-il, une des raisons principales de son refus d'aller à Francfort. Comment s'occuper d'une œuvre achevée, dans un moment où il était incapable d'en produire une meilleure ? Le passé n'était supportable qu'à condition de se sentir supérieur à lui, au lieu de devoir l'admirer idiotement avec la conscience d'une impuissance présente. « Vidé, presque idiot », ainsi qualifiait-il son état d'âme dans les lettres qu'il m'adressait à Freising, « une vie de chien », une « existence sans souvenirs, végétale, insupportablement idyllique » et l'anathème qu'il lui lançait était, affirmait-il, sa seule et pitoyable façon de sauver l'honneur. Pour un peu, il eût souhaité une nouvelle guerre, une révolution ou autre catastrophe extérieure de ce genre, ne fût-ce que pour être arraché à son hébétude. Il se plaignait d'avoir oublié l'art de la composition, perdu jusqu'au plus faible souvenir de la manière dont on le pratiquait, et il croyait fermement ne jamais plus pouvoir écrire une note. « L'enfer me prenne en pitié ! » « Prie pour ma pauvre âme ! », des tournures de phrase comme celles-là se répétaient dans ces pages qui me remplissaient de chagrin et tout à la fois m'exaltaient ; car je me disais qu'à moi seul, moi, le camarade de ses jeux d'enfance, et à nul autre au monde, était dévolue la faveur de tels aveux.

Dans mes réponses j'essayais de le consoler, en lui faisant remarquer combien il est difficile à l'homme d'imaginer rien au-delà de l'état présent que toujours, à l'encontre de la raison, sa sensibilité incline à considérer comme son lot permanent, incapable, dirait-on, de voir au-delà du prochain tournant. Observation peut-être encore plus valable dans les moments de crise que de bonheur. Les cruelles déceptions dont il avait récemment souffert ne justifiaient que trop son abattement. Et je fus assez faible et « lyrique » pour comparer son cerveau en jachère au repos hivernal de la terre où la vie, préparant de nouvelles germinations, continue de s'agiter secrètement. Image, je m'en rendis compte, d'une indulgence excessive. Elle cadrait mal avec l'extrémisme de son existence, l'alternance d'explosion créatrice et de paralysie qui en était la rançon. En outre, un nouvel affaiblissement de sa santé, plutôt effet que cause, allait de pair avec la stagnation de ses forces imaginatives. De graves crises de migraine le retenaient dans l'obscurité, des catarrhes de l'estomac, des bronches et du pharynx le tourmentèrent tour à tour durant l'hiver 1926. A eux seuls, ils auraient suffi à lui interdire le voyage à Francfort de même qu'ils lui interdirent absolument, sans hésitation possible, et sur l'avis catégorique du médecin, un autre voyage d'une nécessité plus impérative encore du point de vue humain.

En effet, presque le même jour — étrange coïncidence — vers la fin de l'année, Max Schweigestill et Jonathan Leverkühn, tous deux âgés de soixante-quinze ans, rendirent leur âme à Dieu — le père et chef de famille de la maisonnée de Haute-Bavière dont Adrian était depuis tant d'années l'hôte, et son propre père, là-bas, à la ferme de Buchel. Le télégramme de la mère lui annonçant que l'adepte de la « spéculatoire » s'était doucement éteint le trouva auprès du cercueil du grand fumeur, lui aussi un penseur taciturne qui faisait usage d'un dialecte différent et depuis longtemps avait de plus en plus laissé peser le poids de la ferme sur son fils Géréon, tout comme l'autre l'avait sans doute abandonné à son Georg et à présent en était déchargé à jamais. Adrian pouvait être certain qu'Elsbeth Leverkühn acceptait la disparition de son époux avec le même paisible sang-froid, la même résignation compréhensive de ce qui est humain, que la mère Schweigestill. En raison de son état de santé, il ne pouvait songer à assister aux obsèques en Thuringe saxonne ; mais bien qu'il eût la fièvre ce dimanche-là et se sentît très faible, il insista, contrairement à l'avis du docteur, pour suivre le convoi de son hôte. Une grande affluence venue des environs assista à la cérémonie qui eut lieu dans l'église du village de Pfeiffering. Moi aussi je rendis au défunt les derniers devoirs avec le sentiment de les rendre en même temps à Jonathan et nous rentrâmes à pied ensemble à la maison Schweigestill, singulièrement émus par la constatation pourtant point extraordinaire que, malgré la disparition du père Schweigestill, l'odeur de canastre de sa pipe, soufflant par bouffées du salon mais imprégnant sans doute aussi les murs du corridor, saturait l'atmosphère à présent tout comme par le passé.

— Elle persiste, dit Adrian. Un bon moment. Peut-être aussi longtemps que la maison restera debout. Elle persistera aussi à Buchel. La durée plus ou moins longue ou courte pendant laquelle nous persistons ainsi, on l'appelle l'immortalité.

C'était après la Noël. Les deux pères, déjà à moitié détournés, à moitié étrangers aux choses terrestres, avaient encore passé la fête auprès des leurs. Avec l'allongement des jours, au début de la nouvelle année, la santé d'Adrian s'améliora à vue d'œil, la série des maux physiques qui entravaient son activité intellectuelle s'interrompit, il sembla avoir surmonté le choc causé par l'effondrement de ses plans d'avenir et des pertes bouleversantes qui s'y rattachaient. Son intellect ressuscita. A présent, il avait peine à conserver son sang-froid dans la tempête d'idées qui l'assaillaient et cette année 1927 fut féconde en noble et prodigieuse musique de chambre : d'abord le septuor pour trois instruments à cordes, trois bois et piano, une improvisation, serais-je tenté de dire, avec de très longs thèmes pleins de fantaisie, travaillés et changés en combinaisons multiples sans jamais reparaître ouvertement. Combien j'aime l'impétueuse nostalgie qui fait le caractère de ce morceau, le romantisme du ton ! Il est obtenu par les moyens modernes les plus rigoureux — thématiques, il est vrai, mais si fortement variés qu'il n'y a pas de reprise à proprement parler. Le premier mouvement s'intitule carrément « Fantaisie » ; le second, un adagio, s'élève par une gradation puissante ; le troisième, un final, débute avec une légèreté presque badine ; le style contrapuntique le rend progressivement plus dense et en même temps il prend une gravité tragique et s'achève en un épilogue sombre, un peu semblable à une marche funèbre. Jamais le piano ne joue le rôle d'un instrument destiné à combler harmoniquement un vide, sa partie forme un solo comme dans un concerto ; en cela se manifeste sans doute l'influence du style de son concerto pour violon. J'admire peut-être par-dessus tout sa maîtrise à résoudre le problème de la combinaison des sons. Nulle part les bois ne couvrent les instruments à cordes, ils leur ménagent toujours un espace pour se faire entendre et alternent avec eux ; en de très rares passages seulement, instruments à cordes et à vent s'unissent pour former le « tutti ». Bref, c'est comme si d'un point de départ sûr et familier, on se trouvait attiré dans des régions toujours plus lointaines et tout se passe à l'encontre des prévisions. « Je ne me suis pas proposé d'écrire une sonate, me dit Adrian, mais un petit roman. »

Cette tendance à la « prose » musicale atteint à sa pointe extrême dans le quatuor à cordes, l'œuvre la plus ésotérique peut-être de Leverkühn, qui suivit de près le septuor. Si à l'ordinaire la musique de chambre est un champ favorable à l'élaboration thématique des motifs, ici le compositeur s'en est abstenu d'une façon positivement provocante. Aucun rapport thématique ; ni développement, ni variations, ni répétitions. Sans discontinuité et d'une manière en apparence décousue, des effets nouveaux se succèdent, le lien se trouve maintenu par l'analogie de la ligne ou des sonorités, ou, plus encore, par des contrastes. Pas la moindre trace du moule traditionnel. C'est comme si le maître, dans ce morceau d'apparence anarchique, prenait profondément haleine avant d'entreprendre la cantate de Faust, de toutes ses œuvres la plus disciplinée. Dans le quatuor, il s'est fié simplement à son oreille, à la logique intérieure de l'impulsion. De plus la polyphonie est resserrée au maximum et chaque voix, à tout moment, parfaitement indépendante. L'ensemble se trouve articulé par des *tempi* très nettement contrastés, encore que toutes ces parties se doivent jouer sans interruprion. La première, qui porte la mention *moderato,* ressemble à un dialogue très méditatif, comportant un effort intellectuel, une délibération des quatre instruments entre eux, un échange grave et paisible, presque sans changement dynamique. Suit un *presto* qui est comme un murmure de délire, joué en sourdine par les quatre instruments à la fois ; ensuite un lent mouvement plus bref où l'alto tient la voix principale, accompagné d'interjections des autres instruments. On songe à une scène chantée. Dans l'*allegro con fuoco,* la polyphonie s'exhale en longues lignes. Je ne sais rien de plus émouvant que la fin où l'on dirait que de toutes parts grésillent des langues de flammes, combinaison de traits et de trilles qui produit une impression de grand orchestre. En vérité, par l'emploi de l'étendue la plus large et de la tessiture optima de chaque instrument, une sonorité est atteinte qui fait éclater les limites ordinaires de la musique de chambre et je ne doute pas que la critique reprochera à ce quatuor d'être un morceau orchestral déguisé. Elle aura tort. L'étude de la partition démontre que les plus subtiles ressources de l'écriture du quatuor à cordes ont été mises en jeu. Adrian, il est vrai, m'a souvent déclaré que les anciennes frontières séparant la musique de chambre du style orchestral n'étaient pas maintenables et que depuis l'émancipation de la couleur, toutes deux se chevauchaient. Le penchant à la dualité, au mélange et à l'interversion, tel qu'il se dessine déjà dans le traitement des parties vocales et instrumentales de l'*Apocalypse,* ne faisait que croître chez lui. « J'ai appris au cours de philosophie, disait-il, qu'élever des frontières équivaut déjà à les franchir. Ce fut toujours mon cas. » Par là il entendait la critique hégélienne de Kant et sa remarque prouve combien profondément l'élément spirituel et les empreintes tôt reçues conditionnaient son travail créateur.

En outre, il y eut le trio pour violon, alto et violoncelle, à peine jouable, hérissé de difficultés qu'à la rigueur seuls trois virtuoses pourraient surmonter. Il surprend à la fois par la fureur constructive, le tour de force cérébral qu'il représente, et les mélanges insoupçonnés de sons, qu'une oreille avide d'entendre l'inouï, une imagination combinatrice sans précédent, ont su faire exprimer aux trois instruments. « Inexécutable mais à effet » ; ainsi Adrian, à ses moments de bonne humeur, qualifiait-il le morceau. Il avait commencé à l'écrire vers l'époque où il élaborait la musique du septuor et l'avait porté en esprit et développé, alors que pesait sur lui le poids de son travail au quatuor dont on aurait pu penser qu'à lui seul il aurait pour longtemps et à l'extrême épuisé les facultés organisatrices d'un homme. C'était un pêle-mêle exubérant d'inspirations, d'exigences, de réalisations et de rétractations pour se lancer à de nouvelles conquêtes, un tumulte de problèmes surgis avec leur solution, « une nuit » disait Adrian « où il ne fait pas obscur, à cause des éclairs ».

— Un genre d'illumination assez brutal et trépidant, ajoutait-il parfois. Et puis quoi, je suis trépidant moi-même, je suis possédé du diable et c'est comme si toute ma carcasse tremblait. Les idées subites, cher ami, sont gent malgracieuse, elles ont les joues brûlantes, elles enflamment les vôtres d'un feu pas précisément agréable. L'ami intime d'un humaniste devrait savoir toujours distinguer entre le bonheur et le martyre...

Et il déclara qu'il doutait parfois si l'impuissance paisible dans laquelle il vivait récemment encore, n'était pas préférable à ses tortures présentes.

Je lui reprochais son ingratitude. Des larmes de joie aux yeux, avec stupeur, avec une secrète terreur pleine de tendresse, je lisais et j'écoutais, de semaine en semaine, ce qu'il avait jeté sur le papier — notations précises et exactes, voire élégantes, qui ne trahissaient pas la moindre négligence — ce que selon son expression, lui avaient insufflé et dicté son esprit et son Alector, son démon familier (il écrivait daimon). D'une haleine, ou plutôt d'uu trait et hors d'haleine, il écrivit les trois morceaux dont un seul aurait suffi à rendre mémorable l'année de sa composition. Il s'attaqua à la notation du trio le jour même où il avait achevé le *lento* du quatuor, composé en dernier. « Ça marche », m'écrivit-il une fois où j'étais resté quinze jours sans pouvoir venir, « comme si j'avais fait mes études à Cracovie ». La formule me parut tout d'abord mystérieuse, puis je me souvins qu'à l'Université de Cracovie, au XVIe siècle, on enseignait publiquement la magie.

Je puis affirmer que j'étais très attentif à ses stylisations expressives ; il les avait toujours affectionnées mais à présent elles revenaient plus souvent, ou devrais-je dire « souventes fois » dans ses lettres et même dans sa conversation. Bientôt je devais en connaître le motif. Le premier signe révélateur fut pour moi une feuille de papier à musique qui me tomba sous les yeux et où il avait tracé d'une large plume ces mots : « Si dolente tristesse poignit le docteur Faustus qu'adoncque il escrivit sa plaincte doloreuse. »

Il suivit mon regard et me déroba le feuillet avec un : « Or çà, quelle indiscrétion, messire mon frère ! » Le projet qu'il se proposait en silence d'exécuter à l'insu de tous, il me le dissimula encore assez longtemps ; mais dès cet instant, je savais ce que je savais. Il est hors de doute que 1927, l'année de la musique de chambre, fut aussi l'année de la conception du « Chant de douleur du docteur Faustus ». Si invraisemblable cela puisse-t-il sembler, alors qu'il était aux prises avec des tâches si hautement compliquées que pour en venir à bout on l'imagine vivant dans une concentration intense, exclusive, son esprit déjà prévoyait, essayait, prenait contact — sous le signe du deuxième oratorio — avec l'œuvre douloureuse, crucifiante, qu'un épisode de sa vie, aussi gracieux que déchirant, devait pour l'instant encore le détourner d'entreprendre.

## XLIV

Ursula Schneidewein, la sœur d'Adrian à Langensalza, avait eu un poumon légèrement atteint après les naissances successives de ses trois premiers enfants, survenues à un an d'intervalle, en 1911, 1912 et 1913. Elle avait dû passer quelques mois dans un établissement du Harz. Le catarrhe des sommets semblait guéri et durant cette décennie, c'est-à-dire jusqu'à l'apparition de son dernier-né, le petit Népo-muk, Ursula fut pour les siens une épouse et une mère insoucieuse et active, encore que les années de disette, pendant la guerre et plus tard encore, eussent empêché sa santé d'être vraiment florissante. Elle était sujette à de fréquents refroidissements ; ils commençaient par de simples rhumes et retombaient régulièrement sur les bronches ; sa mine, malgré ses airs enjoués et complaisamment réticents destinés à donner le change, resta sinon souffreteuse, du moins fragile et pâlotte.

En 1923, une grossesse sembla augmenter sa vitalité plutôt que de l'affaiblir. Toutefois, elle se remit péniblement de ses couches et les troubles fébriles qui, dix ans auparavant, l'avaient conduite au sanatorium, se réveillèrent. Il fut question d'interrompre à nouveau sa vie de ménagère pour la soumettre à un traitement spécifique, mais sans doute sous l'influence du bien-être physique, du bonheur maternel, de la joie que lui causait son petit enfant, le bébé le plus paisible et aimable, gracieux, facile, du monde, les symptômes fâcheux furent en régression et la vaillante femme resta sur la brèche durant des années — jusqu'en mai 1928, où le petit Népomuk, âgé de cinq ans, étant tombé malade d'une violente rougeole, les soins anxieux prodigués nuit et jour à l'enfant particulièrement chéri épuisèrent ses forces. Après une récidive de son mal, les écarts de température et la toux ne disparurent plus. Le médecin traitant prescrivit donc catégoriquement un séjour dans un établissement sanitaire et, sans faux optimisme, prévit que sa durée serait de six mois.

C'est ce qui amena Népomuk Schneidewein à Pfeiffering. Sa sœur Rosa, âgée de dix-sept ans, et Ézéchiel, d'un an plus jeune, travaillaient dans leur entreprise d'optique (Raymund qui comptait quinze ans allait encore à l'école). A présent, Rosa chargée tout naturellement par surcroît de tenir la maison en l'absence de sa mère, serait trop occupée pour pouvoir surveiller le petit frère. Ursula écrivit donc à Adrian ; le docteur, lui dit-elle, préconisait comme une solution très heureuse que le petit convalescent passât quelque temps au bon air de la campagne en Haute-Bavière et elle priait Adrian de décider son hôtesse à assumer momentanément le rôle de mère ou d'aïeule. Else Schweigestill s'y prêta d'autant plus volontiers que Clémentine joignit ses instances à celles d'Ursula. Vers le milieu de cette même année, tandis que Johannès Schneidewein accompagnait sa femme dans le massif du Harz au sanatorium près de Suderode qui lui avait été une fois salutaire, Rosa partit en direction du sud avec le frérot et l'amena au second foyer familial de son oncle.

Je n'assistai pas à leur arrivée mais Adrian m'a décrit la scène et comment toute la maisonnée, mère, fille, fils héritier, servantes et valets, ravis, riant de joie, environnaient le bambin sans pouvoir se rassasier la vue de tant de gentillesse. Les femmes en particulier naturellement, et surtout l'élément ancillaire et populaire, plus expansif, avaient perdu la tête ; penchées vers le petit bonhomme, elles se tordaient les mains, s'accroupissaient auprès de lui et invoquaient Jésus, Marie et Joseph en faveur du bel enfant. Le sourire de la grande sœur dénotait qu'habituée à l'enthousiasme de la famille pour le dernier-né, elle s'attendait à cet accueil.

Népomuk ou Népo, comme l'appelaient les siens, ou Écho comme il s'intitulait lui-même par une étrange confusion des consonnes depuis qu'il avait commencé à balbutier, était dans une tenue d'une simplicité estivale, à peine citadine ; veste de laine blanche aux manches courtes, très courte culotte de toile et souliers de cuir éculés à ses pieds nus. Malgré cela, on croyait voir un petit prince des elfes. La gracieuse perfection de la stature menue, avec ses jambes minces et bien formées, l'indescriptible charme de la tête longue couverte d'une innocente broussaille de cheveux blonds et ses traits qui, si enfantins fussent-ils, avaient quelque chose d'achevé et de définitif, même sa façon indiciblement suave et pure, à la fois profonde et malicieuse, de lever ses yeux du bleu le plus clair, frangés de longs cils — ce n'était point tant tout cela qui créait cette impression de conte, de visiteur surgi d'un gentil petit monde plus raffiné. Il y avait aussi l'attitude, le comportement de l'enfant parmi les grandes personnes qui riaient de plaisir ou poussaient de légers cris de joie, comme des soupirs d'attendrissement. Il y avait son sourire, certes point exempt de coquetterie, conscient de sa magie, ses réponses et ses réflexions qui ressemblaient délicieusement à des enseignements et des messages, la voix argentine du petit gosier et le débit brouillant encore les consonnes et zézayant, l'intonation helvétique héritée du père et vite adoptée par la mère, un peu circonspecte, un peu solennelle et traînante, roulant les r avec de drôles d'hiatus entre les syllabes comme « sûr-pris » « sâ-le ». Le petit bonhomme les accompagnait comme je n'ai jamais vu aucun enfant le faire, de gestes explicatifs, vagues et expressifs — mais souvent, n'étant pas très adaptés au sens, ils troublaient plutôt et déconcertaient —

gestes très charmants de ses petits bras et de ses mains de poupée.

Tel était Népo Schneidewein, « Écho » comme tout le monde l'appela en suivant son exemple, pour autant que la parole malhabile peut le décrire à qui ne l'a jamais vu. Combien d'écrivains avant moi ont sans doute déploré l'incapacité du langage à concrétiser, à faire surgir une image vraiment exacte de l'individu ! Le mot est créé pour la louange et l'action de grâces, il lui est donné de s'étonner, d'admirer, de bénir et de définir une apparition par le sentiment qu'elle éveille en nous, mais non de l'évoquer et de la restituer. Pour mon charmant modèle, au lieu de cette ébauche d'un portrait, je ferai sans doute davantage en avouant qu'aujourd'hui, après dix-sept ans révolus, les larmes me montent aux yeux quand je pense à lui et pourtant son souvenir me remplit tout à la fois d'une étrange sérénité, éthérée, point tout à fait terrestre.

Les réponses qu'avec des gestes ravissants il faisait aux questions sur sa mère, son voyage, son séjour dans la grande ville de Munich, avaient, je l'ai dit, des intonations helvétiques prononcées, et dans le timbre argentin de sa petite voix, présentaient beaucoup de contractions dialectales.

Une prédilection pour le mot « donc » frappait également, dans des phrases comme « c'était donc tout plein gentil » et autres analogues. En outre, beaucoup de solennelles réminiscences archaïques se retrouvaient dans ses propos, comme par exemple d'une chose qu'il n'arrivait pas à se rappeler, « elle m'est tombée de l'esprit » et aussi, quand il déclara : « J'ai point d'autres nouvelles à vous mander. » Il le dit d'ailleurs uniquement parce qu'il avait à cœur de congédier le cercle rassemblé autour de lui, car tout de suite après, de ses lèvres d'abeille sortaient les mots suivants :

— Écho ne trouve pas séant de rester plus longtemps dehors, il faut qu'il aille dans la maison, saluer l'oncle.

Ce disant, il tendit sa menotte à sa sœur pour qu'elle le conduisît. A cet instant, Adrian qui s'était entre-temps reposé et préparé, sortit dans la cour pour souhaiter la bienvenue à sa nièce.

— Et voici, dit-il après avoir accueilli la jeune fille et

s'être exclamé sur sa ressemblance avec sa mère, voici notre nouveau compagnon de logis ?

Il prit la main de Népomuk et lui jeta un coup d'œil, vite subjugué par la douce lumière de ces prunelles étoilées, levées vers lui avec leur sourire d'azur.

— Eh bien ! eh bien ! se borna-t-il à dire en inclinant lentement la tête vers Rosa, puis il retourna à sa contemplation. Son émotion n'échappa à personne, pas même à l'enfant, et la voix d'Écho, au lieu de s'élever hardiment, eut un accent gentil et apaisant comme pour la masquer et détendit l'atmosphère avec une simplicité aimable, en constatant tout uniment :

— Dis, tu es content que ze suis là ?

Tout le monde se prit à rire, Adrian comme les autres.

— Je pense bien, répondit-il. Et j'espère que tu te réjouis aussi de faire notre connaissance à tous ?

— C'est une rencontre très plaisante, dit bizarrement le petit garçon.

Les assistants recommençaient à rire mais Adrian, secouant la tête dans leur direction, posa le doigt sur ses lèvres.

— Il ne faut pas, fit-il assez bas, troubler cet enfant par des rires. Il n'y a d'ailleurs pas matière à rire, qu'en pensez-vous, mère ?

Il se tourna vers Mme Schweigestill.

— Nenni, y en a point, répondit-elle d'une voix exagérément forte en s'essuyant l'œil du coin de son tablier.

— Alors, entrons, décida Adrian, et il reprit la main de Népomuk pour le conduire. Vous avez certainement préparé à nos hôtes des rafraîchissements.

En effet. Dans la salle de la Victoire, Rosa Schneidewein fut régalée de café, le petit de lait et de gâteaux. Son oncle s'assit avec lui à table et assista à son goûter. L'enfant mangea très gracieusement et proprement. Adrian causa un peu avec sa nièce, mais il l'écoutait distraitement, occupé à contempler l'elfe et aussi à contenir son émotion et à ne pas la faire peser sur les autres. Soin d'ailleurs superflu car Écho était blasé sur l'admiration muette et les regards fascinés.

C'eût été d'ailleurs un péché de manquer son regard suave

levé en remerciement d'une bouchée de pâtisserie, d'un peu de confiture.

Enfin, le petit bonhomme prononça la syllabe : « 'sez ». Ç'avait été, expliqua sa sœur, de tout temps son expression pour « être rassasié, ne plus avoir envie », une abréviation de sa toute petite enfance pour « j'en ai assez », conservée jusqu'à ce jour. « 'sez » dit-il ; et comme la mère Schweigestill voulait lui offrir encore quelque chose, il déclara avec un sérieux au-dessus de son âge :

— Au lieu de ça, Écho aimerait mieux s'esquiver.

De son petit poing, il se frotta les yeux en signe qu'il avait sommeil. On le mit au lit et pendant qu'il était assoupi, Adrian s'entretint avec Rosa dans son cabinet de travail. Elle repartit le surlendemain, ses devoirs à Langensalza la rappelant au foyer paternel. A son départ, Népomuk pleura un peu mais promit d'être toujours « bien mignon » jusqu'à ce qu'elle revînt le chercher. Mon Dieu, pouvait-il manquer de parole ? En était-il seulement capable ? Il apportait avec lui comme un sentiment de bonheur, une chaleur de cœur constante, enjouée et tendre, non seulement à la ferme mais jusqu'au village et dans la ville de Waldshut, partout où les Schweigestill, mère et fille, désireuses de se montrer avec lui, s'attendant aux mêmes explosions de ravissement, chez le pharmacien, l'épicier, le cordonnier, l'emmenaient pour qu'il récitât ses petites fables avec des gestes enchanteurs et des intonations expressives et traînantes : la fable de la petite Pauline en train de brûler, de « Peter l'Ébouriffé » ou de Jochen qui rentre si sâ-le après le jeu — que madame la Câ-ne et monsieur Câ-nard s'étonnent et que même le porc reste sûr-pris. Le pasteur de Pfeiffering devant qui, les mains jointes à la hauteur de son petit visage, il récita une prière ancienne, étrange, commençant par : « Point n'est remède à mort prématurée » ne trouva à dire, dans son émoi, que : « Ah ! béni petit enfant de Dieu ! », lui tapota les cheveux de sa main blanche d'ecclésiastique et lui fit aussitôt cadeau d'une image en couleurs de l'Agneau. L'instituteur aussi se sentit, comme il le dit plus tard, « tout chose » en causant avec lui. Au marché et dans la rue, un passant sur trois arrêtait Mamzelle Clémentine ou Maman Schweigestill, pour savoir ce qui leur était tombé du ciel.

Les gens disaient, saisis : « Tiens, voyez-moi ça ! Tiens, voyez-moi ça ! », ou, un peu comme M. le pasteur : « Ah ! le mignon, le bienheureux ! » et la plupart des femmes marquaient une tendance à s'agenouiller devant Népomuk.

Quand je revins à la ferme, quinze jours s'étaient écoulés depuis son arrivée. Il était acclimaté et connu de toute la région. Je l'aperçus d'abord de loin. Du coin de la maison, Adrian me le montra, tout seul, dans le potager de derrière, assis par terre entre les plates-bandes de fraises et de légumes, une petite jambe étendue, l'autre à moitié repliée, les mèches séparées de ses cheveux retombées sur son front ; avec un plaisir un peu détaché, semblait-il, il feuilletait un livre d'images, cadeau de son oncle. Le petit bras gauche et la menotte qui venaient de tourner la page s'arrêtèrent, figeant inconsciemment le geste en une attitude incroyablement gracieuse, la petite paume ouverte, en l'air, à côté du livre et j'eus l'impression de n'avoir jamais vu pose d'enfant si ravissante. Il s'en faut de loin que les miens aient offert aux regards spectacle pareil et je songeai à part moi que les angelots, là-haut, devaient tourner de cette manière les pages de leurs livres de cantiques.

Nous le rejoignîmes pour me faire faire la connaissance du petit prodige. Je me recueillis, en vrai pédagogue décidé à constater que tout se passait selon la norme, ou du moins à ne rien témoigner et à ne pas lui débiter de douceurs. Je fronçai donc mon visage en rides renfrognées et, d'une voix très caverneuse, l'apostrophai sur le ton bien connu, rude et protecteur : « Hé ! mon garçon ! On est toujours sage ? Que fabriquons-nous là ? » Mais tout en me composant cette mine, je me sentais incroyablement ridicule. Le pis fut qu'il s'en rendit compte et partagea manifestement mon sentiment. Honteux pour moi, il pencha la tête, les coins de sa bouche se tirèrent comme pour refouler une envie de rire et je restai si penaud que de longtemps je ne pus articuler un mot.

Il n'était pas encore à l'âge où, à l'arrivée des grandes personnes, un petit garçon est tenu de se lever et de s'incliner ; et mieux qu'à quiconque lui seyaient les tendres privilèges, l'adoration sans exigence octroyée à ce qui est encore nouveau sur terre, à moitié étranger et inadapté. Il nous invita à nous asseoir « sur notre séant ». Nous obéîmes, prîmes l'elfe entre nous deux dans l'herbe et parcourûmes avec lui son livre d'images, sans doute le spécimen de littérature enfantine le plus acceptable trouvé dans la boutique du libraire ; avec des scènes dans le goût anglais, une sorte de style Kate Greenway, agrémenté de petits vers point inégaux : Népomuk (je l'appelais toujours ainsi et non Écho, qui me faisait stupidement l'effet d'un amollissement poétique) les savait déjà presque tous par cœur, et nous les « lut » en suivant les lignes, de son petit doigt qui errait tout à fait à contresens.

Le plus curieux, c'est qu'aujourd'hui encore je me rappelle ces petites « poésies » pour les avoir entendues une fois — ou peut-être plusieurs ? — récitées de sa voix grêle avec ses intonations de diseur de fables. Comme je me souviens encore des trois joueurs d'orgue de Barbarie qui s'étaient rencontrés au coin de la rue ! Chacun voulant avoir le pas sur l'autre, aucun des trois n'avait rompu d'une semelle. Je pourrais redire à n'importe quel enfant, mais pas aussi bien qu'Écho, il s'en faut, ce que le voisinage eut à supporter de ce charivari assourdissant. Les souris se mirent à jeûner, les rats s'enfuirent. A la fin :

> *Qui écouta tout au long,*
> *ce fut un petit chien.*
> *Quand il rentra dans sa maison,*
> *ne se sentit pas bien.*

Il fallait voir le hochement de tête soucieux du bambin, baissant tristement la voix et annonçant le malaise du chien ; ou bien, observer sa gracieuse *grandezza* lorsqu'il racontait l'échange de saluts entre deux étranges petits personnages au bord de la mer :

> *Bien le bonjour, mon noble seigneur,*
> *il ne fera pas bon se baigner.*

Ceci, pour plusieurs raisons : d'abord, parce que l'eau était très « mouillée » ce jour-là et qu'il n'y avait que cinq degrés Réaumur, ensuite parce que « trois hôtes venus de Suède » étaient là,

*un espadon, un chien de mer, une scie,*
*et tous les trois nagent pas très loin d'ici.*

Il proférait très drôlement cet avertissement confidentiel en ouvrant les yeux tout grands pour énumérer les trois indésirables et mimer la plaisante inquiétude où le jetait la nouvelle qu'ils nageaient dans les parages. Adrian et moi éclations de rire. Il observait notre hilarité avec une curiosité malicieuse, surtout la mienne, me sembla-t-il, car dans mon propre intérêt il voulait voir si mon esprit pédagogique rude et sec allait se détendre.

Grands dieux, oui ! après ma première et sotte tentative je n'y revins plus, sauf que j'appelai toujours, d'une voix ferme, le petit envoyé du pays des elfes et des enfants « Népomuk », me bornant à dire Écho quand je parlais de lui avec son oncle qui, comme les femmes, avait adopté ce nom. Cependant, on le comprendra, l'éducateur et professeur que je suis était un peu soucieux, inquiet, voire embarrassé devant un charme digne de toutes les adorations, certes, mais pourtant soumis au temps, destiné à mûrir et à subir la loi terrestre. A brève échéance, le bleu céleste et souriant de ces yeux perdrait sa pureté originelle émanée d'ailleurs. Cette petite mine d'ange, d'une puérilité marquée, le menton légèrement fendu ; ces lèvres délicieuses qui, dans le sourire, lorsqu'il découvrait ses dents étincelantes, devenaient un peu plus pleines qu'au repos, ces coins dessinant deux traits mollement arrondis qui partaient du fin petit nez et descendaient en faisant ressortir la bouche et le menton par rapport aux petites joues ; tout cela serait un jour le visage d'un garçon plus ou moins ordinaire, que l'on devrait manier d'une façon pratique et prosaïque et qui n'aurait plus motif d'opposer à ce traitement l'ironie par quoi Népomuk avait accueilli ma sortie pédagogique. Pourtant, quelque chose d'indéfinissable (et cette raillerie d'elfe semblait exprimer la conscience qu'il en avait) vous empêchait de croire au temps et à son action niveleuse, à son pouvoir sur la suave image ; c'était l'étrange harmonie achevée d'Écho, son caractère définitif en tant qu'apparition de l'*enfant* sur terre, le sentiment d'un être descendu du ciel et, je le répète, d'un messager chargé d'une mission charmante et transportant la raison sur le plan du rêve extra-logique, teinté d'un reflet de notre christianisme. La raison ne pouvait nier l'inévitable croissance, mais elle se réfugiait dans une représentation du mythe atemporel, de ce qui existe simultanément et dans la juxtaposition, où la forme masculine du Seigneur n'offre pas d'antinomie avec l'Enfant dans les bras de sa Mère, qu'Il est également, qui existe à jamais et qui continue à lever sa petite main pour tracer le signe de la croix devant les saints à genoux.

Divagation enthousiaste, dira-t-on ; mais je ne puis que me référer à mon expérience et confesser le profond désarroi où l'essence aérienne de cet enfant m'a toujours plongé. J'aurais pu prendre exemple — et je m'y appliquais — sur Adrian, artiste et non point écolâtre. Il admettait les choses comme elles se présentaient, sans se préoccuper de leur mutabilité. En d'autres termes, il conférait à l'incessant devenir le caractère de l'être, il croyait à l'image, sa foi était empreinte d'une certaine nonchalance et d'une sérénité d'esprit (du moins elle me sembla telle) qui, accoutumée à l'image, ne perd pas contenance même devant la vision la moins terrestre. Écho était venu, — le prince des elfes. Soit. Il convenait de le traiter selon sa nature, sans faire d'embarras. Voilà, je crois, le point de vue d'Adrian. Naturellement, il était très loin des mines renfrognées et banalités dans le genre de : « Hé ! mon garçon, toujours sage ? » Mais d'autre part, il ne tombait pas dans les extases (ah ! le bienheureux enfant !) des simples. Son attitude à l'égard du petit était d'une délicatesse souriante, rayonnante ou grave, sans cajoleries, sans airs de flûte ; même sans tendresse. Je ne l'ai jamais vu caresser l'enfant. A peine lui effleurait-il les cheveux. Il est vrai toutefois qu'il se promenait volontiers avec lui la main dans la main.

Au surplus, son attitude ne me donnait pas le change. Je savais qu'il chérissait tendrement son jeune neveu depuis le premier jour et que l'entrée d'Écho dans sa vie avait marqué l'aube d'une époque lumineuse. On ne pouvait méconnaître combien intimement, heureusement, le charme doux, léger, pour ainsi dire immatériel et en même temps rehaussé de mots surannés et graves, le charme de l'elfe l'occupait et remplissait ses journées. Il ne le voyait d'ailleurs que par intermittences, le bambin étant naturellement confié aux femmes ; et comme mille travaux de ménage absorbaient celles-ci, mère et fille, on l'abandonnait souvent à lui-même, en lieu sûr. De sa rougeole il avait gardé un grand besoin de sommeil comme les tout-petits et il y cédait dans la journée, fût-ce en dehors des heures de la sieste post-méridienne, où qu'il se trouvât. Quand se manifestait le besoin de dormir, il disait « nuit », comme lorsqu'il allait se coucher le soir. C'était sa façon de prendre congé ; il le disait à toute heure, en s'en allant ou quand un autre partait, en guise d' « adieu », d' « au revoir », il disait « nuit », c'était la contrepartie de son « 'sez ». Il donnait parfois aussi sa menotte en murmurant « nuit » avant de s'endormir sur l'herbe ou dans un fauteuil ; et un jour je surpris Adrian dans le jardin de derrière, assis sur un petit banc très étroit fait de trois planches ajustées et veillant sur le sommeil d'Écho étendu à ses pieds. « Il m'a d'abord tendu sa petite main », m'annonça-t-il quand il m'eut reconnu en levant les yeux, car il n'avait pas remarqué mon approche.

Else et Clémentine Schweigestill m'apprirent que Népomuk était l'enfant le plus sage, le plus docile, de la plus belle humeur, témoignage d'ailleurs en accord avec ce que l'on savait de son passé. En effet, lorsqu'il s'était fait mal, je l'ai parfois vu pleurer, mais jamais piailler, brailler, hurler comme les enfants capricieux ou insupportables. Il était impossible de l'imaginer se livrant à des scènes de ce genre. Il acceptait de très bonne grâce les interdictions telles que de ne pas l'accompagner à certaines heures le palefrenier à l'écurie ou Waltpurgis à l'étable et il disait quelques mots encourageants : « z'irai un peu plus tard, p't'être demain ? » destinés, semblait-il, moins à le tranquilliser qu'à consoler ceux qui refusaient, à regret sans doute, d'exaucer son désir. Il avait même l'habitude de caresser l'empêcheur comme pour dire : « Ne prends pas ça trop à cœur ! La prochaine fois, bien sûr, tu ne seras plus forcé de te contraindre et tu pourras me le permettre. »

De même, quand lui était refusé l'accès de la salle de

l'Abbé, auprès de son oncle. Il se sentait très attiré vers lui. Déjà à l'époque où je le conus, quinze jours après son arrivée, il était clair qu'Écho était extraordinairement attaché à Adrian et recherchait sa société, peut-être parce qu'elle constituait l'événement rare et intéressant alors que la compagnie de ses soigneuses était son ordinaire. Comment d'ailleurs lui aurait-il échappé que cet homme, le frère de sa mère, occupait parmi les cultivateurs de Pfeiffering une place unique, honorée, voire intimidante ? Ce respect qu'on lui témoignait stimulait sûrement son ambition enfantine d'être avec l'oncle. On ne saurait d'ailleurs dire qu'Adrian répondait absolument aux avances de l'enfant. Des jours entiers il ne le voyait pas, ne l'admettait pas auprès de lui, semblant l'éviter et s'interdire la vue du visage incontestablement chéri. Puis il passait de longues heures avec lui, le prenait, je le repète, par la main pour des promenades aussi prolongées que l'on en pouvait imposer à ce frêle compagnon ; ils marchaient dans un silence mutuel ou ponctué de menus propos, ils erraient dans la plénitude humide de la saison, et le parfum de la bourdaine et du lilas, — plus tard du jasmin — embaumait le chemin. Parfois Adrian laissait le léger petit être trotter devant lui par les sentiers étroits, entre les haies des blés déjà dorés et presque mûrs, dont les tiges avec leurs épis frémissants montaient du sol jusqu'à la hauteur de Népomuk.

— Du royaume de la terre, dirais-je mieux, car ainsi s'exprima le petit lorsqu'il manifesta son contentement que la « pure » eût cette nuit « afraîchi » le royaume de la terre.

— La pure, Écho ? s'enquit l'oncle qui toléra « afraîchi » comme une locution enfantine.

— Oui, la « pruie », confirma son compagnon un peu plus explicitement, sans vouloir prolonger la discussion.

— Figure-toi, il parle de pureté rafraîchissante, m'annonça Adrian la fois suivante, en ouvrant de grands yeux. N'est-ce pas étrange ?

Je fus en mesure d'apprendre à mon ami qu'en Allemagne centrale, le mot *rein,* « pur », avait durant des siècles, jusqu'au XVe, été le vocable usité pour *regen,* « pluie », et que le mot rafraîchir avait aussi subi des variantes.

— Oui, il vient de loin, dit Adrian en inclinant la tête avec une certaine admiration oppressée.

De la ville, quand il était forcé de s'y rendre, il rapportait au petit garçon des présents : toutes sortes d'animaux, un nain sautant hors d'une boîte, un chemin de fer où une lumière clignotante s'allumait aux tournants lorsqu'on le faisait rouler sur ses rails ovoïdes, une boîte magique dont l'objet le plus apprécié était un verre de vin rouge qui ne coulait pas lorsqu'on le retournait. Écho se réjouissait de ces cadeaux, mais disait très vite « 'sez » et préférait de beaucoup que l'oncle lui montrât ou lui expliquât des objets à son usage personnel, toujours les mêmes et toujours à nouveau, car l'obstination et le besoin de recommencement des enfants sont grands en matière d'amusement. Le coupe-papier taillé dans une défense d'éléphant, la sphère pivotant sur son axe incliné avec ses continents déchiquetés, ses golfes mordant les terres, ses réseaux de fleuves, ses lacs aux formes bizarres et ses océans bleuâtres comblant les espaces ; la pendule à pied, dont au moyen d'une manivelle on remontait les poids des profondeurs où ils étaient tombés ; telles étaient quelques-unes des curiosités que le petit désirait examiner lorsqu'il s'approchait, mince et fin, de leur possesseur et demandait de sa petite voix :

— Tu me fais grise mine, parce que zuis venu ?

— Non, Écho, pas particulièrement grise ; mais les poids de la pendule ne sont encore descendus qu'à moitié.

Alors il se rabattait parfois sur la boîte à musique, un cadeau de moi, un coffret brun que l'on remontait par-dessous. Le cylindre recouvert de petites lames métalliques tournait contre les dents accordées d'un peigne et égrenait, d'abord avec une grâce hâtive, puis plus lentement à mesure qu'il se fatiguait, de petites mélodies du milieu du XIX<sup>e</sup> siècle. Écho les écoutait toujours pétrifié dans la même fascination, avec des yeux où l'amusement, l'étonnement et une rêverie songeuse se mêlaient de façon inoubliable.

Il avait plaisir à contempler aussi les écrits de l'oncle, ces runes vides et noires semées sur le système linéaire, ornées de drapelets et de petites plumes, liées par des arcs et des poutres. De quoi parlaient ces signes ? Il se le faisait expliquer. Ils parlaient de lui, soit dit entre nous, et je voudrais bien savoir s'il le comprenait intuitivement, si l'on pouvait lire dans ses yeux qu'il le démêlait à travers les explications du Maître. Le premier de nous tous, cet enfant fut admis à jeter « un coup d'œil » sur l'ébauche de la partition des chants d'Ariel dans la *Tempête*. Leverkühn y travaillait en secret, à l'époque. Il condensait en un seul morceau le *Come unto these yellow sands* bruissant des voix fantomatiques et dispersées de la nature, avec le second air, d'un charme si pur, le *Where the bee sucks, there suck I*, et l'écrivait pour soprano, célesta, violon en sourdine, hautbois, trompette assourdie et les sons de flageolet de la harpe. Et en vérité, qui entend (ne fût-ce qu'avec l'oreille de l'esprit, en les lisant), ces accents « gracieusement hantés », peut demander comme le Ferdinand de la pièce : « Où donc est la musique ? Dans les airs ou sur terre ? » Car celui qui les agence n'a pas seulement capté dans son réseau murmurant, fin comme une toile arachnéenne, la légèreté aérienne, puérilement suave et troublante d'Ariel — *of my dainty Ariel* — mais le monde entier des elfes des collines, des ruisseaux, des bosquets, tels que, selon la description de Prospero, ils prennent leurs brefs ébats au clair de lune, faibles petits-maîtres, demi-poupées, passent des bagues amères au fourrage de la brebis pour qu'elle s'en détourne, et à minuit cueillent des champignons.

Écho voulait toujours revoir dans les notes le passage où le chien fait : « Bowgh, wowgh » et le coq : « cock-a-doodledoo ». Adrian lui raconta l'histoire de la méchante sorcière Sycorax et de son petit serviteur qu'elle avait enfermé dans la fissure d'un pin parce qu'il était trop délicat pour obéir à ses ordres grossiers ; dans cet état de contrainte, il avait vécu douze années lamentables, jusqu'au jour où le bon magicien était venu le délivrer. Népomuk voulait savoir quel âge avait le petit esprit quand il avait été enfermé dans l'arbre et quel âge au bout de douze ans, à l'époque de sa libération ? Mais l'oncle lui dit que le petit n'avait pas d'âge et qu'après comme avant sa captivité, il était toujours le même gracieux enfant des airs, réponse qui sembla satisfaire Écho.

Le maître de la salle de l'Abbé lui raconta tant bien que mal d'autres contes encore, celui de Rumpelstilzchen, de

Falada et de Rapunzel, du Löweneckerchen, l'alouette chantante et sautillante. L'enfant s'installait en travers des genoux de son oncle, et par moments il lui nouait son bras frêle autour du cou. « Ça roule comme un torrent étrange... », lui arrivait-il de dire, quand une histoire était achevée, mais le plus souvent il s'endormait avant la fin, la tête blottie contre la poitrine du conteur. Celui-ci alors restait longtemps immobile, le menton légèrement appuyé sur les cheveux d'Écho assoupi, jusqu'à ce qu'une des femmes vînt le chercher.

Comme je l'ai dit, Adrian évitait parfois le petit garçon pendant plusieurs jours, soit qu'il fût occupé, soit que la migraine l'obligeât au silence et à l'obscurité, ou pour tout autre motif. Mais après un jour passé sans avoir vu Écho, il entrait volontiers chez lui, doucement et presque inaperçu, lorsqu'on l'avait couché. Il assistait à la prière du soir qu'Écho, étendu sur le dos, ses petites mains aplaties, jointes devant sa poitrine, faisait soit avec Mme Schweigestill, soit avec sa fille, ou les deux. Bénédictions singulières qu'il récitait avec beaucoup d'expression, le bleu céleste de ses yeux tourné vers le plafond. Il disposait d'un vaste répertoire et employait rarement la même formule deux soirs de suite. Notons qu'il prononçait toujours « Di-eu » pour « Dieu » et aimait conférer à « qui, auquel et comment » un z en guise de consonne initiale. Il disait :

> *L'homme zqui vit selon la loi des cieux,*
> *zen lui est Di-eu et il est en Di-eu*
> *zauquel se recommande Écho.*
> *L'aidera à trouver le repos. Amen.*

Ou :

> *Si grand soit le crime de quelqu'un,*
> *plus grand est le pardon divin.*
> *Mon péché, lors, ne prouve guère ;*
> *Di-eu accorde grâce plénière. Amen.*

ou, très remarquable à cause de la doctrine de la prédestination qui donne sa couleur particulière, indéniable, à cette prière :

> *Nul n'est si captif du péché,*
> *que quelque bien ne l'ait touché.*
> *Bonne action point ne se perd,*
> *sauf pour les promis à l'Enfer.*
> *O ! puissé-ze, avec ceux que z'aime,*
> *être élu pour la zoie suprême. Amen.*

Et aussi parfois :

> *Le soleil éclaire Satan*
> *et se couche pur cependant.*
> *Garde-moi pur sur cette terre,*
> *zusqu'à ce que Mort me libère. Amen.*

et enfin :

> *Notez, qui prie pour zautrui,*
> *du même coup se sauve, lui.*
> *Écho pour le monde entier priera,*
> *pour que Dieu le prenne aussi dans ses bras. Amen.*

Avec une grande émotion, je l'entendis prononcer ces derniers vers sans qu'il se fût aperçu, je crois, de ma présence.

— Que dis-tu, me demanda Adrian, une fois dehors, de cette spéculation théologique ? Il prie pour toute la création, expressément pour y être inclus. Le croyant devrait-il savoir qu'au fond il se sert lui-même en priant pour autrui ? Il n'y a plus de désintéressement dès l'instant où l'on constate son utilité.

— Jusque-là, tu as raison, répondis-je. Pourtant, il agit quand même avec désintéressement, puisqu'il ne prie pas pour lui seul, mais pour nous tous.

— Oui, pour nous tous, dit Adrian doucement.

— Au surplus, continuai-je, nous parlons de lui comme

s'il avait inventé ces choses. Lui as-tu demandé de qui il les tient ? De son père, ou de qui ?

— Oh ! non, je préfère laisser la question en suspens et considérer qu'il ne serait pas en mesure de me répondre.

Les femmes Schweigestill semblaient partager son sentiment. Elles non plus, que je sache, n'ont jamais interrogé l'enfant pour savoir comment il se trouvait connaître ses petites prières du soir. Elles m'ont communiqué celles que je n'avais pas entendues. Je les leur ai fait réciter à une époque où Népomuk Schneidewein n'était plus parmi nous.

## XLV

Car il nous fut ravi, l'être suave et étrange fut ravi à cette terre — mon Dieu ! pourquoi chercher des mots apaisants pour décrire l'inconcevable atrocité dont je fus témoin ? Aujourd'hui encore, elle incline mon cœur à d'amers reproches, à la révolte. Avec une sauvagerie et une fureur incroyables, en peu de jours, un mal s'empara de lui et l'emporta, un mal depuis longtemps étranger à la région. Néanmoins, le bon docteur Kurbis, tout bouleversé par la violence de son apparition, nous dit que les enfants relevant de la rougeole ou de la coqueluche y étaient prédisposés.

Compte tenu des prodromes, tout se déroula en deux semaines à peine. Durant la première, personne — je crois, personne — ne pressentit l'affreux événement imminent. On était à la mi-août. Dehors, la moisson, avec des ouvriers agricoles supplémentaires, battait son plein. Depuis deux mois déjà Népomuk faisait la joie de la maison. Un rhume embrumait la douce clarté de ses yeux. Sans doute était-ce cet ennuyeux malaise qui lui coupait l'appétit, altérait son humeur et accentuait sa somnolence habituelle. Il disait « 'sez » à tout ce qu'on lui offrait, qu'il s'agît de nourriture, de jeux, de l'album d'images ou de contes. « 'sez ! » disait-il, sa petite figure douloureusement tirée, et il se détournait. Bientôt, une intolérance à la lumière et au son se manifesta, plus inquiétante que sa précédente maussaderie. Les charrettes roulant dans la cour, le timbre des voix lui semblaient trop bruyants. « Parlez bas ! » implorait-il, et il chuchotait comme pour donner l'exemple. Il ne voulait même plus entendre la boîte à musique gracieusement tintinnabulante, disait aussitôt son « 'sez » torturé, arrêtait de sa propre main l'appareil et pleurait amèrement. Dans la cour et au jardin il fuyait le grand soleil de ces journées du cœur de l'été, se réfugiait dans la chambre, restait courbé, à se frotter les yeux. On souffrait de le voir aller vers ceux qui l'aimaient, les enlacer, tantôt l'un, tantôt l'autre, et bientôt les quitter sans en avoir reçu de soulagement. Il se cramponnait à maman Schweigestill, à Clémentine, à la servante Waltpurgis, et ce même élan le jetait souvent vers son oncle. Il se serrait contre sa poitrine et levait les yeux vers lui, écoutant ses doux encouragements, parfois aussi esquissant un pâle sourire, mais par intervalles il laissait retomber sa petite tête plus bas et murmurait « nuit », — sur quoi il glissait à terre et quittait la pièce en titubant.

Le médecin vint le voir. Il prescrivit des instillations dans les fosses nasales et un tonique, sans d'ailleurs exclure l'hypothèse d'une maladie larvée plus grave. Dans la salle de l'Abbé, il exprima ses craintes devant son client de longue date.

— Croyez-vous ? fit Adrian en blêmissant.

— La chose ne me semble pas très orthodoxe, déclara le docteur.

— Pas orthodoxe ?

Le mot fut répété sur un ton si terrifié et presque terrifiant, que Kurbis se demanda s'il n'avait pas été trop loin.

— Ma foi, oui, au sens où je l'entendais, répondit-il. Vous-même, vous pourriez avoir meilleure mine, très honoré. Vous êtes sans doute bien attaché au gamin ?

— Oh ! oui, tout de même, répliqua Adrian. C'est une responsabilité, docteur. L'enfant a été confié à notre garde, ici à la campagne, pour raffermir sa santé...

— Le tableau clinique de la maladie, pour autant que l'expression peut être de mise, reprit le médecin, ne donne actuellement pas lieu à un diagnostic fâcheux. Je repasserai demain.

Il revint et ne put définir qu'avec trop de certitude le cas : Népomuk avait eu un brusque vomissement semblable à une éruption volcanique, avec une fièvre il est vrai modérée, accompagnée de maux de tête qui, au bout de quelques heures, augmentèrent jusqu'à devenir insupportables. Avant l'arrivée du docteur, l'enfant avait déjà été mis au lit : il pressait ses petites tempes des deux mains et poussait des cris qui souvent se prolongeaient jusqu'à l'extrême limite de son souffle, — un martyre pour qui l'entendait, et on l'entendait par toute la maison. Entre-temps, il allongeait ses petites mains vers son entourage en criant : « Au secours ! Au secours ! Oh ! mal à la tête ! mal à la tête ! » Puis un nouveau et violent vomissement le soulevait, et il retombait dans des convulsions.

Kurbis examina les yeux de l'enfant. Les pupilles rétrécies marquaient une propension au strabisme. Le pouls s'accélérait. Des contractions musculaires et une rigidité de la nuque commençaient à se manifester. C'était la méningite cérébro-spinale, l'inflammation des tissus du cerveau. Le brave homme prononça ce nom d'un air mécontent en hochant la tête par-dessus son épaule, peut-être avec l'espoir qu'on ne se rendrait pas compte de la totale inanité de sa science devant cette fatale intrusion. Il risqua néanmoins une allusion en conseillant d'avertir télégraphiquement les parents. La présence de la mère, tout au moins, aurait sans doute un effet apaisant sur le petit patient. De plus, il réclama un spécialiste de la ville avec qui il souhaitait partager la responsabilité d'un cas malheureusement point dénué de gravité. « Je suis un simple bonhomme, dit-il. Ici, il faudrait une compétence supérieure. » Il y eut, je crois, une ironie affligée dans ses paroles. Cependant il s'enhardit à faire lui-même la ponction à la moelle épinière dont l'urgence s'imposait pour confirmer le diagnostic et aussi parce que c'était la seule manière de soulager le malade. Mme Schweigestill, pâle mais vaillante et toujours secourable à tout ce qui était humain, maintint dans le lit l'enfant gémissant, de manière que le menton et les genoux se touchaient presque, et Kurbis enfonça son aiguille entre les anneaux disloqués de la colonne vertébrale, jusqu'au canal de la moelle d'où le liquide s'égoutta. Presque aussitôt les atroces maux de tête décrurent. S'ils revenaient, dit le docteur (il savait qu'ils reviendraient au bout de quelques heures, car l'allégement de la pression à la suite de l'extraction du liquide contenu dans les ventricules ne durait pas au-delà), on donnerait, outre l'indispensable vessie de glace, une potion au chloral qu'on envoya chercher à la ville voisine.

Des vomissements nouveaux, des convulsions de son petit corps et des douleurs à fendre le crâne tirèrent Népomuk du sommeil épuisé où il était tombé après la ponction. Il reprit sa plainte déchirante et ses cris aigus, le « cri hydrocéphale » typique contre lequel seul le médecin est plus ou moins cuirassé, précisément parce qu'il le considère comme typique. Tout ce qui est typique laisse froid, seul ce que l'on comprend sous l'angle individuel nous jette hors de nous. Tel est l'apaisement serein que procure la science. Il n'empêcha pas son disciple campagnard de passer bientôt du bromure et du chloral de sa première ordonnance à la morphine. Elle réussit un peu mieux. Peut-être s'y décida-t-il autant pour ménager les habitants de la maison — et je songe à l'un d'eux en particulier — que par compassion pour l'enfant supplicié. La ponction ne pouvait se renouveler que toutes les vingt-quatre heures et son effet n'en durait que deux. Vingt-deux heures de torture d'un enfant qui hurle et se cabre, et de *cet* enfant-ci, qui joint ses petites mains tremblantes et balbutie : « Écho sera mignon ! Écho sera mignon ! » Pour ceux qui virent Népomuk, j'ajoute qu'un symptôme secondaire fut peut-être le plus terrible : l'altération progressive, le strabisme de ses yeux célestes, explicable par la paralysie des muscles optiques consécutive à la rigidité de la nuque. Le doux visage devenait effroyablement étranger et avec le grincement de dents dont le petit malade prit bientôt l'habitude, il donnait l'impression d'un possédé.

L'après-midi du lendemain arriva l'autorité appelée en consultation de Munich, le professeur von Rothenbuch. Géréon Schweigestill alla le chercher à Waldshut. Parmi les princes de la science proposés par Kurbis, Adrian avait choisi celui-là à cause de sa grande réputation. C'était un homme de haute taille, aux façons mondaines, personnellement anobli du temps du roi, très recherché et payé très cher, avec un œil à moitié fermé, comme pour un perpétuel examen. Il désapprouva la morphine parce qu'elle pouvait déterminer les apparences d'un état comateux « qui ne s'était encore nullement produit » et ne toléra que la codéine. Manifestement, il tenait avant tout à ce que le cas se déroulât dans toutes ses phases, correctement et impeccablement. Pour le reste, il confirma après examen les prescriptions de son collègue rural, cassé en deux devant lui ; donc, tamisation de la lumière, maintien de la tête dans une position élevée, enveloppements glacés des tempes, attouchement précautionneux du petit patient, soins de la peau avec frictions d'alcool et nourriture concentrée à introduire probablement par le nez au moyen d'une sonde. Peut-être parce qu'il ne se trouvait pas chez les parents mêmes de l'enfant, ses consolations furent franches et sans équivoque. La perte de la conscience, légitime et point prématurément obtenue sous l'action de la morphine, ne tarderait pas et s'accentuerait très vite. L'enfant souffrirait alors moins et finirait par ne plus souffrir du tout. Pour ce motif, il ne fallait donc pas trop prendre à cœur les symptômes brutaux. Après avoir daigné faire de sa propre main la deuxième ponction, il prit congé très dignement et ne reparut plus.

Pour moi, je m'enquérais tous les jours au téléphone, auprès de la mère Schweigestill, de la marche des lamentables événements, mais ne pus retourner à Pfeiffering que le quatrième jour après l'explosion de la maladie, un samedi ; au milieu des spasmes exaspérés qui semblaient tendre le petit corps sur un chevalet de torture et lui révulsaient les yeux, le coma avait déjà commencé. Aux cris de l'enfant succédait le mutisme et seuls persistaient les grincements de dents. Mme Schweigestill me reçut au seuil de sa maison, le visage épuisé par les veilles et les paupières rougies. Elle me demanda avec insistance d'aller aussitôt auprès d'Adrian. Pour le pauvre enfant, que ses parents avaient rejoint depuis la nuit précédente, je le verrais toujours assez tôt. Mais monsieur le docteur, lui, avait besoin de mes exhortations, il n'avait pas bonne mine et, soit dit en confidence, parfois il semblait divaguer.

Tout angoissé, je me rendis chez lui. Assis à sa table de travail, il ne leva à mon entrée qu'un regard fugitif et presque dédaigneux. D'une pâleur effrayante, il avait les yeux rougis comme tous les habitants de la maison et la bouche fermée, il remuait machinalement la langue derrière sa lèvre inférieure.

— C'est toi, mon bon ? dit-il, quand je me fus approché et que j'eus posé la main sur son épaule. Que viens-tu faire ici ? Ce n'est pas un endroit pour toi. Du moins, signe-toi du front jusqu'à l'épaule, comme tu as appris à le faire dans ton enfance pour te protéger.

Et comme je lui disais quelques mots de consolation et d'espoir, il m'interrompit rudement :

— Épargne-toi les balivernes d'humaniste ! Il l'emporte. Si seulement il pouvait faire vite ! Peut-être ne le peut-il pas, avec ses moyens misérables.

Il bondit, s'adossa au mur et appuya sa nuque contre le lambris.

— Prends-le, monstre ! cria-t-il d'une voix qui me pénétra jusqu'aux moelles. Prends-le, chien abject, hâte-toi, selon tes forces, puisque tu n'as pas, canaille, voulu tolérer même cela ! J'aurais cru (il se tourna soudain vers moi, fit quelques pas, posa sur moi un regard égaré que je n'oublierai jamais et dit dans un murmure confidentiel), j'aurais cru qu'il tolérerait ceci, au moins ceci, mais non, d'où lui viendrait la grâce, à lui le disgracié ? et c'est précisément ceci qu'il lui a fallu fouler aux pieds, dans sa fureur bestiale ! Prends-le, rebut de la création ! hurla-t-il et il recula de nouveau devant moi comme s'il allait à la croix. Prends son corps dont tu peux disposer ! Tu seras bien forcé de laisser sa douce âme en paix et voilà ton impuissance et ton ridicule, et je ne cesserai de te railler à travers les éons ! Dussent des éternités s'accumuler entre le lieu où je serai et celui où il sera, je saurai pourtant qu'il est là d'où tu as été banni et chassé, ordure, ce sera pour ma langue une eau balsamique, un hosanna pour te bafouer du fond de ma malédiction !

Il se couvrit des mains le visage, se détourna et pressa son front contre la boiserie.

Que dire ? Que faire ? Que répondre à de telles paroles ? « Mon cher, au nom de tout ce qui t'est sacré, calme-toi, tu es hors de toi, la douleur t'égare », dit-on à peu près ; et par respect pour le tourment de l'âme, surtout quand il s'agit d'un homme comme celui-ci, on n'ose recourir à des calmants physiques et amoindrissants, ni au bromure de l'armoire à pharmacie.

A mes exhortations suppliantes, il se contenta de répondre :

— Ménage ta peine, ménage ta peine et signe-toi ! Là-haut, cela se passe là-haut ! Ne le fais pas seulement pour toi, mais aussi pour moi et pour ma faute ! Quelle faute, quel crime — et il se rassit au bureau, les tempes entre ses mains fermées — l'avoir laissé venir, l'avoir toléré dans mon voisinage, avoir voulu me repaître les yeux de sa vue ! Les enfants, sache-le, sont de matière fragile, facilement perméables aux influences pernicieuses...

Ce fut mon tour de me récrier et de lui couper la parole avec indignation.

— Voyons, Adrian ! m'écriai-je. Quel supplice t'infliges-tu avec tes remords absurdes au sujet d'un aveugle arrêt du destin qui aurait frappé ce charmant enfant, peut-être trop charmant pour cette terre, où qu'il fût ! Il peut nous déchirer le cœur mais ne doit pas nous priver de notre raison. Tu ne lui as jamais fait que du bien et témoigné que de la tendresse...

D'un signe il m'intima le silence. Je restai encore environ une heure auprès de lui. De temps en temps, je lui parlais et il murmurait des réponses à peine compréhensibles. Enfin je lui dis que je voulais aller voir notre malade.

— Vas-y, répliqua-t-il, et il ajouta durement :

— Mais ne lui parle pas comme le jour où tu lui as dit : « Eh bien ! mon garçon, on est toujours sage ? » et ainsi de suite. D'abord il n'entendrait pas, puis ce serait une faute de goût pour un humaniste.

Je m'apprêtais à partir mais il me retint en m'appelant par mon patronyme : « Zeitblom », proféré d'un accent également rude. Et comme je me retournais :

— J'ai trouvé, dit-il. Il ne faut pas que cela soit.

— Quoi donc, Adrian, qu'est-ce qui ne doit pas être ?

— Le bon et le noble, dit-il, ce qu'on appelle l'humain, bien que bon et noble. Ce pour quoi les hommes ont lutté, ce pour quoi ils ont pris d'assaut les bastilles des oppresseurs, ce que les grands initiés ont annoncé en exultant, cela ne doit pas être ! Il faut que ce soit effacé ! Je veux l'effacer !

— Je ne te comprends pas tout à fait, mon cher. Que veux-tu effacer ?

— La *Neuvième Symphonie,* répondit-il et il n'ajouta rien, ainsi d'ailleurs que je m'y attendais.

Troublé et atterré, je montai à la chambre où le destin s'accomplissait. Malgré les fenêtres ouvertes, il y régnait l'atmosphère des chambres de malade, saturée de médicaments, lourde, d'une propreté fade. Les persiennes presque jointes filtraient la lumière. Plusieurs personnes entouraient le lit de Népomuk. Je me bornai à leur tendre la main sans quitter des yeux l'enfant moribond. Couché sur le côté, il était roulé en boule, les coudes aux genoux. Les joues très rouges, il prenait une inspiration profonde et l'inspiration suivante se faisait longtemps attendre. Les paupières n'étaient pas complètement fermées et entre les cils s'entrevoyait non le bleu de l'iris mais seulement du noir. C'étaient les pupilles qui, de plus en plus dilatées, encore que de grandeur différente, finissaient par éliminer presque toute la substance colorée. Heureux lorsqu'on voyait miroiter leur noirceur ; car parfois dans la fente il n'y avait plus que du blanc. Alors les petits bras se crispaient plus fort contre les flancs et le spasme accompagné de grincements de dents tordait les petits membres, horrible à voir bien qu'il ne fût peut-être plus douloureux.

La mère sanglotait. Je lui avais serré la main et la serrai encore. C'était là Ursula, la fille aux yeux bruns de la ferme de Buchel, la sœur d'Adrian et dans les traits ravagés de la femme à présent presque quadragénaire, m'apparurent plus distinctement encore que jadis, à mon grand attendrissement, les traits du père, les traits vieil-allemands de Jonathan Leverkühn. Son mari était à côté d'elle. Au reçu de la dépêche, il était allé la chercher à Suderode, Johannès Schneidewein, grand, beau, simple, la barbe blonde, avec les yeux bleus de Népomuk et le débit posé et réfléchi qu'Ursula lui avait de bonne heure emprunté et dont nous avions perçu le rythme dans le son de la voix de l'elfe, d'Écho.

Était en outre présente, à part Mme Schweigestill toujours en mouvement, Cunégonde Rosenstiel à la tignasse laineuse. Lors d'une visite tolérée, elle avait fait la connaissance de l'enfant et l'avait passionnément élu dans son cœur douloureux. Sur papier à en-tête de sa prosaïque firme et usant d'abréviations commerciales, de la conjonction « et », elle avait consigné ses impressions dans une longue épître à Adrian, dactylographiée en un allemand impeccable. A présent, triomphant de la Nackedey, elle avait obtenu de relayer les Schweigestill et à la fin Ursula Schneidewein, dans la garde de l'enfant ; elle renouvelait la glace de la vessie, le lavait à l'alcool, cherchait à lui administrer les médicaments et le liquide nourricier et la nuit venue, cédait de mauvais gré et rarement à un autre, la place à son chevet.

Les Schweigestill, Adrian, sa famille, Cunégonde et moi, nous fîmes dans la salle de la Victoire un souper presque silencieux. Fréquemment l'une des femmes se levait pour aller jeter un coup d'œil au malade. Le dimanche matin, il me fallut, si dur cela me fût-il, quitter Pfeiffering. Il me restait toute un pile de thèmes latins à corriger. Je pris donc congé d'Adrian en exprimant des vœux compatissants et je préférai son adieu à son accueil de la veille. Avec une sorte de sourire, il dit en anglais :

— *Then to the elements. Be free and fare thou well.*

Puis il se détourna rapidement.

Népomuk Schneidewein, Écho, l'enfant, le dernier amour d'Adrian, s'éteignit douze heures plus tard. Les parents ramenèrent le petit cercueil dans leur pays.

## XLVI

Durant près de quatre semaines, il m'a fallu interrompre la rédaction de ces notes, empêché d'abord par une sorte d'épuisement moral, après le souvenir que je viens d'évoquer, et aussi par les événements du jour. Ils se succèdent, se déroulent selon le cours prévu, dans une certaine mesure souhaité, et malgré tout ils suscitent une horreur incrédule. Consumé de douleur et d'épouvante, notre malheureux peuple, incapable de comprendre, les laisse déferler sur lui dans un état de fatalisme hébété ; et mon esprit las d'un deuil ancien, d'une épouvante ancienne, les subit sans pouvoir réagir.

Depuis fin mars déjà — nous sommes le 25 avril de cette fatidique année 1945 — à l'ouest, notre défense est en pleine déroute. Déjà à moitié libérées de leurs chaînes, les feuilles publiques enregistrent la vérité. La rumeur, nourrie par les communiqués radiodiffusés de l'ennemi et les récits des fugitifs, échappe à la censure et colporte les incidents isolés de la catastrophe qui s'étend rapidement, jusqu'aux régions du Reich point encore englouties, point encore affranchies, et jusque dans ma retraite. Plus moyen de tenir. Tout se rend, tout se disloque. Nos villes détruites et pourries tombent comme des prunes mûres. Partis, Darmstadt, Wurzburg, Francfort. Mannheim et Cassel, même Munster, Leipzig, sont déjà aux mains étrangères. Un beau jour les Anglais ont surgi à Brême, les Américains en Haute-Franconie. Nuremberg a capitulé, la ville des fêtes officielles qui fouettaient l'enthousiasme des insensés. Parmi les grands du régime, naguère encore vautrés dans la puissance, la richesse et l'iniquité, le suicide justicier fait rage.

Depuis la chute de Königsberg et de Vienne, des corps russes devenus disponibles ont forcé l'Oder ; ils ont avancé, une armée d'un million, contre la capitale du Reich en ruines, déjà vidée de tous les bureaux du gouvernement, leur artillerie lourde a achevé l'œuvre depuis longtemps accomplie par la voie des airs. Ils approchent, à présent, du centre de la ville. L'an dernier, l'homme sinistre a échappé aux coups de patriotes désespérés, soucieux de sauver la dernière bribe, l'avenir, et il a conservé la vie, une vie il est vrai désormais réduite à jeter des lueurs égarées et incertaines. Il a ordonné à ses soldats de noyer l'attaque de Berlin dans une mer de sang, de fusiller tout officier qui parlerait de reddition et a été maintes fois obéi. En même temps, d'étranges messages radiodiffusés en langue allemande, eux aussi point tout à fait lucides, se croisent dans l'éther : certains d'entre eux recommandent à la bienveillance du vainqueur la population et jusqu'aux sbires de la police secrète, comme étant l'objet de calomnies. D'autres parlent d'un mouvement de libération baptisé Werwolf, bande d'enfants en délire cachés dans les forêts d'où ils surgissent la nuit et qui a déjà bien mérité de la patrie par de mâles assassinats perpétrés sur la personne des envahisseurs. O grotesque abjection ! Ainsi jusqu'à la fin, le conte brutal, le farouche effondrement des légendes résonne dans l'âme populaire non sans y éveiller un écho familier.

Un général d'outre-Atlantique fait défiler la population de Weimar devant les fours crématoires du camp de concentration qui s'y trouve et — faut-il lui donner tort ? — déclare

complices les bourgeois qui, sous les apparences de l'honora-
bilité, vaquaient à leurs affaires et cherchaient à ne rien
savoir bien que le vent leur soufflât au nez la puanteur de
la viande humaine calcinée là-bas. Il les tient pour solidaires
des atrocités à présent révélées et les oblige à les regarder
en face. Qu'ils regardent... ! Je regarde avec eux, je me
laisse en esprit entraîner parmi leurs files hébétées ou
frissonnantes d'effroi. Un despotisme infâme, voué dès le
début au néant, avait transformé l'Allemagne en une cave
de torture. Ses murs épais sont à présent renversés, notre
honte s'étale ouvertement aux yeux du monde ; des commis-
sions étrangères, à qui ces invraisemblables visions s'offrent
partout, annoncent chez elles que les spectacles qu'elles ont
sous les yeux dépassent en horreur tout ce que peut
concevoir l'imagination. Je parle de notre honte ; car est-ce
pure hypocondrie de se dire que l'Allemagne entière, même
l'esprit allemand, la pensée allemande, la parole allemande,
sont atteints par ce dénudement déshonorant, remis en
question ? Est-ce contrition maladive que de se demander
comment à l'avenir l'Allemagne, sous quelque forme que ce
soit, osera ouvrir la bouche quand il s'agira des problèmes
concernant l'humanité ?

Qu'on veuille y voir les sombres virtualités de la nature
humaine en général, il n'en reste pas moins que des
Allemands, par dizaines de milliers, par centaines de milliers,
ont perpétré ce devant quoi l'humanité frémit d'épouvante
et tout ce qui jamais eut une existence en langue allemande
est désormais un objet de dégoût et un exemple du mal.
Que sera-ce d'appartenir à un peuple dont l'histoire porte
en soi ce hideux avortement, un peuple qui n'a plus foi en
soi, un peuple moralement consumé, qui de son propre aveu
désespère de se gouverner seul et envisage comme la
meilleure solution de devenir tributaire de puissances étrangères ; un peuple appelé dorénavant à vivre replié sur soi
comme les juifs du Ghetto parce qu'autour de lui une
terrible haine accumulée lui interdira de sortir de ses
frontières — un peuple qui a perdu la face ?

Maudits, maudits les corrupteurs qui ont mis à l'école du
mal une variété humaine originellement honnête, bien
intentionnée, trop docile aux enseignements, trop portée à se

nourrir de théories ! Ah ! comme l'anathème soulage, comme il soulagerait s'il jaillissait d'une poitrine libre et insouciante ! Mais nous vivons à présent la haletante agonie d'un État sanglant qui selon l'expression luthérienne « a pris sur sa nuque » le poids de crimes incommensurables. Ses appels rugissants, ses proclamations qui faisaient table rase des droits de l'homme, ont jeté les foules dans des transports délirants. Sous ses bannières aux couleurs criardes, notre jeunesse a marché, les yeux étincelants, radieuse et fière, forte de sa foi. Un patriotisme qui prétendrait que cet État imposait à notre tempérament national des sentiments tout à fait étrangers, forcés et sans racine, me semblerait plus magnanime que franchement scrupuleux. Dans ses paroles et dans ses actes, ce despotisme fut-il autre chose que la réalisation déformée, populacière, avilie, d'une tendance d'esprit et d'une conception du monde à laquelle on est bien obligé de reconnaître un caractère authentique ? et le chrétien, l'humaniste, ne le constate-t-il pas avec terreur dans les traits de nos plus grands hommes, des plus imposantes incarnations de la germanité ? Je le demande, est-ce trop demander ? Hélas ! il est sans doute à présent hors de question que ce peuple vaincu, hagard, est actuellement au bord du néant, précisément parce que sa dernière et suprême tentative de réaliser une forme politique personnelle sombre dans un effroyable échec.

*
* *

Comme les époques se rejoignent singulièrement, comme celle où j'écris se relie à celle qui forme le cadre de cette biographie ! En effet, les dernières années de la vie spirituelle de mon héros, ces deux années 1929 et 1930, après l'effondrement de son projet matrimonial, la perte de son ami, l'arrachement du merveilleux enfant venu à lui, tout cela coïncide déjà avec la montée et la prise du pouvoir de ceux qui plus tard devaient s'emparer du pays et aujourd'hui s'écroulent dans le sang et les flammes.

Pour Adrian Leverkühn, années d'une activité extraordinaire et suprêmement agitée, on serait tenté de dire prodigieuse ; elle entraînait même le spectateur sympathisant dans une sorte de délire et l'on ne pouvait se défendre d'y voir un solde et une compensation, en échange du bonheur terrestre et de la permission d'aimer qui lui avaient été ôtés. Je parle d'années, mais à tort ; une partie seulement suffit, la seconde moitié de l'une et quelques mois de l'autre, pour assurer la naissance de l'œuvre, sa dernière, et un peu, historiquement parlant, son acte ultime, suprême : la cantate symphonique, le « Chant de Douleur du docteur Faustus », conçu, je l'ai déjà dit ailleurs, pendant le séjour de Népomuk Schneidewein à Pfeiffering. J'y vais consacrer mes pauvres moyens de narrateur. Auparavant, il me faut jeter une lueur sur l'état personnel de son créateur, alors âgé de quarantequatre ans, son apparence et son mode de vie tels qu'ils se présentaient à mon attention toujours en éveil. Un détail se glisse tout d'abord sous ma plume et dès les premières pages j'y ai déjà préparé mon lecteur : son visage qui, du temps où il était glabre, accusait ouvertement la ressemblance avec sa mère, s'était transformé depuis peu, à cause d'une barbe foncée, filetée de gris, une sorte de barbiche sur laquelle pendait une étroite petite moustache ombrant la lèvre supérieure. Bien qu'elle ne découvrît pas les joues, elle était beaucoup plus fournie au menton et sur les côtés qu'au milieu ; ce n'était donc pas une impériale. On acceptait le caractère inusité que lui conférait ce recouvrement partiel de ses traits, parce que la barbe précisément, peut-être jointe à une tendance croissante à porter la tête penchée sur l'épaule, donnait au visage quelque chose de transfiguré et de souffrant, une expression de Christ. Je ne pouvais m'empêcher d'aimer cette expression et croyais pouvoir d'autant plus céder à ma sympathie que manifestement elle n'était pas un indice de faiblesse, elle allait de pair avec une extrême puissance d'action et un heureux équilibre physique que mon ami ne se lassait pas de proclamer invulnérable. Il le faisait du ton un peu ralenti, parfois hésitant, parfois légèrement monotone, que j'avais remarqué récemment chez lui et où je voyais volontiers un signe de modération féconde, de maîtrise de soi au milieu des tourbillons de l'inspiration. Les misères qui l'avaient si longtemps tourmenté, ses catarrhes de l'estomac, ses affections de la gorge et ses pénibles migraines avaient disparu. La clarté du jour, la liberté du travail lui étaient assurées, lui-même déclarait sa santé parfaite, triomphante, et son énergie de visionnaire, quand il se mettait chaque matin à l'œuvre, se lisait dans ses yeux d'une manière propre à me remplir de joie et tout à la fois d'inquiétude à la pensée des réactions possibles. Dans ces yeux qu'autrefois la paupière supérieure voilait à moitié, la fente entre les deux rangées de cils s'était élargie presque exagérément. Au-dessus de la prunelle apparaissait une bande de cornée blanche. Ceci pouvait avoir quelque chose de menaçant, d'autant que le regard ainsi agrandi révélait une sorte de fixité, dirai-je d'immobilité ? Longtemps j'en cherchai vainement la cause. Enfin je m'avisai qu'elle tenait à ce que les pupilles point tout à fait rondes, un peu irrégulièrement étirées en longueur, restaient toujours d'une dimension constante comme si nul changement d'éclairage ne pouvait les influencer.

J'ai parlé ici d'une certaine rigidité secrète et intérieure, perceptible seulement à l'observateur attentif. Une autre manifestation, beaucoup plus visible et extérieure, la contredisait. Elle avait frappé aussi la chère Jeannette Scheurl qui, bien inutilement, me l'avait signalée après une visite à Adrian. C'était l'habitude récente, à certains instants, par exemple quand il réfléchissait, de jouer de la prunelle rapidement, et assez loin dans chaque sens, autrement dit de rouler les yeux. On pouvait craindre que d'aucuns en fussent effarouchés. Voilà pourquoi, bien qu'il me fût facile — et j'ai l'impression que cela me le fut — d'attribuer ces symptômes excentriques à l'œuvre dont il subissait l'extraordinaire tension à cette époque, j'étais soulagé qu'il ne vît presque personne à part moi. Je craignais qu'il ne fît peur. Il s'abstenait de toute visite en ville. Sa fidèle hôtesse déclinait pour lui, au téléphone, les invitations, ou il les laissait sans réponse. Il renonça jusqu'aux expéditions passagères à Munich pour y faire des emplettes et l'on peut dire que celles qu'il avait entreprises pour acheter des jouets destinés à l'enfant disparu furent les dernières. Les articles de sa garde-robe qui, au temps où il se mêlait aux hommes, lui servaient à des soirées ou à des manifestations publiques pendaient dans son armoire, inutilisés, et il adoptait la plus simple tenue d'appartement (pas une robe de chambre car il n'en portait jamais, même le matin, sauf lorsqu'il quittait son lit la nuit et passait une heure ou deux dans son fauteuil). Un veston lâche, haut boutonné, qui supprimait la cravate, avec un pantalon également large, sans pli, à petits damiers, formaient en ce temps-là son costume ordinaire. Ainsi accoutré, il faisait ses habituelles et indispensables promenades qui lui dilataient les poumons. On aurait pu trouver qu'il négligeait son extérieur si sa distinction native, ressortissant à l'esprit, n'eût exclu semblable impression.

Pour qui d'ailleurs se serait-il imposé une contrainte ? Il voyait Jeannette Scheurl et déchiffrait avec elle certaines musiques du XVIIᵉ siècle qu'elle apportait (je songe à une chaconne de Jacobo Melani, qui préfigure un passage de *Tristan*), de temps à autre il voyait Rüdiger Schildknapp, l'homme aux yeux semblables aux siens avec qui il riait, et je ne pouvais me défendre de la réflexion douloureusement vaine qu'à présent seuls subsistaient les yeux semblables aux siens, les noirs et les bleus ayant disparu... Et puis, il y avait moi, quand en fin de semaine je me rendais chez lui. C'était tout. D'ailleurs il disposait de peu de loisirs à consacrer aux gens car, sans excepter le dimanche (qu'il n'avait jamais « sanctifié ») il travaillait huit heures par jour et comme elles étaient coupées d'une période de repos dans l'obscurité, l'après-midi, je restais beaucoup livré à moi-même pendant mes visites à Pfeiffering. Non que je m'en plaigne ! J'étais près de lui, près de la création de l'œuvre que j'ai chérie avec douleur et en tremblant. Depuis quinze ans elle gît, chef-d'œuvre mort, honni et proscrit, que notre libération foudroyante ressuscitera peut-être. Pendant ces années, nous, enfants de la geôle, nous rêvions d'un hymne de joie, de *Fidelio,* de la *Neuvième Symphonie,* pour célébrer la fête de l'aube, l'affranchissement de l'Allemagne, sa délivrance par elle-même. A présent, seul celui-là nous peut convenir et celui-là seul sera chanté du fond de notre âme : la plainte du fils de l'enfer, la plus terrible plainte humaine et divine qui, partant du sujet mais s'élargissant toujours davantage et en quelque sorte s'emparant du cosmos, ait jamais été entonnée sur terre.

Plainte, plainte ! Un *De profundis* que mon zèle affectueux trouve sans égal. Néanmoins, du point de vue créateur, celui de l'histoire de la musique comme de la perfection personnelle, n'existe-t-il pas un rapport allègre, hautement triomphal, entre elle et l'effroyable don de la compensation et de la rançon ? N'est-ce pas la « percée » dont nous parlions entre nous quand nous débattions le destin de l'art, sa situation et son heure, chaque fois qu'il était question d'un problème, d'une possibilité paradoxale ? N'est-ce pas le regain — je ne voudrais pas dire et je le dis pourtant pour être précis — la reconstruction de l'expression, la suprême et la plus profonde manifestation du sentiment sur un plan intellectuel, avec une rigueur de la forme qui devait être atteinte pour que cette transmutation de la froideur calculatrice en harmonie expressive de l'âme, cette chaleur du cœur de la créature qui se confie, pût devenir une réalité ?

Je revêts de questions la simple description d'un état de fait qui s'explique tant par le sujet choisi que par la forme artistique. En effet, la plainte — et il s'agit ici d'une plainte incessante, inépuisablement soutenue, avec la plus douloureuse attitude d'un Ecce Homo —.la plainte est l'expression même. On peut dire hardiment que toute expression est en définitive une plainte, comme la musique dès qu'elle se comprend en tant que mode d'expression, au début de son histoire moderne, se mue en plainte et en « lasciatemi morire », en lamentation d'Ariane, en chant de douleur des nymphes, repris en écho. Ce n'est pas en vain que la cantate de *Faustus* se rattache si fortement et indéniablement par le style à Monteverdi et au XVIIe siècle où la musique — et encore une fois, point en vain — eut pour l'effet d'écho une prédilection allant parfois jusqu'au maniérisme. L'écho, la restitution de la parole humaine comme d'un son de la nature, sa révélation *en tant que* son de la nature, est essentiellement une plainte, le douloureux « hélas ! » de la nature devant l'homme et son effort de communiquer son isolement, comme inversement, la plainte des nymphes s'apparente à l'écho. Dans la dernière et la plus haute création de Leverkühn, l'écho, ce dessin favori de l'art baroque, est fréquemment employé et produit une impression d'indicible mélancolie.

Une plainte démesurée comme celle-ci est, dis-je, forcément une œuvre d'expression, et donc une œuvre de libération, tout de même que la musique primitive avec laquelle elle renoue par-dessus les siècles, voulait être la liberté de s'exprimer. Sauf que le processus dialectique par quoi s'accomplit, au degré de développement auquel atteint cette œuvre, le passage de la plus stricte rigueur à la libre langue de la passion, la liberté issue de l'esclavage, est infiniment plus compliqué, semble infiniment plus émouvant et plus merveilleux dans sa logique qu'au temps des madrigalistes. Je renvoie ici le lecteur à l'entretien que j'eus avec Adrian, un jour déjà lointain, le jour des noces de sa sœur à Buchel, au cours d'une promenade le long de la Kuhmulde, où sous la pression de sa migraine, il m'exposa son idée d'une « écriture rigoureuse », dérivée de celle du lied O *lieb Mädel, wie schlecht bist du...* où mélodie et harmonie sont conditionnées par la transformation d'un motif fondamental de cinq notes, l'anagramme musical *h e a e es*. Il m'avait fait alors entrevoir le « carré magique » d'un style ou d'une technique qui de matériaux identiques tirerait la plus extrême variété et où il n'y aurait plus rien d'athématique qui ne se pût démontrer comme la variation d'une donnée immuable. Ce style, cette technique, avait-il dit, n'admettraient plus une note, plus une seule, qui dans l'ensemble de la texture sonore ne remplît sa fonction thématique. Il n'y aurait plus une note libre.

En cherchant à décrire l'oratorio apocalyptique de Leverkühn, n'ai-je pas fait allusion à l'identité entre l'ineffable et l'effroyable, l'identité intime du chœur enfantin des anges avec le rire de la géhenne ? Il y a là, à l'effroi mystique de qui l'observe, une utopie formelle d'une terrifiante ingéniosité, qui dans la cantate faustienne se généralise, s'empare de l'œuvre et, si j'ose dire, la laisse dévorer par le thématique. Ce gigantesque lamento (il dure environ cinq quarts d'heure) est en somme dépouvu de dynamisme, de développement, de drame, tout comme les cercles concentriques qui, par l'effet d'une pierre jetée dans l'eau, se forment l'un autour de l'autre et vont s'élargissant, sont néanmoins sans drame et toujours pareils. Immense variation de la plainte, négativement apparentée au finale de la *IXe Symphonie* avec ses variations de la joie, l'œuvre se développe en cercles et chacun d'eux entraîne l'autre incessamment après soi ; mouvements, variations de grand style correspondent aux unités du texte ou aux chapitres du livre et sont en soi des suites de variations, mais toutes se rattachent à un archétype infiniment ductile, donné par un passage défini du texte.

On s'en souvient en effet, dans le vieux livre populaire qui raconte la vie et la mort du grand magicien et dont Leverkühn avait adapté les chapitres avec quelques arrangements hardis pour servir de base à ses phrases musicales, le Dr Faustus, lorsque son sablier est épuisé, convie ses amis et familiers, « Magistri, Baccalaurei et aultres estudiants » au village de Rimlich près de Wittenberg, les traite magnifiquement toute la journée, boit la nuit un verre de vin « de la Saint-Jean » avec eux et dans un discours contrit mais digne, leur fait connaître ensuite son destin qui bientôt va s'accomplir. Dans cet *Oratio Fausts ad studiosos* il les prie, lorsqu'ils le trouveront mort, étranglé, de mettre charitablement son corps en terre ; car il meurt, dit-il, en mauvais et tout à la fois en bon chrétien ; bon, à cause de son remords, et parce qu'en son for intérieur il a toujours espéré miséricorde pour son âme ; mauvais, dans la mesure où il sait qu'il subira tout à l'heure une fin hideuse et que le diable veut et doit avoir son corps. Ces paroles : « Je meurs à la fois en bon et mauvais chrétien » forment le thème général des variations ; compte-t-on les syllabes de la phrase, il y en a douze et tous les douze tons de l'échelle chromatique y sont utilisés ainsi que tous les intervalles imaginables. Depuis longtemps ce thème est musicalement présent et agissant avant de s'insérer à sa place dans le texte récité par un chœur qui fait fonction de solo — il n'existe pas de vrai solo dans *Faustus* — il enfle pendant la première moitié du chœur, puis décroît selon l'esprit et l'accent du lamento de Monteverdi. Il est à la base de tout ce qui résonne, ou mieux, il repose, presque en tant que modalité derrière l'œuvre entière, créant ainsi l'identité du multiforme, cette même identité qui existe entre le chœur cristallin des anges et le hurlement infernal de l'Apocalypse, et qui à présent englobe tout ; une forme de la dernière rigueur, qui n'a plus rien d'athématique, où l'ordonnance du matériau devient totale et à l'intérieur de laquelle l'idée d'une fugue semble absurde, précisément parce qu'il n'y a plus une note libre. Elle sert néanmoins à présent à des fins plus hautes car (ô prodige et profondeur d'esprit diabolique) grâce à une forme pure de toute scorie, la musique se trouve affranchie en tant que langage précisément. En un certain sens, plus grossier et sous le rapport de la matérialité des sons, le travail est déjà accompli avant même que ne commence la composition et celle-ci peut se donner libre cours, c'est-à-dire céder à l'expression ainsi récupérée au-delà du plan constructif ou à l'intérieur de sa rigueur la plus absolue. Le créateur du *Chant de douleur du docteur Faustus* peut, dans le matériau organisé par avance, s'abandonner sans entraves, insoucieux de la structure déjà prévue, préétablie, s'abandonner à la subjectivité, et de la sorte, son œuvre la plus rigoureuse, une œuvre où le calcul est poussé à l'extrême, se trouve être en même temps purement expressive. Le retour à Monteverdi et au style de son époque, voilà justement ce que j'appelais la reconstruction de l'expressif — l'expression sous sa forme première et primordiale, l'expression en tant que plainte.

Tous les moyens d'expression de cette époque d'émancipation, entre autres l'effet d'écho déjà mentionné, sont employés, et particulièrement adaptés à une œuvre toute en variations, en quelque sorte statique, où chaque transformation est déjà l'écho de la précédente. Elle ne manque pas de progressions rebondissantes, de répétitions à prolongements, de la phrase finale d'un thème exposé sur un plan supérieur, les accents de la plainte d'Orphée sont doucement rappelés, qui font de Faust et d'Orphée des frères conjureurs du royaume des ombres dans l'épisode où Faust fait surgir Hélène, de qui lui naîtra un fils. Les allusions foisonnent par centaines, sur le ton et dans l'esprit du madrigal, et tout un mouvement, l'allocution aux amis lors du banquet de la dernière nuit, est écrit sous une forme strictement madrigalesque.

Néanmoins, précisément au sens d'une synthèse, l'œuvre présente les moments les plus expressifs de la musique en général qui se puissent imaginer : non point, on le conçoit, comme une imitation mécanique et une régression vers le passé, mais comme un très conscient recours à tous les moyens usités dans l'histoire de la musique depuis le commencement des âges. Ils sont soumis ici à une sorte d'alchimie, distillés, décantés, pour devenir des prototypes de l'interprétation du sentiment. Un grand soupir s'exhale devant des paroles comme : « Las ! Faustus, cueur téméraire et vil, las ! las ! raison, témérité, présomption, libre arbitre... » ou devant la multiple formation de retards encore qu'employés tout au plus comme procédé rythmique, le chromatisme mélodique, la pause générale, chargée d'angoisse avant le début d'une phrase, les répétitions comme dans ce « lasciatemi », le prolongement de syllabes, les intervalles descendants, la déclamation qui décroît en un murmure avec d'extraordinaires effets de contraste, telle la tragique rentrée du chœur *a capella* et déployant le maximum de force après la descente aux enfers de Faustus, orchestrale, rendue comme une grande musique de ballet et un galop d'une multiplicité de rythme fantastique — accablante explosion de plainte succédant à une orgie de gaieté infernale.

Cette idée extravagante de la descente forcée au monde souterrain transformée en danse furieuse, est ce qui rappelle encore le plus l'esprit de l'*Apocalipsis cum figuris* et peut-être aussi l'effroyable, je n'ose dire le cynique scherzo du chœur où « le Malin apostrophe Faustus chagrin, avecque d'estranges, sarcastiques discours et plaisants dictons », ce terrifiant « Adoncque te tais, endure, poinct ne pleure ! Mauldit, poinct ne te plains de ta misère ! Trop tard, trop tard ! De ton Dieu désespère, car chaque aube rapproche ta male heure... » Par ailleurs la dernière œuvre de Leverkühn n'a pas grand-chose en commun avec celle de ses trente ans. Elle est d'un style plus pur, d'un ton plus sombre dans l'ensemble et exempte de parodie. Sans être plus conservatrice dans sa régression vers le passé, elle est plus douce, plus mélodieuse, plus contrapuntique que polyphonique — et par là je veux dire que les parties secondaires, dans leur indépendance, ménagent davantage la partie principale qui souvent se déroule en longues courbes mélodiques ; et sa cellule, d'où dérive tout le reste, est précisément formée par la phrase dodécaphonique : « Je meurs à la fois en bon et mauvais chrétien ». Il a été depuis longtemps dit, au cours de ces pages, que dans le Faustus aussi, en dehors du symbole des lettres, la figure d'Esmeralda que je fus le premier à découvrir, le *h e a e es*, domine très souvent la mélodie et l'harmonie ; partout où il est question de l'engagement et de la promesse, du pacte du sang.

La cantate de Faust se différencie de l'Apocalypse, surtout par ses grands interludes orchestraux. A certains moments, ils forment simplement une sorte de commentaire allusif du sujet, une manière de dire : « C'est ainsi » ; ailleurs, comme dans la terrifiante musique de ballet de la descente aux enfers, ils sont censés figurer des fragments de l'action. L'orchestration de cette danse effroyable se compose uniquement d'instruments à vent et d'un système d'accompagnement constant — deux harpes, clavecin, piano, célesta, jeu de timbres et instruments de percussion — qui reparaît toujours à nouveau et à travers l'œuvre, comme une sorte de *continuo*. Quelques chœurs en sont accompagnés exclusivement ; pour d'autres interviennent en outre des instruments à vent, pour d'autres encore les cordes. D'autres sont soutenus par l'orchestre entier. La fin est purement orchestrale : un mouvement d'adagio symphonique où le chœur des lamentations qui fait une puissante entrée après le galop infernal, peu à peu se perd. C'est la contrepartie de l'Hymne à la joie, la négation congéniale de ce passage de la forme symphonique à l'exaltation vocale, c'est sa rétractation...

Mon pauvre grand ami ! Combien souvent, en lisant son œuvre posthume, l'œuvre de son déclin où s'inscrit la prescience visionnaire de tant d'autres déclins, j'ai songé au mot douloureux qu'il m'avait dit à la mort de l'enfant : il ne fallait pas que cela fût, le bien, la joie, l'espérance, il fallait les effacer, on devait les effacer. Combien cet « ah ! cela ne doit pas être », presque un avertissement et une indication musicale, plane sur les mouvements des chœurs et des instruments du Chant de Douleur du Dr Faustus, comme il vibre dans chaque mesure, chaque accent de cet hymne à la souffrance ! De toute évidence, il a été écrit les yeux fixés sur la Neuvième de Beethoven, en guise de contrepartie au sens le plus mélancolique du terme ; mais non seulement il utilise plus d'une fois négativement la forme de celle-ci, non seulement il la réfute sur le plan négatif, mais il contient aussi une négativité de la religion — par quoi je n'entends pas : sa négation. Une œuvre qui traite de la chute, de la damnation, que serait-elle sinon une œuvre religieuse ? Ce que j'entends, c'est un renversement, un brutal et fier retournement de la pensée, tel que du moins je le trouve par exemple dans la « demande amicale » du Dr Faustus à ses compagnons de la dernière heure, de se mettre tous au lit, de *dormir en paix* et de ne se laisser troubler par rien. Dans le cadre de la cantate, il est difficile de ne pas reconnaître en cette exhortation la réplique inversée, consciente et voulue, du « Veillez avec moi » de Gethsémani. Et d'autre part, le « vin de la Saint-Jean » que celui qui va mourir consomme avec ses amis a un caractère positivement rituel, il apparaît comme une autre Cène. Mais à cela se rattache un renversement de l'idée de tentation, car Faust repousse comme telle la pensée du salut, non seulement par fidélité formelle au pacte et parce qu'il est « trop tard » mais parce qu'il dédaigne de toute son âme le caractère positif du monde en vue duquel on voudrait le sauver et le mensonge de la divine béatitude. Ceci est encore beaucoup plus nettement et fortement indiqué dans la scène avec le bon vieulx médecin et voysin qui invite Faust avec le pieux propos de le convertir et qui dans la cantate est défini intentionnellement comme une figure de tentateur. L'évocation de la tentation de Jésus par Satan est ici indéniable, impossible à méconnaître le « vade retro », le « non », fier et désespéré opposé au faux et tiède conformisme religieux.

Mais il convient de songer à un autre et ultime, vraiment ultime renversement de la pensée et d'y songer en y mettant son cœur, un renversement qui à la fin de cette œuvre, de cette plainte infinie, effleure l'âme doucement, par-delà la raison, au moyen d'une formule informulée, accordée à la seule musique ; je parle du mouvement orchestral final de la cantate, où le chœur se perd. Il résonne comme la lamentation de Dieu devant la chute de sa création à l'abîme, comme un soucieux « je n'ai pas voulu cela » du Créateur. Ici, à mon avis vers la fin, les sommets extrêmes de la tristesse sont atteints, le suprême désespoir se fait jour, et, j'hésite à le dire, on offenserait l'intransigeance de l'œuvre, son inguérissable douleur, en insinuant que dans sa dernière note elle offre une consolation autre que celle de l'expression et du pouvoir d'élever sa plainte — bref, le fait qu'à la créature, une voix fut du moins donnée pour exhaler sa douleur. Non, ce sombre poème tonal n'admet jusqu'à la fin nulle consolation, nulle conciliation, nulle transfiguration. Mais peut-être, qui sait ? ce paradoxe artistique qui de la structure rigoureuse a fait jaillir l'expression — l'expression en tant que plainte — peut-être correspond-il au paradoxe religieux selon lequel, au fond de la plus profonde perdition, l'espoir peut germer — fût-ce comme une interrogation à peine perceptible ? Un espoir par-delà le désespoir, la transcendance du désespoir, non point son reniement, mais le miracle qui dépasse la foi. Écoutez le dénouement, écoutez-le avec moi. Un groupe d'instruments s'efface après l'autre et ce qui subsiste, ce sur quoi l'œuvre s'achève, c'est le son aigu d'un violoncelle, le dernier mot, le dernier accent, qui plane et s'éteint lentement dans un point d'orgue pianissimo. Puis plus rien — le silence, la nuit. Mais le son encore en suspens dans le silence, le son qui a cessé d'exister, que l'âme seule perçoit et prolonge encore et qui tout à l'heure exprimait le deuil, n'est plus le même. Il a changé de sens, et à présent il luit comme une clarté dans la nuit.

## XLVII

« Veillez avec moi. » Adrian avait eu beau transposer dans sa cantate le cri d'agonie de l'Homme-Dieu sur le plan de la solitude et de la mâle fierté, dans le « dormez en paix et poinct ne vous laissez troubler » de son Faustus, l'instinct de l'homme aspire toujours, sinon à un secours, du moins à une assistance de ses semblables. Il implore : « Ne m'abandonnez pas ! Entourez-moi à mon heure suprême ! »

Voilà pourquoi, quand l'année 1930 était déjà presque en son milieu, au mois de mai, Leverkühn invita chez lui, à Pfeiffering, par des voies différentes, toute une société, ses amis et connaissances au grand complet, même des gens qu'il connaissait peu ou point du tout, une quantité, environ une trentaine ; les uns par écrit, les autres par mon intermédiaire ; quelques personnes furent priées de transmettre l'invitation à d'autres encore. Des curieux s'invitèrent eux-mêmes, c'est-à-dire sollicitèrent leur admission en s'adressant soit à moi, soit à l'un des intimes. En effet,

Adrian avait fait savoir sur ses cartes qu'il souhaitait réunir une assemblée bienveillante, pour lui soumettre sa dernière œuvre chorale symphonique à peine achevée, en jouant au piano quelques extraits caractéristiques. Beaucoup s'y intéressèrent qui ne figuraient pas sur la liste des élus ; par exemple le soprano dramatique Tania Orlanda et le ténor M. Kjöjelund se firent introduire par les Schlaginhaufen ; l'éditeur Radbruch flanqué de son épouse s'insinua à la suite de Schildknapp. Adrian avait également écrit de sa propre main à Baptiste Spengler, bien qu'il dût savoir que depuis un mois et demi, cet homme d'esprit, tout juste âgé de quarante-cinq ans, avait malencontreusement succombé à sa maladie du cœur.

Ces préparatifs, je l'avoue, me causèrent quelque malaise. Pourquoi ? Je ne saurais le définir. Au fond, l'idée d'attirer dans sa retraite un grand nombre d'auditeurs, étrangers tant par leur personne que par leur personnalité, pour les initier à son œuvre la plus intime, ne cadrait pas avec Adrian. J'en ressentais une gêne, non seulement à cause de l'acte en soi, mais parce qu'il ne lui ressemblait pas. D'ailleurs, en soi aussi le projet me répugnait. Pour quelque raison que ce fût (et je crois avoir déjà insinué le motif), je préférais le savoir isolé dans son refuge, sous les yeux de ses seuls hôtes, humains et respectueusement dévoués, ou de notre groupe très restreint, Schildknapp, la chère Jeannette, ses admiratrices, Mlles Rosenstiel et Nackedey et moi, plutôt que d'être le point de mire d'une assemblée composite, guère habituée à un homme de son côté déshabitué du monde. Mais que me restait-il à faire sinon me prêter à une entreprise que de sa propre initiative il avait déjà poussée assez loin et me conformer à ses instructions en commençant mes téléphonages ? Il n'y eut aucune défection. Au contraire, je le répète, rien que des demandes d'admission supplémentaires.

J'envisageais toute l'affaire avec déplaisir. J'irai plus loin dans mes aveux et confesserai que je fus tenté de me tenir à l'écart. Cependant, le sentiment inquiet du devoir s'y opposa, la conviction que bon gré mal gré il me fallait assister à la séance et avoir l'œil à tout. Ce samedi après-midi, je me rendis donc avec Hélène à Munich, où nous prîmes le train de Waldshut-Garmisch. Nous partagions notre compartiment avec Schildknapp, Jeannette Scheurl et Cunégonde Rosenstiel. Le reste de la société était dispersé en d'autres wagons, à l'exception du couple Schlaginhaufen, le vieux rentier à l'accent souabe et sa femme née von Plausig, qui effectuèrent le trajet dans leur auto avec leurs amis, les artistes lyriques. Arrivée sur les lieux avant nous, leur voiture rendit de grands services en faisant plusieurs fois la navette entre la petite gare de Pfeiffering et la ferme Schweigestill et en amenant par groupes ceux des invités qui préféraient ne pas marcher. (Le temps se maintenait au beau, bien qu'un orage imminent grondât légèrement à l'horizon.) Aucune disposition n'avait été prévue pour le transport des voyageurs à la maison. Hélène et moi nous trouvâmes Mme Schweigestill à la cuisine où, aidée de Clémentine, elle improvisait en grande hâte un goûter pour tout ce monde — café, tartines beurrées et cidre frappé. Consternée, elle nous expliqua que pas un mot d'Adrian ne l'avait préparée à cette invasion.

Les aboiements furieux du vieux Suso — ou Kashperl — qui bondissait dehors, devant sa niche, en faisant sonner sa chaîne, ne cessaient pas ; il finit par se calmer lorsqu'il n'y eut plus de nouvelles arrivées et que tout le monde fut rassemblé dans la salle de la Victoire. La servante et le valet coururent chercher des sièges empruntés à la pièce où se tenait la famille dans la journée et même aux chambres du haut. Outre les personnes déjà nommées, je mentionnerai, au petit bonheur et de mémoire, l'opulent Bullinger, le peintre Léo Zink, pour qui ni Adrian ni moi n'avions beaucoup de sympathie et qu'il avait sans doute invité en même temps que le défunt Spengler ; Helmut Institoris, à présent devenu une manière de veuf, le Dr Kranich, au débit précis et articulé, Mme Binder-Majorescu, les Knöterich, le portraitiste bouffon aux joues hâves Nottebohm et sa femme, tous deux introduits par Institoris. Vinrent ensuite Sixtus Kridwiss et les membres de sa parlote : le géologue Dr Unruhe, les professeurs Vogler et Holzschuher, le poète Daniel Zur Höhe dans son vêtement noir boutonné jusqu'au col, et, à ma vive contrariété, jusqu'à l'ergoteur Chaïm Breisacher. Ferdinand Edschmidt, le chef d'orchestre des concerts Zapfenstösser, représentait l'élément musical professionnel à côté des chanteurs de l'Opéra. A ma grande surprise, et sans doute pas seulement à la mienne, quelqu'un encore était là : le baron Gleichen-Reisswurm, qui je crois, depuis son histoire de souris, reparaissait pour la première fois en public, accompagné de sa femme, une Autrichienne replète mais élégante. On sut par la suite qu'Adrian lui avait envoyé huit jours à l'avance une invitation, à son château, et sans doute le petit-fils si étrangement compromis de Schiller avait-il été fort aise de l'exceptionnelle occasion qui lui permettait d'opérer sa rentrée dans le monde.

Toutes ces personnes, environ une trentaine, je le répète, sont pour l'instant réunies dans la salle rustique et attendent, font connaissance les unes avec les autres, échangent des réflexions intriguées. Rüdiger Schildknapp, dans son éternel costume de sport, est entouré de femmes, car le beau sexe est largement représenté. J'entends encore la voix dominante, mélodieuse, du chanteur dramatique, le débit asthmatique, clarifié par un effort d'intelligence, du Dr Kranich, les rodomontades de Bullinger, je vois l'air d'assurance de Kridwiss proclamant que cette réunion et ce qu'elle promet est « d'une importance é-noooorme » et l'approbation de Zur Höhe qui tambourine de la semelle et marmonne son « mais oui, mais oui, on peut le dire » de monomane. La baronne Gleichen quêtait à la ronde des sympathies pour la ténébreuse mésaventure dont elle et son mari avaient été victimes. « Vous savez bien, n'est-ce pas, nous avons eu cet *ennui*... », disait-elle, en évoluant de groupe en groupe. Dès le début, je constatai que beaucoup de personnes ne remarquaient pas Adrian, depuis longtemps entré dans la pièce, et, ne le reconnaissant pas, continuaient à causer comme si elles l'attendaient. Vêtu à son accoutumée, le dos à la fenêtre, au milieu de la salle, il était assis à la lourde table ovale où naguère nous étions avec Saül Fitelberg. Même, plusieurs invités me demandèrent qui était ce monsieur là-bas et, à ma réponse d'abord étonnée, ils eurent un : « Tiens, mais oui ! » de subite illumination et s'empressèrent d'aller saluer leur hôte. Combien il avait dû se modifier sous mes yeux pour qu'on pût s'y tromper ! Certes sa barbe justifiait en partie pareille méprise et je le dis à ceux qui se refusaient à admettre que ce fût lui. A côté de sa chaise, depuis longtemps se dressait en sentinelle la laineuse Rosenstiel, ce pourquoi Meta Nackedey s'était retranchée dans un coin aussi éloigné que possible. Cunégonde eut néanmoins la loyauté de quitter son poste de planton où l'autre orante vint la relayer. Sur le pupitre du piano ouvert adossé au mur, s'étalait la partition du *Chant de Douleur du docteur Faustus*.

Je ne perdais pas de vue mon ami, même quand je causais avec l'un ou l'autre des assistants ; l'invite ne m'échappa point, qu'il m'adressa de la tête et des sourcils pour engager les gens à s'asseoir. J'obtempérai aussitôt, priai mes voisins d'occuper leur place et m'adressai par signes à ceux qui étaient plus loin ; je m'enhardis même jusqu'à battre des mains pour réclamer le silence et annoncer que le Dr Leverkühn désirait ouvrir la séance. Quand la pâleur envahit le visage, on la sent. Un certain froid pétrifié de vos traits vous la laisse percevoir et aussi les gouttes de sueur également glacées qui perlent sur votre front. Mes mains, que j'entrechoquais faiblement avec réticence, tremblaient comme elles tremblent en ce moment encore où je me prépare à transcrire l'effroyable souvenir.

Le public obéit avec promptitude. Le calme et l'ordre furent vite établis. Les vieux Schlaginhaufen se trouvèrent installés à la table d'Adrian avec Jeannette Scheurl, Schildknapp, ma femme et moi. Les autres se répartirent des deux côtés de la pièce par rangées irrégulières sur des sièges disparates, chaises de bois peinturlurées, fauteuils de crin, le sofa. Quelques messieurs s'adossèrent au mur. Adrian ne faisait pas encore mine de satisfaire l'attente générale, y compris la mienne, en se mettant au piano. Les mains jointes, la tête penchée de côté, le regard à peine levé, perdu dans le vide, au milieu du silence à présent absolu, il s'adressa à nous, sur le ton monocorde un peu hésitant qui lui était devenu familier. Je crus à une harangue de bienvenue, et d'ailleurs elle débuta ainsi. Il m'en coûte d'ajouter que la langue lui fourcha souvent et — torture pour moi, qui enfonçais mes ongles dans mes paumes — lorsqu'il essayait de corriger un lapsus il en commettait un autre, si bien que par la suite il ne tint plus compte de ses erreurs et continua sans se reprendre. Au surplus, les irrégularités de son mode d'expression n'auraient pas dû trop me chagriner, car il employa dans son allocution, comme il faisait souvent en écrivant, une sorte de vieil-allemand, genre qui, en raison de ses manques et d'une structure incertaine, a toujours quelque chose de problématique et de négligé. En effet, depuis combien de temps notre langue est-elle sortie de la barbarie et passablement disciplinée sous le rapport de la syntaxe et de l'orthographe ?

Il commença très bas, dans un murmure, et fort peu de gens comprirent son apostrophe ou même s'en préoccupèrent, ou peut-être la considérèrent-ils comme une fantaisiste fioriture verbale.

— Mes dignes, moult chiers frères et sœurs.

Puis il se tut un moment, comme s'il réfléchissait, la joue appuyée contre la main, le coude sur la table. La suite fut également prise pour un exorde humoristique, encore que l'impassibilité des traits, la lassitude du regard et la pâleur démentissent cette supposition. Un rire complaisant, légèrement nasal, courut dans la salle. Quelques dames pouffèrent.

— Premièrement, dit-il, je tiens à vous remercier, tout à la fois de la faveur et de l'amitié imméritées que voulûtes me témoigner en venant ici, qui à pied et qui en carrosse, quand je vous l'escrivis et vous appeloi du fond de mon désert, ce trou où je fais retraicte, ou quand vous fûtes mandés et conviés par mon famulus cordialement dévoué, l'ami particulier qui me rappelle encore nostre jeune temps où ensemble nous allions au collège, où ensemble nous faisions nos estudes à Halle, et me rappelle aussi que déjà l'orgueil et l'abomination se glissoient en ces estudes, comme il appert de la suite de mon sermon.

De divers côtés, on me regarda avec un sourire approbateur, moi que l'émotion empêchait de sourire ; car cela ne ressemblait guère à mon cher Adrian d'évoquer mon souvenir avec tant d'attendrissement. Des larmes humectèrent mes yeux et beaucoup de gens s'en divertirent. Je me le rappelle avec déplaisir, Léo Zink enfoui dans son mouchoir le grand nez qu'il raillait si volontiers lui-même, et renifla bruyamment pour parodier mon visible émoi — geste qui déclencha une nouvelle explosion d'hilarité assourdie. Adrian ne sembla pas la remarquer.

— Je doicts, poursuivit-il, tout d'abord m'escuser auprès de vous (il se reprit, dit « excuser », mais répéta « escuser ») et vous prier de ne poincr estre incommodés si nostre chien Praestigiar, on l'appelle bien Suso mais en réalité il a nom Praestigiar, s'est si mal comporté et vous a corné aux oreilles son infernal vacarme alors que vous vous infligeâtes cette peine et ce dérangement à cause de moi. Nous aurions dû remettre à chascun de vous un petit sifflet suraigu, audible pour le chien seul, pour lui faire comprendre de loin déjà que ce jour d'huy ne viennent que de bons amis invités, désireux d'ouïr de moi ce que j'ay accompli sous sa garde et de connoître mon comportement durant ces années.

L'allusion au sifflet suscita quelques nouveaux rires polis encore que déconcertés. Mais il enchaîna et reprit :

— Et maintenant, je vous adresse une prière amicale et chrestienne, c'est de ne point prendre en mauvaise part mon dire et de le comprendre pour le mieux, car j'ay le vray désir de vous faire une confession plénière, à vous bons et innocents encore que point sans péchés, mais auteurs de péchés véniels et tolérables, ce pourquoi je vous méprise cordialement et vous envie avecque ferveur ; une confession d'humain à humain, maintenant que le sablier est sous mes yeux et que je doicts m'attendre à ce que, sitôt le dernier grain passé par l'estroit goulot, il me vienne quérir, celuy avecque qui j'ay conclu un pacte si onéreux contresigné de mon sang, m'engageant à estre éternellement son lige, corps et âme, et à tomber en ses mains et sa puissance quand seroit tari le sablier et écoulé le temps, qui est sa marchandise.

A cet endroit résonna encore, çà et là, un petit rire nasal, mais des langues claquèrent contre les palais et il y eut aussi des hochements de tête comme devant un manque de tact. Certains commencèrent à se rembrunir et à échanger des regards intrigués.

— Or donc, sachez, dit celui qui était à la table, vous les bons, les pieux qui avecque vos péchés véniels comptez sur la grâce et la miséricorde de Deu (il se reprit à nouveau, dit : « Dieu », mais revint bientôt à l'autre forme), je l'ay depuis un long temps étouffé en moy mais poinct ne veulx vous le celer davantage, sachez d'ores et déjà que dès ma vingt et unième année, suis marié avecque Satan et en connoissance de cause, par courage mûrement réfléchi, orgueil et témérité, pour acquérir la gloire de ce monde, ay conclu pacte et alliance avecque lui, en sorte que tout ce que durant un délai de vingt-quatre ans ay accompli et que les hommes considèrent à juste titre avecque méfiance, fut réalisé grâce à sa seule aide et est œuvre du diable, fondue au creuset de l'Ange du Poison. Car je le sçais : qui veut jouer aux quilles les doict d'abord dresser, et ce jour d'huy, il nous faut rendre hommage au diable, puisque pour mener à terme de grandes entreprises et des œuvres de qualité, l'on ne se peut servir de nul autre que lui.

Un silence pénible, tendu, régnait dans la salle. Peu nombreux étaient ceux qui écoutaient avec détachement. En revanche, beaucoup de sourcils haut remontés ; et sur maint visage s'inscrivait la question : « Où tout cela va-t-il aboutir et que se passe-t-il ? » S'il avait souri une fois ou cligné de l'œil pour définir ses paroles comme une mystification d'artiste, tout eût été encore à moitié réparé ; mais il n'en fit rien et resta assis, blême et grave. Quelques-uns me jetèrent un coup d'œil interrogateur pour savoir comment il fallait l'entendre et comment j'assumais la responsabilité de ces propos. Peut-être aurais-je dû intervenir et lever la séance, mais sous quel prétexte ? Il n'y en avait que d'humiliants et qui eussent constitué une trahison à son égard. Je sentais qu'il fallait laisser les événements suivre leur cours, dans l'espoir qu'Adrian se mettrait bientôt au piano pour jouer son œuvre et nous servir des sons au lieu de mots. Jamais je n'ai mieux perçu l'avantage de la musique qui ne dit rien et dit tout sur la parole qui exclut l'équivoque, ni senti l'irresponsabilité préservatrice de l'art en général, comparée à la brutalité, à la crudité de l'aveu non transposé. Toutefois, interrompre cet aveu me semblait sacrilège et de toute mon âme je désirais l'entendre, dussent les assistants dignes de le comprendre former une infime minorité. « Tenez bon et écoutez, disais-je en esprit aux autres, puisqu'il vous a tous conviés en tant que ses congénères humains. »

Après une pause méditative, mon ami reprit :

— Point ne cuidez, mes chiers frères et sœurs, que pour le serment promissoire et la conclusion du pacte il m'ait fallu un carrefour dans la forêt et moult cercles magiques et grossières pratiques conjuratoires. Saint Thomas enseigne jà que pour la chute, point n'est besoin de conjurations ; l'acte suffit, fût-il sans hommage explicite. Car ce fut simplement un papillon diapré, l'hetaera esmeralda, qui m'a ensorcelé par son attouchement, la sorcière blanche comme le lait, et l'ay suivie à l'ombre des feuillages que recherche sa nudité diaphane et l'ay saisie, elle que son vol faict à la semblance d'un pétale de fleur au vent, saisie et ay joui de ses caresses en despit de sa mise en garde, et tout fut consommé. Car je subis son sortilège mais fus envoûté et pardonné dans l'amour, — ainsi fus initié et le pacte conclu.

Je sursautai : car une voix s'éleva dans l'auditoire — celle du poète Daniel Zur Höhe dans son costume ecclésiastique. Il tapa du pied et décréta en martelant les mots :

— C'est beau ! Cela a de la beauté ! Très bien, très bien, on peut le dire !

Quelques « chut ! » fusèrent. Moi aussi je me tournai d'un air mécontent vers l'interrupteur. Pourtant je lui savais secrètement gré de son approbation. En effet, malgré sa saugrenuïté, elle plaçait ce que nous venions d'entendre sur un plan rassurant, connu, le plan esthétique. Si incongru fût-il, et si fort qu'il m'irritât, il créait une sorte de détente, même pour moi. J'eus l'impression qu'un « ah ! bien ! » courut à travers l'assistance et une dame, Mme l'éditrice Radbruch, puisa dans le jugement de Zur Höhe le courage de murmurer :

— On croirait à de la poésie.

Hélas ! on ne le crut pas longtemps. Cette conception de la beauté pure, pour commode qu'elle fût, n'était pas admissible : ceci n'avait rien de commun avec la macabre facétie du poète Zur Höhe sur l'obéissance, la force, le sang et le pillage du monde, c'était d'une gravité plus calme et plus terrible, c'était un aveu, c'était la vérité qu'un homme au comble de la détresse psychique avait invité ses congénères à entendre. Acte de confiance il est vrai insensée. En effet, nos congénères ne sont pas aptes à accueillir une telle vérité autrement qu'avec un saisissement glacé et en formulant le jugement unanime qui bientôt s'exprima dès qu'il ne fut plus possible de croire à une fiction poétique.

Les exclamations ne semblaient d'ailleurs pas avoir touché notre hôte. Sa songerie pendant les pauses l'y rendait manifestement inaccessible.

— Remarquez — il reprit le fil de son discours — singulièrement dignes et chiers amis, que vous avez affaire à un être abandonné de Dieu, un désespéré dont le cadavre n'est poinct destiné à reposer en terre saincte parmi les chrestiens trépassés pieusement, mais parmi les immondices de la voirie avecque les charognes. Dans sa bière, je vous le dis d'avance, vous le trouverez toujours couché sur la face, et dussiez-vous le retourner cinq fois, il sera toujours tourné en sens inverse. Car longtemps avant que d'avoir échangé des caresses avec le papillon venimeux, mon âme cheminoit vers Satan, dans son arrogance et dans sa fierté ; et mon destin vouloit que je tendisse vers lui depuis ma jeunesse ; vous devez le savoir, l'homme est créé et prédestiné pour le bienheureux salut ou pour les enfers ; et moi je suis né pour la géhenne. Voilà pourquoi je donnoi à mon orgueil du sucre, en estudiant la théologie à Halle en l'École Supérieure ; poinct par amour de Dieu, mais au nom de l'Autre, et mon estude de Dieu fut déjà le commencement du pacte et l'acheminement déguisé, non poinct vers le Seigneur mais vers lui le grand *religiosus*. Qui veult aller au diable ne souffre ni entrave ni refus et il n'y eut qu'un petit pas de la Faculté de divine sapience jusqu'à Leipzig et la musique, à laquelle je me consacroi désormais uniquement avecque figuris, characteribus, formis conjurationum et moult aultres appellations que comportent l'évocation des esprits et la magie.

« Item, mon cueur désespéré m'a conduict à ma perte. J'avois bien un cerveau prompt et des dons miséricordieusement accordés d'en haut, que j'eusse pu utiliser dans l'honneur et en toute humilité, mais je ne le sentois que trop, nous sommes au temps où il est devenu impossible d'accomplir une œuvre par des voies vertueuses régulières, en se servant de moyens licites. L'art est désormais devenu impraticable sans l'aide de Satan et le feu infernal sous le chaudron... Oui, oui, chiers compaings, l'art est à un poinct mort, et devenu trop lourd, se raille lui-même d'estre devenu trop lourd et la pauvre créature de Dieu ne sçait plus à quel sainct se vouer dans sa détresse, et sans doute est-ce la faute des temps. Que si pourtant quelqu'un convie le diable à estre son hôte, pour sortir de cette stagnation et arriver à percer, celuy-là engage son âme et prend le fardeau de la faulte de l'époque sur sa propre nuque, en sorte qu'il est damné. Car il est dict : « Soyez sobres et veillez. » Mais ce n'est poinct là le faict de tout un chascun et au lieu de veiller prudemment à ce qui est nécessaire sur terre pour améliorer les choses et pour contribuer avecque discernement à instituer parmi les hommes un ordre qui prépare de nouveau à la belle œuvre un terreau où fleurir et un cadre adapté, l'homme parfois fait l'eschole buissonnière et explose dans un transport d'ivresse infernale ; lors, il y laisse son âme et glisse au charnier.

« Adoncque, bienveillants et chiers frères et sœurs, ainsi me suis-je comporté et n'eus plus d'aultre propos ni désir que nigromantia, carmina, incantatio, veneficium et quels que soient les aultres noms ou mots dont on désigne ces pratiques. En suis au surplus bientost venu à discourir avecque Celui-là, le Malivole, la carogne, en cette mesme salle, ay beaucoup conversé avecque lui et m'a dû faire mainte révélation sur la qualité, le fondement et la substance des enfers. M'a d'ailleurs baillé du temps, vingt-quatre années de terme incalculable, et m'a promis aussi de grandes choses et grand feu debsous le chaudron, pour que je sois capable d'accomplir l'œuvre, encore qu'elle fût devenue trop difficile et ma tête trop lucide et ironique pour l'accomplir, ce nonobstant. Certes, je dus, il est vrai, en contréchange, subir de mon vivant des douleurs en coup de couteau, tout de même que les endura dans ses jambes la petite sirène, ma sœur et doulce fiancée nommée Hyphialta. Car il me l'amena pour être ma compagne de couche en sorte que je forniquoi avec elle et elle me devint toujours plus chère, soit quand elle venoit avec sa queue de poisson, soit avecque des jambes. Le plus souvent, c'estoit avec sa queue, parce que les douleurs qu'elle enduroit comme des coups de couteau aux jambes l'emportoient sur la volupté, et fort goûtois la manière dont son corps délicat se fondoit gracieusement dans la queue écailleuse ; mais plus grand encore estoit mon ravissement de la pure forme humaine, et ainsi pour ma part éprouvois jouissance plus intense lorsqu'elle s'accouploit à moi munie de jambes. »

A ces mots, il y eut un remous dans l'assistance et un départ. Le vieux ménage Schlaginhaufen quitta notre table et sans regarder ni à droite ni à gauche, à pas feutrés, l'époux tenant l'épouse par le coude la conduisit entre les sièges jusqu'à la porte. Deux minutes ne s'étaient pas écoulées que le moteur de leur auto pétaradait dans la cour et l'on comprit qu'ils démarraient.

Leur départ embarrassa bien des gens ; on perdait ainsi la voiture sur laquelle beaucoup comptaient pour les ramener à la gare. Pourtant, aucun des assistants ne marqua la moindre velléité de suivre leur exemple. Chacun restait assis comme fasciné et quand le silence se fut rétabli au-dehors, Zur Höhe fit encore péremptoirement entendre son : « Beau ! Oh ! certes, en vérité, cela est beau ! »

J'allais ouvrir la bouche pour prier mon ami de mettre fin à son exorde en nous jouant des extraits de son œuvre, lorsque, nullement troublé par l'incident, il continua son allocution :

— Sur ce, Hyphialta, engrossée, me donna un fils auquel mon âme tout entière estoit suspendue, un petit garçon sacré, plein de grâces exceptionnelles et comme issu d'une tradition ethnique plus lointaine et plus ancienne. Mais l'enfant estoit de chair et de sang et il avoit été stipulé que poinct ne me seroit permis d'aimer un estre humain. Il l'a assassiné sans pitié et s'est servi à cet effet de mes propres yeux ; car, le sachez, quand une âme a été violemment émue et sollicitée par le mal, son regard est empoisonné et pareil à celui du basilic, singulièrement à l'égard des enfants. Ainsi ce petit garçon, mon fils, à la bouche fleurie de suaves sentences, m'a été emporté à la lune d'août, encore que j'eusse pensé que semblable tendresse estoit licite. D'ailleurs, avois également cru en ma qualité d'ascète du diable, avoir le droit d'aimer l'estre en chair et en os qui poinct n'estoit de sexe féminin mais avoit quêté mon tutoiement avecque familiarité confiante et sans bornes, jusqu'à ce

654

qu'enfin je le lui eusse accordé. Voilà pourquoi il m'a fallu l'occire et l'ay envoyé à la mort selon la contrainte et les mandements que je reçus. Le Magisterulus avoit remarqué que je songeois à contracter mariage et estoit plein d'ire, voyant dans l'état conjugal rupture avecque lui et feinte pour me réconcilier avecque le ciel, aussi m'obligea à utiliser précisément mon projet matrimonial pour froidement assassiner mon familier ; et, le veulx confesser ce jour d'huy et devant vous tous, je comparois, par surcroît, en assassin.

A ce moment, un nouveau groupe quitta la pièce ; le petit Helmut Institoris, dans une protestation silencieuse, blême et se mordant la lèvre inférieure, se leva, suivi de ses amis, le peintre de toiles léchées, Nottebohm, et sa très bourgeoise épouse à la poitrine rebondie, que nous appelions, entre nous, « le sein maternel ». Ils s'éloignèrent en silence. Sans doute n'observèrent-ils pas, une fois sortis, le même mutisme, car quelques instants plus tard, Mme Schweigestill entra doucement, en tablier, ses cheveux gris tirés, et se tint près de la porte, les mains jointes. Elle entendit Adrian dire :

— Mais si pêcheur que je fusse, mes amis, un assassin, ennemi des hommes, adonné à la fornication du diable, nonobstant ai toujours diligemment œuvré comme un artisan et n'ai jamais repoussé (une fois de plus il voulut se reprendre et dire « reposé », mais il ne put et répéta « repoussé ») ni dormi, ai peiné et accompli de lourdes tâches, selon le mot de l'Apôtre : « Qui cherche les choses difficiles, celui-là connaîtra la difficulté. » Car tout de même que Dieu ne fait rien de grand par nous sans que nous l'oignions, ainsi en va-t-il de l'Autre. Il s'est borné à écarter de ma route la honte, l'ironie de l'esprit et les obstacles qui entravent l'œuvre dans le temps. Le reste, je fus forcé de le faire moi-même, encore que guidé par d'étranges inspirations. Souventes fois, s'élevoit auprès de moi le son charmant de l'orgue ou du positif, le luth, puis la harpe, les violons, les trombones, dulcianes, cormornes et corda marie, chacun à quatre voix, en sorte que j'aurois pu me croire au ciel si je n'avois que trop bien su à quoi m'en tenir. Souventes fois aussi, des enfants étoient auprès de moi dans la pièce, — garçons et filles qui me chantoient un motet d'après des feuillets de musique, souriaient d'un air bizarrement rusé et échangeaient des coups d'œil. De fort jolis enfants. Parfois leurs cheveux se soulevoient comme sous un souffle chaud et ils les lissoient avecque leurs jolies mains creusées de fossettes et ornées de petits rubis. A leurs narines, de petits vers jaunes pendoient parfois en anneaux, qui couraient précipitamment vers leur poitrine et disparaissoient...

Ces mots marquèrent le signal du départ pour quelques auditeurs encore : les savants Unruhe, Vogler et Holzschuher. A la sortie je vis l'un d'eux presser ses tempes entre ses deux poignets. Toutefois Sixtus Kridwiss, chez qui ils se livraient à leurs débats, demeura à sa place, l'air très surexcité. Compte tenu des défections, il restait une vingtaine de personnes. Néanmoins plusieurs, déjà debout, semblaient prêtes à la fuite. Léo Zink gardait les sourcils levés, dans une attitude méchante, et disait : « Jésus Marie, ah ! » selon son habitude quand il avait à juger le tableau d'un autre. Autour de Leverkühn s'étaient groupées, comme pour le protéger, quelques femmes, Cunégonde Rosenstiel, Meta Nackedey, Jeannette Scheurl, ces trois-là. Else Schweigestill restait à l'écart.

Et nous entendîmes :

— Ainsi le Malin fidèlement tint parole durant vingt-quatre années et tout est prêt en ses moindres détails ; l'ay achevé dans le meurtre et la luxure et la Grâce peut-elle faire que ce qui fut créé dans le mal soit bon, ne sçais ? Peut-être aussi Dieu voit-il qu'ay cherché la difficulté et poinct n'ay ménagé ma peine ; peut-être, peut-être me sera-t-il compté et mis à mon crédit de m'estre ainsi appliqué pour tout amener opiniâtrement à terme ? Je l'ignore et poinct n'ay le courage de l'espérer. Mon péché est trop grand pour m'estre remis et je l'ay poussé à l'extrême, car mon cerveau a escompté qu'une non-croyance contrite en la possibilité de la Grâce et du pardon estoit peut-être ce qu'il y a de plus ravissant pour l'éternelle Bonté, et je comprends pourtant que mon insolent calcul rend la miséricorde absolument impossible. Mais tablant là-dessus, suis allé plus loin dans mes spéculations et ay calculé que cette dernière dépravation devoit estre le meilleur aiguillon pour la Bonté et l'inciter à marquer son caractère infini. Et ainsi me livroi à un infâme pari avecque la Bonté Suprême pour sçavoir qui était plus inépuisable, d'elle ou de mes spéculations. — Vous le voyez donc, damné suis et il n'est poinct de miséricorde pour moy parce que je la détruis d'avance par mes spéculations.

« Or donc, le temps est révolu que jadis j'achetoi au prix de mon âme et vous ay convoqués avant ma fin, bienveillants et très chiers frères et sœurs, et poinct n'ay voulu vous celer ma mort spirituelle. Vous prie donc de vouloir songer à moi avec bonté et saluer fraternellement de ma part d'aultres qu'ay pu oublier de convier ; et en oultre, ne me tenir rigueur de rien. Tout ceci dict et connu, je vais, pour prendre congé, vous jouer un peu de ce qu'il me fut donné d'ouïr sur le charmant instrument de Satan et qu'en partie les petits malins m'ont chanté. »

Il se leva, pâle comme la mort.

— Cet homme — la voix nettement articulée encore qu'asthmatique du Dr Kranich résonna dans le silence — cet homme est fou. Depuis longtemps nul doute ne saurait subsister à cet égard et il est fort regrettable que la profession d'aliéniste ne soit pas représentée dans notre cercle. Pour moi, numismate, je me sens ici complètement incompétent.

Sur quoi il sortir à son tour. Entouré des femmes que j'ai nommées, de Schildknapp, Hélène et moi, Leverkühn s'était assis au piano brun et de la main droite il lissait les feuillets de la partition. Des larmes coulaient le long de ses joues et tombèrent sur les touches qu'il frappa, si mouillées qu'elles fussent, en plaquant des accords fortement dissonants. En même temps, il ouvrit la bouche comme pour chanter, mais seul un cri de douleur, demeuré à jamais dans mon oreille, s'exhala de ses lèvres. Courbé sur l'instrument, il ouvrit les bras dans un geste d'étreinte, puis soudain, comme foudroyé, il tomba et glissa du tabouret à terre.

Mme Schweigestill, pourtant la plus éloignée de nous, se trouva auprès de lui plus tôt que ses voisins immédiats, car, je ne sais pourquoi, nous eûmes une seconde d'hésitation avant d'intervenir. Elle releva la tête d'Adrian inconscient et tenant le buste de mon ami dans ses bras maternels, elle cria, tournée de côté, à travers la pièce, vers les spectateurs béants :

— Allez-vous-en ! Vous n'avez vraiment aucune compréhension, vous autres gens d' la ville, et ici faut d' la compréhension. A beaucoup parlé de l'éternelle miséricorde, l' pauvre homme et j' sais pas si elle sera assez grande. Mais une compréhension vraiment humaine, croyez-moi, suffit à tout.

# ÉPILOGUE

C'est fait. Un vieil homme, presque brisé par les calamités de l'époque où il écrivit et celles qui firent l'objet de son récit, regarde avec une satisfaction hésitante la haute pile de papier vivant, l'œuvre de son zèle, le résidu de ces années de souvenirs et des événements actuels. Une tâche est accomplie, pour laquelle la nature ne me désignait pas. Point né pour la remplir, j'y fus appelé par amour, fidélité, et pour porter témoignage. Ce que ces mobiles sont capables de faire faire, ce que peut accomplir le dévouement a été fait. Force m'est de m'y tenir.

Lorsque je commençai la transcription de ces souvenirs, la biographie d'Adrian Leverkühn, il n'y avait aucune chance de la publier, tant à cause de son auteur que de l'art tendancieux de mon héros. Aujourd'hui, l'État monstrueux qui serrait dans ses tentacules le continent, et plus encore, a fini de célébrer ses orgies ; ses matadors se font empoisonner par leurs médecins et ensuite arroser de pétrole et brûler, afin que rien d'eux ne subsiste ; le moment est sans doute venu de songer à la publication de mon œuvre dévouée. Mais l'Allemagne, selon la volonté de ces scélérats, est tellement détruite jusqu'en ses fondations qu'on n'ose la croire bientôt capable d'un renouveau intellectuel, fût-ce la fabrication d'un livre ; et j'ai parfois songé au moyen de faire parvenir ces pages en Amérique pour qu'elles soient tout d'abord présentées au public d'outre-Atlantique en version anglaise. J'ai l'impression que ce n'eût pas été pour déplaire à mon défunt ami. La pensée, il est vrai, s'y mêle de l'effet déconcertant que mon livre susciterait dans cette sphère de la civilisation et l'inquiétude que sa traduction en anglais, du moins pour certaines parties trop spécifiquement allemandes, se révèle chose impossible.

Je prévois également le sentiment de vide qui sera mon lot quand j'aurai brièvement décrit le dénouement de la vie du grand compositeur et tracé sur mon manuscrit le trait final. Si bouleversant et consumant fût-il, mon travail me manquera. En m'absorbant, cette obligation quotidienne m'a aidé à traverser des années que l'oisiveté aurait rendues plus lourdes encore et, pour l'instant, je cherche en vain autour de moi une activité susceptible de la remplacer. Pourtant, les raisons pour lesquelles, il y a onze ans, je quittai ma carrière de professeur, croulent sous les coups de foudre de l'histoire. L'Allemagne est libre, dans la mesure où l'on peut appeler libre un pays anéanti et mis sous tutelle, et il se peut que bientôt rien ne s'oppose plus à ma réintégration dans le corps enseignant. Mgr Hinterpförtner y a déjà fait une allusion fortuite. Inculquerai-je de nouveau dans les cœurs d'une classe de première consacrée aux humanités, l'idée de culture, où le respect des divinités de l'abîme se confond avec le culte de la raison olympienne et de la clarté, pour ne former qu'*une seule* ferveur ? Hélas ! au cours de cette sauvage décennie, une génération a grandi qui, je le crains, comprend mon langage aussi peu que moi le sien. Je crains que la jeunesse de mon pays me soit devenue trop étrangère pour que je puisse encore être son maître — et pis encore, l'Allemagne elle-même, l'infortunée, m'est devenue étrangère, totalement étrangère, précisément parce que, certain d'une fin effroyable, je me suis tenu à l'écart de ses crimes, je me suis réfugié dans la solitude. Comment ne me demanderais-je pas si j'ai bien fait ? Et d'autre part, ai-je fait cela, en vérité ? Attaché jusqu'à la mort à un homme d'une importance tragique, j'ai relaté sa vie qui jamais ne cessa de me causer une tendre anxiété. J'ai l'impression que cette fidélité compense ma fuite terrible devant la culpabilité de mon pays.

*
* *

La piété m'interdit de décrire plus explicitement l'état d'Adrian quand il reprit connaissance après les douze heures d'inconscience où le jeta l'attaque qui l'avait paralysé à son piano. Il ne redevint pas lui-même, mais se retrouva comme un lui-même étranger : il ne lui restait plus que l'enveloppe consumée de sa personnalité et celui qui s'était appelé Adrian Leverkühn n'avait au fond plus rien de commun avec elle. Le mot « démence » signifie-t-il à l'origine autre chose que cette déviation de son propre moi, cette désintégration de soi ?

Je dirai du moins qu'il ne demeura pas à Pfeiffering. Rüdiger Schildknapp et moi assumâmes la lourde mission de conduire le malade (que le Dr Kurbis prépara au voyage à grand renfort de calmants) à Munich, dans la maison de santé pour affections nerveuses de Nymphenburg, dirigée par le Dr von Hösslin. Adrian y passa trois mois. Ce praticien expérimenté pronostiqua d'emblée et sans ménagements qu'il s'agissait d'une maladie mentale à marche progressive. Néanmoins, au cours de son évolution, elle se dépouillerait sans doute bientôt de ses symptômes les plus violents et, grâce à un traitement approprié, passerait à des phases plus calmes, sinon plus rassurantes. Ce diagnostic nous décida, Schildknapp et moi, après mûre délibération, à différer encore le moment d'avertir sa mère, Elsbeth Leverkühn, en sa ferme de Buchel. De toute évidence, à l'annonce d'une catastrophe survenue dans la vie de son fils, elle s'empresserait d'accourir et dès l'instant où l'on pouvait espérer une atténuation dans l'état du malade, il semblait humain de lui épargner la vue bouleversante, insupportable, de son enfant avant l'apaisement que promettait la maison de santé.

Son enfant ! Car c'est cela et rien de plus désormais qu'Adrian Leverkühn redevint quand un jour — l'année touchait à l'automne — la vieille femme arriva à Pfeiffering pour le ramener avec elle dans sa patrie de Thuringe, aux lieux de son enfance avec lesquels depuis longtemps le cadre de sa vie correspondait si étrangement : un enfant impuissant, sous tutelle, qui ne gardait plus, du fier envol de sa virilité, nul souvenir ou un souvenir très obscur, celé et enfoui dans ses intimes profondeurs, cramponné aux jupes de sa mère comme jadis, un enfant qu'elle devait — ou qu'elle pouvait — comme aux jours anciens, tenir en lisière, cajoler ou gourmander pour n'avoir pas été « sage ». Rien de plus effroyablement attendrissant et pitoyable que de voir un esprit hardi et obstinément émancipé de ses origines faire retour, brisé, à l'élément maternel. Ma conviction, néanmoins, fondée sur des impressions irrécusables, est que cet élément, en dépit de son désespoir, n'est pas sans ressentir une certaine satisfaction, un contentement de ce tragique retour. Pour une mère, le vol d'Icare du fils héros, l'abrupte aventure virile de celui qui, en grandissant, s'est soustrait à sa garde, apparaît au fond comme une aberration aussi coupable qu'incompréhensible, où, secrètement offensée, elle ne perçoit que le : « Femme, qu'ai-je de commun avec toi ? » empreint d'une sévère spiritualité, de celui à qui elle est devenue étrangère ; et dans un élan de pardon total elle reprend dans son sein le déchu, le foudroyé, le « pauvre cher petit », persuadée qu'il aurait mieux fait de ne jamais s'en détacher.

J'ai des raisons de croire qu'aux profondeurs des ténèbres spirituelles d'Adrian demeura vivace une terreur de ce doux abaissement, une répugnance instinctive, comme un reste de sa fierté, avant qu'il ne cédât à la sombre jouissance de ses aises que vaut peut-être à une âme épuisée l'abdication intellectuelle. Cette révolte instinctive et l'impulsion de fuir devant sa mère sont attestées, du moins en partie, par une tentative de suicide, quand nous lui eûmes fait comprendre qu'Elsbeth Leverkühn, informée de son état, s'était mise en route pour le rejoindre. Voilà ce qui se passa :

Après un traitement de trois mois dans la maison de santé du Dr von Hösslin où il ne me fut permis de voir mon ami que rarement et quelques instants, un certain degré d'apaisement — je ne dis pas d'amélioration — se manifesta et le médecin autorisa les soins privés dans le paisible Pfeiffering. Des raisons matérielles aussi militaient en faveur de cette solution. Le décor familier reconquit le malade. Il eut d'abord à y supporter la surveillance de l'infirmier qui l'avait ramené. Toutefois son comportement semblant justifier le retrait de ce contrôle, il fut de nouveau confié aux gens de la ferme, en particulier à Mme Schweigestill. Depuis que Géréon lui avait amené dans la maison une alerte bru (tandis que Clémentine, de son côté, était devenue la femme du chef de gare de Waldshut) elle n'occupait plus que l'aile des vieux et avait les loisirs voulus pour consacrer ses sentiments humanitaires au locataire de tant d'années que depuis longtemps elle considérait un peu comme un fils d'une essence supérieure. Elle lui inspirait confiance plus que tout autre et manifestement il recouvrait la tranquillité, quand il était assis près d'elle, leurs mains unies, dans la salle de l'Abbé, ou au jardin derrière la maison. Je le trouvai ainsi la première fois que je revins le voir à Pfeiffering. Le regard qu'il posa sur moi eut quelque chose de brûlant et d'égaré et, à ma vive douleur, s'embruma vite d'un déplaisir farouche. Peut-être reconnaissait-il en moi le compagnon de sa vie lucide et répugnait-il à ce qu'on la lui rappelât. Comme la vieille femme l'encourageait avec précaution à me répondre par une bonne parole, sa mine s'assombrit davantage encore, se fit menaçante et je n'eus plus qu'à me retirer, l'âme en deuil.

Vint l'instant où il fallut rédiger la lettre qui mettrait, avec ménagement, sa mère au courant de l'événement. Différer davantage eût été une atteinte à ses droits et le télégramme qui annonçait son arrivée ne se fit d'ailleurs pas attendre un jour. On en informa Adrian sans trop savoir s'il comprenait ; mais une heure plus tard, alors qu'on le croyait assoupi, il s'esquiva de la maison à la dérobée. Quand Géréon et un valet le rattrapèrent, près des bords du

Klammerweiher, il avait déjà ôté ses vêtements et plongé jusqu'au cou dans l'eau, s'y enfonçait rapidement. Il était sur le point de disparaître lorsque le valet se jeta derrière lui et le ramena au rivage. Pendant qu'on le reconduisait à la ferme, il parla à plusieurs reprises du froid de l'étang, et ajouta qu'on avait du mal à se noyer dans une eau où l'on avait souvent pris des bains et nagé. Or, il n'avait jamais rien fait de tel dans le Klammerweiher et sans doute confondait-il avec la Kuhmulde, sa contrepartie au pays natal, lorsqu'il était enfant.

Mon intuition, presque une certitude, me dit que derrière cette vaine tentative de fuite, il y avait une idée mystique de rédemption, familière à l'ancienne théologie, au protestantisme à ses débuts : la croyance que ceux qui avaient invoqué le diable pouvaient à la rigueur sauver leur âme en faisant abandon de leur corps. Cette pensée, entre autres, détermina probablement l'acte d'Adrian. Fit-on bien en l'empêchant d'exécuter son dessein jusqu'au bout ? Dieu seul le sait. Tout ce qui s'accomplit en état de démence ne doit pas nécessairement être empêché, et la conservation de la vie fut en l'occurrence sans profit pour personne hormis la mère — car une mère préfère assurément retrouver son fils irresponsable plutôt que mort.

Elle arriva, la veuve aux yeux bruns de Jonathan Leverkühn avec ses cheveux blancs tirés, résolue à ramener à l'enfance son enfant égaré. Quand ils se revirent, Adrian resta longtemps frémissant contre la poitrine de la femme à qui il disait « mère » et « tu » alors qu'à l'autre qui se tenait à l'écart, il avait dit « mère » et « vous », et elle lui parla de cette voix toujours mélodieuse à laquelle, sa vie durant, elle avait interdit le chant. Heureusement, l'infirmier qu'Adrian connaissait depuis Munich les accompagna dans leur voyage vers le Nord, vers l'Allemagne du centre. Il y eut, sans motif vérifiable, un éclat du fils contre la mère, une crise de fureur inattendue qui obligea Mme Leverkühn à faire le reste du trajet, presque la moitié, dans un autre compartiment et à laisser le malade avec son surveillant.

L'incident ne se reproduisit pas. Rien d'analogue ne se renouvela jamais. Quand elle se rapprocha de lui, au moment de l'arrivée à Weissenfels, il la rejoignit en donnant des marques de tendresse et de joie et la suivit ensuite comme son ombre ; il fut le plus docile des enfants pour celle qui allait désormais lui consacrer tous ses soins, avec l'abnégation dont seule une mère est capable. Dans la maison de Buchel où, depuis des années, une bru régnait également et où deux petits-enfants déjà grandissaient, il occupa la chambre de l'étage supérieur que jadis il partageait avec son frère et de nouveau, à présent, au lieu de l'orme de Pfeiffering, s'agitèrent sous sa fenêtre les branches du vieux tilleul. Le merveilleux parfum des fleurs, à la saison de sa naissance, lui arrachait des signes de sensibilité. Il restait longtemps assis, tranquillement abandonné à sa somnolence par les gens de la ferme, à l'ombre de l'arbre, sur le banc circulaire où autrefois la piaillante Hanne de l'étable nous exerçait à chanter en canon. Sa mère veillait à ce qu'il prît de l'exercice en faisant avec lui, bras dessus bras dessous, des promenades dans la paisible campagne. Il avait l'habitude sans qu'elle l'en empêchât, de tendre la main aux passants, sur quoi la personne ainsi saluée et Mme Leverkühn échangeaient un signe d'intelligence.

Pour ma part, je revis le cher homme en 1935. Déjà professeur émérite, je vins à la ferme de Buchel pour son cinquantième anniversaire, lui apporter mes vœux attristés. Il était assis sous le tilleul en fleur. Mes genoux tremblaient, je l'avoue, quand, ma gerbe à la main, je m'avançai suivi de sa mère. Il me sembla amenuisé, peut-être à cause de son attitude, penchée de côté. Il leva vers moi un visage réduit, une face d'Ecce Homo, en dépit de sa pigmentation campagnarde et saine ; la bouche douloureusement ouverte et les yeux sans regard. Si la dernière fois il n'avait pas voulu me reconnaître à Pfeiffering, de toute évidence à présent, malgré les rappels de sa mère, mes traits ne se rattachaient plus à aucun souvenir. A ce que je lui dis de la signification de ce jour, du motif de ma venue, il ne comprit visiblement rien. Seules les fleurs semblèrent un instant retenir son intérêt mais bientôt il les laissa près de lui sans y prendre garde.

Je le revis encore en 1939 après la victoire sur la Pologne, un an avant sa mort à laquelle sa mère, alors octogénaire, devait assister. Elle me conduisit au haut de l'escalier jusqu'à sa chambre et entra avec des mots encourageants : « Venez donc, il ne vous remarquera pas. » Pétrifié de timidité, je restai immobile dans l'encadrement de la porte. Au fond de la pièce, sur une chaise longue, les pieds tournés vers moi de telle sorte que je voyais son visage, reposait sous une légère couverture de laine celui qui avait été Adrian Leverkühn et dont la part de lui promise à l'immortalité s'appellera désormais ainsi. Ses mains pâles — j'avais toujours aimé leur forme sensitive — étaient croisées sur sa poitrine comme un gisant du Moyen Age. Sa barbe d'un gris beaucoup plus accusé allongeait encore davantage son visage émacié. Il ressemblait de façon frappante à un patricien du Greco. Par quel jeu ironique, pourrait-on dire, la nature engendre-t-elle l'image de la suprême spiritualité dans une forme d'où l'esprit s'est envolé ? Les yeux s'enfonçaient profondément au creux des orbites, et sous les sourcils devenus plus broussailleux, le fantôme d'un regard indiciblement grave, scrutateur jusqu'à en être menaçant, fixé sur moi, me fit frémir ; mais au bout d'une seconde il se brisa, les prunelles se révulsèrent vers le haut, disparurent à moitié sous les paupières, errèrent çà et là sans se poser. Incapable d'obéir à l'invite réitérée de sa mère qui m'engageait à approcher, je me détournai en larmes.

Le 25 août 1940 me parvint ici même, à Freising, la nouvelle que s'était éteinte la suprême étincelle d'une vie qui avait donné à la mienne sa substance essentielle, dans la tendresse, la tension, l'effroi et la fierté. Devant la tombe béante du petit cimetière d'Oberweiler il y avait à mes côtés, outre la famille, Jeannette Scheurl, Rüdiger Schildknapp, Cunégonde Rosenstiel, Meta Nackedey — et de plus une étrangère, inconnaissable sous son voile. A l'instant où les pelletées de terre tombèrent sur le cercueil, elle disparut.

A cette époque, l'Allemagne, les joues brûlantes de fièvre, titubait, à l'apogée de ses sauvages triomphes, sur le point de conquérir le monde grâce à un pacte qu'elle était résolue à observer et qu'elle avait signé de son sang. Aujourd'hui, les démons l'étreignent, elle s'effondre, la main sur un œil, l'autre fixé sur l'épouvantable, et roule de désespoir en désespoir. Quand touchera-t-elle le fond de l'abîme ? Quand, par-delà le paroxysme d'une détresse sans issue, poindra le miracle qui surpasse la foi, — la lumière de l'espérance ? Un homme solitaire joint les mains et dit : « Dieu fasse miséricorde à votre pauvre âme, mon ami, ma patrie. »

# NOTE DE L'AUTEUR

*Il ne semble pas superflu d'avertir le lecteur que la forme de composition musicale exposée au chapitre XXII, connue sous le nom de système dodécaphonique ou sériel, est en réalité la propriété intellectuelle d'un compositeur et théoricien contemporain, Arnold Schönberg. J'ai associé cette technique, dans un certain contexte idéal, à la figure fictive d'un musicien, le héros tragique de mon roman. En fait, les passages de ce livre qui traitent de théorie musicale doivent certains détails à l'*Harmonielehre *de Schönberg.*

# DU MÊME AUTEUR

*Aux Éditions Albin Michel :*

Composition réalisée par M.C.P., 45401 Fleury-les-Aubrais

IMPRIMÉ EN FRANCE PAR BRODARD ET TAUPIN
7, bd Romain-Rolland - Montrouge - Usine de La Flèche.
LIBRAIRIE GÉNÉRALE FRANÇAISE - 14, rue de l'Ancienne-Comédie - Paris.

ISBN : 2 - 253 - 03155 - 0

✛ 42/3021/5